HEYNE <

Das Buch
Als Sophie Lilburn und ihr Mann Chris von London aufs Land ziehen, glauben beide, die richtige Entscheidung für ihre Zukunft getroffen zu haben. Chris freut sich auf seine Stelle als Geschichtslehrer an der Klosterschule im Ort, und Sophie verbindet mit der ländlichen Ruhe die Hoffnung, endlich doch noch ein Kind zu bekommen. Beim Einzug in ihr kleines Haus, das zu der malerischen mittelalterlichen Kirchensiedlung Quire Close gehört, wird das Ehepaar von der Gemeinde herzlich begrüßt. Doch Sophie sind ihre neuen Nachbarn sofort suspekt. Die übertriebene Freundlichkeit der Frau des Kantors weckt bei Sophie den Verdacht, dass der Schein der christlichen Nächstenliebe trügt. Und tatsächlich: als sie sich unter den Bewohnern umhört, erfährt sie, dass in Quire Close elf Jahre zuvor ein junges Mädchen ermordet wurde. Die Identität des Mädchens konnte nie ermittelt und ihr Mörder nie gefasst werden. Sophie stellt eigene Nachforschungen an und bemerkt zu spät, dass ihre Neugier verhängnisvolle Folgen hat ...

Die Autorin
Kate Charles, in Amerika geboren, lebt schon seit vielen Jahren mit ihrem Mann und zwei Hunden im englischen Bedford. Als ehemalige Vorsitzende der Crime Writers Assosiation und Expertin für viktorianische Kirchen und deren Geschichte hat Kate Charles bereits zahlreiche Kriminalromane geschrieben.

Im Heyne-Verlag bereits erschienen: *Böse Engel* (01/13764).

Kate Charles

Im Namen
des Vaters

Roman

Aus dem Englischen
von Katja Henkel

Wilhelm Heyne Verlag
München

HEYNE ALLGEMEINE REIHE
Band-Nr. 01/13914

Die Originalausgabe
CRUEL HABITATIONS
erschien 2000 bei Little, Brown and Company, London

Umwelthinweis:
Dieses Buch wurde auf chlor-
und säurefreiem Papier gedruckt.

Taschenbucherstausgabe 02/2004
Copyright © 2000 by Kate Charles
Copyright © dieser Ausgabe 2004 by
Ullstein Heyne List GmbH & Co. KG, München
Copyright © der deutschsprachigen Ausgabe 2002
by Marion von Schröder Verlag, München
Der Wilhelm Heyne Verlag und der Marion von Schröder Verlag
sind Verlage der Ullstein Heyne List GmbH & Co. KG
Printed in France 2004
Umschlagillustration: Isolde Ohlbaum, München
Umschlaggestaltung: Hauptmann und Kampa Werbeagentur,
München–Zürich
Gesetzt aus der Present und Stempel Garamond bei
Franzis print & media, München
Druck und Bindung: Maury Eurolivres, Manchecourt
http://www.heyne.de

ISBN: 3-453-87372-6

Kapitel 1

Als Sophie Quire Close betrat, war ihr erster Gedanke, wohl nie zuvor einen schöneren Ort gesehen zu haben. Die Siedlung wirkte auf den ersten Blick völlig gleichmäßig gebaut: Zwei Reihen mittelalterlicher Häuser aus Stein, die einander über winzige Vorgärten und eine enge Kopfsteinpflasterstraße zugewandt waren, erstreckten sich in die Ferne. Mit dem Auge der Fotografin erkannte sie schnell einige Widersprüche, die sie aber nur noch mehr entzückten. Hier und da fand sie historische Überbleibsel, ein gotisches Flügelfenster etwa oder einen fantastisch gezackten Kamin, der hoch in den Himmel ragte, eine georgische Tür oder einen viktorianischen Schnörkel. All das passte vielleicht nicht wirklich zusammen, erhöhte aber den Reiz des Ganzen. Sophie konnte sich durchaus vorstellen, den Rest ihres Lebens damit zu verbringen, diesen Ort zu fotografieren, ohne dass es ihr jemals langweilig würde.

Zwar konnte man Quire Close nicht gerade mit London vergleichen, aber vielleicht war es ja auch höchste Zeit, die Großstadt zu verlassen. Zum ersten Mal, seit Chris den Vorschlag gemacht hatte, nach Westmead zu ziehen, besserte sich ihre Laune.

Chris hatte immer wieder betont, was für ein ungeheures Privileg, was für eine Freude es wäre, in einer Siedlung wie Quire Close zu leben. Die ummauerte Stadt sei im vierzehnten Jahrhundert erbaut worden, erklärte er, um die Kirchenbediensteten der Westmead-Kathedrale unterzubringen, und diesen Zweck erfüllte sie bis zum heutigen Tage. Zusätzlich zur Stellung in der Klosterschule und der begehrten Position als Sänger im Kirchenchor, werde ihnen auch ein Haus in Quire Close mietfrei zur Verfügung gestellt.

Das Angebot sei zu gut, um wahr zu sein, hatte Chris gesagt, als er zum ersten Mal davon hörte. Seine dunklen Augen hatten vor Begeisterung geleuchtet – einer Begeisterung, die sie aus den frühen Tagen ihrer Ehe und den frühen Tagen seiner Karriere kannte. Viel war nach den anstrengenden Jahren als Lehrer an einer Londoner Gesamtschule davon nicht mehr übrig geblieben.

Das Einzige, was Chris bei Laune gehalten hatte, abgesehen von seinem unerschütterlichen Optimismus, war seine Musik gewesen. Er hatte einen schönen Tenor und liebte es zu singen, weshalb er häufig als Ersatzsänger in den verschiedensten Kirchenchören Londons einsprang. An Gelegenheiten fehlte es nicht, aber sein lang gehegter, heimlicher Traum war es – wie er ihr erst kürzlich gestanden hatte –, im Chor einer Kathedrale zu singen.

Ein Kollege hatte ihm von der gerade frei gewordenen Stellung erzählt. Tenor im Kirchenchor und Geschichtslehrer an der Klosterschule, das wäre die perfekte Kombination, erklärte er Sophie. Außerdem würde er gut bezahlt, und hinzu käme auch noch das mietfreie Haus.

Sie hörte die Begeisterung in seiner Stimme, sah den Ausdruck in seinem Gesicht und wusste, dass er niemals zuvor etwas so sehr gewollt hatte. Und das, obwohl er normalerweise klaglos hinnahm, was das Leben ihm anzubieten hatte. Wie hätte sie ihm da im Weg stehen können? Und wenn – *falls* – sie schwanger werden würde, wäre Westmead eine bessere Gegend, um ein Kind großzuziehen, als London.

»Es ist wirklich herrlich«, sagte Sophie jetzt, als sie am Eingang von Quire Close stehen blieb.

Chris packte ihre Hand, eifrig wie ein junger Liebhaber, und zog sie weiter. Es kam ihr vor, als betrete sie eine andere Welt, eine, die in sich geschlossen war und nur wenig Ähnlichkeit mit der Welt da draußen hatte. Durch einen Torbogen hindurch führte ein Weg, der sich durch eine optische Täuschung zu verengen schien und bei einigen größeren und solide gebauten Häusern endete.

Die Gebäude glänzten friedlich im Sonnenschein. Frühling lag in der Luft, und sein berauschender Duft verstärkte den Zauber dieses Ortes. Tulpen blühten am Wegesrand, Knospen öffneten sich mit neuer Kraft.

Und hinter ihnen erhob sich die Kathedrale.

Sie waren früh in Westmead angekommen, damit ihnen genügend Zeit blieb, Quire Close und die Kathedrale vor dem Vorstellungsgespräch zu erkunden. Chris war ungewohnt nervös – von dem Gespräch hing so viel ab. Zuerst sollte er mit dem Schulleiter sprechen und später mit dem Musikdirektor und dem Kantor der Kathedrale. Erst danach, beim Mittagessen, wollte Sophie sich ihnen anschließen.

»Viel Glück«, wünschte sie ihm, als er sich zu seinem ersten Termin aufmachte. »Es wird schon gut gehen.«

Sie betrat die Kathedrale. Das ungeheure Ausmaß des Gebäudes flößte ihr Ehrfurcht ein und auch ein wenig Angst. Sophie war sonst nicht leicht einzuschüchtern, aber jetzt brachte sie allein diese gewaltige Größe aus der Fassung. Die hohen Gewölbe, die riesigen Fenster, die massiven Säulen mit den unwahrscheinlich fein gemeißelten Buchstaben: Nichts davon schien auch nur das Geringste mit der Welt, die sie kannte, zu tun zu haben. Sie versuchte, die Kathedrale mit dem Blick der Fotografin zu betrachten und das Spiel aus Licht und Stein und die Beschaffenheit der Mauern zu genießen. Doch ihr war alles viel zu fremd, und sie bezweifelte, dass sie sich in diesem Gebäude jemals wohl fühlen würde.

Sie schalt sich selbst wegen ihrer Feigheit, als sie durch die große Tür im Westflügel nach draußen flüchtete, um die Zeit doch lieber in Westmead zu verbringen. Offiziell handelte es sich um eine Stadt, doch in Wahrheit war es ein ziemlich verschlafenes Dorf. Hier ist es so ganz anders als in London, dachte sie. Der Charme des Städtchens erschöpfte sich schnell, und bald lief Sophie durch den ausgedehnten Park auf die Kathedrale zu, um pünktlich zum Mittagessen zurück zu sein.

Sie hatten verabredet, sich im Refektorium, das sich an der Südseite des Gebäudes in einem umgebauten Teil des Klosters befand, zu treffen. Es war leicht zu finden.

Die Männer hatten sich bereits zu Tisch gesetzt, standen aber auf, als sie eintrat. Chris trug noch immer ein nervöses Lächeln im Gesicht. Ihm gegenüber erhob sich ein großer, schlanker Mann in einem makellos geschnittenen Anzug. Chris stellte sie einander vor: »Meine Frau Sophie. Jeremy Hammond, der musikalische Direktor.«

Sophie ergriff die schmale Hand, die er ihr über den Tisch entgegenstreckte. »Freut mich, Sie kennen zu lernen, Mr. Hammond.«

»Ganz meinerseits. Bitte nennen Sie mich Jeremy.« Er betrachtete sie durch halb geschlossene Augen und entblößte beim Lächeln seine perfekten Zähne. Sophie erwiderte seinen Blick. Er war ein gut aussehender Mann, der sich seines Charmes offenbar sehr bewusst war. Dieser Charme schien umfassend und nicht speziell auf sie gerichtet zu sein. Sie kannte diesen Typ: London war voll davon.

Sophie betrachtete sich selbst zwar nicht als Porträt-Fotografin, doch sie interessierte sich für Gesichter, und während Jeremy Hammond sich wieder auf seinen Stuhl sinken ließ, begann sie, ihn zu studieren. Er hatte ein lebhaftes, ausdrucksstarkes Gesicht mit hohen Wangenknochen und großen blauen Augen unter den schön geformten Brauen. Kräftiges kastanienbraunes, in der Mitte gescheiteltes Haar umrahmte sein Gesicht und war gerade so lang, dass es den Hemdkragen berührte.

»Wir warten auf den Leiter des Kirchenchores«, erklärte Chris. »Er wollte sich uns eigentlich schon früher anschließen, aber er hat noch eine Sitzung.«

Jeremy Hammond schüttelte den Kopf. »Oh, diese Geistlichen«, sagte er und hob die Augenbrauen. »Sie sind immer so beschäftigt. Zumindest lassen sie uns einfache Sterbliche das gerne glauben. Aber hier«, fügte er hinzu, »ist er ja.«

Ein Mann in einer schwarzen Soutane trat an den leeren Stuhl gegenüber von Sophies Platz. »Kantor Peter Swan«, stellte Jeremy ihn vor, »der Leiter des Kirchenchores.«

Er ist ganz anders als der elegante Jeremy Hammond, dachte Sophie, man könnte ihn sogar hässlich nennen. Peter Swan war ein Mann in mittleren Jahren und von durchschnittlicher Größe, dem jeglicher Humor und Charme zu fehlen schien. Er lächelte nicht, auch nicht, als er ihnen kräftig die Hand schüttelte.

»Wir müssen uns das Essen selbst holen«, erklärte Jeremy und forderte sie auf, sich an der Schlange anzustellen. »Nehmen Sie, was immer Sie mögen. Es geht auf Kosten der Kathedrale.«

Das Essen sah appetitlich aus und schien frisch zubereitet zu sein. Sophie wählte Quiche und Salat und lief anschließend mit ihrem Tablett zurück zum Tisch.

Jeremy verstrickte Chris in eine lebhafte Diskussion über ein bestimmtes Musikstück, und Sophie blieb nichts anderes übrig, als ihre Quiche zu essen und über den Tisch hinweg Kantor Peter Swan zu mustern. Er verspürte offenbar kein Bedürfnis, mit ihr zu sprechen, sondern wandte sich mit aller Konzentration seinem Essen zu, und sie ergriff die Gelegenheit, ihn ausführlich zu betrachten. Er hat ein interessantes Gesicht, entschied sie, von charaktervoller Hässlichkeit. Es erinnerte sie an die Wasserspeier am Dach der Kathedrale.

Die Schwerkraft war nicht sein bester Freund. Seine Haut und das darunter liegende Fleisch schienen nur schwach an seinem Schädel befestigt zu sein; sein Gesicht hing nach unten und ließ ihn mindestens zehn Jahre älter erscheinen, als er wahrscheinlich war.

Als Kantor Swan sein Mahl beendet hatte, legte er das Besteck auf den Teller. Der Zeitpunkt zum Sprechen schien gekommen. »Sie stammen aus London, Mrs. Lilburn?«

»Wir leben dort seit einigen Jahren – seit wir verheiratet sind.«

»Ihr Mann hat also sehr häufig in London gesungen?«

Sophie nickte. »Meistens ist er eingesprungen. In den verschiedensten Kirchenchören der ganzen Stadt. Sie sollten ihn aber selbst fragen.« Sie zuckte entschuldigend mit den Achseln. »Ich kümmere mich nicht allzu sehr um Kirchenangelegenheiten.«

»Sehr weise von Ihnen.« Und dann, aus irgendeinem Grund, lächelte er sie an. Die Veränderung war so erstaunlich, dass sie nach Luft schnappte. Seine hängenden Backen verschwanden, und sein Gesicht ordnete sich neu. Er sah viel jünger aus – zehn Jahre, zwanzig Jahre jünger. Er schien ein vollkommen anderer Mensch zu sein. Zwar war er noch immer nicht attraktiv, aber Sophie konnte jetzt zumindest einen Hauch von Charme erkennen. Wie faszinierend es sein müsste, dachte sie, dieses Gesicht zu fotografieren.

Chris unterbrach sein Gespräch mit Jeremy und wandte sich an den Kantor: »Ich habe in der *All Saints' Margaret Street* gesungen, in der *Bourne Street*, in *St. Alban's* und *Holborn*. Ein paar Mal in der Abtei. Im Grunde in der ganzen Stadt.«

»Er kann sehr viele Empfehlungen vorweisen«, sagte Jeremy. »Und ich muss sagen, dass er das Vorsingen mit Bravour gemeistert hat. Das Haydn-Stück hat er hervorragend interpretiert.«

»Und Mrs. Lilburn?«, fragte der Kantor und sah sie über den Tisch hinweg an.

Chris antwortete an ihrer Stelle. »Sophie ist Fotografin«, sagte er stolz. »Sie ist in ihrem Beruf ziemlich erfolgreich.«

Der Kantor sah Sophie noch immer an. »Wie würde es Ihnen gefallen, von London hierher zu ziehen? Wäre das ein Problem für Sie?«

»Ich kann an jedem Ort Fotos machen«, antwortete sie ausweichend und blickte zur Seite. Sie durfte Chris diese einmalige Chance nicht ruinieren. Es bedeutete ihm so viel.

Kantor Swan, der das vorangegangene Vorstellungsgespräch verpasst hatte, schien das Bedürfnis zu haben, eine ganze Reihe von Fragen zu stellen. »Wie sieht es mit Familie aus? Haben Sie Kinder?«

»Nein«, entgegnete Sophie. »Nein. Noch nicht.« Sie wagte es nicht, Chris anzusehen, obwohl sie spürte, dass sein Blick auf ihr ruhte.

Noch nicht. Das war das Problem. Und das lag bestimmt nicht daran, dass sie es nicht wollten, zumindest nicht seit dem letzten Jahr.

Chris hatte sich von Anfang an Kinder gewünscht. Ihm wäre es am liebsten gewesen, wenn sie sofort schwanger geworden wäre. Er selbst stammte aus einer kinderreichen Familie, was für ihn das Normalste der Welt war. Manche Männer streben es an, eine ganze Fußballmannschaft zu zeugen; Chris wäre mit einem durchschnittlich großen Kirchenchor zufrieden gewesen.

Doch Sophie musste ihm zugestehen, dass er sie niemals gedrängt hatte. Zwar machte er deutlich, was er sich wünschte, respektierte aber ihre Entscheidung, noch zu warten. Sie wollte zuerst ihre Karriere vorantreiben, bevor sie gezwungen sein würde, wegen der Kinder zu Hause zu bleiben.

»Lass mir zwei Jahre Zeit«, hatte sie zunächst gefordert. Doch schnell waren aus den zwei Jahren fünf geworden, und nun waren sie schon seit neun Jahren verheiratet und hatten noch immer keine Kinder.

Sophie war dreißig Jahre alt. Ein Jahr zuvor, an der Schwelle zu diesem bedeutungsvollen Geburtstag, war ihr mit einem Mal klar geworden, dass ihre biologische Uhr tickte. Plötzlich schien es nichts Wichtigeres auf der Welt zu geben, als ein Baby zu bekommen. Sofort. Bevor es zu spät war.

Chris war natürlich entzückt. Entzückt über ihre Entscheidung und vor allem über die plötzlich ansteigende Häufigkeit ihrer Liebesnächte. Ein paar Monate lang war es die reinste Wonne, und beide erglühten in neuer Leidenschaft füreinander.

Aber nichts geschah. Obwohl sie sich Tag für Tag liebten, gab es keine Anzeichen für Erfolg.

Nach diesen ersten Monaten wurde die Freude plötzlich schal. Miteinander zu schlafen war zur Routine geworden, zur

Pflicht, der Zärtlichkeit beraubt, und Verzweiflung hielt Einzug. Würde es *diesmal* klappen? Der drohende Misserfolg hing wie ein Damoklesschwert über ihnen.

Sophie begann, sich mit ihrer Empfängnisbereitschaft zu beschäftigen, ihre Temperatur zu messen, und bestand darauf, dass sie sich, sobald der richtige Zeitpunkt gekommen war, noch häufiger liebten – wenn man das überhaupt noch so bezeichnen konnte. Schließlich bat sie sogar ihren Frauenarzt, sie zu einem Spezialisten zu überweisen. »Geben Sie sich ein Jahr Zeit«, sagte der Frauenarzt. »Dann erst sollten wir uns über so etwas Gedanken machen.«

Doch nun war ein Jahr vergangen, und es gab noch immer keine Anzeichen für eine Schwangerschaft.

Jeremy Hammond lud sie zum Kaffeetrinken in sein Haus ein. »Ich möchte Ihnen auf keinen Fall die schreckliche Brühe zumuten, die im Refektorium als Kaffee durchgeht«, sagte er mit einem Schaudern. »Lassen Sie uns bei mir eine anständige Tasse trinken.«

Kantor Swan lehnte ab, indem er eine weitere dringende Konferenz erwähnte, und so gingen sie zu dritt zurück nach Quire Close.

»Wohnen Sie in einem der großen Häuser am Rand der Siedlung?«, fragte Sophie, als sie unter dem Torbogen hindurchgingen.

»Nein. Ich bin lediglich ein bescheidener Musikdirektor.« Jeremy hatte einen gleitenden Gang, und wegen seiner langen Beine mussten sie sich beeilen, um auf dem Kopfsteinpflaster mit ihm Schritt zu halten. »Hier ist es.« Er bog in einen sehr gepflegten Vorgarten ein und schloss die Haustür auf. »Sie werden feststellen, dass die Häuser in der Siedlung unterschiedlich aussehen. Meines ist tatsächlich eines der hübscheren, glaube ich.«

Der Flur war winzig. »Kommen Sie nach oben.« Jeremy winkte sie heran und ging vor ihnen die lange Treppe hinauf, dann am Geländer entlang in ein Zimmer im vorderen Teil des

Hauses. »Mein Wohnzimmer«, verkündete er. »Ein wenig zu klein, um Salon genannt zu werden, aber es reicht aus.«

Es war ein hübsches Zimmer. Jeremy hatte das Glück, auf der Südseite der Siedlung zu wohnen, und so war das Zimmer hell und sonnig. Alles darin zeugte von bestem Geschmack: ein weicher, orientalischer Teppich, ein paar Bilder an den Wänden aus Terrakotta, einige sehr schöne antike Möbel. Die Nischen waren gefüllt mit Büchern und einer gut versteckten Stereoanlage, und in einer Ecke stand ein hübsches Klavichord. »Für ein Klavier hatte ich nicht genügend Platz«, erklärte Jeremy, »und man hätte es auch niemals diese Treppe hinauftragen können, also habe ich das hier bauen lassen.«

Ihr Gastgeber verschwand für ein paar Minuten nach unten, um Kaffee zu kochen. Sophie spazierte herum und inspizierte die Bilder, während Chris sich in einen bequemen Armsessel sinken ließ und mit den Händen nervös auf seine Schenkel klopfte.

»Wie ist es bisher gelaufen?«, fragte Sophie.

Chris nickte. »Ganz gut, glaube ich. Sie scheinen mich zu mögen.«

»Und magst du *sie*?«

»Du kennst mich doch«, grinste er. »Ich mag jeden.«

Sophie musste zugeben, dass er Recht hatte. Ihr Mann war einer jener unkritischen Menschen, die in jedem nur das Beste sahen. Sie war da ganz anders.

Und, so schien es ihr, Jeremy Hammond ebenfalls.

»Diese Geistlichen«, sagte er, als er mit einem Tablett wieder in den Raum glitt. »Sie glauben, dass sie *so* wichtig sind. Eilen mal hierhin, mal dorthin, ich meine, sie scheinen wirklich zu glauben, dass sie die Geschicke der Kathedrale lenken. Können Sie sich das vorstellen?«

Sophie, mit ihrem sehr begrenzten Wissen über Kathedralen, war irritiert. »Ich dachte, der Bischof leitet die Kathedrale. Und er ist ja wohl ein Geistlicher, oder nicht?«

»Oh, meine Liebe! Sie müssen noch so viel lernen!« Jeremy stellte das Tablett auf einem erlesenen Mahagoni-Tischchen ab und wandte sich ihr vergnügt zu: »Zunächst einmal hat der Bischof absolut nichts mit der Kathedrale zu tun.«

»Aber hat er dort nicht seinen Sitz? Den großen Sitz neben der Kanzel? Das wurde mir zumindest gesagt.« Sie gab ihre Unwissenheit nur sehr ungern zu.

Jeremy schien das aber nichts auszumachen, er schien sogar Spaß daran zu finden, sie aufzuklären. »Der Bischofssitz – die *cathedra*, um das lateinische Wort zu benutzen – ist es, was aus der Kirche eine Kathedrale macht. Aber die Aufgabe des Bischofs ist es, die Diözese zu leiten, nicht die Kathedrale. Dafür ist eigentlich der Dekan verantwortlich. Der Dekan und Kapitular. Sie haben vielleicht bemerkt«, fügte er mit einem bösen Lächeln hinzu, »dass ich das Wort *eigentlich* benutzt habe. Unser Dekan ist absolut nutzlos. Die Leute lassen ihn so tun, als ob er was zu sagen hätte, aber jeder weiß, dass dem nicht so ist.«

Ein anderes Wort hatte sie verwirrt. »Sie sagten, der Dekan und Kapitular. Was ist ein Kapitular?«

Jeremy reichte ihr eine winzige Porzellantasse mit duftendem Kaffee. »Alle Kantoren sind Mitglieder des Kathedral-Kapitels. Zumindest die Kantoren, die hier in der Siedlung leben. Die meisten Kathedralen haben drei oder vier. Wir haben glücklicherweise nur drei – einer weniger, der im Weg herumsteht.«

Sophie wartete, bis er etwas Sahne in ihre Tasse geschüttet hatte, und nahm dann dankbar einen Schluck. Sie liebte guten Kaffee, und die Tatsache, dass Jeremy Hammond diese Leidenschaft mit ihr teilte, schien ihr ein gutes Zeichen zu sein. »Kantor Swan ist also auch einer von ihnen.«

»Ganz genau. Er ist der Leiter des Kirchenchores, der Vorsänger«, erklärte er. »Er ist für die Musik des Gottesdienstes zuständig – oder zumindest lasse ich ihn in dem Glauben. Deswegen war er heute beim Vorstellungsgespräch auch dabei.«

»Er singt?«

Jeremy, der gerade dabei war, Chris die Sahne anzubieten, sah sie mit erhobenen Augenbrauen an. »Oh ja. Und auch gar nicht schlecht – für einen Mann seines Alters«, sagte er.

»Er ist also schon lange hier?«, fragte Chris.

»Nicht lange.« Jeremy verrührte die Sahne in seinem Kaffee, nahm einen Schluck und lächelte zufrieden. »Seit etwa zwei Jahren. Er wurde ernannt, weil er ein alter Freund des Dekans ist. So funktioniert das hier – es ist wichtig, die richtigen Leute zu kennen.«

Sophie war vor allem an der menschlichen Seite interessiert. »Ist er verheiratet?« Jeremy lachte. »Nein.« Er machte eine elegante, ausdrucksvolle Handbewegung. »Er ist ein Miesepeter. Wer würde ihn schon wollen? Lassen Sie uns ehrlich sein – er strahlt nicht gerade Liebenswürdigkeit und Lebensfreude aus.«

Zu Sophies Enttäuschung wechselte Chris das Thema. »Erzählen Sie mir vom Dekan«, bat er.

»Der Dekan«, verkündete Jeremy, »ist völlig bedeutungslos. Mehr muss man über ihn wirklich nicht wissen. Er spielt keine Rolle, wie ich bereits sagte. Er züchtet Burmakatzen und altmodische Rosen und verlässt das Dekanat nur, wenn es absolut nötig ist. Sie werden ihn ab und zu in der Messe sehen, manchmal lässt er sich sogar dazu herab, selbst eine zu lesen, aber ich kann Ihnen versprechen, dass er sich niemals in irgendeiner Art und Weise in Ihr Leben einmischen wird.«

Sophie bemerkte, dass seine Worte so klangen, als ob ihre Zukunft in der Westmead-Kathedrale schon beschlossene Sache wäre. »Aber wer leitet denn dann die Kathedrale?«, fragte sie.

Jeremy stellte seine Kaffeetasse ab und ging zum Fenster. »Kommen Sie her, meine Liebe«, befahl er.

Sophie gehorchte, trank schnell die Tasse leer und stellte sich neben ihn.

»Quire Close«, sagte Jeremy, »ist der Sitz der Macht. Nicht das Dekanat.« Aus dem Fenster blickend, breitete er dramatisch die Arme aus. »Es gibt zwei Menschen, die hier von Bedeutung sind. Einer von ihnen lebt am Eingang, ganz nahe beim Torbogen.« Er deutete die Straße hinunter. »Sein Name ist Leslie Clunch.«

Sie folgte mit den Augen seinem Finger, obwohl niemand zu sehen war. »Und wer ist Leslie Clunch?«

»Ein pensionierter Kirchendiener«, antwortete Jeremy. »*Erster* Kirchendiener, wie er Ihnen zweifellos gleich als Erstes erklären würde.«

Diese Bezeichnung sagte ihr gar nichts, und Hilfe suchend warf sie Chris einen Blick zu.

»Die Kirchendiener gehen auf dem Weg in die Kathedrale vor den Geistlichen und dem Chor«, erklärte Chris bereitwillig. »Ebenso, wenn die Geistlichen wieder hinausgehen oder auf die Kanzel steigen, um zu predigen oder zu lesen. Sie tragen schwarze Umhänge und silberne Stäbe. Es ist eine ziemlich feierliche Zeremonie.«

»Doch die Kirchendiener haben noch viel mehr Aufgaben, als nur vor den Geistlichen herzulaufen«, fügte Jeremy hinzu. »Sie sind diejenigen, die hier in Wahrheit das Sagen haben.«

»Ich habe heute Vormittag in der Kathedrale einige Männer gesehen, die schwarze Kutten trugen«, erinnerte sich Sophie. »Es schien so, als ob sie für Ordnung sorgten.«

Jeremy nickte. »Ganz genau. Sie behalten die Touristen im Auge, damit sie nichts anstellen oder mit dem Silber verschwinden, und sie sorgen dafür, dass sie selbst für jeden unverzichtbar sind. Sie wären die Ersten, die Ihnen erklären würden, dass die Geistlichen ohne sie überhaupt nicht zurechtkommen.«

»Also, dieser Leslie Clunch …?«, hakte Sophie nach.

»Er war der Erste Kirchendiener – viele, viele Jahre. Ich glaube, fast dreißig Jahre lang«, antwortete Jeremy. »Er hat sich vor etwa zwei Jahren zur Ruhe gesetzt, und in Anerkennung seines langen Dienstes für die Westmead-Kathedrale wurde ihm ein Haus in Quire Close zur Verfügung gestellt.«

»Und wie kommen Sie darauf, dass er so mächtig ist? Ich meine, wenn er im Ruhestand ist …«

Jeremys Mund verzog sich zu einem breiten Lächeln. »Meine Liebe, er weiß sozusagen, wo all die Leichen vergraben liegen. Es gibt nichts, was in dieser Kathedrale innerhalb der letzten dreißig Jahre geschehen ist, das er nicht wüsste. Er hat ein sehr gutes Gedächtnis«, fügte er hinzu. »Es ist auf keinen Fall gut, ihm in die Quere zu kommen.«

Sophie war verwirrt: So wie Jeremy sprach, konnte man glauben, es handle sich bei der Kathedrale um eine Lasterhöhle und nicht um ein Haus Gottes. Sie hatte immer geglaubt, dass Kirchen heilige Orte wären und die Menschen, die zu ihrem Umfeld gehörten, ohne Fehl und Tadel seien. Doch noch bevor sie das zum Ausdruck bringen konnte, fuhr Jeremy bereits fort: »In der Siedlung geschieht nichts, ohne dass Leslie Clunch davon erfährt. Nichts.« Seine Worte klangen fröhlich, aber Sophie ahnte, dass darin eine Warnung lag.

»Lebt er alleine?«, fragte Chris.

»Oh nein. Es gibt eine Mrs. Clunch. Olive.« Jeremy grinste. »Die immer leidende Olive. Sie ist jetzt sehr gebrechlich. Sie geht niemals aus. Leslie kümmert sich Tag und Nacht um sie, wie er gerne betont.«

Chris gesellte sich zu ihnen ans Fenster. »Woher nimmt er dann die Zeit, über jeden hier Bescheid zu wissen?«

Jeremy schüttelte den Kopf und lächelte, während er zugleich mit einer eleganten Bewegung die Achseln zuckte. Nach einer bedeutungsvollen Pause sagte er: »Sie werden noch früh genug herausfinden, wovon ich spreche.«

Wieder die Andeutung, dass ihre Zukunft in Westmead lag. Sophie kämpfte gegen ein Gefühl der Panik an, das in ihr aufkam. Egal wie unvernünftig es klang, am liebsten wäre sie sofort die Treppen hinuntergerannt, hätte Quire Close hinter sich gelassen, um zurück nach London zu fahren. Stattdessen zwang sie sich weiterzusprechen. »Sie sagten, es gäbe zwei Menschen, die von Bedeutung sind. Wer ist der andere?«

»Ja«, sagte Jeremy, »das ist nun *wirklich* eine lange Geschichte. Wollen wir vielleicht noch einen Kaffee trinken?«

Er verschwand, um frischen Kaffee zu kochen, dann setzte er sich wieder in den großen Sessel und kreuzte die langen Beine vor sich. »Elspeth Verey«, sagte er, als koste er den Klang dieses Namens aus. »Elspeth Verey.«

Sophie wartete, weil sie erkannte, dass Jeremy auf diese Weise dem Ganzen eine gewisse Dramatik verleihen wollte.

»Elspeth Verey lebt am anderen Ende der Siedlung«, begann

Jeremy. »Im Haus des Klostervorstehers, einem der größeren Häuser.«

Er ließ sich Zeit, die Geschichte zu erzählen, zögerte sie genussvoll hinaus. Verey, erklärte er, lebte sogar schon länger als Leslie Clunch in Westmead, seit über vierzig Jahren. Sie war ein junges Mädchen gewesen, als ihr Vater zum Dekan der Westmead-Kathedrale ernannt wurde, und wohnte während seiner Amtszeit mit ihm im Dekanat.

Hochwürden Arthur Worthington, ihr Vater, war ein Dekan der alten Schule gewesen: in Oxford ausgebildet, hoch angesehen und mit Privatvermögen. Die Westmead-Kathedrale wurde sein Königreich, über das er wie ein mildtätiger Tyrann herrschte. In diesen Tagen gab es keine Zweifel, wer das Sagen hatte oder wo die Macht lag. Arthur Worthington war fast so etwas wie ein Monarch der Anglikanischen Kirche, doch nichtsdestotrotz wurde er sehr verehrt.

Und seine Tochter, die im Zentrum dieser Macht aufwuchs, begann, daran Geschmack zu finden. Sie sah ihre Stellung in Quire Close sogar als eine Art Geburtsrecht an.

Zu der Zeit, in der Elspeth Verey heranwuchs, gab es für Frauen nur eine einzige Möglichkeit, in der Anglikanischen Kirche etwas zu erreichen: Sie mussten sich entsprechend verheiraten. Elspeth Worthington, wie sie damals hieß, begriff das sehr schnell und begann, ihre Pläne ganz berechnend zu verfolgen. Vorsichtig schätzte sie jeden qualifizierten Geistlichen ab, der ihren Weg kreuzte. In einer Stadt mit Bischofssitz gab es ausreichend Kandidaten, unter denen sie wählen konnte. Selbst wenn man die bereits verheirateten Männer abzog, hatte sie noch immer die freie Wahl: Kantoren, Diakone, Vikare, Pfarrer, Kuratoren.

Die Kuratoren waren zu jung und unerfahren, und den meisten der Vikare und Pfarrer fehlte es an Ehrgeiz. Sie hatten nicht das nötige Feuer, nach dem Elspeth suchte. Doch mit einundzwanzig traf sie Richard Verey. Er war achtunddreißig und gerade erst zum Diakon von Westmead ernannt worden. Es war nicht leicht, einen Diakon unter vierzig zu finden. Die Tatsache, dass er bereits so viel erreicht hatte, ließ vermuten, dass er noch große Pläne hatte.

Sie heirateten innerhalb eines Jahres, und nach einem weiteren Jahr gebar sie einen Sohn, der den ehrbaren Familiennamen weitergeben konnte: Worthington Verey. Sein Patenonkel war der Erzbischof von Canterbury, und von ihm bekam er auch den zweiten Vornamen.

Worthington Michael Ramsey Verey war offenbar zu Höherem geboren. Er war ihr einziges Kind, und sie überschüttete ihn mit ihrer Liebe und quälte ihn mit ihrem Ehrgeiz.

Es zeigte sich, dass sie ihren Ehegatten weise gewählt hatte, denn er wurde der Nachfolger ihres Vaters und somit Dekan von Westmead. Daraufhin zog Elspeth Verey wieder triumphierend in das Dekanat der Siedlung ein, davon überzeugt, dass es ihr Recht sei, dort zu wohnen.

Und so begann sie, im Hintergrund die Geschicke der Kathedrale zu lenken.

Bisher war alles ganz nach Plan gelaufen. Der junge Worthington wurde klüger und größer, war ein hervorragender Schüler und sicherte sich wie sein Vater einen Studienplatz in Oxford.

Doch dann kam der große Schock, ein erdbebenartiger Umbruch. Worthington ging nach Oxford, und nur ein paar Monate später entdeckte Elspeth, dass sie für den Verlust ihres Sohnes auf höchst unerwartete Weise entschädigt wurde: Sie war wieder schwanger, und das im Alter von einundvierzig Jahren.

Das zweite Baby wurde auch ein Junge, und sie nannten ihn Dominic.

Doch Dominic war nicht dafür bestimmt, im Dekanat heranzuwachsen. Hochwürden Richard Verey stellte sich nämlich als schwächlicher als sein großartiger und langlebiger Schwiegervater heraus. Mit sechzig erlitt er einen leichten Herzinfarkt, und seine Ärzte drängten ihn, sich vorzeitig zur Ruhe zu setzen. Zögernd stimmte er zu und plante, als Dekan zurückzutreten, als ihn ein weiterer, diesmal tödlicher Herzinfarkt traf.

Elspeth Verey wurde mit siebenundvierzig Witwe.

Das Haus des Priors, am anderen Ende von Quire Close, war inzwischen als Alterssitz des Dekans Verey hergerichtet worden, und niemand stellte Elspeth Vereys Anspruch infrage, dort auch nach seinem Tod mit ihrem jüngsten Sohn einzuziehen. Hier lebte sie bis zum heutigen Tag.

Sie war, erklärte Jeremy, die ungekrönte Königin von Westmead. Mit achtundfünfzig galt ihr ganzer Ehrgeiz ihren Söhnen. Dominic ging noch zur Schule, aber Worthington war auf dem besten Weg, seiner Bestimmung zu folgen: Er würde, davon war seine Mutter überzeugt, in nicht allzu ferner Zukunft Dekan von Westmead werden. Sie hatte dafür gesorgt, dass ein unfähiger Mann, der nicht viel anrichten konnte, den Posten bekam, bis die Zeit für Worthington reif war.

Elspeth Verey war Gebieterin über das gesellschaftliche Leben in Westmead. Menschen, die sie mochte, blühten auf, diejenigen, die sie verabscheute, wurden von ihren Nachbarn geächtet.

»Und mag sie *Sie*?«, platzte es aus Sophie heraus. Noch während sie sprach, wurde ihr klar, dass diese Frage möglicherweise nicht besonders taktvoll und besonnen war.

Aber Jeremy schien nicht böse zu sein. Er grinste und stellte seine langen Beine nebeneinander: »Oh ja. Unsere Elspeth mag mich. Sie findet mich … amüsant.« Er hob die Augenbrauen und senkte die Stimme. »Aber soll ich Ihnen sagen, wen sie *nicht* mag?«

»Wen?«

»Die Frau des Zweiten Dekans. Elspeth kann sie nicht ausstehen.«

»Weshalb?«

»Weil«, erklärte Jeremy und verzog hämisch seinen Mund, »der Zweite Dekan einer der jungen Pfarrer war, den Elspeth all die Jahre verschmäht hat.« Sophie verdaute diese Information. »Der Zweite Dekan? Aber wenn der Dekan …«

Ihre Frage wurde vom Klingeln des Telefons unterbrochen. Jeremy ging in einen anderen Raum, um den Anruf entgegenzunehmen, und als er zurückkam, grinste er breit.

»Das war der Direktor«, sagte er zu Chris gewandt. »Er hat mit Kantor Swan gesprochen. Wir alle sind einer Meinung. Wenn Sie den Job haben wollen, gehört er Ihnen.«

Chris sah Sophie an und sie ihn. Sein heiteres, rundliches Gesicht strahlte vor Aufregung, während sie spürte, wie ihr Lächeln einfror.

Kapitel 2

April 1989

Niemand hätte die beiden Mädchen für Schwestern gehalten. Sie sahen sich überhaupt nicht ähnlich: Jacquie, die um ein Jahr Ältere, war dunkel und schlank, Alison hingegen blond mit einer Neigung zur Rundlichkeit. Alison war die Hübschere der beiden, aber Jacquie würde vermutlich länger jung aussehen.

Sie machten zusammen Urlaub – vierzehn Tage Griechenland. Alison konnte noch immer nicht glauben, dass ihre Eltern es ihnen tatsächlich erlaubt hatten.

Es war ihre erste Auslandsreise. Ihre Eltern waren niemals lange in Urlaub gefahren, weil sie so etwas für Geldverschwendung hielten. Als die Mädchen noch klein waren, hatten sie gelegentlich einen Ausflug an die nördliche Küste von Norfolk gemacht, nach Wells-next-the-Sea oder Cromer, manchmal für einen Tag oder sogar ein ganzes Wochenende. Dort saßen sie dann am Strand des eiskalten Meeres, immer unter den wachsamen Augen ihrer Eltern.

Diesmal würde es anders werden, hatte Jacquie ihrer Schwester begeistert versichert. Das Meer wäre warm, warm genug, um darin zu schwimmen, der Himmel von einem ewigen Blau, die Luft mild. Und das Wichtigste: Es gab eine Menge Männer, und die Eltern waren nicht dabei.

Wenn Joan und Frank Barnett auch nur das Geringste über

Rucksackurlaube im Ausland gewusst hätten, hätten sie im Traum nicht daran gedacht, ihren Töchtern die Erlaubnis zu dieser Reise zu geben. Doch ihre Lebenserfahrung war begrenzt. Sie hatten freiwillig auf einen Fernseher verzichtet, denn ihrer Meinung nach war das Fernsehen reine Zeitverschwendung und, noch schlimmer, eine Erfindung des Teufels, der Schmutz und Verderbtheit in ihr Heim bringen wollte. Genauso wenig lasen sie Zeitungen, die waren auch nicht besser.

Joan und Frank Barnetts wichtigster Lesestoff war die Bibel, und ihr Wissen über die Welt außerhalb von Sutton Fen, einer kleinen Marktstadt in der Nähe der Cambridgeshire-Norfolk-Grenze, bezogen sie vor allem aus den glühenden Predigten des Reverend Raymond Prew, dem Pastor der Freien Baptisten. Die Welt war ein teuflischer Ort, den man am besten mied. In diesem Glauben lebten sie und zogen ihre Töchter groß, beschützten sie so gut es ging vor der Welt und dem Bösen. Joan und Frank waren erst spät Eltern geworden, die Mädchen ein lang ersehntes Geschenk ihrer Ehe und folglich umso wertvoller. Und sie mussten vor den Gefahren der feindlichen Welt besonders beschützt werden.

Trotzdem hatten Joan und Frank, als Jacquie die gemeinsame Reise mit ihrer Schwester nach Griechenland vorschlug, nach einer Weile zugestimmt. Griechenland wurde schließlich auch in der Bibel erwähnt. Der heilige Paulus war dort gewesen. Sie selbst würden zwar niemals eine Reise nach Griechenland in Betracht ziehen, aber sie waren davon überzeugt, dass ihre Mädchen in diesem Land der Bibel sicher waren.

Beide verdienten inzwischen ihr eigenes Geld und hatten für diese Reise gespart. Die zwanzigjährige Alison hatte eine gute Stellung als Sekretärin für Mr. Prew, und Jacquie arbeitete, seit sie die Schule verlassen hatte, im Supermarkt.

Den Job dort würde sie aber bald aufgeben, und das war auch der wahre Grund für die Reise. Im Juli wollte Jacquie Darren Darke heiraten, und sie hatte ihre Eltern gebeten, ihr wenigstens eine einzige Reise ins Ausland zu genehmigen, bevor sie mit ihrem Mann einen Hausstand gründen würde.

Joan und Frank waren mit Darren Darke als Schwiegersohn einverstanden. Er war einer von ihnen – ein Mitglied der Gemeinde der Freien Baptisten, ein besonnener junger Mann mit guten Aussichten. Sein Vater besaß eine Werkstatt und ein Autohaus in Sutton Fen, in dem Darren bereits eine Stellung als Verkaufsleiter hatte. Er hatte sogar ein eigenes Haus im Neubaugebiet am Stadtrand von Sutton Fen. Darren würde sich um Jacquie kümmern und für sie sorgen, sie brauchte nicht länger zu arbeiten. Sie konnte zu Hause bleiben und tun, was die von Gott bestimmte Aufgabe der Frau war: sich ums Haus kümmern, um den Ehemann und im Laufe der Zeit auch um die Kinder. So lehrten es die Freien Baptisten, und was gut genug für Joan und Frank gewesen war, sollte auch gut genug für ihre Tochter sein.

Jacquie liebte Darren, oder zumindest redete sie sich das ein. Auf jeden Fall freute sie sich auf die Hochzeit. Wenn sie erst einmal Mrs. Darren Darke war, hatte sie einen ganz anderen Stand in Sutton Fen, und außerdem würde sie endlich der erstickenden Atmosphäre ihres Elternhauses entfliehen können.

Aber wenigstens ein Mal, bevor sie ihre Pflichten übernahm, wollte sie die Freuden eines richtigen Urlaubs genießen.

Im Gegensatz zu ihren Eltern und ihrer unschuldigen Schwester wusste Jacquie ganz genau, woraus diese Freuden bestehen sollten. Während der ruhigen Stunden im Supermarkt hatte sie oft die Hochglanzmagazine gelesen, Magazine, die mit ihren eindeutigen Artikeln ihren Eltern die Haare hätten zu Berge stehen lassen. Die meisten ihrer Schulfreundinnen und auch ihre Freundin Nicola aus dem Supermarkt hatten schon Rucksackurlaube im Ausland gemacht und ihr von der ständigen Bereitschaft der Männer erzählt.

Sex. Das war es, worum es wirklich ging. Jede Menge Sex mit so vielen Männern wie nur möglich zu haben, bevor sie einen eigenen Hausstand gründen und Mrs. Darren Darke werden würde, bevor die Wände ihres Heims sie für immer einschlossen. Das, dachte Jacquie, ist doch nicht zu viel verlangt.

Ihre Schwester und vor allem ihre Eltern hatten keine Ahnung davon, dass Jacquie keine Jungfrau mehr war. Sie hatte seit ihrer Verlobung mit Darren das Bett geteilt, und wenn es nach Jacquie gegangen wäre, hätten sie damit schon viel früher angefangen, aber Darren war ein aufrechter und frommer junger Mann, und es hatte einige Überredungskunst gekostet, ihn überhaupt so weit zu bringen. Dann aber stellte er fest, dass es ihm Spaß machte, und so wurde Sex zu einem festen Bestandteil in ihrer Beziehung.

Es war praktisch, dass Darren sein eigenes Haus hatte, das seine künftige Frau Jacqueline ganz rechtmäßig besuchen durfte. Und das tat sie auch häufig, unter dem Vorwand, den Umbau überwachen zu müssen. Ihre Eltern wären vor Scham gestorben, wenn sie auch nur den geringsten Verdacht gehegt hätten, was während ihrer Besuche wirklich vor sich ging.

Alison wäre mindestens ebenso geschockt. Ihr Wissen über solche Dinge war äußerst beschränkt und von ihrer romantischen Natur geprägt.

Aber als Jacquie ihr sagte, dass es in Griechenland jede Menge Männer geben würde, war Alison nicht unglücklich darüber gewesen. Es gab für sie in Sutton Fen nur wenige geeignete Männer, die ihre Eltern als passend betrachtet hätten. Bisher jedenfalls hatte sie keinen Mann gefunden, zu dem sie sich hingezogen fühlte.

Alison war bereit, sich zu verlieben.

Das Hotelzimmer war einfach, aber ausreichend. Es gab zwei Doppelbetten, eine Kommode mit Schubladen, einen Schrank, einen Stuhl. Der Raum war sauber, genauso wie das angrenzende Badezimmer, und durch das Fenster hatte man einen direkten Blick aufs Meer.

Alison stützte sich aufs Fensterbrett und atmete die Seeluft tief ein. »Es ist wunderschön«, seufzte sie. »Ich habe nicht gewusst, dass es irgendwo auf der Welt etwas so Wunderschönes geben könnte.« Die Farben waren so strahlend, so lebendig: das helle Blau des Himmels, das dunkle Blau des Meeres. Es war ganz anders als die flachen, grauen Sumpfgebiete, in denen sie ihr Leben lang gelebt hatte.

»Zwei ganze Wochen«, sagte Jacquie und ließ sich mit einem glücklichen Ächzen auf das Bett plumpsen. »Das ist zu schön, um wahr zu sein.«

»Wir werden gar nicht mehr nach Hause wollen«, prophezeite Alison. »Wir werden eine tolle Zeit haben, oder?«

»Oh ja«, sagte Jacquie, setzte sich auf und nickte. »Eine wundervolle Zeit, versprochen.« Der Gedanke schien sie, nach der ermüdenden Reise, zu erfrischen. Sie sprang vom Bett auf und hob ihren Koffer darauf. »Und es gibt keinen besseren Zeitpunkt als diesen, damit zu beginnen«, verkündete sie. »Lass uns runter zum Strand gehen.«

Das war ein Vorschlag, der, selbst noch vor ein paar Monaten, zwiespältige Gefühle bei Alison ausgelöst hätte, die immer unsicher wegen ihres Gewichtes war. Aber sie hatte, seit sie die Reise geplant hatten, eine strikte Diät eingehalten und war nun stolz auf ihre schlanke Figur. Sie konnte es kaum erwarten, ihren neuen Badeanzug vorzuführen. »Großartige Idee«, rief sie zustimmend, machte es ihrer Schwester nach und hievte ihren Koffer aufs Bett.

Alisons Badeanzug war, obwohl neu, konservativ geschnitten, mit wenig Dekolleté und bravem Beinausschnitt. Sie hatte ihn mit der zögerlichen Zustimmung ihrer Mutter gekauft, die Badeanzüge eigentlich für etwas Unanständiges hielt. Schamvoll wandte sie ihrer Schwester den Rücken zu und zog ihn an, drehte sich schließlich um und rief: »Wie findest du ...«

Die Worte erstarben auf ihren Lippen. Sie schnappte nach Luft, als sie ihre Schwester sah. Jacquie war in einen knallengen Bikini gezwängt, der aus kaum mehr als winzigen Stoffdreiecken bestand, die durch eine Schnur miteinander verbunden waren.

»Ta-taah!« Jacquie posierte mit ausgebreiteten Armen.

»Das kannst du nicht anziehen!«

»Ach nein? Sieh mich doch an!« Sie drehte sich um die eigene Achse und zeigte, dass hinten sogar noch weniger bedeckt war als vorne.

»Aber woher hast du das?«, fragte Alison. »Mutter hätte dir nie erlaubt, so etwas zu kaufen!«

Jacquie grinste trotzig. »Den habe ich in einem Katalog bestellt, den Nicola mit zur Arbeit gebracht hat. Er passt perfekt, findest du nicht?«

Alison schüttelte nur den Kopf, die Freude über ihren eigenen neuen Badeanzug war verflogen. Neben ihrer Schwester fühlte sie sich mit einem Mal hässlich und altmodisch. Unglücklich trottete sie hinter ihr her zum Strand.

Wie sich herausstellte, hatte Jacquie sich per Katalog eine komplett neue Garderobe bestellt. Zum Abendessen wählte sie ein tief ausgeschnittenes, enges, schwarzes Kleid. Verächtlich betrachtete sie den Laura-Ashley-Rock ihrer Schwester, der offenbar Alisons Vorstellung von korrekter Urlaubsbekleidung entsprach. »Wir müssen dir ein paar neue Kleider kaufen«, entschied sie. »Ich bin sicher, dass es hier Läden gibt, in denen wir etwas Geeigneteres als das finden.«

Sie ging voraus in den Speisesaal des Hotels und genoss die bewundernden Blicke, die ihr, wie bereits zuvor am Strand, folgten.

Jacquie beschloss, dass es jetzt an der Zeit war, ihren Plan ernsthaft voranzutreiben. Sobald sie sich an den Tisch gesetzt hatten, begann sie, die anderen Gäste zu begutachten. »Nicht schlecht«, urteilte sie über einen jungen Mann, aber wie sich herausstellte, hatte er ein Mädchen bei sich. Eine Gruppe rauflustiger Engländer, die noch keine zwanzig waren, befand sie als ihrer nicht würdig, obwohl sie Jacquie ganz offen anstarrten und ihr von ihrem Tisch aus zuwinkten.

Aber der Kellner mit den brennend schwarzen Augen und dem tiefschwarzen Haarschopf, mit weißen Zähnen, die den perfekten Kontrast zu seiner dunklen Haut bildeten, war eine ganz andere Geschichte. Wunderschön, dachte Jacquie und schenkte ihm ihr charmantestes Lächeln. Ihre Freundinnen hatten ihr bereits von den Kellnern berichtet; sie seien so erfahrene Liebhaber, hatten sie geschwärmt, leidenschaftlich und doch rücksichtsvoll. »Wie heißt du?«, fragte sie, als er ihr die Speisekarte reichte.

»Dimitrios.«

»Ich bin Jacquie. Und das«, fügte sie hinzu, »ist meine Schwester Alison.«

Sein Lächeln war atemberaubend. »Ich habe euch zwei charmante Damen zuvor noch nie gesehen. Ist das eure erste Nacht hier?«

»Ja. Aber nicht unsere letzte.« Ihr Blick hielt seinen für einen langen Moment fest, bis er sich abwandte.

»Jacquie!«, flüsterte Alison schockiert. »Du hast mit ihm geflirtet!«

Jacquies Stimme klang blasiert. »Stimmt.«

»Aber was ist mit Darren?«, hakte Alison nach.

»Was soll mit ihm sein?« Jacquie strich sich das dunkle Haar glatt und leckte sich über die Lippen.

»Du wirst ihn heiraten!«, rief Alison. »Im Juli! Also darfst du nicht mit einem anderen flirten!«

Jacquie seufzte und verdrehte die Augen. »Du hörst dich an wie unsere Mutter.«

»Aber Jacquie ...«

»Oh, Ally, du bist so naiv.« Sie sah ihre Schwester herablassend an. »Wozu, glaubst du, bin ich hierher in Urlaub gefahren? Bestimmt nicht nur, um mir eine schöne Bräune für meine Hochzeit zuzulegen, das kann ich dir versichern.«

»Wozu dann?« Alison war ehrlich verblüfft.

Ihre Schwester seufzte erneut. »Muss ich es dir vielleicht erst aufschreiben? Ich werde bis ans Ende meines Lebens mit Darren verheiratet sein, aber ich möchte, wenn ich sterbe, nicht sagen müssen, dass er der einzige Mann war, mit dem ich je geschlafen habe.«

Alison, noch immer fassungslos, begriff langsam. »Willst du damit sagen, dass du vorhast ...« Sie brachte es nicht über sich, den Satz zu beenden.

Jacquie sagte geradeheraus: »Ich habe vor, heute Nacht mit diesem hübschen Dimitrios zu schlafen, falls es das war, was du sagen wolltest. Und mit so vielen Männern, wie ich in den nächsten zwei Wochen nur finden kann. Ich werde aus diesem

Urlaub etwas machen, woran ich mich für den Rest meines Lebens erinnern kann.«

Schockiert und entsetzt senkte Alison den Blick. Sie konnte es nicht ertragen, diese triumphierende Jägerin, in die sich ihre Schwester mit einem Mal verwandelt hatte, anzusehen. Sie wusste nicht, wie sie mit den Enthüllungen umgehen sollte, die ihr Jacquie gerade eher beiläufig gemacht hatte. Sie starrte auf die Speisekarte, ohne die Worte zu sehen. »Also, was willst du bestellen?«, stammelte sie.

Keine der Schwestern sprach das Thema an diesem Abend noch einmal an, obwohl Jacquie weiterhin während des Essens geradezu unverschämt mit dem Kellner flirtete. Schließlich gelang es ihr, nach seiner Schicht im Restaurant ein Treffen zu vereinbaren.

Nach dem Dinner spazierten die Mädchen durchs Dorf und gingen dann in eine Hotelbar. Alison, die niemals zuvor einen Tropfen Alkohol getrunken hatte, bestellte Orangensaft. Jacquie hingegen hatte schon öfter eine verbotene Flasche Wein mit ihren Freundinnen geleert und schockierte ihre Schwester, indem sie sich ein Glas Retsina bestellte.

»Komm schon, probier mal«, drängte sie Alison. Natürlich weigerte sich ihre Schwester, und so schüttete sie das Glas in ein paar mutigen Zügen hinunter und musste sich selbst – allerdings nicht Alison gegenüber – eingestehen, dass es widerlich schmeckte. Der strenge, harzige Geschmack hatte nicht das Geringste mit dem süßen Wein zu tun, den sie in der Vergangenheit probiert hatte, aber er erhöhte nur noch ihre Entschlossenheit, die Nacht nach ihren Plänen zu gestalten.

Das einzige Problem war Alison. Das Mädchen stellte sich als echte Spielverderberin heraus, sie war kaum besser als ihre Mutter. Jacquie hoffte, dass Alison ihr nicht die ganzen Ferien verderben würde. Nachdem sie sich etwas Mut angetrunken hatte, beschloss sie, ihre Schwester zu ignorieren und das Beste aus ihren Möglichkeiten zu machen. Nach einem Tag oder zwei, wenn Ally sah, wie viel Spaß sie hatte, würde sie vielleicht auch etwas lockerer werden.

Sie kehrten in ihr Zimmer zurück, und Jacquie begann, ihr Make-up aufzufrischen. »Warte nicht auf mich«, verkündete sie unbekümmert, als sie ging. »Ich habe den Schlüssel dabei.«

»Das werde ich nicht.« Langsam, wie im Traum, machte sich Alison fertig fürs Bett. Sie knipste die Lichter aus, stellte sich ans Fensterbrett und schaute in die milde Nacht hinaus.

Alles erschien ihr irgendwie unwirklich. Unter dem schwarzen Himmel wälzte sich das Meer wie ein glitzerndes, dunkles Tier. Der silberne Mond war von mehr Sternen umgeben, als sie jemals gesehen hatte. Und die Luft war nicht nur warm, sie war angefüllt mit dem Duft des Meeres und Gerüchen leidenschaftlichen Lebens – so ganz anders als die kühle Erdigkeit der Sumpfgebiete zu Hause. Es war Alisons erster Eindruck vom Leben außerhalb ihrer eigenen, engen Welt, und sie war verängstigt und fasziniert zugleich.

Erst als sie ins Bett geklettert war, begann sie, über ihre Schwester nachzudenken. Sie konnte nicht einschlafen, weil Jacquies triumphierendes Gesicht sie immerzu angrinste, selbst als sie die Augenlider ganz fest zusammenpresste, um das Bild auszulöschen.

Sie hatte geglaubt, ihre Schwester zu kennen. Sie waren zusammen aufgewachsen und hatten einander so nahe gestanden, wie Schwestern es nur konnten. Aber plötzlich war aus ihr eine Fremde geworden, eine Wein trinkende, Bikini tragende, flirtende Fremde.

Was Jacquie da gesagt hatte, dass sie mit so vielen Männern wie möglich schlafen wollte … in genau diesem Augenblick lag sie wahrscheinlich in den Armen des schwarzäugigen Kellners. In seinem Bett.

Für mehr reichte Alisons Fantasie nicht aus, sie konnte sich nicht vorstellen, was die beiden taten. Sie wusste, wie Kinder entstehen, mehr aber auch nicht. Sie war ein Mädchen vom Land, und es war ihr nie erlaubt worden, fernzusehen oder ins Kino zu gehen.

Was Jacquie tat, war falsch, davon war Alison überzeugt. Es wandte sich gegen alles, was ihnen jemals über die Heiligkeit der Ehe beigebracht worden war und darüber, wie wichtig es war, sich bis zur Hochzeitsnacht aufzusparen. Es war Betrug an Darren, ihren Eltern und an Gott. Und das wegen eines Mannes, den sie nicht einmal liebte.

Es war ekelhaft. Undenkbar.

Hinter geschlossenen Augen konnte Alison sehen, wie die beiden sich küssten. Jacquie presste ihre Lippen gegen die des Kellners. Und er berührte sie: braune Hände auf weißen Brüsten.

Gegen ihren Willen spürte Alison, wie ihr unter der Bettdecke heiß wurde.

Jacquie kehrte erst in den frühen Morgenstunden zurück, triumphierend grinsend. Sie kickte ihre Schuhe von den Füßen und warf sich aufs Bett. »Es war wunderbar«, rief sie. »Er war großartig.«

»Ich will nichts davon hören.« Alison, zerschlagen von der schlaflosen Nacht, bedeckte ihre Ohren mit den Händen und drückte ihr Gesicht ins Kopfkissen, um ihre Schwester nicht ansehen zu müssen.

»Dann nicht.« Ohne sich auszuziehen, krabbelte Jacquie unter die Decke. Nach einem Moment sagte sie träumerisch: »Darren könnte auf jeden Fall das eine oder andere von ihm lernen.«

Alison setzte sich auf, aus ihrer Lethargie herausgerissen. »Willst du damit sagen, dass du und Darren ... dass ihr es getan habt?«

»Oh, Ally.« Jacquie lachte, ein heiseres, überhebliches Kichern, das ihre Schwester noch mehr entsetzte als die Worte, die sie sprach. »Du bist so unschuldig. Das ist süß, wirklich.«

»Bevor ihr verheiratet seid?«

Ihre Schwester warf ihr ein herablassendes Lächeln zu. »Wir haben es ganz oft getan. Sooft wir konnten.«

»Aber was würde unsere Mutter dazu sagen? Oder Vater? Oder Reverend Prew?«

»Ich kann mir genau vorstellen, was sie sagen würden. Reverend Prew würde vielleicht einen Herzinfarkt bekommen.« Jacquie kniff die Augen zusammen. »Aber du wirst es ihnen nicht erzählen, oder?«

Alison hörte die Drohung hinter den Worten ihrer Schwester und auch ihre Angst. Das gab ihr eine merkwürdige Art von Sicherheit: Jacquie war nicht völlig verdorben, sonst würde ihr das nichts ausmachen. »Nein«, flüsterte sie. »Nein, ich werde es ihnen nicht sagen. Aber Jacquie ...«

»Was?«

»Ich wünschte, du würdest es nicht tun.«

Jacquie lachte. »Dazu ist es nun zu spät.«

Kapitel 3

Als Sophie und Chris Lilburn im August nach Quire Close zogen, war die Natur nicht mehr frisch wie im Frühling, sondern müde. Es war ein langer, heißer Sommer gewesen, in dem das Wasser knapp wurde, und mit wenigen Ausnahmen waren die kleinen Gärten vor den Häusern der Siedlung vertrocknet und hässlich. Vor Nummer 22, wo die Lilburns künftig wohnen sollten, war es am schlimmsten. Hier gab es nur ein paar verwelkte Ringelblumen und wenige undefinierbare tote Pflanzen.

»Mein Vorgänger war wohl kein begnadeter Gärtner«, sagte Chris. »Da hast du was vor dir, Soph.«

Sophie machte Gartenarbeit nicht sonderlich viel Spaß, und sie hatte nicht die geringste Ahnung, wie Chris auf die Idee kam, ihr so etwas vorzuschlagen. »Vielleicht kannst *du* das in die Hand nehmen«, erwiderte sie und versuchte, nicht allzu scharf zu klingen.

»Weißt du was, ich glaube, ich würde das sogar gerne tun.« Chris grinste sie an. »Wenn ich mir die Hände schmutzig mache, fühle ich mich bestimmt wie ein richtiger Mann vom Land.«

Sophie richtete ihre Aufmerksamkeit auf die Eingangstür des Hauses und nicht auf den Garten. Nummer 22 lag auf der westlichen Seite von Quire Close, fast am Ende der Siedlung. Es sah den Nachbarhäusern sehr ähnlich, mit dem Unterschied, dass es eine blaue Tür hatte, die ein eleganter Türklopfer in Form eines Delphines und ein altmodischer Klingelzug zierte.

Es war das erste Mal, dass sie ihr neues Heim sahen. Der Vorgänger war erst einen Tag zuvor ausgezogen, und die Lilburns hatten nur etwa eine Stunde Vorsprung vor dem Umzugswagen, der ihre weltlichen Güter transportierte. »Lass uns hineingehen«, drängte Sophie.

Chris zog den viel zu großen, eisernen Schlüssel hervor, der aussah, als würde er zu einem altertümlichen Tor passen. Feierlich steckte er ihn in das Schlüsselloch und drehte um. »Sehen Sie her, Mrs. Lilburn«, rief er übertrieben, »das ist Ihr neues Heim!«

Sophies erster Gedanke war, dass die Außenseite des Hauses irreführend war. Die Fassade passte nicht zum Inneren des Hauses. Über die Jahrhunderte hatte es wohl jede Menge Umbauten gegeben, außerdem war das Haus viel kleiner, als es von außen aussah. Die Eingangshalle aus Stein war eng, die Zimmer hatten tiefe Decken und mittelalterliche Proportionen.

Rechts von der Eingangshalle lag das Wohnzimmer, das von einem riesigen Steinkamin dominiert wurde. Die Größe des Kamins im Vergleich zum Raum, die dunklen Tapeten und die tiefe Decke ließen das Zimmer kleiner wirken, als es war. Mit viel gutem Willen hätte man es vielleicht gemütlich nennen können, aber Sophie kam als Erstes das Wort Platzangst in den Sinn. Der zweite Raum im Erdgeschoss war die Küche, eng und unmodern. Es schien so, als ob hier seit dem Krieg nichts mehr verändert worden war. Auf der einen Seite befand sich eine Essnische, gerade groß genug für einen Tisch und ein paar Stühle. Ein Esszimmer gab es nicht.

Sophie, die an die moderne Küche ihres Londoner Apartments gewöhnt war, seufzte: »Wie soll ich hier nur kochen?«

Chris tätschelte die fettverkrusteten Platten des altertümlichen Herdes. »Ich bin sicher, der funktioniert ganz gut. Und wenn nicht«, fügte er großzügig hinzu, »kaufen wir einen neuen.«

Sophie wandte sich ab, deprimiert von der Aussicht, Zeit in diesem schäbigen Loch verbringen zu müssen. »Lass uns das obere Stockwerk ansehen«, sagte sie kurz angebunden.

Das Zimmer über dem Salon, dessen Fenster auf die Reihensiedlung hinausging, war offenbar das Schlafzimmer. »Das ist großartig«, rief Chris begeistert und lief zum Fenster. »Ein herrlicher Blick. Und wenn du dich hier in die Ecke stellst, kannst du sogar die Kathedrale sehen.«

Sophie jedoch maß das Zimmer in Gedanken aus. Es schien noch kleiner als das darunter liegende Wohnzimmer zu sein, und sie fragte sich, ob ihre Möbel hier überhaupt Platz fänden. »Glaubst du, das Bett passt hier an die Wand?«, fragte sie zweifelnd.

»Oh, ganz sicher«, behauptete Chris. »Kein Problem.«

Als Nächstes erkundeten sie das Badezimmer neben dem Schlafzimmer. Sophie war erfreut zu sehen, dass zumindest dieser Raum renoviert worden war: keine alte Badewanne auf Füßen, keine Schüssel mit Toilettenzug und kein angeschlagenes Waschbecken, wie sie fast schon erwartet hatte, sondern eine absolut moderne Einrichtung. Über der Badewanne war sogar ein Massageduschkopf installiert.

»Da ist was für jeden von uns dabei«, rief Chris. Sophie duschte lieber, während er es genoss, stundenlang in der Wanne zu liegen.

Aufgekratzt gingen sie weiter zu dem kleineren, hinteren Schlafzimmer. »Das«, erklärte Chris triumphierend, »wird eine hervorragende Dunkelkammer für dich werden, Soph. Schau mal, vor den Fenstern gibt es sogar Läden.« Er schloss sie, und das Zimmer versank in Dunkelheit.

Das war auf alle Fälle ein Vorteil. Sie hatte sich schon gefragt, wie sie in dem Haus eine Dunkelkammer unterbringen sollte, wo doch jedes Zimmer ein Fenster hatte. »Es ist etwas klein. Aber ich glaube, es geht.«

Chris spielte noch immer mit den Fensterläden, während sie über die schmale Treppe ins Dachgeschoss ging. Hier gab es nur ein Zimmer. Die Tür war geschlossen. Sie stieß sie auf und fand ein Kinderzimmer vor.

Die Wände waren in einem ausgewaschenen Gelb gestrichen, und auf Augenhöhe marschierte eine Teddybären-Familie gerade zum Picknick.

Sophie zog scharf die Luft ein und klammerte sich Halt suchend am Türknauf fest. Chris erschien hinter ihr. »Oh, schau«, rief er begeistert und legte einen Arm um sie. »Ein Zimmer für das Baby! Perfekt, oder, Soph? Das müssen wir nicht mal neu streichen.«

Sie unterdrückte den Impuls, seinen Arm abzuschütteln. Der Arztbesuch vor einer Woche saß ihr noch in den Knochen.

Die Praxis, das Gespräch mit ihrem Frauenarzt, der sie nun doch zu einem Spezialisten überweisen wollte. Sophie saß auf der Stuhlkante und wartete auf sein Urteil.

»Nun«, hatte er fröhlich gesagt und sie über den Tisch hinweg angegrinst, »zumindest haben wir Chris als Grund für das Problem ausschließen können. Sie wissen natürlich«, fügte er hinzu, »warum wir zuerst ihn getestet haben, bevor wir Sie zu weiteren und viel komplizierteren Untersuchungen schicken. Männer sind viel einfacher zu testen.«

Es war nicht Chris' Fehler. Die Stimme des Arztes dröhnte weiter. Er erklärte, wie die nächsten Schritte aussehen würden, sobald sie einen Termin bei Dr. York hätten, aber Sophie war nicht in der Lage, das alles aufzunehmen. Sie starrte die vielen Diplome und Zertifikate an, die an den Wänden hingen, und vermied es, in das lächelnde Gesicht des Arztes zu blicken. Nicht der Fehler von Chris.

Dann war es also ihr Fehler. Egal, wie man es ausdrücken wollte, es war *ihr* Fehler. Mit ihr stimmte etwas nicht. All die Jahre war sie davon ausgegangen, dass sie normal war, dass ihr Körper genauso funktionierte wie der jeder anderen Frau, dass, sollte sie ein Kind wollen, sie nur die Pille absetzen brauchte und die Natur ihren Lauf nehmen würde.

Chris war in Ordnung: Die Anzahl seiner Spermien lag sogar über dem Durchschnitt, und sie waren gesund und beweglich.

Es war ihr Fehler.

Ein paar Stunden später standen bereits alle Möbel auf ihrem Platz, das Haus wirkte so, als ob sie schon immer hier wohnen würden. Natürlich waren einige Kisten noch nicht ausgepackt, und auch Sophies Dunkelkammer musste noch aufgeräumt werden, aber das Schlimmste war erledigt. Sophie bewegte sich mit wenig Ballast durchs Leben. Sie hob nur wenig auf, und Chris, der eher eine Sammlernatur war, hatte sie diese Neigung schnell ausgetrieben. Er hatte seine Bücher, seine Noten und Klamotten, und das war es schon.

Sophie konzentrierte sich auf das Schlafzimmer und vermied es, das freie Kinderzimmer zu betreten. Chris packte unten die Küchengeräte aus. Sie hängte ihre Kleider in den Schrank, holte Federbetten und Kopfkissen und Leintücher aus einem Karton und legte sie aufs Bett. Danach stellte sie sich ans Fenster und lehnte die Stirn an das kühle Glas. Es war alt und geriffelt, was den Ausblick ein klein wenig verzerrte.

»Ich habe das Besteck und Geschirr gefunden«, verkündete Chris, als er die Treppen hinaufkam. »Also ist alles da. Und ich habe den Wasserkessel aufgesetzt. Ich sterbe für eine Tasse Tee.«

Sophie gab ein undefinierbares Geräusch von sich, den Kopf noch immer gegen die Scheibe gedrückt.

»Na siehst du, ich habe doch gesagt, dass das Bett hier reinpasst!« Chris tauchte hinter ihr auf, schlang seine Arme um ihre Hüften und liebkoste ihren Nacken auf die Art, die sie sonst immer so erregend gefunden hatte.

»Mmmm«, murmelte Chris nach einem Augenblick. »Lass uns den Tee vergessen, Soph. Ich finde, wir sollten das Bett ausprobieren. Es sozusagen in seiner neuen Umgebung einweihen.«

Sie fühlte, wie sich ihr Magen verkrampfte, aber sie versuchte, ihre Stimme freundlich klingen zu lassen.

»Nicht jetzt, Chris«, sagte sie fröhlich, schob seine Hände weg und trat einen Schritt zurück. »Ich würde wirklich gerne eine Tasse Tee trinken.«

Nicht der Fehler von Chris. *Ihr* Fehler.

Das einfache Abendessen bestand aus Käse und Brot. Es war zu heiß, um zu kochen, und durch die Arbeit im Haus waren sie eher durstig als hungrig geworden. Chris hatte eine Flasche Weißwein ins Kühlfach gelegt, die sie nun zum Essen tranken.

Chris' Augen leuchteten vor Begeisterung. »Ich habe ein gutes Gefühl, was dieses Haus angeht, Soph«, sagte er. »Wir werden hier glücklich sein. Wirklich glücklich. Und das hier ist ein toller Ort, um Kinder großzuziehen. Ich weiß, dass der Garten hinter dem Haus nicht gerade riesig ist, aber es gibt genug Platz für eine Schaukel und vielleicht sogar für eine Kletterwand.«

»Vielleicht«, antwortete Sophie vorsichtig und wich seinem Blick aus, »wird es ja keine Kinder geben.«

»Sei nicht dumm.« Er lachte sie zärtlich an. »Du hast doch gehört, was der Arzt gesagt hat. Es ist noch viel zu früh, um sich Sorgen zu machen. Es gibt noch so viele Möglichkeiten, so viele verschiedene Behandlungsmethoden, die heutzutage zur Verfügung stehen. Dr. York wird die besten für uns herausfinden. Du wirst schon sehen, Soph. Nächstes Jahr um diese Zeit liegt ein Baby in dem Kinderzimmer da oben.«

Sie hätte ihn am liebsten angeschrien, weil es so einfach für ihn war, so etwas zu sagen. Es war ja schließlich nicht sein Fehler. *Er* war ja in Ordnung. *Sie* war diejenige, die Dr. York nun mit Untersuchungen quälen würde, bis ihr fehlerhafter Körper die Geheimnisse seiner Unvollkommenheit preisgab. Doch statt zu schreien, goss sie sich noch ein Glas Wein ein und biss sich auf die Lippen, bis es wehtat.

Sie nahmen das Essen in der engen, kleinen Nische ein, und obwohl das Fenster offen stand, erschien ihr der Raum mit einem Mal stickig. Sie schob den Teller von sich, nahm ihr Glas und die halb volle Flasche Wein. »Ich gehe hinaus«, verkündete sie.

»Gute Idee.« Chris folgte ihr in den ungepflegten Garten und stellte mit großer Feierlichkeit zwei Klappstühle auf, die früher auf dem Balkon ihrer Londoner Wohnung gestanden hatten. Offenbar spürte er nichts von Sophies Stimmung, und so begann er freudig über den Garten zu sprechen und Pläne zu schmieden, was er anpflanzen wollte.

Sie ließ ihn weiterplaudern und nickte gelegentlich, ohne wirklich zuzuhören. Es war still im Garten. Hohe Wände schirmten ihn auf beiden Seiten von den Nachbarhäusern ab, und als es dämmrig wurde, schien es ein friedvoller Platz zu sein. Der Himmel wurde dunkel, die Vögel verstummten. Sophie schloss die Augen und lehnte sich zurück. Da wurde die Stille auf einmal von hohem, verzweifeltem Babygeschrei unterbrochen. Es kam nicht aus dem Nachbarhaus, klang aber ganz nah. Das Schreien wurde immer lauter.

»Ich kann das nicht ertragen«, rief Sophie plötzlich, sprang auf und lief ins Haus zurück. Sie blickte nicht einmal über die Schulter, um zu sehen, ob Chris ihr folgte.

Als sie die Eingangshalle durchquerte, klingelte es an der Tür. Sie öffnete und stellte fest, dass Jeremy Hammond davor wartete.

»Ich wollte fast schon wieder gehen«, sagte er.

»Wir waren im Garten«, erklärte Sophie. »Kommen Sie rein.«

Mit einer eleganten Bewegung bückte sich Jeremy und hob einen Umschlag auf, der offenbar gerade erst durch den Briefschlitz eingeworfen worden war und jetzt hinter der Tür auf dem Boden lag. Er reichte ihn Sophie mit einer ironischen, kleinen Verbeugung und trat in die Halle.

»Möchten Sie etwas trinken?«, fragte Sophie. »Wir haben gerade eine Flasche Wein aufgemacht.«

»Ich könnte Ihnen aber auch Gin anbieten«, fügte Chris aus dem Hintergrund hinzu. »Obwohl ich mir nicht sicher bin, ob wir Tonic hier haben.«

»Etwas trinken …«, sagte Jeremy und hob eine Augenbraue. »Das ist lustig, dass Sie mich das fragen. Ich bin nämlich vorbeigekommen, um Sie ins Lokal einzuladen. Einige Burschen aus dem Chor sind dort, und es wäre eine hervorragende Gelegenheit, sie kennen zu lernen.«

»Das ist eine gute Idee«, antwortete Chris sofort. »Was hältst du davon, Soph?«

Sophie war nicht wirklich in der Laune, Fremde in einem Lokal zu treffen, aber sie konnte sehen, wie erfreut Chris über den Vorschlag war. »Also dann«, sagte sie und versuchte, begeistert zu klingen.

Jeremy schwieg einen Moment. »Sie sind natürlich willkommen«, sagte er vorsichtig. »Aber normalerweise kommen die Frauen nicht mit.«

Sie verstand die Andeutung und fühlte sich insgeheim erleichtert. »Oh, schon in Ordnung. Chris, geh du nur. Ich bleibe hier und werde anfangen, meine Dunkelkammer einzurichten.« Sophie machte eine Handbewegung, als ob sie ihn aus der Tür schieben wollte. »Geh schon.«

»Bist du sicher?«, fragte Chris zögerlich.

»Natürlich.«

»Es wird nicht spät«, versprach er. »Ich trinke nur ganz schnell etwas.«

Sophie stand in der Tür und beobachtete, wie die beiden Männer auf den Torbogen am Ende der Siedlung zuliefen und in der Abenddämmerung verschwanden: Jeremy, groß und anmutig mit gleitenden Schritten, und der etwas kleinere Chris, der neben ihm herhüpfte. Als sie nicht mehr zu sehen waren, schloss sie die Tür und stellte fest, dass sie noch immer den Umschlag in Händen hielt, den Jeremy ihr überreicht hatte.

Neugierig untersuchte sie ihn. »Persönlich ausgehändigt« stand in der rechten Ecke, und ihr eigener Name prangte in deutlichen Buchstaben in der Mitte. Der Umschlag war dick und cremefarben und wirkte kostbar.

Mit einem Finger öffnete Sophie die Lasche und zog vorsichtig den Inhalt heraus. Es handelte sich um eine steife Karte in der gleichen Farbe wie der Umschlag, auf der gedruckt stand: »Mrs. Elspeth Verey, Haus des Priors, Quire Close, Westmead.« Die Mitteilung, geschrieben in der gleichen kräftigen, eleganten Handschrift wie auf dem Umschlag, war kurz und sachlich: »Wären Sie so gütig, morgen um vier Uhr mit mir eine Tasse Tee zu trinken? Ich freue mich darauf, Sie zu treffen.«

Es war nichts anderes als ein Befehl.

Sophie, die durch ihre Arbeit durchaus daran gewöhnt war, wichtige Persönlichkeiten zu treffen, wurde bei der Vorstellung, der berühmt-berüchtigten Mrs. Verey gegenüberzutreten, trotzdem ein wenig mulmig. Sie las die Karte erneut, um herauszufinden, ob Chris auch eingeladen war. Sie hätte ihn gern als Unterstützung dabei gehabt. Aber die Einladung betraf nur sie.

Vorher allerdings bekam sie selbst Besuch. Als Chris am Morgen zur Schule gegangen war, um sich mit dem Direktor zu treffen, und sie gerade dabei war, im Schlafzimmer einen weiteren Karton auszupacken, klingelte es an der Tür.

Sophie unterbrach ihre Arbeit und überprüfte ihr Aussehen im Spiegel. Es war ein heißer Tag, und mit Shorts und Trägerhemdchen war sie nicht gerade auf Besucher eingestellt, aber zumindest hatte sie ihr Haar gekämmt. Vielleicht, dachte sie, als sie nach unten lief, ist es ja nur der Postbote.

Ein Mann stand vor der Tür und betrachtete sie lächelnd von oben bis unten. Dabei entblößte er abgebrochene und sehr gelbe Zähne, was verblüffend war bei jemandem, den man ansonsten als gepflegt bezeichnen konnte. »Guten Morgen«, sagte er mit einer leicht heiseren Stimme. »Ich bin Leslie Clunch.«

Leslie Clunch. Sie erinnerte sich daran, dass Jeremy von diesem Mann, dem pensionierten Kirchendiener, erzählt und sie vor seinem Einfluss in der Siedlung gewarnt hatte. »Guten Morgen«, antwortete sie. »Ich bin Sophie Lilburn.« Sie war sich ihrer nackten Beine und Füße bewusst und zögerte einen Moment. »Möchten Sie hereinkommen?«

»Danke schön.« Umständlich trat er über die Türschwelle.

Er war ein recht kleiner Mann, zart gebaut, aber aufrecht und von einer Würde, die er durch sein Amt jahrelang trainiert hatte. Seine dunklen Augen blickten hin und her und schienen alle Details aufzunehmen, und das wenige Haar, das er noch hatte, war grau, dünn und sorgfältig an seinen Kopf geklatscht.

»Möchten Sie einen Kaffee?«, fragte Sophie. »Ich wollte mir gerade selbst einen kochen.«

»Das wäre sehr schön.« Er folgte ihr ins Wohnzimmer, und sie hatte wieder das Gefühl, dass ihm nichts entging, während er sich umsah.

Sie bat ihn, Platz zu nehmen und entschuldigte sich dann, um den Kaffee aufzusetzen.

Wenn es um Kaffee ging, war Sophie, genauso wie Jeremy Hammond, sehr eigen. Sie hasste löslichen Kaffee, stattdessen mahlte sie die Bohnen selbst, damit er richtig frisch schmeckte. Also dauerte es eine Weile, bis sie das Tablett mit Kaffeekanne, Milch und einem Teller Kekse ins Wohnzimmer brachte.

Leslie Clunch saß immer noch in seinem Sessel, aber Sophie hatte das Gefühl, dass er die Möbel im Raum begutachtet und sich bereits ein Urteil über die neuen Bewohner gebildet hatte. Sie konnte sich vorstellen, wie das Zimmer auf ihn wirken musste: die unpassend-eleganten Möbel vor den düsteren graublauen Tapeten. »Ich fürchte, dass unsere Möbel hier nicht wirklich hineinpassen«, sagte sie entschuldigend. »Unser Apartment in London war ziemlich modern, aber für dieses Haus brauchen wir wohl etwas Traditionelleres.«

Er widersprach nicht. »Vielleicht würden schon ein paar Überwürfe helfen«, schlug er vor. »Es gibt einen Laden in der High Street, der sehr schöne herstellt. Und wenn Sie dort meinen Namen erwähnen, machen sie Ihnen auch einen guten Preis.«

Sein wichtigtuerisches Benehmen ließ ihn in Sophies Augen ziemlich lächerlich erscheinen, aber sie erinnerte sich daran, was Jeremy gesagt hatte, und beeilte sich, ihre Gedanken weder durch ihre Stimme noch ihren Gesichtsausdruck zu verraten. »Danke schön«, sagte sie und stellte das Tablett auf dem Tisch ab.

»Ich freue mich immer, wenn ich helfen kann.«

Sophie schenkte den Kaffee ein. »Tut mir Leid, dass Chris, mein Mann, nicht hier ist, um Sie kennen zu lernen«, sagte sie. »Er ist heute Morgen bereits in die Schule gegangen.«

»Ich weiß.« Leslie Clunch rutschte in seinem Sessel nach vorne und nahm die Tasse. »Ich habe ihn weggehen sehen.«

Sophie erinnerte sich, dass sein Haus am Eingang der Siedlung stand. Offenbar entging ihm wirklich nichts, dachte sie und fühlte ein vages Unbehagen.

»Sie haben keine Kinder, Mrs. Lilburn.« Das war eine Feststellung und keine Frage. Also hatte er sich bereits über sie erkundigt.

Sie senkte die Augen, weil sie seinem neugierigen Blick nicht standhalten konnte. »Noch nicht«, sagte sie mit einer Mischung aus Schärfe und Entschuldigung.

»Mrs. Clunch und ich hatten eine Tochter. Ein kleines Mädchen. Nur eines, und das, nachdem wir zehn Jahre verheiratet waren und schon die Hoffnung aufgegeben hatten. Sie war ein wahres Geschenk, unsere Charmian.« Seine Stimme klang sanft, fast sentimental. »Sie hatte blondes Haar, wie Sie. Und sie wäre jetzt auch ungefähr in Ihrem Alter, glaube ich. Inzwischen hätten wir bestimmt schon Enkelkinder. Aber sie ... ist gestorben.«

»Oh!« Sofort schämte sich Sophie für ihre unfreundlichen Gedanken. Wie traurig, wie tragisch, so lange auf ein Kind zu warten, um es dann zu verlieren. Sie wollte mehr erfahren. Wie das Kind gestorben war und wann, aber sie wusste nicht, was sie sagen sollte, ohne zu neugierig zu klingen und ihm noch mehr Schmerz zu bereiten. »Oh, das tut mir *so* Leid«, sagte sie und hob den Blick, um ihn anzusehen.

Seine Augen, wenn auch tränenverschleiert, fixierten ihre nackten Beine.

Sophie kleidete sich sorgsam für ihre Nachmittagsverabredung an, tauschte die Shorts gegen ein einfaches Sommerkleid und steckte ihr dickes, blondes Haar mit einer Spange am Hinterkopf fest. Sie war nicht sicher, ob sie Mrs. Verey etwas mitbringen sollte, so etwas wie eine versöhnlich stimmende Gabe für eine alte, heidnische Göttin. Im Geiste diskutierte sie das Für und Wider, und als sie endlich einen Entschluss fasste, war es schon so spät, dass sie nur noch schnell den Garten nach ein paar Blumen durchforsten konnte, die sie zu einem einigermaßen anständigen, wenn auch etwas verwelkten Strauß band. Sie wollte nicht zu spät kommen.

Das mit den Blumen ist vermutlich ein Fehler, dachte sie, als sie das Haus erreichte. Der Vorgarten war von jemandem, der Gartenarbeit offenbar liebte, wunderschön hergerichtet. Selbst nach diesem langen, heißen Sommer sah er wie eine grüne Oase aus, angefüllt mit duftenden Kletterrosen, die über die Mauer des Hauses bis zu den roten Dachziegeln hinaufreichten und die Fenster umrankten.

»Blumen«, sagte Elspeth Verey. »Wie nett von Ihnen.«

Sophie hatte sich nach all den Schilderungen von Jeremy im Geiste ein Bild von Elspeth Verey gemacht, das jedoch in keinster Weise der Realität entsprach. Sophie war überrascht, als keine verblühte Matrone, sondern eine knapp sechzigjährige attraktive Frau vor ihr stand.

Elspeth Verey war durchschnittlich groß und immer noch schlank geblieben. Ihre Haut war glatt und hatte sich die jugendliche Frische bewahrt, ihr silbergraues Haar trug sie zu einem strengen Bob frisiert, der an jeder anderen Frau ihres Alters lächerlich gewirkt hätte. Doch in ihrem Fall unterstrich er die strengen, feinen Gesichtszüge. Ihre Kleidung hatte auch nicht das Geringste mit dem Twinset- und Perlenketten-Look zu tun, den Sophie sich vorgestellt hatte. Sie trug eine weite weiße, perfekt gebügelte Tunika über graublau gestreiften Leinenhosen, die hervorragend zu ihrem grauen Haar und den eisblauen Augen passten. Elspeth Verey hatte ihren eigenen Stil und trug ihn selbstbewusst und mit großer Wirkung zur Schau.

Das Priorhaus war mit dunklem Holz getäfelt und sogar während der Hitze des Tages kühl. Überall duftete es nach Blumen. Eine Vase mit dunkelroten Rosen, die kurz vor dem Verblühen waren, erfüllte die Eingangshalle mit ihrem Geruch, im Salon standen verschiedene Vasen mit Gartenblumen, die zusammen einen vielschichtigen Duft verströmten. Sie waren gekonnt arrangiert. Auf den ersten Blick wirkten sie schlicht, so als ob die Blumen einfach rasch in eine Vase gesteckt worden seien, aber Sophie stellte fest, dass jede Blüte sorgfältig platziert worden war.

Der Salon, dachte Sophie anerkennend, ist wunderschön. Während ihre Gastgeberin verschwand, um eine Vase zu holen, nahm sie die Einzelheiten des Raumes in sich auf. Anmutig geschnitten nahm er den hinteren Teil des Hauses ein, und die niedrigen Decken und die Wandverkleidung aus Eichenholz verliehen ihm eine gemütliche Atmosphäre. Das Sofa und die Stühle waren übermäßig groß und mit freundlichen, gelb-gold geblümten Stoffen bezogen, die schweren goldenen Vorhänge berührten den Boden. Es gab einen kostbaren alten Orientteppich, ebenfalls in verschiedenen Goldtönen, und einen großen Kamin, in dem an diesem heißen Tag eine weitere Vase mit Blumen stand. Große Glastüren führten auf die Terrasse; die Wände waren in zarten Pastellfarben gestrichen.

Auf den dunklen Eichenregalen standen verschiedene, in Silber gerahmte Fotografien. Aus beruflichem Interesse heraus konnte Sophie nicht widerstehen, sie zu betrachten. Es handelte sich sowohl um förmliche Porträts wie auch um Schnappschüsse, die, so schien es, eine Spanne von vielen Jahren umfassten. Sie versuchte, sich in Erinnerung zu rufen, was Jeremy über die Familie Verey erzählt hatte. Zwei Söhne, hatte er gesagt. Und dass zwischen ihnen ein ziemlich großer Altersunterschied lag, was die Fotos bestätigten. Die beiden Jungs ähnelten sich sehr, sie hatten das Aussehen ihrer Mutter geerbt.

Sophie zuckte ertappt zusammen, als ihre Gastgeberin mit der Blumenvase ins Zimmer zurückkam. Doch Elspeth Verey lächelte. »Wie ich sehe, betrachten Sie meine Familie.«

»Ja, die Fotos sind sehr ... interessant«, sagte Sophie.

Elspeth schob eine Vase auf dem Kaminsims zur Seite, um Platz für die neuen Blumen zu machen, und deutete auf das große Ölgemälde, das über dem Kamin hing. »Mein Vater«, sagte sie, und in ihrer Stimme schwangen Zufriedenheit und Stolz mit. »Seine Hochwürden Arthur Worthington. Als es gemalt wurde, war er Dekan von Westmead. Es ist eine Kopie des Bildes, das im Amtshaus hängt«, fügte sie hinzu.

Arthur Worthington starrte mit strengem, ernstem Gesicht und in kompletter Amtstracht auf Sophie hinunter. Sie wusste nicht genau, was für eine Reaktion von ihr erwartet wurde. »Sehr schön«, sagte sie.

»Mein Sohn sieht ihm sehr ähnlich«, stellte Elspeth fest und reichte Sophie ein Foto, das offenbar gemacht worden war, als der Junge noch die Schule besuchte. Es gab tatsächlich eine erstaunliche Ähnlichkeit, auch wenn der Junge eine Anmut ausstrahlte, die seinem Großvater fehlte.

»Von ihm hat er auch den Namen«, fuhr Elspeth fort. »Worthington.« Sie betrachtete suchend die Fotos und zeigte Sophie schließlich eines aus der jüngsten Zeit. Der Junge war jetzt zum Mann herangewachsen und von seiner eigenen Familie umringt.

Es handelte sich um ein sorgfältig arrangiertes Bild, das in diesem Salon aufgenommen worden war, Sophie konnte die Wandtäfelung hinter der Familie wieder erkennen. Worthington Vereys Ähnlichkeit mit dem Großvater hatte sich mit den Jahren noch verstärkt, und als sie näher trat, um das Bild zu betrachten, stellte sie fest, dass seine Gesichtszüge härter geworden waren, bestimmt und selbstsicher, fast ein wenig wichtigtuerisch. Eine schwere Hornbrille verlieh ihm Würde, genauso wie das geistliche Gewand über dem schwarzen Anzug, der ganz offenbar nicht von der Stange war.

Sophie studierte das Foto mit echtem Interesse und hielt es viel länger in der Hand, als die Höflichkeit es verlangt hätte. Nach einer Weile erklärte Elspeth: »Das ist Heather, seine Frau. Und das sind ihre Kinder – meine Enkelkinder – Camilla, Chloe und Richard, benannt nach seinem Großvater, meinem verstorbenen Ehemann.«

Heather sah aus wie eine Frau, die hervorragend in den Kreis der typischen Londoner Gattinnen gepasst hätte, selbstgefällig und hochnäsig. Ihre Kleider wirkten teuer, ihr langes, blondes Haar wurde von einem breiten Samtband aus dem Gesicht gehalten. Ihre Kinder sahen wie kleine Kopien von ihr aus. Eine perfekte, wunderschöne, blonde Familie.

»Camilla ist neun«, fuhr Elspeth fort. »Chloe sieben. Und Richard ist fünf.«

Hervorragend geplant, dachte Sophie, und diesen Gedanken konnte man ihr offenbar vom Gesicht ablesen, denn Elspeth fuhr mit einem schiefen Lächeln fort: »Ein besserer Altersunterschied als zwischen meinen beiden Söhnen.«

Sophie mimte Erstaunen. »Dann haben Sie noch einen Sohn?«

»Dominic.« Elspeth wählte ein weiteres Foto aus der Sammlung und reichte es Sophie. »Das ist ein Schulfoto aus dem letzten Jahr. Er ist jetzt sechzehn.«

Er war ein gut aussehender Junge mit klarer Haut, wachen Augen und dem bei Schuljungen üblichen zerzausten Haar. Sophie erkannte die Schuluniform, die ihr bereits bei ihrem ersten Besuch im Frühjahr aufgefallen war. »Er geht hier zur Schule, nicht wahr?«

»Ja, in die Westmead Cathedral School.« Elspeth machte ein missbilligendes Gesicht. »Er hätte natürlich eigentlich nach Eton gehen sollen. Wie Worthington. Aber nach dem Tod seines Vaters war er alles, was ich noch hatte. Ich ertrug den Gedanken nicht, ihn wegzuschicken.« Als ob sie plötzlich das Gefühl hätte, zu viel preiszugeben, fuhr sie schnell fort: »Er macht sich wirklich gut in Westmead. Er hat letzte Woche sein Zeugnis bekommen. Dreizehn Einsen.«

»Das ist ja hervorragend«, sagte Sophie herzlich. Dann war das also ein junger Mann, der nicht nur gut aussah, sondern auch Verstand besaß.

Einige Minuten später hatte sie Gelegenheit, ihn persönlich kennen zu lernen. Sie tranken gerade Tee aus lieblichen Porzellantassen, dazu gab es Gurkensandwiches, Teegebäck und kleine Kuchen, als er seinen Kopf durch die Tür des Salons steckte. »Mami«, begann er und hielt dann inne. »Oh, Entschuldigung. Ich wusste nicht, dass du Besuch hast.«

»Das ist mein Sohn Dominic«, sagte Elspeth. »Dominic, Mrs. Lilburn. Ihr Mann ist der neue Geschichtslehrer und Tenor im Kirchenchor."

»Freut mich, Sie kennen zu lernen«, sagte der junge Mann höflich und betrat den Raum. Er trug einen Tennisdress und hielt einen Schläger in der Hand.

»Wie war das Match?«, fragte seine Mutter.

»Wir haben ehrlich gesagt gar nicht gespielt. Es war zu heiß.« Er ließ den Schläger auf einen Stuhl fallen, lief zu seiner Mutter und drückte ihr einen Kuss auf die Wange. Dann nahm er sich ein Gurkensandwich und aß es mit einem Bissen auf.

Elspeth runzelte die Stirn. »Dominic! Deine Manieren!«

»Entschuldige, Mami.« Missmutig nahm er einen Teller und füllte ihn mit Sandwiches, während seine Mutter ihm eine Tasse Tee einschenkte. »Ich bin halb verhungert«, murmelte er.

Die Stimme seiner Mutter war schneidend. »Das können wir sehen.« Zu Sophie gewandt, fuhr sie fort: »Sie müssen ja glauben, dass er bei mir nichts zu essen bekommt. Aber er hatte ein ausreichendes Mittagessen, das kann ich Ihnen versichern.«

»Das ist schon *Stunden* her.« Dominic ließ sich aufs Sofa fallen, streckte seine langen Beine aus und grinste Sophie verbindlich und fast verschwörerisch an. »Und Sie wissen ja, was man über heranwachsende Jungs sagt.«

»Ich bin sicher, dass dein Bruder niemals so viel gegessen hat wie du.« Elspeth flüsterte fast.

Sophie fühlte mehr, als dass sie es hörte, wie der Junge seufzte.

»Deine Mutter hat mir erzählt, dass du dreizehn Einser im Zeugnis hattest«, sagte Sophie. »Gratuliere.«

»Und eine Zwei«, fügte Dominic hinzu. »In Biologie.«

Elspeth wirkte gequält. »Du hast einfach nicht hart genug dafür gearbeitet.«

»Aber ich hasse Biologie.«

Sophie fühlte mit ihm. »Das Fach habe ich auch gehasst«, gestand sie. »Und ich hatte keine annähernd so gute Note wie eine Zwei. Für Naturwissenschaften hatte ich einfach kein Talent.«

Der Junge warf ihr einen dankbaren Blick zu.

»Es geht darum, umfassend gebildet zu sein«, sagte Elspeth betont, und obwohl sie Sophie ansah, galten ihre Worte ihrem Sohn. »Und darum, hart zu arbeiten, egal, wie wenig es einem manchmal gefällt.«

Sophie versuchte, im munteren Plauderton vom Thema abzulenken. »Wirst du dann nächstes Jahr deine Einser-Fächer wählen?«

»Ja, ich …«

»Englisch, Geschichte, Religion und Latein«, sagte seine Mutter streng.

»Ich möchte Kunst wählen«, sagte Dominic.

Elspeth ignorierte ihn und wandte sich an Sophie. »Dominic wird wie sein Bruder Priester werden. Wie sein Vater und sein Großvater und alle Generationen von Worthingtons und Vereys in den vergangenen Jahrhunderten. Er wird Theologie in Oxford studieren.«

»Aber ich will nicht ...«

»Er wird Priester«, wiederholte Elspeth. Mit einer anmutigen Bewegung hob sie die silberne Teekanne. »Möchten Sie noch etwas Tee, Mrs. Lilburn?«

»Sie war sehr nett«, erklärte Sophie ihrem Mann später beim Abendessen. »Sehr gastfreundlich. Aber mit einem hatte Jeremy Recht: Ich möchte auf keinen Fall jemals Ärger mit ihr haben.« Sie schilderte die Unterhaltung mit Dominic.

»Klingt für mich so, als ob der arme Kerl gar kein Priester werden will«, sagte Chris.

»Ich bin sicher, dass er das nicht will. Aber ich fürchte, er hat keine andere Wahl.« Gedankenverloren spießte Sophie ein Salatblatt auf ihre Gabel. »Ich frage mich«, sagte sie kurz darauf grüblerisch, »was geschehen wäre, wenn Elspeth damals als Frau die Möglichkeit gehabt hätte, Priesterin zu werden.«

Chris grinste. »Dann wäre sie vermutlich inzwischen Bischöfin. Wenn nicht sogar Erzbischöfin von Canterbury.«

»Meinst du wirklich?« Sophie verfolgte diesen Gedanken ernsthaft. »Oder ist sie eher die Art Frau, die den Sinn ihres Lebens nur darin sieht, dass ihre Männer viel erreichen?«

Noch Stunden später, als sie schon im Bett lag, dachte sie über Elspeth Verey nach. Chris hatte sich wieder recht schnell dazu überreden lassen, Jeremy ins Lokal zu begleiten, und sie war nach einer kalten Dusche unter die Bettdecke gekrabbelt, um über alles, was sie an diesem Tag erlebt hatte, nachzudenken. Über die so unglaublich selbstbewusste Elspeth Verey und den sympathischen jungen Mann, der ihr Sohn war. Was würde

Dominic Verey wohl am liebsten mit seinem Leben anfangen?, fragte sie sich. Und wie groß waren seine Chancen, etwas anderes als Priester zu werden, wenn man bedachte, wie versessen seine Mutter darauf war? Sophie hoffte aus irgendeinem Grund, dass er erreichen würde, was er wollte, egal, was es war.

Sophie konnte nicht schlafen, und so lag sie immer noch wach, als Chris ins Zimmer kam. Offenbar versuchte er, sie nicht zu wecken, doch der Alkohol und die ungewohnte Anordnung der Möbel sorgten dafür, dass er wenig Erfolg hatte, leise zu sein. Polternd stolperte er zum Bett. Sophie rührte sich nicht und gab vor zu schlafen.

Er schälte sich aus seinen Kleidern und schlüpfte neben sie unter die Decke. »Soph?«, wisperte er und streichelte ihre Schulter. Sie roch seinen Bieratem.

Sie lag mit dem Rücken zu ihm und bewegte sich nicht. Nach einem Augenblick konnte sie spüren, wie er sich entspannte. Kurz darauf hörte sie ihn bereits schnarchen.

Noch immer gelang es ihr nicht einzuschlafen. Chris' Körper strahlte eine ungeheure Hitze aus, und das ganze Zimmer erschien ihr unerträglich heiß und stickig, obwohl das Fenster geöffnet war.

Und dann wurde die Stille der Nacht plötzlich wieder von Babyweinen zerrissen, so laut und deutlich, als ob das Kind bei ihnen im Zimmer wäre. Sophie vergrub den Kopf im Kissen und versuchte, das Geschrei zu ignorieren, aber es gelang ihr nicht. Als sie dann endlich doch die Müdigkeit überwältigte und sie einschlief, galt ihr letzter Gedanke nicht dem schreienden Baby oder Elspeth Verey, die so eindeutig über diese Siedlung herrschte, sondern Leslie Clunch, wie er ihre Beine anstarrte und dabei seine gelben Zähne entblößte.

Kapitel 4

April 1989

Der reizende Kellner Dimitrios genügte ihr drei Nächte lang. Danach gab es eine ganze Reihe von Männern, mit denen sie jeweils eine oder zwei Nächte verbrachte, Männer, die Jacquie am Strand oder im Hotel oder in einer Taverne kennen gelernt hatte. Sie genoss die Nächte mit ihnen allen, war aber immerzu wie besessen von der Vorstellung, dass die Tage verflogen, dass ihr nicht mehr viel Zeit blieb, Erfahrungen mit so vielen verschiedenen Männern wie nur möglich zu sammeln. Alison hielt sich während dieser Abenteuer strikt im Hintergrund, obwohl auch sie sich ganz einfach mit Männern hätte einlassen können, wenn sie gewollt hätte. Jacquies Eroberungen hatten meist Freunde, und einige davon versuchten auch, Alison zu verführen, doch stets vergebens.

Je mehr sie sich anstrengten, umso mehr verschloss sie sich. Der Urlaub verlief so völlig anders, als sie es erwartete hatte, und darunter litt sie sehr. Der Strand war schön, die Landschaft herrlich, aber alles andere war ein Albtraum. Hier ging es nicht um Romantik, sondern um Männer, die nur das Eine im Sinn hatten.

Zu Alisons Entsetzen tauchte Jacquie eines Tages mit einem Fotoapparat auf und bestand darauf, dass ihre Schwester sie mit den verschiedenen Männern aufnahm, damit sie etwas hatte, woran sie sich erinnern konnte. »Aber was geschieht, wenn Darren die Fotos jemals sieht?«, fragte Alison gequält.

»Das wird er nicht«, behauptete Jacquie. »Dafür werde ich schon sorgen.«

Etwa in der Mitte der zweiten Woche saßen die Schwestern vor dem Abendessen an der Hotelbar. Alison nippte an ihrem Orangensaft, während Jacquie den harzigen Retsina hinunterkippte. Wie immer wanderten Jacquies Blicke durch den Raum auf der Suche nach einem potenziellen Kandidaten. Sie hatte zwar diese Nacht Anders, einem reizenden Schweden versprochen, bei dem die Tatsache, dass er kein Englisch konnte, nicht ins Gewicht fiel, doch schließlich würde Anders am nächsten Tag abreisen, und Jacquie plante gerne im Voraus.

»Engländer«, sagte Jacquie, als zwei junge Männer in die Bar kamen. »Und sie sind neu. Nicht schlecht«, fügte sie abschätzend hinzu. »Ganz und gar nicht schlecht.«

Es dauerte nicht lange, bis die Männer zum Tisch der Mädchen kamen. »Hallo«, sagte Jacquie und lächelte sie an. »Wollt ihr euch zu uns setzen?«

»Sehr gerne«, antwortete einer der jungen Männer und setzte sich neben Jacquie. »Ich heiße Steve«, fuhr er fort. »Und das ist mein Freund Mike.« Sein Akzent klang gebildet, offenbar waren diese beiden eine andere Klasse als die Engländer, denen sie bisher begegnet waren.

»Jacquie. Und meine Schwester Alison.«

Steve sagte das Offensichtliche, etwas, das sie in den letzten Tagen sehr häufig gehört hatten: »Ihr seht gar nicht wie Schwestern aus.«

Jacquie lächelte erstaunt, als ob sie dies noch nie zuvor gehört hätte. »Nein, offenbar nicht.«

Das Gespräch lief nach dem üblichen Muster ab. »Können wir euch auf ein Getränk einladen?«

»Das wäre sehr nett«, antwortete Jacquie.

Danach verlief alles bestens. Es stellte sich heraus, dass Steve viel Sinn für Humor hatte, zumindest fand Jacquie ihn zum Brüllen komisch. Sie lachte, wie sie seit Jahren nicht mehr gelacht hatte, und nach ein paar Minuten benahmen sie sich wie alte Freunde.

Alison fühlte sich wie üblich wie eine Beobachterin, eine Außenseiterin. Inzwischen hatte sie sich daran gewöhnt, Jacquie in Aktion zu erleben, während sie selbst unerwünschte Aufmerksamkeiten des Freundes abwehrte.

Nur dass sie diesmal gar nichts abwehren musste. Steves Freund Mike sagte nicht viel. Er schien schüchtern, genauso vorsichtig wie Alison, und zufrieden damit, dass sein Freund im Scheinwerferlicht stand.

Beide sehen gut aus, dachte Alison, ein wenig zu britisch vielleicht. Steve war ein wenig hübscher mit seinem wunderschönen Profil, aber sie zog Mikes schüchternes Lächeln vor. Er hatte eine kleine Lücke zwischen den Schneidezähnen, was sie sehr anziehend fand. Und seine Augen hinter der Brille mit Metallrahmen waren atemberaubend blau. Die Brille würde Jacquie abschrecken, aber Alison störte sie nicht. Sie verlieh Mike eine Aura von Vertrauenswürdigkeit, die sie beruhigend fand.

»Dürfen wir euch beim Dinner Gesellschaft leisten?«, fragte Steve, und Jacquie bejahte eifrig. Im Speisesaal fanden sie einen etwas abgelegenen Tisch und verbrachten den Rest des Abends zusammen, Jacquie laut lachend über die Witze, die Steve erzählte.

Nach dem Abendessen spazierten sie durchs Dorf, und das Vierergespann teilte sich in Pärchen auf, als Jacquie Steves Arm ergriff. Zuerst fühlte sich Alison unwohl, aber Mike versuchte weder, sie anzufassen, noch schien er zu erwarten, dass sie brillante Konversation machte. Sie gingen ganz zufrieden nebeneinander her, ohne viel zu sagen. Sie stellte fest, dass sie ihn mochte: seine Freundlichkeit, seine Zurückhaltung. Er war so anders als die anderen Männer, die sie in diesem Urlaub kennen gelernt hatte, diese aggressiven Männer, die glaubten, dass ein Lächeln eine Einladung für viel mehr bedeutete.

»Deine Schwester ist sehr ... kontaktfreudig«, sagte Mike.

»Genauso wie dein Freund.« Sie lächelten einander spontan an und entdeckten plötzlich eine Gemeinsamkeit.

»Es war Steves Idee, hierher zu kommen«, gestand er. »Für

die Osterferien, weißt du? Es ist unser letztes Studienjahr, also dachten wir, wir sollten mal wegfahren und was erleben.«

»Dann studiert ihr also an der Uni?«

»Ja.« Er führte das nicht weiter aus.

»Es war auch Jacquie, die hierher fahren wollte. Oder zumindest in die Sonne«, erklärte Alison. »Mama und Papa waren nicht begeistert, aber sie dachten wohl, dass Griechenland schon in Ordnung wäre, weil es ja auch in der Bibel erwähnt wird.«

Mike schien das sehr lustig zu finden. »Könnte sein, dass meine Eltern das Gleiche gedacht haben«, grinste er. »Sie haben mich bisher nie ermuntert, in den Ferien ins Ausland zu reisen. Und sie mögen auch Steve nicht besonders«, fügte er hinzu. »Aber Griechenland ... nun ja.«

Schließlich stellten sie fest, dass sie die anderen beiden verloren hatten. Irgendwo auf dem Weg waren sie in der Dunkelheit verschwunden. »Wir sollten besser zurück zum Hotel gehen«, sagte Alison beunruhigt.

Andere Männer hätten die Situation vielleicht ausgenutzt, aber Mike blieb höflich. »Natürlich, wenn du das möchtest.«

Er begleitete sie bis zur Zimmertür und wartete, während sie den Schlüssel aus der Tasche zog und aufschloss. »Danke«, sagte Alison.

Mike lächelte sie an. »Vielleicht sehen wir uns morgen.«

»Wahrscheinlich.«

Doch er blieb stehen. »Ich hoffe es.« Plötzlich nahm er ihre Hand, drückte sie ganz kurz und lief davon.

Als sie die Tür hinter sich zuzog, stellte Alison erstaunt fest, dass auch sie es hoffte. Sie setzte sich aufs Bett und starrte ihre Hand an, die noch immer ein wenig von seiner Berührung prickelte. Mike. Sie kannte nicht einmal seinen Nachnamen und wusste auch sonst nichts über ihn. Aber er war ein Gentleman, und sie konnte ihm vertrauen.

Er war anders als jeder Mann, den sie je kennen gelernt hatte, egal ob in Sutton Fen oder hier in Griechenland.

Von einem Mann wie ihm hatte sie immer geträumt, in ihn könnte sie sich vielleicht sogar verlieben.

Als Jacquie kurz darauf ins Zimmer kam, saß Alison immer noch lächelnd auf dem Bett.

»Oh, hier bist du also«, rief Jacquie. »Ich muss mich beeilen – sonst denkt Anders, dass mir was passiert ist.«

»Und was *ist* dir passiert?«

Jacquie kicherte. »Wir haben eine lauschige Ecke zum Knutschen gefunden. Steve war ganz enttäuscht, als ich ihm sagte, mehr würde er nicht bekommen – zumindest nicht heute Nacht.«

»Er ist nett«, sagte Alison verträumt.

»Steve? Er ist toll. Ich habe seit Jahren nicht mehr so viel gelacht.« Sie kämmte sich das Haar, erneuerte den Lippenstift und warf sich selbst im Spiegel einen Kussmund zu. »Und ein großartiger Küsser«, fügte sie hinzu.

»Ich meine seinen Freund«, sagte Alison. »Mike. Ich mag ihn.«

Jacquie wandte sich vom Spiegel ab und betrachtete ihre Schwester überrascht. »Tatsächlich? Für meinen Geschmack ist er etwas zu ruhig. Und sieht ein bisschen zu sehr nach Student aus. Diese Brille!«

»Er ist nett«, wiederholte Alison.

»Nun, dann halte dich ran!« Jacquie grinste. »Wenn du willst, kannst du ihn haben, weißt du?«

Alison blickte weg. »Darum geht es nicht.« Ihre Stimme war ruhig, aber bestimmt. »Das verstehst du einfach nicht, Jacquie. Das verstehst du überhaupt nicht.«

Am nächsten Morgen tauchten weder Mike noch Steve beim Frühstück auf. Alison ertappte sich dabei, wie sie die Tür zum Speisesaal beobachtete und bei jedem neuen Gast enttäuscht aufseufzte.

Jacquie, die ebenfalls Ausschau nach ihrer neuen Eroberung hielt, entging das nicht. »Du magst ihn *wirklich*«, rief sie triumphierend. »Das kannst du nicht leugnen, Ally.«

Alison sagte nichts. Aber als sie am Nachmittag am Strand lagen, an einem Platz, wo man gut sehen und gesehen werden konnte, suchte sie mit ihrem Blick, versteckt hinter ihrer Sonnenbrille, die Menschenmassen ab.

»Da sind sie!«, verkündete ihre Schwester endlich. »Und sie kommen in unsere Richtung.«

Die Männer steuerten direkt auf sie zu. »Wir haben euch gesucht«, sagte Steve.

Jacquie rutschte ein wenig zur Seite und klopfte neben sich aufs Handtuch. »Und ich habe mir gerade gedacht, dass ich Hilfe mit der Sonnenmilch gebrauchen könnte.«

»Das ist meine Spezialität!« Steve warf sich dicht neben Jacquie auf das Handtuch. Seine Augen leuchteten vor Vergnügen, als er ihr die Flasche aus der Hand nahm, um ihr Schultern und Nacken einzucremen.

Alison schaute verlegen zur Seite. Mike stand noch immer vor ihr, aber sie blickte nicht zu ihm auf. »Darf ich mich setzen?«, fragte er höflich.

»Oh ja. Natürlich.« Wie linkisch sie ihm vorkommen musste, dachte sie. Wie naiv. So ganz anders als die Mädchen, die er von der Universität kannte. Alison biss sich frustriert auf die Lippe.

Mike breitete sein eigenes Handtuch neben ihr aus und setzte sich. »Es ist schön, dich wiederzusehen«, sagte er ernsthaft. Alison errötete.

»Wie ist das Wasser heute?«, fragte Steve.

Jacquie grinste ihn an. »Wir waren noch nicht drin.«

»Dann gibt es nur einen Weg, es herauszufinden.« Ohne Vorwarnung sprang er auf, zog sie hoch, trug sie hinunter zum Meer und warf sie hinein. Jacquie kreischte, und als sie wieder auftauchte, spritzte sie ihn nass und zog ihn mit sich ins Wasser.

»Steve schwimmt für sein Leben gerne«, sagte Mike. »Er ist ein sehr guter Schwimmer. Das ist auch ein Grund, warum er hierher wollte – wegen des Strandes.«

»Und du?«, fragte Alison mit gesenktem Blick.

»Ich kann nicht schwimmen«, gestand er. »Oder zumindest schwimme ich nicht sonderlich gut. Und ich kann auch nicht gerade behaupten, dass es mir Spaß macht. Ich würde mir ehrlich gesagt viel lieber die Ruinen ansehen.«

Sie schaute eifrig auf und vergaß ihre Schüchternheit. »Ich auch!«

»Ja dann.« Er lächelte sie an. » Wie wäre es mit morgen? Wir könnten gleich nach dem Frühstück aufbrechen. Wir leihen uns Fahrräder und besichtigen die Ruinen. Kannst du Rad fahren?«
»Oh ja!«
»Dann machen wir's so.« Er sah sie spitzbübisch an. »Vielleicht ohne die beiden anderen?«

Alison, begeistert von seinem Vorschlag, versuchte, taktvoll zu sein. »Ich glaube, Jacquie interessiert sich sowieso nicht so sehr für Ruinen.«

Er lachte. »Nein, vermutlich nicht. Und Steve sollte es zwar, aber im Moment interessiert er sich wohl eher für Jacquie.«

Es war ein perfekter Nachmittag, und als die beiden Mädchen sich fürs Abendessen ankleideten, wusste Alison, dass auch der Abend perfekt werden würde.

Sie hatte inzwischen ihre Laura-Ashley-Kleider verbannt. Erstens war es für sie viel zu heiß, und zweitens schienen sie Alison inzwischen furchtbar unpassend. Jacquie hatte Wort gehalten und einige passendere Kleider ausgesucht. Auch wenn sie ihre Schwester nicht dazu überreden konnte, etwas Provozierendes und Kurzes zu erstehen, so hatten sie doch ein hübsches Sommerkleid gewählt, das gut zu Alisons neuer Bräune und ihren blonden Haaren passte.

Dieses Kleid zog sie an, bevor sie die Männer zum Abendessen trafen. »Ich helfe dir gerne ein wenig beim Schminken«, bot Jacquie an.

Alison trug normalerweise kein Make-up. Ihre Mutter hieß es nicht gut, wenn Mädchen sich das Gesicht anmalten, und sie war hübsch genug, um darauf verzichten zu können. Doch jetzt stimmte sie ausnahmsweise zu. Jacquie trug ein wenig Rouge auf die Wangen auf und einen zarten, schimmernden Lippenstift.

Als sie die Bewunderung in Mikes Augen sah, wusste sie, dass sie die richtige Entscheidung getroffen hatte. »Hübsches Kleid«, sagte er.

Der Abend verlief ähnlich wie der vorangegangene. Steve war

gut in Form, erzählte Witze und plauderte, und Jacquie reagierte entsprechend. Mike und Alison waren wieder still. Aber diesmal war es ein anderes Schweigen. Sie berührten sich nicht, sie sahen sich kaum an. Und trotzdem wussten beide, dass in aller Stille etwas zwischen ihnen entstand.

Nachdem sie gegessen und Kaffee getrunken hatten, verabschiedeten sich Jacquie und Steve. »Amüsiert euch, Kinder«, rief Jacquie, als sie Steves Hand nahm und ihn hinauszog.

Nach einem Augenblick der Verlegenheit sah Alison auf und stellte fest, dass Mike sie anlächelte. »Nun«, sagte er. »Ich fürchte, jetzt sitzt du mit mir fest. Macht es dir was aus?«

»Natürlich nicht.«

Sie beschlossen, wie am Abend zuvor einen Spaziergang zu machen. Doch diesmal war es irgendwie anders. Die Luft schien noch milder, die Sterne strahlten noch heller. Sie liefen sehr lange, durchqueren mehrfach das Dorf, und nach einer Weile ergriff Mike ihre Hand.

Nicht eine Sekunde lang dachte sie daran, sich zu wehren, ihre Hand wegzuziehen. Es lag etwas Unvermeidliches in der Geste, und etwas sehr Natürliches.

»Sollen wir irgendwo etwas trinken?«, fragte er schließlich.

Alison hätte für immer weiterlaufen können, aber sie war inzwischen an einem Punkt angekommen, wo sie fast jedem seiner Vorschläge zugestimmt hätte. »Ja, in Ordnung.«

Sie fanden eine kleine Taverne, dunkel und intim, und setzten sich an einen Tisch, der nur von einer flackernden Kerze erhellt wurde. »Wein, schätze ich«, sagte Mike. »Eine gute Flasche Wein ist genau das, was wir jetzt brauchen.« Er nahm die Weinkarte und las sie mit Expertenaugen, und so entging ihm der Ausdruck von Panik in Alisons Gesicht.

Wein! Was würde nur Reverend Prew dazu sagen? Die Freien Baptisten benutzten bei der Kommunion Johannisbeersaft, damit sie nicht vom Getränk des Teufels vergiftet werden konnten.

»Mein Vater hat einen ganz anständigen Weinkeller, und er hat mir einiges über Wein beigebracht«, sagte Mike bescheiden.

»Das meiste hier auf der Karte ist natürlich nichts Anständiges, aber der Claret sollte zumindest trinkbar sein. Was meinst du?«

»Ja, das ist gut«, hörte sie sich selbst sagen.

Er bestellte den Wein, und während sie warteten, spielte Mike mit der Papierserviette. »Hör mal, Alison«, sagte er. »Bevor ich es vergesse, ich möchte auf jeden Fall deine Adresse in England haben. Würdest du sie mir aufschreiben? Nur wenn du die Frage nicht zu unverschämt findest«, fügte er schnell mit einem unsicheren Lächeln, das sie nach Luft schnappen ließ, hinzu.

»Natürlich.« Sie musste eine Weile suchen, bis sie in ihrer Handtasche einen Stift fand, schrieb dann mit ihrer ordentlichen, kleinen Handschrift ihre Adresse auf die Serviette und reichte sie ihm.

»Danke.« Er faltete sie zusammen und verstaute sie in seiner Brieftasche.

Als der Wein serviert wurde, kostete Mike ihn fachmännisch. »Ja, er geht«, sagte er schließlich und füllte Alisons Glas.

Jetzt fühlte sie sich verpflichtet zu trinken, es war zu spät, Nein zu sagen.

Mike schenkte sich selbst ein und stieß mit ihr an. »Auf ... nun, auf uns, denke ich.« Ihre Blicke trafen sich, und sie sah nicht fort.

Alison hob das Glas an die Lippen, nahm einen Schluck und dachte nicht länger an Mr. Prew oder die Freien Baptisten. Der Wein schmeckte anders, als sie es erwartet hatte: Er hatte nicht die dickliche Süße des Johannisbeersaftes, und er kitzelte angenehm auf der Zunge. Er schmeckte herrlich, und als sie schluckte, spürte sie die Wärme im Hals. »Hm«, murmelte sie. »Lecker.«

»Ich bin froh, dass er dir schmeckt.«

Nach dem ersten Glas begann Alison ihm von ihrem Leben in Sutton Fen zu erzählen: von ihren Eltern, von Mr. Prew und den Freien Baptisten, von ihrem Job und ihrer Freizeit. Er sah ihr dabei in die Augen, als sei sie das faszinierendste Wesen, das er sich vorstellen konnte, und sie erzählte ganz ungehemmt weiter.

Lange bevor die Flasche leer war, begann er, über den Tisch hinweg ihre Hand zu halten. »Wir bestellen noch eine«, entschied er.

Alison machte es nichts mehr aus. Der Wein war köstlich, und sie wollte nicht, dass der Abend endete.

Während sie die zweite Flasche tranken, begann die Zeit an Bedeutung zu verlieren. Sie sprachen sehr viel. Als die Taverne sich langsam leerte und die Kellner begannen, die Kerzen zu löschen, meinte Mike, sie sollten jetzt vielleicht besser ins Hotel zurückgehen.

Alison stand auf. Sie fühlte sich, als ob sie neben sich stünde und beobachtete, was geschah.

Er nahm ihren Arm und führte sie auf die Straße. Dieses seltsame Wesen, das Alison war und zugleich nicht war, lehnte sich gegen ihn, fühlte die Wärme seines Körpers und ließ es zu, dass er sie mitzog.

»Ich muss dir etwas gestehen«, hörte sie sich selbst sagen. »Ich habe noch nie zuvor Wein getrunken. Reverend Prew lässt Wein nicht zu, er sagt, es wäre ein Getränk des Teufels.«

Mike lachte. »Ich habe keine Ahnung, wie er darauf kommt. Hat unser Herr selbst nicht Wein getrunken? Hat er nicht bei der Hochzeit zu Kana Wasser in Wein verwandelt?«

Alison hätte keine Antwort gewusst, selbst wenn sie in der Lage gewesen wäre zu sprechen. Die Vorstellung, dass sich Reverend Prew über irgendetwas, was in der Bibel stand, täuschen könnte, war völlig neu und kaum zu glauben.

Sie erreichten das Hotel, aber wie, wusste sie nicht mehr.

»Ich bringe dich auf dein Zimmer«, sagte Mike.

Alison durchwühlte ihre Tasche, bis sie den Schlüssel fand, um dann festzustellen, dass sie nicht in der Lage war, das Schloss zu treffen. Wann immer sie den Schlüssel hineinstecken wollte, schien es verrutscht zu sein. Mike nahm ihr den Schlüssel aus der Hand und schloss die Tür auf.

Das Zimmer war leer, von Jacquie nichts zu sehen.

Mike trat hinter ihr ein und zog die Tür zu. Alison lehnte sich dagegen, um nicht umzufallen.

Er kam näher, so nah, dass sie seinen warmen Atem auf der Wange spüren konnte, und sah ihr tief in die Augen. »Hör zu, Alison«, sagte er. »Ich glaube, ich bin dabei, mich in dich zu verlieben.«

Es war wie ein Traum, wie ein Märchen, das wahr wurde. Er war der Mann, nach dem sie sich ihr Leben lang gesehnt hatte. »Ich liebe dich«, wisperte sie.

Er kam näher, und ihre Lippen trafen sich. Alison fühlte, wie sie merkwürdig feucht wurde, unerwartet und unwiderstehlich, wie Wachs, das über einer heißen Flamme schmilzt.

Als Alison aufwachte, war der Raum von Sonnenlicht durchflutet. Sie kam schrittweise zu Bewusstsein, als ob sie tief unter Wasser wäre und sich langsam nach oben in Richtung Licht und Luft kämpfen müsste. Zuerst wusste sie nicht einmal, wo sie war, nur, dass sie unglaubliche Kopfschmerzen hatte: blendende, pochende Kopfschmerzen.

Mike, dachte sie, als der Name sich wie ein Lichtpfeil durch ihre Schmerzen bohrte, und mit dem Namen tauchte auch plötzlich eine Ahnung auf, wie ein Traum, an den man sich kurz nach dem Erwachen noch erinnert.

Was war letzte Nacht passiert? Sie kniff die Augen zusammen. Bruchstückhaft erinnerte sie sich an fremde und köstliche Empfindungen, an seine Hände, seinen Mund, an nackte Haut. War das alles nur ein Traum gewesen? Nein, das ging weit über alles hinaus, was sie jemals erlebt hatte, und konnte somit nicht ihrer Fantasie entstammen. Es musste tatsächlich geschehen sein. *Tatsächlich* geschehen sein.

Sie kämpfte gegen den Kopfschmerz an und schlug die Augen auf. Sie lag alleine im Bett, aber es war noch ganz deutlich der Abdruck eines Kopfes auf dem anderen Kissen zu sehen. Dann fiel ihr auf, dass sie kein Nachthemd trug und ihre Kleider wild im Raum verstreut lagen, anstatt wie sonst ordentlich zusammengefaltet über dem Stuhl zu hängen.

Im anderen Bett lag jemand. Als sie den Kopf ein klein wenig hob – was sie sofort bereute –, konnte sie die dunklen Haare ihrer Schwester sehen. Sie stöhnte vor Anstrengung und schloss die Augen wieder.

Doch das Stöhnen reichte aus, um Jacquie zu wecken, die sich grinsend im Bett aufsetzte. »Was ist eigentlich letzte Nacht hier passiert?«, fragte sie und blickte bedeutungsvoll auf die verstreuten Klamotten.

Alison vergrub den Kopf im Kissen. »Mein Kopf tut weh«, jammerte sie.

»Du hast es mit ihm getan, nicht wahr?« Und sie konnte nicht umhin, zufrieden und ein wenig boshaft hinzuzufügen: »Das kleine Fräulein Unschuldig ist also doch nicht so brav, wie es immer tut.«

Alison versuchte, sich zu verteidigen. »Es ist nicht, wie du denkst«, rief sie. »Wir lieben uns. Mike liebt mich.«

»Ja, ja.« Jacquie kicherte. »Das sagen sie immer, wenn sie einem das Höschen ausziehen wollen.«

Wie geschmacklos das bei Jacquie klang. Dabei war es überhaupt nicht geschmacklos gewesen, sondern romantisch und wunderschön. Selbst jetzt, in ihrer Verzweiflung, war Alison noch voller Scham und zog sich die Bettdecke über die Schultern. »Mein Nachthemd. Könntest du es mir geben?«

Jacquie glitt aus dem Bett und fand Alisons Nachthemd zusammengelegt in einer Schublade. Sie war begeistert. Nach allem, was hier vergangene Nacht geschehen war, würde ihre Schwester keinesfalls den Eltern gegenüber etwas ausplaudern, nichts von dem erzählen, was sie, Jacquie, im Urlaub getan hatte. Alison war der einzige unsichere Faktor in ihrem Plan gewesen. Wer wusste schon, ob ihre Schwester ihren Eltern oder dem Reverend oder sogar Darren nicht doch etwas verraten würde? Doch nun brauchte sie keine Angst mehr zu haben. Nun mussten *beide* den Mund halten, um sich gegenseitig zu schützen. Perfekt.

Sie warf das Nachthemd aufs Bett ihrer Schwester und schaute auf den Wecker. »Wenn wir nicht bald runtergehen, werden wir das Frühstück verpassen.«

Frühstück. Alisons Magen zog sich zusammen. Sie schluckte und versuchte, die Übelkeit zu bekämpfen. »Ich kann nicht«, sagte sie schwach. »Ich ... kann nicht.«

Ihre Schwester beugte sich grinsend über sie. »Du hast also auch Alkohol getrunken? Du bist wirklich tief gefallen.«

Alison drückte ihr Gesicht ins Kopfkissen. Sie wollte nur noch sterben.

Den Rest des Morgens verbrachte sie in einem Dämmerzustand, kämpfte mit Übelkeit und Kopfschmerzen. Jacquie drängte ihre Schwester, einige Pillen Paracetamol zu schlucken – das half ein wenig. Was aber Alison wirklich belebte, war der Plan, den sie für heute gemacht hatten. Sie und Mike wollten die Ruinen besuchen, das hatten sie gestern verabredet, gestern, in dieser fernen Vergangenheit, bevor so vieles geschehen war. Aber sie wollte mitgehen. Sie musste sich nur zusammenreißen. Denn sonst würde sie den Ausflug versäumen, Mike nicht sehen. Und er würde denken, sie sei ein hoffnungsloser Fall, der sich von ein paar Gläsern Wein so aus der Bahn werfen ließ.

Jacquie hatte sich ihrer erbarmt und ihr die Paracetamol gegeben, hatte ihr Gesicht mit einem feuchten Tuch abgetupft, sich zu ihr gesetzt und ihre Hand gehalten, ohne sie zu verurteilen oder groß ihren Triumph zu zeigen. Sie saß noch immer bei ihr, als Alison entschied, es sei endlich Zeit aufzustehen.

»Mike«, sagte Alison und kämpfte sich in eine aufrechte Position. »Hat er mich gesucht? Wir wollten heute einen Fahrradausflug zu den Ruinen machen.«

»Nein, er war nicht da.«

»Hast du ihn beim Frühstück gesehen? Mit Steve?«

Jacquie kicherte. »Nein. Um ehrlich zu sein, habe ich versucht, ihnen aus dem Weg zu gehen.«

»Aber Steve ... ich dachte ...«

»Steve war eine große Enttäuschung«, gestand Jacquie. »Nicht gerade eine Katastrophe, aber als es um mehr ging als ums Knutschen, hatte er keine Ahnung.«

»Aber Mike muss sich doch fragen, wo ich bin«, sagte Alison. »Wir waren verabredet. Bist du *sicher*, dass er mich nicht gesucht hat?«

Jacquie verzichtete darauf zu sagen, dass sie nicht daran glaubte, dass Mike sich noch einmal blicken lassen würde. Hatte er nicht bekommen, was er wollte? Alison war einfach zu naiv.

»Vielleicht hat er ja eine Nachricht an der Rezeption hinterlassen«, sagte Alison nachdrücklich. »Vielleicht geht es ihm ja auch nicht so gut.«

»Soll ich mal nachfragen?«, bot sich ihre Schwester an.

Ein paar Minuten später kam Jacquie zurück ins Zimmer und reichte ihr einen Umschlag. »Du hattest Recht«, sagte sie. »Das lag für dich an der Rezeption.«

Ein seltener Anflug von Taktgefühl veranlasste sie, sich abzuwenden und ihrer Schwester ein wenig Privatsphäre zu gönnen, um das zu lesen, was Jacquies Meinung nach ein Abschiedsbrief war: Danke für die Erinnerungen und alles, aber ...

Alison stieß einen leisen Schrei aus. Der Brief fiel ihr aus der Hand. »Er ist fort«, stöhnte sie, warf sich aufs Bett zurück und vergrub ihr Gesicht im Kissen.

Jacquie zog den Brief hervor und überflog schnell die Zeilen. »Meine liebe Alison«, stand da. »Ich schreibe in Eile, weil ich mein Flugzeug noch erreichen muss. Ich habe gerade erfahren, dass mein Vater ins Krankenhaus gekommen ist, und deshalb muss ich umgehend nach Westmead zurück. Mir bleibt keine Zeit mehr, dich zu sehen, um dir zu sagen, was die letzte Nacht für mich bedeutet. Aber ich habe deine Adresse, und ich werde mich melden. Wir werden uns wiedersehen. All meine Liebe, Mike.«

»Nun«, sagte Jacquie mit einem schiefen Grinsen, »zumindest ist das ein origineller Abschiedsbrief. Das muss man ihm lassen.«

Kapitel 5

Chris lebte sich schnell in seinem neuen Job als Lehrer und Sänger im Kirchenchor ein. Beides bereitete ihm große Freude, und obwohl er sehr viel korrigieren und Unterrichtsstunden vorbereiten musste, gewöhnte er es sich an, regelmäßig nach der Abendmesse mit den anderen Nichtgeistlichen etwas trinken zu gehen.

Meistens fragte Chris seine Frau, ob es ihr etwas ausmache, und bot ihr halbherzig an, doch mitzugehen. Eines Abends beschloss Sophie, die Einladung anzunehmen, um zu sehen, wie er die Abende verbrachte.

Das Lokal, in dem sie sich trafen, war, wie sie sofort feststellte, erstklassig – kein einfaches Wirtshaus. Es hieß »The Tower Of London« und befand sich in der Nähe der Kathedrale, an die es entfernt erinnerte. Es herrschte zwar ein ziemlicher Lärm, aber der stammte weder von plärrender Musik noch von heulenden Spielautomaten. Die Gäste unterhielten sich angeregt, jedoch durchaus zivilisiert.

Sophie hatte bisher kaum einen der anderen weltlichen Angestellten kennen gelernt. Sie war nicht daran interessiert, die Abendandacht zu besuchen, und die Gelegenheit, Kontakte zu knüpfen, schien ausschließlich auf diese Treffen im Lokal beschränkt zu sein. Ihre Anwesenheit wurde an diesem Abend zwar nicht mit Wärme, aber zumindest mit Höflichkeit akzeptiert. Als die Männer begannen, sich zu unterhalten, verstand sie kaum ein Wort: Sie unterhielten sich in ihrer eigenen Sprache, vertieften sich in Themen, über die der Normalbürger nichts wusste. Nach einer Weile setzte sie sich mit ihrem Getränk an einen leeren Tisch und beobachtete sie einfach.

Zu ihrem Erstaunen schien Chris völlig in die Gruppe integriert zu sein, er wurde akzeptiert und verstand all die Insiderwitze und geheimnisvollen Ausdrücke. »Kannst du nicht zählen?«, fragte er grinsend einen großen, pickligen Jungen, der Sophie als Countertenor vorgestellt worden war. »Vielleicht hast du aber auch eine andere Ausgabe als ich. Ich könnte schwören, dass in meinem Buch ein Dreivierteltakt steht, nicht Zweiviertel.«

Der Junge lachte lauthals und schüttelte den Kopf. »Eine andere Ausgabe! Das ist ab jetzt meine Entschuldigung, und bei der bleibe ich.«

Jeremy Hammond ließ sich in den Stuhl neben Sophie gleiten. »Das muss ein wenig langweilig für Sie sein«, sagte er mit einem entschuldigenden Achselzucken.

Sie lächelte breit, ohne ihm in die Augen zu blicken. »Nicht im Geringsten.«

»Lügnerin.«

Überrascht sah sie ihn an. Seine Lippen waren gekräuselt und seine Augenbrauen in die Höhe gezogen. Sophie lachte: »Na gut«, gab sie zu. »Ich fühle mich etwas überflüssig.«

»Musik, Musik, Musik«, flüsterte er melodramatisch. »Das ist alles, wofür sie sich interessieren. Und da ich derjenige bin, der musikalisch das Beste aus ihnen rausholen muss«, fügte er hinzu, »sollte ich mich darüber nun wirklich nicht beschweren. Aber ganz unter uns, ich finde *Menschen* interessanter als Musik.«

Sie warf ihm ein dankbares Lächeln zu. »Gesichter«, sagte sie, »ich sehe mir gerne Gesichter an.« Und das erinnerte sie an das Gesicht, das sie, seit sie nach Westmead gezogen waren, nicht mehr gesehen hatte. »Was ist mit Kantor Swan?«, fragte sie. »Kommt er denn nie hierher?«

Falls er die Frage merkwürdig fand, so zeigte er es nicht. »Ganz selten. Wie ich bereits sagte, er ist eher ein Miesepeter.

Bleibt meistens lieber zu Hause. Und jetzt ist er gerade verreist. Der Beginn eines Schuljahres ist für einen Urlaub zwar eine verdammt schlechte Zeit, aber er sagte, er würde verreisen, und das war's.«

Sophie versuchte sich Kantor Swan vorzustellen, wie er irgendwo an einem tropischen Strand saß, eine Pina Colada oder Margarita schlürfte, aber es wollte ihr nicht gelingen. Ein ruhiger englischer Ferienort an der See schien da doch viel wahrscheinlicher, oder eine einsame Besichtigungstour der Kirchen in Florenz und Siena, vielleicht sogar eine Pilgerreise nach Santiago de Compostela.

Jeremy schien ihre Gedanken zu lesen. Er grinste sie über den Tisch hinweg an. »Wildwasser-Rafting womöglich?«, spekulierte er. »Ein Ritt durch den Himalaya? Ich glaube nicht.«

»Vielleicht ist er im australischen Busch?« Sophie spielte mit. »Oder er besucht die Chinesische Mauer?«

»Den bolivianischen Regenwald«, schlug Jeremy vor. »Tiefsee-Tauchen? Wale beobachten? Großwildjagd?«

»Wie wäre es mit Drachenfliegen oder Bungee-Springen oder Freeclimbing? Oder das absolute Gegenteil. Vielleicht trinkt er Tee in Scarborough oder Southwold oder sogar Skegness?«

»Das klingt um einiges wahrscheinlicher. Obwohl – vielleicht nicht gerade Skegness.« Er hob affektiert eine Augenbraue und trank sein Bier leer.

Sie fand es nett, dass er sich die Mühe machte, sie zu unterhalten. Er sah sie über den Rand seines Bierglases an. »Noch etwas zu trinken?«

»Weißwein. Danke.« Vielleicht, dachte Sophie, würde er das ja als Entschuldigung benutzen, um zu verschwinden. Aber kurz darauf stand er mit Weißwein und Bier vor ihr.

»Haben Sie sich schon eingewöhnt?«, fragte er und blickte sie scharf an. »Ist Westmead so, wie Sie es erwartet haben?«

»Es ist nicht London«, entgegnete sie ehrlich, ohne nachzudenken.

»Offensichtlich nicht.« Jeremy stellte sein Glas bedächtig auf dem Tisch ab. »Aber geben Sie Westmead eine Chance, Sophie.«

Es war das erste Mal, dass er sie mit ihrem Vornamen ansprach, und überrascht stellte sie fest, dass es sie berührte. Sie hätte ihm am liebsten alles erzählt.

Sie wollte ihm sagen, dass sie noch nicht einmal begonnen hatte, sich um ihre eigenen beruflichen Belange zu kümmern, dass sie gerade mal die Kamera ausgepackt hatte. Sie wollte ihm erzählen, wie merkwürdig es war, in einem Ort wie Westmead, wie Quire Close, zu leben, in dieser Stille, dieser Langsamkeit. Es kam ihr so vor, als ob hier alles in Zeitlupe geschähe, als wate man durch klebrigen Sirup. Und dann die Allgegenwart der Kathedrale, die das Leben und die Gedanken der Menschen genauso bestimmte, wie ihre gewaltige Größe die Landschaft prägte. Die Kathedrale war wie eine Sonne in ihrem eigenen kleinen Universum, um die sich jeder und alles drehte. Unabhängig davon, wie weit man von ihrem Zentrum entfernt war, wurde man doch von ihr angezogen und auf die unterschiedlichste Weise von ihr bestimmt. Man konnte der Kathedrale nicht entfliehen: Sie lauerte hinter jedem Gespräch und war immer aus den Augenwinkeln zu sehen.

Sophie hatte dem Bau gegenüber zunächst Gleichgültigkeit verspürt, die sich nach und nach in Unbehagen verwandelte.

Und jetzt war sie so weit, dass sie die Kathedrale hasste. Aber das konnte sie weder Jeremy Hammond noch sonst jemandem verraten.

Es gab keine zweite Einladung zum Tee ins Priorhaus. Sophie kam es so vor, als sei sie bei einer Prüfung durchgefallen. Sie passte einfach nicht in die lauschige Gemeinschaft von Quire Close, und Elspeth Verey hatte das sofort erkannt, ebenso klar wie Sophie selbst.

Sophie redete sich ein, dass sie das nicht interessiere. Es war ihr nicht wichtig, in die höchsten Ränge der Westmead-Gesellschaft aufgenommen zu werden, im Gegenteil, es war ihr höchst gleichgültig.

Allerdings schien Leslie Clunch sie sehr zu schätzen. Er besuchte sie regelmäßig jeden zweiten Tag. Er kam immer in dem Augenblick vorbei, in dem sie gerade Wasser für den Morgen- oder Nachmittagskaffee aufgesetzt hatte. Und wenn sie die Siedlung verließ, um in der Stadt etwas zu erledigen, was in diesen ersten Wochen oft vorkam, schaute sie hinauf zu den Fenstern im ersten Stockwerk des Hauses Nummer eins, von denen aus der pensionierte Kirchendiener über die Siedlung wachte. Jedes Mal winkte er ihr feierlich zu. Wenn sie zurückkam, tat er das Gleiche, und häufig trat er innerhalb weniger Minuten aus der Tür. Er wolle nur sichergehen, dass bei ihr alles in Ordnung sei, sagte er dann, und Sophie fühlte sich verpflichtet, ihn auf eine Tasse Kaffee und einen Plausch einzuladen.

Er lehnte niemals ab.

Er erzählte nie mehr von seiner toten Tochter. Die Gespräche drehten sich meist um die Kathedrale. Aber in seinen Geschichten ging es, anders als bei Jeremy Hammond, nicht um pikanten Klatsch über Leute, die Sophie kannte oder auch nicht – das hätte sie ja noch ertragen können. Stattdessen genoss er es, von seinen vergangenen, glorreichen Tagen zu erzählen, von seinen Aufgaben als Erster Kirchendiener. Er rief sich kleine Vorfälle in Erinnerung, die ihn entweder amüsierten oder seine Wichtigkeit unterstrichen. Sophie war bald sehr geschickt darin, so zu tun, als ob sie ihm zuhörte, während ihre Gedanken ganz woanders weilten, weit entfernt von der Kathedrale und Westmead.

»Es interessiert mich nicht!«, hätte sie am liebsten geschrien. »Es interessiert mich nicht!« Stattdessen lernte sie, zu lächeln und zu nicken und ihm noch eine Tasse Tee anzubieten.

Es sah ihr eigentlich nicht ähnlich, sich wegen eines solchen Menschen zu verstellen. Warum bat sie ihn nicht einfach zu verschwinden? Oder warum weigerte sie sich nicht einfach, die Tür zu öffnen, wenn er klingelte? Aus irgendeinem Grund brachte sie beides nicht übers Herz.

Sie versuchte sich seine Frau vorzustellen – die immer leidende Mrs. Clunch, wie Sophie sie heimlich nannte. Er sprach manchmal von ihr und betonte dabei stets seine Märtyrerrolle. Sie war offenbar völlig ans Haus gebunden, und er kümmerte sich hingebungsvoll um sie. Was für eine Art Frau war sie? Verheiratet mit einem unglaublichen Langweiler, das einzige Kind ums Leben gekommen ...

Plötzlich ergab sich ganz unerwartet die Gelegenheit, es herauszufinden. »Mrs. Clunch würde Sie gerne kennen lernen«, sagte er eines Tages förmlich. »Sie lässt fragen, ob Sie nicht eine Tasse Tee mit ihr trinken möchten. Mit *uns*.«

Sophie stimmte zu, und sie verabredeten sich noch für dieselbe Woche.

Aber zuvor geschah etwas, das sie so sehr beschäftigte, dass sie alles andere darüber vergaß.

Sie dachte, sie wäre schwanger.

Sich immer ihres monatlichen Zyklus bewusst, vor allem seit dem letzten Jahr, stellte Sophie eines Tages fest, dass ihre erwartete Periode ausgeblieben war. Keine Krämpfe, keine Bauch- oder Rückenschmerzen, die normalerweise immer den so sehr gefürchteten Tag ankündigten. Sie fragte sich, ob sie sich anders fühlte. Sie war davon überzeugt, dass sie es einfach wissen würde, wenn sie schwanger wäre, dass sie spüren würde, wie die winzige Anhäufung von Zellen, die durch einen mysteriösen Vorgang in ihrer Gebärmutter eingepflanzt worden waren, langsam zu einem Baby wurde.

Dieses Gefühl hatte sie zwar nicht, aber genauso wenig gab es das geringste Anzeichen für ihre Periode. Ein Tag verging, dann zwei weitere. Sie erzählte Chris, der sowieso völlig in seine Arbeit vertieft war und ihre Zerstreutheit und wachsende Aufregung gar nicht bemerkte, kein Wort davon.

Am vierten Tag, demselben, an dem sie mit den Clunches Tee trinken sollte, fand sie einen Brief in der Post. Endlich hatte sie den so lang ersehnten Termin bei Dr. York, dem Spezialisten für ihr Problem. Sie sollte sich in vierzehn Tagen in seiner Londoner Praxis einfinden, damit mit den Tests begonnen und eine Diagnose gestellt werden konnte. »Wenn Sie aus irgendeinem Grund diesen Termin nicht einhalten können ...«

Sophie las den Brief mit einem Lächeln und legte ihre Hand

schützend auf den flachen Bauch. Vielleicht brauchte sie den Termin gar nicht einzuhalten, vielleicht konnte sie einfach in der Praxis anrufen und absagen, stolz verkünden, dass sie schwanger geworden sei, und zwar ohne ärztliche Hilfe. Ihr Körper hatte also doch selbst getan, was seine Aufgabe war. Sie war *nicht* nutzlos und unfruchtbar.

Sie fühlte sich energiegeladen, lebendig. Am Morgen spazierte sie durch die Siedlung in die Stadt und bemerkte kaum die gewaltige Größe der Kathedrale, als sie an ihr vorbeilief. Sie war in die hintere Ecke ihrer Wahrnehmung gedrängt worden, sie verblasste gegen die Ungeheuerlichkeit dessen, was sich möglicherweise gerade in ihrem Inneren abspielte – abspielen *musste*. Das Entstehen eines Babys!

Sie wollte einen Schwangerschaftstest kaufen, doch beim Betreten der Drogerie wurde sie aus ihren Gedanken gerissen. Eine Frau kämpfte mit der Tür und versuchte, einen Kinderwagen hindurchzuschieben.

Normalerweise hätte Sophie sich über so etwas geärgert, aber nicht so heute. »Lassen Sie mich Ihnen helfen«, bot sie der Frau an und hielt ihr die Tür auf.

»Danke.« Die Frau lächelte sie dankbar an und betrachtete Sophie näher. »Wohnen Sie nicht in Quire Close?«

»Ja, das stimmt. In Nummer 22.«

»Dann sind wir Nachbarn. Ich wohne ein paar Häuser weiter gegenüber, Nummer 17.« Sie stellte sich vor. »Ich bin Trish Evans. Mein Mann singt im Chor. Und das«, fügte sie hinzu, »ist Katie.«

Sophie beugte sich über den Kinderwagen und lächelte Katie zu, einem finster blickenden Kleinkind, das sie misstrauisch anstarrte. »Ich bin Sophie Lilburn«, sagte sie.

»Ich dachte mir schon, dass Sie das sind«, sagte Trish. »Brian – mein Mann – erzählt mir gelegentlich, was es Neues im Chor gibt, und er hat Chris Lilburn, den neuen Tenor, erwähnt.«

Sophie konnte sich vage daran erinnern, den Namen Brian Evans von Chris gehört zu haben – er singt den Bass, dachte sie. Allerdings hatte sie sich bisher keine große Mühe gegeben, sich die Namen zu merken. Sie überlegte, ob sie ihn im »Tower of London« kennen gelernt hatte, konnte sich aber nicht erinnern.

»Ich hätte mich bei Ihnen vorstellen sollen, als Sie eingezogen sind«, fuhr Trish schuldbewusst fort. »Die Frauen der Chorsänger – oder die Strohwitwen, wie ich uns manchmal bezeichne – müssen zusammenhalten. Aber mir ging es den ganzen Sommer viel zu schlecht, um an so etwas zu denken. Ich habe das Haus kaum verlassen. Jetzt geht es mir besser«, fügte sie hinzu. »Ich habe das Schlimmste überwunden.« Sie tätschelte ihren Bauch, und Sophie schätzte, dass sie etwa im vierten Monat schwanger war.

»Oh, Sie bekommen wieder ein Kind.«

»Ja, nächstes Jahr«, bestätigte Trish mit einem stolzen Grinsen. »Es wird ein Bruder für Katie werden.«

»Ich will keinen Bruder«, verkündete das Kind streitlustig.

Seine Mutter ignorierte es. »Sie haben keine Kinder, oder?«

»Noch nicht.«

»Oh, Sie haben noch so viel Zeit«, sagte Trish mit der heiteren Sicherheit einer Frau, die problemlos schwanger geworden war.

Sie war sehr jung, einige Jahre jünger als Sophie, vielleicht nicht einmal fünfundzwanzig. Ihr rundes Gesicht mit den weichen Konturen und dem offenen, fast naiven Lächeln wirkte nicht gerade erwachsen.

Sie blockierten den Eingang zu der Drogerie. Eine ältere Dame, die sich tief gebeugt mit einem Gehwagen abmühte, hob den Kopf und blickte sie wütend an.

»Oh, entschuldigen Sie!« Trish lenkte den Kinderwagen zur Seite, und Sophie folgte ihr. Sie hätte zwar zu diesem Zeitpunkt flüchten können, aber sie wollte plötzlich mehr über ihre Nachbarin herausfinden. Zwar hatte sie das Gefühl, dass Trish und sie sich nicht wirklich auf einer Wellenlänge bewegten, doch andererseits war es noch zu früh, um das endgültig zu beurteilen. Außerdem hatte sie in Westmead bisher noch keine Frau getroffen, die wenigstens annähernd in ihrem Alter war.

»Wollen wir einen Kaffee trinken?«, schlug Trish spontan vor. »Es gibt um die Ecke ein hübsches neues Café. Kennen Sie es?«

»Nein, ich bin noch nicht dort gewesen.« Trish führte Sophie in eine Kaffeebar im amerikanischen Stil – ein Gebäude, das mitten in Westmead wirkte wie von einem anderen Planeten. Solche Bars waren in London inzwischen üblich, aber Sophie hatte nicht erwartet, sie bereits in solchen Außenposten der Zivilisation wie Westmead zu finden. Entzückt bestellte sie einen großen caffè latte.

Ihre Begleiterin war nicht so schnell entschlossen. »Ich nehme nur einen einfachen Kaffee, glaube ich. Oder ... warten Sie. Vielleicht einen Cappuccino.«

»Kekse!« Katie, in ihrem Kinderwagen, hatte vornehmes dänisches Gebäck entdeckt. »Ich will Kekse!«

»Nicht jetzt, Darling. Wenn wir zu Hause sind, bekommst du was.«

»Ich will Kekse!« Katie legte ihr Gesicht in Falten und machte sich bereit, ihre Wut herauszubrüllen.

Die Mutter erkannte die Zeichen, kapitulierte und bestellte etwas von dem Gebäck.

Sophie wählte einen Tisch aus, und sie setzten sich, was sich nicht ganz einfach gestaltete, da Katie darauf bestand, aus ihrem Wagen und auf einen Stuhl zu klettern.

»Ich mag keine Beeren«, verkündete sie mit unheilvollem Blick und begann, die Johannisbeeren aus dem Gebäck zu pulen und auf dem Tisch zu verteilen.

Trish wandte sich an Sophie: »Sie müssen zu einem unserer Treffen freitagmorgens kommen. Die meisten von uns sind Frauen von Chorsängern, die anderen haben aber auch alle irgendwie durch ihre Männer mit der Kathedrale zu tun. Wir treffen uns immer abwechselnd bei einer von uns.«

»Das wäre sehr ... schön«, sagte Sophie, obwohl sie sich nicht im Geringsten sicher war, dass sie es wirklich so meinte. Andererseits war Westmead nun ihre Heimat, und ob sie wollte oder nicht, diese Menschen waren ihre potenziellen neuen Freunde.

Sie konnte es sich kaum leisten, auf ihre Gesellschaft zu verzichten.

Trish nippte an ihrem Cappuccino. »Schmeckt gut. Aber ich werde wahrscheinlich Sodbrennen bekommen«, fügte sie hinzu und verzog das Gesicht. »Ich vertrage Kaffee zurzeit nicht sonderlich gut.« Sie tätschelte mit einem selbstgefälligen Lächeln ihren kleinen Bauch.

Katie hatte inzwischen ein komplettes Durcheinander auf ihrer Seite des Tisches angerichtet. Das Gebäck war offenbar nicht so süß gewesen, wie es aussah, und sie zeigte ihren Unmut, indem sie es zerlegte und zu Krümeln verarbeitete. »Ich muss aufs Klo«, rief sie. »Mami, ich muss mal.«

»Kannst du nicht eine Minute warten, bis Mami ihren Kaffee ausgetrunken hat?«

»Ich muss aber *jetzt*. Jetzt, Mami.«

Trish seufzte und verdrehte die Augen in Sophies Richtung. »Sie ist fast schon trocken«, erklärte sie. »Es ist ein harter Kampf, aber wir haben es bald geschafft. Also gehe ich mal besser jetzt mit ihr zur Toilette.«

Doch selbst diese kurzzeitige Verzögerung schien Katie zu erbosen. »*Jetzt!*«, schrie das Kind.

»Entschuldigen Sie mich«, sagte Trish. »Wir sind gleich wieder zurück.«

Während Sophie ihren caffè latte schlürfte, betrachtete sie die klebrigen Reste des dänischen Gebäcks. *Ihr* Kind würde sich nicht so benehmen, schwor sie sich. Sie würde die perfekte Mutter sein und Chris ein fabelhafter Vater. Gemeinsam würden sie ein wohlerzogenes und selbstsicheres Kind großziehen. Ein Kind oder zwei Kinder, so viele Chris eben wollte. Sophie lächelte in sich hinein, während sie sich ihre Zukunft ausmalte. Vielleicht war Westmead ja doch nicht so schlecht. Sie würden Kinder haben. Sie würde Bekannte finden, vielleicht sogar Freundinnen, wie Trish Evans oder eine der anderen Frauen. Und sie konnte sogar jederzeit einen anständigen caffè latte trinken.

Erst als Sophie nach Hause kam, fiel ihr auf, dass sie vergessen hatte, den Schwangerschaftstest zu kaufen. Sie überlegte, noch einmal zurück in die Stadt zu gehen, doch zu ihrer Überraschung war sie nicht mehr so energiegeladen wie vorher, sondern erschöpft. Sie konnte sich nicht mehr aufraffen, das Haus zu verlassen.

Normalerweise schlief sie niemals tagsüber. Das passte einfach nicht zu ihr. Ein paar Minuten lang kämpfte sie gegen das Bedürfnis an, sich hinzulegen, gab dann aber nach und ging nach oben, um sich auf dem Bett auszustrecken. Auch das ist bestimmt eine Auswirkung der Schwangerschaft, dachte sie, es ist normal, müde zu sein, und ich muss nicht dagegen ankämpfen.

Stunden später wachte sie verwirrt auf. Sie tastete nach dem Wecker und stellte fest, dass sie in zehn Minuten bei dem Ehepaar Clunchy erwartet wurde.

»Oh Gott«, stöhnte sie. Zum Duschen blieb keine Zeit, nicht einmal zum Umziehen. Sophie schleppte sich ins Badezimmer, spritzte sich etwas kaltes Wasser ins Gesicht und kämmte sich. Das musste ausreichen. Instinktiv wusste sie, dass es nicht gut wäre, zu spät zu kommen.

Leslie Clunch öffnete die Tür nur Sekunden, nachdem sie geklingelt hatte. Er hatte also auf sie gewartet. »Kommen Sie rein, kommen Sie rein«, drängte er und trat zur Seite, um sie vorbeizulassen.

Dieses Haus war bei weitem das kleinste, das sie bisher in der Siedlung gesehen hatte, kleiner als das von Jeremy Hammond und sogar kleiner als ihres. Die Decken waren noch niedriger, und der Flur bot kaum genug Platz, damit sich zwei Leute zugleich darin aufhalten konnten.

»Meine Frau ist dort«, sagte Clunch, als er Sophie in das erste Zimmer führte.

Sie hatte angenommen, dass es sich um das Wohnzimmer handeln würde, und vielleicht war es das auch einmal gewesen. Aber jetzt war es ein Krankenlager. Ein Krankenhausbett, um das unglaublich viele Möbel gruppiert waren, dominierte den winzigen Raum: Stühle, Schränke, ein Schminktisch und ein Nachttisch, übervoll mit Medizinfläschchen und anderen Zeichen chronischer Krankheit.

Mrs. Clunch saß in einem der Sessel, machte aber keine Anstalten aufzustehen, als Sophie zusammen mit Leslie Clunch das Zimmer betrat.

Sophie war sich nicht sicher, wie sie sich Leslie Clunchs Frau eigentlich vorgestellt hatte. Ein wenig zart und schwächlich vielleicht, und in etwa so klein wie sie selbst. Olive Clunch aber war weder zart noch klein, sondern ungeheuer fett, mit einem Gesicht, das aussah wie ein Pudding, in den man Johannisbeeren als Augen gedrückt hatte. Ihre Beine waren so dick wie die Säulen einer romanischen Kathedrale. Diese Beine lagen auf einem Hocker, geschwollen und verfärbt, und waren sicherlich zumindest ein Grund für ihre Behinderung.

Olive Clunch hatte offenbar Sophies Blick bemerkt. »Gicht«, sagte sie. »Neben allem anderen wie Wassersucht, Krampfadern und kaputten Knien.«

Sophie wusste nicht, was sie sagen sollte. »Tut mir Leid«, murmelte sie.

»Aber *Ihnen* braucht es doch nicht Leid zu tun«, wehrte Mrs. Clunch sachlich ab. »Da kann man nichts machen. Sie sollten nur beten, dass Sie niemals mit so etwas leben müssen. Sie mit Ihren hübschen langen Beinen.«

Sie sagte das ohne Neid, doch Sophie konnte nicht umhin, sich schuldig zu fühlen. Ungeschickt setzte sie sich in den Sessel, auf den Mrs. Clunch zeigte. Der Sessel war tief und weich. Sophie ahnte, dass es schwierig werden würde, sich daraus einigermaßen würdevoll wieder zu erheben.

»Wir wollen nun Tee trinken.« Die Worte waren nicht an Sophie, sondern an ihren Mann gerichtet.

»Gerne, meine Liebe. Es dauert nur einen Moment.« Er verließ das Zimmer.

Mrs. Clunch betrachtete Sophie ausführlich, die dicken Lippen gespitzt. »Leslie hat so viel von Ihnen erzählt«, sagte sie, »da wollte ich Sie selbst gern kennen lernen.«

Sophie wusste nicht, wie sie darauf reagieren sollte, und nickte zustimmend.

»Er sagte, Sie würden unserer Charmian ähnlich sehen.«

»Und, sehe ich ihr ähnlich?«

Statt einer Antwort ergriff Mrs. Clunch eine gerahmte Fotografie, die auf einem Tisch neben ihr stand, und hielt sie Sophie hin, die sich halb aus dem Sessel kämpfen musste, um sie zu erreichen.

Das Mädchen auf dem Bild war sehr jung – wahrscheinlich nicht älter als sechzehn. Es war kein schönes Mädchen, aber auf jeden Fall attraktiver, als man es bei solch reizlosen Eltern vermutet hätte. Es hatte ein hübsches Lächeln und naturblondes Haar, nur ein wenig heller als das von Sophie. Charmian Clunch war, wie Sophie feststellte, ein wenig übergewichtig gewesen, und dies ließ sie mehr als alles andere Sympathie für das junge Mädchen empfinden.

Sie selbst hatte als Teenager auch mit ihrem Gewicht kämpfen müssen. Jahrelang hatte sie die Sticheleien ihrer Schulkameraden ertragen, und wenn sie versuchte abzunehmen, musste sie feststellen, dass ihr die Willenskraft fehlte. Damals hatte sie keinen Freund – es war ein unendlicher Teufelskreis aus Verzweiflung, Ekel, Selbsthass und viel zu viel Essen.

Bis sie Chris an der Universität kennen lernte. Er ging nicht nach Äußerlichkeiten und hatte sie um ihretwillen geliebt. Und seltsamerweise gab ihr genau das die nötige Kraft, um abzunehmen und Vertrauen in sich selbst und ihre Attraktivität zu gewinnen. Danach blickte sie niemals mehr zurück.

Arme Charmian Clunch, dachte sie, während sie das Foto studierte. Sie war sich nicht sicher, welche Reaktion von ihr erwartet wurde. Am liebsten hätte sie die Mutter dieses Mädchens gefragt, was geschehen war. Wann war sie gestorben? Wie alt war sie gewesen? Handelte es sich um einen natürlichen Tod, eine Krankheit vielleicht, oder war sie eines gewaltsamen Todes gestorben, Opfer eines schrecklichen Unfalls? Doch Sophie traute sich nicht, diese Fragen zu stellen. Wenn Olive Clunch darüber sprechen wollte, würde sie es bestimmt tun.

»Papas kleiner Liebling«, sagte Mrs. Clunch mit nachdenklicher Stimme. »Unser Augenlicht. Sie sehen ihr tatsächlich ein wenig ähnlich, finde ich. Da hat er Recht.« Sie kniff die Augen zusammen, um Sophie noch etwas genauer zu betrachten. »Wie alt sind Sie?«

Verlegen antwortete Sophie: »Einunddreißig.«

Mrs. Clunch nickte. «Charmian wäre dieses Jahr dreißig geworden.«

Sophie traute sich noch immer nicht, die Fragen zu stellen, die sie wirklich interessierten.

»Wir hätten jetzt vielleicht schon Enkelkinder.«

Das war ein Thema, über das Sophie sich nicht unterhalten wollte. Schnell stellte sie das Foto auf den Tisch und brachte das Gespräch auf das erstbeste Thema, das ihr einfiel. »Wie lange leben Sie schon in Westmead, Mrs. Clunch?«

»Oh, seit vielen Jahren. Natürlich leben wir in diesem Haus erst seit zwei Jahren, seit Leslie im Ruhestand ist. Davor wohnten wir im Haus des Ersten Kirchendieners, auf der anderen Seite der Kathedrale.«

Sophie versuchte, etwas Nettes über dieses Haus zu sagen, aber ihr fiel nichts ein, deshalb sagte sie mit fröhlicher Stimme: »Quire Close ist wunderhübsch, finden Sie nicht?«

Olive Clunch kniff die Augen zusammen. »Ich hasse es.«

»Wirklich?«, rief Sophie überrascht.

»Es ist ein Gefängnis. Ein Hochsicherheitsgefängnis. Man wird nie entlassen, nicht einmal wegen guter Führung.« Ihre Stimme klang bitter.

In diesem Moment kam Leslie Clunch mit einem Tablett zurück ins Zimmer, und seine Frau zauberte ein Lächeln in ihr Gesicht. »Oh, das ist nett von dir.«

Die nächsten Minuten vergingen mit dem Einschenken von Tee. Leslie Clunch bot Sophie einen Teller mit kleinen Kuchen an, die eine pinkfarbene und gelbe Glasur hatten. Sie nahm aus Höflichkeit ein Stück, das sie auf den geblümten Porzellanteller legte und grübelte, wie sie es loswerden konnte, ohne dass die Clunchs es bemerkten.

Sie hatten ganz offensichtlich das Beste für sie aufgefahren, das Sonntagsgeschirr und diese kleinen Kuchen. Sophie war gerührt, fühlte sich aber zugleich etwas unwohl.

»Ich glaube, ich hätte lieber etwas Brot mit Butter«, sagte Mrs. Clunch.

Ihr Mann wandte sich ihr überrascht zu. »Brot und Butter? Aber du sagtest doch ...«

»Ich hätte gern Brot und Butter.« Ihr Ton ließ keine Widerrede zu. »Bitte denk daran, ich mag es dünn geschnitten.«

Er seufzte. »Ja, meine Liebe.« Schnell stellte er seine Tasse zurück auf den Tisch, dann erhob er sich und verließ das Zimmer.

Mrs. Clunch lehnte sich vor und fuhr dort fort, wo sie unterbrochen worden waren. »Ein Gefängnis«, wiederholte sie. »Und ich hasse dieses Haus. Ich würde alles dafür geben, wenn ich gehen könnte.«

»Wohin würden Sie denn gerne gehen?«, fragte Sophie.

»Irgendwo ans Meer.« Olive Clunch drehte ihr Gesicht zum Fenster. Viele Meilen von hier im Westen lag das Meer. »Ich wollte schon immer am Meer leben. Und als Leslie pensioniert wurde, dachte ich ...« Sie stockte, dann sammelte sie sich wieder. »Aber er wollte nichts davon wissen. Er sagte, er würde Westmead nicht verlassen. Nicht in tausend Jahren.«

Sophie versuchte es erneut. »Aber das ist ein hübsches Haus.« Sie merkte selbst, dass es gezwungen klang, falsch.

»Es ist ein schreckliches Haus. Eng und dunkel. Kein Licht, keine Luft.« Mrs. Clunch schaute Sophie noch immer nicht an. »Etwas Schreckliches ist mir in diesem Haus widerfahren«, fuhr sie in sachlichem Ton fort. »Letztes Jahr. Am helllichten Tag, während Leslie nicht da war. Jemand ist durch die Vordertür eingebrochen und einfach hereingekommen.«

»Aber das ist ja furchtbar.«

»Ich lag im Bett«, fuhr Olive Clunch fort. »Machte ein Nickerchen. Als ich aufwachte, ertappte ich ihn dabei, wie er meine Sachen durchwühlte. Er wühlte in meinen Schubladen! Er hatte die Uhr meiner Großmutter in der Hand und steckte sie in seine Tasche.«

»Was haben Sie getan?«, fragte Sophie atemlos.

Mrs. Clunch wandte sich ihr schließlich doch zu. »Ich habe geschrien. Ich habe geschrien, so laut ich konnte. Aber der unverschämte Dieb rannte nicht weg – zumindest nicht gleich. Er konnte sehen, dass ich nichts tun, nicht mal aus dem Bett aufstehen konnte. Also ließ er sich Zeit, während ich die ganze Zeit schrie. Suchte sich das Wertvollste aus meinem Schmuckkasten aus, direkt vor meinen Augen. Als er alles hatte, was er wollte, steckte er es in seine Tasche. Er lachte mich aus und verschwand.«

Sophie wusste nicht, was sie sagen sollte. »Das ist schrecklich«, wiederholte sie, obwohl ihr klar war, wie hohl das klang.

»Aber selbst danach wollte Leslie nichts von einem Umzug wissen. Er wollte Westmead und dieses Haus nicht verlassen.« Olive Clunchs fettes Gesicht bebte vor Wut, ihre Augen füllten sich mit Tränen. »Ich werde in diesem Haus sterben. Dabei würde ich so gerne in der Nähe des Meeres sterben.«

Lag Olive Clunch wirklich im Sterben? Sophie fragte sich, woran sie tatsächlich litt. Niemand hatte es jemals erwähnt, und sie konnte schlecht danach fragen. Sie machte ein mitfühlendes Geräusch, weder zu herablassend noch zu gönnerhaft. Unerwartet spürte sie einen altbekannten Schmerz im Bauch, den sie zu ignorieren versuchte.

»Und dann war da dieses Mädchen«, sagte Mrs. Clunch plötzlich mit einer anderen Stimme und sah wieder durch das Fenster auf die Siedlung.

»Ein Mädchen?«

»Das tote Mädchen.«

Einen Moment lang dachte Sophie, dass sie Charmian meinte, doch dann wurde ihr klar, dass sie über ihre eigene Tochter sicher nicht so unpersönlich sprechen würde. »Was meinen Sie? Was für ein totes Mädchen?« »Das Mädchen aus der Siedlung. Bestimmt hat Leslie Ihnen davon erzählt«, sagte Olive Clunch.

»Nein …« Und wenn doch, dachte Sophie, dann kann ich mich nicht daran erinnern. Das einzige tote Mädchen, das er erwähnt hatte, war Charmian gewesen.

»Es ist vielleicht zehn Jahre her, möglicherweise länger. Lassen Sie mich nachdenken.« Die Frau zählte die Jahre an den Fingern ab. »Es muss im Sommer 1989 gewesen sein. Also vor elf Jahren.«

Der Schmerz in Sophies Bauch wurde schlimmer. Sie versuchte, ihn zu ignorieren. »Aber wer war sie?«

»Das ist es ja.« Mrs. Clunch richtete ihren Blick wieder auf Sophie. »Man hat es nie herausgefunden. Sie wurde nie identifiziert. Es war einfach ein armes, totes Mädchen. Schwanger. Und ermordet.«

»Ermordet?« Sie stieß das Wort heraus. Unbewusst begann sie, ihren Bauch zu streicheln. Schwanger und ermordet.

»Wir haben die Zeitungsartikel noch irgendwo. Ich werde sie Ihnen zeigen. Es stand alles in der Zeitung«, fuhr Olive Clunch fort und klang irgendwie stolz. »Westmead war plötzlich in aller Munde. Zumindest für ein paar Wochen, bis zur nächsten Katastrophe. Einer Bombe. Oder vielleicht einem Flugzeugabsturz. Oder einem vermissten Kind.«

»Aber wer hat sie umgebracht?«, fragte Sophie.

»Oh, das haben sie nie herausgefunden.« Mrs. Clunchs Augen waren riesig und fixierten Sophie. »Nie herausgefunden. Das Verbrechen wurde niemals aufgeklärt.«

Einen Moment lang starrte Sophie sie an. Ein totes Mädchen, ein ungelöstes Verbrechen. Der Mörder war dann also wahrscheinlich noch auf freiem Fuß. Sie konnte die Schmerzen in ihrem Bauch nicht länger ignorieren. »Entschuldigen Sie«, sagte sie schwach und kämpfte sich auf die Beine. »Könnte ich ...«

Olive Clunch schien zu wissen, wonach sie fragen wollte. »Die Toilette ist oben, direkt am Treppenaufgang.«

In der Hoffnung, dass sie Leslie Clunch nicht begegnen würde, eilte Sophie durch den Flur und die Stufen hinauf.

Das Badezimmer war klein und überladen wie der Rest des Hauses. Waschbecken, Toilette und Badewanne standen eng zusammengedrängt. Sophie verspürte das Bedürfnis, sich kaltes Wasser ins Gesicht zu spritzen. Sie starrte ihr Gesicht im Spiegel an. Zum ersten Mal seit Jahren traf sie wieder ein Gefühl ungläubiger Überraschung. Sie sah nicht das pummelige Mädchen, das sie unbewusst erwartet hatte, sondern eine schlanke, attraktive Frau. Dieses Gefühl kannte sie gut aus den Anfangsjahren ihrer Ehe. Damals war fast jeder Blick in den Spiegel ein Schock für sie gewesen.

Das kalte Wasser fühlte sich gut an, aber der Schmerz in ihrem Bauch wollte nicht aufhören. Sie musste auf die Toilette.

Dann kam der nächste Schock. Sie sah frisches Blut, Blut, das nur eines bedeuten konnte.

Sophie lehnte die Stirn gegen das kalte Porzellanwaschbecken und weinte.

Kapitel 6

Juli 1989

Alison hockte auf dem Boden und beugte sich über die Toilettenschüssel. Nach einem Moment ließ das Würgen nach, aber sie wusste aus Erfahrung, dass es jeden Augenblick wieder von vorne anfangen konnte. Müde lehnte sie ihren Kopf gegen das kühle Porzellan und wünschte, sie würde sterben und alles wäre endlich vorbei.

Sie hörte, wie gegen die Badezimmertür getrommelt wurde. »Willst du den ganzen Tag da drin bleiben?«, rief ihre Schwester in scharfem und zugleich besorgtem Ton.

»Nur noch einen Moment«, rief Alison.

Das Haus der Barnetts hatte nur ein Badezimmer, und heute war Jacquies Hochzeitstag: ein sonniger, heißer Julimorgen.

»Was machst du da drin überhaupt?«, fragte Jacquie. »Du müsstest schon längst angezogen sein.«

»Ich bin gleich da.« Alison benutzte die Toilettenschüssel als Stütze, um wieder auf die Füße zu kommen, spülte und drehte sich dann zum Waschbecken, um ihr Gesicht zu kühlen. Sie betrachtete sich im Spiegel: riesige Augen in einem sehr blassen Gesicht. So sollte eine Brautjungfer nicht aussehen, dachte sie erschöpft.

»Mach schon, Ally!« Jacquie klopfte wieder, diesmal noch ungeduldiger. Alison spritzte sich noch etwas mehr kaltes Wasser ins Gesicht, setzte dann ein Lächeln auf und öffnete die Tür.

Zum Glück war ihre Schwester viel zu beschäftigt, um Alison genauer zu betrachten, als sie an ihr vorbei ins Schlafzimmer schlüpfte. Nun, dachte sie, kommt die nächste Herausforderung: Passe ich in das Kleid?

Es war ein hübsches Kleid, das eine Frau der Freien Baptisten genäht hatte, eine Witwe, die früher als Schneiderin gearbeitet hatte. Rosafarbener Satin mit engem Mieder und einem weit schwingenden Rock, der Ausschnitt mit Stoffrosen verziert. Hinten, unter der Hüfte, war eine große Schleife befestigt.

Die letzte Anprobe für die Kleider, die Jacquie, Alison und die zwei kleinen Brautjungfern tragen sollten, war letzte Woche gewesen. Alisons Kleid hatte etwas weiter und Jacquies etwas enger gemacht werden müssen. Die Schneiderin war darüber nicht überrascht gewesen, das sei ganz natürlich, hatte sie gesagt. Bräute verloren vor ihrer Hochzeit oft an Gewicht, weil sie so furchtbar aufgeregt und beschäftigt waren. Und jeder in der Gemeinde der Freien Baptisten wusste von Alisons ständigem Kampf mit ihrem Gewicht. Sie hatte im Frühling, vor ihrer Reise, abgenommen, und jetzt legte sie eben wieder ein paar Pfund zu. Die Schneiderin vermutete, dass sie wahrscheinlich neidisch auf die Hochzeit ihrer Schwester war und deshalb zu viel aß, doch sie behielt diesen Gedanken lieber für sich.

Eine Woche zuvor hatte das Kleid also noch gepasst, dachte Alison, als sie es über den Kopf zog.

Den Reißverschluss zu erreichen war schwierig, aber sie schaffte es, ihn fast bis zur Taille hochzuziehen. Doch dann war Schluss.

Alison stand einen Moment still und fragte sich, was sie tun sollte. Sie wollte nicht zu ihrer Mutter gehen und sie um Hilfe bitten. Und ganz bestimmt nicht zu Jacquie. Vielleicht zu ihrem Vater?

Sie hatte Glück: Ihre Mutter war beschäftigt, und ihr Vater kämpfte allein im Schlafzimmer mit den Knöpfen seines gestärkten besten Hemdes. Alison half ihm mit den Knöpfen, drehte sich dann um und streckte ihm den widerspenstigen

Reißverschluss hin. Sie holte tief Luft und hielt den Atem an, während er den Reißverschluss hochzog.

»So«, sagte Frank Barnett. »Das wäre erledigt.«

Alison, die sich noch immer nicht traute zu atmen, blickte ihn über die Schulter an und lächelte. »Danke, Daddy.«

»Du siehst wunderschön aus«, sagte er. Sein Lächeln war zärtlich. Alison war immer seine Lieblingstochter gewesen, und wenn es nach ihm gegangen wäre, hätte er sie wahrscheinlich verzogen. Doch ihre Mutter war aus irgendeinem Grund immer sehr streng zu Alison gewesen, hatte ihr niemals etwas durchgehen lassen.

Frank Barnett war bereits über vierzig, als seine Kinder geboren wurden. Er hatte nicht mehr darauf zu hoffen gewagt und deshalb seine kleinen Mädchen immer für ein Geschenk des Himmels gehalten. Zuerst kam Jacquie, dunkel und winzig, und dann seine wunderhübsche Alison, blond und rund wie ein kleiner Engel. Wie sehr er in sie vernarrt war!

Er selbst war früher auch klein und dunkel gewesen. Nun war er sogar noch kleiner, im Laufe der Jahre geschrumpft, und grauhaarig. Aber Alison war seiner Meinung nach mit den Jahren hübscher geworden und niemals schöner gewesen als an diesem Tag, in schmeichelndes Rosa gehüllt. Ein paar Kilo mehr standen ihr gut, fand er. Joan, seine Frau, neigte dazu, wegen ihres Gewichts an Alison herumzunörgeln, woraufhin das Mädchen vor ein paar Monaten dünn geworden war. *Zu* dünn für seinen Geschmack. Ihm gefielen Frauen, die etwas Fleisch auf den Rippen hatten, besser. Heute sah Alison einfach perfekt aus.

Das Rosa gleicht meine Blässe tatsächlich etwas aus, dachte Alison, als sie wieder in ihrem Zimmer vor dem Spiegel stand. Das war gut so, denn selbst heute, zu diesem besonderen Anlass, würde ihre Mutter ihnen keinesfalls erlauben, Make-up zu tragen. Gesichtsfarbe, nannte sie es, ein Werkzeug des Teufels.

Aber man konnte nicht leugnen, dass das Kleid sehr eng saß. Mit der Hilfe ihres Vaters hatte sie es über der Taille schließen können, aber sie konnte kaum atmen. Und über dem Busen saß es sogar noch enger. Der schimmernde Stoff schien aus allen

Nähten zu platzen und quetschte ihre Brüste schmerzhaft zusammen. Würde Jacquie es bemerken? Hoffentlich nicht. Nicht heute. Wenn sie es wenigstens heute noch geheim halten könnte ...

Jacquie war eine wunderschöne, strahlende Braut. Sie hatte es geschafft, sich viel von der Bräune aus dem Griechenlandurlaub zu erhalten, sodass das fehlende Make-up mehr als wettgemacht wurde durch den schmeichelhaften Kontrast zu ihrem weißen Kleid.

Sie erreichte die Kirche zusammen mit ihrem Vater auf dem Rücksitz eines mit Schleifen verzierten weißen Daimlers. Die Limousine hatte Darrens Vater zur Verfügung gestellt und sogar für einen Chauffeur gesorgt. Es war der angemessene Start für die Bilderbuchhochzeit, die Jacquie erwartete. Sie sollte der strahlende Höhepunkt ihres Lebens werden, etwas, an das sie sich für immer erinnern konnte.

Wenn bei der Freien Baptistengemeinde nur nicht alles immer so unfeierlich wirken würde, dachte sie, als sie vor der Kirche aus dem Auto stieg und für die Fotografen lächelte. Als Kulisse für diesen märchenhaften Tag passte das Gebäude mit seinen schmutzigen gelben Ziegelsteinen und den einfachen, schmucklosen Räumen nicht, es gab ja nicht einmal bunte Kirchenfenster. Jacquie hätte viel lieber in der prächtigen Gemeindekirche aus dem Mittelalter geheiratet, die berühmt für ihr Engelsfiguren auf dem Dach war. Eine ihrer Freundinnen hatte dort geheiratet, und auf den Fotos hatte alles wunderschön ausgesehen.

Alison und die zwei kleinen Brautjungfern – die Enkelinnen ihrer Tante – waren bereits mit der zweitbesten Limousine von Darrens Vater vorgefahren und warteten im Vestibül hinter der Kirche. Jacquie stellte zufrieden fest, dass die Kirche voll war: Verwandte, Freunde und Mitglieder der Gemeinde der Freien Baptisten drängten sich auf den Kirchenbänken aus Pinienholz, gespannt und erwartungsvoll.

Ihre Schwester half ihr, die Schleppe des Kleides und die Falten ihres langen Schleiers zu richten. Wie froh sie war, dass sie auf einem neuen Kleid, das sie selbst aussuchen konnte, bestanden hatte, anstatt das Hochzeitskleid ihrer Mutter zu tragen, wie ihre Eltern es sich gewünscht hatten. Schließlich hatte sich die Mode seit der Eheschließung ihrer Eltern sehr verändert, nicht zuletzt durch die königlichen Hochzeiten, angefangen bei der schmalen Linie des Prinzessin-Anne-Kleides in den frühen Siebzigern bis hin zu dem üppigen Outfit der Prinzessin von Wales in den frühen Achtzigern. Jacquies Kleid war vom Stil der Herzogin von York beeinflusst, hatte ein eng anliegendes Mieder aus Satin mit einem schwingenden Rock und einer weiten Schleppe und war mit Bändern und Perlen verziert. Es hatte ein Heidengeld gekostet und war jeden Penny wert. Jacquie war sehr zufrieden, als die tragbare Orgel den Hochzeitsmarsch anstimmte und sie von ihrem Vater den Mittelgang entlanggeführt wurde.

Am Ende des Ganges starrte Darren ihr mit unverhohlener Bewunderung entgegen. Wie sie befriedigt feststellte, sah Darren sehr gut aus. Das geliehene Dinnerjackett stand ihm hervorragend und umgab ihn mit einer Aura von Vornehmheit, die ihm ansonsten, wenn sie ganz ehrlich war, meistens fehlte. Doch wenigstens heute war er ihrer würdig.

Alison, die zusammen mit den beiden kleinen Mädchen ihrer Schwester folgte, fühlte sich eigentümlich losgelöst von dem Ereignis, als ob sie eher Beobachterin als Mitwirkende sei. Jedes Gesicht, an dem sie vorbeiging, erschien ihr übermäßig klar, jedes Detail ausgeprägt. Im hinteren Teil der Kirche standen die Schaulustigen und Mitglieder der Gemeinde, die meisten von ihnen in ihren feinsten Sonntagskleidern. Weiter vorne waren Jacquies Freundinnen und Kolleginnen aus dem Supermarkt. Zwei von ihnen trugen sehr kurze Röcke, wie man sie nicht gerade oft in den heiligen Hallen der Freien Baptisten sah. Einige Cousins und Cousinen und Tanten und Onkel auf beiden Seiten des Gangs. Die Eltern der Brautjungfern, zärtlich lächelnd. Darrens Freunde. Darrens Eltern und seine jüngeren Brüder. Und ganz vorne ihre eigene Mutter, prächtig herausgeputzt in einem neuen Kleid und mit neuem Hut, strahlend vor

Stolz auf den Erfolg ihrer Tochter. Verheiratet zu sein, und zwar gut verheiratet zu sein, war der Gipfel ihres Ehrgeizes, und Jacquie hatte ihre Sache außerordentlich gut gemacht. Das spürte Alison so deutlich, als ob ihre Mutter die Worte laut ausgesprochen hätte. In ein paar Minuten würde Jacquie Barnett Mrs. Darren Darke sein, mit dem Rang und der finanziellen Sicherheit, die mit diesem Titel einhergingen. Für ihre jüngere Tochter, die in dieser Hinsicht bisher ein Fehlschlag gewesen war, hatte Joan Barnett keinen Blick übrig.

Zudem starrte Alison die ganze Zeit auf den Rücken ihrer Schwester, die triumphierend vor ihr den Gang entlangschwebte. Sie bekam das, was sie wollte. Ihr Vater, aufrecht und stolz, schritt vorsichtig an ihrer Seite.

Darren und sein Trauzeuge erwarteten sie. Alison war nie sonderlich warm mit Darren geworden, und er beeindruckte sie auch jetzt in seinem geliehenen Aufputz nicht. Ob er ihre Schwester glücklich machen würde? Alison sah, dass er sich beim Rasieren geschnitten hatte. Ein kleiner Spritzer Blut störte die Makellosigkeit seines Hemdkragens.

Reverend Prew, ganz vorne in der Mitte, mit grimmig zusammengezogenen Augenbrauen und einem schwarzen Bart, sah aus wie ein Prophet aus dem Alten Testament. Selbst heute, bei einem so glücklichen Anlass, lächelte er nicht. Er trug seinen gewöhnlichen strengen Gesichtsausdruck.

Als sie ihren Platz ganz vorne einnahmen, bemerkte Alison, wie heiß es in der Kirche war. Alle um sie herum schienen Hitze auszustrahlen.

Diese vielen Menschen ... diese Hitze. Sie schloss einen Moment lang die Augen.

Wurde von ihr erwartet, dass sie nun etwas Bestimmtes tat? Sie riss die Augen auf, als ihre Schwester sie anstupste. Der Schleier – das war es! Sie sollte Jacquie helfen, den Schleier zu lüften. Vorsichtig hob sie den Stoff vom Gesicht ihrer Schwester und machte ihn hinter dem Kopf fest. Danach nahm sie den Blumenstrauß, den Jacquie ihr reichte.

Die beiden kleinen Mädchen, anfangs noch ehrfürchtig, wurden sehr schnell ruhelos, als Reverend Prew mit der Hochzeitszeremonie begann. Sie waren drei und fünf Jahre alt, zu jung, als dass man von ihnen erwarten konnte, still zu stehen, dachte Alison. Vor allem in dieser Hitze.

»Wer übergibt diese Frau, damit sie mit diesem Mann verheiratet wird?«, fragte Reverend Prew, und Frank Barnett legte die Hand seiner Tochter auf die verschwitzte Handfläche von Darren Darke.

Alison beobachtete das Gesicht ihrer Mutter und konnte deren Gedanken wie ein Echo in ihrem Kopf hören. »Ich habe es geschafft, ich habe sie als Jungfrau zum Altar gebracht. Rein und unberührt.« Alison hätte fast laut aufgelacht.

Reverend Prew fuhr mit tonloser Stimme fort. Die Gelübde wurden abgegeben. Reverend Prew fragte nach dem Ring, und Darrens Trauzeuge, in Alisons Augen dämlich und genauso reizlos wie Darren selbst, legte ihn tollpatschig in die Hand des Pfarrers.

Der Ring. Alison sah auf ihren eigenen ringlosen Finger. In ihrem Kopf rauschte es. Das Rauschen schien von den Flügeln vieler Vögel zu kommen, von Wellen, die sich an einem griechischen Strand brachen. Sie schloss die Augen und sank anmutig zu Boden.

»Sie ist ohnmächtig«, verkündete die fünfjährige Brautjungfer laut. »Alison ist ohnmächtig. Oder vielleicht ist sie auch tot!«

Einen Augenblick lang erstarrte alles. Reverend Prew verharrte mitten in der Bewegung und vergaß, den Ring an Darren weiterzureichen. Schließlich ergriff Darren den Ring und ließ ihn fallen, klirrend fiel er zu Boden und machte mehr Lärm als Alisons Sturz. Er kniete nieder, um ihn aufzuheben, aber er war davongerollt.

Frank Barnett, der bereits neben seiner Frau auf der Kirchenbank Platz genommen hatte, eilte nach vorne und kniete neben seiner bewusstlosen Tochter nieder.

Jacquie übernahm die Führung. »Bring sie hier raus«, zischte sie den Trauzeugen an, der mit offenem Mund dastand.

Endlich kam er in Bewegung und eilte auf die andere Seite,

wobei er auf Jacquies Schleppe trat. Mit Hilfe von Frank Barnett hob er das bewusstlose Mädchen hoch und trug es in den hinteren Teil der Kirche.

»Sei vorsichtig«, befahl der bestürzte Vater. »Lass sie bloß nicht fallen!«

Nicola, Jacquies Freundin aus dem Supermarkt und eine von denen, die die Freien Baptisten mit ihrem kurzen Rock schockierte, schloss sich der merkwürdigen Prozession an. Sie hatte schon immer eine Schwäche für Alison gehabt, und letzte Woche, bei der Jungfern-Party von Jacquie, war sie zur gleichen Zeit wie Alison auf der Toilette gewesen und hatte eine vage Ahnung, was mit dem Mädchen los sein könnte.

Alison kam kurz nachdem sie das Vestibül erreicht hatten langsam wieder zu Bewusstsein. Flatternd öffnete sie die Augenlider, schloss sie dann wieder und stöhnte. Nach einer Weile kämpfte sie sich in eine sitzende Position hoch. »Die Toilette«, flüsterte sie drängend.

»Ich begleite sie«, sagte Nicola bestimmt, als die beiden Männer dem Mädchen auf die Füße halfen. Nicola stützte sie mit einem Arm und führte sie auf die Toilette.

Dort gab es zwar keinen Platz, um sich hinzusetzen, aber Alison stürzte sowieso auf eine der Toilettentüren zu. Ohne sie hinter sich zu schließen, sank sie auf die Knie und übergab sich.

Nicola ging zum Waschbecken, um ein paar Papierhandtücher zu befeuchten. Als Alison sich schließlich erschöpft zurücksinken ließ, hockte sich Nicola neben sie und kühlte ihr Gesicht. »Alison«, fragte sie sanft, »bist du in Ordnung?«

Alison schloss die Augen. »Mir geht es jetzt besser.«

Sie sah allerdings nicht viel besser aus: Ihr blasses Gesicht glänzte schweißnass, ihre Augen lagen in tiefen Höhlen. Nicola, kein Mitglied der Freien Baptisten, war erfahrener als die beiden Barnett-Mädchen zusammen und ahnte, was Alison Barnett plagte. Sie befand, dass es an der Zeit war, offen zu sprechen. »Du bist schwanger, nicht wahr?«, fragte sie.

Unglücklicherweise kam genau in diesem Augenblick Alisons Mutter in die Toilette, um nach ihrer Tochter zu sehen.

Als sie die Tür öffnete, konnte sie Nicolas Frage noch hören, ebenso wie Alisons matte, zögerliche Antwort.

»Schwanger?« Joan Barnett kreischte so laut, dass ihre Worte noch im vorderen Teil der Kirche zu hören waren.

Er hatte niemals geschrieben, niemals angerufen. Mike, die Erfüllung ihrer romantischen Fantasien, ihr Ritter in glänzender Rüstung, war an diesem schicksalhaften Aprilmorgen aus ihrem Leben gegangen und hatte seitdem nichts von sich hören lassen.

Sie kannte nicht einmal seinen Nachnamen.

Während der ersten Woche, sogar während der ersten beiden Wochen, konnte sie sich selbst noch davon überzeugen, dass sein Schweigen völlig normal war. Schließlich war sein Vater schwer krank, und er hatte sicher nicht die Zeit, sich über etwas anderes Gedanken zu machen. Keine Zeit für Anrufe oder Briefe, auch nicht für das Mädchen, das er liebte.

Und er liebte sie, davon war sie überzeugt. Wie hätte er all diese Dinge sagen können, all diese Dinge tun können, wenn er sie nicht genauso liebte wie sie ihn?

Sie stellte ihn sich am Bett seines Vaters vor, als besorgter Sohn. Die ganze Zeit über dachte er bestimmt an sie und zog Trost aus der Liebe, die sie miteinander teilten, und aus dem Versprechen einer gemeinsamen Zukunft.

Sobald es seinem Vater besser ginge, würde er ihr schreiben. Oder vielleicht würde er gleich kommen, eines Tages auf der Türschwelle stehen und um ihre Hand anhalten. Dann würden sie glücklich bis ans Ende ihrer Tage zusammenleben. Dieser Traum hielt sie aufrecht: Die Vorstellung, wie es an der Tür klingelte, wie sie öffnete und sein geliebtes Gesicht vor sich sah, wie sie sich in seine Arme warf, ohnmächtig vor Glück. Oder wie sie nach der Arbeit nach Hause kam und ihn dort vorfand, mit ihren Eltern in dem selten benutzten Wohnzimmer sitzend, gemütlich Tee trinkend, nachdem er bereits um die Erlaubnis gebeten hatte, sie heiraten zu dürfen.

Jedes Mal, wenn das Telefon klingelte, es an der Tür klopfte oder der Briefkasten klapperte, schlug ihr Herz erwartungsvoll bis zum Hals. Natürlich durfte sie sich nichts anmerken lassen, weil Jacquie sie immerzu mit einem spöttischen, wissenden Lächeln beobachtete.

Doch aus den Tagen wurden Wochen, und von ihm kam kein Wort. Und dann begann die morgendliche Übelkeit.

Die Wahrheit dämmerte ihr nicht sofort. Alison war unschuldig und unerfahren. Nur selten hatte sie mit schwangeren Frauen zu tun gehabt. Ihre Mutter hatte das Thema stets gemieden, weil sie es für unpassend hielt. Die Freien Baptisten predigten zwar die Fortpflanzung in der Ehe, ermunterten ihre Mitglieder aber nicht gerade, sich offen darüber zu unterhalten. Doch als ihre Kleider nicht mehr passten, wurde ihr endlich klar, was geschehen war.

Zum Glück war Jacquie zu dieser Zeit völlig mit den Vorbereitungen für die bevorstehende Hochzeit und sich selbst beschäftigt. Unter anderen Umständen hätte sie mit ihrem scharfen Blick die Zeichen sicherlich erkannt, aber ihre Gedanken drehten sich ausschließlich um Einladungen und Blumen und Kleider und Kuchen. Sie registrierte nicht, dass Alison sich regelmäßig ins Badezimmer schlich und wieder anfing, Kleider aus der Zeit zu tragen, als sie noch dicker gewesen war.

Sie war froh, dass sie kein Zimmer mit Jacquie teilte. Nachts warf sie sich schlaflos im Bett hin und her. Wann würde er kommen? Und würde er böse wegen des Babys sein?

Trotz allem wollte sie an die Möglichkeit, dass er nicht käme oder nicht einmal schriebe, gar nicht denken. Wenn sie nur durchhielte, bis er da war, ohne dass ihre Eltern oder Jacquie merkten, dass sie schwanger war, dann würde vielleicht doch noch alles gut werden. Sie könnten gemeinsam ausreißen, Sutton Fen verlassen und heimlich heiraten. Sie konnten den Leuten erzählen, dass das Kind zu früh zur Welt gekommen war. Ihre Eltern wären bestimmt viel zu entzückt über ein Enkelkind, um genau nachzurechnen.

Als aber aus den Wochen zwei Monate wurden, erwog Alison die schreckliche Möglichkeit, dass er ihre Adresse verloren hatte. Was, wenn die Papierserviette aus seiner Brieftasche gerutscht war, zum Beispiel am Flughafen? Wahrscheinlich hatte er vergeblich danach gesucht und alles daran gesetzt, sich an ihre Adresse zu erinnern. Vielleicht suchte er sie genau in diesem Augenblick, durchwühlte Telefonbücher und klopfte an fremde Türen. »Sind Sie vielleicht verwandt mit ...?« »Kennen Sie ein Mädchen namens ...?«

Dass Mike sie gar nicht wiedersehen wollte, sie vielleicht längst vergessen hatte, hielt sie für völlig ausgeschlossen. Er *liebte* sie, sie würden *zusammen sein*. Irgendwie, bald. Und diese Hoffnung ließ sie durchhalten.

Die Hochzeit wurde fortgesetzt, Darren Darke und Jacqueline Barnett wurden zu Mann und Frau ernannt. Aber hinterher erinnerte sich niemand mehr an diesen feierlichen Augenblick, sondern nur noch an den Moment, als Joan Barnetts Stimme durch die Kirche hallte, und an das, was danach geschah.

Jacquie hatte darauf bestanden, dass die Zeremonie fortgeführt wurde und jeder sich zum Empfang in der Gemeindehalle der Freien Baptisten einfand, als ob nichts geschehen wäre. Sogar Joan und Frank Barnett stimmten nach einer kurzen Beratung im hinteren Teil der Kirche zum Wohle ihrer Tochter Jacquie zu. Sie wollten dieses Thema zur Seite schieben. Mit Alison würden sie sich später beschäftigen.

Vielleicht wäre auch alles gut gegangen, wenn Reverend Prew sich nicht eingemischt hätte. Aber er verspürte als Hirte seiner Herde die moralische Verpflichtung, Stellung zu beziehen. Zudem meinte er, eine spezielle Verantwortung für Alison Barnett zu tragen, die schließlich seine Sekretärin war.

Alison hatte vorgehabt, nach Hause zu gehen, sie wollte sich aus der Kirche davonschleichen und einfach nur verstecken. Aber Nicola überzeugte sie nach einem langen Gespräch auf der Toilette davon, ihrer Angst nicht nachzugeben. »Du musst dich ihnen stellen«, sagte sie bestimmt. »Du kannst ihnen nicht ewig aus dem Weg gehen, das weißt du doch. Du gehst jetzt mit erhobenem Kopf da rein. Was können sie dir schon antun?«

Alison ließ sich schließlich von Nicola überreden. Allerdings hatte sie böse Vorahnungen. Nicola kannte ja die Barnetts kaum, und Reverend Prew nur vom Hörensagen. Doch sie weigerte sich entschieden, ohne Alison zurück zur Hochzeit zu gehen und setzte all ihre Überredungskünste ein. Alison, zermürbt und voller Schuldgefühle, gab nach.

An Nicolas Seite lief sie in die Empfangshalle, wo sich plaudernde und Früchtepunsch trinkende Grüppchen gebildet hatten. Einen Moment lang erstarben die Gespräche, um dann befangen und gekünstelt wieder aufgenommen zu werden. Die Leute beobachteten sie aus den Augenwinkeln, aber niemand starrte sie an.

Niemand außer Reverend Raymond Prew. Er schritt geradewegs auf sie zu und blickte sie kalt an. »Ist diese Schande wahr?«, fragte er mit der donnernden Stimme, mit der er sonntagsmorgens von der Kanzel wetterte. »Bekommst du ein Kind?«

Sie hatte ihn nie zuvor so grimmig erlebt. Sein schwarzer Bart sträubte sich vor Zorn, in seinen Mundwinkeln hatte sich Speichel gesammelt, und sein rotes Gesicht glühte. Alison fiel in sich zusammen, sie konnte nicht sprechen, aber es gelang ihr zu nicken. Was schließlich würde es bringen, Reverend Prew anzulügen und zu all ihren Sünden noch eine weitere hinzuzufügen?

Inzwischen beobachtete jedermann das Geschehen. Alle im Raum waren still geworden, um das Drama verfolgen zu können.

»Du hast Unzucht getrieben?«, fragte er weiter, seine Stimme noch immer sehr laut.

Dieses Wort! »So war es nicht«, protestierte sie schwach. »Ich liebe ihn.«

»Oh, *Liebe*«, schrie er höhnisch. »Fleischeslust, darum geht es. Nicht besser als bei Tieren!«

»Aber ...«

»Hure!«, rief er und zeigte mit einem Finger auf sie. »Du bist es nicht wert, ein Mitglied dieser Gemeinde zu sein. Du hast

Schande über uns alle gebracht. Du eigensinniges, verruchtes Mädchen!«

Alison fühlte sich, als ob man ihr in den Bauch geschlagen hätte. Tränen schossen ihr in die Augen, aber sie fand keine Worte, um sich zu verteidigen.

»Wie konntest du das deinen Eltern antun, wo sie doch so viel für dich getan haben? Du undankbare Person! Und ich habe dir Arbeit gegeben, dich unter meine Fittiche genommen, dir mein Vertrauen geschenkt! So bedankst du dich also für solche Güte?«

Sie wünschte, der Boden würde sich auftun und sie verschlucken, und wenn Nicola sie nicht festgehalten hätte, wäre sie einfach fortgerannt.

»Von diesem Tag an bist du kein Mitglied dieser Gemeinde mehr«, verkündete der Pfarrer. Er drehte den Kopf, um nach Joan und Frank zu suchen. »Und ich glaube, ich kann für deine Eltern sprechen, wenn ich sage, dass du nicht länger ihre Tochter bist. Du hast Schande über ihr Haus gebracht, und du wirst es verlassen.«

Es verlassen? Unter Tränen starrte Alison ihre Eltern an. »Bitte«, wisperte sie. »Bitte nicht.«

Frank Barnett sah gequält aus, sagte aber nichts. Joan jedoch nickte nach einem Moment entschieden. »Reverend Prew hat Recht«, sagte sie. »Du musst gehen.«

»Heute«, bestimmte der Pfarrer. »Jetzt. Und du darfst ihr Haus nie mehr betreten, du sündhafte Tochter Evas.«

Eine Welle von Übelkeit schwappte über Alison zusammen. Sie riss sich von Nicolas Arm los und rannte auf die Toilette.

Und wieder fand Nicola sie kurz darauf, zusammengekrümmt über der Toilettenschüssel. »Oh Gott!«, sagte Nicola. »Ich hatte ja keine Ahnung! Dieser Kerl lebt noch in der Steinzeit, oder?«

»Was soll ich nur tun?«, jammerte Alison.

Nicola lief vor der Toilettentür hin und her. »Jacquie«, sagte sie schließlich. »Sie ist deine Schwester. Sie liebt dich. Sie wird sich nicht von dir abwenden. Du kannst zumindest für eine Weile bei ihr und Darren leben. Bis du weißt, was du tun willst.«

»Meinst du?« Alison hob den Kopf und sah einen kleinen Hoffnungsschimmer. Jacquie und Darren würden auf Hochzeitsreise gehen. Ihr Haus wäre leer, zumindest konnte sie dort für zwei Wochen unterkommen.

»Ich suche Jacquie sofort und bringe sie her«, bot sich Nicola an. »Du wirst schon sehen. Sie wird kommen.«

Jacquie Darke, wie sie nun hieß, folgte ihrer Freundin Nicola nur zu gerne auf die Toilette: Sie hatte ihrer Schwester ein paar Dinge zu sagen. Majestätisch in ihrem Hochzeitskleid, eingehüllt in selbstgerechte Wut, stürmte sie hinein.

Zu dieser Zeit war Alison bereits aus der Toilette gekommen und klammerte sich am Waschbecken fest, während sie ihr Gesicht mit einem nassen Papierhandtuch abtupfte. Sie drehte sich um, als die Tür aufschwang.

»Wie konntest du!«, begann Jacquie. »Wie konntest du meine Hochzeit ruinieren, du dumme kleine Kuh!« Sie freute sich über die Tränen, die sie in den Augen ihrer Schwester sah. Sie wollte sie zum Weinen bringen, wollte, dass ihr das unverzeihliche Benehmen Leid tat.

»Jacquie, bitte. Hilf mir.« Alisons Stimme war nur ein heiseres Flüstern.

Jacquie starrte ihre Schwester erstaunt an. »Dir *helfen*?«

»Lass mich in deinem Haus wohnen. Nur bis ihr aus den Flitterwochen zurück seid. Bitte. Ich weiß nicht, wohin ich sonst gehen soll.« Alison presste die Hände zusammen. »Ich habe keine Arbeit, kein Zuhause mehr. Aber ich werde mir etwas überlegen, das verspreche ich.«

»Das soll wohl ein Witz sein!«

»Bitte, Jacquie. Nur für vierzehn Tage. Bitte.« Alison fiel flehend auf die Knie und streckte die Hände nach ihrer Schwester aus.

Jacquie machte einen Schritt zurück, als habe sie Angst, sich mit einer gefährlichen Krankheit anzustecken. »Das kannst du vergessen«, sagte sie kalt. »Du hast meine Hochzeit ruiniert. Das werde ich dir nie verzeihen. Nie.«

Alison wimmerte. »Aber was soll ich tun? Wo soll ich hin?«

»Meinetwegen kannst du zur Hölle fahren«, sagte Jacquie und wandte sich ab. Doch bevor sie ging, kam ihr eine Idee, und sie drehte sich wieder zu ihrer Schwester um. »Warum gehst du nicht zu *ihm*?«, schlug sie vor. »Zu deinem kostbaren Mike, der dir das angehängt hat?« Sie genoss es zu sehen, wie Alison zusammenzuckte, als sie seinen Namen erwähnte, deshalb fuhr sie fort, das Messer noch tiefer in die Wunde zu stoßen: »Du hast gesagt, er liebt dich. Du hast darauf bestanden, dass er dir schreiben wird, dich holen wird. Nun, wo war er denn in all den Monaten?«

»Er liebt mich«, sagte Alison.

»Dann wird er ja froh sein, dich zu sehen.« Jacquie lächelte grausam. »Dich und die kleine Überraschung, die er dir als Erinnerung hinterlassen hat. Warum suchst du ihn nicht?«

Als ihre Schwester die Tür hinter sich zuknallte, sank Alison zu Boden. Ja, dachte sie. Ich *werde* zu ihm gehen. Ich *werde* ihn finden. Und er *wird* froh sein, mich zu sehen. Es würde alles wieder in Ordnung kommen.

Sie lächelte Nicola durch ihre Tränen hindurch an. »Ich werde ihn finden«, sagte sie. »Den Vater meines Babys.«

Nicola, die schließlich eine Freundin von Jacquie und nicht von ihr war, hätte nicht netter und hilfsbereiter sein können. Sie fuhr Alison nach Hause und wartete, bis sie ein paar Sachen zusammengepackt hatte.

Alison nahm den hübschen neuen Koffer, den sie für den Griechenlandurlaub gekauft hatte. Seit ihrer Rückkehr hatte er oben auf dem Schrank gelegen, eine Art Talisman dafür, dass Mike kommen würde. Nun zerrte sie ihn herunter und überlegte, was sie einpacken sollte.

Ein paar Kleider, die weiteren, mit denen sie eine Weile auskommen konnte, bis sie richtige Umstandskleider brauchte. Ein Nachthemd, ein paar Unterhosen. Ihre Zahnbürste und Haarbürste. Das kleine Tagebuch, das sie vor vielen Jahren von ihrem Vater zu Weihnachten geschenkt bekommen hatte und in das sie bis vor kurzem nichts geschrieben hatte. Doch dann hatte sie ihren Gefühlen für Mike und das Baby freien Lauf gelassen und Seite für Seite mit ihrer kindlichen Handschrift bedeckt. Und dann packte sie Grace, den abgenutzten Plüschhasen ein, der seit ihren Babytagen jede Nacht das Bett mit ihr teilte. Abgesehen von diesen Nächten in Griechenland …

Da gab es noch etwas in ihrem Bett, das sie jetzt unter ihrem Kopfkissen hervorzog und in die Tasche steckte. Ein altmodisches Silberkreuz an einer Kette, ihr wertvollster Besitz. Sie hatte es an diesem bedeutsamen Morgen, nachdem sie mit Mike geschlafen hatte, gefunden. *Sein* Kreuz. Er hatte es nach dieser Nacht voller Leidenschaft zurückgelassen, entweder aus Versehen oder absichtlich. Sie jedenfalls redete sich ein, dass er es ihr als ein Zeichen seiner Liebe hinterlassen hatte. Da jede Art von Schmuck von Reverend Prew und den Freien Baptisten abgelehnt wurde, hatte sie es nie tragen können. Nicht einmal ein Kreuz war erlaubt. Ganz davon abgesehen, dass ihre Eltern, hätte sie es getragen, nach seiner Herkunft gefragt hätten.

Jetzt, dachte sie, kann ich es tragen. Sobald sie Sutton Fen verlassen hatte, wollte sie es anlegen.

Ihr fiel ein, dass sie Geld brauchen würde. Sie nahm ihr Sparbuch aus der obersten Schublade und steckte es in ihre Handtasche. Es war nur wenig Geld, vielleicht konnte Nicola ihr ein paar Pfund für die Fahrt ausleihen. Sie würde ihr das Geld, sobald es ging, zurückschicken.

Und dann machte sie sich auf den Weg nach Westmead.

Alison war erstaunt darüber, wie lange es dauerte, Westmead zu erreichen, und wie kompliziert diese Reise war. Zuerst musste sie den Bus von Sutton Fen nach Ely nehmen – das war eine Strecke, die sie kannte. Aber danach, als sie in den Zug nach London stieg, begann das große Unbekannte.

Der Zug nach London war überfüllt und stickig, und im Laufe des Tages wurde es immer heißer. Zwar waren sämtliche Fenster geöffnet, aber die Luft, die hereinströmte, war warm und brachte keine Abkühlung. Ein freundlicher Mann half Alison, den Koffer in das Gepäcknetz zu hieven, und bot ihr sogar seinen Platz an.

Sobald sie sich gesetzt hatte, zog sie das Kreuz aus ihrer Tasche und legte sich die Kette um den Hals. Sie genoss das ungewohnte Gefühl. Schwer ruhte das Silber zwischen ihren Brüsten. Sie berührte es immer wieder wie einen Glücksbringer, froh darüber, dass sie es jetzt nicht mehr verstecken musste. Es war eine Erinnerung an Mike, die sie ansehen und berühren konnte, und es half ihr, sich auf ihn zu konzentrieren und nicht mehr an die unglückseligen Ereignisse des Tages zu denken.

Alison war nie zuvor in London gewesen und hatte nicht die geringste Ahnung, wie überfüllt und riesig die Station King's Cross war. Ein Schaffner zeigte ihr den Weg zur Untergrundbahn. »Paddington, mein Kind«, sagte er. »Metropolitan oder Circle Line nach Paddington.«

Wenn sie zuvor den Zug für stickig gehalten hatte, dann war die U-Bahnstation dagegen geradezu ein Inferno. Menschenmassen drängten sich auf den Bahnsteigen und drückten nach vorne, um sich in die Wagen zu quetschen. Eingezwängt zwischen den Körpern, die nicht gerade angenehm rochen, überflutete Alison eine weitere Welle der Übelkeit. Aber sie riss sich zusammen und konzentrierte sich ganz auf ihr Ziel.

Die Station in Paddington war älter als King's Cross und noch verwirrender. Doch sie fand ihren Zug nach Bristol und darin einen Fensterplatz. Die Landschaft flog vorbei: Felder und Bäume, Kühe und Schafe. Alles leuchtete in einem satten Grün, ganz im Gegensatz zu der flachen grauen Landschaft rund um Sutton Fen.

In Bristol war die Reise aber noch nicht beendet. Alison lauschte den Lautsprecherdurchsagen und schleppte ihren Koffer auf einen anderen Bahnsteig zum Zug nach Westmead. Sie musste ein wenig warten und stellte plötzlich fest, dass sie hungrig war. Außer ihrem Frühstück hatte sie nichts mehr gegessen, und selbst das hatte sie nicht bei sich behalten können. Sie kaufte sich ein Brötchen und eine Tasse Tee, und auf dem letzten Teil ihrer Reise ging es ihr ein wenig besser.

Als sie in Westmead ankam, war es noch immer hell und heiß. Dieser erste Samstag im Juli schien in einen dieser langen, hellen Mitsommerabende ausklingen zu wollen. Alison war vernünftig genug zu wissen, dass sie sich eine Unterkunft für die Nacht suchen musste. Sie war verschwitzt und brauchte dringend eine Dusche. Doch sie wollte keine wertvolle Zeit vergeuden. Sie lief aus dem Bahnhof hinaus, bog in die High Street und atmete gierig die Luft von Westmead ein, die so anders roch als die des ärmlichen Sumpflandes. Dies war die Luft, die Mike atmete. Schon jetzt, dachte sie, war sie ihm nahe. Vielleicht stand er irgendwo auf dem Bürgersteig oder saß in einem dieser Häuser.

Nun aber kam der schwierige Teil. Wie sollte sie ihn finden? Alison hatte die ganze Fahrt über Zeit gehabt, Pläne zu schmieden, doch sie war immer noch ratlos. Wo sollte sie überhaupt anfangen zu suchen?

Sie ging los, starrte in die Gesichter der Leute, die an ihr vorbeiliefen. Zum Glück war ihr Koffer nicht schwer, aber trotzdem stieß er, während sie durch die Straßen lief, ständig gegen ihre Beine.

Alison wusste einiges über Westmead. In den letzten Monaten hatte sie viel über die Stadt herausgefunden, zunächst in der Bibliothek, und dann, indem sie Informationen aus einer Broschüre des Touristen-Informations-Zentrums abgeschrieben hatte.

Sie wusste, dass es in Westmead eine Kathedrale gab, die möglicherweise sogar die älteste Kathedrale in West Country war. Trotzdem hatte nichts sie auf die Wirkung dieses Gebäudes vorbereitet, darauf, wie es die ganze Stadt beherrschte. Ohne dass es ihr bewusst war, lief sie, wie magisch angezogen von ihrer gewaltigen Größe, auf die Kathedrale zu, obwohl sie nicht erwartete, dass sie um fast acht Uhr abends noch geöffnet war.

Einen Moment lang blieb sie auf dem Rasen beim westlichen

Eingang stehen und ließ die Erhabenheit der Kathedrale ganz auf sich wirken. Sie hatte natürlich schon einmal eine Kathedrale gesehen, in Ely, allerdings nur von außen, weil ihre Eltern solch eine Manifestation der etablierten Kirche nicht gutheißen konnten. Doch diese hier war völlig anders. Sie konnte nicht genau erklären, woran es lag, vielleicht an der Farbe der Steine oder an den vielen Skulpturen. Die sich klar gegen den Abendhimmel abzeichnende Silhouette war einfach atemberaubend.

Dann bemerkte sie, dass die anderen Besucher durch eine kleine Holztür im westlichen Teil die Kathedrale betraten. Sie war also doch noch nicht geschlossen.

»Bis zur Dunkelheit geöffnet«, las ein Tourist mit amerikanischem Akzent laut vor. Alison folgte ihm.

Sie hatte die erhabene Stille in der Kathedrale erwartet, aber nicht diesen Temperaturabfall. Es war, als ob man in eine kalte, dunkle Höhle hinabtauchte. Sie schnappte nach Luft, als sie die angenehme Kälte auf ihrer erhitzten Haut spürte.

Sie stellte den Koffer ab und stand einen Moment still da, um die Eindrücke in sich aufzunehmen, die unglaubliche Höhe der Wände, den goldenen Stein. Es war ein so gewaltiger und doch so anheimelnder Raum. Nachdem sich ihre Augen an die Dunkelheit gewöhnt hatten, sah sie, dass die Sonne durch das bunte Glas der großen Westfenster über und hinter ihr schien und die Steinfliesen auf dem Boden in herrliche Farben tauchte. Und es war auch nicht wirklich still: Ein paar Männer in langen, schwarzen Kutten stellten in der Mitte der Kathedrale Stuhlreihen auf. Das Kratzen der Stühle auf dem Steinboden hallte in dem Gewölbe wider.

Das andere Ende der Kathedrale schien weit entfernt zu sein und wirkte dunkel und geheimnisvoll. Die Sicht wurde teilweise von einer Steinmauer verdeckt. Alison nahm ihren Koffer und ging darauf zu.

Einer der schwarz gekleideten Männer schien die anderen zu überwachen. Er stand im Mittelgang neben dem Wagen mit den Stühlen und rührte keinen Finger. Offenbar unterhielt er sich lieber mit den Touristen, beantwortete in selbstgefälligem Ton ihre Fragen. »Morgen feiern wir die Priesterweihe«, hörte Alison ihn zu dem Amerikaner sagen, als sie durch den Gang an ihm vorbeikam. »Deshalb machen wir heute Überstunden.«

Sie hatte keine Ahnung, wovon er sprach, und er schien die Verwirrung auf ihrem Gesicht gesehen zu haben. »Kann ich Ihnen helfen, Miss?«, fragte er.

Sie wusste nicht, was sie antworten sollte. Vielleicht, dass sie nach jemandem suchte, der Mike hieß, Nachname unbekannt, und der Vater ihres Babys war? »Äh, nein«, sagte sie stockend und senkte den Blick. Als sie kurz darauf wieder aufsah, hatte der Mann sich nicht bewegt. Er starrte sie an. Sie fühlte sich unbehaglich unter seinem intensiven Blick, mit dem er sie von Kopf bis Fuß musterte.

Dann sagte er, auf ihren Koffer deutend: »Sie sind in Westmead auf Besuch?«

»Mhm.«

»Waren Sie schon einmal hier? Oder besuchen Sie unsere schöne Kathedrale zum ersten Mal?«

Sie nickte einfach.

Der Mann blickte über seine Schulter zu seinen Kollegen, die sich weiterhin mit den Stühlen abmühten. »Soll ich Sie vielleicht ein wenig herumführen?«, schlug er in herzlichem, fast schon verspieltem Ton vor. »Die können auch gut ein paar Minuten ohne mich auskommen.«

Das war das Letzte, was sie wollte, aber da sie von ihren Eltern dazu erzogen worden war, immer höflich zu bleiben, vor allem Älteren gegenüber, antwortete sie zögernd: »Wenn es Ihnen nicht zu viel Umstände bereitet.«

»Soll ich Ihren Koffer nehmen? Ich könnte ihn in meinem Büro einschließen, das ist gleich hier. Und dann laufen wir ein wenig herum. Sie brauchen ihn nicht die ganze Zeit zu schleppen.«

Sie wollte ihren Koffer nicht hergeben. Andererseits wurde er langsam doch schwer, und so ließ sie es zu, dass er ihn ihr abnahm. Übertrieben wichtig zog er einen riesigen Schlüsselring aus der Tasche und schloss die kleine Tür unter einem Torbogen auf. »Hier ist er sicher«, versprach er.

Anschließend führte er sie durch die Kathedrale und erklärte ihr architektonische Feinheiten, die ihr nichts sagten. Eine Gruft hier, ein Fenster dort. Alison nickte gehorsam und hörte gar nicht richtig hin, als er sie über die Bedeutung aufklärte. Ihr einziger Wunsch war, ihm zu entkommen und Mike zu finden. Außerdem musste sie sich noch ein Zimmer für die Nacht suchen, wo sie endlich duschen und in ein sauberes Bett fallen konnte.

»Und natürlich müssen Sie sich Quire Close ansehen«, sagte der Mann. »Von der Kathedrale einmal abgesehen, ist Quire Close *die* Sehenswürdigkeit von Westmead. Wenn wir hier durch diese Tür gehen ...«

In diesem Augenblick wurde er von einem der Stühle schiebenden Männer unterbrochen. »Wie sollen wir es vorne machen? Wenn wir die Stühle so aufstellen, werden die Leute nichts sehen können.«

Er runzelte, verärgert über die Störung, die Stirn, konnte aber doch nicht widerstehen, seine Autorität zu beweisen. »Warten Sie hier einen Moment«, sagte er, an Alison gewandt. »Ich komme, wenn ich das erledigt habe, sofort zurück.«

Alison wurde klar, dass das ihre Chance war, ihm zu entkommen. Sie ging durch die Tür, auf die er gedeutet hatte. Inzwischen war die Dämmerung hereingebrochen, im Westen ging die Sonne unter. Vor sich sah sie einen Torbogen und ging langsam darauf zu.

Eine Zeit lang stand sie unter dem Bogen, erstarrt vor Ehrfurcht. Sie sah eine lange Doppelreihe Häuser mit hoch in den Himmel ragenden Schornsteinen, die einander über einen schmalen Weg aus Kopfsteinpflaster hinweg zugewandt waren. Es war so schön. Es war so völlig anders als in Sutton Fen.

Irgendetwas zog sie unwiderstehlich an, ohne dass sie hätte sagen können, was es war. Entschlossenen Schrittes betrat Alison Barnett Quire Close.

Kapitel 7

Es war ein wunderschöner, früher Herbsttag, als Sophie nach London fuhr, um sich von dem Spezialisten untersuchen zu lassen. Die ganze Woche über war es feucht und ungewöhnlich kühl gewesen, aber an diesem Tag kam die Sonne hervor, als wollte sie zeigen, wie ein anständiger Herbst auszusehen habe. Die Menschen hatten ihre Strickjacken, Mäntel und Anoraks abgelegt.

Es war Sophies erste Fahrt nach London, seit sie nach Westmead gezogen waren. Bis jetzt hatte sie London bewusst gemieden, denn Westmead war nun ihre Heimat. Sie wollte sich das Einleben nicht dadurch erschweren, dass sie zwischen ihrem alten und neuen Zuhause hin und her pendelte. Sie ahnte wohl auch, dass Westmead einem Vergleich mit London nicht standhalten würde, und sie wollte ihre Unzufriedenheit nicht auch noch schüren. Warum sollte sie sich selbst einen Grund dafür liefern, die Entscheidung für Westmead noch mehr zu bereuen?

Chris hatte sie zu ihrem Termin nach London fahren wollen, schließlich war er als ihr Ehemann genauso betroffen, woran er Sophie auch immer wieder erinnerte. Er hatte sie begleiten und unterstützen wollen, doch dann war eine wichtige Chorverpflichtung dazwischengekommen. Chris hatte sich tausendmal dafür entschuldigt, dass ein Fernsehsender ausgerechnet diesen Tag gewählt hatte, um sein Weihnachtsprogramm aufzuzeichnen. Chris durfte da auf keinen Fall fehlen.

Also nahm sie den Zug und bereitete sich auf ihren einsamen Weg vor. In Wahrheit war sie aber nicht sehr traurig darüber, alleine zu fahren. Chris' Geplauder hätte sie zwar von ihren Gedanken abgelenkt, aber im Grunde wollte sie weder mit ihm noch sonst jemandem darüber sprechen. Er war so überzeugt davon, dass alles gut werden würde und dieser berühmte Spezialist Wunder bewirken konnte. Als sie die Terminbestätigung der Arztpraxis erhalten hatte – es war derselbe Tag gewesen, an dem sie entdeckte, dass sie doch nicht schwanger war –, hatte er fröhlich einen Vers aus den Psalmen geträllert: »Er ließ die unfruchtbare Frau das Haus hüten und glückliche Mutter von Kindern werden.«

Unfruchtbare Frau. Danke, Chris, dachte sie. Das war genau das, was sie jetzt brauchte. Sie fühlte sich auch so schon schlecht genug, es musste kein Wort wie »unfruchtbar« zu ihrer Schmach hinzugefügt werden. Sie hatte ihm nie von den Tagen erzählt, in denen sie geglaubt hatte, schwanger zu sein.

Sophie hatte die ganze Zeit versucht, sich nicht zu sehr mit dem, was nun vor ihr lag, zu beschäftigen. Mit dem Herumgestochere in ihrem Unterleib, den unangenehmen Untersuchungen, den unausweichlichen Fragen nach den höchst intimen Momenten mit ihrem Ehemann. Zu ihrer Überraschung war es ihr gar nicht schwer gefallen, ihre Gedanken auf etwas anderes zu richten. Zwei ereignisreiche Wochen in Westmead lagen hinter ihr, die sie von ihren persönlichen Problemen abgelenkt hatten.

Sogar jetzt schweiften ihre Gedanken ab. Als sie sich im Abteil niederließ und die sanfte Landschaft betrachtete, die vorüberzog, versuchte sie zunächst, über nichts nachzudenken. Die Regionallinie von Westmead nach Bristol bestand noch aus altmodischen Waggons, und sie hatte ein ganzes Abteil für sich alleine. Hier gab es kaum Pendler-Verkehr: Westmead war stolz darauf, in sich geschlossen und autark zu sein. Ein paar Frauen, die von den Läden in Westmead gelangweilt waren, fuhren nach Bristol, um einzukaufen, aber London lag außerhalb der Vorstellungskraft der meisten Einwohner von Westmead. Was sie betraf, hätte sich London durchaus auch auf einem anderen Planeten befinden können. Es gab tatsächlich eine beträchtliche Anzahl von Leuten, die stolz darauf waren, niemals in London gewesen zu sein, und nicht das geringste Bedürfnis verspürten, daran etwas zu ändern.

Ab Bristol war es natürlich ganz anders. Der Intercity war ziemlich voll – lauter Geschäftsleute mit dem Handy am Ohr. Sophie fragte sich, wie die Menschen vor der Erfindung des Handys zurechtgekommen waren. Waren sie damals *wirklich* in aller Stille gereist, beschäftigt mit ihren eigenen Gedanken, oder hatten sie vielleicht leise mit einem Reisegefährten gesprochen statt mit der großen weiten Welt? »Hallo, ich bin's. Wir haben gerade Bristol verlassen – wir werden gegen halb zehn in London sein.« »Bob? Sag John, dass sich das Meeting um eine Viertelstunde verzögert.« »Liebling? Ich habe den verdammten Bericht im Drucker liegen lassen. Könntest du ihn für mich ins Büro faxen?« Ständig klingelte ein Handy, plärrten nervende kleine, blecherne Melodien. »Oh, hallo. Keine Sorge, ich habe es bekommen.« »Ja, ich bin auf dem Weg. Sag ihm, dass ich gegen elf da bin.«

Es gab nicht ein einziges interessantes Gespräch, dem man hätte lauschen können. Keine romantischen Anspielungen, keine Worte der Liebe, die ins Telefon gesäuselt wurden. Es ging immer nur ums Geschäft.

Der Mann neben ihr telefonierte ohne Unterlass, und Sophie starrte aus dem Fenster und dachte über das nach, was im Augenblick in Westmead das Topthema war: Kantor Peter Swan. Der Vorsänger war von seiner Reise, über die Sophie und Jeremy so gewitzelt hatten, zurückgekehrt, und die Wahrheit übertraf ihre kühnsten Fantasien. Er kam zwar nicht mit Sonnenbräune oder einem seltsamen Souvenir zurück, aber mit einer Ehefrau.

Peter Swan, der ledige Kantor, war nun ein verheirateter Mann.

Überflüssig zu erwähnen, dass ganz Quire Close gebannt von den Neuigkeiten war. Sophie hatte es eines Abends von Chris erfahren, nach einem seiner Kneipenbesuche. Jeremy war die Quelle gewesen, natürlich.

»Eine Frau!«, rief Chris. »Er ist verreist und hat sich eine Frau gesucht!«

Sophie konnte es nicht glauben. »Du musst das falsch verstanden haben.«

»Ich schwöre dir, es stimmt. Ich weiß es von Jeremy – und ihm hat es Kantor Swan höchstpersönlich erzählt.«

»Aber wer ist sie?«, fragte Sophie.

»Ihr Name ist Miranda. Das ist alles, was ich weiß.«

Und das war das Problem: Niemand schien etwas über sie zu wissen. Nur, vermutlich, Kantor Swan selbst, und der sprach nicht darüber.

Inzwischen hatte man sie auch schon gesehen. Peter Swan war mit ihr durch die Straßen gelaufen und hatte sie jedem, den sie trafen, strahlend und stolz vorgestellt: »Meine Frau Miranda.« Und sie hatte jedes Mal charmant gelächelt und ein paar Worte gemurmelt. Darüber aber, woher sie kam oder wie sie sich kennen gelernt hatten, verloren beide kein Wort.

»Wir kennen uns schon seit Jahren«, war das Einzige, was Jeremy aus Peter Swan herausbekommen hatte, und das auch nur mit großer Anstrengung. Das alles war extrem unbefriedigend.

Sophie hatte nur einmal einen Blick auf Miranda Swan werfen können, als sie, etwa eine Woche nachdem die Neuigkeit bekannt geworden war, Arm in Arm mit ihrem neuen Gatten durch Quire Close spazierte. Was sie sah, steigerte ihre Neugier nur noch. Die frisch gebackene Mrs. Swan war in keinster Weise so, wie sie erwartet hatte. Sie war keine ältliche, verblühte Jungfer, die sich hoffnungsvoll in der Nähe von Geistlichen aufhielt, und sie war auch nicht die junge *femme fatale*, die den ahnungslosen Junggesellen in die Falle gelockt hatte. Die Frau, die an seinem Arm ging, passte in keins dieser Klischees. Sie war Mitte, Ende vierzig und nicht unbedingt eine Schönheit. Ihr lockiges braunes Haar war mit grauen Fäden durchzogen, sie hatte ein nettes Lächeln und eine ganz gute Figur. Genau vor Sophies Haus hielten die beiden an, um etwas zueinander zu sagen. An ihrem Gesichtsausdruck war deutlich abzulesen, dass sie ihren Mann anbetete. Und er schien geradezu berauscht von ihr zu sein, sein hässliches Gesicht hatte sich durch die Liebe verwandelt. Er betrachtete sie wie einen Hauptgewinn in der Lotterie. Das war der Peter Swan, von dem Sophie bei seinem kurzen Lächeln vor all den Monaten eine Ahnung bekommen hatte.

»Er ist ein anderer Mensch«, staunte Jeremy Hammond, als Sophie ihn eines Nachmittags in der Stadt traf. »Er hätte schon vor Jahren heiraten sollen, er wirkt ja direkt menschlich!«

»Ich habe die beiden einmal in Quire Close beobachtet«, gestand Sophie.

»Oh, das ist übrigens die neueste Nachricht – die beiden werden nach Quire Close ziehen«, verriet er genüsslich. »In das große Haus ganz am Ende der Siedlung, neben dem Priorhaus.« Dort, so erklärte er, hätten schon immer die Vorsänger gewohnt. Doch der letzte, ein verheirateter Mann mit einer ganzen Horde Kinder, hätte das Haus in unbewohnbarem Zustand hinterlassen. Da Kantor Swan zu der Zeit, als er verpflichtet wurde, noch Junggeselle war, brauchte er damals nicht so viel Platz und stimmte deshalb zu, in eine Wohnung beim Dekanat zu ziehen. Jetzt aber, nachdem die Umstände sich geändert hatten, wurde das Haus für die frisch Vermählten hergerichtet.

»Wissen Sie irgendetwas über sie?« Sophie konnte ihre Neugier nicht verhehlen. Was für eine Art von Frau war in der Lage, hinter Peter Swans Hundegesicht zu blicken und einen Mann zu entdecken, der solche Bewunderung verdiente? Wenn irgendjemand etwas über sie wusste, dann Jeremy.

Aber der schüttelte bedauernd den Kopf: »Ich konnte nicht das Geringste herausfinden«, gestand er. »Keiner von den beiden verrät ein Wort, und niemand sonst scheint etwas zu wissen. Ich meine«, fügte er fast schon gekränkt hinzu, »der Mann fährt in Urlaub und kommt mit einer Frau zurück! Und dann hat er noch nicht einmal genug Anstand, uns zu erzählen, woher er sie hat!«

Leslie Clunch interessierte sich ebenfalls für das frisch vermählte Paar, tappte aber, was die Braut anging, genauso im Dunkeln wie alle anderen. »Niemand von der Kathedrale hat sie jemals zuvor gesehen«, berichtete er Sophie bei einem seiner regelmäßigen Besuche. »Ich kann mir überhaupt nicht vorstellen, wo er sie gefunden hat.« Er zog missbilligend die Augenbrauen zusammen. »Ein Mann in seinem Alter – das geziemt sich nicht. Eine Frau einfach so aufzugabeln.«

»Wir wissen ja nicht, ob er sie aufgegabelt hat«, meinte Sophie verteidigend. »Zumindest hat er ja Jeremy Hammond erzählt, dass sie sich schon seit Jahren kennen.«

»Natürlich. Das müssen sie ja sagen«, entgegnete er. »Aber wenn es wahr ist, warum hat sie dann niemand je zuvor gesehen? Warum verrät sie nicht, wer sie ist?«

Und noch einen Besuch hatte Sophie innerhalb der letzten vierzehn Tage erhalten, einen Besuch, mit dem sie überhaupt nicht gerechnet hatte. An diesem Nachmittag hatte sie sich gerade besonders schlecht gefühlt. Sie hatte Trish Evans mit ihrem Kinderwagen in der Siedlung gesehen, und kurz darauf hatte das Baby zwei Häuser weiter wieder zu schreien begonnen. Beides erinnerte sie schmerzhaft an den bevorstehenden Termin bei dem Spezialisten. Sie überlegte gerade, ob sie Wasser aufsetzen und Tee kochen sollte, als es an der Tür klingelte. Sie seufzte. Wahrscheinlich war es wieder einmal Leslie Clunch. Aber stattdessen stand ein frischer junger Mann mit eifrigem Gesichtsausdruck vor der Tür.

»Dominic, nicht wahr?«, fragte sie. »Dominic Verey?«

»Stimmt.« Er trug seine Schuluniform, die ihn jünger aussehen ließ als der Tennisdress, in dem sie ihn kennen gelernt hatte. Er wippte auf den Füßen vor und zurück, offenbar ein wenig nervös.

Sophie fragte sich, was er wohl wollte. Vielleicht, dachte sie, möchte er etwas verkaufen, Lose für eine Tombola oder Weihnachtskarten.

»Wie kann ich dir helfen?«, ermutigte sie ihn.

»Stimmt es, dass sie Fotografin sind?«, platzte es aus ihm

heraus. »Einer meiner Kumpels hat gesagt, dass Mr. Lilburn erwähnt hätte, seine Frau sei Fotografin, und ich frage mich, ob sie womöglich *die* Sophie Lilburn sind?«

»Ich *bin* Sophie Lilburn«, antwortete sie erfreut. »Hast du von mir gehört?«

»Von Ihnen gehört? Aber natürlich habe ich von Ihnen gehört. Sie sind brillant!«

Daraufhin hatte sie ihn natürlich hereingebeten und Tee gekocht. Wie sich herausstellte, war Dominic Verey ein eifriger Amateurfotograf und strebte eine Karriere in dieser Richtung an. Er war entzückt, ihre Bekanntschaft zu machen, begeistert davon, dass sie eine eigene Dunkelkammer besaß, und entsetzt darüber, dass sie ihr Equipment noch nicht komplett ausgepackt hatte. »Ich werde Ihnen helfen«, rief er begierig. »Ich werde Ihnen helfen, alles aufzubauen.«

Und das tat er dann auch. An mehreren Nachmittagen nach der Schule war er vorbeigekommen und hatte nach einer Tasse Tee und ein paar Stücken Jaffakuchen mit Sophie zusammen die Dunkelkammer eingerichtet. Er war ein kluger junger Mann, selbstbeherrscht, den Umgang mit Erwachsenen gewöhnt, und er schien sich in ihrer Nähe kein bisschen unwohl zu fühlen. Er hatte ein einnehmendes Wesen und eine erfrischende Art, die Dinge zu sehen, und sein Enthusiasmus und seine Energie waren ansteckend. Sophie stellte schnell fest, dass sie ihn sehr gern hatte und sich auf seine Besuche freute.

Sie dachte auch jetzt an ihn und lächelte, während sie aus dem Zugfenster schaute. Dominic, so eifrig und so süß. Sie hatte ihm nicht gesagt, dass sie heute nicht da wäre, weil sie dann zu viele Erklärungen hätte abgeben müssen. Sie hoffte, dass er sich keine Sorgen um sie machen würde, weil sie nicht da war, wenn – falls – er nach der Schule vorbeikam.

Der Mann neben ihr beendete einen Anruf, und bevor er erneut wählte, nahm er eine Zeitung aus seiner Aktentasche und las die Schlagzeilen. Die Titelstory handelte von einem ungelösten Mord: »Polizei bittet die Bevölkerung um Mithilfe.« Und das erinnerte sie wieder an die andere, um einiges tragischere

Geschichte, um die ihre Gedanken in den letzten Tagen gekreist waren.

Der Mord. Sophie wollte nicht einmal sich selbst gegenüber eingestehen, wie viel Zeit sie damit verbrachte, über diesen Mord an dem jungen Mädchen in Quire Close nachzudenken. Leslie Clunch hatte ihr die Zeitungsartikel gezeigt. Eines Tages war er vorbeigekommen, um ihr einen nach dem anderen in die Hand zu drücken, wobei er unablässig murmelte: »Wie furchtbar. So jung. Und so hübsch.«

»Woher wissen Sie, dass sie hübsch war?«

»Ich habe sie gesehen.« Er erzählte ihr, dass er vermutlich der Letzte gewesen war, der sie lebend gesehen hatte. Er hatte sie durch die Kathedrale geführt. Er war unterbrochen worden, hatte sie nur einen Moment aus den Augen gelassen, und da war das Mädchen ... verschwunden. Und am nächsten Morgen war ihre Leiche in Quire Close gefunden worden. Wie in den Artikeln stand und Leslie Clunch bestätigte, hatten zwei Bauarbeiter sie entdeckt, als sie morgens zu Renovierungsarbeiten im Priorhaus erschienen.

Die Leiche lag in der Siedlung vor dem Haus des Vorsängers, nicht weit vom Eingang des Priorhauses. Dieses Haus war zu der Zeit unbewohnt, und niemand in den anderen Häusern der Siedlung hatte etwas gehört oder gesehen. Niemand hatte bemerkt, wie das Mädchen Quire Close betreten hatte, niemand hatte ihre Schreie gehört. Und niemand hatte beobachtet, wie die Leiche vor das Haus geworfen wurde.

Sie war erwürgt worden, wahrscheinlich mit ihrem eigenen Schal. Die Polizei vermutete, dass der Mord nicht am Fundort stattgefunden hatte. Es gab keine Hinweise auf sexuellen Missbrauch.

Und es gab nicht den geringsten Hinweis auf die Identität des Mädchens. Keine Handtasche, kein Geldbeutel. Dafür hatte der Täter gesorgt.

Leslie Clunch, der das Mädchen als Letzter lebend gesehen hatte, erinnerte sich daran, dass sie eine Handtasche bei sich gehabt hatte. Er erzählte der Polizei auch von dem Koffer, den er in seinem Büro eingeschlossen hatte, doch leider ergaben sich daraus keine weiteren Erkenntnisse über die Identität des Mädchens. Es handelte sich um einen billigen neuen Koffer ohne Namensschild oder besondere Auffälligkeiten. Selbst der Inhalt war nichts sagend – Kleider aus einer Boutiquenkette, ein abgewetztes Stofftier.

Vor allem diesen offenbar sehr geliebten Plüschhasen fand Sophie bedeutungsvoll. Ein Foto von ihm war in den Zeitungen abgedruckt worden. »Kennen Sie diesen Hasen?«, lautete die Schlagzeile. Es gab keine Fotos von dem toten Mädchen, das durch den Mord entstellt war – es wurde nur eine Zeichnung abgedruckt, um zu zeigen, wie das Mädchen möglicherweise lebend ausgesehen hatte.

Doch es hatte sich nie jemand gemeldet, niemand schien das tote Mädchen gekannt und geliebt zu haben. Ein paar Leute erinnerten sich wie Leslie Clunch daran, es an diesem Abend in Westmead gesehen zu haben, in der Nähe des Bahnhofs oder im Bereich der Kathedrale. Jemand in London glaubte sogar, sie früher am Tag in der U-Bahn beobachtet zu haben, doch es konnte nie bewiesen werden und war sowieso nicht besonders bedeutsam oder hilfreich. Sie hätte von überall her stammen können.

Und jeder könnte sie umgebracht haben. Es gab kein erkennbares Motiv, keine Verdächtigen.

Zunächst hatte sich die Polizei auf die beiden Bauarbeiter konzentriert, die die Leiche gefunden hatten. Aber nachdem die Obduktion gezeigt hatte, dass das Mädchen in den Abendstunden – auf jeden Fall vor Mitternacht – gestorben war, konnten sie als Täter ausgeschlossen werden. Ihre Alibis waren hieb- und stichfest: Einer war den ganzen Abend bei seiner Frau und seinem Kind gewesen, der andere hatte mit seinen Kollegen in einer Kneipe gesessen, die sich für die gesamte fragliche Zeit für ihn verbürgen konnten.

Die anderen Bauarbeiter, die mit der Renovierung des Priorhauses zu tun hatten, wurden ebenfalls verhört, und nach und nach wurde jeder in Quire Close als möglicher Verdächtiger vernommen. Doch nichts war dabei herausgekommen. Die Beweisstücke am Fundort waren mager, und keiner schien das Mädchen zu vermissen. Und schließlich wurde der Fall zu den Akten gelegt. Der Mord an diesem unbekannten Mädchen wurde nie aufgeklärt. Eine alte Geschichte.

Doch während Sophie jetzt an das nette, offene Gesicht auf der Polizeiskizze dachte, überkam sie ein Schaudern, und sie schloss die Augen.

Die Obduktion, so stand es in der Zeitung, hatte ergeben, dass das Mädchen schwanger gewesen war.

Das Sprechzimmer war geschmackvoll eingerichtet. Hier gab es keine einfachen Stühle, sondern Plüschsessel, in denen es sich die Patienten bequem machen konnten. Aber es waren nicht die Möbel, die Sophie interessierten, als sie sich in einen dieser Sessel gegenüber von Dr. Yorks Tisch setzte, sondern vielmehr die Wände. Abgesehen von den üblichen Zertifikaten und Diplomen war jeder freie Zentimeter mit Babybildern bedeckt: Babys in Betten, Babys in Kinderwagen, Babys in den Armen ihrer Mütter. »Unsere Erfolge«, sagte Dr. York mit verständlichem Stolz. »Die Leute schicken uns gerne die Fotos.«

Werde ich ihm auch einmal ein Foto schicken? fragte sich Sophie. Wird in etwa einem Jahr auch ein Bild von meinem Baby an dieser Wand hängen?

»Nicht, dass wir irgendwelche Garantien geben könnten«, fuhr er fort. Sophie richtete ihre Aufmerksamkeit wieder auf ihn. Dr. York war ein Mann mittleren Alters, sein gut geschnittenes Haar war von distinguierten grauen Strähnen durchzogen. Sie sah ihm beim Sprechen zu, hörte seine Worte, nahm aber kaum etwas davon auf. Dann stellte er ihr eine Reihe von Fragen. Viele waren, wie sie es erwartet hatte, von sehr intimer oder peinlicher Natur, und Sophie beantwortete sie automatisch, während er sich Notizen auf einem dicken Block machte.

Schließlich faltete er die Hände auf dem Tisch. Schöne Hände, dachte sie. Hände, die genauso gut einem Konzertpianisten gehören könnten, weiß und langgliedrig. Hände, die sie genau in dieser Pose gerne fotografiert hätte. Ich bin also, sagte sie sich, in wirklich guten Händen.

»Es ist noch sehr früh für solche Untersuchungen«, sagte er. »Und es scheint keinen offensichtlichen Grund für Ihre Schwierigkeiten zu geben. Aber ein paar Möglichkeiten sind denkbar, und die würde ich zunächst gerne abklären.«

»Ich werde nicht gerade jünger«, platzte es aus Sophie heraus.

Dr. Yorks Lächeln zeigte ihr, dass er diesen Satz nicht zum ersten Mal hörte. »Wir werden die Ursache des Problems so schnell wie möglich herausfinden, Mrs. Lilburn«, versicherte er. »Zunächst machen wir einen Bluttest, um die Höhe Ihres Progesteronspiegels zu messen. Das ist ein ganz einfacher, erster Schritt, um sicherzugehen, dass Sie einen Eisprung haben. Und ich werde Ihnen einen Termin für eine Ultraschalluntersuchung geben. Das ist eine ganz ungefährliche Methode«, fügte er hinzu. »Wir werden uns sehr schnell ein Bild davon machen können, was in Ihrem Körper vor sich geht.«

Ein paar Minuten später stand Sophie schon wieder auf der Straße und hielt ein Bündel Papiere in der Hand. Anweisungen, Termine und hilfreiche Broschüren, die mehr Informationen beinhalteten, als sie jemals haben wollte. Nun gibt es kein Zurück mehr, dachte sie mit einem vagen Gefühl von Panik. Jetzt war sie in den Mühlen der Medizin gefangen und würde aus all dem mit einem Baby hervorgehen oder ... nicht.

Wie merkwürdig es war, wieder in London zu sein, mitten im wahnsinnigen Verkehr und in den Menschenmassen. Einerseits kam es ihr so vor, als sei sie nie weg gewesen, gleichzeitig spürte sie eine leise Wehmut. Das war einmal ihre Heimat gewesen, ihr Milieu. Sie hatte sich selbstbewusst durch diese Straßen bewegt und alles für selbstverständlich gehalten.

Zu viel für selbstverständlich gehalten, wie sie jetzt feststellen musste.

Aus irgendeinem Grund hatte Sophie ihren Freunden nicht erzählt, dass sie nach London kommen würde. Lag es daran, dass sie unfähig war zu entscheiden, wen von ihnen sie am liebsten treffen würde? Oder eher daran, dass sie ihre Freunde so sehr vermisste, dass es wehtun würde, sie zu treffen und zu sehen, wie sich ihr eigenes Leben in so wenigen Wochen so sehr verändert hatte? Was auch immer der Grund dafür sein mochte, sie hatte stattdessen ihre Schwester angerufen und mit ihr ein Treffen zum Mittagessen vereinbart.

Wenn es nach Sophie gegangen wäre, hätten sie eines ihrer Lieblingsbistros oder eine Weinbar gewählt. Aber sie hatte die Entscheidung ihrer Schwester überlassen, und Madeline hatte wie erwartet vorgeschlagen, sich im eleganten *Fortnum and Mason* zu treffen. Madeline fuhr nicht sehr häufig in die Stadt, und wenn, dann wollte sie das Beste daraus machen.

Sophie war pünktlich. Sie schaute auf die Uhr, als sie den Delikatessentempel betrat, über den dicken Teppich zwischen Ständen mit teuren Köstlichkeiten lief und auf das Restaurant im hinteren Teil zusteuerte. Madeline, mit mintgrünen Einkaufstaschen beladen, wartete am Eingang auf sie.

»Sophie, Darling«, sagte ihre Schwester und umarmte sie. »Es ist so ewig her. Du siehst fantastisch aus.«

Madeline sagte das immer, ganz egal, wie Sophie aussah. Vielleicht, so überlegte Sophie, war das ihre Art, darauf hinzuweisen, wie fantastisch sie selbst aussah.

Denn Madeline sah immer großartig aus. Sie war sechs Jahre älter, und seit Sophie sich erinnern konnte, war sie immer unglaublich glamourös gewesen. Sie war ein Vorbild für die kleine Schwester, dem Sophie nie gerecht werden konnte. Madeline war von Natur aus schlank und konnte essen, was sie wollte, ohne jemals ein Gramm zuzunehmen. Ihr Haar war von Natur aus silberblond. Eines Tages, davon war Sophie überzeugt, würde es sich in ein erstaunlich vornehmes Silber verwandeln. Sie kleidete sich geschmackvoll-erlesen und liebte es, sich mit Luxus zu umgeben.

Neben Madeline fühlte sich Sophie immer wie eine Vogelscheuche. Ganz egal, wie hübsch sie sich angezogen hatte, wie zufrieden sie mit ihrem Spiegelbild war, wie viel Anerkennung sie von anderen bekam – sobald sie Madeline sah, hatte sie das Gefühl, alles falsch gemacht zu haben. Sie hatte es niemals mit Madeline aufnehmen können und es auch seit Jahren nicht mehr versucht. Stattdessen redete sie sich ein, dass sie einen eigenen Stil entwickelt hatte. Das funktionierte auch – wenn sie nicht gerade mit Madeline zusammen war.

»Ich habe einen Tisch reserviert«, sagte Madeline. »In der Nähe des Streichquartetts, aber nicht *zu* nah.«

Sie gingen hinein und setzten sich so, dass sie einander über die weiße Leinentischdecke hinweg betrachten konnten. »Ich habe bereits eingekauft«, verkündete Madeline, als sie die Einkaufstasche neben sich stellte. »Earl Grey Tee. Geoffrey besteht auf Earl Grey von *Fortnum and Mason*. Einen anderen will er nicht.« Ihr silbernes Lachen klang nachsichtig, selbstzufrieden. »Und Jamie hat mich gebeten, ihm eine ganz spezielle amerikanische Erdnussbutter mitzubringen. Ausgerechnet. Einer seiner Schulkameraden ist Amerikaner, und der hat ihn davon überzeugt, dass englische Erdnussbutter nichts taugt.«

»Und nichts für Victoria?«, fragte Sophie.

Madeline verdrehte die Augen. »Gar nichts. Für Tori ist momentan nichts gut genug. Ich bin mir sicher, dass wir beide als Teenager nie so schlimm waren.«

Sophie lächelte grimmig. Sie wusste, dass ihre Teenagerjahre ein bisschen anders verlaufen waren, als die von Madeline. Zunächst einmal gab es diesen Altersunterschied. Sie war noch ein kleines Mädchen, das mit Puppen spielte, als Madeline in die Pubertät kam. Und als sie dann so weit war, stand Madeline kurz davor, zu heiraten und Kinder zu kriegen.

Madeline war eine der glücklichen Frauen, deren Teenagerzeit nicht von Gefühlsstürmen geprägt waren. Sie hatte sich scheinbar über Nacht von einem schönen Kind in eine wunderbare junge Frau verwandelt. Keine Pickel, keine Stimmungsschwankungen, keine Probleme mit Jungs, die sie stets angebetet und verfolgt hatten. Sie brauchte nur noch zu wählen. Und sie hatte sich für Geoffrey entschieden – gut aussehend, intelligent und ehrgeizig. Die beiden waren das perfekte Paar, wie füreinander geschaffen.

Ihr gemeinsames Leben hatte sich genau nach ihren Plänen entwickelt. Wer sie kannte, hatte es nicht anders erwartet. Sie heirateten gleich nach dem Studium, nach einer angemessenen Zeit kam Victoria zur Welt und dann James. Geoffrey war ans Gericht berufen worden, danach in den Staatsdienst eingetreten und hatte jetzt eine Stelle als Sekretär irgendeines wichtigen Mannes in Whitehall. Sie lebten auf dem Land, nicht weit von Guildford, in einem Bauernhaus aus dem siebzehnten Jahrhundert und waren angesehene Mitglieder der Gesellschaft. Madeline selbst hatte nie gearbeitet, sondern war immer nur Ehefrau und Mutter gewesen.

Sophie beneidete ihre Schwester nicht um dieses Leben. Wenn sie und Chris Madeline übers Wochenende besuchten, war sie stets vom Landleben gelangweilt. So wenig gab es zu tun, und so wenig wurde angeboten, dass sie es jedes Mal kaum erwarten konnte, endlich nach London zurückzukehren. Sie fand es unbegreiflich, dass jemand freiwillig so leben wollte, sich damit zufrieden gab, London ein- oder zweimal im Monat zu besuchen, um Tee bei *Fortnum and Mason* zu kaufen.

Worum Sophie allerdings ihre Schwester beneidete, war die Sicherheit, die Madeline schon immer ausgestrahlt hatte, und ihre Zielstrebigkeit. Alles in ihrem Leben passte zusammen, alles schien perfekt.

Sophie hingegen hatte sich selbst neu erfinden müssen, hatte sich von einem dicken, verzweifelten Teenager in eine attraktive Frau und eine bewunderte Fotografin verwandelt. Aber es war harte Arbeit gewesen.

Solange sie in London lebte, zufrieden mit sich und ihrer glänzenden Karriere, konnte sie auch mit Madeline umgehen, sie sogar ein wenig dafür bemitleiden, dass sie in dieser ländlichen Idylle mit ihren perfekten Kindern und ihrem erfolgreichen, aber langweiligen Ehemann gefangen war.

Jetzt allerdings war alles anders. Nun war sie selbst aufs Land verbannt, wohnte sogar noch weiter von London entfernt als Madeline. Sie konnte nicht einfach schnell mal hierher fahren, um Tee einzukaufen. Und sie hatte versagt, kläglich versagt bei etwas, bei dem Madeline nie auch nur die geringsten Probleme gehabt hatte: Kinder zu bekommen.

Seit Jahren hatte Madeline ihre Schwester darauf hingewiesen, dass es an der Zeit wäre, ans Kinderkriegen zu denken. Immer hatte Sophie sie ignoriert, so sicher, die richtige Entscheidung getroffen zu haben. Alles, würde sich von selbst ergeben, sobald der passende Zeitpunkt gekommen war.

Warum nur habe ich Madeline gebeten, mit mir zu Mittag zu essen?, fragte sich Sophie. Warum tue ich mir das an? Schließlich erinnerte sie ihre Schwester doch nur an ihr eigenes Versagen.

Und es sollte noch schlimmer kommen. Zwar hielt sich Madeline noch zurück, bis sie mit dem Essen fertig waren und auf den Kaffee warteten, aber nachdem sie sämtliche Neuigkeiten im Leben der Ardenfamilie durchgekaut hatte – Toris Talent im Reiten, Jamies Erfolge in der Schule, Geoffreys kürzliche Gehaltserhöhung –, wandte sie sich unverblümt jenem Thema zu, vor dem Sophie sich am meisten fürchtete.

»Jetzt, wo ihr auf dem Land lebt«, sagte sie, »meinst du nicht, dass es an der Zeit wäre, über ein Kind nachzudenken? Ich sage das ja nur ungern, Sophie, aber du wirst nicht jünger.«

Sophie fühlte sofort das Bedürfnis, sich zu verteidigen. Sie biss die Zähne zusammen. Sie wollte ihrer Schwester sagen, wie schon so oft zuvor, dass sie sich um ihre eigenen Probleme kümmern sollte. Stattdessen antwortete sie: »Vielleicht ist das ja gar nicht so einfach.«

Madeline zog die Augenbrauen zusammen. »Willst du damit sagen, dass du bereits versuchst, schwanger zu werden?«

Warum nur hatte sie davon angefangen? Doch jetzt war es nicht mehr rückgängig zu machen. »Ja«, gestand sie und schaute zur Seite.

»Oh Sophie, warum hast du das denn nicht gesagt?« Madeline streichelte mitleidig die Hand ihrer Schwester.

Und dann platzte alles aus ihr heraus: Sophie erzählte, dass sie es seit mehr als einem Jahr versuchten, dass es nicht an Chris lag, dass sie eben erst einen Termin bei einem Spezialisten gehabt hatte. »Es wäre noch sehr früh, hat er gesagt«, schloss sie mit einem leisen Lachen. »Also schätze ich, ich sollte die Hoffnung nicht aufgeben.«

»Oh Sophie! Ich hatte ja keine Ahnung.« Madelines Überheblichkeit war verschwunden, jetzt war sie nur noch voller Mitgefühl. »Du hättest mir das schon früher erzählen sollen. Aber ich bin mir sicher, dass er Recht hat, weißt du. Heutzutage sind mit künstlicher Befruchtung unglaubliche Dinge möglich. Und Dr. York hat so einen großartigen Ruf. Du und Chris – ihr bekommt das schon hin. Du wirst sehen.«

Chris. Er wartete auf sie am Bahnhof von Westmead, mit einem Blumenstrauß in der Hand und einem hoffnungsvollen, Mut machenden Lächeln im Gesicht. Er fuhr sie nach Hause, öffnete eine Flasche ihres Lieblingsweins und fragte sie dann, was Dr. York gesagt habe.

»Es ist noch sehr früh«, wiederholte sie, weil sie es selbst gerne glauben wollte.

Doch später im Bett, als er die Arme um sie schlang und sie an sich zog, machte sie sich los und drehte ihm den Rücken zu. »Nein«, sagte sie. »Ich ... kann einfach nicht.«

Kapitel 8

Es war vorbei.

Jacquie Darke sah dabei zu, wie die Krankenschwester still und effizient all die Dinge tat, die dem Tod folgten – einem nicht unerwarteten, nicht zu frühen Tod. Müde lehnte sie ihren Kopf an die Wand, für einen Moment schloss sie die Augen. Der seit Tagen erwartete Tod war, wie es so oft geschah, in den frühen Morgenstunden gekommen.

»Sie können jetzt nach Hause gehen«, sagte die Krankenschwester schließlich. »Ich glaube, Sie sollten etwas schlafen, Mrs. Darke.«

»Danke.« Genau das sollte sie jetzt tun.

Wann hatte sie zum letzten Mal richtig geschlafen? Jacquie konnte sich nicht daran erinnern. Vielleicht vor einer Woche. Ihr kam es so vor, als hätte sie seit Ewigkeiten neben diesem Krankenbett gewacht. Hier und da ein paar gestohlene Stunden Schlaf, mehr war nicht möglich gewesen. Die Vorstellung, jetzt in ihr Bett zu fallen, die Decke über sich zu ziehen und in ein traumloses Vergessen zu sinken, erschien ihr wie das reinste Glück.

Aber ihr Bett war noch weit entfernt. Konnte sie sich lange genug wach halten, um im Dunkeln durch das nicht ganz ungefährliche Sumpfland nach Hause zu fahren?

Jacquie lief zum Parkplatz, zahlte einen astronomisch hohen Betrag und verließ Cambridge.

Fuhr nach Hause, nach Sutton Fen.

Sie konzentrierte sich aufs Fahren, auf die plötzlichen Kurven und Warnschilder, die die tiefen Gräben anzeigten. Sie kannte die Gefahren, hörte man doch nur zu oft von Leuten, die mit ihrem Wagen von der Fahrbahn abgekommen waren und erst nach Tagen in ihrem feuchten Grab entdeckt wurden.

Vor ihr waren keine anderen Autos, keine beruhigenden Rücklichter, denen sie folgen konnte. Niemand fuhr hier um vier Uhr morgens entlang. Und natürlich waren die Straßen nicht erleuchtet, nichts erhellte die Dunkelheit. Zumindest, dachte sie, kann ich mich ganz auf das Fahren konzentrieren und versuchen, jedes Warnschild zu erraten, bevor es auftaucht. Sie sollte sich eigentlich daran erinnern können, schließlich war sie diese Straße in letzter Zeit oft genug entlanggefahren. Wenn auch nicht nachts. Und bei Nacht sah es hier anders aus. Eine Kurve hier, an der dunklen Tankstelle, eine andere etwas weiter oben. Wenn sie sich mit solchen Dingen beschäftigte, musste sie wenigstens über nichts anderes nachdenken.

Schließlich erreichte sie Sutton Fen. Die Uhr im Armaturenbrett zeigte halb fünf. Erleichtert sah sie, dass direkt vor ihrem Haus ein Parkplatz frei war, rangierte in die Lücke, schloss den Wagen ab und öffnete die Haustür.

Einen Fuß vor den anderen setzend, stieg sie die Treppe hinauf ins Schlafzimmer.

Sie machte sich nicht die Mühe, das Licht anzuschalten. Schnell schälte sie sich aus den Kleidern, warf sie auf den Boden und kletterte ins Bett. Ihr Körper wurde weich, als die Anspannung nachließ. Ihre Glieder fühlten sich schwer an, sie wollte nur noch bewegungslos unter der Bettdecke liegen.

Und jetzt – vergessen.

Jacquie schloss die Augen.

Doch die Gedanken, die sie zuvor durch die Konzentration aufs Fahren hatte verdrängen können, ließen sich nicht länger wegschieben.

Sie würde heute Nacht nicht schlafen können.

Vor einer Stunde, kurz bevor ihr Vater gestorben war, hatte er ihr in die Augen gesehen und seine letzten Worte gesprochen. »Alison«, hatte er geflüstert. »Ich will meine Alison.«

Alison.

Zum ersten Mal seit elf Jahren, seit dem Tag, als Alison aus ihrer aller Leben verschwunden war, hatte er ihren Namen erwähnt.

Niemand hatte jemals wieder diesen Namen ausgesprochen. Und Jacquie hatte versucht, nicht an sie zu denken, zu vergessen, dass sie je eine Schwester gehabt hatte.

Es war nicht immer einfach gewesen.

Während der ersten Jahre war es nicht so schlimm. Jacquie hatte ein neues Leben, in dem sie sich einrichten musste, und neue Aufgaben zu erfüllen. Mrs. Darren Darke. Mit diesem Namen war sie jemand in Sutton Fen, aber er brachte auch gewisse Verpflichtungen mit sich.

Wie sehr sie das die ersten beiden Jahre genossen hatte! Keine Eltern, die ihr über die Schulter blickten und ihr sagten, was sie zu tun hatte. Kein langweiliger Job im Supermarkt, keine meckernden Kunden, keine Überstunden. Sie konnte zu Hause bleiben und für Darren sorgen, ihre von Gott vorherbestimmte Rolle als Ehefrau und Mutter erfüllen.

Mit einer Ausnahme: Sie wurde nicht schwanger.

Zuerst störte sie das nicht sonderlich, sie machte sich keine Sorgen. Sie musste sich sowieso erst einmal an ihr neues Leben gewöhnen, und es war ihr ganz recht, dass sie nicht sofort ein Kind bekam.

Auch Darren hatte sich zunächst keine Gedanken gemacht. Er genoss die uneingeschränkten, jetzt legalen körperlichen Freuden und war gar nicht erpicht darauf, wegen eines Kindes Rücksicht zu nehmen. Dafür hätten sie noch Zeit genug, sagte er immer.

Ihre Mutter blieb zunächst auch noch geduldig. »Kinder sind ein Geschenk Gottes«, hatte sie gesagt. »Sie kommen, wenn er sie uns schenken will. Sieh dir nur deinen Vater und mich an – wir haben so lange auf dich warten müssen. Auf unser kleines Mädchen, unser Geschenk des Himmels.«

Später aber, als ihre Mutter älter und gebrechlicher wurde, ließ ihre Geduld nach: »Ich bin bereit für meine Enkelkinder.« Und pathetisch fügte sie hinzu: »Ich weiß nicht, wie lange Gott mich noch prüfen will.« Ihr Vater hingegen äußerte sich nie.

Im Gegensatz zu Reverend Prew. Eines Tages, als Darren bei der Arbeit war, stattete er ihr einen pastoralen Besuch ab. Nach einer Tasse Tee und ein paar belanglosen Worten kam er auf den Grund seines Besuchs zu sprechen.

»Gott hat dich noch nicht mit Kindern gesegnet«, sagte er unverblümt.

Jacquie war sich nicht sicher, worauf er hinauswollte. »Nein«, antwortete sie.

Er stellte die Teetasse ab. »Wendest du dich vielleicht gegen Gottes Plan? Benutzt du Verhütungsmittel?«

Entsetzt schüttelte sie den Kopf und verkniff sich eine wütende Antwort. Was ging ihn das an?

Offenbar war er anderer Meinung. «Ich bin erleichtert, das zu hören«, sagte er daraufhin in etwas freundlicherem Ton. »So viele junge Frauen glauben heutzutage, alles besser zu wissen. Sie wollen entscheiden, anstatt Gott allein die Entscheidung zu überlassen.«

»Noch etwas Tee, Reverend Prew?«, fragte Jacquie freundlich.

»Nein, vielen Dank. Ich trinke niemals mehr als eine Tasse.« Der Pastor lehnte sich zurück und setzte seine Befragung fort: »Wenn du nichts Unnatürliches unternimmst, dann müssen wir dem Problem auf den Grund gehen. Ich fürchte, Jacqueline, du bist nicht ehrlich gegenüber unserem Herrn.«

»Nicht ehrlich?«

»Denn wenn du es wärst und dir über alles auf der Welt wünschen würdest, Mutter zu werden, dann würde er diesen Wunsch respektieren und dir ein Kind schenken. Du weißt, wie es im Psalm heißt: ›Er wird die Wünsche derer erfüllen, die ihn achten. Er wird ihr Flehen erhören und ihnen helfen.‹ Und der heilige Paulus spricht: ›Fürchtet den Herrn, und er wird euch erhören.‹« Er strich seinen Bart wie immer, wenn er aus der Heiligen

Schrift zitierte. »Und vergiss nicht das Deuteronomium, Jacqueline, als Gott den Völkern Israels durch Moses sagen lässt, was er für sie tun wird, wenn sie seinen Geboten gehorchen: ›Und er wird euch lieben und segnen, und ihr werdet euch vermehren. Er wird die Frucht des Mutterschoßes segnen und die Frucht der Erde. Ihr sollt von allen Völkern gesegnet sein. Es soll kein Mann oder Weib euch schaden oder euren Herden.‹«

Jacquie konnte nicht umhin zu fragen: »Aber was hat das mit mir zu tun?«

Er starrte sie mit seinen glühenden, schwarzen Augen an. »Gehorsam, Jacqueline. Gehorsam gegenüber Gott. Denk an Jakob und seine drei Frauen. ›Und als Rachel erkannte, dass sie Jakob keine Kinder gebären konnte, beneidete Rachel ihre Schwester und sagte zu Jakob, gib mir Kinder oder ich werde sterben. Und Jakobs Wut richtete sich gegen Rachel, und er sagte, bin ich an Gottes Stelle, der dir die Frucht des Leibes verweigert hat?‹ Verstehst du nicht? Es war die Sünde des Neides, die Gott bestrafte, indem er Rachel keine Kinder schenkte. Erst als sie sich mit Gott versöhnte, gab er ihr das Kind, das sie sich wünschte. ›Und Gott erinnerte sich an Rachel, und Gott erhörte sie und segnete ihren Leib. Und sie empfing und gebar einen Sohn. Und sprach, Gott hat mir verziehen.‹ Verziehen, Jacqueline. Denk darüber nach. Kinderlosigkeit ist Gottes Groll auf uns. Du solltest beten.«

Danach hatten Jahre voller Angst und Selbstzweifel begonnen, voller Furcht, dass Reverend Prew Recht haben könnte: Vielleicht bestrafte Gott sie tatsächlich.

Und der Grund für diese Furcht war Alison.

Alison, ihre Schwester. Ihre Schwester, so wie Leah – die fruchtbare Leah – Rachels Schwester gewesen war.

Alison hatte ihre Hilfe gebraucht, sie angefleht, aber sie hatte sie ihr versagt, ihr Gesicht in Ärger abgewandt und sich geweigert, ihrer Schwester in ihrer tiefsten Not beizustehen.

Aber war nur Ärger der Grund dafür gewesen? Die Wut darüber, dass ihre Hochzeit, der wichtigste Tag in ihrem Leben, verdorben worden war?

In den schwärzesten Momenten ihrer dunkelsten Nächte war Jacquie so weit, sich selbst gegenüber einzugestehen, dass es um mehr gegangen war. Nicht nur um rechtschaffene, verständliche Wut, sondern um Angst: kleinliche Angst.

Angst, verraten zu werden.

Solange Jacquie die Einzige gewesen war, die von Alisons Fehltritt gewusst hatte, hatte sie noch Macht über sie gehabt. Sie waren quitt: Beide hatten ihre Geheimnisse, und beide wussten es. Sie hatten einen stillschweigenden Pakt geschlossen. Niemals hätte Alison gewagt, etwas über Jacquies Eskapaden in Griechenland zu verraten, nicht ihren Eltern gegenüber, nicht Reverend Prew oder Darren gegenüber. Denn dann hätte Jacquie genauso gut von Mike erzählen können. Es war wie eine Versicherungspolice.

Aber als Alisons Schwangerschaft nur zu deutlich machte, dass sie gesündigt hatte, war auf einmal alles anders geworden.

Wie lange würde Alison noch schweigen? Sie hatte schon immer zu Gewissensbissen geneigt. Vielleicht hätte sie das Bedürfnis verspürt, etwas zu verraten. Oder vielleicht wäre ihr eines Tages etwas rausgerutscht, nachdem sie keinen Grund mehr hatte, den Mund zu halten.

Deshalb hatte sie Alison mit ihrem gefährlichen Wissen gehen lassen.

Mit ihrem gefährlichen Wissen und ihrem ungeborenen Kind.

Dieses Kind und das Gesicht ihrer Schwester verfolgten Jacquie im Schlaf, und manchmal auch bei Tag.

Jacquie gab es sich selbst gegenüber zu, aber niemandem sonst. Wie auch? Wie hätte sie Reverend Prew je davon erzählen können?

Am nächsten Morgen verbrachte Jacquie, noch immer erschöpft von zu wenig Schlaf, die meiste Zeit damit, Anrufe entgegenzunehmen. In Sutton Fen blieb nichts Wichtiges lange geheim. Die Nachricht vom Tod ihres Vaters hatte sich wie ein Lauffeuer verbreitet und entband sie von der Pflicht, die Leute zu informieren.

Die meisten Anrufe kamen nicht überraschend: Leute, die ihren Vater gekannt und geschätzt hatten, Reverend Prew selbst, der vorschlug vorbeizukommen, um die Beerdigung zu besprechen.

Einen Anruf aber hatte sie nicht erwartet. Er kam von Nicola, ihrer alten Freundin aus dem Supermarkt.

Jacquie hatte Nicola seit Jahren nicht mehr gesehen, weil Darren ihrer Freundschaft genauso ablehnend gegenübergestanden hatte wie ihre Eltern. Jacquie hatte ihren Job im Supermarkt sofort gekündigt, und so kreuzten sich ihre Wege nicht mehr. Jetzt erinnerte sie sich daran, gehört zu haben, dass Nicola aus Sutton Fen weggezogen war. Offensichtlich war sie zurückgekehrt.

»Ich arbeite als Floristin«, sagte Nicola. »So habe ich auch von deinem Vater gehört. Es tut mir wirklich Leid.«

»Danke«, antwortete Jacquie automatisch. Was sollte sie denn auch sonst sagen? »Er war alt und krank und bereit, zu sterben«? »Er war nicht mehr der Gleiche, seit meine Mutter gestorben ist«? Oder die Wahrheit: »Er war nicht mehr der Gleiche, seit Alison fortgegangen ist«?

»Ich würde dich sehr gerne besuchen«, schlug Nicola impulsiv vor. »Es ist ewig her. Ich dachte, wir könnten ... nun, ich würde dich gerne sehen.«

»Das wäre toll.« Als sie das sagte, bemerkte Jacquie, dass sie es auch so meinte. Sie konnte jetzt eine Freundin gut gebrauchen. Sie hatte keine wirklichen Freunde mehr. Früher hatte es welche gegeben, gemeinsame Freunde von ihr und Darren.

»Soll ich heute Nachmittag nach der Arbeit mal vorbeikommen?«

»Ja, gerne«, rief Jacquie erfreut.

»Du wohnst bei ...?« Es entstand eine delikate Pause.

»Im Haus meiner Eltern. Weißt du noch, wo das ist?«

»Ja, natürlich.«

Und Nicola kam. Nach ein paar Minuten der Fremdheit, in denen sie sich gegenseitig an ihr verändertes Aussehen gewöhnten – immerhin waren elf Jahre vergangen –, schien es so, als wären sie nie getrennt gewesen. »Ich setze Wasser auf«, sagte Jacquie, und Nicola folgte ihr in die Küche. Die Barnetts hatten schon immer viel mehr Zeit in der Küche als in dem vorderen Salon verbracht.

Nicola setzte sich an den Küchentisch, während Jacquie den Wasserkessel füllte. »Ich vermute, deine Schwester wird zur Beerdigung kommen«, sagte sie. »Alison. Wo lebt sie inzwischen?«

Jacquie war froh, dass sie mit dem Rücken zu Nicola stand, musste aber trotzdem darum kämpfen, ihre Stimme normal klingen zu lassen. »Ich weiß nicht, wo sie ist. Wir ... haben keinen Kontakt.«

»Keinen Kontakt?«

»Ich habe sie seit ... seit diesem Tag nicht mehr gesehen. Du weißt schon. Seit dem Tag, an dem sie gegangen ist.« Die Worte ›an meinem Hochzeitstag‹ waren zu schmerzlich, sie konnte sie einfach nicht aussprechen. »Sie hat nie geschrieben«, fügte Jacquie hinzu, die Stimme jetzt schon etwas kräftiger.

»Das wusste ich nicht.« Nicola schien darauf zu warten, dass Jacquie weitersprach, doch als nichts kam, begann sie, in ihrer Handtasche zu wühlen. »Macht es dir was aus, wenn ich rauche?«, fragte sie.

Jetzt wusste Jacquie auch wieder, warum ihre Eltern Nicola nie für einen passenden Umgang gehalten hatten: kurze Röcke und Zigaretten. Wenn sie Nicola ansah, auch nach all den Jahren, sah sie sich selbst, wie sie einmal gewesen war: sorglos und rebellisch. Das war eine Jacquie, an die sie sich kaum noch erinnern konnte, und sie fragte sich, ob Nicola sich ebenso alt fühlte, alt und geschlagen, zu Boden geworfen vom Leben. Nicola hatte wenigstens noch ihre Zigaretten. Aber Jacquie – sie war ein anderer Mensch geworden: nicht nur älter, sondern vor allem trauriger. Vielleicht nicht viel weiser, auch wenn sie den Eindruck hatte, dass sie durch die Erfahrungen der letzten Jahre eine Reife gewonnen hatte, die ihr in ihrer Jugend gefehlt hatte. Sie hoffte, dass sie inzwischen zumindest netter war als früher.

»Nein, rauch ruhig«, sagte sie und schaute sich nach etwas um, das als Aschenbecher dienen konnte. Sie entschied sich für eine Untertasse.

»Ich sollte damit aufhören.« Nicola lachte schuldbewusst, als sie die Zigarette anzündete. »Ich dürfte gar nicht rauchen – Keith würde mich umbringen, wenn er es wüsste.«

Sie sagte das so, als ob Jacquie wissen müsste, wer Keith war. »Keith?«, wiederholte sie.

»Oh, das hatte ich ganz vergessen – du kennst Keith ja gar nicht.« Nicola saugte hungrig an ihrer Zigarette, und die Spitze glühte rot auf. »Mein Mann.«

»Er macht sich Sorgen, weil Rauchen schlecht für dich ist?«, hakte Jacquie nach.

Nicola lachte humorlos. »Nein, schlecht für die Haushaltskasse. Er sagt, dass wir uns ein so teures Vergnügen wie Rauchen nicht leisten können.«

»Oh.« Jacquie wusste nicht, was sie sagen sollte, ohne unhöflich zu sein.

»Also rauche ich, wann immer es geht, hinter seinem Rücken«, rief Nicola trotzig. »Ich versuche, vom Haushaltsgeld immer mal wieder eine Schachtel Zigaretten abzuzweigen. Das ist meine kleine Rebellion. Auch eine Art, den Kopf hochzuhalten.« Sie inhalierte den Rauch langsam und tief. »Dieses Geld bekommt die Schlampe nicht in ihre schmierigen Finger, auch wenn das bedeutet, dass wir heute Abend Bohnentoast essen müssen.«

»Die Schlampe?«, wiederholte Jacquie schockiert.

»Keiths Ex-Frau. Besser bekannt unter dem Namen Blutsaugerin.«

Während der Tee zog, erzählte sie Jacquie ihre Geschichte.

Sie hatte Keith kurz nach Jacquies Hochzeit kennen gelernt. Er kam von außerhalb, war ein paar Jahre älter als Nicola, charmant und gut aussehend – einfach unwiderstehlich. Er war geschieden und hatte ein kleines Kind.

Zunächst war das auch gar kein Problem gewesen, es hatte sogar seinen Reiz nur noch erhöht. Er war ein Mann von Welt, der bereits viel gesehen hatte und in den sie sich Hals über Kopf verliebte.

Nicola gab ihren Job im Supermarkt auf und zog mit ihm nach Cambridge. Nach ein paar Jahren heirateten sie.

Zuerst, behauptete Nicola, sei alles wundervoll gewesen. Sie waren verrückt nacheinander und lebten in einem hübschen Apartment in einer beliebten Gegend von Cambridge. Keith hatte einen anständig bezahlten Job als Vertreter, Nicola arbeitete ehrenamtlich für die Seelsorge, was ihr ungeheuer viel Spaß machte. Und sie hatte kaum Kontakt mit Keiths kleiner Tochter Brittany. Brittany lebte bei ihrer Mutter ganz in der Nähe, weshalb Keith seine Tochter stets allein besuchte.

Nachdem sie geheiratet hatten, wurde jedoch alles anders. Und das überwiegend, so Nicola, wegen der »Schlampe«. Keiths Ex-Frau, neidisch auf sein neues Glück, stellte immer mehr Ansprüche. Sie rief ihn permanent an und bat ihn aus den verschiedensten Gründen vorbeizukommen: Mal musste etwas im Haus repariert werden, mal gab es irgendwelche Probleme mit Brittany, die meistens auch finanzielle Forderungen nach sich zogen. Sie ließ ihn nicht in Ruhe, und das war nicht gut für ihre Ehe. Nicola ärgerte sich über seine ständige Abwesenheit, über die dauernden Forderungen der »Schlampe« und ihre offensichtliche Macht über den Ex-Mann.

Dann, vor ein paar Jahren, erzählte Nicola, wurde die »Schlampe« richtig bösartig. Sie schleppte Keith vor Gericht, weil sie mehr Unterhalt von ihm wollte. Das Gericht verdonnerte ihn dazu, künftig mehr als das Doppelte zu zahlen.

Das hatte sie finanziell ruiniert. Sie konnten sich das Apartment in Cambridge nicht länger leisten, und Nicola musste dazuverdienen. Sie fanden ein billiges, heruntergekommenes Haus in Sutton Fen, und Nicola bekam einen Job als Floristin.

Wenigstens etwas Gutes, sagte sie, hätte dieser Umzug gehabt: Die »Schlampe« konnte nicht länger verlangen, dass Keith alles stehen und liegen ließ, sobald sie ihn anrief. Sutton Fen war zu weit von Cambridge entfernt.

Andererseits bedeutete das aber auch, dass Nicola nun Brittany öfter sehen musste, weil das Mädchen sie nun immer besuchte, übers Wochenende oder sogar für mehrere Wochen während der Schulferien. Und das, behauptete Nicola, war jedes Mal die Hölle. Brittany war furchtbar verwöhnt, und von ihrer Mutter dazu aufgehetzt, die zweite Frau ihres Vaters zu hassen. Und, zu allem Überfluss, war sie inzwischen dreizehn Jahre alt, ein Teenager. Nicola sah ihren Besuchen immer mit Grauen entgegen.

»Sie ist *sein* Kind«, schloss sie verärgert und drückte ihre dritte Zigarette aus. »Nicht meines. Aber wer muss Urlaub nehmen, um sich um sie zu kümmern? Er jedenfalls nicht.«

»Das ist nicht gerecht«, stimmte ihr Jacquie zu. »Wie kommt er denn mit ihr aus?«

Nicola zog eine Grimasse. »Oh, er hält sie für einen wahren Sonnenschein. Was aber nicht heißt, dass er allzu viel Zeit mit ihr verbringen will.«

Der Tee war kalt geworden. Jacquie schwenkte den Satz am Boden ihrer Tasse, stand dann auf und kochte eine frische Kanne. Sie hatte Nicola den Rücken zugewandt, als sie fragte: »Wolltest du denn nie eigene Kinder haben?«

»Oh, natürlich.« Nicolas Stimme klang bitter. »Aber das sollte leider nicht sein.« Sie fingerte eine weitere Zigarette aus dem Päckchen und betrachtete sie, ohne sie anzuzünden »Die Schlampe hat Keith eine Falle gestellt: Sie wurde schwanger. Da musste er sie natürlich heiraten. Und nach der Hochzeit beschloss sie, keine weiteren Kinder mehr zu wollen, und überredete Keith, sich sterilisieren zu lassen. Und dann hat sie sich von ihm scheiden lassen.«

Entsetzt drehte sich Jacquie um und sah sie an. »Soweit ich weiß, können solche Operationen rückgängig gemacht werden.«

»Ja, das können sie manchmal.« Nicola spielte mit ihrer Zigarette. »Aber selbst wenn Keith noch ein Kind wollte – was ich nicht glaube –, dann könnten wir uns das gar nicht leisten. Nicht jetzt. Nicht, solange die süße Brittany und ihre Mutter uns aussaugen.«

»Das ist furchtbar!«

»Das ist das Leben.« Nicola klang alt und müde. Jetzt konnte Jacquie hinter das Bild, das sie sich von Nicola gemacht hatte, blicken und erkennen, was von der jungen, sorglosen Frau übrig geblieben war: Und was sie sah, war auch nicht viel besser als ihr eigenes Leben.

»Was ist mit dir?«, fragte Nicola. »Hast du Kinder?«

»Nein«, antwortete Jacquie kurz angebunden und wandte sich dann wieder ab, um sich mit der Teekanne zu beschäftigen.

»Wolltest du denn keine?«

»Oh, wir haben uns schon welche gewünscht.« Jetzt war es an Jacquie, bitter zu klingen, obwohl sie sich bemühte, ihre Stimme zu kontrollieren. »Es hat einfach nicht geklappt.«

»Ich habe gehört ...« Nicola machte eine Pause und blickte konzentriert auf die Zigarette, die sie jetzt anzündete. »Ich habe gehört, dass Darren und du ... dass ihr euch getrennt habt.«

»Ja.«

Sie schwiegen eine Weile. »Möchtest du darüber sprechen?«, fragte Nicola. «Du musst nicht, wenn du nicht willst.«

Das Teewasser kochte. Jacquie konzentrierte sich darauf, das Wasser in die Kanne zu schütten, die sie dann mit einem alten, fleckigen Stoffwärmer bedeckte. »Meine Mutter hat diesen Teewärmer benutzt«, erklärte sie. »Immer schon, seit ich mich erinnern kann. Ich habe ihn immer gehasst.«

»Warum benutzt du ihn dann?«

»Ich weiß es ehrlich gesagt nicht.« Jacquie starrte den Wärmer an, um ihn schließlich kurz entschlossen herunterzureißen und in den Mülleimer zu werfen. »So.«

Nicola klatschte in die Hände. »Gut gemacht.«

»Mutter ist letztes Jahr gestorben«, sagte Jacquie scheinbar zusammenhanglos. »Krebs. Es war nicht sehr angenehm. Sie brauchte viel Pflege. Sie hatte Glück, dass ich zu der Zeit schon wieder zu Hause wohnte. Mein Vater hätte sich niemals alleine um sie kümmern können. Ihm ging es selbst nicht gut. Und jetzt ...« Sie setzte sich und starrte auf ihre verkrampften Hände. »Jetzt ist er tot. Und ich bin ganz alleine.«

»Aber du hast dieses Haus. Du hast einen Ort, wo du leben kannst.«

»Ich hasse dieses Haus.« Die Leidenschaft in ihrer Stimme erschreckte sie fast genauso sehr, wie sie Nicola erschrecken musste. »Ich habe es immer gehasst. Die Wände – es kommt mir so vor, als würden sie mich erdrücken. Ich konnte es damals kaum erwarten, dieses Haus zu verlassen. Damals, als ich Darren geheiratet habe.«

Darren. Nun, da sie seinen Namen ausgesprochen hatte, gab es auch keinen Grund mehr, warum sie Nicola nicht auch noch den Rest erzählen sollte. Schließlich hatte Nicola ihre Probleme ebenfalls mit schmerzlicher Offenheit ausgesprochen. Warum sollte sie das nicht auch tun?

»Wie viel weißt du über die Bibel?«, fragte Jacquie.

Nicola zuckte verwirrt mit den Achseln. Das hatte sie nicht erwartet. »Nicht sehr viel. Du weißt doch, dass ich nie eine deiner Bibel lesenden Freundinnen war. Deswegen haben mich deine Eltern schließlich nicht gemocht, schon vergessen?«

»Nun, dann ist es schwer zu erklären, was zwischen uns falsch gelaufen ist. Zwischen mir und ... Darren.« Jacquie schenkte ihnen noch eine Tasse Tee ein.

»Aber ihr seid doch beide in diese Kirche gegangen.«

»Ja.« Diese Kirche. Gequält erinnerte sich Jacquie an Reverend Prews Besuch vor ein paar Stunden, als sie die Beerdigung besprochen hatten. Sie waren in dem kalten, unfreundlichen Salon gesessen. Sie hatte ihn nicht angesehen. Um ihres Vaters willen war sie weiterhin regelmäßig zur Messe gegangen. Aber sie schwor sich, sobald sie die Beerdigung hinter sich gebracht hatte, niemals mehr auf den harten Kirchenbänken aus Kiefernholz zu sitzen, umgeben von all dieser Hässlichkeit, nie mehr in Reverend Prews Worten zu ertrinken. Sie würde sich davon befreien. Von Darren, von ihren Eltern, von Reverend Prew.

Konnte sie überhaupt *jemals* frei sein?

Nicola verrührte einen Löffel Zucker in ihrer Tasse und wartete darauf, dass Jacquie weitersprach.

»Reverend Prew glaubt an die Bibel«, fuhr Jacquie schließlich fort. «Und er glaubt, dass Gott, wenn wir ihm gegenüber nicht ehrlich sind, uns bestrafen wird.«

»Ich verstehe nicht. Was hat das mit dir und Darren zu tun?«

»Unfruchtbarkeit«, sagte Jacquie mit trauriger Stimme. »Das war meine Strafe. Wie bei diesen Frauen im Alten Testament. Sarah. Rachel. Samuels Mutter.«

»Welcher Samuel?«

»Der Samuel in der Bibel. Seine Mutter hieß Hannah.« Sie schloss die Augen und rezitierte die Worte. Reverend Prew und Darren hatten sie so oft damit gequält, dass sie sie auswendig konnte. »›Hannah wurde von ihrem Mann geliebt, aber der Herr hatte ihren Mutterschoß verschlossen. Und ihre Seele war bitter, und sie betete zum Herrn und weinte bitterlich.‹« Ihre Seele war bitter – aus dieser Passage, dachte Jacquie, spricht der ganze Schmerz der Kinderlosigkeit. Hannah ging in die Kirche und traf einen Priester, der ihre grenzenlose Trauer mit Trunkenheit verwechselte. »Ich bin eine Frau von traurigem Geiste«, sagte Hannah zu ihm. »Ich habe weder Wein noch sonst ein starkes Getränk zu mir genommen, aber ich habe meine Seele vor dem Herrn ausgeschüttet.« Und Gott erhörte ihre Gebete und schenkte ihr einen Sohn.

Jacquie hingegen hatte keinen Sohn bekommen, keine Tochter.

Und Darren war immer ungeduldiger geworden.

Sie versuchte, es Nicola zu erklären: Wie Reverend Prew Darren beraten, ihn allmählich davon überzeugt hatte, dass etwas mit ihrer Ehe nicht in Ordnung sei, weil Gott sonst mit Sicherheit ihre Bitten um ein Kind erhört hätte. So wie bei Hannah, bei Rachel, bei Sarah und sogar bei Elisabeth, der Mutter von Johannes dem Täufer. »Und so hat der Herr mich erhört, er sah auf mich herab und nahm den Fluch von mir.«

Der Fluch der Unfruchtbarkeit, ein ewig währender Fluch. Von Reverend Prew gedrängt, begann Darren, ihr aus der Heiligen Schrift vorzulesen. »Und siehe, Kinder und die Früchte des Mutterschoßes sind das Erbe und das Geschenk, das der

Herr uns gibt. Wie die Pfeile in Händen des Riesen, so sind die jungen Kinder. Glücklich ist der Mann, der seinen Köcher gefüllt hat. Er soll sich nicht schämen, wenn er mit seinen Feinden am Tor spricht.«

Darren hatte sich geschämt. Seine Männlichkeit war infrage gestellt. Reverend Prew hatte ihm erklärt, dass eine unfruchtbare Frau ein Fluch sei. Das Zeichen für eine verfluchte Ehe.

Reverend Prew hatte einige Jahre zuvor begonnen, eine Gruppe von Männern zu unterstützen, die unter Eheproblemen litten. »Wahre Männer« nannte sich diese Gruppe. Sie wollte mithilfe der Bibel beweisen, dass dem Mann die Führung in der Ehe zustand. Reverend Prew lehrte seine Schüler, Gott würde ihre Ehe nicht eher segnen, bis sie nicht ihren Platz als Kopf der Familie beansprucht hatten. Sie lernten die Worte des heiligen Paulus auswendig und zitierten sie ihren Frauen gegenüber: »Weib, unterwirf dich deinem eigenen Gatten so wie dem Herrn.«

Jacquie, die innerlich rebellierte, versuchte, sich zu unterwerfen. Monat für Monat, Jahr für Jahr unterwarf sie sich und wartete, während sie spürte, dass ihre Seele immer mehr zusammenschrumpfte. Aber sie bekam noch immer keine Kinder.

In ihren schwärzesten Augenblicken begann Jacquie sogar zu glauben, dass Reverend Prew Recht hatte. Diese zwei berauschenden Wochen in Griechenland, all diese Männer – sie hatte das hinter sich gelassen, als sie Darren heiratete, sie hatte aufgehört, daran zu denken. Es schien fast so, als sei alles nur ein Traum gewesen. Aber manchmal erinnerte sie sich, und mit der Erinnerung kam die schreckliche Vorstellung, dass Gott sie vielleicht wirklich für ihren jugendlichen Leichtsinn bestrafte. Wieder und wieder bat sie Gott um Verzeihung. Und wurde trotzdem nicht schwanger.

Dann überstürzten sich die Ereignisse: Gott hatte zu Reverend Prew gesprochen, und der gab es an Darren weiter: In den Augen Gottes handele es sich um keine echte Ehe, sonst hätte er ihre Gebete schon längst erhört. Es war Darrens Pflicht, seine Frau zu verlassen und die Ehe eines »wahren Mannes« zu führen, eine Ehe, wo er seine Vorherrschaft bei einer Frau reklamieren konnte, die nicht so dickköpfig war wie Jacquie. »Sie hat ein unnachgiebiges Herz«, erklärte Reverend Prew. »Gott kennt die Geheimnisse in unseren Herzen, und sie wird dir niemals eine echte Ehefrau sein.«

Nachdem Gott ausdrücklich seine Erlaubnis gegeben hatte, verlor Darren keine Zeit und ließ sich von Jacquie scheiden. Die Bibel befürwortete eine Scheidung zwar nicht, was sogar Jacquie, deren Gedanken während der Predigten von Reverend Prew immer woanders weilten, wusste. Aber Reverend Prew erklärte ihnen, dass es sich nicht um eine echte Scheidung handelte, sondern nur um eine gesetzliche. Ihre Ehe war ganz klar keine echte Ehe und ihre Auflösung daher auch keine echte Scheidung.

Direkt danach war die neue Frau aufgetaucht, die *echte* Frau. Jung, formbar, devot. Und fruchtbar. In nur zwei Jahren Ehe hatte sie Darren bereits zwei Kinder geschenkt.

Nun musste er sich nicht länger schämen, wenn er mit den Feinden am Tor sprach.

Darren zeigte seine Frau und seine Kinder gerne in der Gemeinde der Freien Baptisten vor. Durch seine vorbildliche Ehe war er zum Führer der »Wahren Männer« geworden und arbeitete mit Reverend Prew zusammen daran, deren Botschaft zu verbreiten.

Sonntag für Sonntag musste Jacquie mit ihrem Vater in die Messe gehen, wo sie immer wieder den Beweis für ihr Versagen präsentiert bekam.

Niemals wieder gehe ich dorthin, schwor sie sich im Stillen.

Nicola hatte die Augenbrauen zusammengezogen, als sie versuchte zu verstehen, was Jacquie ihr erzählt hatte. »Das ist wirklich merkwürdig«, sagte sie tonlos. »Mir kommt es ehrlich gesagt so vor, als ob du ohne ihn besser dran wärst.«

Sie hätte wissen müssen, dass Nicola das nicht verstehen konnte. Niemand konnte das verstehen. Niemand, der nicht in der Gemeinde der Freien Baptisten aufgewachsen war, in diesem Elternhaus, konnte das auch nur ansatzweise verstehen.

Alison. Der Name durchfuhr sie mit unerwarteter Schärfe. Alison hätte sie verstanden.

»Warte mal«, sagte Nicola, noch immer mit gerunzelter Stirn. »Ich habe schon mal von diesem ›Wahre Männer‹-Blödsinn gehört. Kennst du Miranda Forrest?«

Jacquie schüttelte den Kopf. »Der Name sagt mir gar nichts.« Sie war jedenfalls kein Mitglied der Freien Baptisten. »Ist sie mit uns zur Schule gegangen?«

»Nein, nein. Sie ist um einiges älter als wir. Eher im Alter meiner Mutter. Aber ich kenne die Forrests, weil ich früher auf ihre kleine Tochter aufgepasst habe. Vor vielen Jahren, als ich noch zur Schule ging.«

»Ich kenne sie nicht«, sagte Jacquie. »Was haben sie mit den ›Wahren Männern‹ zu tun?«

Nicola zündete sich eine neue Zigarette an und erzählte die Geschichte.

Emma Forrest, sagte sie, war ein liebes, kleines Mädchen gewesen, ein Einzelkind. Intelligent, hübsch und freundlich. Es war eine Freude, auf sie aufzupassen. Nicola hatte eine Zeit lang sehr oft nach Emma geschaut, vor allem nach der Schule und während der Ferien. Ihre Mutter, Miranda Forrest, arbeitete in Cambridge und war nicht immer in der Lage, ihre Arbeitszeit mit dem Stundenplan ihrer Tochter in Einklang zu bringen. Mr. Forrest, Kenneth, war ebenfalls nicht sehr häufig zu Hause, doch die Familie erschien Nicola immer sehr glücklich. Sie hatten ein tolles Haus, wunderschöne Möbel, und vor allem hatten sie einander.

Aber trotzdem lief alles schief. Emma Forrest umgab sich, als sie zum Teenager wurde, mit den falschen Freunden. Ihre Eltern machten sich Sorgen und versuchten durch Verbote ihre Aufsässigkeit zu zügeln, was ihnen nicht sonderlich gut gelang. Und dann, am Abend vor ihrem siebzehnten Geburtstag, ging sie mit ihren Freunden aus und kam in der Nacht nicht nach Hause.

Sie wurden am nächsten Tag gefunden. Zu viert – ein Junge,

zwei Mädchen und Emma – hatten sie betrunken ein Auto gestohlen, um im Sumpfgebiet ein Rennen zu fahren. Der Junge am Steuer war unerfahren und stark alkoholisiert. In einer scharfen Kurve kam er ins Schleudern. Der Wagen stürzte in die Tiefe und versank.

Der Fahrer und die beiden anderen Mädchen hatten sich nicht angeschnallt. Sie wurden herausgeschleudert und überlebten wie durch ein Wunder. Vorüberkommende Autofahrer entdeckten sie.

Emma Forrest hatte nicht so viel Glück. Sie war brav auf dem Rücksitz angeschnallt und konnte, da auch sie stark angetrunken war, nicht schnell genug reagieren. Sie ertrank. Ertrank im tiefen, kalten Wasser des Sumpfes.

»Wundert mich, dass du davon nicht gehört hast«, sagte Nicola. »Es stand in allen Zeitungen. Selbst in Cambridge. Und es kam im Fernsehen.«

»Wir lesen keine Zeitung«, erinnerte Jacquie sie. »Und wir haben nie einen Fernseher gehabt.«

»Stimmt ja.«

Jacquie konnte nicht umhin, von der Geschichte der Forrestfamilie fasziniert zu sein. »Was ist dann passiert?«, fragte sie. »Und was hat das mit den ›Wahren Männern‹ zu tun?«

»Die Eltern haben den Tod ihrer Tochter niemals überwunden. Sie waren beide am Boden zerstört«, fuhr Nicola fort. »Ich habe solche Dinge bei der Seelsorge erlebt. Tragödien, die die Menschen noch fester zusammenschweißen sollten, sie aber in Wirklichkeit einander entfremden. Sie können miteinander nicht darüber sprechen und nicht damit umgehen.«

Jacquie nickte. Alisons Verschwinden war so etwas Ähnliches gewesen: Sie alle hatten so getan, als ob es nie geschehen wäre, als ob sie nie existiert hätte, aber das Loch, das sie in der Familie hinterlassen hatte, konnte niemals ausgefüllt werden.

»Sie sind schon immer zur Kirche gegangen, die Forrests. In die Gemeindekirche. Aber nach Emmas Tod ging Mr. Forrest – Kenneth – nicht mehr hin.«

Er hat Gott die Schuld gegeben, dachte Jacquie. Und warum auch nicht?

»Dann«, sagte Nicola, »machte er Bekanntschaft mit den ›Wahren Männern‹. Ich weiß nicht genau, was dann passiert ist, jedenfalls zerbrach kurz darauf ihre Ehe.«

Jacquie schloss die Augen. Das kam ihr alles so schrecklich bekannt vor. Sie konnte die fehlenden Teile des Puzzles ganz einfach selbst einfügen.

»Offenbar hat Reverend Prew ihn davon überzeugt, dass seine Frau schuld an Emmas Tod war«, fuhr Nicola fort.

»Weil sie einen Job hatte«, ergänzte Jacquie, »und nicht zu Hause geblieben war, um nach der Familie zu sehen, so, wie es ihre Pflicht gewesen wäre.«

»Ganz genau. Woher weißt du das?«

»Ich kenne Reverend Prew. Und ich weiß, was er sagt. Das ist es, worum es bei den ›Wahren Männern‹ geht.« Sie seufzte und riss sich dann zusammen. »Also, was geschah dann?«

»Nun, ich glaube, das alles zog sich lange hin«, sagte Nicola. »Emma ist vor fünf oder sechs Jahren gestorben. Aber vor ein paar Wochen habe ich den neuesten Tratsch über die Forrests gehört.« Sie machte eine effektvolle Pause. »Sie haben sich scheiden lassen.«

»Und er hat sich eine neue Frau gesucht«, fügte Jacquie hinzu. »Ein nettes junges Ding, das ihm weitere Kinder gebären kann. Was für eine Überraschung.«

»Nein, es ist ganz anders. Sie ist diejenige, die wieder geheiratet hat. Miranda.« Nicola schüttelte verwundert den Kopf. »Und weißt du was? Sie hat den Pfarrer geheiratet!«

»Den Pfarrer?«

»Den Pfarrer der Gemeindekirche! Das war er jedenfalls damals, als Emma gestorben ist. Jetzt ist er Kantor einer Kathedrale. Und sie hat ihn geheiratet und ist mit ihm gegangen.«

Jacquies einziger Gedanke war: Sie hat es geschafft, aus Sutton Fen rauszukommen. Trotz Reverend Prew. Die glückliche Miranda Forrest. So etwas gelang nicht vielen. Nur Miranda Forrest.

Und Alison.

In dieser Nacht träumte sie wieder von Alison. Von Alison, wie sie als Mädchen gewesen war. Sie beide zusammen gegen den Rest der Welt, die kühne Jacquie und die scheue Alison. Schwestern und beste Freundinnen. Solange sie einander hatten, brauchten sie sonst niemanden.

Als sie aufwachte, war ihr Kopfkissen nass von Tränen. Jacquie hatte nicht geweint, als ihre Mutter gestorben war. Der Tod ihres Vaters hatte sie zwar erschöpft, aber sie hatte keine einzige Träne vergossen. Selbst die Scheidung von Darren hatte sie nicht zum Weinen gebracht. Aber jetzt weinte sie: um Alison, um ihre verlorene Alison.

Sie konnte nicht wieder einschlafen. Sie fühlte sich, als sei sie aus jahrelangem Schlaf erwacht, Jahre, in denen sie, verwirrt und ohne aufzubegehren, ihr Schicksal akzeptiert hatte. Und mit den Tränen kam der Entschluss: Sie würde Alison finden. Egal, wie lange es dauerte, sie würde ihre Schwester finden.

Kapitel 9

Dominic Verey streckte sich gemütlich auf dem Sofa aus. »Ist denn noch etwas Tee in der Kanne?«, fragte er.

»Ich glaube, wir haben alles ausgetrunken.« Sophie hob den Deckel und schaute hinein. »Ich mache neuen.«

»Nein, lassen Sie mich das machen«, bot Dominic hilfsbereit an. Er erhob sich geschmeidig, nahm die leere Kanne und steuerte auf die Küche zu.

Sophie lächelte zärtlich. Er war in kürzester Zeit ein Teil ihres Lebens geworden. Wenn er nicht etwas Wichtiges nach der Schule zu tun hatte, kam er immer vorbei, um eine Tasse Tee zu trinken und zu plaudern. Sie freute sich auf seine Besuche, die immer belebend und angenehm waren. Er stellte keine Forderungen und schien nichts weiter von ihr zu erwarten als ihre Gesellschaft.

Eine Gemeinsamkeit war natürlich die Fotografie. Er konnte stundenlang voller Begeisterung darüber sprechen. Es schmeichelte ihr, dass er sich so sehr für ihre Arbeit interessierte, sie ausfragte, alles wissen wollte. Sie sprachen aber auch über andere Dinge: über die Schule, seine Familie, über die Siedlung und die Menschen, die darin lebten.

Je mehr sie über seine Mutter erfuhr, umso klarer wurde Sophie, warum er viel lieber den Nachmittag bei ihr verbrachte. Es war wohl nicht leicht, mit Elspeth Verey zu leben. Dominic kritisierte seine Mutter zwar nie direkt, aber es war offensichtlich, dass es häufig Szenen gab wie die, die sie damals im Priorhaus zwischen Mutter und Sohn beobachtet hatte. Elspeth war sehr auf Manieren bedacht und erwartete von ihrem Sohn untadeliges Benehmen. Bei Sophie hingegen konnte er seine Füße auf den Tisch legen, konnte so viel Jaffakuchen essen, wie er wollte, und musste niemals befürchten, geschimpft oder mit seinem Bruder verglichen zu werden.

Sophie hatte Dominics Bruder Worthington noch nicht kennen gelernt. Nicht, dass sie besonderen Wert darauf legte. Sie wusste genug über ihn, um sich bereits eine Meinung gebildet zu haben. Er war offensichtlich ganz der Sohn seiner Mutter: rechthaberisch, angepasst und von seiner eigenen Wichtigkeit überzeugt. Dominic erzählte sehr verständnisvoll von ihm und zugleich entschlossen, niemals in seine Fußstapfen zu treten, egal, wie sehr seine Mutter es sich wünschte.

Und sie wünschte es sich. Elspeth Verey bestand mit aller Macht darauf, dass er Priester werden solle, wie sein Großvater, wie sein Vater, wie sein Bruder. Dass er sich dazu überhaupt nicht berufen fühlte, schien für sie keine Bedeutung zu haben. Das war das Familiengeschäft, sagte sie, als ob er Schuhmacher oder Metzger oder Ladenbesitzer werden sollte.

Dominic sprach mit Sophie ganz offen darüber. Es deprimierte ihn, wie sehr seine Mutter auf ihrem Wunsch beharrte, aber er ließ sich nicht einschüchtern. Auch er hatte etwas von der Willensstärke der Vereys – oder waren es die Worthingtons? – geerbt, vor allem, wenn es sich um seine eigene Zukunft handelte.

Sophie hütete sich, ihm Ratschläge zu geben. Sie hörte ihm nur zu und zeigte ihr Mitgefühl. Aber sie konnte auch nicht umhin, ihn zu ermutigen, seinem eigenen Weg zu folgen, als er ihr schließlich sehr schüchtern ein paar seiner Fotografien zeigte. Sie waren gut. Er hatte eine hervorragende Technik und benutzte ungewöhnliche Perspektiven, die sie an ihre eigenen frühen Arbeiten erinnerte. Dankbar nahm er jedes Lob von ihr entgegen, wobei sie versuchte, nicht zu begeistert zu klingen. Sie wusste, dass er ihre Argumente eines Tages verwenden würde, wenn er wieder einmal mit seiner Mutter über die Zukunft stritt.

Diese Vorstellung behagte ihr nicht. Sie wollte Elspeth Verey zwar nicht unbedingt als Freundin haben, genauso wenig allerdings als Feindin.

Sophie hatte keine Ahnung, ob Dominics Mutter wusste, wie viel Zeit er bei ihr verbrachte. Elspeth Verey schien zwar nicht die Art von Mutter zu sein, die über jede Minute im Leben ihres Sohnes Rechenschaft forderte, aber andererseits wollte sie bestimmt wissen, welche Freunde er hatte und was er den ganzen Tag so tat. Dominic kam fast jeden Tag nach der Schule vorbei. Was glaubte seine Mutter wohl, wo er war? Sophie traute sich nicht zu fragen.

Sie hatte ihm einmal, als er von seiner Familie erzählte, eine Frage über seinen Vater, den letzten Dekan, gestellt. Wie sich herausstellte, konnte er sich kaum an ihn erinnern. Dominic war im Dekanat zur Welt gekommen, aber erst fünf gewesen, als sein Vater starb. Und auch bis dahin war er ihm fremd geblieben. »Er war nett«, sagte Dominic. »Aber ich habe ihn nicht oft gesehen. Er war ein sehr beschäftigter Mann und außerdem schon ziemlich alt, als ich zur Welt kam – fast sechzig.«

»Hier ist noch Tee«, verkündete Dominic, als er die gefüllte Kanne ins Wohnzimmer zurückbrachte. In seiner anderen Hand hatte er eine Hand voll kleine Jaffakuchen. »Ich habe mir noch ein paar genommen«, gestand er.

Dominic hatte immerzu Hunger, egal, wann er zuletzt gegessen hatte. Sophie ertappte sich dabei, wie sie beim Einkaufen an ihn dachte und Dinge mitnahm, von denen sie wusste, dass er sie mochte. Jaffakuchen aß er am liebsten. Oder Sandwiches, davon hatte er bereits einen ganzen Teller voll verdrückt.

»Du verdirbst dir den Appetit«, protestierte Sophie halbherzig.

Dominic grinste. »Keine Angst.« Er legte die kleinen Kuchen auf seinen leeren Teller und leckte die Schokolade von den Fingern. »Meine Mutter würde mich umbringen, wenn sie das sehen könnte«, gestand er fröhlich.

Sophie zweifelte nicht daran. Sie freute sich merkwürdigerweise darüber, dass Dominic sich bei ihr so wohl fühlte, dass er Dinge tat, die er sich zu Hause nicht traute. »Erzähl ihr bloß nicht, dass ich das durchgehen lasse«, sagte sie lächelnd.

Er verzog das Gesicht. »Glauben Sie wirklich, ich wäre so dumm?«

»Punkt für dich.«

Sophie lehnte sich zurück und beobachtete, wie er den Tee nachschenkte. Er war nicht ihr erster Besucher an diesem Tag. Leslie Clunch war am späten Morgen vorbeigekommen. Das hatte sie Dominic gegenüber nicht erwähnt, weil der ihr immer vorwarf, viel zu nett zu sein.

Als könnte er ihre Gedanken lesen, sagte er: »Ich habe zwei Tassen in der Spüle gesehen. War der alte Clunch also wieder hier?«

»Du bist ein richtiger Detektiv, was?«

»Inspektor Morse – das bin ich.« Er grinste sie an. »Ich verstehe nicht, wie Sie ihn ertragen können«, fügte er ernst hinzu. »Er ist ein langweiliger alter Knabe. Sie sollten ihn einfach rauswerfen. Oder ihm sagen, dass Sie keine Zeit haben, und ihn gar nicht erst reinlassen.«

»Du hast leicht reden.« Sophie fühlte sich in die Ecke gedrängt. Sie konnte ja selbst nicht recht erklären, warum sie seine Besuche so ergeben hinnahm.

Und dann war da ja auch noch Chris. Sie hatte ihm gegenüber einmal erwähnt, dass ihr Leslie Clunchs Besuche lästig waren und dass Dominic fand, sie sei zu freundlich.

Sie hatte versucht, eher scherzhaft zu klingen, aber Chris hatte die Stirn gerunzelt. »Er ist ein wichtiger Mann hier, egal, ob du ihn magst oder nicht«, sagte er. »Ich glaube nicht, dass Dominic das verstehen kann.«

»Aber ich mag ihn nicht. Ich fühle mich nicht wohl in seiner Gegenwart.«

«Ich glaube nicht, dass du es dir leisten kannst, ihn zu beleidigen«, behauptete Chris. »Er hat seine Finger überall drin.«

Und so ertrug Sophie weiterhin die Besuche von Leslie Clunch, unterdrückte ihre wachsende Abneigung gegen seine kleinen, kalten Augen, die auf ihre Beine starrten, während er seine Geschichten herunterleierte. Sie waren langweilig. Wäre das alles gewesen, hätte sie es leichter ertragen. Aber da war noch etwas anderes. Unter der Oberfläche lauerte etwas, das sie nicht recht fassen konnte, von dem sie aber wusste, dass es unangenehm war.

»Wo wir gerade von langweiligen alten Knaben sprechen«, fuhr Dominic fort. »Ich habe heute den alten Swan getroffen. In der Kathedrale. Mit seiner neuen Frau. Als er dachte, dass niemand ihn sehen könnte, hat er sie geküsst. Hinter einer Säule.« Er verdrehte die Augen.

Sophie lachte. »Sei nicht so streng, junger Mann«, rügte sie ihn spielerisch. »Eines Tages wirst du eine Freundin haben und sie auch küssen wollen. Vielleicht sogar in der Kathedrale. Vielleicht sogar hinter einer Säule.«

Dominic senkte die Lider und sah sie merkwürdig an. Er wollte gerade etwas erwidern, als das Telefon klingelte.

»Entschuldige mich kurz.« Sophie seufzte und nahm den Telefonhörer ab. »Hallo?«

»Mrs. Lilburn?«, fragte eine Stimme am anderen Ende. »Hier ist die Praxis von Dr. York. Wir haben die Ergebnisse Ihrer Untersuchung.«

Sophies Brust schnürte sich zusammen. Mit einem Mal fiel es ihr schwer, zu sprechen. »Ja?«, fragte sie dann atemlos.

»Dr. York würde Sie gerne sehen, um mit Ihnen darüber zu sprechen«, fuhr die unpersönliche Stimme fort. »Wie wäre es mit nächster Woche?«

»Nächste Woche? Geht das nicht früher?« Sophie ballte die Hände zu Fäusten, die Fingernägel gruben sich in ihre Haut. »Vielleicht morgen?«

Eine Pause entstand. »Morgen ist unmöglich.« Noch eine Pause. »Der früheste Termin, den ich Ihnen anbieten kann, ist der Donnerstag. Elf Uhr.«

Donnerstag. Noch drei Tage. Sophie konnte die Ungewissheit nicht ertragen. »Dann sagen *Sie* es mir«, forderte sie. »Etwas stimmt nicht, oder? Ich will es wissen.«

»Tut mir Leid, ich kann nicht ...«

»Dann lassen Sie mich mit Dr. York sprechen«, rief Sophie.

»Tut mir Leid, Mrs. Lilburn, das geht nicht.« Die Stimme war streng. »Er ist nicht in der Praxis. Er wird Ihnen alles, was Sie wissen wollen, am Donnerstag erklären.«

Sophie machte sich nicht die Mühe, höflich zu sein. Sie legte einfach auf, ihre Hände zitterten.

»Was ist los?«, fragte Dominic besorgt. »Ist was passiert?«

Sophie senkte den Kopf. »Es ist nichts.«

»Aber das stimmt nicht«, protestierte er. »Der Doktor. Sie sind traurig. Sagen Sie mir, was los ist.«

Sie hatte es ihm eigentlich nicht erzählen wollen. Sophie starrte auf ihre zitternden Hände und die roten Stellen, die die Fingernägel hinterlassen hatten. »Ich versuche, ein Kind zu bekommen«, sagte sie und bemühte sich, ihre Stimme sachlich klingen zu lassen. »Wir versuchen es. Chris und ich. Wir haben ... Probleme. Ich werde einfach nicht schwanger. Wir sind bei einem Arzt, der sich auf Fruchtbarkeitsfragen spezialisiert hat, oder ich sollte es besser *Un*fruchtbarkeitsfragen nennen.« Ihr Lachen klang verzweifelt.

»Ich habe eine Reportage gesehen«, sagte er, und klang plötzlich ganz erwachsen. »Über diese Ärzte. Sie können heutzutage so viel erreichen. Machen Sie sich keine Sorgen, Sophie. Es wird alles gut.«

Sie biss sich auf die Lippe und schloss die Augen, als sie die Tränen spürte. Sein Mitgefühl, seine Art, ihr Mut zu machen, waren fast mehr, als sie ertragen konnte. »Das ist sehr lieb von dir, Dominic. Aber ich bin mir da gar nicht so sicher.«

»Wollen Sie darüber sprechen?«

»Nein.« Sie verkrampfte wieder die Hände ineinander. »Doch. Oh doch.« Nach einem tiefen Seufzen fuhr sie fort: »Du kannst dir nicht vorstellen, wie schrecklich das ist. Die Dinge, die die Leute sagen. Gedankenlose, grausame Dinge, die so wehtun. ›Glaubst du nicht, dass es an der Zeit ist, Kinder zu bekommen? Du wirst nicht jünger, weißt du?‹ Das hat meine Schwester gesagt. Und andere Leute auch. Leute, die ... nun, es geht sie nichts an.«

»Das ist furchtbar!«, rief er empört. »Das ist wirklich das Letzte!«

Nun, da sie einmal begonnen hatte, konnte sie nicht wieder aufhören. »Und überall sind Babys. Egal, wohin ich gehe. Babys in Kinderwagen oder auf den Armen ihrer Mütter. Und schwangere Frauen. Es ist wie ... eine Strafe. Ständig werde ich ... an mein Versagen erinnert. Mein Versagen als Frau. Als Ehefrau. Chris möchte so gerne Kinder haben, das war schon immer sein Wunsch.« Sie konnte nicht mehr weiter.

Es tat zu weh. Sie schluckte schwer und starrte auf ihre Hände.

»Machen Sie sich keine Vorwürfe«, sagte Dominic. »Es ist nicht Ihre Schuld.«

»Doch, es ist meine Schuld! Bei *ihm* ist ja alles in Ordnung. Und ich bin diejenige, die all die Jahre immer noch hatte warten wollen. Wenn wir uns früher entschlossen hätten, so, wie er es gewollt hatte ...«

»Das können Sie nicht wissen.«

»Alles, was ich weiß, ist, dass mit mir was nicht stimmt. Ich bin nicht ... normal!«, rief sie leidenschaftlich.

Ein langes Schweigen entstand. Dominic sagte nichts mehr. Sophie hob den Kopf und sah ihn an. Sein Gesicht war blass, seine riesigen Augen hatten sich mit Tränen gefüllt. Sofort hörte sie auf, an sich selbst zu denken. »Dominic, was ist los?«

»Ich bin auch nicht normal«, sagte er leise. »Mit mir stimmt auch etwas nicht.«

»Was meinst du?«, fragte sie alarmiert. Der Junge hatte doch nicht irgendeine unheilbare Krankheit?

Er sah sie nicht an. »Das wissen Sie doch. Sie müssen das gespürt haben.«

»Dominic, wovon sprichst du? Sag schon!«

Er stand auf und lief in dem kleinen Raum hin und her. »Ich kann es nicht sagen.«

»Du bist doch nicht krank, oder?«

»Krank?« Er lachte zittrig. »Manche würden das bestimmt so nennen. Meine Mutter zum Beispiel. Und mein heiliger Bruder, da bin ich sicher. Die würden sagen, dass ich krank bin. Krank, krank, krank.«

In Sophies Besorgnis mischte sich Verwirrung. »Aber was ist dann los? Wenn du krank bist, bin ich mir sicher, dass deine Familie ...«

»Ich bin schwul«, sagte er tonlos. Er hörte auf, durchs Zimmer zu laufen, und klammerte sich an der Sofalehne fest, als ob sie ihm Halt geben könnte. »Homosexuell. Wie immer Sie es auch nennen wollen. Ich schätze, Sie werden mich jetzt verabscheuen.«

Einen Augenblick lang war Sophie sprachlos. Natürlich. Sie zweifelte an keinem seiner Worte. Sie bemerkte sogar, dass sie nicht im Geringsten überrascht war. Wenn sie nicht so sehr mit ihren eigenen Problemen beschäftigt gewesen wäre, hätte sie es schon zuvor erraten können. Alles ergab nun einen Sinn, als wäre das letzte Teil eines Puzzles eingefügt worden. »Nein, natürlich verabscheue ich dich nicht«, sagte sie vorsichtig.

»Dann glauben Sie mir also?«

Sie musste lächeln. »Das ist nichts, was du einfach erfinden würdest. Nur, damit es mir besser geht.«

»Nein, aber ...« Plötzlich warf er sich auf die Couch. »Aber manche Leute denken, das sei nur eine Phase. Etwas, das alle Jungs durchmachen und der sie entwachsen. Sie wissen schon.«

»Ich habe von solchen Geschichten gehört. Und ich glaube, dass da auch eine Menge Wahrheit drinsteckt, für manche Leute. Da geht es ums Experimentieren und so.«

Dominic errötete. »Es ist keine Phase«, sagte er eindringlich. »Ich habe es schon immer gewusst. Immer. Dass ich ... anders bin. Solange ich zurückdenken kann.«

Sie glaubte ihm. Er *war* anders. »Sagt das deine Mutter? Dass es nur eine Phase ist?«

»Meine *Mutter*?« Er starrte sie entsetzt an. »Meine Mutter?

Sie können nicht im Ernst annehmen, dass ich das meiner Mutter erzählt habe!«

Später am Abend, nach dem Essen, als Chris mit den anderen Chormitgliedern in die Kneipe gegangen war, dachte Sophie noch einmal über ihr Gespräch mit Dominic nach.
 Er hatte seiner Mutter nichts davon erzählt. Natürlich nicht. Wie konnte er, wo sie doch so darauf erpicht war, aus ihm einen Priester zu machen? Und egal was man davon hielt, die Anglikanische Kirche verweigerte Homosexuellen noch immer offiziell das Priesteramt.
 Sophie hatte zu Dominic gesagt, dass ein Geständnis seiner Mutter gegenüber vielleicht ein Weg wäre, sie ein für alle Mal davon zu überzeugen, dass er kein Priester werden könne. Aber er war anderer Meinung. »Zunächst einmal würde sie mir gar nicht glauben«, sagte er. »Sie würde denken, dass ich das nur sage, damit sie mich in Ruhe lässt. Und außerdem«, fuhr er in bitterem Ton fort, »weiß doch jeder, dass das gar keinen Unterschied macht. Was die Kirche sagt und was die Kirche tut, sind zwei Paar Stiefel. Was für ein Unsinn, wirklich. Offiziell gibt es keine schwulen Priester. Das ist doch ein Witz. Es gibt Hunderte, Tausende. Aber solange sie es ihren Bischöfen nicht gestehen oder in einer öffentlichen Toilette erwischt werden, stellt sich jeder blind.«
 Welch heuchlerische Überheblichkeit, dachte Sophie.
 Bis sie nach Westmead gekommen war, war sie der Religion gegenüber eher gleichgültig als feindselig eingestellt gewesen. Nachdem aber nun die Kirche in Gestalt der Kathedrale und mit allem, was dazugehörte, allgegenwärtig geworden war, konnte sie kaum noch aufhören, über sie nachzudenken.
 Eine Institution, die das eine predigte und das andere tat. Wie die Regierung, wie jede andere Institution, die von fehlbaren Menschen geleitet wird. In der Kirche allerdings schien die Heuchelei noch viel größer. Kirchenleute *sollten* einfach bessere Menschen sein als andere, oder zumindest ehrlicher. Denn es

ist noch schlimmer, verwerflicher, ein Ideal zu verraten, als wenn es gar kein Ideal gibt.

Jedenfalls hatte sie das, was Dominic über schwule Priester gesagt hatte, schockiert. Zwar war ihr bewusst gewesen, dass solche Dinge passierten, aber sie war immer davon ausgegangen, dass es sich um eine winzige Minderheit handelte. Tausende, hatte er gesagt. Und sie wären nicht die schlechtesten Priester.

Trotzdem würde seine Mutter es sicher nicht so sehen. Vielleicht würde sie glauben, seine Homosexualität sei nicht unbedingt ein Hinderungsgrund, Priester zu werde. Aber sie wäre bestimmt nicht gerade glücklich über seine Eröffnung.

»Du musst es ihr erzählen«, hatte Sophie gesagt. »Es ist nicht fair, wenn du es ihr verheimlichst.«

»Ich kann nicht.« Dominics Gesicht war noch immer kreidebleich, er presste seine Lippen fest zusammen. »Nicht jetzt. Noch nicht. Ich kann einfach nicht.«

Sie konnte ihn gut verstehen. Elspeth Verey hatte ihm bis zum heutigen Tag in allem ihren Willen aufgezwungen. Sie hatte ihn geformt, ebenso wie seinen Bruder. Aber dies war etwas, worüber selbst sie keine Kontrolle besaß. Elspeth Verey konnte keinen Zauberstab über ihren Sohn schwingen und aus ihm einen Heterosexuellen machen. Möglicherweise glaubte sie, seine Abwehr gegen das Priesteramt niederringen zu können, aber hier handelte es sich um etwas, das nicht zu ändern war.

Sophie konnte sich ganz gut in ihre Lage versetzen. Schließlich würde niemand seinem Kind ein solches Leben wünschen. Da Sophie sich in London viel in Künstlerkreisen bewegt hatte, war sie zwangsläufig mit schwulen Männern zusammengetroffen. Einige von ihnen zählten zu ihren engsten Freunden. Sie liebte ihren Humor, ihre Sensibilität.

Und trotzdem würde sie es ihrem Kind nicht wünschen. Selbst heute nicht, im angeblich so toleranten einundzwanzigsten Jahrhundert.

Wenn sie schon so dachte, wie würde es da erst Elspeth Verey ergehen? Der konventionellen, korrekten, perfekten

Elspeth Verey? Der Elspeth Verey, die immerzu alles kontrollieren wollte?

Nicht auszudenken.

Der nächste Tag war ein Dienstag. Sophie ging morgens einkaufen, weil sie hoffte, so Leslie Clunch entkommen zu können. Am Eingang von Quire Close traf sie auf Trish Evans. Sie hatte keine Lust, sich mit der fruchtbaren Trish zu unterhalten, doch war es zu spät, ihr auszuweichen.

»Oh, ich hatte gehofft, Sie zu sehen«, begrüßte Trish sie. »Ich wollte sowieso mal anrufen. Aber ich hatte einfach ...«

Sophie versuchte, Trishs Bauch und das brüllende Kind zu ignorieren.

»Ich wollte Sie fragen, ob Sie vielleicht Lust hätten, zu unserem kleinen Treffen am Freitagmorgen zu kommen«, fuhr Trish fort. »Wie ich Ihnen ja schon erzählt habe, handelt es sich dabei nur um ein paar Kirchenchorgattinnen – oder besser Kirchenchorwitwen.« Sie kicherte. »Jedenfalls treffen wir uns zum Kaffee, um ein wenig zu jammern.«

Es war nicht das erste Mal, dass Trish sie bei zufälligen Begegnungen eingeladen hatte, und immer war Sophie keine anständige Entschuldigung eingefallen. Auch wenn die Vorstellung von jammernden Chorgattinnen nicht gerade prickelnd war, so vermisste sie doch schon langsam etwas weibliche Gesellschaft.

»Ich habe auch Miranda Swan eingeladen«, fügte Trish hinzu, als sei die ein unwiderstehlicher Köder. Zweifellos war Trish genauso wie jeder andere in der Siedlung wahnsinnig neugierig auf die Frau des Vorsängers und davon überzeugt, dass es Sophie ebenso erging. »Sie sagte, sie käme, wenn sie es einrichten könne.«

»Ich kann nichts versprechen«, antwortete Sophie ausweichend. »Aber ich werde es versuchen.«

»Oh, das ist wunderbar. Diese Woche findet das Treffen bei mir statt. Zehn Uhr oder auch etwas später.«

»Gut. Ich versuche es.« Das verpflichtet mich nicht wirklich, überlegte Sophie. Sie konnte es sich jederzeit überlegen oder eine andere wichtige Verabredung vorschieben. Aber vielleicht würde sie ja auch hingehen. Es wäre auf jeden Fall interessant, Miranda Swan zu treffen.

»Eine Bauchspiegelung ist nur ein ganz kleiner Eingriff«, sagte Dr. York mit seiner beruhigenden Stimme. »Da ist nicht viel dabei. Wir müssen nur einen kleinen Blick in Ihr Inneres werfen. Sie können am selben Tag noch nach Hause gehen.«

Die Untersuchung, erklärte er, die schönen Hände vor sich auf dem Tisch gefaltet, deute auf eine mögliche Unregelmäßigkeit hin. Der einzige Weg, um Klarheit zu bekommen, sei eine Bauchspiegelung, Laparoskopie, bei der eine winzige Kamerasonde in ihren Unterleib eingeführt werde.

»Was für eine Unregelmäßigkeit?«

Er war weiterhin diplomatisch, glatt und verschlossen. »Das kann ich so noch nicht sagen. Nicht, bevor ich mir ein Bild gemacht habe. Das ist reine Routine. Nichts, worüber Sie sich Gedanken machen müssten«, fügte er hinzu. »Dadurch werden wir eine viel genauere Vorstellung davon bekommen, womit wir es zu tun haben.«

»Wann?«, fragte Sophie, die die Untersuchung, egal, wie viel Angst sie auch vor dem Ergebnis hatte, hinter sich bringen wollte.

»So schnell wie möglich.« Er lächelte sie an. »Wir werden Ihnen einen Termin zuschicken, Mrs. Lilburn. Ich verspreche Ihnen, dass Sie nicht lange warten müssen.«

Wie lang war nicht lange? Und was um Himmels willen hatte die Untersuchung gezeigt, das diesen nächsten Schritt rechtfertigte? Sophie dachte darüber auf der ganzen langen Zugfahrt zurück nach Westmead nach. Dieses Mal hatte Chris ihr angeboten, sie zu dem Termin zu fahren, einen Ersatzlehrer zu besorgen und einen Stellvertreter für den Chor, aber sie hatte Nein gesagt. Natürlich ging es sie beide etwas an, aber sie wollte alleine mit dem Arzt sprechen, hören, was er zu sagen hatte, und dann genug Zeit haben, das alles zu verdauen, bevor sie es Chris erzählte.

Als sie sich am Bahnhof trafen, gelang es ihr, ein fröhliches Lächeln auf ihr Gesicht zu zaubern, genauso ermutigend wie das von Dr. York. »Wir brauchen uns keine Sorgen zu machen«, wiederholte sie. »Nur ein winziger Eingriff. Ich kann noch am selben Tag nach Hause gehen.«

»Bist du sicher, dass du dir keine Sorgen machst?«, fragte Chris und sah erleichtert aus.

»Er sagt, das sei eine reine Routinesache.«

Routine für ihn vielleicht. Sophie konnte in der Nacht kaum schlafen und ging in Gedanken immer wieder das Gespräch durch, auf der Suche nach versteckten Andeutungen in den Worten des Arztes.

Irgendetwas war nicht in Ordnung mit ihr, ernsthaft nicht in Ordnung. Warum hatte er denn nicht gesagt, *was* er vermutete? Wenn sie sich wirklich keine Sorgen zu machen brauchte, warum wollte er ihr dann so schnell wie möglich einen Termin geben? Nicht, um sie schnell zu beruhigen, sondern weil er wusste, dass etwas nicht in Ordnung war.

Als sie in den frühen Morgenstunden endlich kurz davor war einzuschlafen, begann das Baby in der Nachbarschaft zu schreien. Trotz des geschlossenen Fensters konnte Sophie das Weinen deutlich hören. Sie vergrub ihr Gesicht in den Kissen, aber das Schreien hallte schmerzhaft in ihrem Kopf.

Am nächsten Morgen setzte sie Chris zuliebe wieder ein fröhliches Gesicht auf, bis er das Haus verlassen hatte. Sie beschloss, nicht zu Trish Evans zu gehen. Sie hatte einfach nicht die Kraft, andere Leute zu sehen und sich weiterhin zu verstellen.

Doch als sie fünf Minuten vor zehn zufällig aus dem Fenster schaute, sah sie, wie Leslie Clunch geradewegs auf ihre Tür zuhielt.

Dieser Mann war eine unendlich viel schlimmere Aussicht als Trish und ihre Freundinnen. Wenn er einmal im Haus war, konnte sie ihn für mindestens eine Stunde nicht mehr loswerden, es sei denn, sie schützte Kopfschmerzen vor. Und das würde nur eine Besorgnis hervorrufen, die seine Neugier nur schwach überdecken würde. Er würde so lange nachhaken, bis sie ihm schließlich alles erzählen würde.

Sophie fasste einen schnellen Entschluss. Sie schnappte ihre Handtasche und ihre Jacke, öffnete die Tür, noch bevor er klingeln konnte, und machte ein überraschtes Gesicht, als sie ihn sah. »Oh, hallo«, sagte sie. »Ich wollte gerade gehen.«

Er blieb stehen. »Ich wollte fragen, ob es Ihnen gut geht«, sagte er. »Als ich gestern vorbeikam, waren Sie nicht da. Und Sie sind den ganzen Tag über nicht nach Hause gekommen. Sie sind sogar erst nach der Abendandacht zurückgekehrt.«

Sie unterdrückte ein Schaudern. Also beobachtete er jede ihrer Bewegungen! Doch diesmal würde sie *nicht* nachgeben. Sie würde ihm *nicht* erzählen, wo sie gewesen war. Sie tat so, als schaute sie auf die Uhr. »Ja, ich bin in Ordnung, danke«, sagte sie schnell. »Aber ich werde zu spät kommen, wenn ich mich nicht beeile. Trish Evans erwartet mich.«

»Oh, natürlich.« Er schnaubte verächtlich. »Die jungen Mütter. Ich hätte nicht erwartet, dass das Ihr Ding ist.«

Es war mit Sicherheit nicht ihr Ding. Am liebsten hätte sie ihm ins Gesicht geschrien, dass er sie ja dazu zwang. Sie hasste sich selbst für ihre Feigheit. Warum tat sie sich das an? Warum konnte sie ihn nicht einfach bitten zu gehen?

Leslie Clunch, der sich noch immer nicht vom Fleck bewegt hatte, blockierte ihren Fluchtweg. »Vielleicht sehen wir uns ja später«, sagte er. »Zum Tee.«

»Ich werde möglicherweise Besuch haben.«

»Oh, selbstverständlich.« Er nickte wissend. »Der junge Dominic Verey.« Sein Lächeln entblößte seine abgebrochenen gelben Zähne. »Was hält denn seine Mutter davon, dass er so viel Zeit hier verbringt?«

»Ich habe keine Ahnung«, sagte Sophie, fast schon unhöflich, und trat auf den Rasen, um an ihm vorbeizukommen. »Warum fragen Sie sie nicht?«

Als sie unter seinen aufmerksamen Blicken ihr Ziel auf der anderen Straßenseite erreicht hatte, tat es ihr bereits Leid, so unhöflich gewesen zu sein. Noch mehr Leid tat es ihr allerdings, dass sie gesagt hatte, sie würde Trish besuchen. Die Ausrede war ihr als Erstes eingefallen, und nun musste sie auch wirklich gehen. Er sah ihr immer noch nach, also konnte sie nicht einfach irgendwo anders hingehen. Wenn sie doch nur behauptet hätte, dass sie jemanden *außerhalb* der Siedlung treffen würde ...

»Sophie, Sie sind also doch gekommen!« Trish schien begeistert, als sie die Tür öffnete.

Zumindest, dachte Sophie, bin ich wirklich willkommen. Vielleicht würde es ja doch nicht so schlimm werden.

»Kommen Sie herein. Es fehlen noch ein paar. Aber ich bin ja so froh, dass Sie es einrichten konnten.«

Der Raum, in den Trish sie führte, war klein. Schon drei oder vier Leute hätten ihn ausgefüllt, aber hier hatten sich bereits ein halbes Dutzend Frauen eingefunden. Die meisten von ihnen waren Sophie völlig fremd, doch sie hatte die eine oder andere in der Siedlung schon einmal gesehen, meistens beladen mit Einkaufstaschen und Kindern. Sie waren sich vom Typ her sehr ähnlich, praktisch austauschbar. Trish stellte sie einander schnell vor.

Die Kinder waren auch dabei. Das überraschte Sophie, obwohl es zu erwarten gewesen war. In Wirklichkeit handelte es sich hier um eine bessere Krabbelgruppe: Die Mütter tranken Kaffee und leisteten einander Gesellschaft, während ihre Kinder spielten.

Katie Evans, als Kind der Gastgeberin, hielt in der Mitte des Raumes Hof und verteilte Spielzeug an die anderen Kinder. »Du kannst Wuffi haben«, sagte sie zu einem blonden Jungen in einem winzigen Jeans-Overall und reichte ihm ein angeknabbertes, einohriges Stofftier.

»Will Klötze«, verkündete er.

»Nein.«

Er warf das Tier verächtlich auf den Boden. »Will Klötze!«

Sophie hatte in der Zwischenzeit bereits wieder die Namen der anwesenden Frauen vergessen. Aber Miranda Swan erkannte sie. Sie saß ganz allein auf dem niedrigen Sofa, so als ob sich die anderen Frauen nicht trauten, sich neben sie zu setzen. Sophie quetschte sich neben sie und versuchte den Aufruhr, der nun wegen der strittigen Klötze entstand, zu ignorieren. »Will Klötze!« Der Junge brüllte lauthals, knallrot im Gesicht.

Keine der Mütter kümmerte sich darum. »Ich setze Wasser auf, ja?«, sagte Trish glücklich.

Sophie wandte sich an Miranda Swan. Aus der Nähe schien sie vielleicht doch etwas älter zu sein, die Falten unter ihren Augen waren in dem harten Licht der Lampe deutlich zu sehen. Aber ihre Augen waren von einem warmen Braun, und sie kniff sie freundlich zusammen, wenn sie lächelte. »Ihr Mann ist also auch im Kirchenchor?«, fragte Mrs. Swan. Ihre Stimme war tief und angenehm.

»Ja. Chris Lilburn. Er ist Tenor.«

»Hat er dunkle Haare und sitzt in der letzten Reihe auf der Seite des Dekans?«

»Ich weiß nicht, wo er sitzt«, musste Sophie gestehen. »Ich bin noch nie in der Messe gewesen.«

Miranda Swan antwortete in einem eher ungläubigen als kritischen Ton: »Sie waren noch nie dort? Da haben Sie aber etwas versäumt. Der Chor ist hervorragend, wissen Sie.«

»Die Kathedrale …« Sophie brach ab. Wie sollte sie es erklären? »Nun, es ist eher Chris' Sache, nicht meine.«

»Ich liebe es«, gestand Miranda und es klang, als schämte sie sich fast ein wenig dafür. »Vor allem die Abendandacht. Es gibt nichts Vergleichbares. Gerade zu dieser Jahreszeit, in der Dämmerung, mit all den Kerzen – es ist fast magisch. Der Chor ist wunderbar, und Peter singt die Andacht so herrlich.« Sie lächelte, als sie den Namen ihres Mannes aussprach. Es lag fast so etwas wie Verehrung darin.

Sophie spürte einen Stich, der sich wie Neid anfühlte. Wann hatte sie zum letzen Mal so von Chris gesprochen, das Gesicht erleuchtet von der Liebe, die sie für ihn empfand? War es überhaupt *jemals* so gewesen? Sie konnte sich nicht erinnern. »Ich habe gehört, dass Sie nach Quire Close ziehen«, sagte sie.

»Ja, Peter und ich freuen uns sehr darauf.« Und wieder dieses erstaunte, strahlende Lächeln, vermischt mit einem schüchternen Zögern, als wundere sie sich noch immer darüber, seinen und ihren Namen in einem Atemzug auszusprechen. »Das Apartment ist recht klein. Es wird wundervoll sein, in einem richtigen Haus zu wohnen.«

Inzwischen, dachte Sophie, muss Miranda Swan doch von all den neugierigen Fragen genervt sein. Offenbar, so hatte Sophie gehört, war sie sehr geschickt darin, sie ausweichend zu beantworten. »Wie gefällt es Ihnen denn in Westmead?«, fragte sie auf der Suche nach einem neutralen Thema.

Mirandas Antwort kam prompt und ernsthaft. »Es ist herrlich. Das Dorf – die Stadt – hat so viel Charakter, so viel Geschichte. Die Geschäfte sind hervorragend. Und dann ist da diese herrliche Kathedrale.« Sie drehte an ihrem dicken goldenen Ehering und lächelte in sich hinein. Sophie konnte auf ihrem Gesicht lesen, was sie dachte: Peter. Peter ist hier.

»Aber es ist nicht London«, konnte Sophie nicht umhin zu sagen.

»London? Oh, ich wollte nicht in London leben. Das ist mir viel zu schmutzig und zu überfüllt. Und all dieser Verkehr. Nein, Westmead ist für mich genau richtig.«

»Dann haben Sie nie in London gelebt?«

»Um Gottes willen, nein.« Miranda schüttelte den Kopf, gab aber freiwillig keine weiteren Informationen.

In diesem Augenblick eskalierte der Streit der beiden Kinder, als der kleine Junge einen von Katies Klötzen packte und nach ihr warf. Er traf sie am Kopf, und sie begann mehr aus Wut als vor Schmerz zu brüllen. Trish war nicht im Zimmer, aber die Mutter des Jungen – Louise? Jennifer? – zog ihn auf ihren Schoß. »Was habe ich dir über das Spielen gesagt?«, fragte sie ihn, während er sich wehrte und sie finster anblickte.

»Sie haben wohl keine Kinder?«, fragte Miranda. »Oder sind sie in der Schule?«

Nun war Sophie an der Reihe, ausweichend zu antworten. Sie bemühte sich um einen sachlichen Ton. »Nein. Nein, wir haben keine.«

Miranda wandte den Kopf ein wenig ab, doch Sophie konnte sehen, dass ihre Augen in Tränen schwammen. »Ich hatte ein Kind«, sagte sie mit so leiser Stimme, dass Sophie sich zu ihr beugen musste, um sie zu verstehen. »Ich hatte eine Tochter. Sie ist tot.«

Das kam so unerwartet, dass Sophie nicht wusste, was sie sagen sollte. Miranda Swan war also Witwe gewesen, als sie den Vorsänger geheiratet hatte – keine alte Jungfer, wie Jeremy gedacht hatte. »Oh, es tut mir so Leid«, war alles, was sie sagen konnte.

In diesem Augenblick klingelte es an der Tür, und kurz darauf betrat Trish das Zimmer mit einem Tablett voller Kaffeetassen, gefolgt von einer weiteren Frau mit Baby.

»Entschuldigt meine Verspätung«, rief die Frau. »Aber er hat ein schreckliches Theater gemacht.«

Wie auf Befehl legte das Baby sein Gesicht in Falten, öffnete den Mund und brüllte los.

Sophies Bauch krampfte sich zusammen, und sie erkannte sofort, dass es sich um das Baby handelte, dessen Geschrei sie verfolgte und aus dem Schlaf riss.

Sie konnte es nicht mehr ertragen. Schwankend kam sie auf die Füße. »Tut mir Leid«, sagte sie zu Trish, während sie auf die Tür zuging. »Seien Sie mir nicht böse. Aber ich muss gehen.«

Kapitel 10

Die Tage nach Frank Barnetts Tod waren mit vielen Pflichten angefüllt. Jacquie musste all die Kondolenzanrufe entgegennehmen, außerdem gab es viel zu erledigen: den Totenschein beantragen, den Tod registrieren lassen und die Beerdigung vorbereiten.

Sie hatte all das schon bei ihrer Mutter durchgemacht, also war es ihr nicht völlig neu. Zudem hatte ihr Vater ganz klare Anweisungen hinterlassen. Er hatte sogar die Hymnen für den Gottesdienst bestimmt, der natürlich in der Kirche der Freien Baptisten abgehalten werden sollte. Nach der Trauerfeier würde er neben seiner Frau beerdigt werden.

Jacquie erledigte das alles wie in Trance. »Ist sie nicht tapfer?«, fragten die Leute, die sie kannten. »Und jetzt ist sie ganz alleine auf der Welt.«

Sie war so betäubt, dass es eine Weile dauerte, bis die Worte sie erreichten. Ich bin jetzt tatsächlich alleine, sagte sie zu sich selbst. Keine Bindungen, keine Verpflichtungen. Keine Aufgaben im Leben. Sie konnte das Haus verkaufen. Wenn sie wollte, konnte sie sogar Sutton Fen verlassen. Sie konnte überall hingehen, tun, was sie wollte. In der ganzen Zeit jedoch hatte sie das nagende Gefühl, dass noch nicht alles erledigt war.

Alison. Alison sollte jetzt hier sein. Ihre Schwester sollte an ihrer Seite sein und ihr bei den Vorbereitungen helfen. Sie sollten gemeinsam Pläne für die Zukunft machen – einer Zukunft ohne ihre Eltern.

Es war in dieser Woche, der Woche zwischen dem Tod ihres Vaters und seiner Beerdigung, als der Entschluss, ihre Schwester zu finden, endgültig reifte. Ihr wurde allmählich klar, dass sie nichts mehr davon abhalten konnte: nicht die eiskalte Ablehnung ihrer Mutter, nicht die wehmütige Sehnsucht ihres Vaters. Die Idee, die ihr zum ersten Mal am Tag nach dem Tod ihres Vaters gekommen war, beherrschte bald all ihre Gedanken. Alison.

Später war sie froh darüber, dass sie bereits beschlossen hatte, Alison zu finden, noch bevor sie mit dem Rechtsanwalt gesprochen hatte.

Mr. Mockler, der Anwalt ihres Vaters, gehörte selbstverständlich zu den führenden Persönlichkeiten in der Gemeinde der Freien Baptisten. Zudem war er ein Mitglied der »Wahren Männer«. Jacquie kannte ihn nicht gut, aber nach allem, was sie über ihn gehört hatte, gab es keinen Grund, ihn zu mögen. Seine Zähne waren wie Grabsteine, seine Finger wie Würstchen und sein Benehmen überheblich und selbstgefällig.

Er besuchte sie zwei Tage vor der Beerdigung und hielt zwei böse Überraschungen für sie bereit.

Die erste teilte er ihr bei einer Tasse Tee im vorderen Salon fast augenblicklich mit: »Ich bin der Testamentsvollstrecker von Mr. Barnett.« Seine Stimme war genauso gespreizt wie sein Gesichtsausdruck.

»Aber ich dachte, *ich* würde das Testament vollstrecken«, protestierte Jacquie.

»Oh nein.« Er lächelte und zeigte seine Grabsteinzähne. »Mr. Barnett war vielleicht kein Mitglied der ›Wahren Männer‹, aber er wusste, dass solche Dinge nicht den Frauen überlassen werden sollten. Ursprünglich hatte er Ihren damaligen Gatten, Mr. Darke, eingesetzt, aber das ist natürlich nicht mehr angemessen.«

»Nein«, sagte Jacquie wie betäubt.

»Also habe ich ihm vorgeschlagen, dass ich das übernehmen könnte, und Mr. Barnett hat zugestimmt. Mit dem Segen von Mr. Prew, wie ich hinzufügen darf.«

Was hatte Reverend Prew damit zu tun? Jacquie war erstaunt.

Aber sie machte ein ausdrucksloses Gesicht und konzentrierte sich auf seine Wurstfinger, als er die Teetasse an seine Lippen führte und einen Schluck nahm. »Wie lange wird es dauern, bis alles geklärt ist?«, fragte sie. »Ich glaube, ich möchte das Haus gerne verkaufen.«

Mr. Mockler ließ seine Tasse sinken und die nächste Bombe platzen. »Oh, das wird Ihnen nicht möglich sein«, sagte er. »Jedenfalls nicht ohne die Erlaubnis Ihrer Schwester.«

»Was?« Jacquie starrte ihn entsetzt an.

»Wussten Sie das denn nicht?« Er gönnte ihr einen erneuten Blick auf seine Grabsteinzähne. »Ihre Schwester Alison ist die zweite Haupterbin Ihres Vaters. Die Hälfte des Hauses gehört ihr. Die Hälfte von allem, um genau zu sein.«

»Aber Alison ...«

»Hat Sutton Fen vor Jahren verlassen. Ja, ich weiß.« Er stellte die Tasse auf den Tisch und verschränkte seine Hände vor dem Bauch.

Sie konnte es nicht begreifen. »Aber meine Mutter ...«, protestierte sie. »Sie hat immer gesagt, wenn sie einmal nicht mehr wären, würde alles mir gehören. Das Haus. Alles.«

»Mrs. Barnett hat nichts davon gewusst. Mr. Barnett wollte nicht, dass sie es erfährt. Aber er bestand bis zum Schluss darauf – und ich habe ihn im Krankenhaus weniger als eine Woche vor seinem Tod besucht –, dass Alison die Hälfte seines Vermögens erbt.«

Jacquies Hände zitterten. Sie stellte die Tasse ab, um den Tee nicht zu verschütten. »Aber es ist über zehn Jahre her! Wir haben in all der Zeit nie wieder etwas von ihr gehört. Ich habe keine Ahnung, wo sie sein könnte.«

»Dann schlage ich vor, dass Sie sie finden«, sagte Mr. Mockler mit unbewegtem Gesichtsausdruck.

Sie würde sie finden. Sie musste sie finden.

Aber wie?

Spät in dieser Nacht stellte sie sich diese Frage wieder und wieder. Wie fand man einen Menschen, der seit elf Jahren verschwunden war? Jemanden, der wahrscheinlich gar nicht gefunden werden wollte? Wo sollte sie beginnen?

Dann erinnerte sie sich an etwas, das Nicola Jeffries erst vor ein paar Tagen ihr gegenüber erwähnt hatte: Die Seelsorge. Vielleicht konnten die ihr helfen? Nicola hatte eine Zeit lang für sie gearbeitet, vielleicht konnte auch sie ihr ein paar Ratschläge geben.

Am nächsten Tag ging Jacquie zu dem Blumenladen, wo Nicola arbeitete.

Dort herrschte gerade Hochbetrieb, und Nicola sagte: »Ich würde wirklich gerne mit dir plaudern, aber das geht jetzt gerade nicht. Soll ich nach Feierabend bei dir vorbeikommen?«

»Gut«, sagte Jacquie und fügte spontan hinzu: »Komm doch zum Abendessen. Falls es deinem Mann nichts ausmacht.«

»Oh, der großartige Keith«, rief Nicola mit einem Grinsen, »hat seine kostbare Brittany zu Besuch – die können gerne gemeinsam gekochte Bohnen essen. Ich freue mich auf heute Abend.«

»Ich auch.« Jacquie stellte, als sie den Laden verließ, fest, dass das stimmte. Jetzt hatte sie etwas zu tun, etwas, das sie für den Rest des Tages beschäftigen würde. Es war schon ziemlich lange her, dass sie jemanden eingeladen hatte – Jahre, um genau zu sein. Damals lebten sie und Darren noch zusammen. Es hatte ihr Freude bereitet, abends Freunde einzuladen und für sie zu kochen, aber diese Tage waren lang vorbei. Seit sie in ihr Elternhaus zurückgekehrt war, hatte sie immer nur einfache Gerichte, meist Krankenkost, zubereitet.

Das heute war anders, und es würde ihr Spaß machen.

So fröhlich wie lange nicht mehr lief sie Richtung Supermarkt.

Sie wollte für Nicola etwas ganz Besonderes kochen, für Nicola, die knausern und sparen und gekochte Bohnen essen musste, damit die verwöhnte Tochter ihres Mannes alles bekam, wonach ihr Herz verlangte. Sie würde ihr etwas anderes bieten als gekochte Bohnen und Tee.

Die Barnetts hatten die Hauptmahlzeit immer mittags eingenommen und abends nur noch ein einfaches Abendbrot gegessen. Und momentan aß Jacquie weder mittags noch abends sonderlich viel. Meistens nur ein Ei oder irgendwas aus der Dose. Aber der heutige Abend würde anders werden.

Darren hatte immer ihr Steak mit Nierenpastete geliebt, es immer gelobt, und sie musste selbst zugeben, dass sie ein Händchen für Pasteten hatte. Ihr Vater konnte Steak und Nieren nicht vertragen, und so hatte sie das seit mindestens zwei Jahren nicht mehr gekocht. Sie machte einen Umweg über den Metzger und kaufte dort, was sie an Zutaten dafür brauchte. Alles Übrige bekäme sie im Supermarkt: Knabberzeug, Gemüse und einen Pudding.

Der Supermarkt war an diesem Freitagmorgen überfüllt, die Leute kauften noch schnell für das Wochenende ein. Jacquie nahm sich einen Korb und bahnte sich einen Weg durch den Laden. Sie war so auf ihre Kochpläne konzentriert, dass sie beinahe mit einer der jungen Mütter zusammenstieß.

»Hallo Jacquie«, sagte die Frau und grinste schief.

Es war Darrens Frau, die zweite Mrs. Darke.

Sie manövrierte einen unhandlichen großen Kinderwagen durch den Laden, in dem sich ihre zwei Sprösslinge befanden, und es war unübersehbar, dass sich ein dritter bereits ankündigte.

»Hallo«, murmelte Jacquie und bemühte sich gar nicht erst um Freundlichkeit. Andererseits war sie zu gut erzogen, um allzu unhöflich zu sein.

»Das mit deinem Vater tut mir *so* Leid. Darren ist verzweifelt. Einfach verzweifelt. Wie er mir gesagt hat, war er für ihn fast wie ein eigener Vater.«

Ja, davon bin ich überzeugt, dachte Jacquie säuerlich. Sie hatte nicht ein Wort des Beileids von Darren vernommen. Nicht, dass sie das gewollt hätte. Nicht, dass sie das interessierte.

»Wir werden selbstverständlich beide zur Beerdigung kommen. Darren wird wahrscheinlich die Werkstatt für ein paar Stunden schließen müssen. Aber er sagt, das sei das Mindeste, was er tun könne. Für den lieben Mr. Barnett.«

Das ältere Kind in dem Wagen begann zu quengeln. Jacquie versuchte, nicht hinzusehen, aber ihr Blick wurde geradezu magisch angezogen. Beide Kinder hatten Darrens Haarfarbe und seine Nase geerbt. Es tat so weh, sie anzusehen. Das hätten meine Kinder sein sollen, dachte sie traurig.

Es war an ihr, etwas zu sagen. Sie *musste* etwas sagen. Etwas Neutrales. »Steak und Nieren«, sagte sie zusammenhanglos und hob das Paket in die Höhe. »Darrens Lieblingsessen.«

Mrs. Darke begann zu lachen. »Ich weiß. Aber von mir bekommt er das nicht«, rief sie, als ob sie stolz darauf sei. »Das ist zu viel Arbeit. Ich habe für so etwas keine Zeit, die Kinder halten mich zu sehr auf Trab«, fügte sie zufrieden hinzu und tätschelte dann ihren dicken Bauch. »Und momentan wird mir nur beim Gedanken an Nieren übel. So ist das immer, wenn ich schwanger bin.« *Aber woher solltest du dieses Gefühl kennen*, sagte ihr Blick so deutlich, als hätte sie die Worte ausgesprochen.

Unvermittelt fiel Jacquie ein Spruch aus der Bibel ein. »Und ihre Widersacherin vergrößerte ihren Schmerz, weil der Herr ihren Mutterschoß nicht gesegnet hatte.« Tränen schossen in ihre Augen. Schnell wandte sie sich ab und floh mit ihrem Korb zur Kasse.

Der Vorfall hatte ihr die Laune völlig verdorben. Apathisch rollte sie den Teig aus und bereitete die Füllung vor. Sie war so aufgeregt gewesen, dass sie vergessen hatte, die Zutaten für den Pudding einzukaufen. Also mussten sie sich mit Obst oder Eis aus der Tiefkühltruhe als Nachtisch zufrieden geben.

»Hm, das riecht ja göttlich«, rief Nicola begeistert, als sie ein paar Stunden später hereinsauste.

Jacquie fühlte sich sofort besser. »Steak und Nieren.«
»Oh, lecker.«
Nicola reichte ihr eine Flasche Wein. »Lass uns die sofort aufmachen«, befahl sie. »Ich kann ein Glas gut gebrauchen.«
Jacquie nahm die Flasche. »Das war doch nicht nötig.«
»Oh, ich weiß. Es ist nur irgendein Fusel, die billigste Fla-

sche, die ich finden konnte. Aber solange Alkohol drin ist, ist mir das egal«, schloss Nicola mit einem Grinsen.

Jacquie hatte seit ihrer Hochzeit keinen Alkohol mehr getrunken. Um genau zu sein, seit ihrem Urlaub in Griechenland nicht mehr. Dem Urlaub mit Alison. Sie schob diesen Gedanken weg. »Ich bin sicher, dass wir keinen Korkenzieher im Haus haben«, sagte sie.

»Korkenzieher?« Nicola lachte. »Ich habe doch gesagt, es ist ein billiger Fusel. Und für einen Schraubverschluss brauchen wir wohl keinen Korkenzieher.«

»Dann ist es ja gut.« Warum nicht, dachte Jacquie trotzig. Schließlich gab es nun keinen mehr, der ihr Vorwürfe machen konnte. Ihre Eltern waren tot, Darren hatte sie verlassen, und Reverend Prew hatte keine Macht mehr über sie. Doch als sie die Wassergläser aus dem Schrank nahm – überflüssig zu sagen, dass es keine Weingläser im Haus gab –, sah sie das Gesicht ihrer Schwester vor sich. Alisons schockierter Ausdruck, als sie damals an der Bar des griechischen Hotels Wein bestellt hatte.

Schnell füllte sie die Gläser, weil sie sich wieder vage an das angenehme Gefühl erinnerte, das Alkohol mit sich brachte. »Hier.«

»Prost.« Nicola stieß mit ihr an und nahm einen großen Schluck. »Oh, schmeckt der scheußlich«, rief sie und zog eine Grimasse. »Aber mir ist es egal.«

Sie ließen sich in der Küche nieder. Auf dem Tisch hatte Jacquie kleine Schüsseln mit Erdnüssen und Chips verteilt und den behelfsmäßigen Aschenbecher. Nicola nahm sich eine Hand voll Erdnüsse und suchte dann in ihrer Tasche nach den Zigaretten. »Willst du eine?«, fragte sie und hielt Jacquie das Päckchen hin.

Jacquie fühlte sich in Versuchung gebracht: Da sie nun schon einmal den Weg der Verdammnis eingeschlagen hatte, was bedeutete da schon eine Zigarette? Aber dann siegte doch die Vernunft, und davon abgesehen wollte sie Nicola nichts wegnehmen, was sie sich sowieso kaum leisten konnte. Sie winkte ab. »Nein, danke.«

Nicola zündete sich eine Zigarette an, nahm einen tiefen Zug und blies den Rauch langsam aus. »Das tut gut«, seufzte sie. »Gott, das habe ich gebraucht.«

Der Wein reichte Jacquie völlig. Schon nach ein paar Schlucken fühlte sie sich seltsam leicht. Sie war Alkohol nicht gewöhnt, und ihr leerer Magen verstärkte seine Wirkung. »Nett von dir, Wein mitzubringen«, sagte sie.

»Oh, kein Problem. Es war sogar ziemlich eigensüchtig. Nach dem Tag, den ich hinter mir habe, brauche ich das.« Nicola begann, ihren Tag zu beschreiben: die schwierige Kundschaft, der fordernde Chef, der ihr immerzu über die Schulter blickte. »Aber zumindest konnte ich mich auf heute Abend freuen«, schloss sie. »Du kannst dir nicht vorstellen, wie viel Spaß mir der Gedanke bereitet hat, dass ich nicht mit Brittany am Tisch sitzen und ihr dummes Gesicht ansehen muss.« Als bemerkte sie jetzt erst, dass ihre Worte nicht sonderlich höflich waren, fügte sie schnell hinzu: »Und es ist schön, dich zu sehen, Jacquie. Der Besuch vor ein paar Tagen hat mir wirklich Spaß gemacht. Ich hatte gehofft, dass es nicht bei diesem einen Mal bleibt. Es war wirklich sehr nett von dir, mich einzuladen.«

Jacquie antwortete: »Ich finde es auch toll, dass du hier bist. Aber ich wollte auch gerne mit dir sprechen.«

»Oh?«

»Du hast erwähnt, dass du früher für die Seelsorge gearbeitet hast«, sagte Jacquie. »Und ich wollte dich fragen, was du jemandem raten würdest, der auf der Suche ist ... nun, nach jemandem, der verschwunden ist. Du weißt schon.«

»Du willst deine Schwester finden.« Nicola warf ihr einen schlauen Blick zu. »Du willst Alison finden.«

»Ja.« Einen Moment lang musste Jacquie um Fassung ringen und biss sich auf die Lippe. Dann holte sie tief Luft. »Ich kann es dir auch gleich erzählen. Der Anwalt sagt, dass ich sie finden muss, weil mein Vater ihr die Hälfte von allem hinterlassen hat. Aber das wollte ich auch schon vorher. Ich muss sie finden.«

Nicola rauchte gedankenverloren. »Ich bin sicher, dass der Anwalt selbst Nachforschungen anstellt, weißt du. Das tun sie immer. Sie engagieren Privatdetektive und so was, um vermisste Erben zu finden. Vor allem, wenn es um so viel Geld geht.«

»Es ist nicht sehr viel Geld«, sagte Jacquie. »Zumindest nicht in den Augen eines Anwalts, da bin ich sicher. Meine Eltern waren einfache Leute, aber sie haben so viel Geld zur Seite gelegt, wie sie konnten.« Keine Ferien, keinen Alkohol, keinen Luxus, da kam in all den Jahren schon was zusammen. »Und dann ist da natürlich das Haus.«

»Das Haus.« Nicola blickte sich in der grauen Küche um.

»Ich will es verkaufen. Ich will raus aus dieser Stadt.« In ihrer Stimme lag mehr Leidenschaft, als sie gewollt hatte.

»Und du kannst es nicht verkaufen, bevor du Alison gefunden hast«, folgerte Nicola.

Das entsprach der Wahrheit, aber entscheidend war für Jacquie, dass Nicola sie verstand. »Das ist nicht das Wichtigste. Ich muss sie finden. Für mich selbst.«

»Klar.«

»Sie ist meine Schwester. Sie ist alles, was ich noch habe. Und wir haben uns einmal ... so nahe gestanden.« Jacquie senkte den Kopf. »Ich vermisse sie«, fügte sie leise hinzu. »Und ich möchte ... dass wir alles zwischen uns klären.«

Nicola nahm einen langen Zug. »Ich war bei der Hochzeit«, sagte sie. »Ich weiß, was du meinst.«

Jetzt erst erinnerte Jacquie sich, dass Nicola dabei gewesen war. Sie war mit Alison auf der Toilette gewesen, als sie sich zum letzten Mal gesehen hatten, als sie ihrer Schwester diese Szene, diese schreckliche Szene gemacht hatte, die sie noch heute in ihren Träumen verfolgte. Sie fragte sich jetzt mit schmerzhafter Ehrlichkeit, ob sie deshalb Nicola all die Jahre gemieden hatte? Ob sich ihre Wege deshalb getrennt hatten?

Sie hatten niemals darüber gesprochen.

Und Jacquie war es sogar gelungen, Nicola bei dieser Szene völlig aus ihrem Gedächtnis zu streichen. Nun kam alles mit erschreckender Klarheit zurück: Alison, die auf dem Boden kroch, das Gesicht kalkweiß und tränenüberströmt, ihr Kleid befleckt. Und Nicola, die neben ihr stand.

Sie wollte es nicht wissen, wollte es nicht hören und wusste doch, dass sie fragen musste. »Erzähl mir, woran du dich erinnerst«, bat Jacquie sie.

»Ich habe es niemals vergessen«, begann Nicola. »Sie war ... ein Wrack. Hysterisch. Und du warst ... nun, ich habe noch nie jemanden so wütend erlebt. Ich wusste nicht, dass du so sein konntest. Aber du warst sauer«, fügte sie schnell hinzu, weil sie fürchtete, dass Jacquie ihre Worte als Kritik empfinden könnte. »Es war dein Hochzeitstag, um Himmels willen. Jeder wäre sauer gewesen, wenn seine Hochzeit so verdorben wird.«

»Ich war schrecklich«, gestand Jacquie und schluckte schwer. »Es gibt keine Entschuldigung für mein Verhalten.«

Nicola klopfte ein langes Stück Asche von der Zigarette. »Ich bin sicher, dass sie dir verziehen hat.«

»Glaubst du?« Jacquie hob ihren Kopf und sah Nicola eifrig an. »Meinst du, sie könnte mir nach all dem, was ich zu ihr gesagt habe, verzeihen?«

»Es ist so lange her.« Nicola starrte auf ihre Finger, als wollte sie die Jahre abzählen. »Zehn Jahre? Elf? Sie wusste, wie wichtig dir deine Hochzeit war. Es tat ihr schrecklich Leid, dass sie dir den Tag ruiniert hat. Und sie wusste, dass du sie liebst.«

»Wirklich? Woher weißt du das?«

Nicola ließ sich mit ihrer Antwort Zeit und nahm einen tiefen Zug aus ihrer Zigarette. Dann blies sie langsam den Rauch aus. »Sie hat es mir gesagt. Hinterher. Als ich sie nach Hause gebracht habe.«

Jacquie starrte sie an. »Du hast Alison nach Hause gebracht? Nach der Hochzeit?«

»Was glaubst du denn, wie sie nach Hause gekommen ist?«

»Ich ... habe nie darüber nachgedacht«, gab Jacquie zu. »Ich schäme mich, es zuzugeben, aber zu diesem Zeitpunkt war mir egal, was aus ihr wird. Ich dachte nur an mich.«

»Ich habe sie nach Hause gefahren – hierher gebracht – und gewartet, während sie ihren Koffer gepackt hat. Dann brachte ich sie zum Bus. Ich habe ihr sogar zwanzig Pfund geliehen, weil sie nicht genug Bargeld für die Fahrkarte hatte. Sie sagte, sie würde es mir zurückzahlen, mir das Geld zuschicken«, fügte Nicola mit einem schiefen Lächeln hinzu. »Das hat sie allerdings nie getan.«

Eine Neuigkeit nach der anderen, wunderte sich Jacquie. Warum hatte sie Nicola nicht früher gefragt? Wieso hatte sie nicht gewusst, dass Nicola der letzte Mensch in Sutton Fen gewesen war, der Alison gesehen hatte? Dann kam ihr ein weiterer Gedanke. »Aber wohin ist sie gefahren? Das muss sie doch gesagt haben.« Ihre Stimme klang flehend.

»Zunächst nach Ely. Ich war dabei, als sie in den Bus gestiegen ist.« Sie zog eine weitere Zigarette aus der Packung und zündete sie an. »Sie wollte in Ely den Zug nehmen, aber sie hat mir nicht gesagt, wohin. Nur, dass sie zum Vater ihres Kindes gehen würde. Hieß er nicht Mike? Ich glaube, es war Mike.«

»Und sie hat nicht gesagt, wohin sie fährt?« Jacquie wollte es nicht glauben. Sie musste es doch erwähnt haben, bestimmt. Flehentlich verkrallte sie die Finger ineinander. »Bist du sicher?«

Nicola schüttelte den Kopf und stieß den Rauch aus. »Ich habe sie gefragt, aber sie wollte es mir nicht sagen. Aber offenbar wusste sie, wo er lebte. Sie schien davon überzeugt zu sein, ihn zu finden.«

Jacquie schloss die Augen und versuchte, die Tränen der Verzweiflung zurückzuhalten. Wenn Alison doch nur verraten hätte, wohin sie wollte!

»Aber du weißt doch, dass es Wege gibt, vermisste Leute zu finden«, sagte Nicola hastig. »Mit diesem Problem war ich bei der Seelsorge oft konfrontiert.«

»Sag mir, was ich tun soll!«, bat Jacquie.

Nicola wurde mit einem Mal ganz geschäftsmäßig. »Als Allererstes solltest du dich mit der Heilsarmee in Verbindung setzen.«

»Mit der Heilsarmee?«

»Die haben sehr viel Erfahrung, wenn es darum geht, vermisste Menschen zu finden, und sogar eine phänomenale Erfolgsrate. Über neunzig Prozent, glaube ich.«

»Aber wie schaffen die das?« Jacquie wollte ihr gerne glauben, aber es klang zu schön, um wahr zu sein.

»Sie machen das schon seit vielen Jahren. Allerdings suchen sie nur nach Familienmitgliedern«, fügte sie hinzu. »Keine ehemaligen Liebhaber oder so was. Nur die engste Familie.«

»Alison ist meine engste Familie«, sagte Jacquie, als ob sie befürchtete, jemand könnte daran zweifeln.

»Natürlich. Und die Sache ist die: Die Heilsarmee macht das schon so lange, dass sie Zugriff zu allen möglichen Unterlagen und Informationen haben, die selbst der Polizei nicht zugänglich sind. Wenn jemand Unterhalt bekommt oder irgendeine Versicherung bezahlt, dann findet die Heilsarmee das heraus.«

Das klingt zu einfach, dachte Jacquie und versuchte, sich nicht zu große Hoffnungen zu machen. »Aber wahrscheinlich ist sie verheiratet. Sie wird nicht mehr denselben Namen haben.«

»Sie werden sie finden«, behauptete Nicola zuversichtlich. »Wenn sie noch in England ist, werden sie sie finden. Menschen hinterlassen Spuren – Unterlagen bei Banken, Bausparkassen, Versicherungen, Finanzämtern. Diese Konto-, Sozialversicherungs- oder Steuernummern begleiten dich dein ganzes Leben lang. Es ist sehr schwer, eine neue Identität aufzubauen, auch wenn man sich noch so sehr anstrengt.«

So wie Nicola es erklärte, klang das alles sehr plausibel. Jacquie fühlte sich besser als seit Tagen und nahm erleichtert noch einen Schluck Wein. Mochte es sich um billigen Fusel handeln, sie jedenfalls fand ihn köstlich.

»Ein Toast«, verkündete Nicola und hob ihr Glas. »Darauf, dass du Alison findest.«

Sie aßen beschwingt. Der Wein half dabei, die alte Vertrautheit zwischen ihnen wiederherzustellen. Sie sprachen über die alten Zeiten und schwelgten in Erinnerungen über die sorgenfreien Tage im Supermarkt.

»Wo wir gerade vom Supermarkt sprechen«, sagte Jacquie, während sie die Teller abräumte. »Ich habe heute dort eingekauft. Ich wollte eigentlich die Zutaten für den Nachtisch besorgen. Aber ... nun, das habe ich nicht. Wir müssen uns mit Eis zufrieden geben.« Sie durchstöberte die Gefriertruhe und zog eine Schachtel, die über und über mit Eis verkrustet war, heraus. »Das sieht nicht sehr schön aus«, sagte sie entschuldigend. »Tut mir Leid.« Das Eis musste schon sehr lange dort liegen.

»Macht nichts. Hast du Schokoladensoße?«

Jacquie schüttelte den Kopf. »Nein, leider. Wie wäre es mit Früchten aus der Dose?«

»Ja, in Ordnung.«

Sie öffnete die Dose, löffelte die Früchte über das zähe, nicht besonders appetitlich aussehende Eis und reichte Nicola dann eine Schüssel.

Nicola betrachtete es ohne große Begeisterung, nahm aber versuchsweise einen Löffel. »Was ist denn im Supermarkt passiert? Hast du den Nachtisch einfach vergessen?«

»Nicht wirklich.« Jacquie probierte das Eis, ließ es auf der Zunge zergehen, und begann dann von ihrer Begegnung mit der zweiten Mrs. Darke zu erzählen. »Diese kleine ... Schlampe!«, schloss sie wütend und stellte fest, dass sie sich erleichtert fühlte.

Nicola lachte. »Mädchen, Mädchen. Du darfst dir das nicht so zu Herzen nehmen. Hier. Wir haben noch etwas Wein übrig. Ich glaube, den hast du dir verdient.« Sie füllte Jacquies Glas. »Was für eine dumme Kuh.«

Jacquie kippte das Glas hinunter. »Und dabei soll sie so eine Heilige sein«, begann sie verbittert. »Wie all die anderen auch. All diese frommen Kühe. Und trotzdem war sie so grausam. Mit Absicht. Sie wollte mir wehtun.«

»Natürlich wollte sie dir wehtun. Genauso, wie ich der Schlampe, Keiths Ex-Frau, wehtun will. Ich bin aber wenigstens ehrlich genug, es zuzugeben«, grinste Nicola. »Andererseits wird von mir auch nicht erwartet, fromm zu sein. Von niemandem.«

»Ich werde nie mehr dort hingehen«, rief Jacquie finster. »Niemals.«

»Wohin? In den Supermarkt?«

»Nein, zu den Freien Baptisten!« Das fanden beide übermäßig komisch und kicherten minutenlang, während sie das Eis aufaßen.

»Und Reverend Prew soll einfach ... zur Hölle fahren!«, fügte Jacquie weinselig hinzu.

»Oh, dieser alte Schwätzer!« Nicola grinste, und beide mussten wieder loskichern.

Jacquie war jetzt überzeugt, dass sie Alison finden würde. Nicolas Hilfe hatte ihr Mut gemacht. Es gab also Möglichkeiten. Alison würde gefunden werden, und dann konnten sie noch einmal von vorne anfangen.

Zum ersten Mal seit langer Zeit schlief sie tief und fest und wachte am nächsten Morgen erfrischt auf.

Und sie hatte noch eine andere Idee. Sie wollte ihr Haar abschneiden.

Einer von Reverend Prews Grundsätzen – die er seiner Herde verkündete und die ohne Widerspruch akzeptiert wurde, war, dass die Bibel es Frauen nicht erlaubte, die Haare zu schneiden. »Doch wenn eine Frau ihr Haar lang trägt, ist es eine Zierde, denn ihr Haar wurde ihr gegeben, um sich zu bedecken«, zitierte Reverend Prew häufig.

Bisher hatte Jacquie das nie etwas ausgemacht, schließlich war ihr Haar wirklich prachtvoll: wellig, glänzend, dick und dunkel wie die Schwingen eines Raben. Darren hatte immer gesagt, dass er ihr Haar liebe.

Als junges Mädchen und auch am Anfang ihrer Ehe hatte sie ihr Haar offen getragen, sodass es ihr Gesicht in einer dunklen Wolke umrahmte. Später hatte sie es immer geflochten oder zu einem Dutt am Hinterkopf zusammengefasst. Aber nie wäre sie auf die Idee gekommen, es abzuschneiden.

Jetzt setzte sie sich vor den Spiegel auf der Kommode, öffnete die Zöpfe und betrachtete leidenschaftslos ihr Haar. Es war noch immer lockig, noch immer glänzend, und obwohl sie so viel mitgemacht hatte, war noch kein Grau zu sehen. Wenn es nach der Bibel und Reverend Prew ging, war es ihre Zierde, ihre Pracht.

Jedenfalls war es auch ein Symbol für die Fesseln, die sie seit so vielen Jahren getragen hatte.

Entschlossen ergriff sie die Nagelschere und packte eine Haarsträhne. Doch plötzlich erinnerte sie sich an eine Szene aus ihrer Kindheit. Sie und Alison als kleine Mädchen, kaum älter als fünf oder sechs. An einem regnerischen Tag, als ihnen langweilig war, hatten sie die Schere ihrer Mutter genommen und einander die Haare geschnitten. Sie hatten nichts Böses tun wollen, es handelte sich nicht um Rebellion, sondern vielmehr um ein unschuldiges Experiment von Kindern. Aber als ihre Mutter zu schreien anfing, klang es, als ginge die Welt unter. Böse Mädchen, kreischte sie und sah dabei vor allem Alison an. Sie zweifelte nicht daran, dass es Alisons Vergehen, Alisons Idee gewesen war. Alison würde auf jeden Fall in die Hölle kommen, vielleicht sogar beide Töchter.

Natürlich war ihr Haar im Laufe der Zeit wieder nachgewachsen, und der Vorfall geriet in Vergessenheit.

Die Erinnerung, stark und qualvoll, bestärkte Jacquie in ihrem Entschluss. Aber sie legte die Nagelschere wieder hin. Es schien ihr richtiger, noch einmal die Schere ihrer Mutter zu benutzen.

Sie lag dort, wo sie immer gelegen hatte, in Joan Barnetts Nähkorb, der auf dem Schrank im elterlichen Schlafzimmer stand. Jacquie nahm den Korb herunter, blies den Staub weg und öffnete den Deckel. Alles lag ordentlich an seinem Platz: Stecknadeln, Nähnadeln, Zwirn, Fingerhut, Schere. Sie nahm die Schere, stellte den Korb wieder auf den Schrank und ging zurück zur Kommode.

Der erste Schnitt war am schwersten. Einen Moment lang saß Jacquie mit einer langen Haarsträhne da und wog sie in der Hand. Schließlich warf sie sie in den Mülleimer und fuhr mit ihrer Arbeit fort.

Das habe ich nicht sonderlich gut gemacht, dachte sie, noch bevor sie fertig war. Sie hatte versucht, einen kinnlangen Bob zu schneiden, aber eine Seite war kürzer als die andere, und der Pony war schief und struppig. Doch sie wusste, jeder weitere Versuch, den Schaden wieder gutzumachen, würde alles nur noch verschlimmern. So war es auch an dem Tag gewesen, als sie und Alison auf dem Bett ihrer Eltern gesessen hatten und schwarze und blonde Locken miteinander verflochten hatten.

Aber sie hatte es getan, und das war das Wichtigste. Sie schüttelte die Haare und genoss die neue Leichtigkeit, die Freiheit.

Ein paar Stunden später ging sie in Sutton Fens einzigen Friseursalon »Shear Exitement«, wo ein Kaugummi kauendes Mädchen sie kritisch betrachtete und dann mit seiner Arbeit begann. Mit ein paar kräftigen Schnitten verwandelte sie den verpfuschten Bob in einen wippenden Kurzhaarschnitt.

»Nicht schlecht«, sagte das Mädchen zum Schluss und hielt den Spiegel so, dass Jacquie die Frisur von hinten sehen konnte. »Steht Ihnen.«

Ja, dachte Jacquie und lächelte ihr Spiegelbild an. Es stand ihr sogar sehr gut.

Kapitel 11

Der trübe September war in einen trostlosen Oktober übergegangen. Der Nieselregen hatte das Kopfsteinpflaster in Quire Close glitschig gemacht, und der Himmel schien auf die mittelalterlichen Dächer zu drücken. Sophie war hin- und hergerissen: Sie wollte flüchten, die Siedlung verlassen, und zugleich hätte sie sich am liebsten in ihrem Haus verbarrikadiert, um sich vor der Welt zu verstecken. Flüchten wollte sie vor Leslie Clunch. Das war die einzige Möglichkeit, seinen Besuchen zu entgehen. Nach einer Einkaufsrunde, die meistens nicht lange dauerte – es gab einfach zu wenig gute Geschäfte –, setzte sie sich in die Coffee Bar, ihren Zufluchtsort. Hier konnte sie stundenlang caffè latte trinken. Es war ziemlich unwahrscheinlich, dass Leslie Clunch dort auftauchen würde, deshalb fühlte sie sich hier sicher.

Nachmittags kam er nicht so oft vorbei, das war ja immerhin etwas. Da schien er andere Dinge zu tun, nach seiner Frau zu sehen oder für sie Erledigungen zu machen, oft führte er auch ehrenamtlich Besucher durch die Kathedrale. An den Nachmittagen konnte Sophie, ohne die schreckliche Beklemmung, die sie inzwischen schon überkam, wenn sie nur an Leslie Clunch dachte, die Tür öffnen. Meist war es Dominic, der sie besuchte. Wenn es Abend wurde und zunehmend dunkel und kühl, schloss sie die Vorhänge im Wohnzimmer und machte den Kamin an. Oft rösteten sie und Dominic kleine Teekuchen über dem Feuer, wobei sie eine uralte Grillgabel benutzten, die er eines Tages mit einer Mischung aus Schüchternheit und Triumph mitgebracht hatte. Die Teekuchen zu toasten war seine Idee gewesen und wurde schnell ein Teil ihrer Teezeremonie.

Seit dem Tag, als er ihr seine Homosexualität gestanden hatte, hatten sie nicht mehr über das Thema gesprochen. Trotzdem schwang das Wissen in allem, was sie miteinander teilten, mit. Ihr wortloses Verständnis und ihre Sympathie schufen eine wachsende Verbundenheit. Er vertraute ihr, und sie begann, sich auf seine Freundschaft zu stützen. Besuchte er sie einmal nicht, vermisste sie ihn schrecklich.

Der einzige andere Mensch in der Siedlung, mit dem sie sich zumindest ein wenig verbunden fühlte, war Jeremy Hammond. Manchmal traf sie ihn zufällig in der Coffee Bar, und immer teilte er ihr sofort die neuesten Gerüchte mit.

Eines Tages jedoch – es war der Freitag vor ihrer Bauchspiegelung, und sie hatte sich in die Coffee Bar geflüchtet, um alleine mit ihren Gedanken zu sein – suchte er nach ihr und fand sie an dem Ecktisch, an dem sie am liebsten saß. »Sophie! Gott sei Dank sind Sie hier!«, rief er mit einer theatralischen Handbewegung und ließ sich in den Stuhl ihr gegenüber sinken.

Sie starrte ihn überrascht an. »Was ist denn los? Ist was passiert?«

»Ob was passiert ist? Oh, meine liebe Sophie! Ich wollte der Erste sein, der es Ihnen erzählt, bevor Sie es von anderen erfahren.«

Guter Gott, dachte sie. Chris ist etwas passiert.

Die Panik war ihr wohl im Gesicht abzulesen, denn Jeremy lachte: »Nein, nichts in der Art, meine Liebe. Nichts Schlimmes. Nur der beste Tratsch, der seit Jahren an diesem Ort erzählt wurde!«

Sie entspannte sich. »Ich bin ganz Ohr.«

»Das glaube ich gerne.« Danach ließ er sie warten. Er ging zur Theke und bestellte einen doppelten Espresso, kam dann zurück zum Tisch und gab umständlich Zucker in seine Tasse.

»Nun sagen Sie schon«, drängte ihn Sophie.

Er lehnte sich zurück und verschränkte die Arme vor der Brust. »Sie ist geschieden«, sagte er dramatisch.

Sophie begann dieses Spielchen zu langweilen. »*Wer* ist geschieden?«

Jeremy beugte sich vor und blickte sich nach allen Seiten um, als habe er Angst, dass ihn jemand belauschen könnte. »Miranda Swan«, wisperte er.

»Aber sie hat ihn doch gerade erst geheiratet! Sie kann sich nicht schon wieder scheiden lassen«, platzte es aus ihr heraus. »Und sie liebt ihn, da bin ich mir sicher.«

»Ach, Sophie, Sophie.« Jeremy nahm ihre Hand und drückte sie leicht, bevor er sie wieder auf den Tisch zurücklegte. »Was für ein Gänschen Sie doch sind. Ich meinte, dass sie schon vorher geschieden war, nicht, dass sie sich vom alten Swan scheiden lässt.«

Einen Moment lang begriff Sophie nicht, worauf er hinaus wollte. »Na und? Viele Leute sind geschieden.«

»Vielleicht sind viele Leute, die *Sie* kennen, geschieden«, sagte er feierlich. »Aber das hier ist eine Kathedrale. Darf ich Sie daran erinnern, meine Liebe, dass die Anglikanische Kirche vielleicht etwas toleranter geworden ist, die Geistlichen sich aber trotzdem auf keinen Fall scheiden lassen dürfen.«

»Aber *er* ist doch nicht geschieden«, rief sie.

»Das spielt keine Rolle. Eine geschiedene Frau zu heiraten ist nicht weniger schlimm, wenn es nach der Kirche geht.«

»Oh.« Sophie dachte einen Moment drüber nach. »Was wird also passieren? Wird Kantor Swan aus der Kirche ausgeschlossen?«

»Ganz so dramatisch wird es nicht«, lachte er. »Aber es wird ein heilloses Durcheinander geben, wenn das rauskommt. Es werden die Fetzen fliegen. Und vielleicht ein paar Köpfe rollen.«

»Wie haben Sie das herausgefunden?«, fragte sie. Schließlich handelte es sich ja offenbar um ein höchst brisantes Thema. Kein Wunder, dass Miranda Swan allen Fragen über ihre Herkunft und Vergangenheit ausgewichen war.

»Nun, *das* ist ziemlich delikat.« Er lehnte sich wieder nach vorne. »Er hat dem Dekan einen Brief geschrieben und alles erklärt.«

»Dem Dekan? Und wie ...«

»Der Dekan hat den Brief gestern auf seinem Tisch liegen lassen. Seine Haushälterin hat ihn gelesen und der Frau, die bei mir putzt, alles erzählt, und die wiederum hat natürlich keine Zeit verloren, mir das alles haarklein zu berichten. Na, ist das was?«

Sophie war zwar ziemlich entsetzt, doch ihre Neugier siegte. »Was genau stand denn in dem Brief?«

Wieder tat Jeremy ganz schüchtern und nahm einen Schluck Espresso, um die Antwort herauszuzögern. »Sie müssen bedenken, dass der Dekan und Peter Swan sich schon seit vielen Jahren kennen. Schon seit ihrem Theologiestudium. So ist Swan überhaupt nur an den Job hier rangekommen. Ich meine, lassen Sie uns ehrlich sein – er singt nicht schlecht, aber eigentlich nicht gut genug für einen Vorsänger.«

»Das erwähnten Sie bereits.«

»Offenbar war der Brief mehr ein Entschuldigungsschreiben, weil er den Dekan nicht von seiner Absicht zu heiraten in Kenntnis gesetzt oder gar um Erlaubnis gebeten hatte. Den Brief hatte er aus seinen Flitterwochen geschrieben – übrigens aus Venedig.«

Sie hatten also ihre Flitterwochen in Venedig verbracht. Vor ihrem geistigen Auge entstand ein Bild: Peter Swan und seine Frau in einer Gondel, sein Arm um ihre Schulter gelegt, eingerahmt von einem Brückenbogen. So romantisch, dachte sie.

»Also hat er die Wahrheit geschrieben«, fuhr Jeremy fort. »Er erklärte, dass er nicht früher davon gesprochen habe, weil ihre Scheidung noch nicht durch war.«

»Sie meinen, die beiden kannten sich schon, *bevor* sie geschieden war!« Das, erkannte Sophie sofort, war viel ernster, als sie zunächst vermutet hatte. Peter Swan war seiner Frau also zu einem Zeitpunkt begegnet, als sie noch verheiratet gewesen war. Und sie war erst kürzlich geschieden worden.

»Sie kannten sich tatsächlich schon vorher. Und um es noch schlimmer zu machen: Er war ihr Pfarrer!«

Selbst Sophie, die so wenig mit kirchlichen Angelegenheiten vertraut war, wusste, dass es so nicht sein sollte. »Sie war ein Mitglied seiner Gemeinde?«

»Exakt.« Jeremy nickte und zog eine Augenbraue in die Höhe. »So langsam scheinen Sie zu begreifen!«

»Wollen Sie vielleicht behaupten, dass die beiden eine Affäre hatten, während sie noch mit einem anderen verheiratet war? Dass er etwas mit ihrer Scheidung zu tun hatte?«

»Er behauptet nein«, gestand Jeremy zweifelnd. »Aber andererseits muss er das ja sagen, oder vielleicht nicht?«

Auch wenn sie es nicht wollte: die Geschichte fesselte sie. »Was hat er denn geschrieben?«

»Er bestand darauf, dass es eine ehrbare Beziehung war. Dass sie Eheprobleme hatte und er sie beriet, dass sie sich verliebten, aber keine Affäre miteinander hatte. Dass sie noch zwei Jahre gewartet hatten, bis ihre Scheidung durch war, und er sie dann so schnell wie möglich geheiratet hat. Er sagte, dass sie sich ernsthaft liebten und sehr glücklich seien und dass er hoffe, der Dekan würde ihn verstehen und in der Lage sein, ihnen Glück zu wünschen. Und er bat ihn um Verzeihung, dass er zuvor nicht ganz ehrlich zu ihm gewesen sei.«

Sophie begann, laut nachzudenken: »Also kannte er sie bereits, als er hierher kam ...«

»Genau. Wahrscheinlich hat er seine Pfarrei verlassen, um ein wenig Distanz zu gewinnen. In der Pfarrgemeinde wäre das bestimmt ein Riesenskandal geworden. Aus alter Freundschaft verschaffte ihm der Dekan den Posten hier, aber selbst ihm hat er seine wahren Beweggründe nicht verraten. Und die ganze Zeit, seit er hier in Westmead ist, hat er kein einziges Wort darüber verlauten lassen.«

Jeremy schüttelte den Kopf. »Eines muss man dem alten Knaben lassen. Er hat einen kühlen Kopf bewahrt.«

»Aber wird es jetzt nicht hier einen Skandal geben? Muss er nicht austreten oder zumindest zurücktreten?«

Jeremy schüttete den Rest seines Espressos hinunter, bevor er antwortete: »Ich glaube nicht, dass er zurücktreten muss. Ich gehe davon aus, dass der Dekan ihn beschützen wird. Aber es wird auf alle Fälle einen Skandal geben. Egal, was er sagen wird, egal, was die Wahrheit ist, die Menschen glauben immer das Schlimmste.« Er grinste. »Die Leute werden sich das Maul zerreißen. Sie werden davon ausgehen – so wie Sie ja eben auch –, dass er ihre Ehe zerstört hat.«

»Oh mein Gott.« Sophie hätte das Paar am liebsten irgendwie beschützt. Warum konnten sie nicht in Frieden weiterleben? Sie dachte daran, wie Miranda Swan ihr erzählt hatte, dass ihre Tochter gestorben war. Aus irgendeinem Grund hatte sie das nicht jedem erzählt – Chris nicht und Dominic nicht. Und auf alle Fälle nicht Jeremy, der diese persönliche Tragödie sofort weitergetratscht hätte. Und sie würde es ihm auch jetzt nicht erzählen, obwohl ihr klar war, dass es sehr gut in die Geschichte hineinpasste. Vielleicht hatte ja der Tod der Tochter – wie alt sie wohl gewesen war und vor wie vielen Jahren sie gestorben war? – die Ehekrise ausgelöst. Vielleicht hatte sie Rat und Trost bei ihrem Pfarrer gesucht. Und dann hatten sie sich verliebt. Miranda hatte hinter das grimmige Äußere geblickt und den liebevollen Mann gesehen. Er hatte eine verwundete Frau kennen und lieben gelernt. Was war denn so schlimm daran?

»Ich nehme noch einen Espresso«, sagte Jeremy. »Soll ich Ihnen auch noch was bestellen?«

»Caffè latte«, antwortete Sophie automatisch. »Danke.«

Jeremy lehnte sich in seinem Stuhl zurück, bedachte die Frau hinter der Theke mit seinem charmantesten Lächeln und deutete auf ihre leeren Tassen. Sie erwiderte sein Lächeln und nickte, und obwohl sie normalerweise nicht bediente, kam sie kurz darauf an den Tisch und stellte zwei frische Tassen vor ihnen ab.

»Sie sind furchtbar still geworden«, bemerkte Jeremy. »Ich habe Ihnen den feinsten Tratsch seit Jahren aufgetischt, und Sie sagen gar nicht viel dazu.«

Sophie rührte in ihrem Kaffee. »Sie tun mir einfach Leid«,

gab sie zu. »Warum können die Leute sie nicht in Ruhe lassen und sich um ihren eigenen Dreck kümmern?«

»Weil die Menschen eben nicht so sind, meine Liebe.« Er wiederholte sein Zucker-Ritual. »Das Leben in Westmead wäre tödlich langweilig, wenn es nicht all diesen schönen Klatsch gäbe. Sie wissen doch, dass es so ist, Sophie. Worüber sollten wir uns denn sonst unterhalten?«

Sophie erinnerte sich daran, wie die Swans das eine Mal, als sie sie zusammen gesehen hatte, sich in die Augen geschaut hatten und an Mirandas Gesichtsausdruck, als sie den Namen ihres Mannes ausgesprochen hatte. »Aber was wird jetzt geschehen?«

»Nun«, prophezeite er, »irgendwann wird es uninteressant werden. Spätestens dann, wenn es den nächsten Skandal gibt. Aber auf alle Fälle wird das Leben für sie bis dahin nicht leicht sein. Wie ich bereits sagte, glaube ich nicht, dass er seinen Job verliert, weil ich vermute, dass der Dekan ihn beschützt. Aber sie werden vermutlich geächtet werden. Sie werden nicht mehr eingeladen, sie werden aus der Gesellschaft ausgeschlossen werden.«

»Durch Elspeth Verey«, platzte es aus Sophie heraus.

Er zog eine Augenbraue nach oben. »Genau. Unsere Elspeth.«

»Weiß sie es schon?«

»Mit ein wenig Glück wahrscheinlich noch nicht«, sagte Jeremy. »Doch sobald ich meinen Kaffee ausgetrunken habe, werde ich einmal im Priorhaus anrufen.«

Sophie runzelte bestürzt die Stirn. »Sie wollen es ihr erzählen?«

»Selbstverständlich. Sie wird es sowieso von irgendjemandem erfahren, und zwar bald. Warum also nicht von mir? Warum sollte ich auf das Vergnügen verzichten, es ihr zu erzählen?« Er lächelte kühl.

Sie erinnerte sich daran, was er bei ihrem ersten Treffen gesagt hatte: Dass Elspeth Verey ihn amüsant fände. Zweifellos hielt er sie auf dem Laufenden und versorgte sie mit dem neuesten Klatsch.

Jeremy senkte seine Stimme, und sein Gesichtsausdruck veränderte sich, als er sich über den Tisch beugte. »Wo wir gerade von Elspeth sprechen, meine Liebe. Hören Sie auf einen erfahrenen Freund. Die Leute beginnen über einen bestimmten jungen Mann zu sprechen, der in letzter Zeit offenbar sehr häufig in Ihr Haus kommt. Wenn Ihr Mann nicht da ist.«

Sophie fühlte, wie sie errötete. »Dominic«, sagte sie. »Seien Sie doch nicht albern, Jeremy. Er ist sechzehn Jahre alt. Wir sind nur Freunde.«

Jeremy zog wieder seine Augenbrauen in die Höhe. »Nur Freunde? Wie oft habe ich das wohl schon gehört?«

»Aber es stimmt«, beharrte sie. »Da gibt es nichts ...«

»Oh, ich weiß. Ich glaube Ihnen.« Er machte eine Pause und betrachtete ihr Gesicht. »Aber Elspeth wird das möglicherweise anders sehen.«

»Weiß sie davon? Hat Sie zu Ihnen etwas darüber gesagt?« Oder hatte *er* Elspeth davon erzählt? Es ihr als amüsanten Leckerbissen angeboten?

»Sie hat es nicht erwähnt.« Jeremy fasste über den Tisch und berührte sanft ihre Finger. »Deswegen erzähle ich es Ihnen auch, Sophie. Ich kenne sie. Elspeth würde das nicht gefallen. Passen Sie auf.«

Seine Worte und sein Tonfall ließen sie frösteln. »Aber ...«

»Seien Sie vorsichtig, Sophie«, wiederholte er ernsthafter, als sie ihn jemals zuvor erlebt hatte. »Sehr vorsichtig.«

Die Bauchspiegelung wurde Montagmorgen in einem Londoner Krankenhaus vorgenommen. Dieses Mal war sie nicht selbst hingefahren, denn der Eingriff würde unter Narkose geschehen, und sie brauchte jemanden, der sie hinterher nach Hause fuhr. Der Termin lag in den Ferien, und so musste sich Chris weder über seinen Unterricht noch den Chor Gedanken machen.

Die Fahrt dauerte lange. Auf der Autobahn herrschte selbst so früh am Morgen starker Verkehr. Chris wollte über das sprechen, was vor ihr lag. Sophie nicht.

»Es ist bestimmt alles in Ordnung«, sagte er mit seiner beruhigendsten und fröhlichsten Stimme. »Du wirst schon sehen.«

Sein unerschütterlicher Optimismus irritierte sie. Sie wandte sich von ihm ab und starrte, während sie über die M25 krochen, aus dem Fenster. Es war noch dunkel. Regen fiel in den Scheinwerferkegeln der langsam rollenden Lastwagen. Am liebsten hätte sie ihn angefahren, nicht so einen Unsinn zu reden. Wenn alles in Ordnung wäre, müsste sie das alles gar nicht erst durchmachen.

»Und was für ein Glück, dass der Termin in dieser Woche ist. Und auch noch an einem Montag! Dann kann ich mich die ganze Woche um dich kümmern. Keine Schule, kein Chor, keine abendlichen Pubbesuche.«

»Was für ein Glück«, murmelte sie und hoffte, dass er ihre Ironie wie immer nicht verstehen würde. Die Vorstellung, wie Chris um sie herumtanzen würde, erfüllte sie nicht gerade mit Vorfreude, auch wenn sie sich deshalb schämte.

Es gab nur ein einziges anderes Thema, das für Sophie interessant genug war, um sie von ihren eigenen Problemen abzulenken, und durch eine glückliche Fügung wählte Chris genau dieses. »Für die Swans ist es auch ein Glück, dass jetzt gerade Herbstferien sind. Vielleicht werden sich die Gemüter nächste Woche schon etwas beruhigt haben.«

»Vielleicht.«

Die Swans waren in ganz Quire Close an diesem Wochenende das Gesprächsthema Nummer eins gewesen. Miranda Swans Vergangenheit und die Zukunft des Paares waren das Thema von endlosen Spekulationen. Warum hatte sie sich von ihrem Mann scheiden lassen? Hatte er sie betrogen? War er ein Trinker gewesen, ein Schläger? Oder war es ihr Fehler gewesen? Hatte er herausgefunden, dass sie seit Jahren eine heimliche Affäre mit dem Pfarrer hatte? In dem Brief, dessen Inhalt inzwischen in der Siedlung jeder kannte, hatte zwar das Gegenteil gestanden, aber wo Rauch war, war auch Feuer, nicht wahr?

»Wenn ich mir vorstelle, dass ich sie in mein Haus eingeladen habe«, hatte Trish Evans mit unverhüllter Empörung gesagt, als Sophie ihr am Wochenende in Quire Close begegnet war. »Sie hat auf meinem Sofa gesessen und kein Wort gesagt. Eiskalt hat sie meine Gastfreundschaft ausgenutzt.«

Sophie war nicht klar, wie man eine Gastfreundschaft ausnutzen konnte, indem man eine Einladung annahm, und sagte das auch. »Sie nehmen es ihr doch sicher nicht übel, dass sie das alles nicht der ganzen Welt verkündet hat«, argumentierte sie. »Davon abgesehen, es geht doch niemanden außer sie und ihren Mann etwas an.«

Trish wehrte sich gegen die angedeutete Kritik. »*Welchen* Mann?«, fragte sie schnippisch. »In einem Ort wie Westmead geht es jeden etwas an. Es geht um moralische Grundsätze ...«

Katie in ihrem Wagen brüllte lauthals, und Trish gab ihr einen Schnuller. »Scheidung und Untreue«, fuhr sie fort. »Solche Dinge spielen eine große Rolle, vor allem für die Geistlichen. Vor allem in einer Kathedrale. Ich meine, denken Sie doch mal an all die Chorknaben.«

Sophie konnte ihre seltsame Logik nicht nachvollziehen, was hatten die Chorknaben damit zu tun? Ganz bestimmt wollte doch niemand behaupten, dass Kantor Swan irgendwelche Sehnsüchte in dieser Richtung hatte? »Wieso die Chorknaben?«

»Ich meine nur«, rief Trish, »dass er gelogen hat. Versucht hat, das alles für sich zu behalten. Nicht die Wahrheit gesagt hat. Was für ein Beispiel gibt er anderen damit?« Sie verschränkte die Hände und runzelte die Stirn. »Wenn Sie einmal Kinder haben, werden Sie sich über solche Dinge auch Gedanken machen müssen.«

Sophie wich einen Schritt zurück.

»Und was mich betrifft«, fügte Trish hinzu, »ich will sie nie mehr in meinem Haus sehen. Louise und Jennifer sind der gleichen Meinung. Niemand will sie haben. Niemand, der auch nur einen Funken Anstand besitzt jedenfalls.«

Ich schon, entschied Sophie in diesem Augenblick. Sie würde die Swans zum Abendessen einladen. Vielleicht sogar eine kleine Dinnerparty geben, falls andere Gäste kommen würden. Mit Jeremy rechnete sie. Seine unstillbare Neugier würde wahrscheinlich die Sorge darüber, was die anderen über ihn dachten, überwiegen.

»Ich möchte sie zum Essen einladen«, sagte sie jetzt zu Chris.

Er konnte nicht folgen. »Wen möchtest du einladen?«

»Die Swans. Kantor Swan und Miranda.«

Chris runzelte die Stirn. »Warum denn das?«

Ein Lastwagen überholte sie. Wasser spritzte auf die Windschutzscheibe. »Um zu zeigen, dass ich auf ihrer Seite stehe«, sagte sie und wunderte sich darüber, dass sie es ihm überhaupt erklären musste. »Um ihnen zu zeigen, dass nicht jeder gegen sie ist.«

»Das ist sehr süß von dir.« Er schaute immer noch böse. »Aber meinst du, dass das eine gute Idee ist? Gleich jetzt, meine ich. Vielleicht in ein paar Monaten, wenn die Dinge sich etwas beruhigt haben ...«

»Aber genau darum geht es doch! Jetzt brauchen sie die Unterstützung, jetzt sollen sie wissen, dass jemand auf ihrer Seite steht.« Sophie war verärgert, fast schon wütend. Seit wann war es Chris so wichtig, was andere Leute von ihm hielten, seit wann hatte er Angst, sich gegen Heuchelei zu wenden? Ihr wurde klar, dass es an Westmead lag, an dieser verdammten Kathedrale. Sie hatte ihn verändert. Sophie biss sich auf die Lippe.

»Ich denke dabei auch an dich«, verteidigte er sich. »Wegen allem, was jetzt wegen des Babys vor uns liegt.«

Das Baby? dachte Sophie bitter. Wann würde Chris wohl die Tatsache akzeptieren, dass es kein Baby geben würde?

Sophie hatte noch nie zuvor eine Narkose bekommen. Das Vergessen, das sie brachte, war schnell und umfassend. Das Aufwachen vollzog sich in kleinen Schritten, nach und nach kam sie wieder zu Bewusstsein.

Sie lag in einem Bett. Das war das Erste, das ihr auffiel. Weder konnte sie sich daran erinnern, wie sie hierher gekommen war, noch, warum. Dann bemerkte sie, dass Chris auch da war. Er saß neben ihr und hielt ihre Hand.

Dann fiel es ihr wieder ein. Das Krankenhaus. Der Arzt. Das Baby.

Sie spürte ihren Körper nicht, er schien irgendwie schwerelos. Das war gar nicht schlecht. Kein Gefühl, kein Schmerz.

»Chris?« Sie flüsterte, versuchte, ihre Stimme zu beherrschen. Sie klang fremd in ihren eigenen Ohren, als käme sie aus weiter Ferne und aus einem Mund, der nicht ihrer war.

Er beugte sich über sie. »Sophie! Du bist wach!«

Nicht wirklich, wollte sie sagen, aber sie fand die Worte nicht.

»Versuch, nicht zu sprechen«, sagte Chris und drückte ihre Hand. In der anderen Hand steckte eine Kanüle, die mit einem durchsichtigen Schlauch verbunden war. Sie versuchte, sie zu heben. Anders als der Rest ihres Körpers war sie bleischwer.

Sophie schloss die Augen und schlief wieder ein. Als sie das nächste Mal aufwachte, beugte sich eine Krankenschwester über sie und fühlte mit kalten Fingern ihren Puls.

Sophie öffnete langsam die Augen und schaffte es, schwach zu lächeln. »Ich lebe also noch.« Dieses Mal klang ihre Stimme stärker.

»Oh, Sie sind ganz schön am Leben«, grinste die Krankenschwester.

»Wie lange?«

Die Schwester legte ihr Handgelenk wieder aufs Bett und lachte. »Bestimmt noch ein paar Jahre.«

»Ich meine, bis ich nach Hause darf?« Jedes Wort war anstrengend.

»Ein paar Stunden, Mrs. Lilburn. Nicht mehr. Sobald Sie in der Lage sind, aufrecht zu sitzen und eine Tasse Tee zu trinken, und Dr. York sagt, dass alles in Ordnung ist, schicken wir Sie nach Hause.«

Chris blieb die ganze Zeit bei ihr sitzen. Wortlos drückte er ihre Hand, doch wenn sie sein Gesicht prüfend betrachtete, sah sie die Anspannung darin und Spuren von Tränen.

Also gab es schlechte Neuigkeiten. Sie brachte es nicht über sich, ihn zu fragen, wollte es nicht hören. Also schloss sie die Augen wieder und spürte, wie die Tränen kamen.

»Soph! Tut es weh?«, fragte er ängstlich und drückte ihre Hand noch fester. »Hast du Schmerzen?«

Schmerzen, die nie vergehen werden, hätte sie am liebsten geantwortet. Sie wollte es sogar herausschreien, die Worte brüllen, die seit Monaten in ihrem Kopf verschlossen waren: Mit mir stimmt etwas nicht! Ich werde niemals Kinder haben! Stattdessen schüttelte sie nur den Kopf, weil sie ihrer Stimme nicht traute.

»Dr. York wird bald kommen«, versicherte Chris ihr. »Er möchte mit dir sprechen. Mit uns beiden. Zusammen.«

Sein Gesichtsausdruck war genauso professionell freundlich wie immer. Dieses Mal jedoch mischte sich noch etwas anderes darein: eine gewisse Verwirrung, ein Hauch des Bedauerns und eine große Portion Mitleid. Dieser Gesichtsausdruck sagte Sophie alles, was sie wissen musste. Trotzdem blieb es ihr nicht erspart, sich auch noch seine Worte anzuhören.

»Ich fürchte, ich habe keine guten Neuigkeiten für Sie, Mrs. Lilburn«, begann er. »Endometriose.«

»Endo ...«

»Das passiert, wenn die Zellen der Gebärmutterschleimhaut – also das, was die Gebärmutter umhüllt – in die Beckenhöhle wandern, dort weiterwachsen und andere Organe befallen.«

»Aber wie ...«

»Niemand weiß, woher das kommt«, fuhr er fort. »Oder warum es so oft der Grund für Unfruchtbarkeit ist. Und sehr oft, wenn man es rechtzeitig bemerkt, kann es auch erfolgreich behandelt werden. Zunächst einmal mit Medikamenten. Oder durch eine Operation, indem man die Zysten herausschneidet.«

»Also gibt es Hoffnung«, rief Chris eifrig.

Dr. York wandte sich an ihn, seine Stimme klang ernst. »Das würde ich gerne sagen. Aber in diesem Fall, Mr. Lilburn, müsste ich lügen und würde Ihnen beiden keinen Gefallen tun, wenn ich Ihnen falsche Hoffnungen machte.«

Chris zog die Stirn in Falten. »Aber Sie sagten ...«

»Ich sagte, wenn es rechtzeitig entdeckt wird. Aber«, fügte

er tonlos hinzu, »hierbei handelt es sich womöglich um den schlimmsten Fall, den ich je gesehen habe. Und ich habe schon viel gesehen.«

Der Kloß in Sophies Hals blockierte jedes Wort, das sie möglicherweise hätte sagen wollen. Sie konnte Chris nicht ansehen, wollte nicht sehen, wie die Hoffnung auf seinem Gesicht erstarb. Und sie wollte nicht das Mitleid im Gesicht des Arztes sehen. Stattdessen konzentrierte sie sich auf seine wunderschönen Hände, auf die kurzen, sauberen, schimmernden Fingernägel, die aussahen, als würden sie regelmäßig manikürt. Vielleicht stimmte das ja sogar.

»Die Zysten sind schwarz und haben sich weit verbreitet«, fuhr er schonungslos fort. »Beide Eierstöcke sind schwer geschädigt. Was mich allerdings verblüfft, ist die Tatsache, dass das so lange unentdeckt geblieben ist. Bei einem so schweren Fall müssten da viel mehr Symptome sein, vor allem auch Schmerzen.«

»Sophies Periode ist auch immer sehr schmerzvoll«, erklärte Chris.

Dr. York runzelte die Stirn. »Das haben Sie während unserer Gespräche nie erwähnt.«

Sophie begann, sich zu verteidigen. »Aber ich dachte immer, das sei normal«, sagte sie. »Meine Periode hat immer sehr wehgetan. Immer, solange ich mich erinnern kann. Ich dachte, dass das bei jeder Frau so ist.«

Plötzlich sah sie sich selbst als Dreizehnjährige, die sich wie ein Fötus um eine warme Wärmflache kauerte, sah, wie sich ihre Mutter über sie beugte und sagte: »Das gehört nun mal zum Frausein dazu, Süße. Das geht uns allen so. Und die Männer werden das niemals verstehen.«

Männer. Sophie wandte den beiden den Rücken zu und vergrub ihr Gesicht im Kopfkissen.

Am Dienstag wäre Sophie am liebsten gar nicht aufgestanden, doch Chris' eifrige Fürsorge ertrug sie nur schwer. Er schwebte um sie herum, versorgte sie mit Tee und ging ihr mit seiner fröhlichen Plauderei auf die Nerven. Mit dieser gezwungenen Plauderei, dachte sie ärgerlich.

»Ich finde, wir sollten eine zweite Meinung einholen«, sagte er. »Dr. York könnte sich täuschen.«

»Er ist eine Koryphäe auf dem Gebiet«, versuchte Sophie ihm klar zu machen.

Chris beugte sich über sie und schüttelte ihr Kopfkissen zum mindestens zwanzigsten Mal innerhalb einer Stunde auf. »Das heißt aber nicht, dass er sich nicht irren kann.«

»Schwarze Zysten«, gab sie düster zurück. »Ich schätze, da kann man sich nicht irren. Das ist ein sicheres Zeichen für fortgeschrittene Endometriose.«

»Ich meine ja nicht, dass er sich bei der Diagnose irrt.« Er strich ihre Bettdecke glatt. »Aber vielleicht, was die Behandlung betrifft. Du erinnerst dich bestimmt, dass er gesagt hat, es gäbe Medikamente dagegen. Ich finde, wir sollten es zumindest versuchen.«

»Ich werde *keine* Medikamente nehmen.« Hormone, die sie anschwellen lassen würden wie einen Luftballon. Dann wäre sie wieder Schweinchen Sophie, und helfen würde es letzten Endes sowieso nicht. Die Medikamente würden nicht wirken, es würde kein Kind geben.

»Dann eben eine Operation. Er hat eine Operation erwähnt«, sagte Chris beharrlich und überprüfte, wie viel Tee noch in ihrer Tasse war. »Um die Zysten zu entfernen.«

Sophie schloss die Augen. Das alles war keine Diskussion wert. Soweit sie das beurteilen konnte, war Dr. Yorks Aussage eindeutig gewesen: Die Krankheit war so weit fortgeschritten, die Zysten so weit verbreitet, dass eine Operation sinnlos wäre, wenn nicht sogar unmöglich.

Die einzig sinnvolle Operation wäre wahrscheinlich, ihre kaputten Eileiter und ihre kranke Gebärmutter zu entfernen.

Es klingelte an der Tür.

»Ich will niemanden sehen«, rief Sophie.

Chris ging zur Tür. »In Ordnung«, sagte er. Doch einen Augenblick später kam er in Begleitung zurück. »Mr. Clunch«, verkündete er entschuldigend. »Er sagte, er würde nur eine Minute bleiben.«

Sophie schrumpfte unter der Bettdecke zusammen, die sie instinktiv über ihre Schulter zog, als er auf ihr Bett zukam. »Ich wusste ja nicht, dass Sie krank sind!«, rief er mit vorwurfsvoller Stimme.

Sie hatte ihm nichts von ihrem Krankenhausaufenthalt erzählt, sie hatte ihm überhaupt nichts erzählt. Schließlich ging es ihn nichts an. »Ich bin nicht krank«, erklärte sie.

»Vielleicht leiden Sie ja unter dem Wetter?« Er blickte sich in dem Raum nach Hinweisen auf ihre Unpässlichkeit um. »Feuchte Tage wie diese können schlimm sein. Mrs. Clunch geht es heute auch nicht allzu gut.«

Sophie kniff die Lippen zusammen. Sie würde es ihm *nicht* erzählen.

»Möchten Sie eine Tasse Tee?«, mischte Chris sich ein. »Oder Kaffee?«

»Nein«, sagte Sophie schnell.

Aber Leslie Clunch war genauso schnell gewesen. »Ja, bitte. Mit Milch und zwei Stückchen Zucker. Sophie weiß, wie ich ihn gerne trinke, nicht wahr?« Er zwinkerte in ihre Richtung.

Chris verschwand für eine Ewigkeit, wie es schien, und Sophie hatte nicht vor, Smalltalk zu machen. Sie tat so, als wäre er gar nicht da, als wüsste sie nicht, dass er alles in dem Raum genau in Augenschein nahm, die Möbel abschätzte und die Gegenstände auf ihrer Kommode genauestens betrachtete. Seine kleinen schwarzen Augen huschten eifrig von einer Ecke des Schlafzimmers in die andere. Ob er wohl nach Hause gehen und Mrs. Clunch erzählen würde, welche Farbe ihre Bettwäsche hatte, welche Bücher auf ihrem Nachttisch lagen und welche Cremes sie benutzte? Diese Gelegenheit, in ihr Schlafzimmer einzudringen, musste ein Geschenk des Himmels für ihn sein.

»Sie waren gestern nicht zu Hause«, sagte Leslie Clunch schließlich und wartete auf eine Erklärung.

»Nein.«

Er schwieg einen Moment. »Und ich habe Sie auch am Wochenende nicht gesehen.«

»Nein.«

»Deshalb hatten wir auch keine Möglichkeit, uns über die Swans zu unterhalten.« Er schüttelte theatralisch den Kopf. »Wie traurig das ist! Scheidung! In der Kathedrale! Zu *meiner* Zeit sind solche Dinge nicht vorgekommen, das kann ich Ihnen versichern. Dekan Worthington hätte so etwas niemals geduldet. Und Dekan Verey genauso wenig.«

»Die Zeiten ändern sich«, sagte Sophie.

Er presste die Lippen missbilligend zusammen. »Manche Dinge ändern sich nie. Zum Beispiel Moral.«

Sophie hoffte, er würde jetzt nicht anfangen zu predigen. Er hatte, seit sie ihn kannte, schon viele irritierende Wesenszüge an den Tag gelegt, aber Frömmelei hatte bisher nicht dazugehört. Aber sie hätte sich keine Sorgen zu machen brauchen. Ihn interessierte einzig der Klatsch und Tratsch.

»Jeremy Hammond hat mir erzählt, dass Elspeth Verey außer sich vor Wut war«, fuhr er genüsslich fort. »Vor allem, weil sie nichts davon gewusst hat. Der Dekan hätte ihr sofort, als er den Brief bekam, davon erzählen müssen, sagte sie, stattdessen hätte sie es durch den Tratsch erfahren müssen.«

»Wie jeder andere auch«, murmelte Sophie.

Er war für ihre Ironie unempfänglich. »Genau! Sie stehe wie eine komplette Närrin da, sagte sie. Sie hatte ein Dinner für die Swans geplant, wissen Sie. Sie hatte schon den Dekan und die Kapitulare und selbstverständlich die Ehefrauen eingeladen. Und der Dekan hat nichts gesagt, obwohl er es zu dieser Zeit schon wusste. Es hätte *das* gesellschaftliche Ereignis des Jahres in der Siedlung werden sollen, das kann ich Ihnen sagen. Natürlich musste sie es jetzt absagen.«

»Absagen!«

»Nun, sie konnte es ja wohl schlecht stattfinden lassen, oder? Es wäre unhöflich gewesen, die Swans auszuladen, aber unter gar keinen Umständen hätte man einfach so tun können, als ob nichts geschehen wäre.«

Sophie verstand nicht, warum. Elspeth Verey schien doch wie keine andere Übung darin zu haben, so zu tun, als ob nichts geschehen wäre. Der Tod ihres Mannes zum Beispiel. Sie tat noch immer so, als sei sie mit dem Dekan von Westmead verheiratet, als könne ihr niemand ihre Macht streitig machen.

»Es ist nur gut«, sprach Leslie Clunch weiter, und seine Stimme strafte seine Worte Lügen, »dass Mrs. Verey diese Woche weggefahren ist. Herbstferien. Sie und der junge Dominic sind nach Tidmouth gefahren, um ihren anderen Sohn, Worthington, zu besuchen.« Dann veränderte sich seine Stimme, und er sagte bedeutungsvoll: »Aber das wissen Sie bestimmt schon.«

»Ich habe davon gehört«, antwortete Sophie und versuchte, unverbindlich und desinteressiert zu klingen.

Sie vermisste Dominic bereits. Dass seine Mutter ihn ausgerechnet jetzt nach Tidmouth zerren musste, dachte sie. Er war der einzige Mensch, den sie jetzt gerne um sich gehabt hätte, der sie mit seinem jugendlichen Optimismus aufgeheitert und sie mit seinem boshaften Humor zum Lachen gebracht hätte. Dominic hätte sie vergessen lassen, zumindest für eine Weile, dass ihr Körper krank und nutzlos war und dass sie niemals ein Kind bekommen würde. Und jetzt musste sie fast eine Woche warten, bis sie ihm davon erzählen konnte.

Leslie Clunch schien zu bemerken, dass er sie nicht aus der Reserve locken konnte, und kam wieder auf das vorherige Thema zu sprechen. »Das erinnert mich an ein anderes Mal, als Mrs. Verey eine Dinnerparty absagen musste. Das ist schon Jahre her, und sie hatte sie seit Monaten geplant. Worthingtons Priesterweihe sollte gefeiert werden. Doch dann starb Dekan Verey, und sie war der Meinung, dass es sich nicht gehörte, das Essen trotzdem zu geben.« Er seufzte bedauernd und schüttelte den Kopf. »Jedermann war eingeladen. Auch wenn es für mich natürlich schwierig gewesen wäre, am Abend vor der Priesterweihe nicht in der Kathedrale zu sein. Wir mussten die Stühle aufstellen und ziemlich viel organisieren. Eine Priesterweihe ist eine anstrengende Zeit für einen Kirchendiener, glauben Sie mir.«

»Es war doch auch eine Nacht vor einer Priesterweihe, als das arme Mädchen umgebracht wurde«, sagte Sophie langsam. Er hatte ihr öfter als einmal davon erzählt und dass er wahrscheinlich der Letzte gewesen war, der sie lebend gesehen hatte. Er war verantwortlich für die ganzen Vorbereitungen gewesen, und deshalb war er auch so spät noch in der Kathedrale gewesen. Deshalb musste er sie auch plötzlich alleine lassen. Und sie war aus der Kathedrale direkt in ihren Tod gelaufen.

Er schien überrascht und erfreut zugleich, dass sie sich daran erinnerte. »Es war übrigens genau diese Nacht, in der sie ermordet wurde. Da wäre auf der Party vielleicht was los gewesen. Obwohl sie natürlich erst am nächsten Morgen gefunden wurde. Und vielleicht«, fuhr er mit einem Glitzern in den Augen fort, »wäre es ja gar nicht passiert, wenn das Essen stattgefunden hätte. All diese Menschen in Quire Close – der Mörder hätte vielleicht gar nicht zugeschlagen, wenn Elspeth Verey das Essen nicht abgesagt hätte, und das Mädchen würde vielleicht noch leben.«

»Aber das Essen hätte doch nicht in Quire Close stattgefunden«, warf Sophie ein. »Erzählten Sie mir nicht, dass die Bauarbeiter noch immer im Haus waren? Dass es nicht bewohnt war?«

Er schlug sich gegen die Stirn und lachte: Natürlich. »Die Vereys lebten damals ja noch im Dekanat. Und dort hätte das Essen stattgefunden.« Er lachte erneut. »Ich werde auf meine alten Tage ziemlich vergesslich.«

»Hier ist Ihr Kaffee, Mr. Clunch«, verkündete Chris, als er ins Schlafzimmer zurückkam. »Und noch Tee für dich, Sophie.«

Sophie sank in die Kissen zurück und verfolgte das Gespräch nicht weiter. Im Geiste sah sie wieder die schrecklichen Bilder vor sich, die sie seit Wochen jagten, die sich ihr so klar wie Fotografien eingeprägt hatten. Es war so, als ob sie ein Foto der Leiche gesehen hätte. Ihr Unterbewusstsein hatte es in quälenden Einzelheiten erschaffen: das von Regen glitschige Kopfsteinpflaster von Quire Close, das verkrampfte Gesicht, halb bedeckt von einer blonden Haarsträhne, der verkrümmte Körper, ein Arm, der über den dicken Unterleib geworfen war, als wollte er das Baby, das niemals geboren werden sollte, schützen.

Kapitel 12

»Tut mir Leid. Wir hatten kein Glück.« Die Frau mit der blauen Haube schüttelte ehrlich bedauernd den Kopf.

»Nichts?«, wiederholte Jacquie bestürzt.

»Wie ich Ihnen gesagt habe, haben wir tatsächlich eine hohe Erfolgsrate. Meistens finden wir etwas heraus. Aber in diesem Fall … nichts.« Wieder schüttelte die Frau den Kopf.

Ihr Name war Captain Gregory. Sie war den ganzen Weg von Cambridge gekommen, um Jacquie zu treffen und ihr die schlechte Nachricht persönlich zu überbringen.

Jacquie fühlte sich wie betäubt. Sie hatte so fest auf die Heilsarmee gezählt, ihren Unterlagen vertraut, ihrer Erfolgsrate und ihrer Behauptung, dass Alison Barnett sicher gefunden werden würde. Nach ihrem ersten Gespräch mit Captain Gregory vor ein paar Wochen war Jacquie optimistisch nach Hause gefahren, voller Hoffnung und Vorfreude. Sie war sicher gewesen, dass es nur eine Frage der Zeit sei, bis Alison gefunden werden würde.

Und jetzt … nichts.

»Sind Sie sicher, dass Sie alles überprüft haben?« Vielleicht, dachte Jacquie, haben sie ja was übersehen, eine winzige Spur, die sie zu ihrer Schwester führen würde.

Captain Gregory nahm ein Blatt Papier aus ihrer Aktentasche und studierte es. »Es gibt keine Unterlagen darüber, dass sie seit Juni 1989 jemals irgendwelche Versicherungsbeiträge gezahlt hat.«

»Das war einen Monat, bevor sie verschwunden ist«, sagte Jacquie starr.

»Genauso wenig hat sie Steuern bezahlt. Und Sie sagten, sie hatte keinen Führerschein?«

»Nein.«

»Es gibt auch keinen Hinweis darauf, dass sie seitdem einen gemacht hat, zumindest nicht unter dem Namen Alison Barnett.«

»Aber wenn sie verheiratet ist ...«, warf Jacquie hoffnungsvoll ein.

»Sie hat womöglich ihren Führerschein unter ihrem neuen Namen gemacht«, gestand Captain Gregory ein, »aber bei der Krankenversicherung und dem Finanzamt ist das was anderes.«

Es musste eine Erklärung dafür geben. »Nehmen wir mal an, sie hat nicht mehr gearbeitet, seit sie Sutton Fen verlassen hat«, sagte Jacquie. Das wäre doch möglich, dachte sie. Wenn Alison ihren Liebhaber geheiratet hatte, hatte sie womöglich nie mehr arbeiten müssen. Sie könnte Mutter und Hausfrau sein, mit einem zehnjährigen Kind und wer weiß wie vielen weiteren. Bei der Vorstellung verspürte Jacquie einen Stich. »Wenn sie also nichts verdient hat ...«

»Dann müssten wir sie zumindest durch das Finanzamt aufspüren können«, unterbrach Captain Gregory. »Aber es scheint so zu sein, dass sie auch von der Sozialversicherung nie Geld bekommen hat. Von irgendetwas muss sie aber schließlich gelebt haben.«

Wollte diese Frau vielleicht andeuten, dass Alison von Schwarzarbeit lebte? Dass sie vielleicht eine Prostituierte war oder obdachlos? »Wenn sie verheiratet ist ...«, wiederholte Jacquie hilflos.

»Das ist gut möglich. Aber das und ein anderer Name würde nur einen Teil erklären.« Sie studierte wieder ihre Papiere. »Sie haben mir von ihrem Bausparkonto erzählt.«

»Ja, sie hatte eines in Sutton Fen«, wiederholte Jacquie nochmals. »In der High Street.«

»Ja, wir haben bei der Bausparkasse nachgefragt. Das Konto Ihrer Schwester gibt es noch.«

»Gibt es noch?«

»Sie hat kein Geld abgehoben«, führte Captain Gregory weiter aus. »Nicht seit April 1989.«

»Das war für unseren Urlaub.« Ein scharfer Schmerz durchzuckte sie, und sie erinnerte sich an den Tag, als sie gemeinsam das Geld abgehoben hatten. Alison war so aufgeregt wegen des Urlaubs gewesen, sie *beide* waren aufgeregt gewesen. »Was meinst du, wie viel Geld brauche ich?«, hatte Alison sie mit glänzenden Augen gefragt.

Captain Gregory sah sie mitfühlend an. »Genauso wenig hat sie Geld auf das Konto einbezahlt. Sind Sie sicher, dass es nicht noch andere Konten gab? Vielleicht eines, von dem Sie nichts wissen. Bei einer Bank oder einer anderen Bausparkasse.«

Jacquie schüttelte den Kopf. »Ich schätze, das könnte sein, aber sie hat es mir gegenüber nie erwähnt.« Sie versuchte, den Kloß im Hals hinunterzuschlucken. »Wir haben uns ... sehr nahe gestanden. Sie hat mir alles erzählt.« Jacquie hatte das Gefühl, ehrlich sein zu müssen, zu erklären, was geschehen war. »Zumindest ... bis zum Schluss. Bis sie gegangen ist. Ich war völlig mit meinen Hochzeitsvorbereitungen beschäftigt. Wir haben uns irgendwie ... auseinander gelebt.«

»Also könnte es andere Konten gegeben haben.«

Wieder ein kleiner Hoffnungsschimmer, wieder eine mögliche Spur. »Vielleicht«, antwortete Jacquie.

»Gibt es jemanden, den Sie fragen könnten? Einen früheren Chef vielleicht?«

Reverend Prew. Jacquie überlief unvermittelt ein Schauer. Nein, dachte sie, bitte nicht. Das kann ich nicht ertragen. Wortlos schüttelte sie den Kopf.

Captain Gregory steckte die Papiere wieder in den Aktenkoffer und ließ die Schlösser zuschnappen. »Dann weiß ich wirklich nicht, was ich noch vorschlagen soll. Wir haben alles unternommen, was uns nach dem jetzigen Informationsstand möglich war.«

»Und was passiert jetzt?«

Die Frau berührte sanft ihre Hand. »Wir haben alles uns Mögliche getan«, wiederholte sie. »Sollten Sie eines Tages auf weitere wichtige Informationen stoßen, etwas, das uns auf eine neue Spur führt, dann zögern Sie bitte nicht, mich anzurufen. Sie haben meine Nummer. Es tut mir sehr Leid, Mrs. Darke«, fügte sie hinzu. »Aber es sieht ganz danach aus, als ob Ihre Schwester nicht gefunden werden will.«

Zwei Tage lang brütete Jacquie über dem, was Captain Gregory ihr gesagt hatte.

Es gab keine Spur von Alison. Ihre Schwester hatte keine staatliche Unterstützung beantragt, und es gab kein Einkommen. Andere Möglichkeiten waren eine Hochzeit oder … das Undenkbare. Alison lebte auf der Straße, bettelte Fremde um Geld an, verkaufte ihren Körper.

Dieser Gedanke war es schließlich, der sie dazu brachte, etwas zu tun, was sie für unmöglich gehalten hatte: Jacquie vereinbarte ein Gespräch mit Reverend Prew.

Es gab zumindest eine kleine Chance, dass er etwas wusste. Etwas, das Alison ihrer Schwester und ihren Eltern während der letzten Wochen nicht erzählt hatte. Etwas Wichtiges. Jacquie war zwar der Ansicht, dass Alison keine Geheimnisse vor ihr gehabt hatte, aber das war ja ganz offenbar nicht richtig gewesen: Sie war schwanger gewesen und hatte ihr nichts davon gesagt. Also konnte es auch noch andere Geheimnisse geben. Und ganz egal, was Jacquie von Reverend Prew hielt: Alison hatte ihn respektiert und ihm vertraut. Bis zum Schluss, als er sich gegen sie gewandt und sie verstoßen hatte.

Sie musste ihn persönlich sehen. Das war Teil der Strafe, die sie sich selbst auferlegt hatte. Schließlich war es ihr Fehler gewesen, dass Alison Sutton Fen verlassen hatte. Sie war diejenige, die alles wieder gutmachen musste, und wenn sie dafür Reverend Prew in die Augen blicken musste, dann war das nur recht und billig. So viel war sie Alison schuldig.

Doch sie musste all ihren Mut zusammennehmen.

Als sie ihr kurzes Haar unter einem Hut versteckte, redete sie sich ein, dass das keine Feigheit war, sondern Pragmatismus: Reverend Prew würde außer sich vor Wut geraten, wenn er sah, was sie mit ihren Haaren angestellt hatte, und es war nicht sinnvoll, ihn sich zum Gegner zu machen. Er war ihre letzte Hoffnung. Sie brauchte seine Hilfe, nicht seinen Zorn.

Mr. Prew lebte mit seiner Frau und seinen Kindern im Pfarrhaus direkt gegenüber der Kirche der Freien Baptisten. Hier arbeitete er auch, hierhin war Alison jahrelang fünf Tage die Woche gegangen, um seine Briefe zu tippen und seine Papiere zu ordnen. Jacquie lief ein paarmal die Straße rauf und runter, um Mut zu fassen und an der Tür zu klingeln. Es war ein unangenehmer Novembertag. Kalter Wind peitschte den Regen fast waagrecht über die Moore und klatschte nasse Blätter an ihre Beine. Selbst Mr. Prew kann nicht so schlimm sein wie das hier, sagte sie schließlich zu sich selbst.

Sie klingelte, und Mrs. Prew öffnete die Tür, ein kleines Kind hing an ihrem Rock.

»Jacquie!« Esther Prew schien erstaunt zu sein, sie zu sehen.

»Hallo!«, antwortete Jacquie fast trotzig. »Ich möchte mit Reverend Prew sprechen.«

Esther Prew blickte auf die geschlossene Tür seines Büros. »Es ist gerade jemand bei ihm«, sagte sie. »Möchten Sie vielleicht später noch mal vorbeikommen?«

Jacquie wäre nur zu gerne davongerannt, um das Treffen so lange wie möglich rauszuzögern. Aber das wäre zu einfach gewesen. »Kann ich vielleicht warten?«, fragte sie. »Ich könnte hier in der Halle sitzen, bis er Zeit hat, mich zu sprechen.«

»Ich weiß nicht, wie lange es dauert ...« Mrs. Prew zögerte, dann sagte sie: »Warum kommen Sie nicht in die Küche und trinken eine Tasse Tee, während ich die Kartoffeln schäle?«

»Gerne.« Kartoffeln schälen, dachte Jacquie, während sie ihr folgte. Das passte. Esther Prew war das Muster einer wahren Ehefrau, so, wie Reverend Prew es predigte. Häufig ließ er sich über seine eigene Frau aus und schilderte sie als das perfekte Vorbild: unterwürfig, folgsam, devot. Sie hatte kein eigenes Leben, sondern widmete sich ausschließlich ihrem Mann und ihren Kindern. Und von Letzteren hatte sie eine ganze Menge: sie hatte sich als ebenso fruchtbar wie pflichtbewusst erwiesen. Acht kleine Prews im Alter zwischen fünfzehn und zwei Jahren, und Gott wusste, wie viele sie noch bekommen würde, bis sie die fruchtbaren Jahre hinter sich hatte. Esther Prew schien die freiwillige Knechtschaft zu genießen, trug sie geradezu mit Stolz.

Trotz allem oder vielleicht gerade deshalb hatte Jacquie nie etwas gegen sie gehabt. Esther Prew war immer nett zu ihr gewesen, zumindest solange Mr. Prew es ihr erlaubt hatte, und sogar dann noch, als Darren sie verlassen hatte. Wenn überhaupt, dann empfand Jacquie großes Mitleid mit Esther. Sie hatte immer gespürt, dass hinter dieser scheinbar so freudigen Unterdrückung eine sehr unglückliche Frau steckte, zu intelligent, um so zu tun, als ob sie nicht denken könnte, zu einsichtig, um ihrem Mann nicht alle Entscheidungen zu überlassen. Aber sie tat ganz offensichtlich das, was nötig war, um zu überleben.

»Möchten Sie Ihren Mantel und Hut ablegen?«

Jacquie schüttelte den Kopf. »Nein, ist schon gut.«

»Wie wäre es mit Kräutertee?«, fragte Esther, während sie den Wasserkessel füllte. »Raymond hat entschieden, dass normaler Tee zu anregend ist, das ist nicht gut.«

Sie sieht so aus, als könnte sie etwas Stimulierendes ganz gut gebrauchen, dachte Jacquie. Esther war schon immer ziemlich blass gewesen, aber jetzt schien sie bleicher und dünner denn je, fast schon durchscheinend. Vielleicht hatte Reverend Prew ihr auch die Essensrationen gekürzt. Sie unterdrückte den Impuls, richtigen Tee zu verlangen, und fügte sich. »Was auch immer.« Sie zuckte mit den Achseln und ließ sich auf einem Hocker nieder, den Esther ihr anbot.

»Will Keks«, verkündete das bisher ruhig gebliebene Kind.

»Ja, gut, Aaron«, seufzte Esther. Sie nahm einen Keks aus einer Dose und reichte ihn ihm. Dann legte sie ein paar mehr auf einen Teller und stellte ihn vor Jacquie.

Jacquie nahm einen Keks und schob den Teller dann in ihre Richtung. »Die sind für Sie.«

»Nein, danke.« Esther strich sich eine lange Haarsträhne hinters Ohr. »Raymond ist der Ansicht, dass ich etwas abnehmen sollte.«

Dieser Vollidiot!, wollte Jacquie sagen. Sie musste einfach protestieren: »Aber das ist doch dumm. Ich wüsste nicht, wo. Sie haben doch gar nichts mehr auf den Knochen, Esther.«

Esther kniff ein winziges Stück Fleisch auf ihren Hüften. »Sehen Sie? Hier. Das habe ich nicht wegbekommen, seit Aaron geboren wurde. Raymond sagt, das wäre unansehnlich, fast genug, um ihn abzuhalten …« Sie errötete. »Nun, Sie wissen schon.«

Ich würde meinen, das wäre eine Gnade, dachte Jacquie hämisch. Allein der Gedanke an Reverend Prew, wie er seine ehelichen Pflichten ausübte, an seinen borstigen schwarzen Bart und seine nassen, rosafarbenen Lippen, reichte aus, damit sich ihr der Magen umdrehte. Ob er wohl, während er es tat, Bibelverse zitierte?, fragte sie sich, nur halb im Spaß. Denn gegen Ende ihrer Ehe mit Darren war es fast so gewesen.

»Wo bist du, mein Schatz?« Reverend Prews Stimme dröhnte durch die Halle.

Esther zuckte schuldbewusst zusammen. »In der Küche«, rief sie.

Er kam durch die Tür. »Ich dachte, du wolltest uns Tee kochen«, sagte er mit heiterer Stimme, die seine Verärgerung nur schlecht kaschierte.

»Ja, bin schon dabei.«

Raymond Prew kniff die Augen zusammen, als er Jacquie erblickte. Zur gleichen Zeit erkannte sie, wer hinter ihm stand. Es war kein anderer als Darren, sein pflichtbewusster Gefolgsmann.

»Hallo, Jacquie«, rief Darren grinsend. »Ist ja schön, dich hier zu sehen.«

»Hallo.« Sie versuchte, ihre Stimme so kalt wie möglich klingen zu lassen. Auch wenn sie gelegentlich zufällig auf Darren traf – und das war in einem kleinen Ort wie Sutton Fen unvermeidlich –, hatte sie ihm nichts zu sagen und wollte auf gar keinen Fall Konversation mit ihm machen.

»Wie geht's denn so?«, fragte er leichthin, so wie er jeden hätte fragen können, einen entfernten Bekannten oder einen Kunden seiner Werkstatt.

»Gut.« Sie musste sich sehr zusammenreißen, um höflich zu bleiben.

»Das klingt nicht sehr freundlich, Jacquie«, sagte Reverend Prew tadelnd. »Darf ich dich daran erinnern, dass du in meinem Haus bist und ich von meinen Gästen ein gewisses Maß an Benehmen erwarte?«

Beinahe wäre es so weit gewesen. Am liebsten hätte sie beiden gesagt, dass sie zur Hölle fahren sollten, um dann türenknallend das Haus zu verlassen. Aber sie erinnerte sich an Alison und den Grund ihres Besuchs. Sie setzte eine breites, künstliches Lächeln auf und wandte sich den beiden Männern zu. »Hallo, Darren. Hallo, Reverend Prew.«

Der Pfarrer nickte. »Schon besser. Und welchem Grund verdanken wir die Ehre deines Besuchs? Ich hatte den Eindruck, dass du unsere Gemeinschaft verlassen hast.«

Sie schluckte. Das würde noch schwerer werden, als sie befürchtet hatte. »Ich würde mich freuen, wenn ich mit Ihnen sprechen könnte, Reverend Prew«, sagte sie so kleinlaut wie nur möglich. »Unter vier Augen bitte.«

Er sah erfreut aus. Jacquie wusste genau, was er dachte: Sie hatte ihre Sünden bereut, sie bedauerte ihr schlechtes Benehmen, und sie wollte wieder in die Gemeinde der Freien Baptisten aufgenommen werden. Träum weiter, dachte sie, als sie ihm, Darren ignorierend, in sein Büro folgte.

Reverend Prew nahm hinter seinem Schreibtisch Platz, während er auf einen Stuhl deutete. »Nun«, sagte er und warf ihr ein wohlwollendes Lächeln zu. »Was kann ich für dich tun, Jacquie?«

Sie nahm sich vor, direkt zur Sache zu kommen. »Es geht um meine Schwester«, sagte sie schnell. »Alison.«

Das Lächeln erstarb abrupt auf seinem Gesicht, als hätte eine Wolke sich vor die Sonne geschoben. »Alison?«, zischte er unheilvoll. »Ich kenne niemanden, der so heißt.«

»Meine Schwester«, wiederholte Jacquie hartnäckig. »Ich versuche, sie zu finden, und ich hoffe, dass Sie mir dabei helfen können.«

»Ich glaube nicht, dass du mich verstanden hast.« Er lehnte sich in seinem Sessel zurück und verschränkte die Arme vor der Brust.

Jacquie blieb ruhig und versuchte, sich nicht einschüchtern zu lassen. »Ich verstehe Sie sehr gut, Reverend Prew. Für Sie existiert meine Schwester nicht. Das war einer der Gründe, warum sie gegangen ist. Es war zum Teil Ihre Schuld, dass sie Sutton Fen verlassen hat. Zum Teil auch meine Schuld – das will ich nicht abstreiten. Aber jetzt ist die Zeit gekommen, alles wieder gutzumachen. Es ist höchste Zeit, sie zu finden und nach Hause zu holen.«

Sie hatte auf ihre verkrampften Hände geblickt. Als sie nach langem Schweigen zu ihm aufblickte, sah sie, dass er knallrot geworden war und kurz vor einem Wutausbruch stand. »Wie – kannst – du – es – wagen!«, donnerte er schließlich.

Jacquie fuhr fort, als ob er nichts gesagt hätte. »Meine Schwester hat einige Jahre für Sie gearbeitet. Also kennen Sie sie als ihr Arbeitgeber und als ihr Pastor. Und ich frage mich, ob sie vielleicht in den letzten Monaten irgendetwas gesagt hat, das uns helfen könnte, sie zu finden. Vielleicht hat sie Sie gebeten, ihr Gehalt in bar auszuzahlen. Vielleicht hat sie auch etwas über … nun, über einen Mann namens Mike gesagt. Wo er lebt oder so etwas.« Das allerdings schien Jacquie doch sehr unwahrscheinlich. Wenn Alison ihrer eigenen Schwester nichts gesagt hatte, dann hatte sie das Thema sicherlich nicht mit Reverend Prew diskutiert. Aber man konnte ja nie wissen. Alison war so eine offene Person, nicht daran gewöhnt, Geheimnisse für sich zu behalten, und sie hatte Reverend Prew immer vertraut.

»Wie – kannst – du – es – wagen!«, wiederholte er, diesmal noch lauter. »Wie kommst du auf den Gedanken, dass ich diese, diese … Hure finden möchte? Diese Nutte? Die mein Vertrauen missbraucht und ihre Eltern betrogen hat? Ich bin froh, dass sie verschwunden ist.«

Ihre Eltern. »Mein Vater hat nie aufgehört, Alison zu lieben«, sagte Jacquie. »Er hätte gewollt, dass wir sie suchen.«

»Die kleine Nutte hat Frank Barnetts Herz gebrochen!«, schrie Reverend Prew. Speichel hatte sich in den Winkeln seiner dicken, rosa Lippen gesammelt. »›Ehre deine Mutter und deinen Vater!‹ Sie hat deinen Vater nicht geehrt, genauso wenig wie deine liebe Mutter.«

»Er hat ihr vergeben«, erklärte Jacquie. »Er hat nie aufgehört, sie zu lieben, und hat ihr zum Schluss alles verziehen. Spricht die Bibel denn nicht von Vergebung?«

Reverend Prew kniff die Augen zusammen und antwortete in einer ruhigeren, fast schon bedrohlichen Stimme: »Wage es nicht, mir gegenüber die Bibel zu zitieren, Jacqueline. Du hast dich von unserer Gemeinde entfernt. Du hast kein Recht dazu.«

»Die Bibel gehört nicht Ihnen«, zischte sie. »Das mögen Sie sich vielleicht einbilden, aber es ist nicht so.«

Der Pastor erhob sich majestätisch von seinem Stuhl. Nie zuvor, dachte Jacquie, hatte er so sehr wie ein Prophet aus dem Alten Testament ausgesehen wie jetzt, da er mit einem Finger auf die Tür wies. »Raus hier!«, brüllte er. »Verlass auf der Stelle mein Haus, du halsstarrige und ungehorsame Frau. Und komme nicht zurück, bevor du nicht bereit bist, deine Boshaftigkeit zu bereuen!«

Diesmal sagte sie es laut: »Träumen Sie weiter.« Sie stand auf und wandte ihm den Rücken zu, und während sie zur Tür ging, nahm sie den Hut ab, damit er ihr kurz geschnittenes Haar sehen konnte. Sie hörte, wie er nach Luft schnappte, aber sie widerstand der Versuchung, sich umzudrehen.

Obwohl Jacquie nach außen hin ruhig wirkte, war sie im tiefsten Innern verzweifelt. Nun gab es niemanden mehr, der ihr helfen konnte, und sie wusste nicht, wo sie sich noch hinwenden sollte. Wenn sie nicht bald eine neue Spur fand, würde die Heilsarmee nichts mehr für sie tun können. Das hatte ihr Captain Gregory deutlich gesagt.

Und dann, ein paar Tage später, an einem Sonntagnachmittag, hatte sie eine Idee.

Vielleicht – nur vielleicht – gab es doch noch eine Möglichkeit. Alison könnte verheiratet sein oder auf der Straße leben. Möglicherweise aber hatte sie auch das Land verlassen. Das würde erklären, warum sich keine Unterlagen über sie finden ließen. Sie hatte damals für den Griechenlandurlaub einen Reisepass bekommen, und sie hatte genug Bargeld gehabt, um ins Ausland zu fahren.

Nicola war der letzte Mensch in Sutton Fen gewesen, der Alison gesehen hatte. Obwohl es schon lange her war und Nicola behauptete, dass Alison ihr Reiseziel nicht verraten hatte, mochte es vielleicht doch etwas geben, das sie für nicht wichtig genug erachtet hatte, das aber ein entscheidender Hinweis sein könnte.

Jacquie hatte sowieso nichts zu verlieren. Und da sie sich bereits dem Löwen in seiner Höhle gestellt hatte, würde das, was sie nun vorhatte, ein Spaziergang werden. Sie rief Nicola umgehend an, in der Hoffnung, sie zu Hause zu erreichen.

Sie hatte Glück. Nicola war zu Hause und sagte, sie würde gerne vorbeikommen. »Ich muss aber Brittany mitbringen«, warnte sie. »Keith ist mit ein paar Kollegen Fußball spielen und hat es mir überlassen, auf seine süße Tochter aufzupassen.«

»Wenn es gerade nicht passt ...«, sagte Jacquie zögerlich.

»Oh nein. Eine andere Umgebung wird uns *beiden* gut tun«, versicherte Nicola.

Kurz darauf kamen sie. »Das ist Brittany«, stellte Nicola das Mädchen vor. »Brittany, meine Freundin Jacquie.«

»Hallo, Brittany. Schön, dich kennen zu lernen.«

Das Mädchen zuckte mit den Schultern, ohne ihr in die Augen zu schauen, und folgte ihrer Stiefmutter ins Haus. Dabei setzte sie vorsichtig einen Fuß vor den anderen, um nicht über ihre Plateausohlen zu stolpern.

Nicola hatte, was Brittany anging, nicht übertrieben: Dem Mädchen fehlte es völlig an Charme, und an Manieren sowieso. Viel Verstand schien sie auch nicht zu haben, denn selbst an diesem grausigen Novembertag trug sie keinen Mantel, sondern nur ein ungeheuer enges Top aus Lycra, unter dem die Träger ihres BHs herausschauten und das kurz über ihrem Bauchnabel endete, der mit einem großen Strassstein gepierced war. Dazu trug sie knallenge, schwarze Jeans und lächerlich hohe Sandalen, aus denen die angemalten Zehennägel hervorlugten.

Das Haar des Mädchens war strähnig und sehr unvorteilhaft hochgesteckt; eine Locke fiel ihr ins Gesicht und verdeckte ein Auge. Sie hatte sich sorgfältig angemalt, mit dicker Wimperntusche und blauschwarzem Lippenstift, und ihre Fingernägel hatten die Farbe von dunklem Schlamm, passend zu den Zehennägeln. Ganz offensichtlich kaute sie an den Nägeln, denn der Lack war abgesplittert.

»Möchtet ihr eine Tasse Tee?«, fragte Jacquie.

Nicola stimmte schnell zu. »Oh ja, bitte.«

»Haben Sie Cola?«, fragte Brittany und strich sich die Strähne aus dem Gesicht.

»Cola?«

Ungeduldig erklärte das Mädchen: »Sie wissen schon. Cola. Coca-Cola.«

«Nein, so was habe ich nicht«, entschuldigte sich Jacquie. »Ich könnte dir etwas Orangensaft anbieten oder Limonade.«

Brittany verdrehte die Augen und warf ihr Haar zurück. »Machen Sie sich keine Mühe«, murrte sie, ließ sich auf einen Stuhl fallen und verschränkte die Arme vor der Brust.

Nicola sah Jacquie entschuldigend an. »Brittany wollte ihrem Vater beim Fußballspielen nicht zusehen.«

»Fußball ist todlangweilig«, verkündete Brittany und verzog das Gesicht. Jacquie setzte ihre Bemühungen fort. »Was magst du denn, Brittany?«, fragte sie und füllte den Wasserkessel.

Das Mädchen zuckte mit den Schultern. »Ins Kino gehen. Einkaufen. Mit meinen Freunden rumhängen.« Wieder warf sie die Haarsträhne zurück. »Deswegen ist dieser Ort hier auch so sterbenslangweilig. Alle meine Freunde sind in Cambridge. In dieser blöden Stadt hier gibt's ja nicht mal ein Kino. Und die Geschäfte sind echt das Letzte.«

»Das Leben ist schon hart«, kommentierte Nicola sarkastisch.

Brittany warf ihr einen unheilvollen Blick zu. »Ich weiß sowieso nicht, warum ich immer hierher kommen muss. Euer Haus ist schäbig. Und Dad ist immer viel zu beschäftigt, um sich um mich zu kümmern. Und du kannst mich nicht leiden. Warum kann ich also nicht einfach zu Hause bei Mum bleiben?«

Nicola ignorierte sie und wandte sich Jacquie zu. »Ist sie nicht süß? Sie bringt solche Freude und so viel Licht in unser Leben.«

»Du kannst mich mal«, maulte Brittany. Sie stand auf, lief zum Fernseher und schaltete ihn an, dann kam sie mit der Fernbedienung in der Hand zurück zu ihrem Stuhl und starrte konzentriert auf den Bildschirm. Sonst schien nichts mehr für sie zu existieren.

Jacquie hatte nach all den Jahren ohne Fernseher gleich zwei gekauft. Einer stand in der Küche und einer im Schlafzimmer ihres Vaters. Sie hatte nicht einmal geahnt, was sie bisher versäumt hatte. Zunächst war es eine Art von Rebellion gegen Reverend Prew und die Freien Baptisten gewesen, aber schnell hatte sie herausgefunden, dass es ihr auch Spaß machte. Inzwischen verbrachte sie Stunden vor dem Fernseher und sah sich praktisch alles an, was gerade lief. Ein Bericht im Fernsehen hatte sie auch auf die Idee gebracht, die sie nun Nicola unterbreiten wollte.

»Du fragst dich bestimmt, warum ich dich heute gebeten habe, zu kommen«, begann sie, als der Tee fertig und eingeschenkt war.

»Du hast gesagt, es hätte etwas mit Alison zu tun.« Nicola verrührte den Zucker im Tee. »Haben sie sie also gefunden? Hat die Heilsarmee dich informiert?«

»Nein. Aber ich habe eine Idee«, rief Jacquie eifrig. »Ich habe eine dieser Kriminalsendungen gesehen, bei denen ein Verbrechen rekonstruiert wird, damit Zeugen sich besser erinnern. Und genau das will ich tun.«

»Ich verstehe nicht.«

»Du warst die Letzte, die Alison gesehen hat, bevor sie Sutton Fen verlassen hat«, sagte Jacquie. »Du bist mit ihr nach Hause gegangen. Wo warst du, als sie ihre Tasche gepackt hat?«

Nicola runzelte die Stirn und versuchte, sich zu erinnern. »Jaaaa …«, antwortete sie langsam. »Ich bin mit in ihr Schlafzimmer gegangen, für den Fall, dass sie meine Hilfe brauchte.«

»Hervorragend!« Ein Lächeln erhellte Jacquies Gesicht. »Das ist einfach hervorragend!«

»Ich verstehe dich immer noch nicht«, gestand Nicola.

»Ich möchte das rekonstruieren«, sagte sie und klatschte aufgeregt in die Hände. »Sobald wir unseren Tee getrunken haben, möchte ich mit dir in Alisons Schlafzimmer gehen. Ich tue so, als sei ich Alison, und packe einen Koffer. Du sagst mir, was dir einfällt, vielleicht wirst du dich so doch noch an mehr erinnern. Vielleicht sogar an etwas Wichtiges.«

»Aber es ist so lange her«, protestierte Nicola.

Brittany wandte sich ihnen zu, offenbar hatte sie dem Gespräch doch gelauscht. »Cool!«, sagte sie mit mehr Begeisterung, als sie bisher für irgendetwas gezeigt hatte. »Wie in *Crimewatch*. Kann ich mitkommen?«

»Nein«, antwortete Nicola automatisch.

Jacquie sagte gleichzeitig: »Ja, wenn du möchtest.«

Ein paar Minuten später führte sie, Brittany im Schlepptau, Nicola die Treppe hinauf in Alisons Schlafzimmer.

In ihrer Kindheit waren die beiden Schwestern andauernd im Zimmer der anderen. Später betrat Jacquie Alisons Zimmer nur noch selten. Nachdem Alison weg war, blieb das Zimmer verschlossen. Nichts darin war je verändert worden. Für Jacquie barg es immer zu viele schmerzvolle Erinnerungen, und so hatte auch sie es verschlossen gelassen. Nur ein einziges Mal war sie hineingegangen: Nach ihrem ersten Kontakt mit der Heilsarmee hatte sie das Zimmer durchsucht, um ein Sparbuch zu finden oder Papiere, die etwas über Alisons derzeitigen Aufenthaltsort verraten konnten. Es war eine qualvolle Aufgabe gewesen und hatte zu keinem Ergebnis geführt. Sie hatte nichts Wichtiges finden können. Doch jetzt, während sie den Schlüssel im Schloss umdrehte, erinnerte sie sich mit wachsender Aufregung daran, dass sie Alisons Reisepass ebenfalls nicht gefunden hatte. Sollte dies etwas zu bedeuten haben?

»Ganz schön staubig«, sagte Brittany und rümpfte die Nase.

»Hier ist seit elf Jahren nicht mehr geputzt worden«, erklärte Jacquie. »Seit meine Schwester gegangen ist.«

»Wollen Sie damit sagen, dass in der ganzen Zeit niemand dieses Zimmer betreten hat?«, fragte das Mädchen.

»Genau.«

Brittany warf die Haarsträhne zurück und schaute sich im Zimmer um. »Das ist cool! Wie im Kino! Und so altmodisch ist alles hier – wie alt war Ihre Schwester denn, als sie verschwand?«

»Sie war erst zwanzig«, sagte Jacquie, die sich gut vorstellen konnte, wie Brittanys Zimmer aussah: helle Wände, ein grellbunter Überwurf auf dem Bett, Poster von Popbands an den Wänden, eine moderne Stereoanlage mit riesigen Lautsprechern, vermutlich ein Fernseher und ein Videorekorder. Alisons Zimmer hatte damit nicht die geringste Ähnlichkeit. Altrosa gestrichene Wände, eine Bettdecke, die einmal weiß gewesen und jetzt grau von Staub war. Die Möbel – ein Bett, ein Schrank, ein Bücherregal, ein Nachttisch und eine Kommode – waren aus billigem, beschichtetem weißen Holz. An der Wand über dem Bett hing ein einfaches Holzkreuz, die andere Wand zierten die zehn Gebote, auf Stoff gestickt und gerahmt. Alison hatte dieses Stickbild mit etwa zwölf Jahren gemacht. Jacquie konnte sich noch gut daran erinnern, wie Alison, die nicht sehr geschickt in Handarbeiten war, unter Tränen daran gearbeitet hatte, bis es endlich fertig war und voller Stolz an die Wand gehängt wurde. Als sie es jetzt betrachtete, schnürte sich ihr Hals zusammen. Doch noch schmerzlicher war das Foto auf der Kommode: zwei kleine Mädchen, eines dunkel und schmal, das andere blond und pummelig, in ihren besten Sonntagskleidern, die sich umschlungen hielten.

Jacquie wandte sich ab. »Ich hole meinen Koffer, damit wir das richtig nachstellen können«, sagte sie schnell, um ihre Trauer zu überspielen. Sie lief in die Halle hinunter und kehrte einen Moment später zurück. »Also, Nicola. Hast du gestanden oder gesessen, während sie packte?«

Nicola dachte einen Moment nach. »Gesessen. Auf dem Bett.«

»Dann setz dich«, befahl Jacquie.

Nicola gehorchte, während Brittany sich auf den Boden hockte und neugierig zusah.

»Sie hat den Koffer vom Schrank geholt und ihn neben mich aufs Bett gelegt«, erklärte Nicola.

»Sehr gut.« Jacquie hievte ihren Koffer aufs Bett und öffnete ihn.

Eine Zeit lang saß Nicola in Gedanken versunken da, das Kinn auf die Hand gestützt. »Sie hat zuerst den Schrank geöffnet«, sagte sie. »Dann hat sie ein paar Kleider herausgenommen und in den Koffer gelegt.«

Jacquie öffnete den Schrank. Noch immer hingen einige von Alisons Kleidern darin – ihr bester Laura-Ashley-Rock, das Sommerkleid, das sie zusammen in Griechenland ausgesucht hatten, und die Kleider, die Alison extra für den Urlaub gekauft hatte. Sie rochen immer noch nach ihr. Jacquie schnappte nach Luft, ihre Augen füllten sich mit Tränen.

»Oh, wow«, sagte Brittany. »Diese Klamotten sind ja richtig alt. Hat man echt mal so komisches Zeug wie das angezogen?« Jacquie war froh über die Ablenkung. »Wir schon«, versicherte sie ernsthaft, nahm verschiedene Kleider von den Bügeln und legte sie gefaltet in den Koffer. »So?«, fragte sie.

»Ja, so.« Nicola versuchte sich zu erinnern. »Dann hat sie die mittlere Schublade aufgezogen, dort, und ein zusammengelegtes Nachthemd und ein paar Unterhosen herausgenommen.«

Jacquie öffnete die Schublade und besah sich das, was Alison nicht mitgenommen hatte. Ein weiteres Nachthemd lag da und Unterwäsche, also packte sie alles in den Koffer.

»Gut«, sagte Nicola. Sie schloss die Augen und versuchte, sich elf Jahre zurückzuversetzen. »Dann, glaube ich, ging sie ins Badezimmer, denn sie kam mit ihrer Zahnbürste und einem Waschlappen zurück. Nein, warte. Erst hat sie ihre Haarbürste in den Koffer geworfen. Ich glaube, die lag auf der Kommode.«

»In Ordnung.« Jacquie tat so, als nähme sie eine Haarbürste von der Kommode, dann verließ sie das Zimmer und kam mit ihrer eigenen Zahnbürste und ihrem Waschlappen zurück.

»Perfekt«, rief Nicola.

Brittany war inzwischen zu dem Regal gegangen und hatte ein paar Bücher herausgenommen. »Schaut mal«, sagte sie. »Enid Blyton.«

»Alison und ich haben Enid Blyton geliebt«, lächelte Jacquie.

»Ich auch«, gestand Brittany, fast ein wenig verlegen. »Als ich noch richtig klein war. Dabei ist Enid Blyton so uncool.«

»Ich glaube, Alison hat nie aufgehört, Enid Blyton zu lesen. Das waren ihre Lieblingsbücher.«

»Sie hat auch viele Bücher von Mills and Boon«, berichtete Brittany. »Kitschige Liebesromane. Krass.«

»Ein Buch«, rief Nicola plötzlich. »Sie hat so ein kleines Buch in ihren Koffer gelegt. Wie ein Tagebuch oder so was – ich meine, es hatte ein Schloss. Sie hat es aus der Schublade ihres Nachttischs genommen, glaube ich.«

Jacquie runzelte die Stirn. »Daran kann mich gar nicht erinnern.«

Nicola hielt die Augen fest geschlossen. »Und noch etwas. Ein Stofftier. Sie nahm es vom Bett und hat es in den Koffer gelegt, obendrauf.«

»Grace«, rief Jacquie atemlos, und die Tränen schossen ihr in die Augen. »Oh Gott. Grace.«

»Grace?«, fragte Brittany.

»Ihr Plüschhase. Sie hat diesen Hasen geliebt, seit sie ein Baby war.« Irgendwie besserte es ihre Stimmung zu wissen, dass Alison Grace mitgenommen hatte. Eine Erinnerung an ihre Kindheit, an die Jahre, in denen sie zusammen aufgewachsen waren. Jacquie hatte einen Plüschhund namens Bob gehabt. Sie wusste nicht, was aus ihm geworden war. Hatte sie ihn mitgenommen, als sie Darren heiratete? Sie konnte sich nicht erinnern.

»Und sie hat das Sparbuch der Bausparkasse aus der oberen Schublade genommen«, fuhr Nicola fort. »Sie hat es in ihre Handtasche gesteckt, nicht in den Koffer. Und gesagt, dass sie kein Bargeld habe für die Zugfahrt. Also bot ich an, ihr welches zu leihen. Ich gab ihr zwanzig Pfund – das war alles, was ich bei mir hatte.«

»Und dann?«, fragte Jacquie atemlos, »was ist dann passiert?«

»Sie schloss den Koffer, und wir fuhren los. Ich habe sie zur Bushaltestelle gebracht.«

»Ist das alles?«

Nicola zuckte mit den Schultern. »Alles, woran ich mich erinnern kann.«

Jacquie biss sich enttäuscht auf die Lippe. Also nichts Neues. Nichts, das ihr helfen würde, Alison zu finden. Kein Hinweis darauf, wohin sie gehen wollte.

»Warte mal kurz.« Nicola, die eben aufstehen wollte, ließ sich wieder aufs Bett fallen. »Da war *doch* noch was. In letzter Minute, als sie schon ihren Koffer schloss, suchte sie noch nach einem Stadtplan. Sie konnte sich nicht erinnern, wo er war, und suchte überall. Schließlich gab sie es auf. Sie fürchtete, den Bus zu verpassen.«

Jacquie vergaß zu atmen. »Einen Stadtplan?«, fragte sie schließlich.

»Ich bin sicher, dass es sich um einen Stadtplan handelte.«

»Ein Stadtplan von was? Von wo?«

Nicola zuckte die Achseln. »Das hat sie nicht gesagt. Tut mir Leid.«

Brittany durchwühlte die Bücher. »Sagtest du, ein Stadtplan?«, fragte sie plötzlich. »Ich habe vorhin einen gesehen. In einem dieser Bücher.« Sie zog einen Mills-and-Boon-Roman aus dem Regal und blätterte ihn durch. »Hier. Glauben Sie, dass sie danach gesucht hat?« Sie reichte ihn Jacquie.

Wie betäubt streckte Jacquie die Hand danach aus. »Westmead«, sagte sie. Ihre Stimme klang eigenartig. »Das ist ein Stadtplan von Westmead.«

Kapitel 13

Eine Woche nach Sophies Bauchspiegelung, an einem Nachmittag, an dem sie Dominic erwartete, rief Dr. York persönlich an. Dass er selbst zum Telefonhörer gegriffen hatte, ließ Sophie ahnen, dass er etwas sagen würde, was sie nicht hören wollte.

»Ich möchte es Ihnen direkt mitteilen«, sagte er. »Es wäre natürlich besser gewesen, wenn Sie in meine Praxis gekommen wären, aber damit würden wir nur kostbare Zeit verschwenden.«

»Um was geht es?«

Es entstand eine Pause, und als er weitersprach, war seine Stimme sehr ernst: »Wie Sie wissen, bin ich nicht sehr erfreut über das, was wir letzte Woche entdeckt haben.«

»Die Endometriose«, sagte sie und wünschte, er würde endlich zur Sache kommen.

»Ich fürchte, dass es schlimmer ist, als ich gedacht habe. Ich habe ein paar Gewebeproben entnommen, rein routinemäßig, und gerade die Ergebnisse vom Labor bekommen.«

»Und?« Sophie hielt die Luft an.

»Nun, Sie müssen jetzt keine Panik bekommen«, sagte er in ermutigendem und professionellem Ton, »aber wir haben ein paar sehr fragwürdige Zellen entdeckt. Krebsverdächtige Zellen.«

Sophie spürte, wie sich ihr Magen zusammenkrampfte. »Krebs!«

»Nein, ich sagte, krebs*verdächtige* Zellen. Nicht lebensbedrohlich, Mrs. Lilburn. Ganz bestimmt nicht in diesem Stadium. Aber ich möchte verhindern, dass sie sich weiterentwickeln, und deshalb müssen wir operieren.«

Warum redete er so lange um den heißen Brei herum? Warum konnte er nicht einfach direkt sagen, was los war? »Eine Hysterektomie«, ergänzte Sophie und versuchte, ihre Stimme ruhig klingen zu lassen. »Eine Gebärmutterentfernung. Das ist es, wovon Sie sprechen, nicht wahr?«

Dr. York räusperte sich. »Ich fürchte ja. Und ich glaube, wir sollten lieber jetzt als später operieren. Ich habe mit dem Krankenhaus telefoniert. Ich könnte Sie nächste Woche einweisen.«

Ihr war nicht klar, was sie jetzt sagen sollte. Sollte sie ihm danken? Oder ihn beschimpfen? Also sagte sie gar nichts, hielt nur den Hörer ans Ohr gepresst, als wäre er dort festgefroren.

»Mrs. Lilburn? Sind Sie noch dran?«

»Ja.«

»Ich werde Ihnen alles schriftlich zukommen lassen«, fuhr er fort, »die Details Ihres Klinikaufenthaltes und so weiter. Wenn Sie es durchgelesen haben, können wir uns unterhalten, und ich werde versuchen, Ihnen alle Fragen zu beantworten, die Sie dann womöglich haben werden.«

»Danke.«

»Gibt es etwas, das Sie gleich jetzt ansprechen wollen? Irgendwelche Fragen zu dem, was ich Ihnen gerade gesagt habe?«

»Nein. Es ist alles ziemlich deutlich.« Sie ging mit dem Telefon auf das Fenster zu und starrte auf die Siedlung, auf die zotteligen Bäume, die jetzt fast keine Blätter mehr trugen und sich gegen den dunkel werdenden Himmel abzeichneten. Schon war die Kathedrale nicht viel mehr als ein schwarzer Schatten, den sie aus den Augenwinkeln wahrnahm.

»Dann unterhalten wir uns bald«, sagte er jetzt in geschäftsmäßigem Ton. »Sobald Sie das Schreiben bekommen und mit Mr. Lilburn über alles gesprochen haben.«

»Ja. Danke schön.«

Die Leitung war tot, doch sie hielt den Hörer noch immer an die Wange gedrückt, während sie am Fenster stand und ihre Stirn gegen die Scheibe presste. Im Zimmer wurde es dunkel. Sie hatte den Kamin noch nicht angezündet und merkte plötzlich, dass sie vor Kälte zitterte.

Chris. Was würde Chris dazu sagen?

Sie musste mit Chris sprechen. Mehr als alles andere wollte sie diese Last mit ihm teilen, ihm die Möglichkeit geben, sie zu trösten. »In guten wie in schlechten Tagen.« War es nicht das, worum es in der Ehe ging?

Sophie wusste nicht, wie lange sie so dagestanden hatte, den Hörer in der Hand. Sie blickte auf die Uhr: Es war kurz nach vier.

Chris' Unterricht war also zu Ende, seine letzte Stunde dauerte bis halb vier. Die Schule lag auf der anderen Seite der Kathedrale, und auch wenn er manchmal schnell für eine Tasse Tee nach Hause kam, bevor er zu den Proben des Kirchenchors und dann zur Abendmesse ging, so hatte er sich seit Dominics häufigen Besuchen angewöhnt, im Refektorium der Kathedrale mit Jeremy und den anderen Sängern Tee zu trinken. Der Weg sei nicht so weit bei diesem kalten, nassen Wetter, erklärte er.

Die Chorprobe begann um halb fünf, die Abendmesse eine Stunde später. Vielleicht würde er danach nach Hause kommen, wahrscheinlich aber ins Pub gehen. Also konnte es noch Stunden dauern, bevor sie ihn zu Gesicht bekam und ihm alles erzählen konnte.

Es sei denn, sie suchte ihn.

Sophie war seit dem Vorstellungsgespräch von Chris nicht mehr in der Kathedrale gewesen, und eigentlich wollte sie auch jetzt nicht dorthin gehen. Doch wenn sie ihn sehen wollte, hatte sie keine andere Wahl.

Sie erlaubte sich selbst nicht, innezuhalten und nachzudenken, sondern wickelte sich schnell in ihren Mantel und lief auf das riesige Gebäude zu.

Der Wind peitschte gnadenlos gegen die Wände der Kathedrale. Sophie umklammerte ihren Mantel und lief auf die große Westtür zu, in die eine kleinere Bogentür eingelassen war. Einen Augenblick musste sie mit dem Eisenring kämpfen, bevor er sich drehte und die Tür aufschwang.

Nach der Dunkelheit und Kälte draußen war Sophie nicht auf die düstere Weite der Kathedrale gefasst, auf diese Einsamkeit und Schwermut. Bei ihrem ersten Besuch im Frühjahr war es dort viel heller und voller Menschen gewesen. Jetzt kam es ihr so vor, als wäre sie ganz alleine in der ungeheuren Dunkelheit. Der Steinboden strahlte eine feuchte Kälte aus, die durch ihre Füße nach oben bis tief in ihre Knochen drang.

In weiter Ferne, am anderen Ende der Kathedrale hinter einer Steinmauer, schimmerte ein Licht. Sie ging darauf zu.

Hinter der Mauer beim Altar entdeckte sie die Quelle des Lichts. Kerzen in gläsernen Haltern waren entlang der Chorstühle angezündet worden, um die Ankunft des Chors vorzubereiten. Dieser Bereich wirkte mit seinen geschnitzten Stühlen und Täfelungen und Decken aus durch Jahre geschwärztem Eichenholz auf beiden Seiten noch dunkler als der Rest der Kathedrale. Die kleinen Lichtseen, die die Kerzen verbreiteten, wirkten wie winzige, tröstliche Oasen. Ein in eine schwarze Soutane gekleideter Mann entzündete feierlich eine Kerze nach der anderen.

»Wird der Chor bald kommen?«, fragte Sophie. Ihre Stimme hallte in der Stille wider.

Er nickte. »Die Sänger kommen in fünf oder zehn Minuten zur Probe.« Er drehte sich um und machte weiter.

Fünf Minuten. Höchstens zehn.

»Sophie!«

Sie erschrak, als sie ihren Namen hörte, und sah sich um, konnte aber niemanden entdecken. Fast schon glaubte sie, sich geirrt zu haben, als sie sah, wie ihr jemand von oben her zuwinkte. Jeremy beugte sich über die Brüstung.

»Was machen Sie denn hier?«, rief er.

Sophie schützte mit einer Hand ihre Augen gegen das Licht der Kerzen und sah zu ihm hoch. »Ich warte auf Chris.«

»Er kommt in ein paar Minuten.«

»Woher wussten Sie, dass ich hier bin?«

»Ich habe Sie durch die Kamera gesehen«, erklärte er und verschwand. Ein paar Sekunden später begann die Orgel einen ohrenbetäubenden Akkord zu spielen, gefolgt von einigen freundlicheren Tönen.

»Die Tastatur der Orgel ist dort oben«, flüsterte eine sanfte Stimme nahe an ihrem Ohr.

Sophie zuckte zusammen und drehte sich um.

Es war Leslie Clunch.

»Ich habe gesehen, wie Sie zur Kathedrale gegangen sind«, sagte er. »Sie schienen es sehr eilig zu haben. Ist alles in Ordnung?«

Er war ihr also gefolgt. Sophie spürte ein unangenehmes Ziehen im Bauch. Er war von allen Menschen derjenige, mit dem sie im Moment am wenigsten sprechen wollte. Wie konnte sie ihn loswerden, ohne allzu unhöflich zu wirken? »Mir geht's gut«, sagte sie kurz angebunden und wandte ihm wieder den Rücken zu.

»Ich dachte, es hätte vielleicht etwas mit einem bestimmten jungen Mann zu tun«, zischte er hinterlistig.

Dominic. Plötzlich wurde ihr klar, dass Dominic nicht gekommen war.

»Denn ich habe gesehen, wie er und seine Mutter weggefahren sind«, fuhr Leslie Clunch fort. »Vor ungefähr einer Dreiviertelstunde.«

Sophie zog den Mantel enger zusammen. »Ich suche meinen Mann«, entgegnete sie kühl.

»Oh, er wird in ein paar Minuten hier sein.« Er nickte ihr zuversichtlich zu. »Der Organist wärmt sich immer ein wenig auf, bevor der Chor kommt.«

Jeremy ist auch hier, sagte sich Sophie. Also war sie nicht wirklich mit Leslie Clunch alleine in dieser Kathedrale. »Er sagte, er hätte mich durch die Kamera gesehen«, sagte sie mehr zu sich selbst als zu ihrem unwillkommenen Begleiter.

»Die meisten Leute wissen nicht, dass es einen Monitor da

oben gibt«, kicherte er. »Aber wie sonst sollte der Organist die Sänger sehen können?« Er deutete auf das schimmernde Auge einer Videokamera, die über ihren Köpfen in den Wandschnitzereien verborgen war. »Natürlich«, fuhr er fort, und seine Stimme bekam nun einen vertraulicheren Klang, »wird sie auch anders genutzt. Als ich damals Erster Kirchendiener war, waren mal ein paar Leute hier, genauer gesagt ein Mann und eine Frau, die sich in der Nähe des Bischofssitzes herumtrieben.« Er zeigte auf den rieseigen Holzthron.

Ungewollt folgte Sophies Blick seinem Finger.

»Sie haben sich sehr verdächtig benommen. Sie haben sich die ganze Zeit umgesehen und mich angeschaut, als ob sie nur darauf warteten, dass ich endlich verschwände. Also habe ich ihnen den Gefallen getan. Ich bin die Stufen zur Orgel hinaufgestiegen und habe die Kamera angeschaltet, damit ich sehen konnte, was sie vorhatten. Ich dachte, sie wollten vielleicht etwas klauen oder ihren Namen in den Bischofssitz einritzen.«

Er wartete darauf, dass sie ihn bat weiterzusprechen, ihm Fragen stellte. Aber sie presste die Lippen zusammen. Sie konnte warten.

»Und was glauben Sie, haben die dort gemacht?«, fragte er nach einer langen Pause. Seine Stimme ging in ein Wispern über. »Sie haben miteinander *Sex* gehabt. Genau hier, auf dem Bischofssitz!«

Seine kleinen blauen Augen schimmerten lüstern bei der Erinnerung. Sophie machte einen Schritt von ihm weg, sie fühlte sich beschmutzt und angeekelt.

Genau in diesem Augenblick kam ein halbes Dutzend Chorknaben hereingelaufen. Sie schienen alle gleichzeitig zu sprechen. Mit ihren rosigen Wangen und hohen Stimmen brachten sie wieder Leben und Normalität in die Kathedrale, die plötzlich nicht mehr so bedrohlich schien. Sie schlüpften auf ihre Plätze in den Chorstühlen, noch immer plappernd, während sie die Noten vor sich ordneten. Kurz darauf strömte ein weiteres halbes Dutzend herein.

Und dann erschien Chris. Er war in ein Gespräch mit einem anderen Sänger vertieft. Sophie eilte zu ihm.

»Sophie!«, rief er, erschrocken darüber, sie hier zu sehen. »Ist was passiert?«

Sie legte die Arme um ihn und vergrub ihr Gesicht an seiner Schulter, ohne auf das Kichern der Chorknaben zu achten. »Halt mich fest, Chris«, flüsterte sie. »Halt mich nur fest.«

War der Oktober in Quire Close schon trübe gewesen, so war der November noch viel schlimmer. Nasse Blätter fielen zu Boden, um das sowieso schon heimtückische Kopfsteinpflaster mit einer weiteren rutschigen Schicht zu bedecken. Die Tage waren kurz. Die Sonne, wenn sie sich überhaupt blicken ließ, zog sich bereits am frühen Nachmittag völlig zurück und versank lange vor der Abendandacht hinter der klotzigen Kathedrale.

Aber Jacquie Darke dachte weder an Quire Close noch die Kathedrale, als sie in Westmead ankam. Ihr Ziel war das Tourismusbüro.

Und mithilfe ihres Stadtplans würde sie es rasch finden.

Als sie den Stadtplan entdeckt hatte, war sie für einen Moment wie elektrisiert, und sie erinnerte sich an einen Morgen in Griechenland vor langer Zeit: an Alisons tränenüberströmtes Gesicht, ihr Jammern, weil Mike sie verlassen hatte. Und an den Brief, hastig hingekritzelt und von ihr nur kurz überflogen: ›Ich muss zurück nach Westmead.‹

Jacquie hatte völlig vergessen, dass Alison wusste, wo Mike lebte.

Eine andere, jedoch unerwünschte Erinnerung an den schicksalhaften Hochzeitstag tauchte mit einem Mal auf: Alison, wie sie auf dem Boden kauerte, wieder tränenüberströmt, und die Schwester um Hilfe anflehte. Jacquies glühende Wut, ihre hasserfüllten Worte: »Meinetwegen kannst du zur Hölle fahren. Warum gehst du nicht zu *ihm*?«

Alison war also nach Westmead gefahren, um ihn zu suchen. Das war die einzig sinnvolle Möglichkeit, und Jacquie hatte sofort beschlossen, ebenfalls dorthin zu fahren.

»Ally ist nach Westmead gegangen«, hatte sie laut gerufen. Es klang, als wäre das erst ein paar Tage her. »Und ich werde sie in dort finden.«

Nicola und Brittany hatten sie angestarrt.

»Du fährst nach Westmead?«, fragte Nicola.

»Natürlich. Ich muss sie finden. Ich bin mir sicher, dass sie dort hingefahren ist.«

Nicola schüttelte den Kopf. »Nimm dich zusammen, Jacquie. Sie ist vor elf Jahren verschwunden. Selbst wenn sie nach Westmead gefahren ist – was du nicht weißt –, kannst du nicht davon ausgehen, dass sie noch dort ist. Sie hatte Zeit genug, woanders hinzugehen.«

Jacquie hörte nicht zu. Sie wollte nicht glauben, dass sie sich täuschen könnte, war doch die Überzeugung, endlich am Ziel zu sein, so kraftvoll und unerschütterlich. Sie wollte sofort aufbrechen, auf der Stelle, aber Nicola konnte sie überreden, zumindest bis zum nächsten Morgen zu warten. »Ein weiterer Tag wird nach elf Jahren keinen großen Unterschied machen«, sagte Nicola vernünftig. »Du kennst den Weg nicht, und es ist bereits dunkel. Schlaf dich erst mal richtig aus. Und morgen sieht dann schon alles ganz anders aus.«

Jacquie wusste, dass nichts anders aussehen würde, und auch, dass sie auf keinen Fall würde schlafen können. Aber sie sah ein, dass Nicola Recht hatte. Es regnete. Die Straßen waren glatt, und es war bereits dunkel.

Also packte sie an diesem Abend einen Koffer, in den sie auch ein Foto von Alison legte. Dann studierte sie die Straßenkarte und den Stadtplan von Westmead.

Später, während sie wach in ihrem Bett lag, schmiedete sie Pläne. Sobald sie in Westmead war, würde sie zum Tourismusbüro gehen, um sich schnell ein Zimmer zu besorgen. In einem hübschen, zentral gelegenen Gästehaus mit einem Parkplatz vor dem Haus. Und dann ... würde sie Ally finden. Egal wie, entweder durch Glück oder harte Arbeit. Sie würde ihre Schwester finden.

Nicola rief früh am nächsten Morgen an, um ihrer Freundin Glück bei der Suche und eine gute Fahrt zu wünschen. Jacquie schaute gerade nach, ob sie alle Fenster und die Hintertür verschlossen hatte. »Mir ist noch etwas eingefallen«, sagte Nicola. »Erinnerst du dich daran, wie ich dir von Miranda Forrest erzählt habe? Nun, ich bin mir ziemlich sicher, dass sie auch nach Westmead gezogen ist. Mit ihrem neuen Ehemann. Das ist ein Zufall, was?«

Jacquie, die es kaum erwarten konnte loszufahren, seufzte ungeduldig.

»Ich dachte bloß, falls du nicht mehr weiterkommst oder Hilfe brauchst, könntest du dich an sie wenden«, erklärte Nicola. »Sie ist sehr nett. Leider erinnere ich mich nicht an ihren neuen Namen, aber ich bin sicher, dass du sie ausfindig machen kannst. Ihr Mann ist der Kantor der Kathedrale.«

»Danke«, entgegnete Jacquie und vergaß Miranda Forrest im gleichen Moment, in dem sie dem Milchmann eine Notiz schrieb und ihn bat, bis auf weiteres die Lieferung einzustellen. Sie steckte den Zettel in die leere Flasche vor der Tür. Danach verschloss sie die Haustür, und ohne noch einen Blick auf das Haus zu werfen, in dem sie so viele Jahre ihres Lebens verbracht hatte, trug sie ihren Koffer zum Auto.

Die Einbahnstraßen in Westmead waren eine unerfreuliche Überraschung nach der anstrengenden Fahrt.

Das Wetter hatte sich nicht gebessert. Die engen, regennassen Straßen der Sumpflandschaft und die scharfen Kurven erforderten Jaquies volle Konzentration. Auf der Autobahn hätte es eigentlich einfacher werden müssen, aber sie war nicht ans Autobahnfahren gewöhnt. Der Montagmorgenverkehr auf der M11 Richtung London war erheblich, auf der M25 wurde es sogar noch schlimmer. Auf der M4, die Richtung West Country führte, lockerte sich dann der Verkehr, doch das Wetter wurde schlechter, und als sie nach Westmead einbiegen wollte, geriet sie in einen langen Stau vor einer Baustelle. So hatte sie die Fahrt, die normalerweise sogar mit einer kleinen Mittagspause nur fünf Stunden dauerte, fast den ganzen Tag gekostet.

Es wurde schon dunkel, als Jacquie Westmead erreichte und feststellte, dass es hier nur Einbahnstraßen gab, die allerdings in ihrem Stadtplan nicht verzeichnet waren. Es dauerte eine Weile, bis sie sich orientiert hatte. Um das Tourismusbüro zu finden, musste sie zweimal quer durch die ganze Stadt fahren.

Auch das Parken war nicht einfach. Die Parkgarage, die auf ihrer Karte eingezeichnet war, war verschwunden, ein anderes Gebäude stand an ihrer Stelle. Doch schließlich hatte sie Glück, ein Auto fuhr direkt vor ihr aus einer Parkbucht heraus. Schnell parkte sie ein.

Die Frau im Tourismusbüro, die Jacquie nach einem Gästehaus fragte, war sehr hilfsbereit. »Ich vermute, Sie möchten gerne nahe bei der Kathedrale wohnen?«

»Kathedrale?« Jacquie zuckte die Achseln. »Das ist eigentlich egal. Ich suche nur etwas Sauberes und einigermaßen Preiswertes mit einem Parkplatz.«

Die Frau schaute auf einer Liste nach. »Nun, das Gästehaus *Kathedralenblick* ist sehr hübsch, zumindest habe ich das gehört. Und dort gibt es einen Parkplatz. Es liegt direkt an der High Street.«

»Das klingt ideal.«

Die Frau telefonierte kurz, und bald darauf fand sich Jacquie in einem hübschen Zimmer im ersten Stock eines schmalen viktorianischen Gebäudes wieder. Hier gab es ein Doppelbett, einen Wasserkocher für Tee, ein Waschbecken mit heißem und kaltem Wasser und ein Fenster mit Blick auf die Kathedrale. Der Aufenthaltsraum im Erdgeschoss war mit einem Fernseher ausgestattet, das Badezimmer mit Dusche befand sich am anderen Ende des Korridors.

Schnell füllte Jacquie den Kocher mit Wasser, schaltete ihn ein und ließ sich dann erschöpft aufs Bett fallen.

Ihre Gedanken rasten. Jetzt war sie in Westmead, jetzt würde sie Alison finden. Aber wo sollte sie mit ihrer Suche beginnen?

Die Bibliothek war vielleicht der beste Ort für einen Anfang. Dort würde es Telefonbücher geben, und einer der Bibliothekare mochte Alison vielleicht sogar erkennen, wenn sie ihm das Foto zeigte. So sehr würde sie sich in elf Jahren schon nicht verändert haben.

Der Tee munterte sie auf. Während sie ihn trank, starrte sie auf den Stadtplan, um die Bibliothek ausfindig zu machen. Am liebsten hätte sie zwar ihrer Müdigkeit nachgegeben und ein Nickerchen gemacht, aber sie konnte es sich nicht erlauben, einen ganzen Tag zu verlieren. Sie sah auf die Uhr. Es war halb fünf, wahrscheinlich konnte sie es gerade noch rechtzeitig schaffen, bevor die Bibliothek geschlossen wurde.

Sie trank die Tasse leer, zog ihren immer noch feuchten Mantel an, nahm den tropfenden Regenschirm aus dem Waschbecken und packte Stadtplan und Zimmerschlüssel ein.

Die Bibliothek lag ebenfalls auf der High Street, nur auf der anderen Seite der Kathedrale, kurz vor dem Tourismusbüro. Das musste leicht zu finden sein, dachte Jacquie. Sie ging an dem altertümlichen Torhaus vorbei, das in den Bereich der Kathedrale führte. Als das Tourismusbüro wieder vor ihr auftauchte, wurde ihr klar, dass sie zu weit gelaufen war. Sie verfluchte den Regen und lief denselben Weg noch einmal zurück.

Doch dann stand sie wieder vor dem Torhaus, und ihr wurde klar, dass etwas hier nicht stimmte.

Die Frau im Tourismusbüro sah besorgt aus, als Jacquie zurückkam. »Gefällt es Ihnen in dem Gästehaus nicht?«, fragte sie. »Ich bin sicher, dass ich etwas anderes für Sie finden kann, wenn es dort nicht in Ordnung ist.«

»Ich suche die Bibliothek«, sagte Jacquie. Sie breitete den Stadtplan auf der Theke aus und deutete auf den gesuchten Ort. »Ich dachte, wenn ich die High Street hinunterlaufe, würde ich auf jeden Fall daran vorbeikommen, aber ich habe sie jetzt dreimal verpasst.«

Die Frau runzelte die Stirn und studierte den Plan ausführlich. »Wo haben Sie denn diese Karte her?«, fragte sie lachend.

»Die ist ja völlig veraltet. Die Bibliothek ist vor ungefähr sechs Jahren umgezogen. Sie liegt jetzt in einem Außenbezirk der Stadt. Die alte Bibliothek wurde zu einer Kneipe umfunktioniert.«

Jacquie fühlte sich wie ein Schaf. »Oh, das erklärt alles.«

»Hier«, sagte die Frau. »Nehmen Sie einen von diesen Stadtplänen. Ich werde die neue Bibliothek einzeichnen.« Sie schaute auf die Uhr. »Aber es macht wenig Sinn, da jetzt noch hinzugehen. Bis Sie dort ankommen, haben die bereits geschlossen.«

»Danke«, sagte Jacquie. »Vielen Dank.«

Ernüchtert lief sie zurück zum Gästehaus. Zumindest, dachte sie, hat es aufgehört zu regnen. Vielleicht habe ich morgen mehr Glück.

Aber gerade als sie am Torhaus vorbeiging, öffnete der Himmel alle Schleusen, und es begann fürchterlich zur regnen. Jacquie musste feststellen, dass sie den Regenschirm im Tourismusbüro hatte liegen lassen. Schnell rannte sie unter den schützenden Torbogen, um sich unterzustellen, bis der Sturm etwas nachließe.

Während sie dort stand, blickte sie zur Kathedrale hinüber. Riesengroß und von Scheinwerfern angestrahlt, nahm sie die Mitte eines weitläufigen Parks ein. Die ihr zugewandte Seite, vermutlich der Haupteingang, war mit faszinierenden Reliefs bedeckt. Sie sahen wie Schnüre aus Stein aus, und in den Nischen über der Holztür wachten lebensgroße Statuen.

Noch nie zuvor war sie in einer Kathedrale gewesen. Ihre Eltern – und Reverend Prew – hatten ihr immer eingebläut, dass die Anglikanische Kirche, die etablierte Kirche, korrupt und nicht wirklich christlich war, kaum besser als die katholische Kirche. Einmal hatte sie ihre Mutter gefragt, ob sie die Kathedrale in Ely besuchen dürfe, worauf ihre Mutter völlig entsetzt reagiert hatte. »All diese Statuen sind nicht besser als heidnische Götzen!«, rief Joan Barnett. »Die Bibel verbietet das!« In Stein gehauene Bilder. Ihr sollt Euch kein Bild machen.

Also war es vielleicht unbewusst eine Rebellion gegen ihre Mutter und Reverend Prew, die sie unter dem geschützten Torbogen hervorlockte und sie auf die imponierende Fassade zurennen ließ.

Wahrscheinlich hatte die Kathedrale sowieso nicht mehr geöffnet. Die Tür würde abgeschlossen sein, und sie wäre völlig umsonst pitschnass geworden.

Aber sie war nicht abgeschlossen. Jacquie drehte an dem Eisenring, und die Tür sprang auf.

Sie war überwältigt. Der Raum schien sich endlos auszubreiten und verlor sich magisch und geheimnisvoll in der Dunkelheit. Lichter blitzten in der Ferne, während überirdische Musik über die Steinmauer floss. So herrliche Musik hatte sie niemals zuvor gehört. Sie blieb wie angewurzelt stehen und wagte kaum zu atmen.

»Wollen Sie an der Messe teilnehmen?«, fragte ein offiziell aussehender Mann in der Nähe der Tür freundlich.

»Ja«, antwortete sie, rührte sich aber nicht.

Die Musik endete.

»Die Abendmesse wird in etwa zehn Minuten beginnen«, informierte sie der Mann. »Wenn Sie Richtung Kanzel gehen, wird man Ihnen helfen, einen Platz zu finden.«

Jacquies Füße trugen sie durch die riesige Kathedrale in die Richtung, aus der die Musik gekommen war. Vage nahm sie die hoch aufragenden Säulen wahr, die in Stein gehauenen Bilder, die gewaltigen, dunklen Fenster. Doch sie konzentrierte sich nur auf ihr Ziel.

»Hier entlang, bitte«, sagte ein anderer Mann. Er stand unter dem Bogen, der in den hinteren Bereich führte. »Hier entlang zur Andacht. Sie können überall sitzen, außer in den Chorstühlen, die sind für die Musiker.«

»Wird denn gesungen?«, fragte sie den Mann hoffnungsvoll.

»Oh ja.«

Ein paar Leute saßen bereits verstreut auf den Kirchenbänken, alte Frauen mit Regenschirmen und Einkaufstüten und ein paar Touristen mit umgehängten Fotoapparaten. Irgendwo kniete eine Frau in mittleren Jahren mit hübschem Gesicht und lockigem Haar und betete. Jacquie setzte sich ihr gegenüber und blätterte in dem Gesangbuch, das vor ihr auf dem Sims lag. Dann starrte sie auf den Altar am anderen Ende der Kathedrale. Aufwändige Stickereien, silberne Kerzenleuchter und ein großes silbernes Kreuz, an dem ein Mann hing. Reverend Prew würde einen Anfall bekommen, dachte sie befriedigt.

Die Stille schien unnatürlich. Eine alte Frau hustete und durchwühlte dann ihre Handtasche nach einem Hustenbonbon, ein Tourist flüsterte mit seiner Begleiterin. Irgendwo tickte laut eine Uhr.

Und dann begann die Orgel zu spielen. Ein süßer, erdiger Ton. Alle erhoben sich von ihren Plätzen. Jacquie tat es ihnen gleich, während rot gewandete Chorknaben in Zweierreihen unter dem Torbogen erschienen. Ihre kleinen Gesichter strahlten feierlich über ihren gestärkten und plissierten Kragen. Sie gingen auf ihre Plätze. Ihnen folgten einige Männer, die sich nach einer kurzen Verbeugung vor dem Altar einander gegenüber aufstellten.

»Oh Herr, öffne deine Lippen«, begann jemand hinter Jacquie zu singen. »Und unsere Münder sollen dich preisen«, antwortete der Chor laut und freudig. Jacquie überlief ein Schauder.

Die Erschöpfung und die Aufregung ließen Jacquie in dieser Nacht tief und traumlos schlafen. Das Bett war sogar bequemer als ihr eigenes zu Hause. Sie schlief so gut, dass sie am nächsten Morgen beinahe das Frühstück versäumt hätte. Sie duschte schnell kalt, da das heiße Wasser bereits aufgebraucht war, föhnte ihr Haar, zog sich hastig an und eilte die Treppe hinunter.

»Ich dachte schon, Sie würden nicht mehr kommen«, sagte die Wirtin, eine heitere Frau vom Land.

»Normalerweise frühstücke ich nicht«, erklärte Jacquie und holte sich etwas Müsli von der Anrichte. »Ich nehme nur das. Und vielleicht etwas Toast und Kaffee, wenn das nicht zu viel Mühe macht.«

»Aber nein.« Die Frau stemmte die Hände in die Hüften und betrachtete Jacquie kritisch. »Sie sehen so aus, als könnten Sie was zu essen vertragen, meine Liebe. Sie bekommen ein komplettes Frühstück, und ich will keine Widerrede hören.«

»Gut.« Jacquie lächelte. Unerklärlicherweise fühlte sie sich glücklicher als seit Wochen. Als das Frühstück kam, aß sie es bis zum letzten Bissen auf und tunkte ihren Toast auch noch gierig in die letzten Reste des Eigelbs. Dann nahm sie sich Zeit für eine zweite Tasse Kaffee und begann, Pläne für den Tag zu schmieden.

Die Bibliothek würde natürlich ihr erstes Ziel sein. Sie wusste nicht recht, was sie danach tun sollte. Das hing davon ab, was sie dort herausfinden würde. Auf jeden Fall wollte sie irgendwann noch einmal die Kathedrale besuchen.

Als Jacquie wieder nach oben ging, um ihren Mantel zu holen, ihre Handtasche und den neuen Stadtplan, schaute sie kurz aus dem Fenster. Das Wetter hatte sich deutlich gebessert. Die Kathedrale strahlte in heiterer Schönheit unter einem blassblauen Novemberhimmel. »Das ist der erste schöne Tag, den wir seit Wochen haben«, hatte die Wirtin gesagt. »Den müssen Sie mitgebracht haben, meine Liebe.«

Dieses Mal fand sie die Bibliothek ohne Probleme, und der fünfzehnminütige Spaziergang kam ihr an einem so schönen, kalten Tag gerade recht. Sie genoss den Weg durch Westmead, merkte sich die Läden, die sie irgendwann später vielleicht einmal besuchen wollte. Nachdem sie Ally gefunden hatte, wollte sie eine Weile in Westmead bleiben. Vielleicht würde sie sogar hierher ziehen, um näher bei ihrer Schwester zu sein. Schließlich gab es nichts, was sie noch länger in Sutton Fen hielt. Ally war jetzt alles, was sie noch hatte. Westmead schien ein zivilisierter Ort zu sein, viel interessanter als Sutton Fen, die Menschen freundlich – nicht zu vergleichen mit den feindseligen und engstirnigen Bewohnern ihres Heimatortes. Und außerdem gab es hier die Kathedrale.

Die Bibliothekarin am Eingang war genauso hilfsbereit und herzlich wie all die anderen Leute, die sie bis jetzt getroffen hatte. Jacquie erklärte ihr, dass sie nach ihrer Schwester suche, die vor etwa elf Jahren nach Westmead gezogen war. Die Bibliothekarin schlug vor, im Telefonbuch nachzusehen.

Jacquie sagte ihr, dass sie bereits in dem Gästehaus nachgeschlagen und festgestellt habe, dass es niemanden namens Alison Barnett gab. »Ich denke, dass sie verheiratet ist«, sagte sie. »Vermutlich mit jemandem, der Mike heißt, aber ich kenne seinen Nachnamen nicht.«

»Das macht es allerdings nicht gerade leicht, sie zu finden«, sagte die Bibliothekarin mitfühlend.

Jacquie ließ sich nicht entmutigen. Sie zog das Foto von Alison hervor und zeigte es der Frau, doch die schüttelte den Kopf. »Nein«, sagte sie. »Ich kenne sie nicht. Ich kann mich nicht daran erinnern, sie jemals gesehen zu haben.«

»Nun«, sagte Jacquie. »Was meinen Sie könnte ich noch tun, um sie zu finden? Sollte ich vielleicht eine Anzeige in der lokalen Zeitung schalten? Sie bitten, sich bei mir zu melden?«

Die Frau klopfte mit einem lackierten Fingernagel gegen ihre Zähne. »Die Zeitung. Nun, Sie bringen mich da auf eine Idee.«

»Ja?«, drängte Jacquie eifrig.

»Wissen Sie denn, wann sie nach Westmead gezogen ist?«

»Oh ja.« Wie hätte sie das nur je vergessen können? »Das war Anfang Juli 1989. Samstag, der 1. Juli.«

»Und wissen Sie«, fragte die Bibliothekarin weiter, »wann sie geheiratet hat?«

Jacquie schüttelte den Kopf. »Ich fürchte, nein. Aber wahrscheinlich«, fügte sie, als sie sich an Alisons Schwangerschaft erinnerte, »nicht lange, nachdem sie hier ankam.«

»Macht nichts.« Die Bibliothekarin stand auf. »Sie könnten natürlich auf jeden Fall zum Einwohnermeldeamt gehen. Aber wenn sie in Westmead geheiratet hat, müsste man etwas darüber in den Zeitungen finden. Die Ankündigung, wissen Sie.«

Jacquie wurde aufgeregt. »Natürlich! Was für eine wundervolle Idee.«

»Wir haben alle alten Zeitungen hier auf Mikrofilm. Wenn es Ihnen nichts ausmacht, ein paar alte Zeitungen durchzusehen, finden Sie vielleicht ihren jetzigen Namen heraus.«

»Natürlich macht mir das nichts aus!«

Die Bibliothekarin führte sie zu dem klobigen Lesegerät und erklärte, wie es funktionierte. »Die Zeitungen sind auf diesen Filmrollen, jeweils drei Monate auf einer Rolle«, erklärte sie in geschäftsmäßigem Ton. »Diese Rolle hier beginnt mit dem 1. Juli.« Sie legte sie in die Maschine ein und schaltete das Licht an. »Damals war der *Herald* eine Tageszeitung. Jetzt erscheint er nur noch wöchentlich.«

Jacquie drehte an der Kurbel, und die Seiten der Zeitung rasten vor ihren Augen vorbei. »So?«

»Langsam. Lassen Sie sich Zeit«, lächelte die Bibliothekarin. »Es wird nicht mehr oft nach Mikrofilmen gefragt im Zeitalter des Internets. Heutzutage findet man ja alles online. Aber der *Westmead Herald* ist noch nicht so weit. Mikrofilm ist hier das Einzige, das wir anbieten können.«

Jacquie dankte ihr gedankenverloren und war bereits völlig vertieft in die alten Zeitungen. Es war schwer, sich nicht durch die Anzeigen von ihrem eigentlichen Ziel ablenken zu lassen. Fast eine Stunde lang studierte sie die erste Zeitung Seite für Seite und vergaß, fasziniert von der Vergangenheit, völlig die Zeit. Doch schließlich wurde ihr klar, dass es so nicht weitergehen konnte, es sei denn, sie wollte hier Wochen verbringen. Als sie die Ausgabe von Sonntag dem 2. Juli vor sich hatte, zwang sie sich, die Seiten nur noch zu überfliegen. Erst die Titelseite und dann direkt die Auflistung der Hochzeiten, ohne sich zwischendurch aufzuhalten. Es war natürlich unwahrscheinlich, dass Alison so schnell geheiratet hatte. Aber so verpasste sie garantiert den richtigen Tag nicht. Wahrscheinlich lag er im späten Juli oder im frühen August, je nachdem, wie lange das Aufgebot vorher stehen musste.

Der Sonntag hielt nichts für sie bereit, und so machte sie schnell weiter. Als sie den Montag erreichte, wurde ihre Aufmerksamkeit auf die Schlagzeile der Titelseite gelenkt: »Mord in Quire Close.«

Jacquie runzelte beunruhigt die Stirn. Mord war etwas, das vielleicht in London passierte, aber doch nicht in einem so idyllischen Ort wie Westmead. Sie las den Artikel, der aber nur wenig informativ war. »Die Leiche einer jungen Frau ist gestern in Quire Close in der Nähe der Kathedrale gefunden worden. Nach Polizeiangaben wurde die Frau erwürgt. Bauarbeiter hatten die Leiche am frühen Morgen entdeckt. Die Polizei hat die Identität des Opfers noch nicht bekanntgegeben, weil zunächst die Angehörigen informiert werden sollen.« Viel mehr stand dort nicht.

Interessiert, aber keineswegs alarmiert drehte sie weiter bis zur Titelseite des nächsten Tages. Dieses Mal standen mehr Details in dem Artikel und er war weitaus emotionaler formuliert. Die junge blonde Frau, hieß es, sei noch nicht identifiziert worden. Die Bevölkerung wurde um Mithilfe gebeten, für den Fall, dass irgendjemand Informationen zur Identität der Frau hatte oder Hinweise, um den Mörder zu fassen. Jacquie hatte gerade angefangen zu lesen, als ihr Blick von einem Foto abgelenkt wurde. »Kennen Sie diesen Hasen?«, lautete die Überschrift, und ein körniges Foto zeigte einen abgewetzten Plüschhasen, dem ein Auge fehlte und der nur noch ein Ohr hatte.

Das war Grace. Zweifellos war das Grace.

Jacquies Schrei, durchdringend und verzweifelt, erschütterte die Stille der Bibliothek von Westmead.

Kapitel 14

Man wollte Jacquie nicht alleine zum Polizeirevier fahren lassen. Die freundliche Bibliothekarin besorgte einen Stellvertreter und brachte sie persönlich hin.

»Sie ist völlig zusammengebrochen«, sagte sie zu der jungen Frau am Empfang. »Vor ein paar Jahren hat es hier einen Mord gegeben. Sie glaubt, dass das Opfer ihre Schwester gewesen sein könnte.«

»Es *war* meine Schwester«, beteuerte Jacquie, noch immer starr vor Entsetzen. »Es war Grace.« Die Frau, die zum Zeitpunkt des Mordes wahrscheinlich noch ziemlich jung gewesen war, schüttelte den Kopf. »Ich hole jemanden«, sagte sie, huschte davon und blieb einige Minuten lang verschwunden.

Schließlich erschien ein großer, dünner Mann mit lockigem, rotem Haar. Er sprach kurz mit der Bibliothekarin, die ihm erklärte, um was es ging. Er nickte, um zu zeigen, dass er verstanden hatte, und sagte: »Danke, das war sehr freundlich von Ihnen. Ich werde mich jetzt um alles Weitere kümmern, Sie müssen doch bestimmt zurück in die Bibliothek.«

Die Bibliothekarin verschwand. Jacquie hatte sich noch immer nicht gerührt. Der Mann beugte sich zu ihr und sah ihr ins Gesicht. »Ich bin Detective Sergeant Merriday«, sagte er. »Darf ich Sie nach Ihrem Namen fragen, Miss ... Mrs.?«

Jacquie zwang sich zu antworten. »Darke. Jacquie Darke. Mrs.«

»Wenn Sie bitte mit mir kommen würden, Mrs. Darke«, sagte er. »Hier entlang.«

Sie setzte einen Fuß vor den anderen. »Es war Grace«, murmelte sie.

Er führte sie einen Korridor entlang und einige Stufen hinauf in sein Büro. »Nehmen Sie bitte Platz, Mrs. Darke.« Jacquie setzte sich, während er den Telefonhörer abhob und ein paar Anweisungen gab. »Bitte Tee mit Zucker, Liz. Mit viel Zucker. Jetzt gleich.«

Sergeant Merriday wandte sich wieder Jacquie zu. »Nun, Mrs. Darke. Wenn Sie einverstanden sind, würde ich Ihnen gerne ein paar Fragen stellen.«

Sie nickte.

»Sie haben Grund zu der Annahme, dass die tote Frau, die vor ein paar Jahren gefunden wurde, Ihre Schwester Grace war?«

»Nein.« Sie schüttelte den Kopf. »Ally. Alison.«

Er sah sie verwirrt an. »Aber Sie sagten Grace.«

Jacquie seufzte zitternd und versuchte, es ihm zu erklären. »Grace war ihr Hase. Ihr Plüschhase. Der auf dem Foto. Aber meine Schwester war ... sie hieß Alison.«

»Oh Gott, der Hase.« Er sank in seinen Stuhl zurück. Bis zu diesem Augenblick war er skeptisch gewesen. Aber der Hase ...

»Ihr Tee, Tim.« Das Mädchen vom Empfang stand mit einer dampfenden Tasse in der Tür.

»Danke, Liz, das ging ja schnell. Er ist für Mrs. Darke. Aber ich sollte jetzt besser auch eine Tasse trinken«, fügte er hinzu, denn mit einem Mal bemerkte er, wie ihm flau wurde.

Jacquie starrte den Becher an, als hätte sie keine Ahnung, was sie damit anfangen sollte. Sergeant Merriday nahm ihre Hände, legte sie um die Tasse und führte sie an ihren Mund. »Hier, nehmen Sie einen Schluck«, sagte er sanft. »Das wird helfen.«

Ihre Zähne schlugen gegen den Rand, als sie zu trinken versuchte, und sie verschluckte sich. »Er ist heiß«, sagte sie. »Und süß. Ich nehme nie Zucker.«

»Vertrauen Sie mir«, murmelte er.

Jacquie sah ihn zum ersten Mal richtig an und wusste sofort, dass sie ihm tatsächlich vertrauen konnte. Er war nicht attraktiv, aber er hatte ein freundliches Gesicht: blasse Augen mit so hellen Wimpern, dass sie fast unsichtbar waren, und eine leicht gebogene Nase. Dann blickte sie auf seine Hände, die er noch immer um ihre gelegt hatte. Sie hatten Sommersprossen, die Fingerknöchel waren rot. »Ihre Hände sind warm«, sagte sie.

»Und Ihre eiskalt.« Er zog seine Hände zurück und legte sie vor sich auf den Tisch. »Lassen Sie sich ruhig Zeit«, sagte er. »Wir haben es nicht eilig, Mrs. Darke. Ich werde nirgends hingehen.«

Sie schloss die Augen und konzentrierte sich darauf, den Tee zu trinken. Süßer Tee, das altbewährte Mittel gegen Schock. Kurz darauf wurde ein weiterer Becher gebracht. Der Sergeant nahm einen großen Schluck und seufzte. »Ich weiß, dass ich ihn ohne Zucker trinken sollte«, erklärte er, »aber ich kann es einfach nicht lassen.« Wieder griff er zum Telefon. »Schauen Sie unter Jane Doe nach«, befahl er. »Juli 1989.«

Warum glaubten die Leute immer, dass Tee alles leichter macht, fragte sich Jacquie. Nichts konnte Alison zurückbringen, kein Tee, nichts. Es würde niemals wieder leichter werden. »Meine Schwester ist tot.« Sie sprach die Worte laut aus, als wollte sie ausprobieren, wie sie klangen – die Worte, die sie von nun an immer wieder sagen würde. »Ally ist tot.«

Sergeant Merriday stellte seine Teetasse ab, legte ein Blatt Papier vor sich auf den Tisch und nahm einen gespitzten Bleistift zur Hand. »Sind Sie jetzt bereit, darüber zu sprechen?«, fragte er. »Sie müssen nicht, wenn Sie noch nicht wollen, Mrs. Darke.«

»Nennen Sie mich Jacquie«, sagte sie. »Bitte.«

»Gut. Jacquie.«

Sie benetzte die Lippen mit der Zunge und versuchte, die Worte in die richtige Reihenfolge zu bringen. »Ally hat ihr Zuhause am 1. Juli 1989 verlassen. Ich habe sie nie wieder gesehen.«

Das Datum passt, dachte der Detective, kein Zweifel. »Der

volle Name Ihrer Schwester?«, fragte er und hielt den Stift bereit.

»Alison Barnett. Alison Rebekah Barnett.«

Er notierte ihn. »Und wissen Sie ihren Geburtstag?«

»Sie war meine Schwester. Natürlich kenne ich ihren Geburtstag«, zischte Jacquie, dann seufzte sie. »Tut mir Leid. Das habe ich nicht so gemeint. Ihr Geburtstag ist der 3. April, und sie war zwanzig, als sie gegangen ist. Sie wurde also 1969 geboren.«

Seine blasse Haut hatte sich gerötet. »Entschuldigen Sie, Jacquie. Ich wollte Sie nicht kränken. Das hier ist auch für mich nicht leicht.«

Warum war es für ihn nicht leicht?, fragte sie sich. Er machte doch nur seine Arbeit. Er hatte Ally schließlich nicht gekannt, er war nicht mit ihr aufgewachsen, er hatte sie nicht zwanzig Jahre lang geliebt ...

»Wer hat meine Schwester ermordet?«, fragte sie abrupt und stellte die Tasse auf den Tisch. »Sagen Sie mir, wer sie getötet hat.«

Jetzt war es an ihm zu seufzen. »Ich wünschte, das könnte ich.«

Sie starrte ihn an. »Wollen Sie damit sagen, dass Sie es nicht wissen?«

Sein Bleistift huschte über das Papier, entwarf gekonnt eine Katze. »Der Mörder Ihrer Schwester ist nie gefasst worden«, sagte er und versuchte, seine Stimme so nüchtern wie möglich klingen zu lassen. »Nicht, dass wir nicht alles versucht hätten, um ihn zu finden. Glauben Sie mir.«

Die fleißige Liz tauchte wieder im Türrahmen auf, diesmal beladen mit zwei schweren Kisten, die sie auf seinem Tisch abstellte. »Hier. Nun habe ich mein Training für den heutigen Tag gehabt – ich werde heute Abend nicht ins Fitness-Studio gehen müssen.«

»Danke«, sagte er und lächelte sie an. Als er sich Jacquie zuwandte, war sein Gesicht wieder traurig. »Nun«, sagte er, »bevor wir alles durchgehen, möchte ich Ihnen eine Frage stellen. Warum haben Sie Ihre Schwester nie als vermisst gemeldet? Wir haben unglaublich lange versucht, sie zu identifizieren, aber auch das ist uns nie gelungen. Warum jetzt, Jacquie? Nach all diesen Jahren?«

Jacquie öffnete ihren Mund und schloss ihn dann wieder. Sie konnte es ihm nicht sagen. Sie konnte nicht in diese mitfühlenden, blassen Augen blicken und ihm sagen, dass sie ihre Schwester fortgetrieben und in all den Jahren nie versucht hatte, sie zu finden. Deswegen antwortete sie ausweichend: »Ich kann nicht verstehen, warum sie nicht identifiziert worden ist. Sie hatte doch ihr Bausparbuch bei sich – da stand ihr Name drin. Und ihren Ausweis – der muss in ihrer Handtasche gewesen sein.«

Unumwunden antwortete er: »Bei der Leiche wurde keine Handtasche gefunden. Überhaupt nichts, was uns geholfen hätte, sie zu identifizieren. Nur der ... nur Grace.«

Er blickte auf das Blatt Papier hinunter, wo unter seiner Hand das Bild eines Hasen entstanden war. »Glauben Sie mir, Jacquie. Wir haben alles versucht. Und zwar nicht nur hier. Jedes Polizeirevier im Land ist informiert worden, alle Listen über vermisste Personen wurden überprüft. Und in allen überregionalen Zeitungen wurde darüber berichtet, mit einem Foto von Grace und einer Beschreibung der ... toten Frau. Es kam sogar in den Abendnachrichten. Ich kann nicht verstehen, warum Sie nie etwas davon erfahren haben.«

Zumindest das konnte sie ihm erklären. »Wir haben keine Zeitung gelesen. Wir hatten keinen Fernseher. Meine Eltern waren ... sehr religiös. Sie wollten sich nicht von der Welt da draußen verderben lassen.«

Tim Merriday nickte, er schien zufrieden mit der Antwort. Seit Jahren schon hatte ihn diese Frage verfolgt: Wenn das Mädchen nicht in einem anderen Land gelebt hatte, wie konnte es dann einfach verschwinden, ohne jemals von irgendjemandem vermisst zu werden? Und dass sie nicht aus einem anderen Land gekommen war, war ziemlich eindeutig gewesen. Alles, was man in ihrem Koffer gefunden hatte, war englischer Herkunft gewesen. »Ihre Eltern ...«, begann er und ließ das Ende des Satzes offen.

»Sie sind tot«, antwortete sie ruhig.

Zumindest blieb ihnen dieser Kummer erspart, zu erfahren, dass ihr Kind ermordet worden war, und zwar schon vor Jahren, ohne dass sie auch nur das Geringste geahnt hatten.

»Das ist auch der Grund, warum ... jetzt.« Jacquie schluckte. »Alison ist alles, was ich noch habe. Zumindest dachte ich das.«

Er konnte den Schmerz in ihrem Gesicht und ihrer Stimme kaum ertragen. Er wollte sie so gerne trösten. »Was ist mit Ihrem Mann?«, fragte er. »Mr. Darke.«

»Wir sind geschieden«, erklärte sie. »Und wir haben keine Kinder.«

Das wurde ja immer schlimmer. »Mrs. Darke«, sagte er. »Jacquie. Wir müssen jetzt nicht weitersprechen.« Er legte seinen Stift ab. »Das kann warten. Würden Sie vielleicht lieber morgen wiederkommen, wenn Sie sich etwas an den Gedanken gewöhnt haben, dass Ihre Schwester tot ist? Vielleicht wäre es jetzt zu viel für Sie, alle Details zu hören.«

»Ich möchte es wissen«, sagte sie. »Ich muss es wissen. Ich muss wissen, wie meine Schwester gestorben ist und was die Polizei unternommen hat, um den Mörder zu finden. Ich muss einfach alles wissen. Glauben Sie denn, dass ich heute Nacht auch nur ein Auge zutun könnte, wenn ich es nicht wüsste?« Sie hob ihren Blick, um ihn anzusehen. Tränen standen ihm in den Augen. Das gab ihr fast den Rest. Warum, fragte sie sich erneut, bewegte ihn das so? Es war sein Job, er war an solche Situationen gewöhnt. Zwar gab es wahrscheinlich nicht viele Mordfälle in Westmead, aber trotzdem ...

»Nun gut. Wenn Sie sicher sind.« Er öffnete die oberste Akte und schlug einen geschäftsmäßigen Tonfall an, weil er wusste, dass er es so leichter durchstehen konnte. »Die Leiche einer jungen Frau wurde nördlich der Kathedrale in Westmead gegen etwa sieben Uhr morgens am Sonntag, dem 1. Juli 1989, gefunden. Die Leute, die sie entdeckten und uns benachrichtigten, waren Bauarbeiter, die gerade auf dem Weg zu ihrer Arbeit im Priorhaus waren, am nördlichen Ende der Siedlung.«

»An einem Sonntag?«, unterbrach Jacquie ihn skeptisch. Reverend Prew hatte ihnen immer eingebläut, wie heilig der Sonntag war, und bestimmt war das in der Anglikanischen Kirche nicht anders.

»Sie lagen nicht im Zeitplan und beschlossen, den ganzen Sonntag Überstunden zu machen«, erklärte er, ohne sich durch ihre Frage durcheinander bringen zu lassen. »Das Haus sollte für den Dekan der Kathedrale renoviert werden. Oder vielmehr für seine Witwe.«

»Und woher wissen Sie, dass die beiden Bauarbeiter sie nicht umgebracht haben?«, wollte Jacquie wissen. »Oder einer allein? Vielleicht wollten sie mit ihr ... und als es nicht klappte ...«

»Sie war bereits am Abend zuvor ermordet worden«, sagte er. »Nicht an diesem Morgen. Und vermutlich wurde sie an einem anderen Ort getötet und später dorthin gebracht. Wir konnten den Tatort nie finden, es gab nirgends entsprechende Spuren.«

»Trotzdem könnten die beiden sie umgebracht haben«, rief Jacquie. »In der Nacht. Und dann haben sie so getan, als ob sie die Leiche entdeckt hätten. Passiert so was nicht gelegentlich?«

»Doch, und genau das haben wir auch überprüft.« Detective Sergeant Merriday blätterte in den Akten und zog dann ein Blatt Papier heraus. »Alibis«, erklärte er. »Beide hatten ein Alibi. Detective Inspector Crewe, der die Untersuchung leitete, hat beide Männer stundenlang verhört. Und er hat ihre Alibis ausführlich überprüfen lassen. Sid Nelson, ein neunundzwanzigjähriger Tischler: Er war den ganzen Abend zu Hause bei seiner Frau und seinem Kind. Seine Frau hat das unter Eid bestätigt. Und der andere, Terry O'Connor, damals zweiundzwanzig Jahre alt, war mit sechs Freunden ab achtzehn Uhr im Pub *Blacksmith's Arms*, und alle haben bezeugt, dass er den Laden nicht ein einziges Mal verlassen hat. Danach ging er mit einem seiner Kumpels nach Hause, um seinen Rausch auszuschlafen.«

»Alibis können erfunden sein«, sagte sie hartnäckig.

»In diesem Fall gab es keine Hinweise dafür. Und wir haben auch die Hintergründe und Alibis von all den anderen Bauarbeitern des Priorhauses gecheckt. Sie waren alle sauber.« Er zählte sie an den Fingern ab. »Der Klempner, der Elektriker, der Innenausstatter. Keiner von ihnen hatte ein Motiv, alle ein vernünftiges Alibi.«

»Motiv?«, fragte Jacquie. »Es ist doch ganz offensichtlich, was das Motiv gewesen ist. Meine Schwester war ein attraktives Mädchen und ganz alleine in einer fremden Stadt.«

Der Polizist schüttelte den Kopf. »So einfach ist das nicht. Sie ist nicht ... vergewaltigt worden, wenn es das ist, was Sie meinen. Es gibt keinen Hinweis auf einen sexuellen Hintergrund der Tat – das hat die Obduktion ergeben.«

Jacquie schauderte, als sie sich vorstellte, wie Alison auf einem Seziertisch gelegen hatte und obduziert worden war.

»Sie war vollständig bekleidet«, fuhr er fort. »Und ihre Kleidung war auch nicht zerrissen.«

»Ally war schwanger«, warf Jacquie ein und versuchte, sich selbst einen Reim darauf zu machen. »Vielleicht hat ein Mann sie angesprochen, und als sie sagte, sie sei schwanger, ... nun, ich weiß auch nicht.«

Er versuchte, sich nicht ablenken zu lassen. »Jedermann in Quire Close ist befragt worden«, fuhr er fort. »Alle Leute, die hier leben, haben etwas mit der Kathedrale zu tun, was das Ganze nur noch schwieriger macht. Die Kirchenverantwortlichen haben uns allerlei Steine in den Weg gelegt. Trotzdem haben wir jeden befragt und jedes Haus durchsucht. Alles sprach dafür, dass sie hier in Quire Close getötet wurde, vielleicht in einem der Häuser. Aber wir haben nichts herausgefunden. Niemand kannte sie, niemand hat sie gesehen. Niemand hatte überhaupt *irgendetwas* gesehen. Es hätte uns ja schon weitergeholfen«, fügte er hinzu, »wenn wir gewusst hätten, wer sie war. Es war schwierig, überhaupt ein Motiv für einen Mord zu finden, wo wir doch nicht einmal ihren Namen kannten. Sie war eine Fremde in der Stadt. Wir konnten keine ehemaligen Liebhaber befragen oder sonst jemanden, der Kontakt mit ihr hatte.«

Jacquie runzelte die Stirn. »Jemand *muss* etwas gesehen haben. Sie ist mit dem Zug gekommen. Also ist sie zu der Kathedrale gelaufen, oder sie hat sich ein Taxi genommen. Ein hübsches Mädchen läuft mit einem Koffer durch die Stadt ...« Sie hielt inne und beugte sich nach vorne. »Was ist mit dem Koffer? War er bei ihrer ... Leiche, als sie gefunden wurde?«

»Nein.« Er nahm wieder den Bleistift und fuhr fort zu zeichnen. Diesmal waren es Blumen, die sich um die Katze und den Hasen rankten. »Der Koffer tauchte erst einen Tag später auf. Und sie haben natürlich Recht. Einige Leute haben sie tatsächlich auf dem Weg zur Kathedrale gesehen, es hat sogar jemand mit ihr gesprochen. Der Erste Kirchendiener der Kathedrale. Er hat eine kleine Besichtigungstour mit ihr gemacht. Sie etwas aufgemuntert, schätze ich.« Er dachte an Leslie Clunch und musste unvermittelt grinsen. »Er hat ihr angeboten, den Koffer einzuschließen, während er mit ihr die Kathedrale besichtigte. Wie er sagte, hatte er ihn in sein Büro gestellt, doch dann musste er dringend etwas erledigen, und als er zurückkam, war sie verschwunden. Er habe sie dann nicht mehr gesehen, und der Koffer sei ihm erst wieder eingefallen, als er von dem Mord erfuhr und ihm klar wurde, dass sie das Opfer sein musste.«

»Sagte er. Sagte er. Er könnte doch auch lügen«, warf Jacquie wütend ein. »Was, wenn *er* sie getötet hat? Dann würde er doch genau solch eine Geschichte erfinden.«

»Leslie Clunch ist ein hoch geschätztes Mitglied der Kirchengemeinde«, sagte Detective Sergeant Merriday. »Ich behaupte ja nicht, dass auf ihn überhaupt kein Verdacht fiel, aber noch mal: Es gab keine Beweise. Wie es schien, war er fast den ganzen Abend in der Kathedrale und ging danach nach Hause zu seiner Frau. Mrs. Clunch hat bestätigt, dass er in dieser Nacht nicht mehr fortgegangen ist. Und«, fügte er hinzu, »er hätte uns von dem Koffer gar nicht zu erzählen brauchen, wenn er schuldig gewesen wäre. Er hätte ihn einfach verschwinden lassen können, so wie es der Täter offenbar mit der

Handtasche getan hat. Clunch hätte sich komplett aus den Ermittlungen raushalten können, anstatt die Aufmerksamkeit auf sich zu ziehen.«

Jacquie ließ nicht locker. »Aber andere Leute haben ihn doch bestimmt mit ihr zusammen gesehen. Und auch, dass sie einen Koffer bei sich trug, den er ihr abnahm.«

»Der Punkt geht an Sie«, gab er zu. »Aber Tatsache ist, dass er uns gleich davon erzählt hat. Er wurde stundenlang befragt, und seine Geschichte blieb immer dieselbe.«

Jacquie schwieg einen Moment und versuchte, alles zu begreifen. Als sie wieder sprach, klang ihre Stimme bitter. »Und so haben Sie nach ein paar Wochen oder ein paar Monaten die Ermittlungen eingestellt. Sie haben meine Schwester in einem namenlosen Grab beerdigt, vermute ich, und die Akten weggeschlossen. Sie haben den Mörder entkommen lassen, wer immer er war. Sie ist tot, und er ist immer noch irgendwo da draußen. Doch die Polizei kümmert das nicht. Schließlich war sie ja nur irgendeine Unbekannte.« Sie wusste, dass sie unfair war, aber sie projizierte ihre eigenen Schuldgefühle auf die Polizei. Sie konnte nicht anders, und es war ihr auch egal.

»Nein«, sagte er ruhig, aber so bestimmt, dass Jacquie ihn unvermittelt ansehen musste.

»Nein?«

»Ich habe den Fall nie vergessen. Nicht einen einzigen Tag in meinem Leben.«

Sie starrte ihn an. Sergeant Merriday war jung, höchstens ein paar Jahre älter als sie selbst. Vielleicht fünfunddreißig. Alisons Tod lag elf Jahre zurück. Bestimmt war er damals noch kein Sergeant gewesen, nicht einmal Detective, also konnte er nicht in die Ermittlungen involviert gewesen sein. Sie war davon ausgegangen, dass es eine reine Floskel war, wenn er von »wir« sprach, die nichts anderes bedeutete, als dass auch er Polizist war. Natürlich musste er den Fall kennen, weil es hier nicht viele Mordfälle gab, schon gar keine ungelösten. »Was wollen Sie damit sagen?«

»Ich war es«, sagte er, ohne sie anzusehen. »Ich war der erste

Constable, der zum Tatort kam. Ich habe sie als Erster gesehen.«

»Oh Gott.« Jacquie schloss die Augen, doch sie konnte das Bild nicht wegschieben, das sie so deutlich sah, als sei es ihr telepathisch übermittelt worden: die Leiche ihrer Schwester, mit verdrehten Gliedmaßen und zerzaustem blonden Haar.

Im Erdgeschoss plauderte Liz Hollis, die junge Frau am Empfang, mit einem Kollegen. »Es geht um irgendeinen alten Mordfall«, sagte sie. »Die Frau sagte, es handle sich um ihre Schwester Grace. Das muss alles vor meiner Zeit passiert sein.«

Der Mann nickte. »Ja, ich kann mich an den Fall erinnern. Wenn ich mich nicht täusche, war das Ganze ziemlich unerfreulich. Der Fall wurde nie aufgeklärt, und Angehörige gab's auch keine. Komisch, dass nach all den Jahren plötzlich jemand auftaucht.«

»Tim hat um die Akten gebeten«, sagte Liz. »Jane Doe.«

»Stimmt. Identität unbekannt. Ich schätze, dass sie dem armen Ding jetzt seinen richtigen Namen geben können. Grace. Das ist immerhin etwas.« Der Mann schüttelte den Kopf. »Tim hat sich immer ziemlich für diesen Fall interessiert. Ich glaube, er hat als Erster die Leiche gesehen oder so. Und soweit ich weiß, hat er sich immer wieder mit den Akten beschäftigt. Nur für den Fall, dass er etwas übersehen hätte.«

»Wirklich?« Liz war keine Polizistin und hatte von Polizeiarbeit wenig Ahnung. In Wahrheit interessierte sie das alles auch gar nicht. Aber sie interessierte sich für Menschen und für den Klatsch. Und für Tim Merriday. Er war vielleicht kein großartiger Fang, aber er war sympathisch und nett und zuverlässig. Vielleicht mochte er sie? Einmal hatte er sie überraschend gefragt, ob sie mit ihm nach der Arbeit in ein neu eröffnetes Restaurant gehen würde. Sie hatte abgelehnt, da sie an diesem Abend bereits verabredet gewesen war, und er hatte sie nicht wieder eingeladen. Aber sie wollte abwarten, bis sich wieder eine Gelegenheit ergab. Deshalb interessierte sie sich für alles, was irgendwie mit Tim Merriday zusammenhing.

»Das wollen Sie bestimmt nicht hören«, murmelte Detective Seageant Merriday.

»Erzählen Sie es mir.«

Sein Bleistift flog übers Papier und fügte einen Vogel hinzu. Einen Falken vielleicht, eine raubtierhafte Kreatur, mit weit ausgestreckten Flügeln und einem gebogenen Schnabel. »Diesen Anblick werde ich nie vergessen«, sagte er. »Sie war so ... jung. So ... verletzlich.« So starr, fügte er in Gedanken hinzu. Es war das erste Mal gewesen, dass er einen Toten gesehen hatte. Es hatte ihn damals tief erschüttert, und das tat es auch heute noch, wenn er es zuließ.

»Aber Sie haben sie nicht gekannt«, stellte Jacquie mit harscher Stimme fest. Er hatte einfach kein Recht, so zu empfinden. »Sie war eine Fremde für Sie. Sie war *meine Schwester*. Mit Ihnen hatte sie nichts zu tun.«

»Sie hat mich an meine Frau erinnert«, sagte er ruhig. »Blond, hübsch. Alles, was ich denken konnte, war, dass auch sie dort hätte liegen können. Gilly, meine Frau.«

Also war er verheiratet. Jacquie spürte einen Stich, als sie es hörte.

»Wir waren damals noch nicht lange verheiratet«, sagte er, als wollte er seine Schwäche erklären. »Und dann, als ich herausfand, dass das Mädchen – Ihre Schwester – schwanger war ...« Er wandte sein Gesicht ab. »Gilly war auch schwanger. Mit Frannie. Meiner Tochter Frannie.«

Frannie. Es fühlte sich an, als drehte jemand ein Messer in ihrem Bauch herum. Das war zu viel. Seine Tochter hieß Frannie. Wenn alles anders gekommen wäre, hätte sie auch eine Tochter. Und sie hätte sie Frannie genannt, benannt nach ihrem Vater.

»Ich muss gehen«, sagte sie unvermittelt und stand auf.

Er erhob sich ebenfalls und versuchte, sie mit einer Handbewegung aufzuhalten. »Tut mir Leid. Das hätte ich nicht sagen sollen. Das war nicht in Ordnung von mir. Sie hatten Recht, es war *Ihre* Schwester, und es hat überhaupt nichts mit mir zu tun. Ich habe kein Recht, so zu empfinden. Aber ... ich tue es. Das ist mein Problem, nicht Ihres.«

»Nein«, entgegnete Jacquie. »Darum geht es nicht.« Noch einen Augenblick zuvor hatte sie seine Anteilnahme am Tod ihrer Schwester verabscheut. Jetzt aber war sie tief gerührt und mochte ihn nur noch mehr. »Ich kann ... es nur nicht länger ertragen. Vielleicht ein anderes Mal. Vielleicht morgen. Nicht jetzt.«

»Ich komme mit Ihnen«, sagte er. »Sie stehen unter Schock, Sie sollten jetzt nicht alleine sein. Wo übernachten Sie? Ich bringe Sie hin.«

»Sie brauchen sich nicht für mich verantwortlich zu fühlen«, protestierte sie. Aber seine Besorgnis tat ihr gut, und es stimmte: Sie wollte nicht alleine sein. Alleine in dem sauberen, aber fremden Zimmer des Gästehauses *Kathedralenblick*, allein mit ihren Gedanken und Erinnerungen an ihre Schwester, alleine mit der endgültigen Erkenntnis, dass es zu spät war, um alles wieder gutzumachen.

Alleine mit Allys Geist.

»Ich komme mit Ihnen«, sagte er bestimmt, und Jacquie ließ zu, dass er ihren Arm nahm und sie nach unten führte, vorbei an Liz, die sie misstrauisch anstarrte. »Ich bringe Mrs. Darke nach Hause«, rief er ihr zu. »Ich werde so schnell nicht zurückkommen. Wenn mich jemand sucht, sagen Sie, ich hätte mir den Nachmittag freigenommen.«

Draußen, auf dem Bürgersteig, sah er Jacquie an. »Nun, wohin gehen wir?«

»Ich glaube nicht, dass ich schon bereit bin ... dorthin zurückzugehen«, sagte sie leise. »In mein Gästehaus. Noch nicht.«

»Verstehe.« Er dachte einen Moment nach. »Wie wäre es mit einem Ausflug. Einem Ausflug aufs Land. Wie klingt das?«

»Aber Sie müssten doch eigentlich arbeiten«, protestierte sie.

»Ich arbeite doch.«

»Ihr Chef – Detective Inspector Crewe, sagten Sie? – ist vielleicht anderer Ansicht.«

Er lachte freudlos. »Der alte Crewe ist schon vor Jahren in Rente gegangen. Er ist nach Eastbourne gezogen. Um *ihn* mache ich mir keine Sorgen.« Keinesfalls werde ich ihr vom Superintendent erzählen, dachte Tim Merriday.

»Wenn Sie meinen.« Jacquie zuckte mit den Schultern, zu erschöpft, um eine Entscheidung zu treffen. »Das ist sehr nett von Ihnen, Sergeant.«

»Ich bitte Sie, Jacquie«, sagte er. »Wenn wir den Nachmittag zusammen verbringen, sollten Sie mich wenigstens Tim nennen.«

»Na gut. Tim.« Das war ein hübscher Name.

Sie umrundeten das Polizeirevier und liefen zu seinem Wagen. Er konzentrierte sich vollkommen auf die Einbahnstraßen, die aus der Stadt führten, und schaute nur ein- oder zweimal zu ihr hinüber, um sich zu überzeugen, dass es ihr gut ging. Jacquie legte den Kopf nach hinten und schloss die Augen.

Als sie die Stadt verlassen hatten und sie spürte, dass es bergauf ging, öffnete sie die Augen wieder. »Oh!«, rief sie. »Was für Berge!« Noch nie zuvor hatte sie Berge wie diese gesehen. Sie waren sogar im November noch grün, gingen sanft ineinander über, und auf ihren Hängen weideten Schafe. Die Sonne schien noch immer. Es war erst wenige Stunden her, dass sie so voller Hoffnung ihr Gästehaus verlassen hatte.

Er schaute sie neugierig an. »Das nennen Sie Berge?«, fragte er. »Woher um Himmels willen kommen Sie denn? Das haben Sie mir bisher nicht verraten.«

»Aus Sutton Fen«, sagte sie. »Davon werden Sie noch nicht gehört haben. Es ist nicht weit von Ely entfernt. Nördlich von Cambridge. In den Sümpfen.«

»Ich bin noch nie in den Sümpfen gewesen«, gab er zu. »Dort ist es wohl ziemlich flach, nicht wahr?«

»Sehr.« Flach und langweilig und grau, hätte sie am liebsten gesagt. Bedrückend und schrecklich und abgeschnitten vom Rest der Welt. Aber sie beließ es bei ihrer Antwort und schaute zum Fenster hinaus.

»Wir werden zum Mittagessen gehen«, sagte er nach einer Weile. »In ein nettes Restaurant. Wir sind bald da.«

Der Parkplatz vor dem Restaurant war fast voll – es schien

beliebt zu sein. Aber der Gastwirt kannte Tim Merriday und besorgte den beiden einen winzigen Tisch in einer Ecke.

»Was würden Sie gerne trinken?«, fragte Tim.

»Das ist mir egal. Entscheiden Sie.«

»Und was würden Sie gerne essen?«

Sie zuckte die Achseln. »Ich habe keinen Hunger.«

»Das werden wir noch sehen.« Er ließ sie alleine und ging an die Theke, um zu bestellen. Er kam mit einem Glas Bier und einem Gin Tonic zurück.

Jacquie schaute den Drink misstrauisch an. »Was ist das?«

»G. und T. Trinken Sie.«

Damals, in ihrer rebellischen Phase, hatte Jacquie Wein getrunken, doch niemals Gin. Der erste Schluck überraschte sie mit seiner Schärfe. Der zweite aber entzündete ein wohliges Feuer. »Das ist gut«, sagte sie und verzog das Gesicht.

Er lachte. Es war das erste Mal, dass sie ihn lachen hörte. Ein Teil von ihr hasste es, dass er lachen konnte, obwohl ihre Schwester tot war. Der andere Teil entspannte sich ein wenig. Der Gin half ihr dabei.

»Erzählen Sie mir von Ihrer Schwester«, sagte Tim Merriday, jetzt wieder ernst. »Erzählen Sie mir von Alison.«

»Ich kann nicht«, sagte Jacquie. Aber nach zwei weiteren Schlucken Gin Tonic brach der Damm und die Worte strömten nur so aus ihr hinaus. »Alison war ... wunderbar. Sie war nicht nur eine Schwester. Sie war meine Spielkameradin, sie war meine Freundin. Wir waren nur ein Jahr auseinander, wissen Sie. Und unsere Eltern mochten es nicht, wenn wir mit anderen Kindern spielten. Weltlichen Kindern. Wir hatten ... nur uns, Ally und ich. Es gab nur uns beide.«

Er lehnte sich zurück, lauschte und sah sie ermutigend an.

Doch nachdem sie einmal begonnen hatte, brauchte sie gar nicht mehr ermutigt zu werden. Die Worte kamen ganz von alleine. Sie sprach mehr als drei Stunden und unterbrach sich nur, um ab und zu etwas zu essen. Sie bemerkte nicht einmal, dass sie aß, geschweige denn, was.

Sie musste sprechen, musste ihm alles erzählen, damit er verstehen konnte, wie es gewesen war. Sie erzählte ihm alles, was ihr einfiel aus ihrer Kindheit, aus ihren Teenagerjahren: Jacquie, der Wildfang, und Alison, die scheue kleine Schwester, die mit ihren Puppen spielte. Sie erzählte ihm von Reverend Prew und der Gemeinde der Freien Baptisten, sie sprach von ihren Eltern.

Er war ein wunderbarer Zuhörer. Niemand außer Ally hatte ihr jemals so zugehört. Darren nicht – Darren ganz bestimmt nicht. Reverend Prew nicht, der niemals etwas anderes hörte als den Klang seiner eigenen Stimme. Ihre Eltern nicht, die dachten, dass *sie* diejenige sei, die zuhören müsse, dass Kinder sichtbar, aber nicht zu hören sein sollten, auch als sie gar keine Kinder mehr waren. Und auch nicht Nicola, die genug eigene Probleme hatte. Niemand. Nur Ally.

Sie erzählte, was ihr einfiel, ohne auf die zeitliche Reihenfolge zu achten, als kramte sie in einer Kiste alter Schnappschüsse. Nach dem Mittagessen tranken sie Kaffee, und noch immer fielen ihr Geschichten ein, und noch immer hörte er ihr zu.

Nur etwas verschwieg sie ihm. Ihr Redefluss stoppte, bevor sie von Griechenland und allem, was danach geschehen war, erzählen konnte. Wie sollte sie zugeben können – selbst einem Mann gegenüber, den sie eben erst kennen gelernt hatte –, dass sie mit schuld am Tod ihrer Schwester war? Wenn sie Alison nicht dazu überredet hätte, diese Reise mit ihr zu machen, wenn sie Alison nicht in Mikes Arme gedrängt hätte, wenn sie Alison nicht aus Sutton Fen vertrieben hätte ... wenn, wenn, wenn ...

»Und dann?«, hakte Tim Merriday nach. »Was ist dann passiert?«

Sie schaute auf ihre leere Kaffeetasse. »Dann habe ich geheiratet«, sagte sie lahm. »Und Alison ... ist verschwunden. Sie hat Sutton Fen an diesem Tag verlassen.«

Er fragte sich, ob Alison eifersüchtig wegen der Hochzeit ihrer Schwester gewesen war. War sie deshalb weggelaufen? War sie vielleicht selbst in den Bräutigam verliebt gewesen? Und wer war der Vater ihres Kindes? Er spürte, dass Jacquie eine ganze Menge verschwieg. Vielleicht würde sie ihm mit der Zeit mehr verraten. Aber er wollte sie nicht drängen, bevor sie nicht bereit dazu war.

Alle anderen Gäste hatten das Restaurant schon längst verlassen. Der Wirt wischte die Nachbartische und fragte, ob sie noch etwas bestellen wollten.

»Ich glaube, das soll ein dezenter Hinweis sein«, sagte Tim.

Jacquie schaute auf ihre Uhr. »Ist es wirklich schon so spät?«

»Sagt man nicht, die Zeit rast, wenn ...« Er hielt beschämt inne, ohne den Satz zu beenden. »Spaß haben« war unter diesen Umständen wohl nicht der geeignete Ausdruck, und doch hatte er den Nachmittag genossen. »Die Gäste fürs Abendessen werden bald ankommen«, fügte er schnell hinzu.

»Sie werden jetzt wohl kaum noch zurück zur Arbeit gehen.«

»Nein.«

Sie versuchte, unverbindlich zu klingen. »Ihre Frau wird sich wundern, was mit Ihnen geschehen ist. Wird sie Ihr Abendessen an den Hund verfüttern?«

»Meine Frau?«

»Gilly«, half sie ihm aus.

Er lachte leise. »Hatte ich das nicht erwähnt? Gilly und ich haben uns vor Jahren getrennt.«

»Sie sind geschieden?«

»Sie konnte meinen Job nicht ertragen«, sagte er. »Mein Job. Das ist immer die gleiche alte Geschichte, die alle Polizisten erzählen. Die vielen Überstunden. Und man lässt den Job nie wirklich hinter sich. Fast so wie ein Pfarrer, nehme ich an.«

Jacquie lächelte, als sie sich Tim Merriday mit Stehkragen vorstellte. Irgendwie passte es nicht.

Er war entzückt von ihrem Lächeln, das ihr Gesicht völlig veränderte. »Einen Penny für Ihre Gedanken.«

»Ich habe nur gerade versucht, Sie mir als Pfarrer vorzustellen.«

»Um Himmels willen, bloß das nicht. Ein Polizist ist schon schlimm genug. Gilly hätte mich ermordet, wenn ich Pfarrer geworden wäre.« In dem Augenblick, in dem er es aussprach, hätte er sich am liebsten geohrfeigt. Ihr Lächeln und das Leuchten in ihren Augen erloschen. »Oh Gott, Jacquie. Es tut mir Leid«, entschuldigte er sich schnell.

Aber es war zu spät. Die ganze Rückfahrt über schwieg sie.

Es war nicht nur Alison, die ihre Gedanken beschäftigte. Sie dachte über Tim Merriday nach, darüber, wie nett er war. Nett und, wie es aussah, ungebunden.

Sie konnte selbst nicht glauben, dass sie so etwas dachte und fühlte. Gut, sie war es nicht gewöhnt, Alkohol zu trinken, bestimmt hatte der Gin etwas damit zu tun. Aber es lag auch daran, dass er so unglaublich mitfühlend war. So ein guter Zuhörer.

Es war sehr lange her, dass Jacquie auch nur an Männer gedacht hatte. Diese Tage vor ihrer Hochzeit, als sie unbedingt so viele Erfahrungen wie möglich sammeln wollte, schienen zu einem anderen Leben zu gehören. Der Urlaub in Griechenland – das war eine andere Jacquie gewesen, eine, an die sie sich nur noch schwach erinnern konnte. Sie war Darren immer eine treue Ehefrau gewesen. Doch er hatte sie tief verletzt, und nachdem er sie verlassen hatte, wollte sie mit Männern nichts mehr zu tun haben. Liebe – und Sex – gehörten der Vergangenheit an. Und schlimmer noch: Liebe, das war nichts als eine Falle. Liebe war vergänglich und letztendlich unbefriedigend. Sie hatte das alles hinter sich. Das würde ihr nicht mehr passieren.

Tim hingegen dachte darüber nach, wie sehr er den Nachmittag trotz der schlimmen Umstände genossen hatte. Jacquie war eine Überlebenskünstlerin, unabhängig davon, was sie behauptete. Ihr Leben war ziemlich unschön verlaufen, aber sie hatte sich nicht besiegen lassen. Sie war humorvoll und beredt, und es machte Spaß, in ihrer Gesellschaft zu sein. Und sie war attraktiv mit ihrem kurzen dunklen Haar und ihrem ebenmäßigen Gesicht. Sie sah ihrer Schwester überhaupt nicht ähnlich. Ihrer toten Schwester, die ihn so schmerzhaft an Gilly erinnert hatte.

An Gilly, die ihn verlassen hatte.

Zwar hatte er nach seiner Scheidung nicht völlig den Frauen abgeschworen, sich aber nie besonders um jemanden bemüht.

Seine Zeit gehörte dem Job. Einmal hatte er gedacht, dass vielleicht Liz, nett und witzig, wie sie war, etwas für ihn sein könnte. Obwohl sie eigentlich zu jung für ihn war, hatte er sie aus einer Laune heraus einmal auf einen Drink eingeladen, aber einen Korb bekommen. Seither hatte es keine Frau gegeben, für die er genug empfand, um sie zu umwerben.

Er parkte den Wagen am Hintereingang des Gästehauses *Kathedralenblick*.

»Sie haben schon genug für mich getan«, sagte Jacquie. »Sie brauchen mich nicht hineinzubringen.«

»Ich bestehe aber darauf«, sagte er. »Und außerdem könnte ich jetzt einen Tee brauchen. Ich vermute, Sie haben auf Ihrem Zimmer die Möglichkeit, Tee zu kochen?«, fügte er ironisch hinzu. »Damit werben solche Gästehäuser doch immer.«

Sie ging mit einem Lächeln auf seinen scherzhaften Ton ein. »Genauso wie mit warmem und kaltem Wasser. All diesem modernen Kram.«

Es war inzwischen dunkel geworden. Sie hatte das Gefühl, als sei mindestens eine Woche vergangen, seit sie das Zimmer verlassen hatte. Dabei war es erst am Morgen gewesen.

Tim ging zum Fenster, während sie den Wasserkocher füllte. »Hübsche Aussicht«, sagte er, als er die Kathedrale entdeckte. »Daher kommt vermutlich der Name.«

»Hier gibt es nur eine Tasse«, stellte Jacquie fest. »Sollen wir sie uns teilen, oder soll ich versuchen, noch eine zu besorgen?«

»Wir können sie teilen.«

Sie hängte einen Teebeutel in die Tasse, schüttete kochendes Wasser darüber und reichte sie Tim. Nach ein paar Minuten fischte er den Beutel mit einem Plastiklöffel heraus und entsorgte ihn in einem leeren Milchdöschen. »Nun«, sagte er, »haben wir ein Problem. Mit Zucker, wie ich ihn trinke, oder ohne Zucker, wie Sie es gerne haben?« Er grübelte über dieses Dilemma nach. »Ich hab's. Sie trinken die halbe Tasse. Dann trinke ich den Rest mit Zucker.«

Jacquie nahm ein paar Schlucke und reichte ihm dann die Tasse. Als er getrunken hatte, spülte er den Becher in dem kleinen

Waschbecken. »Ich schätze, ich sollte jetzt besser gehen«, sagte er. »Ich habe Sie sicher auf Ihr Zimmer gebracht. Ich habe meinen Tee bekommen. Jetzt habe ich kein Grund mehr, noch länger hier zu bleiben.«

»Danke«, sagte Jacquie. »Danke für alles, Tim. Ich kann Ihnen gar nicht sagen, wie …«

»Sie brauchen mir nicht zu danken«, protestierte er. »Kommen Sie morgen wieder aufs Polizeirevier? Ich fürchte, wir müssen noch ein paar Dinge klären. Es gibt da ein paar Fragen, die ich Ihnen stellen muss. Papierkram.« Er verzog das Gesicht. »Werden Sie kommen?«

»Ja.«

Als er die Tür öffnete, wurde ihr klar, dass sie es nicht ertragen könnte, wenn er ginge. In ein paar Sekunden würde sie wieder alleine sein. »Nicht«, sagte sie leise. »Geh nicht.«

Tim wandte sich um. »Wie bitte?«

»Geh nicht, Tim. Lass mich nicht allein.« Sie schloss die Augen und lehnte sich an ihn.

Er legte seine Arme um sie. Sie gab ihm das Gefühl, stark und beschützend zu sein. Sie gab ihm ein Gefühl, dass er nicht mehr empfunden hatte, seit Gilly ihn verlassen hatte.

»Ich kann es nicht ertragen«, murmelte sie an seiner Brust. »Ich will nicht alleine sein.«

Er hatte nicht die Kraft zu widerstehen und wollte es auch nicht wirklich, als ihre hungrigen Lippen die seinen suchten. Sie zog ihn aufs Bett.

Kapitel 15

Von ihrem Bett aus erblickte Sophie die hoch aufragenden Schornsteine der Häuser auf der anderen Straßenseite und die kahlen Äste eines Baumes. Die Kathedrale war von hier aus Gott sei Dank nicht zu sehen.

Seit sie aus dem Krankenhaus gekommen war, schwach wie ein neugeborenes Kind und deprimiert, war Sophie im Bett geblieben. Chris hatte sie umsorgt. Er hatte sich freistellen lassen, um sich ganz ihrer Pflege zu widmen.

Ständig schlich er um sie herum, war aufmerksam und mitfühlend, schien aber nicht zu wissen, was er sagen sollte. Und sie hatte ihm überhaupt nichts zu sagen.

Kurz bevor sie ins Krankenhaus gegangen war, hatten sie und Chris den schlimmsten Streit ihrer Ehe. In zehn Jahren hatten sie sich noch nicht ein Mal angeschrien. Chris, immer auf Ruhe und Harmonie bedacht, hatte Streit immer vermieden.

Aber eines Tages war er nach der Abendandacht nach Hause gekommen und hatte sie dabei ertappt, wie sie das Kinderzimmer umräumte. Sie hatte bereits die Tapete mit den zum Picknick marschierenden Bären heruntergerissen und war gerade dabei, Farbe an die Wand zu klatschen.

»Was tust du da?«, fragte Chris.

»Ich schätze, das ist ziemlich offensichtlich.«

»Aber warum, Soph?«

»Ich hätte nicht gedacht, dass ich es auch noch buchstabieren muss.«

»Aber ...«

»Hör zu, Chris.« Sie warf den Pinsel auf den Boden und drehte sich um. »Es wird kein Baby geben. Das wissen wir jetzt. Warum also sollten wir ein so schönes Zimmer leer stehen lassen? Wir könnten es als Gästezimmer benutzen. Ich habe ein Bett bestellt – es wird am Donnerstag geliefert.«

Er sah sie niedergeschlagen an. »Aber Soph. Bist du nicht etwas voreilig? Ich meine ...«

»Voreilig?« Ungeduldig hob sie den Pinsel wieder auf. »Es wird kein Baby geben, jetzt nicht und überhaupt niemals. Welchen Teil des Satzes kannst du nicht verstehen?«

»Vielleicht können wir kein eigenes Kind bekommen«, sagte er vorsichtig. »Aber das bedeutet doch nicht ...«

»*Wir* können kein eigenes Kind bekommen?«, unterbrach sie ihn bitter. »Du wolltest sagen, *ich* kann kein Kind bekommen. Ich bin diejenige, die versagt, schon vergessen?«

»So denke ich nicht«, protestierte er. »Wir machen das gemeinsam durch. Und ich habe mir überlegt ...«

»Es gibt nichts zu überlegen«, zischte sie. »Ich kann kein Kind bekommen. Das ist alles.«

»Hör mir zu, Soph.« Er packte sie am Arm. »Es gibt andere Möglichkeiten.«

Sie versuchte, seine Hand abzuschütteln, und starrte ihn hasserfüllt an. »Du meinst, dass du mit einer anderen ein Kind haben kannst? Wenn du dich scheiden lassen willst, dann sag es einfach. Ich bin sicher, dass es eine nette, junge Frau in Westmead gibt, die dir jede Menge Kinder schenken kann.«

Er starrte sie einen Augenblick lang fassungslos an, dann begann er zu lachen. »Das soll wohl ein Witz sein!«

Sein Lachen machte sie nur noch wütender. »Lach mich nicht aus!«, schrie sie. »Das ist nicht komisch.«

Chris ließ ihren Arm los und wich einen Schritt zurück. »Ich lache dich nicht aus. Ich liebe dich. Ich will keine andere als dich. Alles, was ich zu sagen versuche, Soph, ist, dass wir jederzeit ein Kind adoptieren können.«

»Adoptieren?« Sie betonte es wie ein Fremdwort, das sie noch nie zuvor gehört hatte. »Adoptieren? Du kapierst es einfach nicht, oder?«

»Ich ...«

Sophie betonte jedes einzelne Wort, als spräche sie mit einem zurückgebliebenen Kind: »Mit ... mir ... stimmt ... was ... nicht.«

»Aber ...«

»Ich soll keine Mutter sein«, stellte sie verbittert fest. »Das Schicksal will mir klar machen, dass ich nicht in der Lage bin, Mutter zu sein.«

»Aber das ist doch lächerlich«, widersprach Chris. »Viele Frauen, viele Paare können keine eigenen Kinder bekommen. Und es gibt so viele Kinder, die ein schönes Zuhause und Liebe brauchen.«

Sie starrte ihn an. »Du willst, dass ich das Kind einer anderen Frau in mein Haus aufnehme?«

»Warum denn nicht? Das macht doch keinen Unterschied. Es wird *unser* Baby sein – du wirst schon sehen.« Er machte wieder einen Schritt auf sie zu. »Zumindest solltest du einmal darüber nachdenken, Soph. Du musst das ja nicht sofort entscheiden. Aber denk zumindest darüber nach.«

»Da gibt es nichts nachzudenken.« Sie drehte ihm den Rücken zu.

Chris ging zu seiner Frau und legte die Arme um sie. »Komm schon, Soph«, flüsterte er ihr zärtlich ins Ohr. »Lass uns das alles vergessen. Lass uns ins Bett gehen.«

Sie riss sich von ihm los. »Ins Bett?«, kreischte sie. »Ist das alles, woran du denken kannst?« Und boshaft fügte sie hinzu: »Und aus welchem Grund?«

Statt sich zurückzuziehen, sagte er: »Der Grund ist, dass ich dich liebe. Ich will dir zeigen, wie sehr ich dich liebe, und ich möchte dich trösten. Ich kann nur immer wieder sagen, dass es uns beide etwas angeht.«

»Und ich kann nur immer wieder sagen, dass ich diejenige bin, die keine Kinder haben kann. Ich bin diejenige mit einem Körper, der versagt.«

Der Ausdruck auf Chris' Gesicht änderte sich plötzlich. »Findest du nicht, dass du ein wenig egoistisch damit umgehst?«, fragte er herausfordernd.

»Egoistisch? Alles, was du willst, ist, mich ins Bett zu zerren, alles, wofür du dich interessierst, ist Sex, und du nennst *mich* egoistisch?«

»Das ist nun wirklich lächerlich!« Er ging noch einen Schritt auf sie zu.

»Rühr mich nicht an«, zischte sie warnend. »Wage es nicht, mich zu berühren.« Sie hielt ihm den Pinsel wie eine Waffe entgegen, um ihn abzuwehren.

»Ich wünschte, du würdest mich ...«

»Du wünschtest, ich würde mit dir schlafen!«, schrie sie. »Nun, das kannst du gleich vergessen. Ich werde jetzt nicht mit dir schlafen. Ich werde überhaupt nicht mehr mit dir schlafen. Es gibt einfach keinen Grund mehr dafür.«

Chris' Gesicht war rot geworden. »Du willst mir einfach nicht zuhören, oder?«, sagte er mit eisiger Stimme, dunkel vor Wut. So hatte sie ihn nie zuvor sprechen hören. »Alles, woran du denken kannst, bist du selbst. Du, du, du. *Du* kannst keine Kinder bekommen. *Du* willst nicht, dass ich dich anfasse. Was ist mit *mir*? Was ist mit dem, was *ich* will?«

»Oh, das ist toll«, rief sie sarkastisch. Sie wusste, dass sie ihn verletzte, aber es war ihr egal. »Wenn wir schon von Egoismus sprechen – *du* bist derjenige, der mich in diese gottverlassene Gegend geschleppt hat. *Du* bist es, der all seine Zeit mit diesem verdammten Chor verbringt und mich alleine lässt. Ich hasse diesen Ort. Ich wollte niemals hierher kommen, ich hasse es.«

Er stand einen Augenblick lang still, als hätte sie ihn geohrfeigt. Alle Farbe war aus seinem Gesicht gewichen, leichenblass starrte er sie an. Als er schließlich sprach, war seine Stimme gefährlich ruhig. »Und ich habe London gehasst. Ich bin all die Jahre deinetwegen dort geblieben, obwohl ich es gehasst habe. *Du* warst mir wichtiger. Du und deine kostbare Karriere.«

»Oh, wie schön für dich«, höhnte sie. »Bist du nicht ein selbstloser Mann?«

»Und was das Kind angeht«, fuhr er erbarmungslos fort und sprach endlich aus, was sie beide bisher nicht zu sagen gewagt hatten. »*Du* warst es, die noch warten wollte. Wiederum wegen deiner Karriere. Wenn wir uns schon vor Jahren dazu entschlossen hätten, so wie ich es wollte, dann hättest du jetzt womöglich nicht diese Probleme. Vielleicht wären wir bereits eine Familie und nicht nur zwei Menschen, die ...«

Sie ließ ihn nicht zu Ende sprechen, sie wollte nicht wissen, was er sagen würde.

»Verschwinde einfach«, rief sie kalt und kehrte ihm den Rücken zu.

Er ging.

Kurz nachdem er fort war, löste sich ihre Wut mit einem Mal auf, und ihr wurde klar, wie unfair sie gewesen war, wie verletzend ihre Worte. Sie brach in Tränen aus, aber es war zu spät: Was sie gesagt hatte, konnte nicht mehr zurückgenommen werden.

»Meine Schwester ist tot«, erklärte Jacquie der Wirtin des Gästehauses mit ruhiger Stimme, fast wie nebenbei.

»Oh meine Liebe! Werden Sie uns dann jetzt verlassen?« Das freundliche Gesicht der Frau legte sich in sorgenvolle Falten, während sie durch das Frühstückszimmer lief, um Jacquies Arm zu tätscheln. »Ihre Familie braucht Sie jetzt, nicht wahr?«

»Sie ist nicht jetzt gestorben«, erklärte Jacquie, »sondern vor vielen Jahren. Aber ich wusste nicht, dass sie tot ist.«

Die Frau sah verwirrt aus. Jacquie goss Milch auf ihre Cornflakes. »Ich glaube, ich möchte heute kein großes Frühstück«, sagte sie. »Nur etwas Toast, bitte. Und Kaffee.«

Das war ihre Art, damit umzugehen. Keine Hysterie, keine Tränen. Nur die einfache Feststellung: Meine Schwester ist tot.

Nach allem, was letzte Nacht geschehen war ...

Sie nahm einen Löffel Cornflakes und erinnerte sich.

Sie hatte sich Tim Merriday an den Hals geworfen. Schamlos und gierig hatte sie sich ihm an den Hals geworfen.

Und er hatte sie zurückgewiesen.

Guter Gott, er hatte sie zurückgewiesen.

Zuerst schien er genauso erregt zu sein wie sie. Er hatte ihre Küsse leidenschaftlich erwidert und sich bereitwillig aufs Bett ziehen lassen.

Doch dann, nach ein paar Minuten, hatte er sich von ihr losgemacht.

Das sei unprofessionell, hatte er mit gerötetem Gesicht gesagt, die Kleider verknittert. Undenkbar. Er könne das nicht, sie dürften das nicht.

Dann war er gegangen und hatte sie alleine in ihrem Bett zurückgelassen.

Wie hatte sie sich nur so idiotisch benehmen können? Wie hatte sie sich nur einem Mann, den sie erst so kurz kannte, an den Hals werfen können?

Jetzt dachte er mit Sicherheit, dass sie leicht zu haben war. Verzweifelt. Eine einsame, geschiedene Frau, die sich den ersten Mann schnappte, der sie nett behandelte.

Allerdings hatte er sie auch ermutigt. Er hatte sie in ein Restaurant geführt, ihr Alkohol zu trinken gegeben, obwohl er wusste, dass sie es nicht gewohnt war, und er hatte sie gedrängt, von sich zu erzählen. Er hatte eine Verbindung zwischen ihnen hergestellt, ein Gefühl von Nähe und Vertrautheit.

Und als sie ihn küsste, hatte er reagiert.

Doch das war keine Entschuldigung.

Was musste er jetzt von ihr denken? Von einer Frau, die gerade erst vom Tod ihrer Schwester erfahren hatte und nun versuchte, einen Mann ins Bett zu zerren?

Schamlos.

War sie auch nur einen Deut besser als vor elf Jahren?

Am liebsten hätte sie einfach ihre Koffer gepackt und sich in ihr Auto gesetzt, um zurück nach Sutton Fen zu fahren. Zurück in das einsame Haus, in dem sie für immer alleine leben würde, konfrontiert mit ihren Fehlern, ihrer Schuld.

Alleine mit Alisons Geist.

Und mit dem Wissen, dass sie letztlich für den Tod ihrer Schwester verantwortlich war.

Und diese tiefe Gewissheit, dass Alison noch am Leben wäre, wenn sie sie nicht zurückgewiesen hätte, hielt sie davon ab, einfach zu verschwinden.

Sie schuldete es Alison, in Westmead zu bleiben.

Sie würde bleiben, bis die Polizei herausgefunden hatte, wer Alison ermordet hatte. Das war das Mindeste, was sie tun konnte. Und das Einzige.

Liz saß wieder am Empfang. Vielleicht bildete sie sich das nur ein, aber sie hatte das Gefühl, dass Liz sie misstrauisch musterte, als sie mit möglichst ruhiger Stimme nach Sergeant Merriday fragte.

»Tim?«, wiederholte Liz, ihr Ton klang fürsorglich, fast schon Besitz ergreifend. »Werden Sie erwartet? Haben Sie einen Termin?«

»Nein, aber er hat mich gebeten, vorbeizukommen um ein paar Fragen zu beantworten.«

»Ich werde nachfragen, ob er Zeit hat. Wie ist noch mal Ihr Name?«

Jacquie schluckte den Kloß im Hals hinunter. »Mrs. Darke.«

»Oh, ja. Mrs. Darke.« Liz nahm den Telefonhörer ab und wählte eine Nummer. »Tim? Mrs. Darke ist hier. Sie hat keinen Termin bei Ihnen. Soll ich sie raufschicken?« Ein Lächeln umspielte ihre Lippen, als sie seiner Antwort lauschte, dann legte sie den Hörer auf und wandte sich an Jacquie. »Er sagt, er kommt herunter, Mrs. Darke. In ein paar Minuten. Möchten Sie sich setzen?«

Jacquie setzte sich auf die Kante eines Stuhls mit einem Sitzpolster aus Kunstleder und verkrampfte ihre zitternden Hände im Schoß. Sie *musste* einfach ruhig bleiben. Sie durfte keine Gefühle zeigen. Sie musste so tun, als ob nichts geschehen wäre. Allerdings tauchte gerade jetzt die Erinnerung auf, wie zart seine Lippen gewesen waren und wie warm und tröstlich sein Körper. Sie errötete und verschränkte die Finger noch fester ineinander.

Eine Treppe höher blieb Tim noch einen Moment hinter seinem Schreibtisch sitzen. Er atmete tief und langsam. Er musste sich erst beruhigen, bevor er nach unten ging, um Jacquie gegenüberzutreten. Er hatte sich schon fast eine Stunde mit einem Stapel Papier beschäftigt, ohne zu wissen, worum es dabei überhaupt ging.

Was habe ich nur getan?, dachte er. Wie konnte ich mich so ungeheuer unprofessionell benehmen?

Was muss sie jetzt von mir denken?

Und *wie* unprofessionell er sich benommen hatte. Zwar hatte er versucht, sich einzureden, dass er nur nett zu einer niedergeschlagenen Frau sein wollte. Ein guter Samariter, der einzig aus Pflichtgefühl heraus handelte. Tatsächlich aber hatte er sie zum Trinken verleitet und sie ermutigt zu erzählen, woraus sich eine Beziehung und Nähe entwickelt hatte, die überhaupt nicht angemessen war.

Er war Polizist. Sie war die Schwester eines Mordopfers.

Aber, mein Gott, wie sehr er sie gewollt hatte.

In diesen paar Minuten auf dem Bett, bevor seine Vernunft wieder die Oberhand gewann, hatte er sich seit langer Zeit einmal wieder lebendig gefühlt.

Sich von ihr loszureißen, sie auf dem Bett zurückzulassen, war so ziemlich das Schwierigste gewesen, was er je getan hatte.

Aber es war richtig gewesen, so viel stand fest, auch wenn es das alles nicht eben leichter machte.

Und nun war sie wieder hier.

Nach dem Streit hatte Chris auf dem Sofa geschlafen, und sobald das neue Bett fürs Gästezimmer geliefert wurde, zog er dort ein. Es war ein Arrangement, das beiden sinnvoll erschien, zumal Sophie, gerade aus der Klinik entlassen, immer noch krank war. Doch jetzt fehlte ihnen die nächtliche Nähe, sie konnten sich nicht mehr im Arm halten, um sich zu wärmen oder zu trösten. Sie waren nur noch zwei Menschen, die im selben Haus wohnten, aneinander gebunden, jeder zutiefst auf den anderen angewiesen, und doch einander völlig entfremdet.

Natürlich hatten sie nie mehr über den Streit gesprochen, zumindest nicht direkt. Sophie hatte einmal versucht, sich zu entschuldigen, doch Chris wies ihre Annäherung ab, was alles nur noch schlimmer machte. Der Streit hing zwischen ihnen wie eine giftige Wolke, die alles, was sie zueinander sagten, dunkel färbte. Das Unaussprechbare war ausgesprochen worden, und nun war nichts mehr wie zuvor, auch wenn sie es bitter bereuten.

Deshalb war es auch eine Erleichterung, als Chris ein paar Tage nach Sophies Rückkehr aus dem Krankenhaus einen Anruf ihrer Schwester Madeline entgegennahm. »Ich habe das Gefühl, ich sollte zu euch kommen und mich ein wenig um die arme Sophie kümmern«, sagte sie.

Unter anderen Umständen hätte Sophie heftig protestiert. Gerade jetzt, wo sie sich so müde und verletzlich fühlte, wollte sie ihre Schwester nicht um sich haben. Aber schlimmer noch war es, mit Chris alleine zu sein. Er behandelte sie mit ausgesuchter Höflichkeit und bewegte sich durchs Haus wie auf Eierschalen. Jeder, sogar Madeline, wäre eine willkommene Abwechslung.

»Ich finde, das ist wirklich eine gute Idee«, sagte Chris, ohne zu merken, dass er sie gar nicht zu überzeugen brauchte. »Sie ist deine Schwester. Und eine Frau. Sie könnte sich besser um dich kümmern als ich.«

Falls er darauf wartete, dass Sophie widersprach, wartete er vergebens. »Und du solltest wirklich wieder arbeiten gehen«, sagte sie. »Du hast bereits eine Woche gefehlt.«

»Stimmt. Schließlich geht es auf das Schuljahresende zu.« Seine Stimme klang fast eifrig. »Advent und Weihnachten werden schneller kommen, als wir uns vorstellen können. Und dann wird es für den Kirchenchor unglaublich viel zu tun geben. Von der Schule gar nicht zu reden.«

Also beschloss Chris, wieder arbeiten zu gehen, und Madeline machte sich auf den Weg.

Sie kam mit dem Auto und brachte so viel Gepäck mit, dass sie problemlos sechs Monate hätte bleiben können. Chris half ihr, alles ins Gästezimmer zu tragen. Ab jetzt würde er wieder auf der Couch übernachten. Madeline lief ins Schlafzimmer, um Sophie zu umarmen, und begann sofort, von Quire Close zu schwärmen. »Ich hatte ja keine Ahnung, wie wunderschön es hier ist«, rief sie begeistert. »Das hast du nie erzählt, Sophie. Du hast mir immer den Eindruck vermittelt, als sei es hier schrecklich öde, dabei ist es so charmant!«

»Das mag auf dich so wirken, aber du musst hier auch nicht leben«, gab Sophie zurück.

»Aber alles ist so herrlich alt! Viel älter als unser Haus!« Madeline lief zum Fenster und schaute auf die Siedlung. »All diese schönen, warmen Mauern! Und diese Schornsteine. Und das Kopfsteinpflaster. Es ist einfach reizend, Sophie. Das kannst du nicht abstreiten. Die meisten Menschen, die ich kenne, würden ihr letztes Hemd dafür geben, hier leben zu dürfen.«

Madeline hatte also nur wenige Minuten gebraucht, um Sophie zurechtzuweisen. Sie klang, als habe es ihre Schwester gar nicht verdient, in einem so herrlichen Haus leben zu dürfen. Sophie biss sich auf die Lippe und beschloss, nicht mit Madeline zu streiten, ganz egal, wie sehr sie sie provozierte.

»Es ist auch herrlich«, stimmte Chris, der gerade hereingekommen war, ihr zu. »Wir haben großes Glück, hier wohnen zu dürfen.« Er vermied es, Sophie anzusehen, aber Madeline bemerkte es nicht. »Natürlich«, fügte er hinzu, »sehen die Häuser nicht alle von innen gleich aus, auch wenn es von außen so scheinen mag. Manche sind sehr aufwändig modernisiert worden. Unseres ist ein bisschen klein und wurde auch lange nicht mehr renoviert.«

»Das trägt nur zu seinem Charme bei«, sagte Madeline und ließ ihr silbernes Lachen ertönen.

Sophie biss die Zähne zusammen. Madeline war noch nicht einmal fünf Minuten hier und ging ihr bereits auf die Nerven.

»Du bist an einem schönen Tag gekommen«, fuhr Chris fort. »Du siehst Quire Close in all seiner Pracht. Zuvor hat es wochenlang geregnet. Vielleicht«, lächelte er, »hast du ja das gute Wetter mitgebracht.«

Madeline lächelte zurück. Chris hatte sich stets gut mit ihr verstanden, was Sophie schon immer irritiert hatte.

»Nun, schade. Leider bin ich nicht gekommen, um die Gegend zu erkunden, sonst würde ich dich um eine kleine Führung durch Westmead bitten. Die Kathedrale sieht wunderschön aus, ich würde sie wahnsinnig gerne besuchen.« Ihre Stimme klang wehmütig.

Chris schaute seine Frau an. »Ich bin sicher, dass Sophie nichts gegen eine kurze Besichtigung einzuwenden hat.«

»Oh, geht nur«, sagte Sophie und bemühte sich, freundlich zu klingen. »Ich kann mich schon eine Weile selbst um mich kümmern. Ich wollte sowieso ein wenig schlafen.«

Sie schlief tatsächlich, wachte aber auf, als die beiden lachend wieder zurückkamen. Sie wartete darauf, dass sie in ihr Schlafzimmer kommen würden, aber es dauerte ziemlich lange, bis Madeline den Kopf durch die Tür streckte. »Komm rein«, sagte Sophie.

»Du bist wach?«

»Seit ihr zurück seid.«

Madeline zog eine Grimasse. »Waren wir zu laut? Tut mir Leid. Aber dein Mann bringt mich immer zum Lachen.«

Etwas, was man von dem trockenen Geoffrey bestimmt nicht behaupten kann, dachte Sophie säuerlich und schämte sich sofort dafür.

»Möchtest du vielleicht eine Tasse Tee?«, fragte Madeline. »Ich habe Wasser aufgesetzt.«

»Ja, gerne.«

Madeline brachte den Tee und setzte sich an Sophies Bett. »Die Kathedrale ist wunderschön«, sagte sie. »Ein richtiges Schmuckstück. Was für ein Glück du hast, dass sie direkt vor deiner Tür liegt.«

»Ja, was für ein Glück«, bestätigte Sophie ironisch.

Ihre Schwester ignorierte sie. »Und wir haben einen ungeheuer netten Mann getroffen. Den Organisten – Jeremy.«

Hätte ich mir denken können, dachte Sophie, Jeremy ist natürlich ganz Madelines Typ. Und er war bestimmt genauso begeistert von ihr. Deshalb überraschte es Sophie auch nicht, als Madeline zufrieden verkündete, dass Jeremy am nächsten Morgen auf eine Tasse Kaffee vorbeikommen wolle. »Er möchte natürlich dich besuchen. Er sagte, er habe dich bisher lieber nicht belästigen wollen, aber Chris habe ihm versichert, dass du schon wieder so weit seist, Besuch zu empfangen.«

»Wahrscheinlich bin ich das«, stimmte Sophie zu. Ihre Laune hob sich bei der Vorstellung, mal wieder einen anderen Menschen zu sehen. Vor allem Jeremy, der sie immer zum Lachen brachte. Und Dominic, den sie wirklich vermisste. Er war ein paarmal nachmittags vorbeigekommen, um zu fragen, wie es ihr ginge, aber sie hatte jedes Mal geschlafen, und Chris hatte ihn wieder weggeschickt.

Dann fiel ihr etwas anderes ein. »Ich habe nur eine einzige Bitte«, sagte sie. »Wenn jemand namens Leslie Clunch vorbeikommt, lass ihn bitte nicht rein.«

»Leslie Clunch? Was für ein seltsamer Name!« Madeline lachte. »Und wer ist das? Warum willst du ihn nicht sehen? Du machst mich neugierig.«

»Weil er wirklich seltsam ist«, erklärte Sophie mit Nachdruck. »Er ist schrecklich. Chris findet ihn ganz in Ordnung, aber ich ... ich hasse ihn. Ich will nicht, dass er in meine Nähe kommt.«

»Jetzt musst du aber schon etwas mehr erzählen.« Madeline sah sie erwartungsvoll an.

»Versprich es mir einfach, Maddy. Wenn er kommt, versprich mir, dass du ihn fortschickst.«

Tim Merriday beschloss, erst einmal abzuwarten, wie sie sich benahm. Er wollte warten, bis sie etwas sagte. Sein Herz zog sich zusammen, als er sah, wie sie aufrecht auf der Kante des Stuhls saß. Sie wirkte so mutig und entschlossen. Nichts hätte er lieber getan, als sie in seine Arme zu nehmen, doch er bemühte sich, seine Gefühle zu verbergen.

Jacquie erhob sich, als er auf sie zukam, und schluckte schwer. Sie würde auf keinen Fall etwas über die vergangene Nacht sagen. Das brachte sie nicht fertig. Nicht, solange dieses Mädchen am Empfang sie beobachtete. »Guten Morgen, Sergeant«, sagte sie steif. »Tut mir Leid, Sie zu stören, aber hätten Sie ein paar Minuten Zeit für mich?«

So ist das also, dachte Tim. Irgendwie war es einfacher mitzuspielen. Und auch er war sich der neugierigen Blicke von Liz bewusst. »Sie stören überhaupt nicht, Mrs. Darke«, sagte er in einem so höflichen Ton, wie er ihn gegenüber jedem beliebigen Fremden angeschlagen hätte. »Möchten Sie hoch in mein Büro kommen?«

»Danke schön.«

Wortlos liefen sie die Treppe hinauf, immer darauf bedacht, sich nicht zu nahe zu kommen. In seinem Büro angekommen ging er hinter seinen Tisch, als wollte er die Distanz noch vergrößern. »Mrs. Darke, möchten Sie vielleicht Platz nehmen?«

»Danke.«

Sie setzte sich und senkte langsam den Kopf. Das war zu viel für Tim. Er beschloss, doch die Worte zu sagen, die er hatte vermeiden wollen. »Jacquie«, brach es aus ihm heraus. »Wegen letzter Nacht. Es tut mir Leid…«

Sie sah ihn nicht an. »Ich möchte nicht darüber sprechen, Sergeant.« Ihre Stimme klang unbeteiligt.

»Gut. In Ordnung.« Er riss sich zusammen und setzte sich.

»Ich bin hier, um über meine Schwester zu sprechen«, fuhr Jacquie mit der gleichen ausdruckslosen Stimme fort. »Alison. Ich möchte wissen, was wir ihretwegen unternehmen werden.«

»Unternehmen?« Er war völlig überrascht. »Was meinen Sie mit *unternehmen*?«

»Um den Mörder zu finden. Den Mann, der sie umgebracht hat«, erläuterte Jacquie.

Er starrte sie einen Moment lang an, dann fand er seine Sprache wieder. »Ich habe Ihnen das doch gestern erklärt, Mrs. Darke. Vor elf Jahren haben wir alle Hebel in Bewegung gesetzt, um ihn zu finden.« Die dicken Akten waren noch immer auf seinem Tisch, und er legte seine Hand darauf. »Wir sind jeder Möglichkeit nachgegangen. Wir haben die Verhöre mitgeschnitten. Und zum Schluss ... hatten wir keinen Erfolg. Wir waren nicht in der Lage, auch nur eine Spur des Mörders zu finden.«

»Deswegen müssen Sie es jetzt erneut versuchen.« Sie verschränkte die Arme vor der Brust und schob entschlossen das Kinn nach vorne. »Sie müssen den Fall wieder aufnehmen.«

»Ungelöste Fälle sind nie abgeschlossen«, sagte er. »Sie werden nur archiviert, für mögliche weitere Ermittlungen. Und in regelmäßigen Abständen werden sie wieder herausgeholt und geprüft. Aber wir sollten realistisch bleiben.«

»Sie müssen versuchen, ihren Mörder zu finden«, rief Jacquie.

»Ich sage ja nicht, dass wir es nicht versuchen werden.« Tim zwang sich, ruhig zu bleiben. »Der Fall wird neu geprüft werden, jetzt, wo wir Ihre Schwester identifizieren konnten. Aber wie kommen Sie darauf, dass wir diesmal erfolgreicher sein könnten als vor elf Jahren? Es gibt keine heiße Spur. Viele Leute von damals sind weggezogen. Oder gestorben. Und es gibt keine Beweisstücke. Wir wissen nichts, was wir damals nicht auch schon wussten.«

»Sie wissen jetzt, wer sie war«, sagte Jacquie ruhig. »Das haben Sie gerade selbst gesagt.«

Er blickte ihr in die Augen. Sie sah nicht weg, blinzelte nicht. »Ja«, gab er zu. »Das wissen wir.«

»Und deshalb ist es etwas anderes.«

Für Jacquie Darke war es natürlich etwas anderes, aber Tim erkannte, dass es auch für *ihn* etwas anderes war. Die Umstände hatten sich allerdings nicht im Geringsten verbessert. Es gab noch immer keine Beweisstücke, keine neuen Spuren für die Ermittlungen. Alison Barnett, nicht Jane Doe, war als Fremde nach Westmead gekommen und ermordet worden. Alles, was sich geändert hatte, war, dass sie jetzt ihren Namen kannten. Er wusste, dass sein Superintendent das Ganze sowieso völlig anders betrachten würde – als eine Frage der Ressourcen. Sie hatten zu wenige Beamte, zu wenig Zeit, zu wenig Geld. Es war

November, noch über einen Monat bis zum Jahresende, und das Budget war bereits aufgebraucht. Tim konnte sich die Reaktion des Superintendent recht gut vorstellen, wenn er jetzt zu ihm gehen und ihm erklären würde, dass er einen elf Jahre zurückliegenden Mordfall wieder aufrollen wolle.

Er nahm einen Bleistift und begann zu zeichnen. Diesmal waren es Häuser, mit hoch aufragenden Schornsteinen, ähnlich denen in Quire Close. »Ihre Schwester«, sagte er und vermied es, sie anzusehen, »hat niemanden in Westmead gekannt.«

»Das habe ich nie gesagt.«

Er ließ den Stift sinken. »Wie bitte?« Jetzt starrte er sie an.

»Ich habe nie gesagt, dass sie niemanden in Westmead kannte. Sie haben mich nicht danach gefragt.«

Bei ihrem Gespräch am Abend zuvor waren sie beide davon ausgegangen, dass Alison von einem Fremden ermordet worden war. Er versuchte, ihr das zu erklären: »Aber ...«

Jacquie wusste nur zu gut, was sie Tim alles nicht erzählt hatte und warum. Nun war es an der Zeit, das nachzuholen, wie schmerzhaft es auch sein mochte. »Der Vater ihres Kindes. Sie wusste, dass er in Westmead lebte. Deswegen ist sie hergekommen.«

Das änderte natürlich alles, das war die Spur, auf die er all die Jahre gewartet hatte. Warum hatte sie das bis jetzt nicht erwähnt? »Aber wer war er?«, fragte Tim eifrig.

»Sein Name war Mike – ich habe nie seinen Nachnamen erfahren, aber Alison vielleicht.«

»Mike.«

»Das ist alles, was ich weiß«, musste Jacquie gestehen.

Mike. Tim versuchte sich an die Akten zu erinnern, an all die Unterlagen, die er so viele Jahre lang immer wieder überprüft hatte, in der Hoffnung, dass ihm plötzlich etwas Neues auffallen würde. Hatte es darin einen Mike gegeben? Aus Quire Close? Vielleicht hatte einer der Bauarbeiter so geheißen? Er musste sich zwingen, nicht auf der Stelle in den Akten nachzusehen. »Ich muss mehr wissen«, sagte er geradeheraus. »Wie hat sie diesen Mike kennen gelernt?«

»Sie haben sich im Urlaub getroffen«, sagte Jacquie. »In Griechenland.«

Eine diese Urlaubsaffären, dachte Tim. Das erklärte eine ganze Menge. Die ganze Zeit über hatte er sich gefragt, wie ein Mädchen mit einer solch religiösen Erziehung – man konnte sie geradezu mittelalterlich nennen – hatte schwanger werden können. Das hatte einfach nicht zu dem gepasst, was Jacquie über ihre Schwester erzählt hatte. Doch da er Jacquie nicht verletzen und sie ganz offensichtlich nicht darüber sprechen wollte, hatte er sich nicht getraut zu fragen. »Und mehr hat sie Ihnen über ihn nicht erzählt?«, fragte er langsam. »Wie sah er aus? War er klein oder groß? Jung oder alt?«

Jacquie zögerte. Ihr war klar, dass sie nun nicht länger schweigen durfte. »Ich kannte ihn«, gestand sie. »Ich war dabei, als sie ihn getroffen hat.«

Wut mischte sich in seine Aufregung. Tim war sich nicht sicher, ob er Jacquie umarmen oder lieber erwürgen wollte. Doch er fragte nur, so ruhig er konnte: »Könnten Sie ihn mir dann bitte beschreiben?«

Es war lange her, und Jacquie hatte die ganzen Jahre über die Erinnerungen an den Urlaub verdrängt. Jetzt bemerkte sie, dass sie Mike nicht sonderlich viel Aufmerksamkeit geschenkt hatte, schließlich hatte Alison sich für ihn interessiert und sie sich für seinen Freund – Steve? – und all die anderen attraktiven Männer. Im Grunde hatte sie Mike kaum angesehen, ihn als Langweiler abgetan. Sie schloss die Augen und versuchte, ihn sich vorzustellen, aber es gelang ihr nicht. »Groß, glaube ich«, sagte sie unsicher. »Jung. Ich glaube, er war blond. Oder vielleicht hatte er hellbraunes Haar. Jedenfalls nicht rot.«

»Oh, das hilft uns sehr viel weiter«, sagte Tim und versuchte, nicht zu sarkastisch zu klingen.

»Er trug eine Brille«, erinnerte sich Jacquie. »Runde Gläser, glaube ich.« Eigentlich erinnerte sie sich daran, dass sie zu Alison etwas über die Brille gesagt hatte und nicht an die Brille selbst.

Tim hatte wieder den Bleistift zur Hand genommen und malte ein Gesicht. Er zeichnete ein paar runde Brillengläser ein. »So in der Art?«

»Ja. Ich glaube schon.« Aber es klang nicht sehr überzeugend.

»Na gut.« Er ließ es dabei bewenden.

»Ich würde ihn wieder erkennen, wenn ich ihn sähe«, sagte sie, schien sich aber nicht wirklich sicher zu sein.

Tim strich sich mit den Händen übers Gesicht. Seine Stimme klang bedauernd. »Das reicht nicht, um weiterzusuchen. Ich wünschte, ich könnte etwas anderes sagen.«

Endlich erkannte Jacquie, was er damit meinte, und schnappte nach Luft. »Sie glauben doch nicht, dass er sie getötet hat, oder? Mike?«

Er lächelte sie schief an. »Es gibt ein paar Dinge, die ich als Polizist gelernt habe. Dazu gehört, dass Leute viel öfter von jemandem getötet werden, den sie kennen, als von einem Fremden. Meistens sogar.«

»Ich kann mich nicht gut an ihn erinnern, aber wie ein Mörder kam er mir überhaupt nicht vor. Er war eher sanftmütig. Und warum hätte er sie umbringen sollen?«

Tim schüttelte den Kopf. »Sagen Sie's mir. Ein Streit, der außer Kontrolle geriet? Oder vielleicht hat sie ihm von dem Kind erzählt, und er war nicht sehr glücklich darüber.«

»Das scheint mir sehr weit hergeholt.« Jacquie runzelte die Stirn.

Als wäre es gestern gewesen, erinnerte sich Tim noch genau daran, was er empfunden hatte, als Gilly ihm von ihrer Schwangerschaft erzählte. Die Schwangerschaft war nicht geplant gewesen, und zuerst hatte er mit gemischten Gefühlen reagiert. Allerdings liebte er Gilly, und es war ihm wichtig, ihr zu gefallen. Und dann hatte er sich schnell an die Vorstellung gewöhnt, ein Baby zu haben, und war genauso begeistert gewesen wie Gilly. Als Frannie zur Welt kam, glaubte er, der glücklichste Mann der Welt zu sein. Frannie war die Freude seines Lebens. Er konnte sich nicht mehr vorstellen, ohne sie zu sein. Doch konnte er sich auch heute noch gut daran erinnern, wie er sich gefühlt hatte, als Gilly ihm die Neuigkeit überbracht hatte. Zwar musste er sich etwas anstrengen, um sich dieses Gefühl als Grund für einen Mord zu vorzustellen, aber …

Er riss sich selbst aus seinen Gedanken. »Nicht so weit hergeholt wie die Vorstellung, dass sie grundlos von einem Fremden ermordet wurde«, erklärte er.

»Wenn er sie getötet hat …« Jacquies Stimme war voller Leidenschaft. »Sie werden ihn finden, ja? Bitte, sagen Sie, dass Sie ihn finden werden.« Sie warf ihm einen flehenden Blick zu.

Er wollte ihr so gerne geben, worum sie ihn bat. Er wollte versprechen, dass er Alisons Mörder finden würde, egal, ob es Mike war oder ein anderer, egal, wie viel Mühe es ihn kosten würde. Aber er wusste, dass er ihr die Wahrheit schuldete. »Ich kann Ihnen das nicht versprechen«, sagte er zögernd.

Jacquie schaute auf ihre verkrampften Hände, ihre Stimme klang bitter: »Das hätte ich wissen müssen.«

»Aber ich werde es versuchen«, hörte er sich selbst sagen. Vor seinem geistigen Auge sah er sich selbst als Ritter hoch zu Ross, der für diese Frau einen Drachen erschlug. »Das Problem ist, dass nicht ich darüber zu entscheiden habe. Ich habe nie offiziell mit dem Fall zu tun gehabt. Ich werde mein Bestes tun, um die Ermittlungen wieder in Gang zu bringen und selbst den Fall zu übernehmen. Aber es liegt nicht an mir. Ich muss mit meinem Chef sprechen und ihn davon überzeugen. Und er wird nicht leicht zu überzeugen sein.«

»Danke«, sagte Jacquie und lächelte zum ersten Mal an diesem Tag. Es war ein vertrauensvolles Lächeln, voller Überzeugung, dass er ihr helfen würde.

Dieses Lächeln, dachte Tim, ist das alles wert. Und wenn er den Superintendent auf Knien anflehen musste – das war es wert. »Ich werde mein Bestes tun«, wiederholte er und fühlte sich wie ein Idiot.

»Ich weiß, dass Sie es schaffen können. « Sie machte Anstalten zu gehen.

Er wollte nicht, dass sie ging. »Da ist noch etwas«, sagte er und legte die Akten vor sich auf den Tisch. »Das wird nicht angenehm werden, Mrs. Darke, aber ich brauche von Ihnen eine formelle Identifizierung.«

Innerhalb von Sekunden erstarb das Lächeln auf Jacquies Gesicht. »Identifizierung?«

»Ich muss Sie bitten, sich ein Foto anzusehen«, sagte er und blickte sie ernst an, unsicher, wie sie seine Worte aufnehmen würde.

Jacquie schluckte. »Ja. In Ordnung.«

Schnell blätterte er durch die Fotos durch, um eines zu finden, das nicht ganz so schlimm war wie die anderen. Er wählte eine Nahaufnahme vom Gesicht des Mädchens, auf dem die grausamen Würgemale auf ihrem Hals nicht zu sehen waren, genauso wenig wie ihre verdrehten Gliedmaßen. Ganz egal, wie oft er die Fotos betrachtet hatte und wie lebhaft seine eigene Erinnerung an den Tatort war – die Aufnahmen berührten ihn immer wieder. Und auch jetzt hatte er Tränen in den Augen, als er wortlos das Foto an Jacquie weitergab. Sie musste allen Mut zusammennehmen, um danach zu greifen. Auch wenn sie tief in ihrem Herzen wusste, dass Alison tot war, war da doch immer noch ein leiser Zweifel gewesen, eine winzige Hoffnung. Vielleicht handelte es sich ja doch um einen Irrtum, vielleicht war es doch ein anderes Mädchen. Nun war der Augenblick der Wahrheit gekommen. Sie zwang sich, das Foto anzusehen. Ein Blick genügte. »Ja«, sagte sie. »Ja, das ist Ally. Das ist meine Schwester.«

Kapitel 16

Nun, da Sophies Schwester da war, konnte Chris mit reinem Gewissen an seine Arbeit zurückkehren.

Er müsste nicht unbedingt zeigen, wie froh er darüber ist, dachte Sophie traurig, als er ins Schlafzimmer kam, um sich anzuziehen. Es war ganz offensichtlich, dass er es kaum erwarten konnte, das Haus und sie zu verlassen, und das war allein ihre Schuld.

»Und für dich wird es auch Zeit, mal wieder aufzustehen«, sagte er. »Ich habe mit dem Arzt gesprochen, und er meinte, dass du lang genug gelegen hast. Du solltest dich anziehen und runtergehen. Es ist nicht gut für deine Genesung, wenn du den ganzen Tag im Bett bleibst – je eher du aufstehst, umso eher wird wieder alles normal sein.«

Normal?, dachte Sophie. Es würde niemals wieder normal sein. Es gab keinen Grund, das Bett zu verlassen.

Bis zu diesem Augenblick hatte sie vorgehabt, aufzustehen, sich anzukleiden und nach unten zu gehen, um Jeremy zum Kaffee zu empfangen. Jetzt aber glaubte sie, Jeremys Mitleid und Madelines Geplapper doch nicht ertragen zu können. »Ich fühle mich noch nicht stark genug, um aufzustehen«, sagte sie. »Nicht heute.«

Und als Madeline, nachdem Chris gegangen war, nach ihr sah, sagte Sophie ihr das Gleiche: »Ich bin einfach noch nicht so weit. Ich glaube, ich werde im Bett bleiben. Vielleicht stehe ich ja am Nachmittag auf.«

»Was ist mit Jeremy?«, fragte Madeline enttäuscht. »Er wollte doch vorbeikommen.«

»Du bist ganz gut in der Lage, ihn alleine zu unterhalten«, sagte Sophie. »Ich möchte ein wenig schlafen.«

Aber als er dann kam, konnte sie nicht schlafen. Von unten drang Gemurmel und lautes Gelächter zu ihr herauf. Ihre Narbe schmerzte, und sie war durstig. Sie wollte sich nicht selbst Leid tun, aber das gelang ihr nicht.

Bevor er ging, kam Jeremy nach oben, um ihr einen Blumenstrauß zu bringen. Sophie wollte nicht, dass er sie so sah. Sie musste schrecklich aussehen mit dem ungewaschenen Haar, sie war ja nicht einmal gekämmt. Aber Madeline hatte ihn nicht davon abbringen können.

»Sophie, meine Liebe«, begrüßte er sie und streckte ihr einen Strauß betäubend duftender Lilien entgegen. »Man konnte mich nicht länger davon abhalten, Sie zu sehen. Ihre Schwester versuchte, mir klar zu machen, dass Sie mich nicht sehen wollen, aber ich habe ihr nicht eine Sekunde lang geglaubt.«

Sophie konnte nicht anders, sie musste lächeln. »Es ist schön, Sie zu sehen, Jeremy. Und danke für die Blumen. Aber ich sehe schrecklich aus.«

»Unsinn.« Das war die Antwort, die sie erhofft hatte. Er setzte sich neben ihr Bett, während Madeline das Zimmer verließ, um eine Vase für die Lilien zu besorgen.

»Warum haben Sie mir nie von Ihrer Schwester erzählt?«, fuhr Jeremy fort. »Sie ist prachtvoll. Absolut prachtvoll. Wir haben uns wunderbar amüsiert.«

»Das habe ich gehört«, entgegnete Sophie.

»Oh, meine Liebe! Haben wir Sie womöglich geweckt? Wie ungezogen von uns.« Er nahm ihre Hand und drückte sie. »Es tut mir so Leid. Aber wir konnten nicht aufhören zu lachen. Warum war sie denn nicht schon früher hier? Warum haben Sie sie nie eingeladen?«

Ja, warum? Sophie antwortete nicht.

Jeremy schien das nicht aufzufallen. »Ich habe sie in den ganzen Tratsch hier eingeweiht«, fuhr er fort. »Sie kennt ja niemanden – bisher –, aber sie war schrecklich neugierig. Wir müssen sie ab jetzt öfter einladen. Sobald es Ihnen wieder gut geht, meine Liebe, müssen wir eine Party geben. Damit Madeline jeden aus der Siedlung kennen lernen kann. Sie würde sich bestimmt bestens mit dem Dekan verstehen. Ganz zu schweigen von Elspeth. Sie ist genau Elspeths Typ.«

Oh, zweifellos, dachte Sophie. Madeline würde in all den Kreisen willkommen sein, in denen sie selbst es nicht war. Die Reichen und Schönen in Westmead würden Madeline begeistert an ihre Brust drücken. Nicht, dass es ihr etwas ausmachte. Diese Westmead-Gesellschaft war ihr herzlich egal.

Als Jeremy gegangen war, war Sophie besserer Laune und fühlte sich etwas kräftiger. Sie warf die Bettdecke zurück. »Ich werde jetzt aufstehen«, verkündete sie. »Ich werde duschen und meine Haare waschen.«

»Lass mich dir helfen«, bot Madeline, die sofort zu ihr geeilt war, an.

Sophie schüttelte die Hand ihrer Schwester ab. »Ich kann das alleine.«

»Bist du sicher? Du scheinst mir noch etwas wacklig auf den Beinen zu sein.«

»Ich kann das«, entgegnete Sophie bestimmt und bewegte sich langsam, aber zielstrebig Richtung Badezimmer. Doch als sie das Nachthemd abgelegt und in die Dusche gestiegen war, musste sie feststellen, dass sie kaum genug Kraft hatte, den Wasserhahn aufzudrehen.

»Wie läuft es?«, hörte sie Madeline von der anderen Seite der Tür fragen.

»Gut.« Sie biss entschlossen die Zähne zusammen und griff nach der Shampooflasche aus. Sie rutschte ihr durch die Finger und landete zu ihren Füßen. Sophie konnte sich nicht einmal bücken, um sie wieder aufzuheben.

»Ich kann das«, ermahnte sie sich selbst.

Aber es ging einfach nicht. Nach einer Weile musste sie sich ihre Niederlage eingestehen. »Ich brauche deine Hilfe«, rief sie schließlich, wütend darüber, wie schwach sie war.

Madeline half ihr nur zu gerne. Sie wusch ihr das Haar, zog ihr den Bademantel an und führte sie zurück ins Schlafzimmer.

»Die Haare kann ich mir selbst trocknen«, sagte Sophie und nahm den Föhn. Aber sie brauchte schon wieder die Hilfe ihrer Schwester.

Madeline föhnte Sophies Haar gekonnt und fragte über den Lärm hinweg: »Hast du dir schon einmal überlegt, dein Haar kürzer schneiden zu lassen? Das wäre viel einfacher zu frisieren. Und die Kurzhaarschnitte heutzutage sind sehr attraktiv. *Mir* würde kurzes Haar natürlich nicht stehen, aber dir, glaube ich, schon.«

»Mir gefällt mein Haar so, wie es ist«, entgegnete Sophie. Sie würde es auf keinen Fall zulassen, dass ihre Schwester über ihre Frisur bestimmte.

»Victoria hat sich vor kurzem die Haare abschneiden lassen«, plauderte Madeline weiter. »Ich muss zugeben, dass es sehr hübsch aussieht. Aber natürlich sieht Tori immer hübsch aus, egal, was für eine Frisur sie trägt. Obwohl man wahrscheinlich nicht so über seine eigenen Kinder sprechen sollte.«

Es hatte Sophie zuvor nie gestört, mit wie viel Stolz Madeline von ihren Kindern erzählte, schließlich waren es wirklich wunderbare Kinder, und Sophie mochte sie sehr gern. Aber jetzt war alles anders: Madeline hatte Kinder, und sie würde nie welche haben. Es war schwer, Madeline zuzuhören und so zu tun, als ob es sie nicht kümmerte.

»Ich habe Jeremy von den Kindern erzählt«, fuhr Madeline fort. »Wie musikalisch sie sind. Vor allem James. Er hat eine herrliche Stimme und singt wahnsinnig gerne im Schulchor. Jeremy sagte, dass es noch nicht zu spät für ihn sei, für einen Kathedralen-Chor vorzusingen. Obwohl dafür meistens etwas jüngere Sänger gesucht werden. Vielleicht sogar in Westmead, wäre das nicht lustig?«

»Lustig.«

»Obwohl es James nicht gefallen würde, seine Schule zu verlassen«, überlegte Madeline. »Es ist vielleicht etwas zu spät, um ihn jetzt noch zu entwurzeln. Trotzdem hätte ich gerne, dass er Jeremy einmal vorsingt. Ich möchte seine Meinung hören.«

Sophie konnte es nicht länger ertragen, und so versuchte sie, das Thema zu wechseln. »Worüber hat Jeremy sonst noch gesprochen?«

Madeline lächelte ironisch. »Von dir natürlich. Er sagt, dass du momentan *das* Gesprächsthema in Westmead bist. Ein junger Mann macht dir den Hof. Was ist da los, Soph?«

»Mir den Hof machen? Sei doch nicht lächerlich.«

»Jeremy sagte, er käme hier andauernd vorbei, und alle redeten darüber. Was sagt denn Chris dazu?«

Sophie seufzte. »Dominic ist ein Freund von mir. Warum können die Leute das nicht verstehen?«

»Ich vermute, die Leute sind neidisch«, sagte Madeline. »Manchmal denke ich, ich könnte selbst einen kleinen Lustknaben gebrauchen.« Sie ließ ihr silbernes Lachen erklingen. »Ich mache natürlich nur Spaß.«

Tim saß bereits früh am nächsten Morgen an seinem Schreibtisch. Er hatte nicht viel geschlafen. Die Ereignisse des vorangegangenen Tages hatten ihn wach gehalten.

Das Gespräch mit dem Superintendent, das nur ein paar Minuten, nachdem Jacquie gegangen war, stattgefunden hatte, war nicht gut gelaufen.

Nicht, dass er etwas anderes erwartet hatte. Aber es hatte seine schlimmsten Befürchtungen sogar noch übertroffen.

Zunächst einmal war der Superintendent sauer gewesen, weil ihn niemand darüber informiert hatte, dass Jacquie Darke ins Revier gekommen und das tote Mädchen als ihre Schwester identifiziert hatte.

Und anschließend ging es um die fehlenden Mittel.

»Wir haben einfach unser Budget ausgeschöpft«, erklärte er unverblümt und klopfte mit seinem Brieföffner auf den Tisch. »Und wenn Sie glauben, dass ich mich mit der Mütze in der Hand vor den Chief Constable hinstelle und ihn um mehr Geld anflehe, nur weil ein alter Fall wieder aufgerollt werden soll …«

Na klar, dachte Tim verbittert. Der Superintendent würde nichts unternehmen. Nichts, das Wellen schlagen würde. Nichts, das seinen Traum, zum Ritter geschlagen zu werden, zerstören konnte. Er spekulierte darauf, dass es in spätestens ein oder zwei Jahren, wenn er pensioniert war, so weit sei. Jeder im Polizeirevier wusste, dass das sein Ziel und ihm daran gelegen war, bis dahin ein ruhiges Leben zu führen. Tim hätte das am liebsten laut ausgesprochen. Stattdessen sagte er: »Aber Sie können doch Mrs. Darke sicher verstehen.«

Der Superintendent drehte den Brieföffner zwischen seinen dicken Fingern, ohne Tim anzusehen. »Wir sind nicht dazu da, sie zu verstehen«, erklärte er. »Wir sind dazu da, den bestmöglichen Nutzen aus den Steuergeldern zu ziehen. Und in diesem Fall wäre das nicht so.«

»Aber wir haben eine heiße Spur, Sir«, warf Tim ein. »Das Opfer ist identifiziert, und es gibt eine Verbindung. Sie kannte jemanden in Westmead. Jemanden, der Mike heißt.«

Der Superintendent grunzte. »Oh, das hilft uns aber sehr weiter, Merriday.«

Tim gab nicht nach: »Nur ein paar Beamte, Sir. Das ist alles, worum ich Sie bitte.«

»Auf gar keinen Fall.« Er knallte den Brieföffner auf den Tisch, erhob sich und starrte Tim an. »Sie können die Akten bei sich behalten, Merriday. Das genehmige ich Ihnen. Zunächst einmal. Aber wagen Sie es ja nicht, Ihre Zeit damit zu vergeuden. Ihre nicht, und vor allem nicht die der anderen. Sie haben Wichtigeres zu tun. Wir alle haben Wichtigeres zu tun.«

»Aber Mrs. Darke ...«

»Ich nehme an, sie ist attraktiv?« Der Superintendent kniff die Augen zusammen und fragte schneidend: »Sie mögen sie, nicht wahr, Merriday?«

Tim fühlte, wie er rot wurde. Er öffnete den Mund, wusste aber nicht, was er entgegnen sollte.

»Nun, das können sie ja. Ich wünsche Ihnen viel Glück. Aber nicht auf Kosten der Polizei.« Der Superintendent drehte Tim den Rücken zu und schaute aus dem Fenster. »Das ist alles, Merriday.«

Und das war es.

Keine Hoffnung, kein Spielraum für weitere Ermittlungen.

Was sollte er jetzt nur Jacquie Darke erzählen? Er konnte es nicht ertragen, ihr die Wahrheit zu sagen.

Den ganzen Tag, seit dem frustrierenden Gespräch mit dem Superintendent, hatte er sich mit dieser Frage herumgequält und war nicht in der Lage gewesen, das Telefon in die Hand zu nehmen, um ihr die schlechten Neuigkeiten zu überbringen.

Nun aber hatte er einen Entschluss gefasst.

Der Fall gehörte ihm, so, wie er es erhofft hatte. Solange er seine andere Arbeit nicht vernachlässigte, solange er keine Aufmerksamkeit auf sich zog, konnte ihn nichts davon abhalten, selbst ein wenig zu recherchieren. Wenn nötig in seiner Freizeit. Er würde Alison Barnetts Mörder finden. Und dann würde der Superintendent die Lorbeeren gerne einheimsen und einen weiteren Triumph seiner langen und außergewöhnlichen Karriere hinzufügen.

Zumindest redete sich Tim das ein, als er die Akten aufschlug.

Innerhalb weniger Minuten hatte er den Superintendent vergessen und war völlig in den Fall vertieft. So oft hatte er diese Akten durchgesehen, aber dieses Mal suchte er nach etwas Bestimmtem: Dieses Mal suchte er nach »Mike«.

Er entdeckte, dass einer der Bauarbeiter, der für die Renovierung des Priorhauses zuständig gewesen war, Mickey hieß. Das wäre eine Möglichkeit, auch wenn sie ziemlich unwahrscheinlich war. Mickey Murphy klang irisch, und Jacquie Darke hatte nichts von einem irischen Akzent erzählt. Davon abgesehen, dass Tim bezweifelte, nach elf Jahren diesen Mickey Murphy noch finden zu können.

Eine viel versprechendere Spur war da schon einer der Sänger des Chors: ein Michael Thornley. Mr. Thornley hatte zur Zeit des Mordes in Quire Close gelebt und war auch verhört worden.

Tim nahm den Bericht aus den Akten. Er war enttäuscht: Mr.

Thornleys Verhör war offenbar nur flüchtig geführt worden. Er behauptete, dass er in der fraglichen Nacht alleine zu Hause gewesen sei, er hatte kein Alibi, und es gab niemanden, der seine Aussage bestätigte. Aber da es wohl keinen Grund gegeben hatte, ihn zu verdächtigen, von der Tatsache einmal abgesehen, dass er – wie zahllose andere – in Quire Close lebte, war nichts weiter unternommen worden.

Aber jetzt, dachte er, ist es höchste Zeit, genau das zu tun. Tim fragte sich, ob er einen informellen Anruf nach Quire Close wagen könnte. Nun, solange der Superintendent es nicht herausfand ...

Sein Telefon klingelte. Er nahm ab. »Merriday.«

Es war Jacquie Darke. Er schnappte nach Luft. »Ich wollte Sie fragen, ob Sie vorankommen«, sagte sie. »Wie hat Ihr Chef reagiert?«

Er wollte ihr schon die Wahrheit sagen, merkte dann aber, dass er es nicht konnte.

»Nun ...« Tim zeichnete, während er sprach. Unter seinem Bleistift entstand ein Säbelzahntiger, der in etwa zeigte, was er vom Superintendent hielt. »Ich habe noch nicht mit ihm gesprochen«, log er. »Ich versuche, erst alle Fakten zu sammeln, damit ich sie ihm bestmöglich präsentieren kann.«

»Oh.« Sie klang enttäuscht. »Ich hatte gehofft ...«

»Tut mir Leid. Tut mir Leid. Es wird ein oder zwei Tage dauern. Selbst wenn er meinen Vorschlägen zustimmt, wird es Zeit brauchen.« Er rechtfertigte seine Lügen vor sich selbst, indem er sich sagte, dass er sie langsam auf die Wahrheit vorbereiten wollte. Sie sollte sich langsam an den Widerstand von offizieller Seite her gewöhnen. Und wer weiß, dachte er, vielleicht gibt es ja auch einen Durchbruch. Vielleicht würde er Mike finden. Dann konnte er beide beeindrucken, den Superintendent und Jacquie Darke.

Jacquie ließ sich auf den harten, altmodischen Stuhl im Gang des Gästehauses fallen. Sie presste den Telefonhörer an die Wange, in ihren Augen sammelten sich Tränen. Sie war so sicher gewesen, dass er gute Nachrichten für sie hatte, dass von nun an alles ganz schnell gehen würde. Und jetzt sah es ganz danach aus, als ob sie noch lange warten müsste.

Sie konnte es nicht ertragen. Sie konnte nicht in diesem Gästehaus herumsitzen und darauf warten, dass etwas geschah.

»Ich bin sicher, dass wir ihn überzeugen können«, behauptete Tim.

Jacquie fasste plötzlich einen Entschluss. Sie würde nicht herumsitzen und warten. Sie wollte zurück nach Sutton Fen fahren und Alisons Angelegenheiten in Ordnung bringen. Sie wollte mit dem Anwalt sprechen und das Haus zum Verkauf anbieten. Aber zuerst ...

»Ich werde nach Quire Close gehen«, sagte sie kurz angebunden. »Ich muss sehen ... wo sie gefunden wurde.«

»Ich bringe Sie hin«, sagte Tim, und sein Herz klopfte bei der Vorstellung, sie wiederzusehen.

»Nein«, sagte Jacquie. »Ich würde lieber alleine gehen.«

»Aber ich könnte Ihnen die Stelle zeigen. Wie wollen Sie sie sonst finden?«

Sie zögerte. Einerseits sehnte sie sich nach seiner Gesellschaft, andererseits fürchtete sie sich davor. »In Ordnung«, sagte sie schließlich. »Wir treffen uns dort.«

Sie verabredeten sich am Eingang zu Quire Close.

Sophie kam zum Mittagessen nach unten, eine Tatsache, die Madeline als persönlichen Triumph verbuchte. »Du siehst schon viel besser aus«, rief sie.

»Ich fühle mich auch besser«, gab Sophie zu. »Und ich habe Hunger.«

Während Madeline schnell etwas in der Küche zubereitete, setzte sie sich aufs Sofa. »Deine Küche ist ein klein wenig unpraktisch«, sagte Madeline, als sie die Sandwiches auf einem Tablett ins Wohnzimmer brachte.

»Sie ist furchtbar«, sagte Sophie unverblümt. »Sie ist winzig und dunkel und antiquiert. Sie hätte schon vor Jahren herausgerissen und erneuert werden müssen. Aber ich schätze, da müssen wir noch ein wenig warten.«

»Wer ist denn dafür verantwortlich?«, fragte Madeline. »Ich nehme an, der Dekan. Vielleicht solltest du einmal mit ihm sprechen ...«

Es klingelte.

»Erwartest du Besuch?«, fragte Madeline. »Oder soll ich sagen, dass du gerade beim Essen bist?«

Sophie überlegte schnell. Es konnte kaum Dominic sein, der war noch in der Schule. Trish Evans vielleicht. »Clunch. Sag ihm, dass ich ihn jetzt nicht empfangen kann.«

Angespannt wartete sie, während Madeline zur Tür ging. Sie hörte Gemurmel. Madelines helle, silberne Stimme und eine tiefere. Die von Clunch.

Einen Moment später kam Madeline zurück. »Es war dein Freund Mr. Clunch«, lachte sie. »Und ich muss schon sagen, er ist ziemlich aufdringlich.« Sie streckte ihr einen Strauß steifer, rostfarbener Chrysanthemen entgegen, eingepackt in durchsichtige Folie. »Er wollte sie dir persönlich geben und hat versprochen, nicht lange zu bleiben. Ich musste ziemlich streng mit ihm sein.« Sie lachte erneut.

»Wirf sie weg«, befahl Sophie. »Igitt, sie sind entsetzlich. Ich *hasse* Chrysanthemen, vor allem in dieser Farbe.«

»Du kannst sie doch nicht einfach wegwerfen«, protestierte Madeline. »Was, wenn er wiederkommt?«

Sophie durchzuckte ein Schauer. »Oh, er wird wiederkommen. Aber das ist mir egal. Ich will sie nicht.«

Doch als Madeline ein paar Minuten später wieder ins Zimmer kam, trug sie eine Vase, in der sie die Chrysanthemen kunstvoll arrangiert hatte. »Siehst du? Sobald man sie ein wenig zurechtgemacht hat, sind sie gar nicht mehr so hässlich. Man muss nur wissen, wie es geht.«

»Ich will sie nicht«, wiederholte Sophie.

Madeline ignorierte sie und stellte die Vase auf einen Tisch vor dem Fenster. »Hier. Jetzt kann er sie sehen, wenn er am Fenster vorbeigeht. Du willst doch seine Gefühle nicht verletzten, Soph.«

»Das ist mir egal.«

»Es sieht dir gar nicht ähnlich, so unhöflich zu sein, Sophie.«
In der Stimme ihrer Schwester schwang ein leiser Vorwurf mit.
»Ich bin sicher, dass er ein netter Mann ist. Mir kam er jedenfalls sehr liebenswürdig vor.«

Liebenswürdig? Sophie sah seine harten kleinen Augen vor sich, die auf ihre Beine starrten. »Er ist schrecklich«, sagte sie. »Ich hasse ihn.« Sie sammelte all ihre Kräfte, um aufzustehen, durchquerte dann das Zimmer und ging zu der Vase. Sie war zu schwach, um sie anzuheben, also nahm sie die Blumen heraus und warf sie in den Papierkorb. »So«, sagte sie, bevor sie wieder erschöpft aufs Sofa fiel. »Da gehören sie hin.«

Tim saß bis zum Feierabend an seinem Schreibtisch und prüfte die Akten. Wenn er damals die Ermittlungen geleitet hätte, wären sie anders verlaufen. Er hätte mehr Zeit darauf verwendet, den Kantor zu befragen, vor dessen Haus die Leiche immerhin gefunden worden war. Nicht, dass der Kantor jemals ein Verdächtiger gewesen wäre, nicht einmal im Entferntesten, aber ganz bestimmt hätte er ein paar Informationen mehr liefern können, als es der Fall gewesen war. Es schien so, als hätte der verantwortliche Inspektor die Kathedralen-Gemeinde nicht durcheinander bringen wollen. Kapitularen und anderen wichtigen Persönlichkeiten stellte er bei den Verhören vage Fragen.

Tim sah auf seine Uhr und stellte fest, dass er zu spät kommen würde, wenn er jetzt nicht sofort losginge. Er verstaute die Akten in einer Schublade, schnappte seinen Mantel und eilte die Stufen hinunter.

Liz saß hinter ihrem Tisch, ihre Augen funkelten entschlossen. »Tim ...«, begann sie.

»Ich bin etwas in Eile«, antwortete er entschuldigend. »Kann es warten?«

Aber da sie schon mal ihren ganzen Mut zusammengenommen hatte, wollte sie sich jetzt nicht aufhalten lassen. »Ich wollte Sie nur fragen, ob Sie heute Abend etwas vorhaben. Oder ob

Sie vielleicht jetzt gerne den Drink nachholen würden, zu dem Sie mich vor ein paar Wochen eingeladen haben, als ich keine Zeit hatte. Oder wie wäre es mit einem Abendessen?«

Tim schaute auf seine Uhr. Er sah Jacquie vor sich, die in Quire Close auf ihn wartete. Und in dem Moment erinnerte er sich auch wieder daran, wie er sie in dem Restaurant erlebt hatte. Sie war so völlig verstört wegen des Todes ihrer Schwester gewesen und doch so sprühend vor Leben. Liz, in all ihrem Glanz, schien dagegen ein schwacher Ersatz. »Ich glaube nicht«, sagte er. »Ich fürchte, ich habe heute Abend schon etwas vor. Vielleicht ein andermal.«

»Gut. Macht nichts.«

Doch er hörte sie schon gar nicht mehr, sondern riss schnell die Tür auf.

Es regnete. Spitze, kalte Regentropfen fielen wie Nadeln vom grauen Himmel. Sollte er seinen Regenschirm holen? Aber dann müsste er noch einmal an Liz vorbei und würde sich noch mehr verspäten. Er stellte seinen Kragen hoch und spurtete Richtung Quire Close.

Sie wartete bereits auf ihn. Als Tim näher kam, sah er, dass sie unter dem Torbogen Schutz vor dem Regen suchte und einen Strauß Blumen an ihre Brust gedrückt hielt. Rostfarbene Chrysanthemen, von der Farbe getrockneten Blutes ...

»Jacquie«, wollte er schon rufen, korrigierte sich dann aber: »Mrs. Darke ...«

Sie drehte sich um.

»Tut mir Leid, dass ich Sie im Regen habe warten lassen. Und das auch noch ohne Schirm.«

»Macht nichts.« Sie zuckte mit den Schultern und zog den Mantel enger zusammen.

Tim spürte das Bedürfnis, ihr alles zu erklären. »Ich habe mich verspätet. Ich wollte früher da sein, aber ...«

»Macht nichts«, wiederholte Jacquie. Sie trat zögernd unter dem Torbogen hervor. »Lassen Sie es uns hinter uns bringen, ja?«

»Passen Sie auf das Kopfsteinpflaster auf«, warnte er. Er hätte am liebsten ihren Arm genommen, damit sie nicht stolperte, aber sie wirkte so abweisend, dass er es nicht wagte.

»Ich möchte wissen, wo sie gefunden wurde. Ich möchte die exakte Stelle sehen«, verlangte Jacquie.

»Hier entlang. Es ist fast am anderen Ende.« Er ging voraus, bis sie das Haus des Kantors erreichten. »Hier ist es.«

Jacquie stand einen Moment nur da und starrte auf die Stelle, als könne sie den leblosen Körper auf dem Kopfsteinpflaster vor sich sehen. Ihre Lippen bewegten sich wortlos, und Regen strömte ihre Wangen hinab wie Tränen. Dann legte sie die Blumen nieder. Nachdem sie noch einen Augenblick dort gestanden hatte, wandte sie sich abrupt ab und lief davon. »Ich gehe jetzt«, rief sie ihm über die Schulter zu. »Danke, Sergeant. Sie brauchen mich nicht zu begleiten.«

Doch er eilte ihr hinterher. »Sie sind ja völlig durchnässt«, sagte er. »Wie wäre es mit einer Tasse Tee? Im Refektorium der Kathedrale? Oder es gibt auch ein nettes Café …«

»Nein, danke.« Ihre Stimme war so kalt wie der Regen.

»Vielleicht später?«, schlug Tim vor. »Wir könnten uns auf einen Drink treffen. Über die Ermittlungen sprechen.«

Jacquie zögerte eine Sekunde und wandte sich um. »Nein«, sagte sie. »Ich fahre zurück nach Sutton Fen. Heute. Heute Nachmittag. Ich werde endlich Allys Angelegenheiten regeln.« Sie durchsuchte ihre Handtasche nach einem Stück Papier und einem Stift, kritzelte ihre Adresse darauf und reichte es ihm. »Halten Sie mich auf dem Laufenden«, sagte sie. »Über die Ermittlungen. Und darüber, was Ihr Chef sagt. Rufen Sie mich an.«

Er nahm das Papier, und ihre Fingerspitzen berührten sich. Sie riss die Hand zurück, als ob sie sich verbrannt hätte. »Ich werde mich melden«, versprach er. »Aber Sie sollten nicht gehen, ohne eine Tasse Tee getrunken zu haben.«

»Das ist sehr nett von Ihnen«, sagte sie, und ihr Gesichtsausdruck schien für eine winzige Sekunde ein wenig weicher zu werden. Doch dann drehte sie sich wieder weg. »Aber nein, danke.«

Er stand unter dem Torbogen und sah ihr nach, wie sie ging, mit geradem Rücken und erhobenem Kopf, ohne den Regen zu beachten.

Madeline sprach über das, worüber sie außer über sich selbst am liebsten sprach: ihre Kinder. Sie hatte die letzten Heldentaten ihres Sohnes James ausführlich, wenn auch noch nicht erschöpfend geschildert, und wandte sich jetzt mit der gleichen Hingabe ihrer Tochter Victoria zu.

Sophie versuchte, nicht hinzuhören, doch ganz gelang es ihr nicht.

Victoria, so schien es, hatte einen Freund. Sein Name war Simon, und Madeline akzeptierte ihn. Er kam aus einer guten Familie, war höflich und vorzeigbar. »Nicht wie diese verwahrlosten Jugendlichen heutzutage«, sagte sie. »Er hat eine anständige Frisur und zieht sich gut an. Und er nennt mich ›Mrs. Arden‹.« Sie lachte leise. »Auch wenn ich zugeben muss, dass ich mich dadurch ganz schön alt fühle.«

Sophie wusste, dass es jetzt ihre Aufgabe wäre, Madeline zu versichern, dass sie kein bisschen alt war, aber sie hatte nicht genügend Kraft dazu. Immerhin brachte sie es fertig, müde zu lächeln, was mehr oder weniger den gleichen Effekt hatte, denn ihre Schwester fuhr ermutigt fort.

»Es ist aber auch höchste Zeit für Tori, einen richtigen Freund zu haben. Bisher hat sie sich nur für Pferde interessiert. Pferde, Pferde, Pferde – für nichts anderes hatte sie Zeit.« Gedankenverloren strich sie sich durch ihr silberblondes Haar. »Du weißt, wie ich in ihrem Alter war, Soph. Ich war von Jungs umringt.«

»Wie ein Honigtopf von Bienen«, murmelte Sophie.

»Genau. Und Tori ist ein hübsches Mädchen. Keine große Schönheit vielleicht, aber sie ist sehr hübsch. Keine Sommersprossen, schönes Haar und wunderschöne Augen.«

Während sie sich unterhielten, sah Madeline müßig aus dem Fenster. Auf einmal unterbrach sie sich. »Da läuft eine Frau vorbei. Sie hat genau solche Chrysanthemen dabei wie die, die du vorhin weggeworfen hast«, verkündete sie kichernd. »Da muss es irgendwo ein Sonderangebot geben.«

Sophie, die mit dem Rücken zum Fenster saß, fand das nicht interessant. »Eine der Kirchenchorfrauen, vermute ich«, sagte sie.

»Ein Mann ist bei ihr«, berichtete Madeline. »Und die beiden scheinen zum anderen Ende der Siedlung zu laufen.«

Sophie wandte sich noch immer nicht um. »Das sind wahrscheinlich die Swans. Die werden hier bald einziehen. Oder Touristen – es gibt hier recht viele, sie kommen, um die Häuser in der Siedlung anzugaffen.«

»Elspeth Verey lebt am anderen Ende der Siedlung, oder?«, fragte Madeline. »Jeremy hat mir alles über sie erzählt – über die Mutter von deinem kleinen Freund Dominic. Aber diese Frau ist zu jung, um Elspeth zu sein.«

Sophie weigerte sich, näher auf das Thema einzugehen.

Als das Pärchen nicht mehr zu sehen war, nahm Madeline ihre einseitige Konversation wieder auf. Doch nur einen Augenblick später verkündete sie: »Sie kommen zurück. Und sie hat keine Blumen mehr. Sie sind total durchnässt.«

Dann hatten sie die Blumen also jemandem in der Siedlung gebracht. Das fand Sophie zumindest interessant genug, um sich jetzt doch umzudrehen und aus dem Fenster zu sehen. Sie erblickte einen großen, rothaarigen Mann und eine schlanke, dunkelhaarige Frau, die vorsichtig und mit einem gewissen Abstand zwischen sich über das Kopfsteinpflaster liefen. »Ich kenne sie nicht«, sagte Sophie. »Ich habe sie noch nie zuvor gesehen.« Irgendwie wirkten sie nicht wie Touristen. Neugierig geworden und froh darüber, den Monolog ihrer Schwester unterbrechen zu können, beobachtete sie, wie die beiden unter dem Torbogen durchgingen. Dann sah sie, dass der Mann alleine zurückkam. Er lief langsam, trotz des Regens, und schien die Hausnummern zu studieren.

»Er bleibt stehen«, sagte Madeline. »Er schaut unser Haus an. Ich glaube, er kommt zu uns.« Und ein paar Sekunden später klingelte es. »Ich mache auf«, sagte sie.

Sophie hörte ein paar gemurmelte Worte, dann kam Madeline, dicht gefolgt von einem Mann, wieder ins Zimmer. »Das ist Detective Sergeant Merriday«, stellte Madeline ihn vor, und ihre Augen glitzerten vor Aufregung. »Er ermittelt in einem Mordfall, und er würde gerne mit dir sprechen.«

Der Mann stand tropfend in der Tür. »Es tut mir Leid, Sie zu stören«, sagte er. Er lächelte entschuldigend. »Und ich bin mir auch gar nicht sicher, ob Sie mir weiterhelfen können.«

»Möchten Sie sich nicht setzen?«, bot ihm Sophie an. »Bitte verzeihen Sie, dass ich nicht aufstehe, aber ich ... erhole mich gerade von einer Operation.«

Er nickte ihr mitfühlend zu und deutete dann auf seinen nassen Mantel. »Ich hoffe, dass Ihnen das nichts ausmacht ...«

»Ziehen Sie doch Ihren Mantel aus.«

Er gehorchte und setzte sich auf das Sofa, den nassen Mantel über seinen Schoß gelegt.

»Möchten Sie vielleicht eine Tasse Tee, Sergeant?«, fragte Sophie. »Sie sehen so aus, als ob Sie etwas Warmes gebrauchen könnten.«

»Wenn es keine Umstände macht. Das wäre herrlich.«

»Meine Schwester wollte gerade Wasser aufsetzen. Nicht wahr, Maddy?« Sie lächelte ihre Schwester süßlich an und freute sich über Madelines Ärger, etwas Wichtiges zu verpassen.

Nachdem Madeline zögernd das Zimmer verlassen hatte, wandte Sophie ihre Aufmerksamkeit dem Polizisten zu: »Nun, wie kann ich Ihnen helfen?«

»Vielleicht gar nicht«, gestand er. »Ich versuche jemanden namens Michael Thornley zu finden. Er hat vor etwa elf Jahren in diesem Haus gewohnt. Aber Ihre Schwester sagte mir, dass Sie erst seit ein paar Monaten hier leben.«

»Seit August«, bestätigte Sophie. »Und ich kenne keinen Michael Thornley. Den Namen habe ich noch nie gehört.«

»Er war Sänger im Kirchenchor.«

»Dann sollten Sie vielleicht meinen Mann fragen«, schlug Sophie vor. »Er singt zwar erst seit kurzem im Chor, aber er kennt viele der Musiker. Vielleicht weiß er ja mehr. Tut mir Leid, dass ich Ihnen nicht weiterhelfen kann.«

Der Polizist schüttelte den Kopf. »Das macht nichts. Ich habe es einfach mal versucht. Tut mir Leid, dass ich Sie gestört habe, Mrs. ...«

»Lilburn«, sagte Sophie. »Sophie Lilburn.«

»Aber ich trinke trotzdem gerne eine Tasse Tee, Mrs. Lilburn.« Der Mann lächelte sie schief an, in seinen Augenwinkeln bildeten sich Falten. Sophie lächelte zurück. Sie fand ihn sympathisch.

Mord, hatte Madeline gesagt. Und er hatte davon gesprochen, dass elf Jahre vergangen seien. Mit einem Mal verstand sie. Sophie schnappte nach Luft und bekam eine Gänsehaut. »Der Mord«, sagte sie. »Es geht um das Mädchen, oder? Am anderen Ende der Siedlung. Das Mädchen, das nie identifiziert wurde.«

Er nickte zögernd. »Dann haben Sie davon gehört.«

»Jeder in der Siedlung hat davon gehört.«

»Ja, das kann ich mir denken.« Er saß einen Moment still und mit gesenktem Kopf da, seine sommersprossigen Hände baumelten zwischen seinen Knien. Dann fuhr er fort: »Hören Sie, Mrs. Lilburn. Ich hätte den Mord wahrscheinlich gar nicht erwähnen dürfen – aber ich dachte, Ihre Schwester lässt mich sonst nicht herein.«

»Oh, das macht nichts«, versicherte sie ihm.

»Sie verstehen nicht.« Er grinste Sophie unsicher an. »Das Problem ist, mein Chef weiß nicht, dass ich hier bin. Ich tue das auf meine eigene Verantwortung. Er würde denken, ich sei ein wenig ... voreilig.«

Sophie zuckte die Achseln und lächelte zurück. »Ich werde ihm sicherlich nichts davon erzählen. Erstens kenne ich ihn nicht. Und zweitens gehe ich nirgendwohin.«

Der Polizist seufzte und entspannte sich dann. »Danke.«

»Also ist das Mindeste, das Sie tun können, mir zu erzählen, warum Sie mir diese Fragen stellen. Warum jetzt? Nach all den Jahren?«

»Gut.« Er seufzte noch einmal und sah sie nicht an. »Das Mädchen wurde identifiziert.«

Sophies Haut prickelte wieder, ihre Nackenhaare stellten sich auf. »Identifiziert?«

Er nickte. »Ihre Schwester tauchte vor zwei Tagen plötzlich im Revier auf und hat sie identifiziert.«

Sophie hatte das Gefühl, als ob sie diese merkwürdige Trägheit, der sie sich seit ihrer Operation hingab, nun endlich abwerfen müsse. Zum ersten Mal seit Wochen fühlte sie sich voller Leben, in ihrem Kopf wimmelte es von Fragen. »Aber warum jetzt?«, wiederholte sie. »Um Himmels willen, das ist elf Jahre her. Wo war sie all die Jahre? Warum ist sie nicht eher gekommen? Hat sie ihre Schwester überhaupt jemals als vermisst gemeldet? Und wer ist sie?« Die Frau von vorhin, dachte sie auf einmal. Die Frau mit den Blumen. Sie war mit dem Polizisten gekommen. Das musste die Schwester gewesen sein.

Er schüttelte den Kopf und seine Stimme klang bedauernd. »Ich fürchte, ich kann Ihnen das alles nicht sagen. Noch nicht.«

»Aber wer war das ermordete Mädchen?«, fragte Sophie unbeirrt weiter. »Und was ist mit Michael Thornley? Das war doch der Name, den Sie vorhin erwähnten, oder? Sie sagten, er habe hier gewohnt. Was hat er damit zu tun? Ist er ein Verdächtiger?«

»Ein Verdächtiger? Wer ist ermordet worden?« Madeline stieß mit einem Tablett auf dem Arm die Tür auf und platzte fast vor Neugier.

Der Polizist schnitt eine Grimasse. »Das ist sehr nett von Ihnen, aber ich glaube, ich muss jetzt wirklich gehen.« Er stand auf und schüttelte seinen nassen Mantel aus. »Es tut mir Leid, Ihnen solche Umstände bereitet zu haben.«

»Oh bitte, gehen Sie noch nicht«, drängte Madeline.

»Ich finde selbst hinaus«, sagte Detective Sergeant Merriday.

Es regnete immer noch. Er zog seine Schultern hoch, verließ Quire Close und eilte auf die Kathedrale zu, Richtung Polizeipräsidium.

Warum nur, fragte er sich, habe ich den Mord erwähnt? Und

dann hatte er alles noch schlimmer gemacht, indem er Sophie Lilburn verriet, dass das Mädchen identifiziert worden war. Wie dumm von ihm. Mrs. Lilburn war ja vielleicht verschwiegen und kannte auch den Superintendent nicht, aber sie wusste von dem Mordfall. Und ihre Schwester würde bestimmt keine Ruhe gegen, ehe sie nicht jedes Detail erfahren hatte. Von dort aus war es nur noch ein kleiner Schritt, bis die ganze Siedlung – die ganze Kirchengemeinde – von den Neuigkeiten gehört hatte. Gerüchte würden sich wie ein Lauffeuer verbreiten – vor allem hier. Klatsch und Tratsch florierten im Umfeld der Kathedrale in ungeahntem Ausmaß. Es war nur eine Frage der Zeit, bis der Superintendent erfuhr, dass Tim Merriday neugierige Fragen gestellt hatte.

Und wenn der Superintendent davon erfuhr, würde er ihm den Fall wegnehmen.

Dann musste er, Tim Merriday, Jacquie Darke enttäuschen. Und das war das Letzte, was er wollte.

Er war so in seine Gedanken vertieft, dass er, ohne es zu merken, nicht zum Polizeirevier, sondern zum Gästehaus gelaufen war.

Er musst Jacquie Darke einfach noch einmal sehen ...

Ungeduldig klingelte er und lauschte auf die schweren Schritte, die sich näherten. Als die Tür geöffnet wurde, deutete eine Frau mit einem blassen, aber freundlichen Gesicht auf das »Zimmer belegt«-Schild im Fenster. »Wir haben im Augenblick nichts frei«, sagte sie mit weichem West-Country-Akzent. »Aber wenn Sie es nicht eilig haben, könnte ich Ihnen in etwa einer Stunde ein Zimmer herrichten lassen. Sobald es sauber gemacht ist.«

Sein Mut sank. »Mrs. Darke?«, fragte er.

Ihr Gesichtsausdruck veränderte sich. »Ist soeben abgereist«, sagte sie. »Vor nicht mal fünf Minuten. Sie haben Sie gerade verpasst.«

Tim Merriday wandte sich um und lief zurück zum Polizeirevier. Er versuchte, nicht an Jacquie Darke zu denken. Es war höchste Zeit, sie zu vergessen, sie ein für alle Mal aus seinen

Gedanken zu streichen. Sie war gegangen. Sie war aus seinem Leben getreten.

Liz hinter ihrem Tisch hob den Kopf, als er die Eingangstür aufriss und auf die Treppe zulief. »Tim. Sie sind ja völlig durchnässt.«

»Bin ich das?«, gab er gleichgültig zurück.

»Ich bringe Ihnen eine Tasse Tee, ja?«, bot sie ihm mit strahlenden Augen an. »Mit viel Zucker.«

»Danke, Liz.« Er zögerte und sah sie an. »Und was heute Abend betrifft. Ich hätte doch Zeit.«

Kapitel 17

Die Rückfahrt nach Sutton Fen erschien Jacquie sogar noch länger als die Hinfahrt. Es regnete schon wieder, und lange bevor sie auf die M25 einbog, war es bereits dunkel geworden.

Dieses Mal war es eine Reise ohne Hoffnung.

Drei Tage zuvor – war es wirklich erst drei Tage her? – hatte sie es kaum erwarten können, Sutton Fen zu verlassen. Westmead – Alison! – hatte auf sie gewartet.

Sie hatte geglaubt, nie mehr zurückzukehren.

Doch nur drei Tage später war sie wieder auf dem Heimweg.

Jacquie versuchte, an nichts zu denken und sie konzentrierte sich aufs Fahren. *Fahr nicht zu schnell, pass auf den Lastwagen auf, Vorsicht vor den Autos, die aus der Auffahrt kommen.*

Sie wollte nicht an Westmead denken und an das, was dort geschehen war. Sie wollte nicht an Ally denken und nicht an Tim Merriday.

Und sie wollte nicht über Sutton Fen nachdenken.

Denn am Ende dieser Fahrt erwartete sie nichts als ein leeres Haus.

Als wäre der Tag für Sophie nicht sowieso schon aufregend genug gewesen, kam am Nachmittag nach der Schule auch noch Dominic vorbei. Sie freute sich sehr über seinen Besuch, selbst jetzt, wo Madeline da war. Es war das erste Mal seit langem, dass sie ihn wieder zu Gesicht bekam.

Er kam nicht mit leeren Händen. Er hatte ein Geschenk seiner Mutter dabei, einen weiteren Blumenstrauß aus hübschen, duftenden Freesien. Er selbst brachte ihr ein Buch mit, eine seltene Ausgabe über die frühe Geschichte der Fotografie, die er einmal in der Bibliothek entdeckt und nach langem Suchen für sie besorgt hatte. Als sie aber dann beim Tee saßen, drehte sich das Gespräch fast ausschließlich um den Mord.

Das war etwas, worüber sie mit ihm bisher nicht gesprochen hatte, denn sie hatte geglaubt – vielleicht zu Unrecht –, dass das kein passendes Thema für einen doch schließlich erst sechzehn Jahre alten Jungen sei. Außerdem war er damals, als es passierte, viel zu jung gewesen, um sich zu erinnern. Auch weil die Leiche praktisch vor seinem Elternhaus lag, wollte sie das Thema nie anschneiden.

Seit sie sich kannten, hatten sie über vieles gesprochen, aber nie über den Mord.

Heute jedoch war es unvermeidlich. Etwas zögerlich hatte Sophie Madeline erzählt, was sie von dem Mord wusste, und jetzt begann ihre Schwester, Dominic auszufragen.

»Du hast doch hier gelebt, als es passierte. An was kannst du dich erinnern?«

Dominic schüttelte den Kopf. »An wenig. Ich war damals erst fünf Jahre alt.«

»Aber es ist doch sozusagen vor deiner Haustür passiert, wenn ich Sophie richtig verstanden habe.« Madeline gab nicht nach. »Du musst es doch mitbekommen haben.«

»Wir haben zu dem Zeitpunkt noch nicht in Quire Close gewohnt«, erklärte er. »Wir lebten noch im Dekanat.«

»Aber die Leute haben doch bestimmt darüber gesprochen.«

»Wahrscheinlich hatten sie kein anderes Thema«, grinste er. »Aber ich glaube, dass meine Mutter versucht hat, mich von all dem fern zu halten. Sie hat jedenfalls nie davon gesprochen. Und ich kann mich erinnern, dass sie manchmal den Fernseher ausgeschaltet hat, weil etwas kam, das ich nicht sehen sollte. Meine Mutter ist da sehr streng. Und ich bin sicher, dass sie nicht wollte, dass ich all dem ausgesetzt werde.«

Ja, dachte Sophie, das hört sich ganz nach Elspeth an. Sie fragte sich, wie Elspeth darauf reagiert hatte, dass ein junges Mädchen die Unverschämtheit besaß, sich in Quire Close ermorden zu lassen, und das auch noch direkt vor ihrer Haustür. Und sie überlegte, ob dieser Mord einen Schatten auf den Umzug ins Priorhaus geworfen hatte und ob Elspeth heute überhaupt noch daran dachte.

Jacquie hatte versäumt, auf der Fahrt eine Flasche Wein oder sogar Gin zu kaufen. Als ihr die Idee kam, war es schon zu spät. Sie hatte Sutton Fen bereits erreicht und war gerade dabei, den Wagen vor dem Haus zu parken. Der Supermarkt hatte bereits geschlossen, und sie wagte es nicht, in ein Pub zu gehen und dort eine Flasche zu kaufen.

Also musste Tee genügen.

Dann fiel ihr ein, dass sie dem Milchmann ja eine Nachricht hinterlassen hatte. Also gab es auch keine Milch für den Tee.

Sie seufzte, als sie das Haus betrat, von dem sie geglaubt hatte, es für immer verlassen zu haben.

Alles war noch beim Alten, stellte sie überrascht fest. Nichts hatte sich verändert. Dabei war doch so viel geschehen, seit sie gegangen war. Sie kam sich vor, als sei sie ein anderer Mensch geworden. Irgendwie hatte sie erwartet, dass das Haus diese Veränderung widerspiegeln würde: Sie hatte mit einem muffigen, unbewohnten Geruch oder einer dicken Staubschicht, die alles bedeckte, gerechnet.

Doch es waren ja nur drei Tage gewesen. Was sollte sich also schon verändert haben?

Jacquie ging in die Küche, nahm die halb leere Flasche Milch, die noch immer darin stand, aus dem Kühlschrank und roch daran. Sie war Montagmorgen frisch gewesen und schien auch jetzt noch in Ordnung.

Tee also.

Sie setzte den Kessel auf und zog den feuchten Mantel aus, um ihn zum Trocknen über den Ofen zu legen.

Der Ofen war natürlich kalt. Als sparsame Tochter ihrer sparsamen Eltern hatte sie die Heizung abgedreht, bevor sie das Haus verlassen hatte. Und jetzt, als sie den Mantel auszog, bemerkte sie auch, wie kühl es im Haus war. Während der Wasserkessel heiß wurde, stellte sie die Heizung wieder an und drehte den Thermostat hoch.

Es würde eine Zeit dauern, bis das Haus warm wäre. Jacquie trug ihre Tasse Tee in den selten benutzten vorderen Salon und stellte den elektrischen Kamin an, den ihre Mutter nur benutzt hatte, wenn sie wichtige Gäste erwartete – wie Reverend Prew etwa. Doch ihre Mutter war nun nicht mehr da, um sie wegen der Verschwendung, hier nur für sich allein einzuheizen, zu tadeln. Sie kuschelte sich in eine selbst gestrickte Decke und umfasste mit beiden Händen die Tasse. Innerhalb weniger Minuten war ihr wieder einigermaßen warm, und sie fühlte sich so wohl, wie es in einem solch unfreundlichen Raum eben möglich war.

Das Klingeln an der Tür kam unerwartet, sodass sie erschreckt zusammenfuhr und ihren Tee verschüttete. Wer, dachte sie panisch, kann das nur sein? Vielleicht einer der Nachbarn, der wusste, dass sie verreist war, und sich nun über das Licht im Haus wunderte? Sie wischte sich die klebrige Hand an einem Taschentuch ab und lief zur Tür.

Es war Darren. Er hatte die Hände in den Taschen seines Anoraks vergraben und lächelte sie an. »Hallo, Jacquie.«

»Was willst du?«, fragte sie eisig.

»Ich kam gerade vorbei und habe dein Auto gesehen, und da dachte ich, ich klingle einfach mal.« Während er sprach, blickte er über die Schulter auf das Auto. »Wie läuft das Auto übrigens?«, fragte er mit geschäftsmäßigem Interesse. »Fährt es gut?«

»Alles in Ordnung.«

»Freut mich«, sagte er. »Als ich es gekauft habe, habe ich mir viel Mühe gemacht, einen guten Wagen zu finden.«

Das Auto war Teil der Scheidungsvereinbarung gewesen. Jacquie fragte sich, ob er jetzt wohl erwartete, dass sie ihm dafür dankte. Es war ja nicht so, dass es ihn ein Vermögen gekostet hätte, Autos waren schließlich sein Geschäft, und er hatte es gebraucht gekauft. Sie sagte nichts, sondern wartete ab, worauf er hinauswollte. Darren trat von einem Fuß auf den anderen, dann kickte er einen Haufen Blätter weg, die auf die Veranda geweht worden waren. »Kann ich vielleicht reinkommen?«, fragte er.

»Ich wüsste nicht, warum.« Sie verschränkte die Arme vor der Brust.

»Ich würde gerne kurz mit dir sprechen. Nur ein paar Minuten. Ich muss dich etwas fragen.« Er nahm die Hände aus der Tasche und rieb sie heftig aneinander, als würde er im nächsten Moment erfrieren.

»Also gut.« Sie gab nach und führte ihn in den Salon.

Er zog den Anorak aus und hängte ihn über das Treppengeländer, eine Angewohnheit, die sie schon immer genervt hatte.

»Du hättest ihn nicht auszuziehen brauchen«, sagte sie kalt. »Du bleibst nicht lange.«

Drinnen, im Licht, konnte er sie richtig sehen. Er gab einen leisen Pfiff von sich. »Jacquie! Du hast dein Haar abgeschnitten!«

Sie fuhr sich mit den Fingern über den Kopf. »Na und?«

»Steht dir gut«, sagte er anerkennend.

Jacquie wich zurück. »Das kann dir egal sein«, sagte sie scharf. Sie ließ Darren stehen und lief zurück zu ihrem Platz am Kamin.

»Könnte ich etwas Tee haben?«

»Nein.«

»Ich kann mir selbst welchen aus der Küche holen«, bot er an.

»Nein.«

Unbeirrt näherte er sich dem wärmenden Kamin. »Bedeutet dieser ... Haarschnitt ..., dass es wahr ist, was ich gehört habe? Du hast die Gemeinschaft der Freien Baptisten wirklich verlassen?«

»Was glaubst du denn?« Ihre Stimme triefte vor Sarkasmus.

»Hat Reverend Prew deine Frisur gesehen?«, fragte er. »Er wäre nicht sonderlich erfreut darüber.«

Jacquie hob ihr Kinn. »Ehrlich gesagt kümmert mich das wenig.«

»Du hasst ihn wirklich, nicht wahr?«

Darrens Tonfall hatte sich verändert. Jacquie sah ihn an und versuchte zu erraten, worauf er hinauswollte. »Ja«, sagte sie schließlich, eher ernst als verbittert. »Ich hasse ihn wirklich«

Ohne dazu aufgefordert worden zu sein, ließ er sich ihr gegenüber nieder und beugte sich nach vorne, die Ellbogen auf die Knie gestützt: »Jacquie«, sagte er. »Ich muss dich etwas fragen. Und es ist nicht so verrückt, wie es vielleicht klingt.«

»Frag.«

»Du erinnerst dich an unseren Hochzeitstag ...«

Jacquie schnappte nach Luft. »Wenn du gekommen bist, um mich das zu fragen, kannst du gleich wieder verschwinden. Natürlich erinnere ich mich an unseren Hochzeitstag.«

»Nein, das ist noch nicht alles«, sagte er schnell. »Deine Schwester. Alison. All das Theater darüber ... nun, über ihre Schwangerschaft. Du erinnerst dich.«

»Selbstverständlich erinnere ich mich.«

»Was ich dich fragen will ist, weißt du, wer ... nun, wer es getan hat? Wer der Vater war?« Darren blickte verschämt weg, und Jacquie fragte sich, worauf zum Teufel er hinauswollte.

»Vielleicht«, antwortete sie vorsichtig, nicht gewillt, es zu verraten.

»Weil ich mich einfach frage, ob ...« Er brach ab und versuchte es dann noch mal. »War es Reverend Prew?«

Jacquie fühlte sich, als hätte ihr ein gigantischer Schlag in den Magen den Atem genommen. »Reverend Prew?« keuchte sie schließlich.

Er sprach schnell weiter, noch immer, ohne sie anzusehen. »Denn wenn es so wäre, würde es vieles erklären. Zum Beispiel, warum du ihn so sehr hasst.«

Ich hasse ihn, weil er mir meinen Mann weggenommen hat, dachte Jacquie, wusste aber nicht, was sie sagen sollte.

»Und sie war seine Sekretärin. Sie verbrachte täglich viele

Stunden mit ihm. Und sie war immer ein hübsches Mädchen, deine Schwester.«

»Reverend Prew ist ein verheirateter Mann, der jede Woche auf der Kanzel steht und darüber redet, was für eine unverzeihliche Sünde es ist, Unzucht zu betreiben, ganz zu schweigen von Ehebruch«, rief sie wütend.

»Aber du streitest es auch nicht ab.« Endlich sah er sie an. »Also bist du dir nicht sicher. Deine Schwester hat mit dir gesprochen. Vielleicht hat sie dir nicht erzählt, dass sie ... äh ... mit ihm geschlafen hat oder so was. Aber vielleicht hat sie dir gebeichtet, dass sie in ihn verliebt ist. Oder ihn attraktiv findet. Oder etwas Ähnliches.«

Diese Vorstellung war ungeheuerlich, völlig undenkbar. Ally und in Reverend Prew verliebt – diese Idee erschien ihr so lächerlich, dass sie fast losgeprustet hätte.

Aber, entschied Jacquie, ich werde das Darren *nicht* sagen. Soll er doch glauben, was er will, die Schlüsse ziehen, die er ziehen möchte. Wenn es seine Meinung über Reverend Prew änderte, wenn er so den Respekt vor seinem Helden verlor, dann sollte es eben so sein. Das ging sie nichts an.

Erst später, als sie schon fast eingeschlafen war, wurde Jacquie klar, wie merkwürdig Darrens Besuch und seine Frage gewesen war. Plötzlich fragte sie sich, wie er nur auf die unglaubliche Idee gekommen war, dass Ally und Reverend Prew eine Affäre gehabt hatten.

Und was sogar noch wichtiger war: Warum wollte er es überhaupt wissen?

»Dein Dominic ist absolut anbetungswürdig«, sagte Madeline. »Natürlich viel zu jung für dich, aber ich kann verstehen, was dich an ihm reizt. Er ist wirklich fantastisch.«

»Oh, hör auf, so einen Unsinn zu reden«, entgegnete Sophie genervt. »Mich reizt gar nichts an ihm. Er ist nur ein Freund.«

Dominic war gerade gegangen und Chris noch nicht von der Abendandacht zurück. Die beiden Schwestern saßen vor dem Feuer, das Dominic entzündet hatte. Auf einen Fremden – einen neugierigen Touristen vielleicht –, der zufällig durch das Fenster geblickt hätte, hätte die Atmosphäre heimelig gewirkt: zwei Frauen mit hellem Haar, dem das Feuer einen goldenen Schimmer verlieh, vertieft in ein Gespräch. Die kunstvoll gebundenen Freesien auf dem Fensterbrett, das Teeservice aus Porzellan auf dem niedrigen Tischchen – das alles gab ein hübsches Bild ab.

»Hat er eine Freundin?«, fragte Madeline hintergründig.

»Nein«, entgegnete Sophie.

»Hm.« Sie legte den Kopf auf die Seite. »Findest du nicht, dass du etwas dagegen unternehmen solltest?«

»Unternehmen?« Sophie war von der Frage überrascht. »Ich soll etwas unternehmen? Wieso?«

»Ach so, ich vermute, du willst ihn für dich behalten«, neckte Madeline sie. »Aber er ist viel zu hübsch, um keine Freundin zu haben. Und mit sechzehn ist er auch auf jeden Fall alt genug.«

Sophie biss sich auf die Zunge. Zu gerne hätte sie ihrer Schwester die Wahrheit gesagt. Aber es war nicht an ihr, das Geheimnis zu lüften, und davon abgesehen ging es Madeline auch gar nichts an.

»Er und Tori würden ein sehr hübsches Paar abgeben«, fuhr Madeline fort. »Ich kann mir die beiden gut zusammen vorstellen.«

»Ich dachte, Victoria hätte einen Freund. Einen Freund, den du magst.«

»Oh, Simon.« Madeline zuckte mit den Schultern. »Er ist sehr nett und alles. Aber du weißt doch, wie kurzlebig diese Teenagerromanzen sind. Nächste Woche könnte sie schon seiner überdrüssig sein.«

»Nun, es ist jedenfalls nicht sehr wahrscheinlich, dass sie Dominic kennen lernt.«

Aber Madeline war nicht willens, es dabei zu belassen. »Es ist nicht unmöglich«, sagte sie. »Ich habe vor, James hierher zu bringen, damit er Jeremy vorsingt. Ich könnte Tori ebenfalls mitbringen. Ich bin mir sicher, dass beide gerne wüssten, wo ihr lebt. Wir könnten alle über ein Wochenende vorbeikommen – oder während der Weihnachtsferien. Und dann wäre es leicht, ein Treffen der beiden zu arrangieren. Wer weiß, vielleicht verlieben sie sich ja wirklich ineinander.«

Das bezweifle ich, dachte Sophie müde, nicht ohne die Ironie der Situation zu sehen. Wie frustriert Madeline wäre, wenn sie erkannte, dass ihre Verkuppelungsversuche fehlschlugen. Sie würde es nicht begreifen können.

»Sein Vater war Dekan von Westmead«, murmelte Madeline nachdenklich.

Dann ist es also reiner Snobismus, dachte Sophie. Weil er der Sohn eines Dekans ist! Was wäre er für ein toller Fang für Madelines kostbare Tochter.

Das Gespräch wurde unterbrochen, als Chris nach Hause kam.

»Hier sind wir«, rief Madeline, und Chris betrat das Zimmer, durchquerte es und gab Sophie einen Kuss auf die Stirn. »Wie war dein Tag?«

»Schön«, sagte Sophie. »Und deiner?«

»Anstrengend. Ich muss sehr viel aufarbeiten.«

»Hier war es auch sehr aufregend«, mischte sich Madeline ein. »Ununterbrochen hat es an der Tür geklingelt. Jeremy, Mr. Clunch, Dominic Verey. Und – das wirst du nie erraten, Chris – ein Polizist! Er war hier, um einen alten Mordfall in der Siedlung wieder aufzurollen! Du hast bestimmt davon gehört – von dem Mädchen, das vor vielen Jahren hier ermordet wurde.«

»Wie bitte?«

»Offenbar wissen sie jetzt, wer das Mädchen war. Und sie haben wohl auch einen Hinweis auf den Mörder, denn der Polizist hat nach jemandem gefragt, der einmal in diesem Haus gelebt hat. Ein Chorsänger. Michael Thornley. So hieß er doch, Soph?«

Sophie nickte zögernd. Sie dachte daran, dass der nette Polizist gesagt hatte, er hoffe, die Neuigkeit würde sich nicht verbreiten. Er wollte nicht, dass sein Chef davon erfuhr.

»Stell dir das mal vor – der Mörder hat vielleicht in diesem

Haus gelebt! Kennst du ihn, Chris?«, fragte Madeline drängend.

Er schüttelte den Kopf. »Das war lang vor meiner Zeit. Aber ich habe den Namen schon einmal gehört. Ich werde Jeremy fragen. Und ein, zwei andere aus dem Chor, die schon seit Ewigkeiten dabei sind. Ich bin sicher, dass jemand weiß, wohin er verschwunden ist.«

Das war's also, dachte Sophie resigniert. Sobald Jeremy davon erfuhr, würde jedermann davon wissen.

Tim Merriday musste zugeben, dass der Abend mit Liz angenehmer verlaufen war, als er es erwartet hatte. Zumindest war er abgelenkt worden. Liz plauderte ohne Unterlass, und sie war nicht dumm. Sie konnte hervorragend Menschen nachmachen und brachte ihn zum Lachen, als sie seine Kollegen und sogar den Superintendent persönlich imitierte. Ein paar Stunden lang dachte er nicht über Jacquie Darke, Alison Barnett oder den Superintendent nach. Und das, fand er, war gar nicht so schlecht.

Zunächst hatten sie in einem Pub etwas getrunken, um dann in eine gute italienische Trattoria um die Ecke zu gehen. Nach dem Essen saßen sie noch beim Kaffee zusammen, und es war schon nach zehn, als er Liz nach Hause fuhr. Sie zeigte ihm den Weg. Er hielt vor einem modernen Häuserblock in einem Außenbezirk Westmeads. »Ich sehe Sie morgen«, sagte er.

»Möchten Sie nicht mit reinkommen?«, fragte sie eifrig. »Auf einen weiteren Kaffee? Oder einen Brandy?«

»Ich muss noch fahren«, sagte er. »Und außerdem – morgen ist ein normaler Arbeitstag, vergessen Sie das nicht.«

Sie sah enttäuscht aus. Tim seufzte innerlich, denn genau das hatte er vermeiden wollen. Er war sich nicht sicher, was Liz im Schilde führte, aber wahrscheinlich ging es dabei nicht nur um den Kaffee, und er war einfach nicht bereit, sich so weit mit ihr einzulassen. Ein gemeinsames Abendessen war in Ordnung, und soweit es ihn betraf, reichte das für den Moment vollkommen. »Ich muss mir keine Gedanken darüber machen, eine Mitbewohnerin zu wecken«, sagte sie ermutigend, und legte eine Hand auf seinen Arm. »Seit meiner Trennung lebe ich alleine.«

»Vielleicht ein andermal«, erwiderte er, als sie an ihrer Tür ankamen.

Sie hatte den Schlüssel in der Hand, steckte ihn aber noch nicht ins Schloss. Erwartete sie von ihm, dass er sie küsste? Und wenn er das täte, würde das genügen, oder erwartete sie dann vielleicht, dass daraus noch mehr würde?

Bevor er einen Entschluss fassen konnte, begann das Handy in seiner Tasche zu klingeln. Erleichtert über die Unterbrechung, zog er es heraus. »Ja?«

»Tim, hier ist Gilly.«

Ihm stockte der Atem. »Was ist passiert?«, fragte er. »Ist was mit Frannie?«

»Frannie geht's gut«, antwortete sie. »Aber ich muss etwas mit dir besprechen.«

»Ich habe dir gesagt, du sollst diese Nummer nur anrufen, wenn es sich um einen Notfall handelt«, sagte er unwirsch.

Ihre Stimme klang nicht weniger böse. »Aber ich habe den ganzen Abend versucht, dich zu Hause zu erreichen, und du bist nicht ans Telefon gegangen. Du warst auch nicht im Polizeirevier, was ein verdammtes Wunder ist, wenn man bedenkt, wie viel Zeit du dort verbringst. Was hätte ich also tun sollen? Ich muss mit dir sprechen.«

Immer wieder die alte Leier, dachte Tim, hört das denn niemals auf?

»Ich bin in zehn Minuten zu Hause«, sagte er. »Ich rufe dich dann sofort an.« Ohne ihre Antwort abzuwarten, unterbrach er die Verbindung und lächelte Liz entschuldigend an. »Meine Exfrau«, erklärte er. »Ich muss gehen.«

Wenn er sich auf dem Weg zu seinem Auto noch einmal umgedreht hätte, hätte er gesehen, dass Liz noch enttäusch vor ihrer Tür stand. Aber er drehte sich nicht um. Er dachte kein einziges Mal mehr an Liz.

Zu Hause – das war für ihn früher einmal ein kleines Häuschen ganz in der Nähe von Westmead gewesen, in dem er mit Gilly und seiner Tochter lebte. Jetzt wohnte er im Dachgeschoss eines viktorianischen Backsteingebäudes, nicht weit vom Stadtzentrum. Alleine, abgesehen von seiner Katze Watson, einem hübschen schwarz-weißen Kater. Er hatte sich schon immer eine Katze gewünscht, aber Gilly war allergisch dagegen. Doch eine Woche, nachdem er aus dem Häuschen ausgezogen war und sich so verzweifelt einsam in seiner Wohnung fühlte, war er zum nächstgelegenen Tierheim gefahren und hatte sich die Katzen dort angesehen. Eine davon war offenbar geprügelt und dann ausgesetzt worden, hatte sich aber zäh durchgeschlagen. Er hatte in ihre gelassenen goldenen Augen gesehen. Es war Liebe auf den ersten Blick. Watson beschwerte sich im Gegensatz zu Gilly nie über seinen Job und seine vielen Überstunden. Watson freute sich zwar immer, Tim zu sehen, brauchte aber nicht ständig seine Gesellschaft.

Die glatte, wohlgenährte Katze begrüßte ihn schnurrend an der Tür, rieb sich an seinen Beinen und erinnerte in nichts mehr an die dürre Kreatur, die er vor ein paar Jahren aus dem Tierheim geholt hatte. »Watson«, murmelte Tim, bückte sich und kratzte ihn hinter den Ohren. »Das Spiel ist in vollem Gange, was?« Das war seine übliche Begrüßung. Und wie immer sagte Watson nichts, sondern schnurrte nur, die Augen fast geschlossen.

Das Apartment, das Tim jetzt sein Zuhause nannte, hatte wenig gemein mit dem häuslichen Durcheinander von früher. Tim war ein Mensch, der es gerne ordentlich hatte. Seine Wohnung war nur mit den nötigsten Möbeln ausgestattet, und alles hatte seinen festen Platz. Ein Zyniker – Gilly zum Beispiel – hätte vielleicht gesagt, dass er einfach nur viel zu selten da war, um Unordnung zu machen, aber in Wahrheit lag es einfach an seinem ausgeprägten Ordnungssinn.

Das Licht am Anrufbeantworter blinkte. Tim las die Telefonnummern und musste feststellen, dass es jedes Mal Gilly gewesen war. Acht Anrufe an diesem Abend zwischen sechs und zehn. Er brauchte sich also gar nicht erst die Mühe zu machen, sie abzuhören. Und bevor er zurückrief, wollte er es sich erst einmal richtig gemütlich machen. Denn worum auch immer es ging, er hatte eine Ahnung, dass das Gespräch nicht sonderlich angenehm verlaufen würde. Er zog die Schuhe aus, schenkte sich einen Drink ein und setzte sich aufs Sofa. Watson sprang auf seinen Schoß, knetete seine Schenkel mit den Pfoten, dann kugelte er sich zusammen, schloss die Augen und begann zu schnurren.

Tim nahm einen Schluck, dann wählte er ihre Nummer. »Gilly? Ich bin jetzt zu Hause.«

»Wird auch Zeit«, entgegnete sie.

»Dann erzähl mir mal, was so wichtig ist, dass du mich acht Mal angerufen hast. Den Anruf auf meinem Handy nicht mitgezählt. Und wer weiß, wie oft du es im Polizeirevier versucht hast.«

Gilly erklärte es ihm kurz und bündig. Ihr neuer Freund hatte einen Last-Minute-Urlaub für sie beide gebucht, und sie wollten Samstagmorgen sehr früh losfahren. Sie würden vierzehn Tage wegbleiben, und in dieser Zeit sollte Tim Frannie zu sich nehmen.

»Warte mal. Das erzählst du mir *jetzt*, wo schon alles beschlossene Sache ist?«

»Er wollte mich überraschen«, sagte sie, eher selbstgefällig als entschuldigend. »Er hat es mir erst heute Abend verraten, als er nach der Arbeit nach Hause kam. Er hat mir die Tickets gegeben und gesagt, ich solle schon mal anfangen zu packen.«

Tim presste die Lippen zusammen. »Und da bist du einfach mal davon ausgegangen, dass es für mich in Ordnung ist, Frannie zu nehmen.«

»Nun, sie ist schließlich deine Tochter«, rief Gilly. »Und du sagst doch immer, dass du sie nicht oft genug zu sehen bekommst. Nun, hier ist deine Chance. Jetzt kannst du viel Zeit mit ihr verbringen.«

»Aber nur nach *deinen* Spielregeln. Wenn es dir gerade in den Kram passt.« Das war ein alter Streitpunkt zwischen ihnen. »Was für eine Mutter bist du denn, dass du mit deinem Liebhaber irgendwo in die Sonne fliegst und deine Tochter zurücklässt?«

»Und was für ein Vater bist *du* denn gewesen?«, schoss sie

zurück. »Immer nur bei der Arbeit, nie zu Hause. Nie bist du für Frannie da gewesen oder für mich.«

»Es überrascht mich doch sehr, dass du mir deine kostbare Tochter anvertrauen willst, wo ich doch offenbar deiner Meinung nach gar nicht in der Lage bin, mich um sie zu kümmern.«

»Oh, du bist ganz gut dazu in der Lage. Wenn du dir Mühe gibst. Wenn sie in deinen Terminplan reinpasst.«

Tim schüttete den Rest seines Drinks in einem Zug hinunter, bevor er antwortete. Er versuchte, einen sachlicheren Ton anzuschlagen. »Ich sage nur, dass du nicht einfach davon ausgehen kannst, dass ich Zeit habe. Zufälligerweise bin ich im Augenblick sehr mit einem wichtigen Fall beschäftigt.«

»Tim, du bist *immer* sehr beschäftigt. Und es ist *immer* ein wichtiger Fall. Das ist doch das ganze Problem. Das war schon *immer* das Problem!«

Er seufzte. Sie verstand es einfach nicht, hatte es niemals verstanden. Normalerweise hätte es ihn glücklich gemacht, zwei Wochen mit Frannie zu verbringen, aber der Zeitpunkt könnte nicht ungünstiger sein. Er musste seine inoffiziellen Ermittlungen, was den Mord an Alison Barnett betraf, mit all seinen anderen Fällen in Einklang bringen, und das bedeutete eine Menge Überstunden. Wie sollte er das schaffen, wenn er auf ein zehnjähriges Mädchen aufpassen musste? Er gab sich geschlagen. »Ich nehme an, du willst, dass Frannie zu mir kommt?«

»Nun, ich will mit Sicherheit nicht, dass sie alleine in unserem Haus bleibt«, gab Gilly zurück. »Also musst du sie wohl zu dir nehmen.«

Es wurde also immer komplizierter. Schließlich gab es nur ein Schlafzimmer in seinem Apartment. Wenn Frannie einmal bei ihm übernachtete – was selten genug vorkam, denn meistens sah er sie nur tagsüber und brachte sie abends nach Hause –, dann ließ er sie in seinem Bett schlafen und nahm selbst das Sofa. Das machte ihm nichts aus, aber jetzt bedeutete es, dass er überhaupt keine Privatsphäre mehr haben würde. Keinen Raum, um nachzudenken, keinen Raum, um nachts seine Papiere und Unterlagen durchzusehen. Frannie würde ihre

Hefte und Bücher auf dem Küchentisch verteilen, sodass er nicht einmal dort arbeiten konnte. Leider war sie nicht gerade das ordentlichste Kind. In dieser Beziehung kam sie ganz nach ihrer Mutter. Und was noch schlimmer war, ihre Mutter tolerierte ihre Eigenheiten, was das Essen betraf: Sie mochte nur ganz bestimmte Dinge, wobei ihr Geschmack sich jederzeit ändern konnte. Wenn sie bei ihm blieb, würde er also viel mehr Zeit aufs Einkaufen verwenden müssen als sonst.

Als spürte sie, dass jetzt etwas Trost angebracht wäre, sagte Gilly: »Sie wird natürlich die meiste Zeit in der Schule sein. Du musst dich nur abends um sie kümmern und an den Wochenenden.«

»*Nur*«, murrte Tim. Er ergriff den Bleistift, der immer neben dem Telefon lag, und zeichnete einen gehörnten Teufel auf den Notizblock. Soll das Gilly sein, fragte er sich, oder ihr Freund?

Sie ignorierte seine Antwort. »Könntest du sie morgen Abend hier abholen? Oder sollen wir sie bei dir vorbeibringen, wenn wir zum Flughafen fahren – Samstagmorgen gegen halb sechs? Wäre dir das lieber? Könnte da die Chance bestehen, dass du zu Hause bist?«

Tim war fest entschlossen, sich nicht provozieren zu lassen. »Ich hole sie ab«, antwortete er müde.

»Morgen Abend.«

Chris ging nach dem Abendessen ins Pub, um noch ganz schnell, wie er sagte, etwas zu trinken. Er fragte Jeremy nach Michael Thornley. Jeremy bemerkte, dass er vor elf Jahren auch noch nicht in Westmead gelebt hatte, aber er rief ein paar Leute an den Tisch, die seit vielen Jahren im Chor sangen.

»Ja, klar, ich erinnere mich an ihn«, erklärte einer der älteren Männer, der den Bass sang. »Er war Countertenor. Hübsche Stimme, wenn man das mag. Er war ziemlich von sich selbst überzeugt, soweit ich mich erinnere. Was ist wohl aus ihm geworden?«

»Ich habe noch gelegentlich von ihm gehört«, sagte ein Tenor. »Er ist von hier aus nach Winchester gegangen. Dann versuchte er sein Glück als Solosänger, aber soweit ich weiß, ist er dann spurlos verschwunden. Ich habe nicht die geringste Idee, wo er jetzt sein könnte.«

»Ich könnte ihn vielleicht ausfindig machen«, bot der Bass an. »Durch Freunde von Freunden – ihr wisst schon. Warum willst du ihn denn eigentlich finden?«

»Ich will ihn gar nicht finden.« Chris grinste. »Ein Polizist kam heute zu uns nach Hause und fragte nach ihm. Es hat mit diesem Mord in der Siedlung zu tun.«

Sie starrten ihn an und fingen dann alle gleichzeitig an zu reden.

»Der Mord?«

»Dieses Mädchen?«

»Die Polizei glaubt, dass Michael Thornley dieses Mädchen getötet hat?«

Das Geschrei lockte noch ein paar Neugierige an, und Chris wurde aufgefordert, die ganze Geschichte zu erzählen.

Innerhalb weniger Minuten wusste jeder im *Tower of London*, dass die Polizei das tote Mädchen nach elf Jahren identifiziert hatte und dass Michael Thornley, früherer Sänger in der Westmead-Kathedrale, der Hauptverdächtige war.

Und am nächsten Morgen wusste es praktisch jeder in Westmead.

Kapitel 18

Liz Hollis saß wie immer am Empfang der Polizeistation und lächelte Tim Merriday zu, als er hineinkam. »Das war sehr schön gestern Abend, Tim«, sagte sie. »Es hat mir wirklich viel Spaß gemacht.«

Seit er Liz nach Hause gebracht hatte, hatte er keinen Gedanken mehr an sie verschwendet. Andere, wichtigere Dinge beschäftigten ihn. Jetzt zwang er sich, seine Aufmerksamkeit auf sie zu richten. »Oh ja. Mir hat es auch Spaß gemacht«, sagte er. »Danke, dass Sie mit mir ausgegangen sind.«

Ihr Lächeln wurde breiter und sie begann, mit einer Haarsträhne zu spielen. »Hören Sie, Tim. Ich habe nachgedacht. Sie haben letzte Nacht bezahlt, obwohl ich es war, die Sie eingeladen hat, also bin ich jetzt dran. Wenn Sie morgen Abend noch nichts vorhaben, könnte ich bei mir zu Hause etwas für Sie kochen.«

Tim seufzte. »Ich fürchte, das geht nicht. Ich bekomme Besuch von meiner Tochter. Für die nächsten zwei Wochen.«

»Ihre Tochter?«

»Frannie. Sie ist zehn. Ihre Mutter will verreisen, und Frannie wird solange bei mir bleiben.«

Liz gab nicht so schnell auf. »Sie können sie mitbringen«, sagte sie entschlossen. »Ich mag Kinder.«

»Das ist sehr nett von Ihnen. Aber sie ist sehr schwierig, was das Essen angeht«, sagte er warnend.

»Das kriege ich schon hin«, behauptete sie tapfer. »Ich habe eine kleine Schwester, die über ein Jahr lang nichts anderes gegessen hat als Tiefkühlpizza und Pommes frites.«

Es wäre ganz schön, wenn ich zumindest einen Abend lang nicht darüber nachdenken müsste, wie ich Frannie ernähren soll, dachte Tim. »Wenn Sie sicher sind«, sagte er. »Das ist wirklich sehr nett von Ihnen. Und ich hoffe, es wird Ihnen nicht Leid tun.«

»Es wird lustig werden«, prophezeite Liz.

»Ich muss heute einkaufen gehen«, sagte Madeline während des Frühstücks. Sie hatte Sophie beim Aufstehen und Anziehen geholfen und war jetzt dabei, den Inhalt des Kühlschranks zu überprüfen. »Wir haben fast keine Milch mehr. Und vor dem Wochenende sollte ich noch ein paar Dinge besorgen. Auch etwas fürs Mittagessen am Sonntag.«

»Klingt ja so, als ob du es nicht erwarten könntest, aus dem Haus zu kommen«, sagte Sophie spöttisch. Doch als sie das Gesicht ihrer Schwester betrachtete, eine Sekunde, bevor Madeline zum Protest ansetzte, bemerkte Sophie, dass sie der Wahrheit näher gekommen war, als sie beabsichtigt hatte.

»Du kommst doch eine Weile alleine zurecht, oder?«, fragte Madeline. »Natürlich«, antwortete Sophie tapfer, obwohl sie lieber jemanden gehabt hätte, um die unerwünschten Besucher abzufangen. Aber das war dumm. Wenn es an der Tür klingelte, würde sie eben einfach nicht öffnen.

Madeline brachte Sophie eine Tasse Kaffee und eine Zeitschrift, bevor sie das Haus verließ. Sophie blätterte lustlos darin herum. Ihre Schwester war noch nicht lange fort, als es an der Tür klingelte.

Clunch, dachte Sophie. Ihr wurde mit einem Mal kalt. Sie beschloss, nicht zu öffnen. Sich nicht zu rühren.

Nach einer Weile klingelte es wieder, und kurz darauf hörte sie Schritte, die sich entfernten.

Er hat aufgegeben, dachte sie und atmete erleichtert auf. Es hatte funktioniert. Sie hatte Leslie Clunch die Tür nicht geöffnet, und die Welt war nicht zusammengebrochen. Die Kathedrale war nicht eingestürzt, wie sie es schon fast erwartet hatte.

Schließlich hatte Chris sie immer wieder davor gewarnt, den ehemaligen Kirchendiener zu ignorieren oder zu beleidigen.

Dann klingelte das Telefon neben ihr. Sophie erschrak und nahm den Hörer ab. »Hallo?«

»Oh, hallo«, sagte eine bekannte Stimme. Clunch. »Sie sind also *doch* da. Das habe ich mir schon gedacht – ich sah, wie Ihre Schwester das Haus verlassen hat, aber ohne Sie. Ich habe vor ein paar Minuten geklingelt – ich hoffe, ich habe Sie nicht aufgeweckt?«

»Nein«, sagte Sophie mit zusammengebissenen Zähnen.

»Es ist nur so, dass ich Sie wirklich gerne sehen würde. Es ist so lange her, dass wir Gelegenheit hatten zu plaudern.«

Sie saß in der Falle. Er wusste, dass sie zu Hause war. Er wusste, dass sie wach war. Er wusste, dass sie alleine war. »In Ordnung«, gab sich Sophie geschlagen. »Aber nur für ein paar Minuten. Ich muss ein bisschen schlafen.«

»Ich bin sofort da«, rief er glücklich.

Als sie ihm die Tür öffnete, verspürte sie die altbekannte Abneigung gegen sein fettiges Haar, seine gelben Zähne und seine gierigen Augen. Er schien allerdings nicht das Geringste zu bemerken. Sie trat einen Schritt zurück, um ihn hineinzulassen, wobei sie sorgfältig darauf achtete, ihn nicht zu berühren. Ich könnte es nicht ertragen, dachte sie. Allein schon die Vorstellung ließ sie vor Ekel erschaudern.

Ich werde ihm *keinen* Kaffee anbieten, schwor sie sich. Denn das würde ihn nur dazu ermutigen, länger zu bleiben. Sie wollte ihn so schnell wie möglich wieder loswerden.

Er setzte sich auf das Sofa und kam direkt zur Sache. »Nun«, sagte er. »Was habe ich da von einem Polizisten gehört, der Sie gestern besucht hat? Und das Mädchen wurde offenbar identifiziert?« Seine Augen glitzerten, und in seinen Mundwinkeln klebte Speichel.

Das Erste, was auf Jacquies Terminplan am nächsten Morgen stand, war eine Fahrt in die Stadt. Sie musste ihre Vorräte auffüllen. Im Supermarkt versorgte sie sich mit frischer Milch und

Brot, mit ausreichend Fleisch und Gemüse für die nächsten paar Tage. Mehr konnte sie sich im Augenblick nicht leisten, denn sie hatte das meiste Bargeld in Westmead ausgegeben. Also fuhr sie zur Bank.

Jacquie hatte nie im Leben eine Kreditkarte besessen. Das war gegen die Regeln der Freien Baptisten. Ihr war von frühester Kindheit an eingetrichtert worden, immer alles bar zu bezahlen. Wenn du nicht genug Geld für etwas hast, hatte ihre Mutter immer gesagt, dann brauchst du es auch nicht wirklich.

Als Darren und sie geschieden wurden, war sie zu stolz gewesen, um Geld von ihm zu nehmen, und ihre Eltern hatten ihr versichert, dass das auch gar nicht nötig sei. Sie würden ihr ein Dach über dem Kopf geben, Nahrung und Kleidung. Und das schien auch nur fair, denn sie kümmerte sich ja schließlich um sie. Außerdem gab es das unausgesprochene Versprechen, dass eines Tages alles ihr gehören würde: das Haus und die bescheidene Summe, die zwei einfache Menschen über Jahre hinweg gespart hatten.

Zunächst hatte ihre Mutter Jacquie wöchentlich etwas Geld gegeben – niemals viel, aber ausreichend für jemanden, für dessen Lebensunterhalt gesorgt wurde. Außerdem hatte sie das Haushaltsgeld, das ihre Mutter ihr zur Verfügung stellte. Nach deren Tod und vor allem während der schweren Krankheit ihres Vaters, als er nicht mehr in der Lage war, das Haus zu verlassen, hatte er ihr eine Vollmacht für das Bausparkonto gegeben. Sie hatte das niemals ausgenutzt. Aber den Betrag auf dem Konto hatte sie immer als etwas angesehen, das eines Tages ihr gehören würde. Es war Geld, das sie ausgeben durfte, wann und wie sie wollte

In der Bank ging sie zum Schalter der Frau, die sie seit Jahren bediente. Als sie das Sparbuch unter dem Glasfenster durchschob und einhundert Pfund abheben wollte, runzelte die Frau die Stirn. »Tut mir Leid, Jacquie«, sagte sie. »Das kann ich Ihnen nicht auszahlen.«

Wie Jacquie wusste, hatte die Bank freitags manchmal nicht genug Bargeld, weil viele Kunden für die Wochenendeinkäufe

Geld abhoben. »Fünfzig sind auch in Ordnung. Oder wenigstens zwanzig. Ich kann dann am Montag wiederkommen.«

»Nein.« Die Frau vermied es, Jacquie in die Augen sehen. »Ich kann Ihnen überhaupt kein Geld geben.«

Jacquie verstand noch immer nicht. »Aber warum denn nicht?«

»Mr. Mockler. Der Vermögensverwalter Ihres Vaters. Er hat die Konten gesperrt, bis die gerichtliche Testamentsbestätigung da ist. Es tut mir wirklich Leid«, fügte sie hinzu. »Aber was er sagte, ist eindeutig. Das Konto Ihres Vaters ist gesperrt.«

Jacquie machte auf dem Absatz kehrt und ging direkt in Mr. Mocklers Büro, das nicht weit von der Kirche der Freien Baptisten entfernt war. Die Empfangsdame weigerte sich, sie vorzulassen und erklärte, Mr. Mockler sei beschäftigt. Doch als Jacquie damit drohte, falls nötig den ganzen Tag zu warten, gewährte sie ihr eine Viertelstunde. Das, erklärte sie, sei alles, was Mr. Mockler an Zeit erübrigen könne.

Jacquie war damit zufrieden. Was sie ihm sagen wollte, brauchte nicht viel Zeit, und sie hatte nicht vor, sich lange mit Höflichkeiten aufzuhalten.

»Meine Schwester ist tot«, erklärte sie.

Mr. Mocklers dicke Wurstfinger, mit denen er gerade seine Weste über dem Bauch glattstrich, hielten mitten in der Bewegung inne. »Tot? Miss Alison Barnett ist tot?«

»Sie wurde ermordet. In Westmead. Vor elf Jahren, kurz nachdem sie Sutton Fen verlassen hat.«

»Guter Gott.«

Jacquie konnte den Ausdruck in seinen Augen so klar deuten, als ob er die Worte ausgesprochen hätte: Gottesurteil. Gott hatte die Sünderin, die die Herde der Freien Baptisten verlassen hatte, verurteilt. Schwanger, entehrt. Tot. Das hatte sie verdient.

Sie schwieg, wartete darauf, was er als Nächstes sagen würde.

»Wie traurig«, murmelte er salbungsvoll. »Bitte nehmen Sie mein Beileid entgegen, Mrs. Darke.«

Sie wollte diese Heuchelei mit keiner Antwort würdigen. »Jetzt, wo wir wissen, dass sie tot ist«, sagte sie und war sich darüber im Klaren, wie gefühlskalt sie sich anhören musste, »gehe ich davon aus, dass alles geklärt ist. Ich bin die einzige Erbin. Nicht wahr?«

»Nun. Ja.«

»Das bedeutet, dass das Geld jetzt mir gehört. Und das Haus. Gibt es also noch irgendeinen Grund, dass ich kein Bargeld abheben und das Haus nicht sofort zum Verkauf anbieten kann?«

Er verschränkte seine Wurstfinger ineinander und bedachte sie mit einem humorlosen Entblößen seiner Grabsteinzähne. »Zwei Gründe, um genau zu sein, Mrs. Darke.«

Bestürzt fragte sie: »Was für Gründe?«

»Zunächst einmal gibt es den geringfügigen Grund, dass das Testament gerichtlich bestätigt werden muss. Bis dahin gehört Ihnen erst mal überhaupt nichts. Weder das Haus noch das Geld.« Er lehnte sich in seinem Stuhl zurück.

»Wie lange wird das dauern? Und was ist der andere Grund?«

»Darauf wollte ich gerade kommen.« Der Anwalt nahm einen schweren Goldfüller von seinem Tisch und streichelte ihn gedankenverloren. »Es dauert ungefähr drei Wochen, bis das Testament eröffnet wird. Von dem Zeitpunkt an gerechnet, an dem es beantragt wird. Aber ich werde nicht einmal in der Lage sein, es zu beantragen, Mrs. Darke, bevor ich keinen Totenschein von Ihrer Schwester habe.«

»Aber ... warum?«

»Es ist meine Aufgabe als Testamentsvollstrecker Ihres Vaters, dafür zu sorgen, dass seine Wünsche geachtet werden«, erklärte er in überheblichem Ton. »Und sein Wille war, dass Sie und Ihre Schwester, Miss Alison Barnett, seinen Besitz zu gleichen Teilen erben.«

»Aber ich habe es Ihnen doch gesagt: Sie ist tot.«

Wieder zeigte er seine Zähne. »Ich sage ja nicht, dass Sie lügen, Mrs. Darke. Aber genau darum geht es: Sie profitieren von ihrem Tod, und ich habe noch keinen Totenschein vorliegen. Ich habe bisher nur Ihr Wort, dass sie tatsächlich tot ist, und das, bei allem nötigen Respekt, das reicht leider nicht aus.«

Tim saß hinter seinem Schreibtisch, umgeben von Akten, aber er konzentrierte sich nur halbherzig auf seinen Fall. In Gedanken war er bei Jacquie und er fragte sich, wie es ihr wohl ginge. Der Zettel, auf den sie ihre Adresse und Telefonnummer geschrieben hatte, steckte an seinem Telefonapparat, und gelegentlich nahm er ihn in die Hand, sah ihn an und wünschte, dass er einen Grund hätte, sie anzurufen, etwas, das er ihr berichten könnte.

Aber warum brauchte er überhaupt einen Grund? Mit plötzlicher Entschlossenheit nahm er den Hörer ab und wählte ihre Nummer.

Er zählte das Klingeln: zehn, fünfzehn, zwanzig.

Sie war nicht da oder hob nicht ab. Und sie hatte keinen Anrufbeantworter.

Seufzend hängte er wieder ein. Da klingelte das Telefon. Gedankenverloren nahm er ab. »Tim Merriday.«

»Sergeant Merriday?«

Es war Jacquie Darkes Stimme. Sofort war er hellwach. »Ja, Mrs. Darke. Wie ... wie geht es Ihnen? Hatten Sie eine gute Heimreise?«

»Ja, danke.« Ihre Stimme klang kühl, unpersönlich.

Also wollte sie nur in Erfahrung bringen, ob er Fortschritte mache. »Tut mir Leid. Es gibt keine Neuigkeiten«, sagte er feige und malte dann seine Lüge weiter aus. »Ich arbeite noch daran, was genau ich meinem Chef sagen soll. Ich werde mich auf jeden Fall melden, wenn ich ihn gesprochen habe.«

»Deswegen rufe ich nicht an. Ich habe ein Problem, und ich hoffe, Sie können mir dabei helfen.«

Tim nahm seinen Bleistift. »Ich werde es auf alle Fälle versuchen.«

»Der Anwalt meines Vaters hat mir erklärt, dass ich einen Totenschein von meiner Schwester brauche. Und bis ich den nicht bekomme, kann ich das Haus nicht verkaufen. Ich kann nicht einmal an das Bausparkonto ran.«

Er bemerkte, dass er Pfundzeichen auf den Block malte. Sie braucht also dringend Geld, dachte er. »Nun, ich verstehe«, sagte er. »Ich muss mit dem Leichenbeschauer sprechen. Ich melde mich dann sofort wieder bei Ihnen, Mrs. Darke.«

Vielleicht ermutigt von seinem Versprechen, schnell und unbürokratisch zu helfen, taute sie ein wenig auf. »Ich weiß das zu schätzen, Sergeant. Je schneller, desto besser.«

»Ich rufe Sie an, sobald ich etwas sagen kann«, versprach er. Und dann, weil er unbedingt noch länger mit ihr reden wollte, fügte er impulsiv hinzu: »Und wo ich Sie gerade am Telefon habe, Mrs. Darke, würde ich Sie gerne etwas fragen.« Was konnte er sie nur fragen? Schnell nahm er eine Akte vom Stapel, öffnete sie und fragte das Erste, was ihm in den Sinn kam. »Es geht um die Kette, die Ihre Schwester trug. Haben Sie irgendeine Idee, woher sie kam? War sie möglicherweise wertvoll?«

»Eine Kette?«, fragte Jacquie überrascht. »Ich habe keine Ahnung, wovon Sie sprechen.«

»Eine Halskette«, erläuterte er. »Die, mit der sie ...« Er räusperte sich und überlegte, wie er es ausdrücken sollte, dann entschloss er sich, die Wahrheit zu sagen. »Ihre Schwester ... ist erwürgt worden ... mit etwas, das wahrscheinlich eine Metallkette war. Die Kette selbst war verschwunden, als wir sie gefunden haben. Das war auch ein Grund dafür, warum wir angenommen haben, dass es ein Raubüberfall gewesen sein könnte. Wenn es eine sehr wertvolle Kette war, ein Familienerbstück vielleicht ...«

»Ich verstehe das nicht«, sagte Jacquie. »In der Zeitung hieß es, sie sei mit einem Schal erwürgt worden. Ich bin mir sicher, das gelesen zu haben.«

»Ach so, das.« Tim malte eine Kette auf den Block. »Das habe ich ganz vergessen. Das mit der Kette haben wir nicht veröffentlicht. Wir behalten immer gerne ein paar Fakten für uns – Dinge, die nur der Mörder wissen kann.«

»Aber die Zeitung hat von einem Schal gesprochen«, wiederholte sie beharrlich.

»Wir haben die Journalisten bestimmt nicht angelogen und behauptet, dass es ein Schal war. Das haben die vermutlich einfach angenommen«, erklärte er. »Wir haben es nur nicht korrigiert. Die Polizei lügt normalerweise nicht«, fügte er hinzu und hoffte, dass man seine Schuldgefühle nicht aus seiner Stimme heraushören konnte.

»Verstehe.« Es entstand eine lange Pause, dann sagte Jacquie: »Aber es ist einfach unmöglich, verstehen Sie das nicht?«

»Unmöglich?«

»Ally hat keinen Schmuck getragen. Das hätte gegen unsere Überzeugung verstoßen. Keine Art von Zierde ist erlaubt, kein Make-up, kein Schmuck.«

»Überhaupt nichts?«, fragte er ungläubig. »Nicht mal eine einfache Kette?«

«Nichts«, versicherte sie. »Das Einzige, was erlaubt ist, ist ein Ehering. Ein einfacher Goldring.«

»Aber ...«

Ihre Stimme war bestimmt, als sie ihn unterbrach. »Ally hat keinen Schmuck besessen. Das kann ich Ihnen versichern.«

Nachdem sie Leslie Clunch endlich losgeworden war, ging Sophie nach oben, um sich hinzulegen, und fiel in einen erschöpften Schlaf. Sie wachte auf, als Madeline zurückkam und sah auf ihren Wecker. Es war bereits Mittag. Madeline war den ganzen Morgen unterwegs gewesen, länger als erwartet.

Ihre Schwester kam auf Zehenspitzen die Treppe hinauf, um nach ihr zu sehen. »Du liegst also im Bett. Ich hoffe, du hast dir keine Sorgen um mich gemacht.«

»Ich habe geschlafen«, sagte Sophie.

»Tut mir Leid, dass ich so lange weg war.« Madeline lächelte auf diese selbstgefällige Art, die Sophie schon immer wahnsinnig gemacht hatte. »Aber du wirst nie erraten, wen ich in der Stadt getroffen habe.«

Sophies Antwort kam ohne Zögern. »Jeremy.«

»Ja, stimmt.« Madeline sah ein wenig enttäuscht aus. »Ich habe diese Kaffeebar gefunden, von der du mir erzählt hast, und bin reingegangen. Er war da, und wir haben zusammen Kaffee getrunken. Er wollte unbedingt hören, was ich über den Besuch des Polizisten wusste.«

»Was für eine Überraschung.«

»Jeremy wollte es von einem direkten Zeugen hören, sozusagen. Er hat mich nach jedem kleinsten Detail ausgefragt.« Sie lächelte bei der Erinnerung daran.

Sophie verzichtete darauf hinzuweisen, dass Madeline den Großteil des Gespräches gar nicht mitbekommen hatte.

»Und dann erzählte er mir, dass er mit Elspeth Verey gesprochen habe, und dass sie mich gerne kennen lernen wolle. Also haben wir sie zusammen besucht, im Priorhaus.«

»Wirklich?«

»Was für ein herrliches Haus!«, schwärmte sie. »Und sie ist einfach wunderbar, findest du nicht? So freundlich und höflich. Genau, wie die Witwe eines Dekans sein sollte.«

»Ihr Vater war ebenfalls Dekan.«

Madeline nickte. »Ja, das hat sie mir erzählt. Dekan Worthington, nicht wahr? Sie hat mir sein Porträt gezeigt.«

»Sie sonnt sich immer noch im Glanz der alten Zeiten«, bemerkte Sophie.

»Aber überhaupt nicht«, protestierte ihre Schwester. »Sie ist sehr stolz auf ihre Söhne. Sie hat in die beiden eine Menge investiert. In ihre Zukunft.«

Sophie schloss die Augen und erinnerte sich an den Tag, als Dominic ihr die Wahrheit über sich erzählt hatte, und fragte sich wieder, wie Elspeth wohl damit umgehen würde, wenn sie es erfuhr – was eines Tages unweigerlich der Fall sein würde. »Ich hoffe nur«, sagte Sophie mitfühlend, »dass ihre Söhne sie nicht enttäuschen werden.«

»Aber dafür gibt es doch überhaupt keinen Grund. Der ältere Sohn scheint in der Kirche richtig Karriere zu machen. Und Dominic ist so ein intelligenter, sympathischer Junge – er wird es einmal weit bringen, davon bin ich überzeugt.«

Weit vielleicht. Aber in welchem Beruf? Wenn er Glück hatte, würde er Westmead weit hinter sich lassen und seiner Mutter mit ihrem eisernen Willen entkommen. Aber hatte er die Kraft dazu?

Madeline ließ sich ausführlich über Elspeth Vereys Eleganz und den Charme des Priorhauses aus. Sophie hielt die Augen geschlossen und lauschte ihren Worten, die fröhlich vor sich hin plätscherten. Ihre Gedanken waren bei Dominic. Würde er jemals entkommen? Sie hatte nicht das Bedürfnis, sich zwischen Sohn und Mutter zu stellen, aber wenn es jemals eine Kraftprobe geben sollte, dann gab es keine Frage, auf welcher Seite sie stand.

»Tim Merriday.« Tim erwartete eigentlich den Rückruf des Leichenbeschauers.

»Tim? Ich bin's, Barry. Barry Sills."

Beinahe hätte er wieder aufgelegt: Barry Sills war der Mensch – vom Superintendent einmal abgesehen – , mit dem Tim gerade am allerwenigsten sprechen wollte.

Barry Sills war Journalist, Reporter des *Westmead Herald*, und er berichtete über Verbrechen in Westmead. Normalerweise bedeutete das nicht viel mehr, als über Verkehrsdelikte und Diebstähle zu schreiben. Über die vielen Jahre hinweg hatte er eine gute Beziehung zu den Polizisten in Westmead aufgebaut. Er und Tim Merriday tranken gelegentlich ein Glas Bier miteinander, sie respektierten sich, waren vielleicht sogar so etwas wie Freunde.

Sills war für seine Integrität als Journalist bekannt, und nach Tims Erfahrung zu Recht. Er überprüfte immer alle Fakten gewissenhaft, vermied es, Gerüchte überzubewerten und war niemals sensationslüstern. Tim hatte immer Zeit für ihn. Normalerweise. Jetzt aber nicht. Er wollte nicht mit Barry Sills sprechen.

»Hör mal, Tim«, begann der Journalist. »Wie wäre es mit einem Bier? Oder Mittagessen? Ich lade dich ein – fairer geht's doch nicht, oder?«

»Nein, danke, Barry.« Tim versuchte, jovial und unverbindlich zu klingen. »Ich habe momentan wirklich sehr viel zu tun. Ich kann nicht von meinem Schreibtisch weg.«

»Ach, komm schon, Tim. Du musst etwas essen.«

»Ein anderes Mal.«

»Vielleicht wäre es dir lieber, wenn ich den Superintendent anriefe? Ich wette, er würde eine Einladung zum Mittagessen nicht ausschlagen.«

»Und ich wette, das würde er«, schoss Tim zurück, aber er wusste bereits, dass er geschlagen war. »Also gut. Aber das war unter der Gürtellinie. Wird euch denn in der Journalistenschule nicht beigebracht, wie man sich fair verhält?«

»In diesem Geschäft geht es nicht darum, sich fair zu verhalten, alter Junge.« Sills kicherte. »Ein Uhr? Im Pub?«

»Sagen wir Viertel vor eins – dann sind wir etwas früher dran als die anderen.«

»Abgemacht. Ich sehe dich dann.«

Das Pub, in dem sie sich immer trafen, war etwas heruntergekommen und hätte dringend renoviert werden müssen. Doch die Gäste störte das nicht, denn das Essen war gut. Barry Sills saß bereits an einem Ecktisch, als Tim hereinkam. »Ich habe nach dem besten Tisch gefragt«, sagte er. »Hier kann uns niemand hören. Und ich habe dir ein großes Bier bestellt.«

»Ich sollte nur ein kleines trinken«, protestierte Tim. »Ich muss heute klar denken können. Ich schätze, das ist Teil deiner Strategie – mich betrunken zu machen und meine Zunge zu lösen.«

»Du hast mich ertappt«, grinste der Journalist. »Prost.« Er hob sein Glas, und Tim tat es ihm gleich.

»Prost.« Er konnte Barry Sills seine Strategie nicht verübeln. Er machte schließlich nur seinen Job. Und er war alles in allem ein anständiger Kerl.

Sills entsprach überhaupt nicht dem gängigen Bild eines Journalisten. Er sah eher wie ein vermögender Anwalt aus. Er trug einen gut geschnittenen Anzug, ein tadelloses, weißes Hemd und hatte einen modernen Haarschnitt, der garantiert nicht billig gewesen war.

»Fish und Chips sehen heute ziemlich gut aus«, sagte Sills. »Hast du Appetit?«

»Warum nicht?« Er mochte Fish und Chips, und freitags war der Fisch hier immer frisch.

Der Journalist ging zur Theke und bestellte. Während sie auf ihr Essen warteten, begannen sie über alles Mögliche zu plaudern. Sills war ein glücklich verheirateter Mann, der Tim zwar immer wieder von der Ehe überzeugen wollte, aber dennoch in der Lage war, die Höhen und Tiefen der Beziehung mit Gilly zu diskutieren.

Tim erzählte ihm von dem Anruf seiner Exfrau. »Sie hat mich nicht etwa *gefragt*, ob ich Frannie nehmen könnte. Sie hat es mir *befohlen*«, beschwerte er sich.

»Ich schätze, der Zeitpunkt könnte nicht schlechter sein«, sagte Sills, und schon waren sie bei dem Thema angelangt, das sie bisher so elegant gemieden hatten.

»Stimmt«, gab Tim zu. »Da hast du Recht.«

Der Journalist machte Nägel mit Köpfen. »Der alte Quire-Close-Mord. Es gibt eine neue Aussage. Du befasst dich damit, wie ich höre.«

Tim hätte es leugnen können, und bei jedem anderen außer seinem alten Freund Barry hätte er es auch bestimmt versucht, aber sie kannten einander zu gut. Zumindest konnte er noch etwas Zeit gewinnen und womöglich selbst ein paar Dinge herausfinden. »Wo hast du das gehört?«

Sills lachte. »Die Frage ist eher, wo ich es *nicht* gehört habe. Jeder in dieser Stadt spricht davon, mein Freund. Wenn du glaubst, dass das noch ein Geheimnis ist, dann irrst du dich.«

»Blödmann«, sagte Tim freundlich.

»Was ich also von dir wissen möchte, ist: Wer war sie? Ich habe gehört, sie wurde nach all den Jahren identifiziert. Von ihrer Schwester.«

Obwohl sie an einem abgelegenen Tisch saßen, senkte Tim die Stimme, als er seine Antwort sorgfältig formulierte. »Die Wahrheit ist, Barry, dass ich mich in einer ziemlich schwierigen Lage befinde. Der Superintendent hat mir zwar die Leitung des Falls übergeben, aber das ist nur Augenwischerei. In Wirklichkeit will er weder, dass davon etwas bekannt wird, noch, dass ich auch nur irgendetwas unternehme. Der Fall ist elf Jahre alt. Es würde ihn bei seinen Vorgesetzten nicht sehr beliebt machen, wenn er sein Budget wegen so etwas überzieht.«

»Also hast du ohne seine Zustimmung ein wenig ermittelt.« Der Journalist zwinkerte ihm wissend zu.

Tim zuckte reumütig die Achseln und gestand: »Genau so ist es. Und jetzt verstehst du, warum ich das aus den Zeitungen heraushalten will. Zumindest für ein paar Tage.«

»Du kannst aber auch meine Lage verstehen, nicht wahr?« Barry wickelte sein Besteck aus der Serviette und klopfte mit der Gabel auf den Tisch. »Der *Herald* erscheint einmal die Woche, daran muss ich dich bestimmt nicht erinnern. Und wenn ich heute nichts von dir bekomme, dann ist es zu spät. Nächste Woche ist das alles schon kalter Kaffee, mein Freund.«

»Es tut mir Leid. Aber ich kann wirklich ...«

»Wir machen einen Deal«, unterbrach ihn Sills, mit einem Mal ganz sachlich. »Ich weiß, dass du rumgelaufen bist und nach einem Michael Thornley gefragt hast. Einem ehemaligen Sänger des Kathedralen-Chors, wie mir gesagt wurde. Und wahrscheinlich ist er dein neuer Hauptverdächtiger.«

Tim schluckte. Die Gerüchteküche war also wirklich bereits am Kochen. »Das kann ich nicht bestätigen«, sagte er steif.

»Nein, natürlich kannst du das nicht. Aber das bedeutet nicht, dass ich es nicht schreiben kann.«

»Barry! Das würdest du nicht tun!«, protestierte er entsetzt. »Der Superintendent würde mich zum Frühstück verspeisen. Mit dunkler Sauce.«

»Ich werde es nicht schreiben«, versprach der Journalist. »Allerdings nur, wenn du mir den Namen des Mädchens gibst. Und den Namen ihrer Schwester. Und woher sie kommen. Das ist doch nicht zu viel verlangt.«

»So, glaubst du.« Tim schüttete den Rest des Biers hinunter.

»Und was ich dafür biete«, fügte Sills mit großmütigem Lächeln hinzu, »ist Folgendes: Ich werde dir helfen, diesen Thornley zu finden. Ich habe da ein paar Kontakte, weißt du.

Ich werde seinen Namen aus der Zeitung raushalten, und ich helfe dir, ihn aufzuspüren. Fairer geht's nicht.«

Tim schob sein Glas auf dem zerschrammten Holztisch hin und her und hinterließ dabei nasse Linien, die wie Schlangen aussahen. Er dachte über den Vorschlag nach. Wie er es auch drehte und wendete, er saß in der Falle. Barry war vielleicht ein Freund, möglicherweise sogar ein guter, aber letztendlich bedeutete das nicht viel. Auch er musste sein Geld verdienen, und er würde nicht zögern, seine Drohung wahr zu machen. Und alles in allem konnte es viel weniger Schaden anrichten, den Namen des Mädchens herauszugeben, als die Zeitung über den Mörder spekulieren zu lassen.

Der Journalist schien seine Gedanken erraten zu haben und lächelte siegesgewiss. »Sind wir uns einig, alter Freund?« Er streckte seine Hand über den Tisch.

Tim schlug zögernd ein. »Gut.«

»Dann mal her damit.«

»Miss Alison Barnett aus Sutton Fen, Cambridgeshire«, sagte er kurz angebunden.

»Und ihre Schwester?«, drängte der Journalist.

Warum fühlte er sich so, als ob er Jacquie reinlegen würde? »Musst du das wirklich wissen?«

»Du hast es versprochen. Es ist Teil der Abmachung.«

Tim seufzte und presste die Worte hervor: »Jacquie Darke. Jacqueline. Mrs.« Der einzige Trost, der ihm jetzt noch blieb, war, dass nicht nur sein Kopf auf dem Spiel stand. Das hier würde die Chancen des Superintendent, zum Ritter geschlagen zu werden, nicht gerade verbessern. Ohne es zu wollen, musste er lächeln.

Nun würde es die Öffentlichkeit erfahren, und der Superintendent würde toben vor Wut. Tim eilte zurück ins Polizeirevier, entschlossen, mit seinem Chef zu sprechen, sobald er aus der Mittagspause zurückkam. Er musste die Sekretärin dazu bringen, ihm sofort einen Termin zu geben. Wenn er mit ihm sprach, bevor er alles aus einer anderen Quelle erfuhr, hatte er vielleicht noch eine Chance zu erklären, wie es dazu gekommen war, und konnte das Schlimmste verhindern.

Doch als er wieder in seinem Büro saß, war eine Nachricht auf seinem Anrufbeantworter. Es war der Leichenbeschauer, den er zurückrufen sollte.

Sollte er Jacquie gleich anrufen, wie er es versprochen hatte, oder sollte er sich endlich wie ein Erwachsener benehmen und dafür sorgen, dass er so schnell wie möglich mit dem Superintendent sprechen konnte? Tims Hand schwebte einen Augenblick unentschlossen über dem Hörer.

Doch dann wurde ihm die Entscheidung abgenommen. Das Telefon klingelte. Er nahm ab. »Tim Merriday.«

»Merriday«, sagte der Superintendent.

Tim schluckte. »Ja, Sir.«

»Ich komme gerade vom Mittagessen zurück, Merriday. Und was glauben Sie, mit wem ich gegessen habe?« Er stellte diese Frage in nachdenklichem, fast freundlichem Ton.

»Ich habe keine Ahnung, Sir.«

»Mit dem Dekan der Kathedrale, Merriday. Wir haben zusammen gegessen.«

Gedankenverloren nahm Tim den Bleistift und begann, eine Henkersschlinge zu malen. Er wusste nicht, was er sagen sollte.

Der Superintendent schien sein Schweigen nicht wahrzunehmen. »Und der Dekan hat mir etwas sehr Interessantes erzählt, Merriday. Tatsächlich sehr interessant.«

»Verstehe«, murmelte Tim.

»Ich glaube, es ist an der Zeit, dass wir beide uns noch mal unterhalten, Merriday. Meinen Sie nicht?«

Am liebsten wäre Tim einfach aus dem Polizeirevier gerannt. Aber seine Antwort klang sanftmütig. »Ja, Sir.«

»In meinem Büro. In fünf Minuten. Kommen Sie nicht zu spät.« Er schrie nicht. Seine Stimme war so weich wie Seide und zugleich hart wie Stahl.

»Ja, Sir.«

Noch nie im Leben hatte Tim solche Angst gehabt.

Jacquie musste, während sie auf den Anruf von Tim Merriday wartete, etwas tun, um sich abzulenken. Sie wollte die Zeit sinnvoll nutzen und begann, das Haus aufzuräumen. Irgendwann würde sie das Haus verkaufen können, und obwohl sie am liebsten einen Müllwagen bestellt und einfach alles weggeworfen hätte, war ihr klar, dass es so leicht nicht werden würde.

Sie begann im Zimmer ihrer Eltern. Seit dem Tod ihres Vaters hatte sie es nicht mehr betreten, und es überraschte sie, wie schwer es ihr fiel. Sie war von dem Gedanken, Ally zu finden, so besessen gewesen, dass sie sich nicht erlaubt hatte, um ihren Vater zu trauern. Ihr stockte der Atem, als sie seine Schuhe sah, fein säuberlich und auf Hochglanz poliert, die im Schrank aufgereiht waren. Frank Barnett hatte sich immer ganz besonders um seine Schuhe gekümmert.

Jacquie schluckte den Kloß im Hals herunter und nahm eine große schwarze Tüte. Irgendjemand würde diese Schuhe noch gebrauchen können, genauso wie die Kleider. Die von ihrer Mutter hingen auch noch in dem Schrank. Ihr Vater hatte darauf bestanden, sie zu behalten. Jetzt gab es keinen Grund mehr dafür.

Sie faltete jedes Kleidungsstück sorgfältig zusammen, legte es in die Tüte und versuchte, möglichst gelassen zu bleiben. Aber die Erinnerungen ließen sich nicht aufhalten. Ihr Vater, wie er sonntags seine Lieblingskrawatte trug. Ihre Mutter, die sich an einem kühlen Tag in den Morgenmantel wickelte, weil sie zu sparsam war, um die Heizung anzuschalten.

Das Klingeln des Telefons riss sie aus ihren Gedanken. Hastig hob sie ab. »Ja?«

Wie erwartet hörte sie die Stimme von Sergeant Merriday. »Mrs. Darke?«

»Ja.«

Er lachte kurz, humorlos und trocken. »Welche Nachricht wollen Sie zuerst, die gute oder die schlechte?«

Jacquies Magen krampfte sich zusammen. Sie konnte keine schlechten Nachrichten mehr ertragen. »Die gute«, sagte sie.

»Die gute Nachricht ist, dass ich den Totenschein besorgt habe. Tut mir Leid, dass es länger gedauert hat als erwartet. Der

Leichenbeschauer sagte, dass er im Rathaus läge, dort wiederum hieß es, man habe ihn nie bekommen. Aber irgendwie haben sie es dann doch geschafft, ihn zu finden.«

»Danke«, sagte sie. Sie wartete darauf, was noch kommen würde, und hielt den Atem an.

»Die schlechte Nachricht ist, dass Sie ihn nicht vor dem Wochenende bekommen werden. Denn natürlich muss erst der Name geändert werden. Und wenn es um solche Dinge geht, mahlen die Mühlen extrem langsam.«

Jacquie stieß erleichtert den Atem aus. Sie hatte etwas viel Schlimmeres erwartet. »Ich habe jetzt so lange gewartet«, sagte sie. »Ein paar Tage mehr machen nichts aus.«

Am anderen Ende der Leitung blieb es still, dann sagte der Polizist mit ernster Stimme. »Ich fürchte, es gibt noch mehr schlechte Neuigkeiten.«

»Sagen Sie's mir.«

»Mein Chef. Der Superintendent.« Seine Stimme klang verlegen.

»Sie haben mit ihm gesprochen. Was ist passiert?«, fragte sie.

»Ich habe mein Bestes getan. Ich habe ihm gesagt, wie wichtig es wäre, die Ermittlungen wieder voll aufzunehmen. Aber … nun, er sieht das anders. Die Finanzen. Das Personal.« Tim klang bitter. »Er war so selbstgerecht – er, der Hüter der Steuergelder. Er könne es nicht verantworten, unsere beschränkten Mittel einzusetzen, bla bla bla…«

»Also werden sie nichts unternehmen?«

»Nur das Nötigste. So, wie ich es befürchtet habe. Und der Fall wird einem anderen übergeben. Er hat mir nicht erlaubt, auch nur das Geringste zu tun. Ich wünschte, ich könnte …« Er stockte. »Es tut mir Leid, Jacq … Mrs. Darke. Es tut mir wirklich Leid. Ich kann Ihnen gar nicht sagen, wie sehr.«

Jacquie sagte nichts. Sie legte den Hörer auf, starrte ihn lange an und versuchte, die Tränen zurückzuhalten.

Er hatte es nicht geschafft. Sergeant Tim Merriday hatte es nicht geschafft. Sie hatte ihm vertraut, und er hatte sie enttäuscht.

Sie wusste nicht, wie lange sie schon so dagestanden hatte, als das Telefon erneut klingelte. Noch mehr Entschuldigungen, dachte sie wütend und riss den Hörer von der Gabel. Diesmal wollte sie ihm sagen, was sie von ihm hielt.

Aber es war nicht Tim Merriday. »Mrs. Darke?«, fragte ein unbekannter Mann mit West-Country-Akzent. »Mrs. Jacquie Darke?«

»Ja. Ich bin Jacquie Darke.«

»Mein Name ist Barry Sills«, sagte er. »Ich bin Reporter beim *Westmead Herald*. Entschuldigen Sie, dass ich Sie einfach so anrufe, aber ich berichte über den Mord an Ihrer Schwester. Und ich hatte gehofft, dass Sie mir vielleicht etwas dazu sagen würden. Etwas, das ich zitieren kann.«

Wenn dieser Anruf nur eine Viertelstunde früher gekommen wäre, hätte sie einfach aufgelegt, so wie gerade bei Tim Merriday. Aber jetzt war alles anders. Jetzt spielte es keine Rolle mehr. Sie hatte nichts mehr zu verlieren, und sie konnte ihre Wut auch genauso gut äußern. Sergeant Merriday würde das nicht gefallen, aber was interessierte sie das?

»Ja«, sagte sie nachdenklich. »Ja, Mr. Sills. Ich *habe* etwas zu sagen.«

Kapitel 19

»Ich mag Reiscrispies nicht.« Frannie Merriday schob das Kinn wütend vor und trat gegen das Tischbein.

Ihr Vater seufzte. »Aber Frannie – du hast immer Reiscrispies zum Frühstück gegessen. ›Snap, crackle, pop‹ waren so ungefähr die ersten Worte, die du gesprochen hast.«

»Genau das ist es, Dad.« Sie sah ihn mitleidig an. »Reiscrispies sind für Babys. Ich bin kein Baby mehr.«

Nein, dachte Tim und betrachtete seine Tochter. Sie war kein Baby mehr. Mit zehn, fast elf, stand sie an der Schwelle zum Erwachsenwerden. Bald würde sie eine junge Dame sein. Schon jetzt gab es Momente, wo sie extrem erwachsen schien, und dann fiel es ihm schwer zu glauben, dass sie erst zehn war. Doch eine Minute später verwandelte sie sich wieder in ein kindisches Wesen, und dann wurde ihm klar, dass noch ein weiter Weg vor ihr lag.

Er musste zugeben, dass sie keine großartige Schönheit war und vermutlich auch nie eine werden würde. Ihr Gesicht war zu lang und schmal und mit Sommersprossen übersät. Frannie war groß für ihr Alter, dünn und schlaksig, und ihr Haar war flammendrot, lockig und kaum zu bändigen. Kurz: Sie sah ihrem Vater viel ähnlicher als ihrer Mutter, und manchmal tat es ihm für sie Leid, dass es so war. Aber er liebte sie mit der tiefen Hingabe eines Vaters für sein einziges Kind. Und er genoss die wenigen Stunden, die er mit ihr verbringen durfte. Jedenfalls meistens.

Jetzt allerdings musste er sie vierzehn Tage lang bei Laune halten. Sie beschäftigen. Und, was noch viel schlimmer war, sie ernähren.

»Wenn du keine Reiscrispies mehr magst, was isst du denn dann zum Frühstück?«, fragte er geduldig.

»Frosties«, erklärte sie rasch. »Und Toast mit Nutella.«

Er wunderte sich. »Deine Mutter lässt dich Nutella zum Frühstück essen?«

Frannie nickte selbstgefällig. »Bei Mum darf ich essen, was immer ich will.«

Typisch Gilly, dachte Tim. Zu faul für konstruktive Auseinandersetzungen. In ihrer Ehe war es schließlich auch nicht anders gewesen.

»Nun«, sagte er. »Ich habe weder Frosties noch Nutella. Wir können später einkaufen gehen und besorgen, was du magst. Aber ich habe die Reiscrispies extra für dich gekauft, also wirst du sie wohl wenigstens ein einziges Mal essen können.«

Sie kniff verärgert die Augen zusammen und leerte dann wortlos ihre Schüssel.

Tim war so beschäftigt mit Frannie, dass er einer der wenigen in Westmead war, der beim Frühstück den *Westmead Herald* nicht genauestens studierte. Ob in Quire Close, ob in der Umgebung der Kathedrale, ob in bescheidenen viktorianischen Häuschen oder in modernen Doppelhaushälften – die Titelstory wurde aufmerksam verschlungen und rief höchst unterschiedliche Reaktionen hervor. Der Superintendent in seiner Vorstadtvilla wurde knallrot vor Wut und ließ sie an seiner Frau aus, indem er sie anschrie, sein Ei sei hart. Im Haus des Kantors am anderen Ende von Quire Close allerdings wurde der Artikel völlig anders aufgenommen.

»Dieses arme Mädchen«, sagte Miranda Swan zu ihrem Mann. »Ich muss etwas unternehmen.«

Und ein paar Minuten später klingelte Tim Merridays Telefon.

»Entschuldigen Sie, dass ich Sie zu Hause anrufe«, sagte eine ihm unbekannte weibliche Stimme. »Aber es ist ziemlich wichtig. Mein Name ist Miranda Swan.«

Er seufzte und versuchte erfolglos, sie zuzuordnen. »Wie kann ich Ihnen helfen, Mrs. Swan?«

»Ich versuche, Jacquie Darke zu finden, die Schwester des toten Mädchens. Ist sie hier irgendwo in Westmead, wissen Sie das?«

»Warten Sie einen Moment.« Tim setzte sich auf und suchte seinen Block und Stift. »Woher wissen Sie von Jacquie Darke?«

»Aus der Zeitung. Dem *Herald*.«

Tim konnte gerade noch ein Fluchen unterdrücken, als ihm bewusst wurde, dass sowohl Frannie als auch Mrs. Swan ihm zuhörten. »Natürlich. Den *Herald* habe ich ja ganz vergessen.« Er wunderte sich selbst, wie das nur möglich gewesen war.

»Wie gesagt, es ist ziemlich wichtig, dass ich mit Mrs. Darke spreche. Könnten Sie mir möglicherweise ihre Telefonnummer geben?«

Er hatte das Gefühl, Jacquie beschützen zu müssen, vor allem, seit er sie so enttäuscht hatte. »Nein, tut mir Leid«, erklärte er. »Das ist leider nicht möglich.«

»Vielleicht habe ich ja mehr Glück bei Mr. Sills, dem Mann, der den Artikel geschrieben hat. Sie schien ziemlich offen und ehrlich zu ihm zu sein.«

Jetzt konnte es nicht mehr schlimmer werden. Tim begann einen Teufel mit Hörnern zu malen, und dieses Mal wusste er genau, wen er damit meinte: Barry Sills. Zerknirscht sagte er: »Ich denke, Sie sollten mir am besten verraten, warum Sie Mrs. Darke sprechen wollen. Vielleicht kann ich Ihnen ja doch helfen.«

Jacquie hatte keine Lust, aufzustehen. Wozu denn auch? Sie hatte alle Zeit der Welt und nichts zu tun.

Jetzt war sie wieder dort angelangt, wo sie vor ihrer Fahrt nach Westmead bereits gewesen war. Sie hatte kein Ziel mehr, keine Richtung. Alle Kraft hatte sie verlassen. Die vergangene

Woche, in der sie endlich einmal die Initiative ergriffen und die Kontrolle über ihr Leben übernommen hatte, kam ihr jetzt wie ein Traum vor. Die Suche nach Ally war vorüber. Sie war tot, und Jacquie fehlte die Kraft, sich damit auseinander zu setzen. Worauf sollte sie sich nun noch freuen? Warum sollte sie das Bett verlassen?

Natürlich könnte sie den Tag damit verbringen, das Haus zu putzen, aufzuräumen und alles Überflüssige wegzuwerfen, aber es hatte ja keine Eile. Es würde wahrscheinlich noch Wochen dauern, bis sie das Haus verkaufen durfte. Und vielleicht würde sie es ja nun doch nicht tun. Im Moment erschien ihr das alles viel zu anstrengend. Vielleicht könnte sie ja einfach hier leben, bis sie eines Tages starb. In diesem Haus, in diesem Bett.

Der Hunger trieb sie schließlich heraus. Sie hüllte sich in ihren Morgenmantel, um sich gegen die Kälte im Haus zu schützen, und ging nach unten.

Während sie Toast zubereitete, klingelte das Telefon. Was denn nun schon wieder, dachte sie und nahm ab.

»Mrs. Darke? Sie kennen mich nicht. Mein Name ist Miranda Swan.«

Miranda, wiederholte Jacquie im Geiste. Miranda Swan. Das klang irgendwie bekannt.

»Ich habe mal in Sutton Fen gelebt, aber ich glaube, wir haben uns nie kennen gelernt. Ich wohne jetzt in Westmead. Mein Mann ist der Kantor der Kathedrale.«

Ach ja, die Frau, von der Nicola erzählt hat, dachte sie. Die Frau, deren Mann auf Reverend Prew und seine »Wahren Männer« hereingefallen war. »Ich habe von Ihnen gehört«, sagte Jacquie. »Von meiner Freundin Nicola.«

»Und ich habe von *Ihnen* gehört. Im Zusammenhang mit der Gemeinde der Freien Baptisten. Und den ›Wahren Männern‹.«

Jacquie hatte keine Lust, über Reverend Prew zu sprechen. »So«, sagte sie kurz angebunden.

»Ich habe gerade über Sie im *Westmead Herald* gelesen«, erklärte Miranda den Grund ihres Anrufs. »Und ich wollte, dass

Sie wissen, wie wahnsinnig Leid mir tut, was mit Ihrer Schwester geschehen ist und wie die Polizei Sie hängen lässt. Ich finde es schrecklich.«

»Ja.«

»Und ich möchte Ihnen sagen, dass ich der Meinung bin, Sie sollten nicht aufgeben. Ich finde, Sie sollten zurück nach Westmead kommen und kämpfen. Die Polizei ist nicht unfehlbar. Sie ist nicht Gott. Wenn Sie genug Wirbel machen, dann wird man Ihnen zuhören und etwas unternehmen müssen.«

Ein Hoffnungsschimmer. Einen Moment wünschte sich Jacquie so sehr, dass Miranda Swan Recht haben könnte.

Doch dann erinnerte sie sich an ihre finanzielle Situation. Solange sie nicht an das Geld auf dem Bausparkonto kam, konnte sie nirgendwohin fahren. Selbst das preiswerte Gästehaus *Kathedralenblick* überstieg ihre Finanzen bei weitem. Und unter gar keinen Umständen wollte sie Darren um Geld bitten. Sie war vielleicht verzweifelt, aber *so* verzweifelt auch wieder nicht.

»Ich glaube nicht«, sagte sie. »Es ist ... nun, es geht nicht.«

»Müssen Sie arbeiten? Oder haben Sie familiäre Verpflichtungen?«

»Nein«, gestand Jacquie. »Nichts dergleichen. Es ist nur so, dass ich ... nun, um ganz ehrlich zu sein, Mrs. Swan, ich kann es mir nicht leisten. Meine finanzielle Lage ist im Moment sehr schwierig, es gibt Probleme mit dem Testament.«

»Sie wissen also nicht, wo Sie in Westmead wohnen können«, folgerte Miranda Swan.

»Genau.«

»Das ist überhaupt kein Problem«, rief Miranda spontan. »Wir haben ein riesiges Haus und sind nur zu zweit. Es gibt ein schönes Gästezimmer, ganz neu eingerichtet.«

»Oh!« Jacquie war überwältigt. Sie wusste nicht, was sie sagen sollte. Miranda Swan war eine Fremde. Die einzige Verbindung, die es zwischen ihnen gab, war Sutton Fen und Nicola, und trotzdem bot sie ihr ihre Gastfreundschaft an. Die Leute von den Freien Baptisten sprachen dauernd über Gastfreundschaft

– »unerwartete Engel beherbergen« und all so was –, boten sie aber nur selten wirklich an. »Das ist sehr nett von Ihnen«, sagte sie endlich. »Aber das kann ich nicht annehmen.«

»Aber warum denn nicht?«, hakte Miranda nach, dann wurde ihre Stimme wärmer. »Oh, Mrs. Darke. Es tut mir wirklich Leid. Das hätte ich wissen müssen. Ich schätze, ich bin wirklich sehr taktlos.«

»Taktlos?«

»Ihre Schwester ... soweit ich weiß, wurde sie vor unserem Haus gefunden. Dort, wo wir jetzt wohnen. Ich schätze, das könnten Sie nicht ertragen.«

»Nein«, antwortete Jacquie. »Das ist es nicht. Ich kann nur nicht verstehen, warum Sie sich für jemanden einsetzen, den Sie gar nicht kennen.«

»Das ist doch Unsinn«, versicherte Miranda Swan. »Kommen Sie und bleiben Sie, solange Sie wollen. Und wir werden alles tun, um Ihnen zu helfen. Mein Mann«, fügte sie hinzu, »hat ziemlich viel Einfluss.«

Jacquie hatte das Gefühl, kaum mehr ablehnen zu können. Miranda Swan war so beharrlich, so überzeugend und so nett. Ihr abzusagen, wäre unhöflich und taktlos. »Also gut«, hörte sie sich sagen.

»Kommen Sie heute. Oder morgen – wie es Ihnen am besten passt.«

Und bevor es Mittag wurde, begann Jacquie bereits zu packen, zum dritten Mal in dieser Woche.

Madeline gehörte natürlich zu den Leuten, die am meisten am *Westmead Herald* interessiert waren. Schließlich waren sie doch persönlich in die Geschichte verwickelt! »Zu schade, dass der Reporter uns nicht angerufen hat«, sagte sie. »Ich weiß nicht, was seine Quellen waren, aber es steht nicht alles drin. Überhaupt nichts von Michael Thornley. Ich hätte ihm davon erzählen können.«

»Vielleicht wusste er es ja und hatte einen guten Grund, es nicht zu erwähnen«, vermutete Sophie.

Madeline war anderer Meinung. »Aber so wärmt er ja nur eine alte Geschichte auf. Das einzig Neue daran ist der Name des Mädchens. Alison Barnett«, las sie vor, »aus Sutton Fen in Cambridgeshire.«

Sophie fand, dass der Name des Mädchens sehr wohl einen Unterschied machte. Jetzt war sie nicht mehr länger ein unbekanntes Mädchen, für das sich niemand auf der Welt interessierte, sondern Alison Barnett aus Sutton Fen. Jemand mit einem Namen, einer Geschichte, einem Zuhause, einer Familie.

Einer Schwester. Jacqueline Darke.

Sophie versuchte sich vorzustellen, was Jacqueline Darke empfinden musste. So wie sie zitiert worden war, schien sie sehr verbittert zu sein, und das zu Recht. Die Polizei hatte den Fall von Anfang an verpfuscht, und jetzt machten sie alles nur noch schlimmer. Sie hatte guten Grund, so wütend zu sein.

Und trotzdem – da gab es so viele Fragen. Warum zum Beispiel hatte ihre Schwester sie in all den Jahren nicht als vermisst gemeldet? Hatte sie sich nie gefragt, was aus ihrer Schwester geworden war? Und warum Westmead? Wieso war Alison Barnett ausgerechnet hierher gekommen? Hatte sie jemanden in Westmead gekannt? Und wenn, warum hatte sich dann niemand gemeldet? Es sei denn, es war der Mörder. Und wenn nicht …

Sophie behielt diese Gedanken jedoch für sich. Madeline hätte sowieso nicht hingehört.

Chris, der den Artikel als Letzter lesen durfte, schaute von der Zeitung hoch und stellte nun seinerseits ein paar Fragen. »Es ist schon seltsam, dass Michael Thornley nicht erwähnt wird, oder? Jeder in Westmead weiß doch, dass die Polizei ihn sucht. Ich vermute, dass sie ihn damals verhört haben wie jeden anderen auch in der Stadt. Meint ihr, diese Alison hat ihn gekannt?«

»Jeremy und ich haben darüber gesprochen«, antwortete Madeline. »Und ich habe da so meine Theorie.« Doch das Schicksal wollte es, dass sie niemals etwas von dieser Theorie erfuhren, denn in diesem Augenblick klingelte das Telefon.

Chris nahm den Hörer ab und erkannte die Stimme seines

Schwagers. »Du willst bestimmt Madeline sprechen?«, fragte er und reichte dann den Hörer weiter.

Noch immer vertieft in den Zeitungsartikel, achtete Sophie kaum auf das Telefonat ihrer Schwester, das ziemlich einseitig klang. Sie wurde erst aufmerksam, als Madeline plötzlich mit dem Telefon das Zimmer verließ, um das Gespräch in Ruhe führen zu können.

Chris hob eine Augenbraue. »Worum es da wohl geht?«

»Woher soll ich das wissen?«, fragte Sophie schnippisch.

»Geoffrey klang wirklich merkwürdig. Verärgert. Ob da wohl etwas passiert ist?«

»Ich bin mir sicher, egal, was es ist, Madeline wird es uns erzählen.«

Doch da irrte sich Sophie. Als Madeline wieder in die Küche kam, war ihr Gesicht blass, und sie wirkte wie versteinert. Was sie sagte, war nicht sehr informativ. »Ich muss nach Hause. Sofort.«

Chris stand auf und ging zu ihr hinüber. »Was ist los? Was ist passiert?«

»Ich kann nicht darüber sprechen. Nicht jetzt.« Sie schüttelte seine Hand ab, stellte das Telefon hin, drehte sich um und ging ihre Koffer packen.

Na wunderbar, dachte Sophie. Ab sofort war sie also wieder mit Chris alleine. Madeline, wie nervig sie auch war, hatte zumindest die Atmosphäre etwas entspannt. Jetzt gab es nur noch sie beide. Eins und eins ergab – was? In ihrem Fall momentan nicht sehr viel.

Sie blickte ihn an und erinnerte sich an die massiven Vorwürfe, die sie einander während des Streits gemacht hatten, und daran, wie er sie abgewiesen hattte, als sie sich, wenn auch vielleicht nicht besonders geschickt, entschuldigen wollte. Würden sie diese Kluft jemals überwinden können? Wollte sie das überhaupt? Sophie war sich nicht sicher.

Die Probleme anderer Leute waren immer viel spannender als die eigenen. Schnell griff sie wieder nach der Zeitung und begann von neuem, den Artikel zu lesen. Sie fühlte so sehr mit

Jacquie Darke mit. Dieser Fall berührte sie tiefer, als sie sich erklären konnte, und einen Moment lang verwünschte sie ihre eigene Schwäche und Hilflosigkeit. Denn dann könnte sie vielleicht irgendetwas unternehmen, um Jacquie Darke zu helfen.

Tim wusste, dass er ein Feigling war, trotzdem stellte er an diesem Morgen sein Handy ab, weil er sich vor dem unvermeidlichen Anruf des Superintendent fürchtete, der ihn mit Sicherheit dazu verdonnern würde, von nun an Strafzettel zu verteilen. Theoretisch gesehen hatte er keinen Dienst. Er musste nicht erreichbar sein. Und außerdem, dachte er, muss ich mich um Frannie kümmern.

Mit Frannie einkaufen zu gehen, war eine hilfreiche Ablenkung. Sie nahmen das Auto und fuhren ein paar Meilen zu einem *Sainsbury's Superstore,* wo sie über eine Stunde damit verbrachten, den Einkaufswagen durch die Gänge zu schieben. In der Hoffnung, dann seine Ruhe zu haben, ließ er Frannie alles in den Wagen packen, was ihr gefiel, egal, ob er es gut fand oder nicht. So konnte sie sich wenigstens nicht beschweren. Während sie den Wagen mit lauter Köstlichkeiten voll lud, fügte er Heftklammern, Katzenstreu und einige Dosen mit Watsons Lieblingsfutter hinzu.

»Ach so«, sagte er, kurz bevor sie an die Kasse kamen. »Und ich brauche noch etwas, das ich heute Abend Liz mitbringen kann. Pralinen, schätze ich. Oder Blumen. Oder Wein.«

Frannie ging sofort auf seine Worte ein. »Heute Abend? Was ist denn heute Abend? Wer ist Liz? Hast du ein *Date*?« Das letzte Wort sprach sie mit all der Verachtung und Missbilligung aus, zu der sie in der Lage war.

»Nein, es ist kein Date«, versicherte er schnell. »Nichts in der Art, Süße.«

»Was dann?«, wollte sie wissen und sah ihn mit zusammengekniffenen Augen an. »Und was ist mit *mir*?«

Tim hätte sich am liebsten selbst geohrfeigt. Er hatte es ihr eigentlich vorsichtig beibringen wollen, doch jetzt befand er sich deutlich im Nachteil. »Liz ist eine Kollegin«, erklärte er.

»Sie ist so nett, für uns beide heute Abend zu kochen. Für uns *beide*, Süße. Das wird lustig werden, du wirst schon sehen. Sie ist sehr nett.« Er wusste, dass er übertrieb.

»Liebst du sie?«, fragte Frannie.

Obwohl er Frannies direkte Art gewöhnt war, verblüffte ihn diese Frage doch ein wenig. Er schüttelte den Kopf. »Nein, natürlich nicht.«

»Schläfst du mit ihr?« Sie machte sich nicht die Mühe, leise zu sprechen, im Gegenteil, mit jeder Frage wurde ihre Stimme ein wenig lauter und schriller.

Die Leute sahen sie lächelnd an. Und warteten auf die Antwort.

Tim bückte sich, brachte sein Gesicht auf Frannies Höhe und sagte leise: »Nein. Ich schlafe *nicht* mit ihr. Nicht, dass es dich etwas anginge.«

»Mum schläft mit Brad«, verkündete sie. »Sie denkt, dass ich es nicht weiß, aber ich weiß es. Sie warten immer, bis sie glauben, ich sei eingeschlafen. Manchmal tut er sogar so, als ob er gehen würde, aber ich höre, dass er zurückkommt.«

Zehn Jahre alt, dachte Tim verwirrt, und spricht schon so darüber. Als er zehn war, hatte er überhaupt keine Ahnung gehabt. »Mit Liz ist das was anderes«, erklärte er. »Sie ist nur eine Freundin.«

»Klar.« Frannie war nicht überzeugt. »Das sagt Mum auch immer. Über Brad.«

Nachdem sie gepackt hatte, stellte Jacquie fest, dass sie nicht einmal genug Geld hatte, um nach Westmead zu kommen. Auch wenn sie nicht für die Unterkunft bezahlen musste, so brauchte sie doch wenigstens Benzin.

Aber sie hatte es sich in den Kopf gesetzt zu fahren. Trotz ihrer ursprünglichen Vorbehalte glaubte sie jetzt, das Richtige zu tun: Sie musste weiterkämpfen. Wenn die Polizei nicht mehr unternahm als unbedingt notwendig, dann kam es jetzt eben auf sie an. Sie schuldete es Alison, zurückzukehren.

Aber das Geld war ein Problem.

Sie überlegte, was sie tun könnte. Sie konnte Nicola bitten, ihr etwas zu leihen, aber die war ja auch chronisch knapp bei Kasse. Sie konnte sich Mr. Mockler zu Füßen werfen und ihn anflehen, ihr einen Vorschuss auf die Erbschaft zu geben. Aber dazu würde er sich niemals herablassen.

Und dann gab es noch Darren.

Zwar war sie entschlossen gewesen, Darren nicht um Geld zu bitten, doch ihr wurde schnell klar, dass sie keine andere Wahl hatte.

Er konnte es sich auf jeden Fall leisten. Und sie hatte ihn noch nie zuvor auch nur um einen Penny gebeten.

Auch wenn sie sich geschworen hatte, sich niemals so sehr zu erniedrigen – sie musste es tun. Nicht für sich, sondern für Ally.

Jacquie nahm den Telefonhörer ab, wählte und spielte nervös mit einem losen Knopf ihrer Strickjacke. Doch genau in diesem Moment, als würden ihre Gebete erhört, fiel ihr wieder die Dose ihrer Mutter ein, in der sie Knöpfe aufbewahrte.

Die Dose hatte immer im Schlafzimmer ihrer Eltern in der Schublade des Nachttischs gelegen. Ihr und Ally war es streng verboten gewesen, sie auch nur anzurühren. Aber manchmal, zu ganz besonderen Anlässen, kramte ihre Mutter in der Dose und förderte ein Fünfzig-Pence-Stück oder sogar eine Pfundnote zutage.

Vielleicht war da ja auch jetzt noch Geld drin?

Jacquie ging nach oben und fand die Dose genau dort, wo sie immer gewesen war. Es war eine billige, mit Union Jacks verzierte Blechdose, gekauft zur Krönung der Queen. Sie sah noch genauso aus, wie sie sie in Erinnerung hatte. Früher bedeutete ihr Anblick immer etwas unerwartet Gutes.

Sie öffnete die Dose. Zuerst sah Jacquie nur Knöpfe. Große und kleine, alte und noch ältere. Knöpfe und ein paar kleine Münzen. Aber unter den Knöpfen lag ein Stück Karton, sorgfältig auf die exakte Größe der Dose zugeschnitten, und als sie ihn anhob, fand sie, wonach sie suchte.

Es war nicht gerade ein Vermögen, aber auf jeden Fall mehr

als nur etwas Kleingeld. Fünf-Pfund-Noten, ein paar Zwanziger. Alles in allem mehr als einhundert Pfund. Jacquie vermutete, dass es sich um Geld handelte, das ihre Mutter über Jahre hinweg geschenkt bekommen hatte. Ihr Vater hatte nie gerne Geschenke für Weihnachten oder Geburtstage gekauft. Lieber schob er seiner Frau einen Umschlag mit einer Fünf-Pfund-Note darin zu.

Auf jeden Fall war es genug, um nach Westmead zu kommen.

»Danke, Mum«, sagte Jacquie laut und lächelte.

»Ich hatte eigentlich gedacht, dass Madeline sich gleich melden würde«, sagte Chris beunruhigt, als sie kurz vor seiner Chorprobe am Kamin saßen und Tee tranken. »Um uns zu sagen, was los ist. Oder um uns zumindest wissen zu lassen, dass sie gut angekommen ist.«

Sophie antwortete nicht. Sie konnte Madeline nicht verzeihen, dass sie einfach weggerannt war, was für einen Grund es auch immer dafür geben mochte. Dass ihre Schwester sie einfach mit Chris alleine gelassen hatte, einem höflichen Fremden.

»Wie wäre es, wenn wir *sie* anrufen«, schlug er vor. »Nur um sicherzugehen, dass sie in Ordnung ist.«

»Nein«, sagte Sophie. »Sie wird schon anrufen. Wenn es ihr passt.«

Deshalb vermutete Sophie später, als das Telefon klingelte, es sei ihre Schwester. »Hallo«, murrte sie.

Es entstand eine kurze Pause am anderen Ende. »Sophie?«, fragte eine weibliche Stimme gedämpft. »Mrs. Lilburn?«

»Ja?«

»Hier ist Olive.«

Olive?

»Olive Clunch. Ich hoffe, ich störe Sie nicht.«

»Nein, nein. Ist schon in Ordnung.«

»Es ist nur so ...« Die Stimme der Frau brach ab. »Ich muss mit jemandem sprechen. Und da habe ich an Sie gedacht.«

Sophie fühlte sich zwischen Irritation und Neugier hin und her gerissen. »Um was geht es denn?«, fragte sie.

»Es geht um Leslie.«

Natürlich, dachte Sophie enttäuscht.

»Leslie mag Sie, Mrs. Lilburn. Sophie. Er spricht sehr oft von Ihnen.«

Das Gleiche konnte sie schlecht von ihm sagen, also machte sie nur ein unverbindliches Geräusch.

»Und er besucht Sie oft.«

Sophie begann sich zu fragen, ob Mrs. Clunch womöglich vorsichtig herausfinden wollte, ob sie eine Affäre mit ihrem Mann hatte. Die Vorstellung hätte sie zum Lachen gebracht, wäre sie nicht so ekelhaft gewesen. Aber das konnte sie wohl schlecht sagen, ohne Mrs. Clunch zu beleidigen.

Mrs. Clunch schien ihr Schweigen nicht zu bemerken und fuhr fort: »Spricht er bei den Besuchen oft von dem Mord?«

»Wieso ... ja. Wir sprechen darüber«, bestätigte Sophie überrascht.

»Nun, seit dieser Polizist in der Siedlung war, benimmt er sich sehr ... ach, ich weiß nicht. Als ob er ein Geheimnis hätte. Etwas, das nur er weiß und sonst niemand.«

»Wie meinen Sie das?«

»Ich kann es nicht erklären«, gestand Mrs. Clunch. »Aber so kommt es mir vor. Und heute Morgen, als der *Herald* kam, da hat er den Artikel wieder und wieder gelesen und dabei so in sich hinein gelächelt. ›Alison Barnett‹, hat er gesagt. ›Also wissen sie es jetzt.‹ Ganz so, als hätte er es schon vorher gewusst. Aber wie kann das sein?«

»Ich bin mir sicher ...«

»Vielleicht bilde ich mir das ja nur ein?«, fragte Olive Clunch. »Das hoffe ich. Und ich weiß auch nicht, warum ich Ihnen das erzähle. Ich musste einfach mit jemandem sprechen, das ist alles.«

»Das ist schon in Ordnung«, sagte Sophie.

Aber als sie den Hörer auflegte, war es so, als ob Leslie Clunch den Raum betreten hätte und sich weigerte, wieder zu verschwinden. Als ob er sich in einer Ecke versteckt hätte und sie anstarrte. Sophie schauderte und setzte sich näher ans Feuer.

»Das ist also Frannie«, stellte Liz fröhlich fest.

Frannie überreichte ihr mit starrem Lächeln eine Schachtel Pralinen. Sie hatte auf Pralinen bestanden und sie sogar selbst ausgewählt, in der verständlichen Hoffnung, dass sie im Laufe des Abends welche angeboten bekäme. Ihr Vater hatte ihr strenge Verhaltensregeln gegeben und sie gebeten, ein freundlicheres Gesicht zu machen. Also tat sie ihr Bestes. »Die sind für Sie, Miss Hollis«, wiederholte sie die Worte, die ihr Vater ihr eingetrichtert hatte. »Danke, dass Sie mich eingeladen haben.« Schon von der ersten Sekunde an wusste sie, dass sie Liz Hollis nicht mochte.

Liz kicherte nervös. »Bitte, nenn mich Liz. Miss Hollis klingt so alt.«

Sie *ist* alt, dachte Frannie. Vielleicht nicht so alt wie mein Dad, aber trotzdem, sie ist mindestens schon fünfundzwanzig. Aber sie erwiderte nichts.

»Und etwas Wein.« Tim überreichte ihr eine Flasche.

»Kommt rein, kommt rein.« Liz trat einen Schritt zurück und ließ sie eintreten.

Die Wohnung ist offensichtlich ihr ganzer Stolz, dachte Tim. Er fühlte sich an Fotos in Schöner-Wohnen-Zeitschriften erinnert: verschiedene helle Farben an den Wänden, lebhafte Flickenteppiche, Kissen und viele ungewöhnliche Lampen.

Ihre nächsten Worte bestätigten seine Gedanken: »Das habe ich alles selbst gemacht. Das ist so eine Art Hobby von mir. Ich liebe *Home Front* und *Changing Room*.«

»Sehr hübsch«, sagte Tim.

»Möchtet ihr etwas trinken?«

Liz hatte eigentlich Tim angesprochen, aber Frannie antwortete zuerst. »Nein, danke.«

»Was haben Sie denn anzubieten?«, fragte Tim.

»Alles. Wein. Sherry. Gin Tonic. Whiskey. Oder etwas von dem Bier, das Sie gestern Abend bestellt haben. Dieses tschechische Bier.«

»Dann nehme ich das. Danke.« Tim war gerührt, dass sie sich

an das Bier erinnert und sich die Mühe gemacht hatte, es zu besorgen.

Auch Frannie war das nicht verborgen geblieben. So, dachte sie, sie sind also schon miteinander ausgegangen, und zwar erst vor kurzem. Sie sind also nicht nur Arbeitskollegen, da steckt noch mehr dahinter. Sie warf ihrem Vater einen vernichtenden Blick zu, den er geflissentlich ignorierte.

»Bist du sicher, dass du nichts möchtest, Frannie? Ich habe Saft und Cola und Limonade und Milch.«

»Nein, danke. Ich habe keinen Durst.«

»Wenn du meinst.« Liz deutete auf das Sofa und die Sessel. »Setzt euch doch. Ich bin gleich wieder da.«

Als Liz in der Küche verschwunden war, wählte Frannie für sich sorgsam den Platz in der Mitte des Sofas aus. Das verhinderte, dass die beiden nebeneinander sitzen konnten. Ihr Vater nahm einen der Sessel, in dem er fast versank. »Ein bisschen zu spießig für meinen Geschmack«, flüsterte er Frannie zu.

Sie lächelte süßlich. »Das ist sie allerdings.«

»Also Frannie ...«, zischte er tadelnd.

»Ja, ich weiß. Du hast gesagt, ich soll nett zu ihr sein. Und ich *bin* nett.«

Liz kam mit seinem Bier und einem Glas Wein zurück. Die Unterhaltung verlief stockend. Liz versuchte nach Kräften, Frannie einzubeziehen, doch Frannie ignorierte ihre Bemühungen hartnäckig.

»Was ist denn dein Lieblingsfach in der Schule?«, fragte Liz.

»Geschichte. Und Musik.« Frannie gab keine weiteren Erklärungen ab.

»Oh, Geschichte hat mich nie sehr interessiert«, gestand Liz. »Aber ich mag Musik.« Sie deutete auf ihre CD-Sammlung.

Frannie schaute sich neugierig die Popalben an. »Nicht solche Musik«, sagte sie dann. »Ich meine *richtige* Musik.«

»Frannie spielt Oboe«, mischte sich Tim ein und warf seiner Tochter einen warnenden Blick zu.

»Ich würde viel lieber Harfe spielen«, behauptete Frannie. »Aber zu Hause ist nicht genug Platz für eine Harfe. Im Haus meiner Mutter«, fügte sie hinzu, um Liz sicherheitshalber schon mal klar zu machen, dass sie bereits eine Mutter hatte.

»Hier wäre für so was auch nicht genug Platz«, kicherte Liz und deutete auf den kleinen Raum.

Frannie setzte ein gequältes Lächeln auf. »Es ist nicht sehr wahrscheinlich, dass ich hier einziehe, oder?«

Tim sprang ein und brachte das Gespräch in ungefährliches Fahrwasser. Liz gab es auf, sich um Frannie zu bemühen. Erst als es Zeit zum Essen war, versuchte sie es erneut: »Dein Vater hat mir gesagt, dass du ... nun, dass du manche Dinge nicht gerne isst. Ich hoffe, ich habe etwas, das dir schmeckt.« Sie lachte. «Ich habe deinem Vater erzählt, dass meine jüngere Schwester über ein Jahr lang nichts anderes gegessen hat als Tiefkühlpizza und Pommes frites.«

»Das muss ja langweilig für sie gewesen sein«, sagte Frannie und beobachtete ihren Vater aus den Augenwinkeln.

Liz lächelte. »Und für meine Mutter erst.«

»*Meine* Mutter lässt mich essen, was ich will«, erklärte Frannie.

»Was isst du denn gerne?«

»Kommt darauf an«, antwortete Frannie unbestimmt.

»Nun, heute Abend werden dein Vater und ich Steak essen.« Liz lächelte Tim an: »Ihnen hat das Steak gestern Abend offenbar gut geschmeckt.«

Frannie runzelte die Stirn. Schon wieder gestern Abend.

»Aber wenn du Steak nicht magst, kannst du Nudeln haben. Oder etwas anderes.«

Sie bemerkte den Blick ihres Vaters und riss sich zusammen. »Steak ist in Ordnung. Vielen Dank.«

Als es allerdings so weit war, schob sie das Fleisch auf ihrem Teller hin und her, zerschnitt es in winzige Stücke und steckte etwa zwei davon in den Mund. Sie aß alle Kartoffeln, aber nichts von dem Gemüse, und als ihr Nachspeise angeboten wurde, lehnte sie höflich ab. »Ich mag Käsekuchen nicht sonderlich, danke schön.«

Die Pralinenschachtel wurde zum Kaffee geöffnet, und diesmal lehnte Frannie nicht ab. Erst nach der dritten Praline reagierte sie auf den mahnenden Blick ihres Vaters.

»Ich habe ein paar Videos ausgeliehen, Frannie«, sagte Liz, als sie den Tisch abräumte. »Ich dachte, du möchtest vielleicht einen Film sehen.«

Sie versucht, mich loszuwerden, überlegte Frannie. Da hatte sie sich aber geschnitten. »Nein, danke schön«, antwortete sie.

Liz seufzte. »Bist du sicher?«

»Ganz sicher.«

Sie gingen von der Essnische wieder zurück ins Wohnzimmer, und Frannie ließ sich erneut genau in die Mitte des Sofas fallen. Dort saß sie dann den Rest des Abends, lauschte, ohne daran teilzunehmen, der langweiligen Unterhaltung der Erwachsenen, die offenbar durch ihre Anwesenheit gehemmt waren.

Genauso habe ich es mir vorgestellt, dachte sie zufrieden.

Sie hatte ihrem Vater geglaubt, als er sagte, dass er und Liz kein Verhältnis miteinander hätten. Aber ihre erwachende weibliche Intuition sagte ihr, dass sich das schnell ändern würde, wenn es nach Liz ginge. Sie hat ganz klar ein Auge auf ihn geworfen, dachte Frannie. Aber nur über meine Leiche. Entschlossen verschränkte sie die Arme über ihrer schmalen Brust.

Kapitel 20

Jacquie streckte sich, rollte sich dann wieder zu einer Kugel zusammen und genoss die Wärme der Daunendecke. Noch halb im Schlaf, war sie sich nicht ganz sicher, wo sie sich befand. Auf jeden Fall war es warm und bequem, und sie hatte gut geschlafen.

Dann setzte die Erinnerung ein: Sie war im Haus des Kantors in Quire Close. Noch war es zu dunkel, um die Einzelheiten des Gästezimmers zu erkennen, die sie am Tag zuvor so begeistert hatten. Ein mittelalterlich geformtes Dach, Butzenscheiben im Fenster, dicke Teppiche auf dem Boden. Antike Möbel und moderner Komfort. Die Einrichtung war entzückend – etwas kitschig vielleicht, aber nicht zu sehr. Gerade richtig.

Es war bei weitem das schönste Zimmer, in dem sie je übernachtet hatte, gar nicht zu vergleichen mit der praktischen Einrichtung im Gästehaus *Kathedralenblick* und natürlich um Klassen besser als ihr spartanisches Schlafzimmer im Haus ihrer Eltern in Sutton Fen oder das Zimmer, das sie während ihrer Ehe mit Darren geteilt hatte. Selbst in ihren Flitterwochen, vor langer, langer Zeit, hatten sie nie in einem so schönen Zimmer geschlafen.

Ihre Gastgeber hätten nicht freundlicher sein können. Nicht ein einziges Mal hatte sie das Gefühl gehabt, zu stören oder nicht willkommen zu sein. Es wurde nicht viel Theater um sie gemacht – was ihr unangenehm gewesen wäre –, aber man gab ihr das Gefühl, dass sie so lange bleiben konnte, wie sie wollte. Wie sie musste.

Bei ihrer Ankunft am späten Abend hatte Miranda Swan ihr ein einfaches Abendbrot angeboten. Sie hatten sich eine Weile unterhalten, und dann wurde sie in dieses wundervolle Zimmer gebracht mit der Aufforderung, so lange zu schlafen, wie sie wolle – sie solle sich nach der Fahrt nur tüchtig ausschlafen. Miranda und ihr Mann wollten morgens zur Messe in die Kathedrale gehen, aber Jacquie solle sich nicht verpflichtet fühlen, sie zu begleiten. Und wenn sie noch nicht zurück wären, wenn Jacquie aufwachte, solle sie sich selbst Frühstück machen.

Miranda Swan kam Jacquie irgendwie bekannt vor, es war, als hätten sie einander schon einmal getroffen. Vielleicht einmal in Sutton Fen? Doch dann fiel ihr die Abendmesse ein, die sie in der letzten Woche besucht hatte: Da hatte ihr gegenüber diese nett aussehende Frau gesessen. Diese Messe war so wundervoll gewesen und hatte sie für eine Stunde in eine andere Welt entführt. Das war Balsam auf ihrer Seele gewesen, nach all der Hässlichkeit und Strenge der Freien Baptisten.

»Ich würde gerne mitgehen«, hatte sie gesagt.

»Wenn Sie dann schon wach sind. Aber Sie sollten sich den Wecker nicht extra stellen. Sie werden noch genügend Gelegenheit haben, in die Kathedrale zu gehen. Mehrmals am Tag sogar.«

Jacquie wusste nicht genau, wie viel Uhr es jetzt war und was sie geweckt hatte. Im Zimmer war es dunkel, aber danach konnte sie nicht gehen. Die Vorhänge waren zugezogen und so dick, dass sie das Tageslicht völlig aussperrten.

Ein paar Minuten lang verkroch sie sich schläfrig unter der Bettdecke und freute sich über die heimelige Wärme. Dann nahm sie die Uhr vom Nachttisch. Es war kurz nach acht. Also noch genug Zeit bis zur Messe.

Schließlich stand sie auf und zog die schweren Vorhänge zurück. Ihr Zimmer lag im Süden, und von hier aus hatte sie einen direkten Blick auf die Kathedrale. Bevor sie gestern zu

Bett gegangen war, hatte sie eine Weile dort gestanden und sie bewundert. Die Kathedrale, beleuchtet und vom Nebel verhüllt.

Jetzt, dachte sie, sieht sie völlig anders aus. Das Wetter hatte sich gebessert. Wie durch ein Wunder war der Himmel jetzt so klar und blau wie an ihrem ersten Tag in Westmead. Die Morgensonne tauchte die Kathedrale in ihr Licht, die Steine glühten golden. Unendlich schön, unendlich einladend.

An den Sonntagen bekam Sophie Chris so gut wie gar nicht zu Gesicht. Morgens und abends musste er zu den Andachten in die Kathedrale. Früher einmal hatte sie das schade gefunden und sich darüber geärgert, aber jetzt empfand sie es als Erleichterung.

An diesem Morgen verging die Zeit allerdings nur langsam. Sie war nicht in der Lage, sich aufs Lesen zu konzentrieren, und im Fernsehen kam auch nichts.

Sie dachte an Madeline und hatte ein schlechtes Gewissen. Allmählich sollte sie nun wirklich anrufen und fragen, was eigentlich los war.

Sie griff zum Telefonhörer. Erst eine Stunde später hängte sie erschüttert wieder ein.

Madeline hatte zunächst nicht darüber sprechen wollen, aber schließlich war es doch aus ihr herausgebrochen.

Victoria war schwanger. Tori, ihre perfekte Tochter, noch nicht einmal sechzehn, war schwanger.

Sie und Geoffrey hatten nicht die geringste Ahnung gehabt. Sie dachten, dass Simon so ein netter junger Mann aus einer guten Familie wäre. So höflich, so normal. Sie waren doch noch so jung, Tori und Simon. Viel zu jung, um miteinander zu schlafen. Als Madeline in ihrem Alter gewesen war, hatte sie an so etwas nie einen Gedanken verschwendet. Sie hatte die Bewunderung der Jungs genossen – aber mehr auch nicht, erzählte Madeline.

Doch Tori und Simon hatten miteinander geschlafen, und zwar regelmäßig. Es war kein Ausrutscher gewesen, wie ihre Tochter unverblümt erklärt hatte, jetzt, wo die Wahrheit nicht mehr zu verheimlichen war. Die ganze Zeit hatten sie es getrieben wie die Karnickel. In Ställen, auf Feldern, im Wald, sogar in Toris Zimmer. Madelines Tochter und dieser verflixte, hinterhältige Kerl. Tori schien es sogar Spaß zu machen, die ganzen Details zu erzählen, als wollte sie ihrer Mutter absichtlich wehtun.

Sie hatte ihrer Tochter vertraut, ihrer guten Erziehung und auch ihrer Vernunft. Sie war ja nicht einmal auf die Idee gekommen, mit Tori über Verhütung oder Safer Sex zu sprechen.

Und als Tori dann etwas an Gewicht zulegte, da hatte sie sich nichts dabei gedacht. Tori verbrachte schließlich inzwischen fast ihre ganze Zeit mit Simon und trieb kaum noch Sport. Und die paar Pfunde standen ihr gut, ihr Gesicht wurde weicher und ihre Formen weiblicher.

Jetzt war alles entsetzlich klar.

In der Abwesenheit ihrer Mutter hatte Tori schließlich ihrem Vater alles gebeichtet, vielleicht, weil sie von ihm mehr Verständnis erwartete.

Und der hatte dann Madeline angerufen, die sofort nach Hause geeilt war.

Aber was sollten sie jetzt tun?

Tori war viel zu jung, um ein Baby zu haben, schluchzte Madeline. Sie ging doch noch zur Schule. Und wenn die Prüfungen im Frühjahr begannen, dann würde sie bereits ein Kind haben.

Eine Abtreibung kam nicht infrage, dazu war es viel zu spät, und Tori würde so etwas auch niemals in Betracht ziehen.

In ihrem Alter konnten sie ja wohl kaum heiraten, selbst wenn sie es wollten: Tori noch nicht sechzehn, Simon gerade mal siebzehn. Selbst wenn die Eltern zustimmten – was wäre das für eine Ehe.

Und die Zeiten, in denen eine schwangere Tochter einfach irgendwo in ein Heim ging, um nach ein paar Monaten ohne Baby wieder zurückzukommen, als ob nichts geschehen sei, diese Zeiten waren endgültig vorbei. Das gab es heute einfach nicht mehr.

Aber was für Möglichkeiten gab es dann? Tori weigerte sich, ihr Kind zur Adoption freizugeben. Sie wollte dieses Kind bekommen und behalten.

Toris junges Leben war vorbei. Sie hatte keine Zukunft. So sah es jedenfalls Madeline.

Und Madeline würde niemals mehr aufrecht und mit erhobenem Kopf durchs Leben gehen können.

Das, dachte Sophie, als sie aufgelegt hatte, ist der Punkt. Madeline sah das Ganze als so große Katastrophe, weil sie überzeugt war, dass die Schwangerschaft ihrer Tochter ein schlechtes Licht auf *sie selbst* warf.

Es ist einfach nicht fair, dachte Sophie und kämpfte mit den Tränen. Das Letzte, was ein junges Mädchen brauchte, war ein Baby, und trotzdem bekam sie es.

Während sie ...

Zwei Häuser weiter begann wie auf Bestellung das Baby zu brüllen.

Erst am Montagmorgen fühlte sich Jacquie in der Lage, Sergeant Merriday anzurufen. Wahrscheinlich war er wegen des Interviews, das sie gegeben hatte, sauer. Deshalb entschuldigte sie sich als Erstes, so gut sie nur konnte.

»Ich hoffe, Sie haben dadurch keinen Ärger mit Ihrem Chef bekommen«, sagte sie.

»Was glauben Sie denn?« Seine Stimme war eiskalt. Darauf war sie nicht vorbereitet.

»Ich habe es nicht persönlich gemeint. Ich weiß, dass Sie versucht haben, mir zu helfen. Aber ich war wütend. Ich hatte das Gefühl ... nun, dass Sie mich im Stich lassen.«

Tim war nicht bereit, ihre Entschuldigung anzunehmen und auch nicht, ihre Beweggründe zu diskutieren. Der Superintendent hatte ihn gleich morgens zur Schnecke gemacht. Wenn es jemals auch nur die geringste Chance gegeben hatte, seinen Chef doch noch umzustimmen, dann war sie jetzt dahin. Und daran waren sie und ihre völlig übertriebenen Worte gegenüber Barry Sills schuld. »Was kann ich für Sie tun?«, fragte er kühl.

»Ich wollte Ihnen nur sagen, dass ich wieder in Westmead bin. Ich wohne beim Kantor und seiner Frau in Quire Close.« Damit er nicht auf die Idee käme, sie unterstelle ihm privates Interesse, fügte sie hinzu: »Wenn Sie also den Totenschein bekommen, dann könnten Sie mir vielleicht Bescheid geben. Ich kann ihn dann bei Ihnen abholen. Ich gebe Ihnen die Telefonnummer.«

»Danke.« Tim nahm seinen Stift und drückte ihn fest aufs Papier, als er die Nummer aufschrieb. »Gibt es sonst noch etwas?«

Seine offene Feindseligkeit ließ Jacquie zögern, aber er sollte einfach wissen, was sie vorhatte. »Ja, es gibt noch etwas. Ich möchte, dass Sie wissen ... nun, ich meinte das, was ich dem Journalisten gesagt habe, nicht so.«

»In welcher Hinsicht?«

»Ich sagte, die Polizei habe alles verpfuscht und ich könne nun nichts mehr tun.«

»Ich erinnere mich«, sagte er. »Ich erinnere mich sogar sehr gut. Der Superintendent hat alles Wort für Wort vorgelesen. Und das ziemlich laut.«

»Oh«, sagte sie mit leiser und reumütiger Stimme.

Tim war entschlossen, es ihr nicht leicht zu machen. Sie hatte es *ihm* schließlich auch nicht leicht gemacht. Er umklammerte den Hörer und wartete darauf, dass sie weitersprach.

»Ich habe beschlossen, *nicht* aufzugeben«, sagte sie schließlich. »Wenn die Polizei nicht ordentlich ermittelt, dann schulde ich es meiner Schwester, selbst herauszufinden, wer sie getötet hat.«

»Seien Sie doch nicht so verdammt dumm«, schnappte er. »Wie wollen Sie das denn anstellen, wenn es uns schon nicht gelungen ist? Sie haben keine Mittel und Wege, irgendwelche Untersuchungen durchzuführen. Alles, was Sie tun können, ist, die Spuren zu verwischen.« Sein Stift kritzelte wütend. »Und schließlich gibt es da jemanden, der vor elf Jahren einen Mord begangen hat und bis jetzt ungestraft davon gekommen ist. Wenn Sie also anfangen, völlig laienhaft rumzuschnüffeln, könnte ich mir vorstellen, dass er Sie auch ganz gerne loswerden möchte. Glauben Sie, dass das Ihrer Schwester irgendwie helfen würde?«

Jacquie zuckte angesichts der beißenden Wut in seiner Stimme zusammen. Seine Worte rieselten wie Eisregen auf sie herab. Natürlich hatte er Recht: Es gab nichts wirklich Sinnvolles, das sie tun konnte, und es konnte vielleicht sogar gefährlich werden, wenn sie sich einmischte. Aber das wollte sie nicht zugeben, schon gar nicht ihm gegenüber. Diese Befriedigung durfte sie ihm nicht geben. »Das ist doch wohl meine Entscheidung«, sagte sie, genauso kalt wie er.

»Na schön, Mrs. Darke. Ich lasse es Sie wissen, wenn ich etwas vom Leichenbeschauer gehört habe. Es sei denn, Sie sehen ihn zuerst.« Tim machte eine Pause und sagte dann zum Schluss, bevor er den Hörer aufknallte. »Oder er Sie.«

Der Sonnenschein am Sonntag war nur von kurzer Dauer gewesen, am Montag regnete es wieder.

Sophie war allein zu Hause. Chris hatte ein wenig gequält vorgeschlagen, dass er sich um einen Ersatzlehrer kümmern könne, aber sie hatte ihm versichert, dass sie ganz gut alleine zurechtkäme, und er hatte nicht weiter darauf bestanden.

Allerdings gab es ein paar Dinge, die eingekauft werden mussten. »Ich werde zwischen Schule und Chorprobe versuchen, sie zu besorgen«, versprach Chris.

Nach ihrem Frühstücksmüsli hatte sie allerdings keine Milch mehr. Sophie überlegte sogar, Jeremy oder Trish Evans anzurufen, um zu fragen, ob sie ihr eine Flasche ausleihen könnten. Aber bevor sie das tun konnte, klingelte das Telefon. Als ob er ihre Gedanken gelesen hätte, bot ihr Leslie Clunch an, für sie einkaufen zu gehen. »Ich habe sowieso ein paar Dinge für Mrs. Clunch zu besorgen«, sagte er. »Also ist das überhaupt kein Umstand.«

Zögernd und mit gemischten Gefühlen nahm sie sein Angebot an. Schließlich bedeutete es, dass er die Einkäufe bei ihr vorbeibringen und mindestens eine Tasse Kaffee dafür erwarten würde.

Aber ausnahmsweise hatte sie Glück. »Ich kann leider nicht bleiben«, sagte er, als er ihr die Einkaufstüten durch die Tür reichte, sein Gesicht glänzte vor Wichtigkeit. »Vor mir liegt ein ziemlich anstrengender Nachmittag. Eine Schulklasse besucht die Kathedrale – ich wurde gebeten, die Führung zu übernehmen.«

Also zögerte sie an diesem Nachmittag keine Sekunde, als es klingelte, denn diesmal konnte es sich unmöglich um Leslie Clunch handeln.

Sie war noch schwach und bewegte sich langsam. Bevor sie die Tür erreichte, klingelte es wieder, dann noch einmal, gefolgt von einem wütenden Hämmern. »Ich komme«, rief Sophie.

Sie war zutiefst überrascht, als sie Mrs. Clunch vor der Tür sah.

Im strömenden Regen stand Olive Clunch da, einen alten Mantel über ihre breiten Schultern und ihr rosafarbenes Nachthemd geworfen. Ihre dicken Beine waren nackt, an den Füßen trug sie Hausschuhe. Sie presste etwas gegen ihre Brust, und ihre Zähne klapperten vor Kälte, Nässe und Entsetzen.

»Kommen Sie rein«, forderte Sophie sie schnell auf und zog sie ins Haus.

»Tut mir Leid. Tut mir Leid«, murmelte Olive Clunch. Wasser tropfte auf die Steinplatten des Flurs. Sie schien wie festgewachsen, unfähig, sich noch einen Schritt weiterzubewegen.

Sophie erholte sich so weit von ihrer Überraschung, dass sie in der Lage war, der Frau den nassen Mantel abzunehmen und sie in eine Decke zu wickeln. »Kommen Sie hier rein«, drängte sie und führte sie ins vordere Zimmer.

»Tut mir Leid, tut mir Leid.« Wie ein Mantra wiederholte Mrs. Clunch die Worte mit klappernden Zähnen immer wieder. Wasser sickerte aus ihren Schuhen in den Teppich. »Tut mir Leid.« Aber sie ließ es zu, dass Sophie sie auf einen Stuhl in der Nähe des Kamins drückte.

Der Kamin war nicht an. Sophie hatte keine Lust gehabt, Feuer zu machen. Aber Chris hatte schon alles vorbereitet, also sorgten schon ein paar Streichhölzer für ein hübsches, freundliches Feuer. In der Zwischenzeit konnte sich Mrs. Clunch ein wenig sammeln. Sie rutschte näher ans Feuer und hielt nach wie vor etwas fest an die Brust gepresst.

»Möchten Sie vielleicht etwas trinken?«, fragte Sophie.

»Nein.« Olive Clunch schüttelte den Kopf. Wasser tropfte aus ihrem Haar.

»Ist alles in Ordnung, Mrs. Clunch?« Was um Himmels willen hatte sie an einem solchen Tag dazu gebracht, das Haus zu verlassen? Und ausgerechnet zu ihr zu kommen? Eigentlich hatte sie den Eindruck gehabt, dass Olive Clunch gar nicht in der Lage war zu gehen.

»Tut mir so Leid, dass ich Sie störe«, sagte die Frau.

So kamen sie nicht weiter. »Nun erzählen Sie mir, warum Sie hier sind«, forderte Sophie sie auf. »Sie sind ja ganz außer sich. Ich würde Ihnen gerne helfen, aber dazu müssen Sie mir schon verraten, was los ist.«

Aus dem Zähneklappern wurde ein Schluchzen. Tränen und Regen vermischten sich auf Olive Clunchs rundem, wabbeligen Gesicht. »Ich wusste nicht, wo ich sonst hingehen soll. Ich wusste nicht, mit wem ich sprechen soll. Da sind Sie mir eingefallen.«

»Erzählen Sie es mir«, wiederholte Sophie. Sie hockte auf dem Boden zu Olives Füßen und versuchte die Schmerzen, die die Narbe ihr bereitete, zu ignorieren. »Erzählen Sie mir, was geschehen ist.«

»Leslie«, sagte Mrs. Clunch erstickt. »Er ist nicht zu Hause.«

»Ja, ich weiß.« Vielleicht ging es Mrs. Clunch ja schlecht, vielleicht brauchte sie ganz dringend Medizin und hatte Panik bekommen, weil ihr Mann nicht da war, um sich um sie zu kümmern. Aber warum war sie dann durch den strömenden Regen zu ihr gelaufen? Warum hatte sie nicht einfach einen Arzt gerufen?

Nach und nach, durch viel Ermunterung vonseiten Sophies und begleitet von vielen Tränen, erzählte sie ihre Geschichte.

Schon seit einiger Zeit, sagte Olive Clunch, hatte sie das Gefühl, dass ihr Mann ihr etwas verheimlichte. Er lächelte so seltsam in sich hinein, wenn er nach unten kam, sodass sie allmählich das Gefühl beschlich, er wisse mehr als sie, mehr als jeder andere. Aber ihr vorsichtiges Nachfragen führte zu nichts.

Jeder dachte, ihr Mann eingeschlossen, dass sie nicht mehr laufen könne, erklärte Mrs. Clunch. Sie habe sie alle hereingelegt, sie habe *ihn* hereingelegt. Immer wenn er einkaufen war oder Sophie besuchte oder in die Kathedrale ging, hatte sie heimlich trainiert. Erst nur einen Schritt, dann zwei, und jetzt, auch wenn es schwierig und schmerzhaft war, konnte sie einige Schritte am Stück gehen.

Und heute hatte sie beschlossen, dass der Zeitpunkt gekommen war, denn er würde den ganzen Nachmittag in der Kathedrale beschäftigt sein.

Zum ersten Mal seit sie nach Quire Close gezogen waren, war sie die Treppe in den ersten Stock hinaufgegangen, hatte sich am Geländer hochgezogen, einen qualvollen Schritt nach dem anderen.

Dann war sie in das Zimmer gegangen, in dem ihr Mann schlief. Von hier aus konnte man die ganze Siedlung überschauen. Hier war das Fenster, hinter dem er so viel Zeit verbrachte. Es war ein kleiner Raum, spärlich möbliert mit einem schmalen Bett, einem Stuhl und einer Kommode.

Und in der untersten Schublade der Kommode hatte sie schließlich etwas gefunden.

Magazine. In Mrs. Clunchs Gesicht spiegelte sich ihr ganzes Entsetzen wider. Schlimme Magazine voller ekelhafter Fotos. Fotos von jungen Mädchen, nackt, die Dinge taten, die ein anständiger Mensch nicht beschreiben konnte. Sich nicht einmal vorstellen konnte.

»Und das«, sagte sie und löste endlich ihre Hände von der Brust.

Sophie nahm es ihr ab. Es war ein kleines Buch, billig gemacht, mit einem glänzenden rosafarbenen Einband, auf dem »Mein Tagebuch« stand. Es hatte einen Schnappverschluss mit einem Schloss, aber die Lasche, die das Buch verschlossen hielt, war durchgeschnitten.

Zitternd schlug sie es auf. »Tagebuch von Alison Barnett.« Sophie las die Worte flüsternd vor. »April 1989.«

Tim Merriday bat Miranda Swan, Jacquie auszurichten, sie solle um vier Uhr in sein Büro kommen. Dann könne sie den Totenschein abholen.

Den ersten Teil des Nachmittags verbrachte Jacquie alleine in der Kathedrale, die sie bis in den letzten Winkel erkundete. Die Atmosphäre übte eine starke Wirkung auf sie aus. Eine lärmende Schulklasse wurde gerade hindurchgeführt, aber das konnte ihre Begeisterung nicht dämpfen, es betonte nur noch mehr, dass es sich hier um einen lebendigen Ort handelte. Was für ein Kontrast zu den Gebäuden der Freien Baptisten mit ihrer sterilen Hässlichkeit. Hier gab es Schönheit, hier gab es Leben. »Ich fühle mich so privilegiert, hier leben zu dürfen«, hatte Miranda Swan gesagt, und Jacquie wusste genau, was sie damit meinte. Verglichen mit Sutton Fen war zwar jeder Ort schön, aber das hier war … ein Segen. »Ich erachte es nie als selbstverständlich«, hatte Miranda hinzugefügt. »Nicht einen einzigen Tag lang. Nicht eine einzige Sekunde lang. Ich habe solch ein Glück.«

Und das hatte sie auch. Jacquie war normalerweise kein neidischer Mensch, aber sie musste sich eingestehen, dass sie Miranda Swan wirklich beneidete. Nicht nur dafür, dass es ihr gelungen war, aus Sutton Fen zu fliehen, sie hatte auch einen Mann, der sie anbetete, der ihr zutiefst verbunden war. Jeder, der die beiden zusammen erlebte, spürte das. Sie gingen ineinander auf, so wie es bei ihr und Darren nie der Fall gewesen war, nicht einmal ganz am Anfang ihrer Ehe. So gastfreundlich sie auch sein mochten, so großzügig und herzlich, wenn sie sich ansahen, fühlte sich Jacquie wie ein Eindringling in etwas Heiliges und Intimes.

Darum beneidete sie Miranda Swan. Das war etwas, was sie selbst niemals erleben würde.

Sie sah auf die Uhr. Es war an der Zeit, zum Polizeirevier zu gehen.

Nach ihrem letzten Gespräch freute Jacquie sich nicht gerade darauf, Tim Merriday wiederzusehen.

Sie kannte den Weg inzwischen recht gut. Ihr fiel auf, dass das Mädchen am Empfang ihr mit einem überheblichen Lächeln zunickte.

»Ich schätze, Sie wissen, wo es langgeht«, sagte es.

Jacquie ging langsam die Stufen hinauf, Wasser tropfte von ihrem Regenschirm, und in Gedanken wappnete sie sich gegen seinen Anblick. Sie hatte Tim Merriday seit dem Nachmittag in Quire Close nicht mehr gesehen, und eigentlich wollte sie ihn auch jetzt nicht sehen. Er verachtete sie, und wer konnte ihm das verübeln? Sie hatte seine Karriere ruiniert, sie hatte ihm nur Schwierigkeiten bereitet, wo er doch alles getan hatte, um ihr zu helfen. Gut, sie hatte das Gefühl gehabt, dass er sie hatte hängen lassen, aber war das wirklich sein eigener Fehler gewesen? Er hatte ihr helfen wollen, und er hatte sein Bestes gegeben. Und sie hatte es ihm gedankt, indem sie einen Skandal anzettelte. Ihr wurde mit einem Mal klar, wie unverantwortlich es gewesen war, mit dem Reporter zu sprechen, aber dazu war es jetzt zu spät. Zu spät, um sich zu entschuldigen. Er würde ihr niemals vergeben.

Die Tür war nur angelehnt. Sie klopfte.

»Herein«, flötete eine Stimme, die garantiert nicht Tim Merriday gehörte.

Ein junges Mädchen saß auf dem Stuhl hinter seinem Schreibtisch und schaukelte vergnügt hin und her. »Hi«, sagte sie. »Mein Dad ist nicht da. Ich glaube, er kommt gleich zurück.«

Jacquie betrachtete das Mädchen, ihre Haarfarbe und Gesichtszüge, und ihr Herz zog sich zusammen. »Du musst Frannie sein«, rief sie.

Das Mädchen lächelte, was sie fast schon hübsch aussehen ließ. »Woher wissen Sie das?«

Jacquie konnte nicht anders, sie musste zurücklächeln. »Dein Vater hat von dir erzählt.«

Frannie deutete höflich auf den anderen Stuhl. »Dann kennen Sie meinen Vater also.«

»Ja.« Jacquies Lächeln verschwand, als sie sich auf den Stuhl setzte. »Ja, ich kenne ihn.«

»Er wird gleich zurück sein. Ich soll solange auf sein Büro aufpassen. Zumindest hat er das gesagt.« Das Mädchen grinste. »Ich schätze, er wollte nur nicht, dass ich ihm hinterherlaufe und im Weg rumstehe.«

»Aber ich dachte …« Jacquie war verwirrt. »Ich dachte, du lebst bei deiner Mutter.«

»Tue ich auch. Aber Mum ist mit Brad im Urlaub. Das ist ihr Freund.« Das letzte Wort betonte sie mit entsprechender Verachtung. »Ihr *schrecklicher* Freund. Ich bleibe zwei Wochen bei meinem Dad. Ich glaube, ich störe ihn.«

»Ganz bestimmt nicht«, sagte Jacquie. »Er hat mir von dir erzählt, und es ist ganz klar, dass er dich sehr lieb hat.«

Frannie kniff die Augen zusammen und betrachtete sie abschätzend. »Mögen Sie ihn?«, fragte sie geradeheraus.

Jacquie war so überrascht, dass sie zu stottern begann: »Wieso … wieso … ja, ich mag ihn.«

»Finden Sie, dass er gut aussieht?«

Jacquie war klar, dass das eine gefährliche Frage war. Dem Mädchen war garantiert bewusst, wie ähnlich es seinem Vater sah, sodass die Antwort unausweichlich auch auf Frannie zutreffen würde. »Nun«, sagte sie vorsichtig. »Er hat ein sehr nettes Gesicht. Ein sehr angenehmes Gesicht.«

»Diese Liz ist in ihn verknallt, wissen Sie?«

»Liz?«

»Diese Frau. Da unten. Die hier arbeitet.« Sie verzog das Gesicht. »Die ist hinter ihm her wie eine Plage.«

Diese Frau, dachte Jacquie, und erinnerte sich an den besitzergreifenden Ton, den sie anschlug, sobald sie Tims Namen aussprach. Es versetzte ihr einen Stich, den sie zu ignorieren versuchte. Was hatte das schließlich mit ihr zu tun? Tim Merriday bedeutete ihr gar nichts.

Frannie senkte die Stimme, war jedoch noch genauso klar zu

verstehen. »Ich mag sie nicht«, erklärte sie bestimmt. »Und Sie?«

»Ich kenne sie gar nicht wirklich«, wand Jacquie sich, doch dann sah sie den amüsierten Ausdruck auf Frannies Gesicht, der sie so sehr an Tim erinnerte, und fuhr fort: »Aber ich bin sicher, wenn ich sie besser kennen würde, würde ich sie auch nicht mögen.«

Frannie prustete begeistert los, genau in dem Augenblick, in dem ihr Vater das Zimmer betrat.

Tims erster Eindruck war, dass die beiden – seine Tochter und Jacquie Darke – die besten Freundinnen waren und etwas miteinander teilten, das er nicht verstand. Was war in den paar Minuten, in denen er weg gewesen war, bloß passiert? Er war wütend, denn solange Frannie im Zimmer war, konnte er Jacquie Darke schlecht sagen, was er von ihr und ihrem Verhalten hielt. »Mrs. Darke«, sagte er so höflich, wie er nur konnte. »Danke, dass Sie vorbeigekommen sind.«

»Kein Problem«, antwortete sie freundlich.

Frannie sah zwischen den beiden hin und her, als würde sie ein Tennismatch verfolgen, und wartete ab, was als Nächstes geschah.

»Frannie, würde es dir etwas ausmachen, mich wieder auf meinem Stuhl sitzen zu lassen?«, fragte ihr Vater. »Ich gebe dir etwas Geld, dann kannst du dir am Getränkeautomat eine Cola ziehen.«

»Ich mag doch keine Cola, Dad«, sagte sie. »Ich mag nicht, wie es an meiner Nase kitzelt.«

»Dann hol dir eben einen Schokoriegel.«

Sie stand auf, nahm das Geld, zögerte aber noch immer. »Wie wäre es, wenn ich mich einfach in die Ecke setze?«, schlug sie vor. »Ich verspreche, dass ich keinen Ton sage.«

Er hatte Frannie nicht angesehen, sondern nur Augen für Jacquie gehabt. Doch jetzt drehte er sich ungeduldig zu ihr um. »Nein. Ich muss mit Mrs. Darke sprechen, und dabei kann ich dich nicht gebrauchen. Du wirst dich doch ein paar Minuten alleine beschäftigen können, Süße. Geh nach unten, und unterhalte dich mit Liz – ich bin sicher, sie wird sich freuen.«

»Klar.« Frannie verdrehte die Augen. Jacquie legte ihre Hand auf den Mund, um ein Kichern zu unterdrücken.

Tim steckte die Hände in die Taschen und wartete darauf, dass Frannie ging. »Bis bald«, sagte sie zu Jacquie und winkte ihr zu.

»Ja. Es war schön, dich kennen zu lernen, Frannie.«

»Finde ich auch.«

Jetzt war Tim noch verblüffter. Er schloss die Tür hinter seiner Tochter und verschanzte sich hinter seinem Schreibtisch. Jacquie saß ihm lächelnd gegenüber. »Was war das denn?«, fragte er. Er versuchte, ernst zu klingen, war aber offensichtlich irritiert.

»Das würden Sie nicht verstehen.« Auch sie wollte ernst bleiben, aber es gelang ihr nicht. »Ihre Tochter ist ein echter Charakter, was?«

»Ja.«

Er hatte ihr einen Vortrag halten, sie so runterputzen wollen, wie es der Superintendent bei ihm getan hatte. Aber als er sie jetzt ansah, mit diesem Lächeln auf ihrem Gesicht, brachte er es nicht über sich. Sein Herz klopfte unsinnig, und er lächelte zurück. Dann erinnerte er sich wieder an den wahren Grund ihres Besuchs, und sein Blick wurde ernst.

»Tut mir Leid, dass ich Sie habe warten lassen.« Er nahm einen Umschlag aus der Jackentasche und legte ihn auf den Tisch. »Aber das alles war doch etwas komplizierter, als ich erwartet hatte.«

»Warum denn das?« Auch sie war jetzt wieder ernst.

»Der Leichenbeschauer hatte mir eine Kopie des geänderten Totenscheins versprochen. Doch als er dann mit dem Standesbeamten sprach, wurde klar, dass das so einfach nicht geht. Ein Totenschein, der einmal ausgestellt worden ist, kann nicht so einfach abgeändert werden.«

»Das verstehe ich nicht.« Jacquie runzelte die Stirn.

»Statt eines Namens steht auf dem Totenschein: Unbekannte Frau. Und das kann man nicht ändern. Das hat der Standesbeamte ganz deutlich gemacht.«

»Was soll ich also tun?« Ich kann das Haus nicht verkaufen, dachte sie panisch. Ich darf das Geld meines Vaters nicht anrühren. Ich sitze in der Falle. Ich werde bis zum Ende meines Lebens in dem Haus leben müssen, muss mir einen Job suchen ... Sie schluckte hart, am Rande der Tränen.

»Oh, es gibt doch einen Weg«, sagte er beruhigend. »Und ich habe mich bereits darum gekümmert. Der Leichenbeschauer hat eine eidesstattliche Versicherung abgegeben, die dem Totenschein beigefügt ist. Sie besagt, dass die unbekannte Frau als Alison Rebekah Barnett identifiziert worden ist und dass er das vor Gericht bezeugen könne.« Tim zog die Urkunde aus dem Umschlag. »Das sollte für den Anwalt genügen. Und Sie müssten eigentlich sofort an Ihr Geld rankommen.«

Die Freundlichkeit, die Besorgnis in seiner Stimme waren fast zu viel. »Danke«, sagte sie leise. »Danke für all Ihre Bemühungen. Das hätten Sie nicht ...«

»Ich habe aber. Das gehört zu meinem Job.« Tim zwang sich, aus dem Fenster zu blicken, damit er Jacquie nicht in die Augen sehen musste.

Aufgewühlt nahm sie den Totenschein an sich. Dieses Stück Papier bedeutete, dass sie nun Anspruch auf ihr Erbe erheben konnte, aber es war auch der letzte Beweis dafür, dass ihre Schwester unwiederbringlich tot war.

»Wer war das?«, fragte Frannie, neugierig wie immer. Sie hatte auf den richtigen Zeitpunkt gewartet. Sie saßen im Auto und fuhren nach Hause.

Er war ganz auf den Verkehr konzentriert. »Wer war wer?«

»Diese Frau. Die heute Nachmittag in deinem Büro war. Du hast sie mit Mrs. Darke angesprochen.«

»Nun, und das ist sie auch. Mrs. Darke.« Er setzte den Blinker und wartete auf eine Lücke im Verkehr.

»Gibt es denn einen *Mr.* Darke?«

Gedankenverloren antwortete er: »Jacquie Darke ist geschieden. Nicht, dass dich das was anginge. Oder mich.«

»Findest du sie hübsch?«

Tim warf seiner Tochter mit erhobenen Augenbrauen einen kurzen Blick zu, dann konzentrierte er sich wieder auf den Verkehr. »Ja«, sagte er langsam. »Ich denke schon.« Nach einem Augenblick verbesserte er sich. »Vielleicht nicht gerade hübsch. Aber auf jeden Fall attraktiv.«

»Woher kennst du sie denn?«

Warum nur ließ sie nicht locker? »Ich bin Polizist, Süße. Ich kenne eine Menge Leute.«

»Hat sie etwas ausgefressen? Kennst du sie deshalb?«

Er lächelte. »Nein, deshalb kenne ich sie nicht. Aber um ehrlich zu sein, sie hat etwas Schlimmes getan, etwas, das mich in große Schwierigkeiten gebracht hat.«

Frannie schien enttäuscht, doch dann sagte sie: »Vielleicht hat sie das nicht gewollt.«

»Wahrscheinlich nicht«, gestand Tim.

»Aber du magst sie trotzdem.« Das klang eher nach einer Feststellung als nach einer Frage.

Jetzt gab es eine Lücke im Verkehr, und Tim überquerte die Hauptstraße und bog auf eine weniger befahrene Seitenstraße ein. »Ja«, sagte er schließlich. »Das stimmt.«

Frannie wandte ihren Blick von ihm ab und lächelte geheimnisvoll aus dem Fenster.

Zum ersten Mal seit dem Beginn von Dominics nachmittäglichen Besuchen hoffte Sophie, er würde nicht kommen. Es war zu viel geschehen, sie musste über zu vieles nachdenken.

Aber er kam. Er machte Feuer, kochte Tee und setzte sich, um zu plaudern. Zwar gelang es Sophie irgendwie, ein ganz normales Gespräch mit ihm zu führen, doch schien er zu spüren, dass etwas nicht in Ordnung war. Nach der zweiten Tasse Tee sah er sie prüfend an. »Sie scheinen müde zu sein«, stellte er besorgt fest. »Möchten Sie sich vielleicht ausruhen? Ein wenig schlafen?«

Sophie versuchte, sich ihre Erleichterung nicht anmerken zu lassen. »Ja, ich bin wirklich müde. Ich glaube, ich könnte etwas Ruhe gebrauchen.«

Doch als er gegangen war, legte sie sich nicht ins Bett. Sie machte es sich in einem Sessel gemütlich und ließ ihre Gedanken schweifen.

Olive Clunchs Besuch hatte sie tief erschüttert und so viele Fragen aufgeworfen, dass sie nicht gleichzeitig über alle nachdenken konnte.

Das Tagebuch. Mrs. Clunch hatte ihr erlaubt, es durchzusehen, wobei sie keine Zeit gehabt hatte, alles zu lesen. Fast alle Seiten waren beschrieben mit einer großen, geschwungenen Schrift, qualvolle Gedanken über den Schmerz und die Freude der Liebe. »Ich weiß, dass Mike mich liebt. Aber warum ruft er nicht an? Warum schreibt er nicht? Warum kommt er nicht?« Das war mehr oder weniger die Quintessenz, nur unterbrochen von schwärmerischen Beschreibungen dieses Mike, die tief beeinflusst von Mills-and-Boon-Romanen zu sein schienen, wenn sie nicht sogar ganze Absätze abgeschrieben hatte: »Seine Augen strahlen wie Saphire, und seine Zähne sind wie Perlen. Als er mich berührte, dachte ich, ich müsse vor Glück sterben.« Ziemlich geschwollenes Zeug. Welche Talente Alison Barnett auch gehabt haben mochte, Schreiben hatte mit Sicherheit nicht dazugehört.

Mike, das war ganz offensichtlich dieser Mike Thornley. Kein Wunder, dass die Polizei nach ihm gefragt hatte.

Das ganze Tagebuch und der Hinweis auf diesen Michael Thornley beunruhigten sie nicht allzu sehr. Was sie wirklich entsetzte, war die Tatsache, dass das Tagebuch in Leslie Clunchs Schublade gelegen hatte. Seit wann? Seit elf Jahren?

Wo hatte er es her? Warum hatte er es behalten?

Warum nur hatte er es nicht der Polizei übergeben?

Wenn die Polizei dieses Tagebuch gehabt hätte, wäre schon vor elf Jahren der Name des toten Mädchens bekannt geworden. »Alison Barnett« stand auf dem Einband. Alles wäre ganz anders gekommen, wenn die Polizei davon gewusst hätte.

Auf ihre erste Frage fand sie schnell eine Antwort: Er hatte den Koffer des Mädchens aufbewahrt, den er der Polizei übergeben hatte, sobald die Leiche gefunden worden war. Aber bevor er das getan hatte, hatte er offenbar den Koffer geöffnet und das Tagebuch herausgenommen. So musste es gewesen sein.

Aber warum?

Zwei Möglichkeiten schienen ihr wahrscheinlich.

Die erste davon bestätigte alles, was Sophie schon von Anfang an geahnt hatte: Er war ein Voyeur, und zwar einer der schlimmsten Sorte. Er holte sich seine Befriedigung, indem er andere Leute ausspionierte, indem er Sophies Beine anstarrte, indem er Pornoheftchen las. Und indem er das Tagebuch eines naiven jungen Mädchens studierte.

Doch als sie über die andere Möglichkeit nachdachte, wurde ihr eiskalt.

Was, wenn er sie ermordet hatte? Was, wenn Leslie Clunch Alison Barnett ermordet hatte, dann das Tagebuch – und ein paar andere Dinge ebenfalls – aus dem Koffer genommen hatte, damit niemand sie identifizieren konnte? Was, wenn er es als eine Art Trophäe behalten hatte, wie Mörder es schon seit Urzeiten taten?

Ganz bestimmt musste auch Olive Clunch dieser Verdacht gekommen sein, als sie das Tagebuch gefunden hatte. Warum sonst war sie im strömenden Regen aus ihrem Haus geflohen, um ihren Fund einer Frau zu zeigen, die sie kaum kannte? Warum, wenn nicht, weil sie ihren Mann des abscheulichen Verbrechens verdächtigte?

Doch nachdem sie Sophie alles erzählt und sich wieder etwas beruhigt hatte, sagte sie, es gebe sicher eine logische Erklärung. Bestimmt hätte Leslie das Tagebuch irgendwo gefunden und nicht erkannt, wie bedeutend dieser Fund war.

Und sie hatte Sophie das Versprechen abgenommen, niemandem davon zu erzählen, schon gar nicht der Polizei. »Er würde sofort verhaftet werden«, hatte sie gesagt. »Sie würden ihn sofort mitnehmen, und was wird dann aus mir?«

Sophie hatte versucht, sie umzustimmen. »Die Polizei muss es erfahren. Es ist wichtig.«

»Das interessiert die doch gar nicht«, rief Olive Clunch. »Sie haben doch gelesen, was die Schwester des Mädchens gesagt hat. Warum jetzt so viel Staub aufwirbeln? Leslie war es nicht. Er könnte so etwas nie tun. Ich kenne ihn. Warum also sollten wir wegen nichts so ein Theater machen?«

Sophie glaubte nicht, dass es »nichts« war. Selbst wenn er das Mädchen nicht getötet hatte, hatte er sich wegen Irreführung der Justiz strafbar gemacht. Alison Barnett hätte vor elf Jahren identifiziert werden können, und womöglich wäre auch ihr Mörder gefasst worden, wenn Leslie Clunch ihr Tagebuch nicht hätte verschwinden lassen.

Und trotzdem hatte sie, wenn auch zögerlich, Olive Clunch das Versprechen gegeben.

»Wenn Sie es irgendjemandem erzählen, werde ich es einfach abstreiten«, hatte Mrs. Clunch schließlich gesagt. »Ich werde abstreiten, jemals hier gewesen zu sein. Ich werde abstreiten, dass es ein Tagebuch gibt. Wenn es sein muss, werde ich es vernichten. Aber ich lasse nicht zu, dass sie mir Leslie wegnehmen.«

Je länger Sophie darüber nachdachte, desto klarer wurde ihr, worum es Olive Clunch ging. Die Panik, die sie in Sophies Haus getrieben hatte, war wieder ihrem Egoismus gewichen, und ihr war klar geworden, wie alleine und hilflos sie ohne ihren Mann sein würde.

Sophie hatte es versprochen, und jetzt musste sie sich daran halten.

Es wurde kühl im Zimmer. Das Feuer war heruntergebrannt und musste neu entfacht werden, aber Sophie war zu erschöpft, um aufzustehen. Zitternd zog sie die Decke, in die sie Olive Clunch gewickelt hatte, über sich. Sie war noch feucht, aber das war ihr egal. Sie kuschelte sich darin ein.

Sie sah Alison Barnetts Gesicht vor sich, so, wie sie es sich vorstellte. Blond, hübsch, rundlich.

Tot.

War das Letzte, was sie in ihrem Leben gesehen hatte, Leslie Clunchs Gesicht gewesen?

Und dann erinnerte sie sich an ein anderes totes Mädchen. Ein anderes totes Mädchen, das auch blond, hübsch und rundlich gewesen war.

Eiskalte Schauer liefen ihr den Rücken hinunter.

Es war nicht das erste Mal, dass sie sich diese Frage stellte, aber jetzt erschien sie in einem anderen Licht. Was genau, fragte sie sich, war mit Charmian Clunch passiert?

Kapitel 21

Trotz der Aufregung des vergangenen Tages hatte Jacquie besser geschlafen als erwartet, und sie wachte erfrischt auf. Sie musste an Frannie Merriday denken. Ein freches kleines Äffchen, überlegte sie und lächelte unvermittelt. Dieses Mädchen machte das Leben ihres Vaters bestimmt spannend.

Unter die Bettdecke gekuschelt, beschloss Jacquie, bald aufzustehen, als sie ein leises Klopfen an der Tür vernahm.

»Herein«, rief sie schläfrig.

Miranda Swan öffnete die Tür und lugte ins Zimmer. »Möchten Sie vielleicht eine Tasse Tee?«

»Sehr gerne.« Jacquie seufzte. »Sie verwöhnen mich. Ich will nie mehr nach Hause zurück.«

»Sie müssen ja auch noch nicht nach Hause gehen. Sie können so lange bleiben, wie Sie mögen.« Miranda stellte eine dampfende Tasse auf den Nachttisch. In ihrem rosafarbenen Morgenrock und mit den zerzausten Locken wirkte sie fast mädchenhaft.

Jacquie kämpfte sich in eine aufrechte Position und nahm die Tasse in die Hand. »Ich muss Mr. Mockler den Totenschein bringen.«

»Mr. Mockler.« Miranda verzog das Gesicht. »Diese Kröte.« Wie sie Jacquie erzählt hatte, war er der Anwalt bei ihrer Scheidung von Kenneth Forrest gewesen. Offenbar kümmerte er sich um alle Angelegenheiten der »Wahren Männer«.

Jacquie kicherte. Dann rief sie leidenschaftlich: »Ich hasse Sutton Fen. Und jeden, der dort lebt. Vor allem Mr. Mockler.«

»Das reicht noch nicht«, drängte Miranda Swan. »Vergessen Sie Reverend Prew nicht.«

»Ihn hasse ich am meisten. Und Darren«, fügte Jacquie hinzu.

Miranda setzte sich auf den Bettrand. »Sie müssen ja nicht mehr in Sutton Fen leben, wissen Sie. Sobald Sie Ihre Geldangelegenheiten geregelt haben, können Sie hingehen, wo immer Sie wollen.«

»Ich kann es nicht abwarten, endlich von dort wegzukommen«, rief Jacquie. »Überall ist es besser als in Sutton Fen.« Aber wo sollte sie hin? Eine Zeit lang hatte sie sich vorgestellt, dass sie nach Westmead ziehen würde. Mit Ally. Aber Ally war tot, und nun band sie nichts mehr an diesen Ort. Nichts ...

Als habe sie ihre Gedanken gelesen, sagte Miranda nachdenklich: »Ich habe Ihnen erzählt, wie gerne ich in Westmead lebe. Ich liebe Peter. Ich liebe die Kathedrale. Ich liebe es, *nicht* in Sutton Fen zu leben.« Sie lächelte schief. »Hier möchte ich bleiben. Aber um ganz ehrlich zu sein, Jacquie, ich habe hier auch so meine Probleme. Man kann seinen Problemen nicht so einfach davonlaufen.«

»Probleme? Sie haben Probleme?«

Miranda fuhr mit einem Finger das Muster des Bettbezugs nach und sah Jacquie nicht an. »Sutton Fen ist nicht der einzige Ort, wo die Leute einen schnell verurteilen, auch wenn Sie das vielleicht glauben. Zuerst war alles wunderbar hier, die Leute waren freundlich und offen. Mir kam es wie das Paradies vor. Aber als sie von meiner Scheidung erfahren haben ... man hätte meinen können, ich habe einen Mord begangen oder etwas ähnlich Schreckliches. Seitdem bin ich eine Außenseiterin. Ich werde gemieden, nicht mehr eingeladen. Die Leute starren mich auf offener Straße an.«

»Das glaube ich nicht«, sagte Jacquie. »Wen interessiert so etwas denn?«

»Es ist leider so.« Miranda hob den Blick und sah sie an. »Das liegt wohl daran, dass Peter und ich uns schon ... vor meiner Scheidung kennen lernten. Den meisten Leuten ist das bestimmt egal. Aber im Einflussbereich der Kathedrale ist das was anderes, hier gibt es eigene Regeln.«

»Wie bei den Freien Baptisten.«

»So ungefähr«, stimmte Miranda zu. »Und das Problem in Westmead ist, dass Elspeth Verey, die Witwe des früheren Dekans, die Regeln aufstellt. Sie hat beschlossen, dass ich nicht akzeptabel bin, und jeder gehorcht ihr.«

»Aber das ist ja fürchterlich!«, sagte Jacquie mitfühlend. »Für wen hält sie sich?«

»Sie ist die *grande dame*. Sie trifft hier die Entscheidungen.« Miranda klang eher sachlich als verbittert.

»Dann ist sie auch nicht besser als Reverend Prew.«

Miranda nickte. »Sie ist etwas besser erzogen, und sie geht etwas dezenter vor, aber die Auswirkungen sind die gleichen.«

»Wie können Sie das ertragen? Wenn niemand mit Ihnen spricht ...«

»Ich habe Peter«, erklärte Miranda schlicht, und ihr Gesicht leuchtete vor Liebe. »Das entschädigt mich für alles.«

Jacquie spielte verlegen mit ihrer Tasse.

»Und ich habe die Kathedrale«, fügte Miranda hinzu. »Diesen erhabenen, wunderschönen Bau. Ich schaue aus meinem Fenster und kann sie sehen, und dann weiß ich, dass nichts auf der Welt schöner sein könnte, als in ihrem Schatten zu leben.«

Sie stand auf und ging zum Fenster hinüber, um die Vorhänge aufzuziehen. Die Häuser von Quire Close erstreckten sich auf beiden Seiten der Straße, und am Ende der Siedlung, hinter dem Torbogen, ragte die Kathedrale in den Himmel, grau und golden schimmernd im Morgendunst.

Sophie hatte an diesem Abend nur sehr wenig mit Chris gesprochen, doch falls ihm das aufgefallen war, schien er es nicht sehr ungewöhnlich zu finden. In letzter Zeit neigten sie dazu, sich nur noch über alltägliche Themen zu unterhalten: Was sie essen sollten, ob etwas im Fernsehen kam und wie eintönig das Wetter war. Sophie hatte ihm nicht einmal von ihrem Gespräch mit Madeline erzählt. Sie empfand es noch immer als ungerecht, dass Tori schwanger war, und sie wollte ihren Schmerz nicht noch verschlimmern, indem sie mit ihm darüber sprach. Außerdem war sie mit anderen Problemen beschäftigt.

Am nächsten Morgen aber stellte sie ihm, kurz bevor er in die Schule ging, eine Frage. »Weißt du eigentlich irgendetwas über Leslie Clunchs Tochter? Vielleicht, wann sie gestorben ist?«

Er sah sie überrascht an. »Ich wusste nicht einmal, dass der alte Clunch eine Tochter hatte. Geschweige denn, dass sie tot ist.«

Sophie seufzte. »Typisch.«

»Er ist dein Freund, nicht meiner.«

»Er ist *nicht* mein Freund«, protestierte Sophie.

Chris schüttelte den Kopf. »Ich habe nie verstehen können, warum du so hart mit ihm umgehst. Ich halte ihn für einen absolut netten alten Mann. Und offenbar mag er *dich* sehr gerne.«

Er verstand es nicht – das war das Problem. Chris verstand überhaupt nichts, auch nicht, dass sie Clunchs Besuche nur seinetwegen ertrug. Aber das sagte sie nicht, denn daraus würde sich nur ein weiterer Streit entspinnen, und das war das Letzte, was sie jetzt wollte.

Peter Swan hatte die Morgenandacht in der Kathedrale geleitet und wurde zum Frühstück zurückerwartet. Der Kantor hatte fast immer einen gesunden Appetit, doch vor allem nach der Acht-Uhr-Messe schien er besonders hungrig zu sein. Miranda bereitete ihm dann gerne ein gutes Frühstück zu.

»Aber ich übertreibe es nicht«, erklärte sie Jacquie, kurz bevor er kam. »Ich gebe ihm Rührei mit Vollkorntoast oder ein gekochtes Ei. Keine Bratkartoffeln, obwohl er die wahnsinnig gerne hätte.« Sie lächelte. »Es hat lange genug gedauert, bis ich ihn gefunden habe, und ich will ihn nicht gleich wieder verlieren, nur wegen zu viel Cholesterin.«

»Kann ich Ihnen irgendwie helfen?«

»Setzen Sie sich, und trinken Sie einen Kaffee«, sagte Miranda. »Aber bitte fassen Sie auf keinen Fall Peters Zeitung an.«

Jacquie starrte neugierig auf die Ausgabe der *Times*, die ordentlich gefaltet neben dem Teller des Kantors lag. »Warum nicht?«

»Weil er sie gerne beim Frühstück liest«, erklärte sie nachsichtig. »Und niemand darf sie vorher berühren. Das ist eine seiner unsozialen Angewohnheiten, die noch von seinen langen Junggesellenjahren übrig geblieben ist, und ich habe gelernt, damit zu leben.«

Aha, dachte Jacquie, dann ist doch nicht alles so perfekt. Diese Feststellung bereitete ihr ein merkwürdiges Vergnügen, zugleich war sie aber auch enttäuscht.

Nachdem er sich seines feuchten Umhangs entledigt hatte, betrat Peter Swan in seiner Soutane die Küche. Er begrüßte die beiden, ließ sich von seiner Frau eine Tasse Kaffee einschenken, setzte sich dann mit seiner Zeitung an den Tisch und wartete auf die Eier. Er las die Schlagzeilen auf der Titelseite, knurrte dann und wann missbilligend und blätterte um.

Plötzlich gab er ein leises Pfeifen von sich. »Seht euch das an«, sagte er. »Das ist etwas, das euch bestimmt beide interessiert.«

Er breitete die Zeitung auf dem Tisch aus, damit die Frauen lesen konnten. Auf der dritten Seite prangte eine riesige Schlagzeile: »Evangelischer Pastor im Liebesnest mit Sekretärin ertappt«. Darunter waren zwei große Farbfotos abgedruckt. Auf dem einen sah man die Kirche der Freien Baptisten, auf dem anderen das schwarzbärtige Gesicht von Reverend Prew.

»Oh Gott«, stieß Jacquie hervor. »Was steht da?«

Peter Swan beugte sich über die Zeitung und las laut vor. »Reverend Raymond Prew, Pastor der Freien Baptisten in Sutton Fen in Cambridgeshire und über die Grenzen hinaus als Begründer der ›Wahren Männer‹ bekannt, verbirgt sich momentan an einem unbekannten Ort. Zuvor war bekannt geworden, dass er seit Jahren eine heimliche Beziehung mit seiner Sekretärin unterhält, und zwar in einer Wohnung, die von Kirchenoffiziellen als ›Liebesnest‹ bezeichnet wird.

Der 47-jährige Mr. Prew ist verheiratet und Vater von acht Kindern zwischen zwei und fünfzehn Jahren. Er ist seit neunzehn Jahren Pastor der Freien Baptisten, einer nonkonformistischen Religionsgemeinschaft, die keiner offiziellen Kirche angehört.

In den letzten Jahren hatte er sich weithin einen Namen als Kopf der Organisation ›Wahre Männer‹ gemacht. Diese Bewegung vertritt die streng biblische Sicht, dass sich Frauen der Führungsrolle der Männer zu unterwerfen haben. Die männlichen Mitglieder werden ermutigt, ihr ›wahres Selbst‹ zu finden, indem sie ihre Frauen dominieren und ihnen so die Möglichkeit geben, zu ›Wahren Frauen‹ zu werden. Die Organisation war von Anfang an Zielscheibe feministischer Gruppen, die ihr vorwerfen, Frauen zu degradieren und zu unterjochen.

Die Sekretärin, deren Namen aus rechtlichen Gründen nicht genannt werden darf, ist eine einundzwanzig Jahre alte Frau aus Sutton Fen. Die Polizei ermittelt gerade wegen des Verdachts, Mr. Prew habe die Affäre begonnen, als die Frau noch minderjährig war. Sollte das der Fall sein, wird gegen Mr. Prew Anklage erhoben.

Die Einwohner von Sutton Fen scheinen unter Schock zu stehen. Zu breit ist die Kluft zwischen dem öffentlichen und dem privaten Raymond Prew. ›Jeder hier hielt Reverernd Prew immer für einen Heiligen‹, sagte eine Frau, die darum bat, nicht genannt zu werden. ›Heiliger als heilig sogar. Da sieht man's mal wieder.‹

Die Gemeinschaft der Freien Baptisten ist durch diese Enthüllungen völlig aus den Fugen geraten. Niemand möchte einen Kommentar abgeben. Im Pfarrhaus weigert sich Mrs. Esther Prew, mit Reportern zu sprechen.

Die Organisation ›Wahre Männer‹ scheint besser organisiert zu sein. Mr. Prews Stellvertreter, Darren Darke, hat die Leitung übernommen. ›Wir sind natürlich sehr schockiert‹, erklärte Mr. Darke. ›Jeder in unserer Bewegung hat zu Reverend Prew aufgeblickt. Selbstverständlich ist uns klar, dass auch er nur ein Mensch und den gleichen Versuchungen ausgesetzt ist wie jeder andere auch. Aber das ist keine Entschuldigung. Als unser Führer hatte er die Verantwortung für uns und für Gottes Gebote übernommen. Wir können über seine Tat nicht hinwegsehen, werden aber für ihn als unseren christlichen Bruder beten.‹

Weiterhin sagte Mr. Darke: ›Wir können nicht zulassen, dass durch diesen Vorfall die Bewegung zerstört wird. Reverend Prew war der Gründer, aber die ›Wahren Männer‹ sind weit mehr als nur ein einzelner Mann. Wir werden weitermachen, im Geiste der Hoffnung, um Gottes Willen auf Erden zu folgen.‹

Bis zu diesem Augenblick ist noch nicht bekannt, wodurch Mr. Prews Affäre ans Licht kam. Gerüchten zufolge soll ein Kirchenmitglied einen Hinweis aus anonymer Quelle erhalten haben.

Nachforschungen haben ergeben, dass Raymond Prew, der sich selbst ›Reverend‹ nennt, kein Recht auf diesen Titel hat und von keiner anerkannten Kirche je dazu ernannt wurde.«

Peter Swan lehnte sich in seinem Stuhl zurück. »Tja«, sagte er. »Tja, tja, tja.«

Frannie Merriday löffelte, sorgfältig kauend, eine Schüssel Frosties.

Ihr Vater sah auf die Uhr. »Du kommst zu spät zur Schule«, sagte er. »Wir müssen in ein paar Minuten los.«

»Aber Mum geht nie so früh los. Ich habe noch mindestens zehn Minuten Zeit.«

»Ihr wohnt näher an der Schule als ich«, bemerkte Tim.

»Stimmt.« Sie legte den Löffel hin. »Kann ich dich was fragen, Dad?«

»Wenn es schnell geht.« Er war angezogen, bereit zu gehen, und Frannies Rumtrödelei begann ihn zu nerven.

»Diese Jacquie Darke. Was genau hat sie denn getan? Sie hat doch niemanden umgebracht oder so?«

Tim schüttelte verblüfft den Kopf. »Wie kommst du denn auf so eine Idee, Süße?«

»Ich wundere mich nur.« Sie kniete sich hin, um ihre Schnürsenkel zu binden und zu verhindern, dass er ihr Gesicht sehen konnte. »Was *hat* sie denn nun getan?«

»Wenn du es unbedingt wissen willst: Sie hat mit einem Reporter von der Zeitung gesprochen und ein paar sehr unschöne Dinge über die Polizei gesagt. Meinen Namen hat sie auch erwähnt. Mein Chef war darüber nicht sonderlich glücklich.«

»Das kann ich mir vorstellen.« Frannie stellte ihre Schüssel für Watson auf den Boden, der bereits geduldig darauf gewartet hatte, den Rest Milch auflecken zu dürfen.

»Aber sie hat sich entschuldigt«, fuhr Tim fort und wunderte sich, dass Frannie sich dafür interessierte.

»Na, dann ist es ja gut.« Sie begann, ihre Hefte und Bücher einzusammeln, die auf dem Tisch verstreut lagen, und stopfte sie in ihren Rucksack. »Okay, Dad. Wir können gehen.«

»Du hast dir noch nicht die Zähne geputzt«, tadelte Tim sie. »Du hast dich nicht gekämmt. Und vergiss deine Oboe nicht.«

»Jaja«, antwortete Frannie und verdrehte die Augen.

Sophie konnte einfach nicht aufhören, an Charmian Clunch zu denken. Was war nur mit ihr geschehen? Wann und wie war sie gestorben? Niemand hatte jemals darüber gesprochen.

Wenn es jemand wusste, dann Jeremy. Sie nahm den Telefonhörer ab und wählte seine Nummer. Sie hatte Glück, er war zu Hause.

»Sophie, meine Liebe«, sagte er. »Chris hat mir erzählt, dass Ihre wunderbare Schwester abgereist ist. Wie schade!«

»Stimmt«, sagte Sophie.

»Sie hat unsere Elspeth ziemlich beeindruckt.«

Sophie seufzte. »Das kann ich mir vorstellen.«

»Ich wollte die ganze Zeit mal vorbeikommen. Aber ich fürchte, heute kann ich nicht. Ich habe irrsinnig viel zu tun. Bald beginnt die Adventszeit, Sie wissen schon.«

»Ich will Sie auch gar nicht lange aufhalten«, entgegnete Sophie. »Aber ich möchte Sie schnell was fragen.«

»Schießen Sie los.«

»Was wissen Sie über Charmian Clunch?«

»Die tote Tochter«, sagte er. »Jahrelang betrauert und all das.«

»Genau. Wissen Sie, wann sie gestorben ist? Und wie?« Jeremys Stimme klang bedauernd. »Das war leider vor meiner Zeit. Lange davor. Es muss ungefähr fünfzehn Jahre her sein.«

»Aber normalerweise wissen Sie solche Dinge doch immer.« Sophie verlegte sich aufs Schmeicheln. »Gab es denn keine Gerüchte darüber? Hat Elspeth nie etwas erwähnt? Sie war doch zu dieser Zeit hier.«

»Elspeth war schon *immer* hier, Darling«, stellte er sachlich fest. »Aber sie tratscht nicht gerne.«

»Da habe ich aber anderes gehört.« Diese schnippische Bemerkung war ihr herausgerutscht, bevor sie darüber nachdenken konnte.

»Oh, verstehen Sie mich nicht falsch. Sie saugt Gerüchte geradezu auf. Aber sie ist sehr geizig, wenn es darum geht, sie weiterzuerzählen. Ich meine, nehmen wir mal diesen spannenden Mordfall, um den es gerade wieder in den Zeitungen geht. Alison Barnett. Das ist praktisch direkt vor ihrer Nase passiert, hier in Quire Close, und sie behauptet, sie könne sich an gar nichts mehr erinnern. Dabei hatte ich so auf sie gezählt!«

Sophie runzelte die Stirn und versuchte, ihn wieder auf ihr eigentliches Thema zurückzubringen. »Aber was ist jetzt mit Charmian Clunch?«

»Ich fürchte, ich kann Ihnen da wirklich nicht weiterhelfen. Warum fragen Sie nicht den alten Clunch selbst? Ich weiß doch, dass Sie ziemlich dicke mit ihm sind. Ich bin mir sicher, dass er es Ihnen erzählen wird.«

»Wir sind nicht ›dicke‹ miteinander«, zischte Sophie durch zusammengebissene Zähne. »Er ist ekelhaft.«

Jeremy lachte. »Ich weiß gar nicht, was Sie gegen ihn haben, liebste Sophie. Er ist ein harmloser alter Mann.«

Harmlos, dachte Sophie, dann entschuldigte sie sich bei Jeremy für die Störung und legte den Hörer auf. Harmlos bestimmt nicht. Sie dachte an die Magazine. Sie dachte an das Tagebuch, das er elf Jahre lang in einer Schublade versteckt hatte.

Harmlos *bestimmt* nicht.

Es klingelte. Sophie erstarrte, ihr Herz begann zu hämmern. Vielleicht würde Clunch ja wieder gehen, wenn sie sich ganz ruhig verhielt.

Er wusste, dass sie da war, dass sie das Haus nicht verlassen konnte. Aber vielleicht würde er ja annehmen, dass sie schlief oder nicht in der Lage war, an die Tür zu kommen.

Nach einem Augenblick klingelte es erneut. Dann, kurz darauf, hörte sie Schritte sich entfernen.

Wenige Minuten später klingelte das Telefon. Sophie hatte sich noch immer nicht gerührt. In dem Sessel zusammengerollt, starrte sie auf das Telefon und ließ es klingeln.

In all den Monaten in Quire Close hatte sich Sophie noch nie so in die Enge getrieben gefühlt. Wie ein gejagtes Tier, wie ein Fuchs am Ende einer Jagd, wenn er keinen Ausweg mehr sieht, sich nicht mehr verstecken kann. Wie ein Reh, das gebannt in die Scheinwerfer eines Autos starrt. Er wusste, dass sie da war. Sie konnte ihm nicht entkommen.

Sie war viel zu schwach, sie konnte ohne Hilfe kaum von einem Zimmer ins nächste gehen, geschweige denn das Haus verlassen. Und das wusste er ebenso gut wie sie.

Sophie schloss fest die Augen und stellte sich vor, wie es wäre, sich an die Polizei zu wenden. Sie malte sich die Situation im Geiste aus. Sie würde diesen Sergeant Merriday anrufen, der dann vorbeikäme, um mit ihr zu sprechen. Sie würde ihm alles über Leslie Clunch erzählen. Über das Tagebuch. Einfach alles. Er würde sich für die wertvollen Informationen und ihre Mithilfe bedanken und ihr versprechen, dass sie niemals mehr Angst vor Clunch haben müsse. Dann würde die Polizei Clunch in Handschellen abführen, ihn einschließen und den Schlüssel wegwerfen.

Eine tröstliche Vorstellung.

Aber sie hatte Olive Clunch versprochen, nicht zur Polizei zu gehen.

Sophie versuchte, sich daran zu erinnern, was *genau* sie Olive Clunch versprochen hatte. Nämlich, dass sie nichts von dem

Tagebuch erzählen würde, wer es entdeckt und wie sie davon erfahren hatte.

Sie hatte aber nicht versprochen, *überhaupt* nicht mit der Polizei zu sprechen. Sie riss die Augen auf.

Ohne noch eine Sekunde länger nachzudenken, nahm sie den Telefonhörer ab.

»Ich habe Raymond Prew nie gemocht«, sagte Peter Swan nachdenklich. »Auch schon, bevor ich Miranda kennen gelernt habe. Wir waren Kollegen in Sutton Fen. Aber er ist immer seinen eigenen Weg gegangen und hat auf die etablierten Kirchen herabgesehen. So wie er uns behandelte, hätte man meinen können, wir alle seien Ketzer.«

»So wie er es gesehen hat, *waren* Sie Ketzer«, erklärte Jacquie. »Glauben Sie mir.«

»Wisst ihr, was ich interessant finde?« Miranda studierte noch immer den Zeitungsartikel. Die Eier hatte sie ganz vergessen. »All diese ungenannten Quellen. ›Nicht bestätigte Behauptungen‹, ›Ein Hinweis aus einer anonymen Quelle‹. Jemand war hinter ihm her. Glaubt ihr, es war eine Feministin?«

»Wie kommst du denn auf diese Idee?«, fragte ihr Mann.

»Nun, es heißt hier doch, die ›Wahren Männer‹ seien die Zielscheibe von Feministinnen.«

»Nein.« Jacquie richtete sich auf, selbst erstaunt über ihre plötzliche Erkenntnis. »Nein, es waren keine Feministinnen. Es war Darren.«

»Darren?«

»Reverend Prews treuster Anhänger.« Sie lachte sarkastisch. »Verstehen Sie denn nicht? Er hat ihn erledigt, damit er die Führung der ›Wahren Männer‹ übernehmen kann.«

»Ich weiß, dass Sie ihn hassen«, sagte Miranda. »Und glauben Sie mir, ich werfe Ihnen das nicht vor. Aber das kommt mir jetzt doch etwas weit hergeholt vor.«

Jacquie schüttelte den Kopf. »Er wusste es«, sagte sie und erinnerte sich an das letzte Zusammentreffen mit ihrem Ex-Ehemann. Er hatte sie über Alison ausgefragt, er wollte wissen, ob

Ally und Reverend Prew eine Affäre gehabt hatten. Diese Frage hatte sie seinerzeit so verblüfft und für sie überhaupt keinen Sinn ergeben. Zu diesem Zeitpunkt hatte er also schon von der Affäre mit der Sekretärin gewusst – mit der Frau, die Allys Job übernommen hatte. Darren hatte alles sorgfältig vorbereitet, er hatte gehofft, noch mehr Kompromittierendes über den Mann, dem er eigentlich dienen sollte, sammeln zu können. Zwar hatte dieser Versuch bei Jacquie ihm nichts eingebracht, aber er hatte ja genügend andere Beweise in der Hand, um Reverend Prew und seine Gemeinde zu erledigen.

Einen Moment lang tat Reverend Prew Jacquie fast Leid.

Fast.

Frannie Merriday saß in der Schule. Der Lehrer monologisierte gerade über China, aber sie hörte schon eine ganze Weile nicht mehr zu.

Ihre Gedanken waren mit etwas ganz anderem beschäftigt.

Seit Jahren schon träumte Frannie nicht mehr davon, dass ihre Eltern sich wieder vertragen würden. Sie hatte schnell begriffen, dass in diesem Fall alle Hoffnung umsonst war. Mit einer Weisheit, die ihrem Alter nicht entsprach, erkannte sie, dass ihre Eltern überhaupt nicht zueinander passten, dass sie einander einfach nicht glücklich machen konnten.

Aber eigentlich war ihre derzeitige Situation gar nicht so schlecht.

Sie bekam von beiden nur das Beste.

Ihre Mutter war flatterhaft, inkonsequent, nachsichtig. Frannie konnte sich bei ihr fast alles erlauben. Sie durfte essen, was sie wollte, aufbleiben, so lange sie wollte und ohne Einschränkung fernsehen.

Ihr Vater war viel strenger, doch konnte sie sich seine Schuldgefühle stets zunutze machen. Er hatte sich selbst nie verziehen, dass seine Ehe gescheitert und die Familie zerbrochen war. Frannie wusste ganz genau, wie sie diese Schuldgefühle zum eigenen Vorteil einsetzen konnte. Es war vielleicht nicht immer ganz einfach, man brauchte viel Fingerspitzengefühl, aber letztendlich konnte sie von ihm ebenfalls alles bekommen, was sie wollte.

Und dann war da noch Watson. Frannie liebte Katzen leidenschaftlich, und Watson betete sie geradezu an. Wegen der Allergie ihrer Mutter durfte sie selbst kein Tier haben. Aber bei ihrem Dad gab es Watson.

Wenn ihre Eltern sich wieder versöhnen würden, müsste Watson gehen.

Nein, Frannie war bestimmt nicht so dumm, sich eine Versöhnung ihrer Eltern zu wünschen.

Doch mit einem Mal schien die jetzige Situation gefährdet. Die Dinge änderten sich.

Zum einen gab es Brad. Brad und Mum, die in einem Bett schliefen und zusammen in Urlaub fuhren.

Frannie mochte Brad nicht besonders, aber sie lehnte ihn auch nicht wirklich ab. Er ignorierte sie meistens, was ihr ganz gelegen kam. Und sie erkannte, dass er ihrer Mutter gut tat. Mum war ein glücklicherer und fröhlicherer Mensch, seit Brad in ihr Leben getreten war, und wenn Mum glücklich war, war es Frannie auch.

Außerdem war Brad sicher nur eine vorübergehende Affäre. Er beabsichtigte nicht, in ihr Haus einzuziehen und ein permanenter Teil ihres Lebens zu werden. Mum wusste das vielleicht noch nicht, Frannie hingegen schon.

Bei Dad war das allerdings etwas anderes.

Frannie war klar, dass ihr Vater zu heftigen Gefühlsausbrüchen neigte.

Das Scheitern seiner Ehe hatte ihn so tief verletzt, dass er sich seitdem von Frauen fern hielt.

Viel zu lange schon.

Jetzt war er reif, gepflückt zu werden.

Mit Dad konnte man nicht einfach nur flirten, er verliebte sich gleich Hals über Kopf. Und innerhalb kürzester Zeit würde es Eheringe geben und Flitterwochen und ein Liebesnest für zwei.

Und wo würde Frannie schließlich bleiben?

Dass es passieren würde, stand für sie fest. Eher früher als später. Nun lag es also an ihr, dass er sich die richtige Frau dafür aussuchte.

Liz Hollis war *nicht* die richtige Frau.

Gut, Frannie musste zugeben, dass sie ziemlich hübsch war. Allerdings mochte sie diesen Typ Frau nicht – sie zeigte viel zu viele Zähne, wenn sie lächelte, und ihre Augen lächelten nicht mit.

Ansonsten sprach überhaupt nichts für sie. Ihre Kochkünste ließen zu wünschen übrig, ihr Musikgeschmack war abstoßend, und der Rest ... Frannie schüttelte den Kopf.

Außerdem wollte sie es zu sehr.

Frannie wusste genau, dass Liz Hollis alles daran setzte, sich Tim Merriday zu angeln. Aber das würde sie zu verhindern wissen.

Frannie ging davon aus, dass sie es mit Liz Hollis aufnehmen konnte. Solange sie sich beeilte und verschiedene Taktiken anwendete.

Und hier erschien Jacquie Darke auf der Bildfläche.

Frannie hatte Jacquie genauso schnell und instinktiv gemocht, wie sie Liz Hollis ablehnte. Genau so eine Frau brauchte ihr Vater: gut aussehend ohne groß aufzufallen und mit Sinn für Humor. Nicht aufdringlich. Nicht darauf aus, ihn zu bekommen.

Aber zumindest hatte Jacquie Darke zugegeben, dass sie Tim Merriday mochte, dass sie ihn attraktiv fand. Und nach einigem Nachfragen hatte er dasselbe über sie gesagt. Auch wenn sie etwas Schlimmes getan hatte, etwas, das ihm Schwierigkeiten bereitet hatte – er mochte sie.

Frannie wusste einfach, dass sie gut zusammenpassten. Jacquie Darke war einfach die Richtige für Tim Merriday. Vielleicht war sie sich darüber noch nicht im Klaren und vielleicht musste Frannie noch ein wenig mithelfen, aber sie war zuversichtlich, dass es ihr gelingen würde, die beiden zusammenzubringen. Sie hatte noch etwa zehn Tage Zeit, bevor ihre Mutter zurückkam. Das sollte ausreichen.

Tim hatte gedankenlos ein ganzes Blatt Papier mit seinen Zeichungen voll gekritzelt. Zwei Worte standen ganz oben: Charmian Clunch. Unter und um den Namen herum hatte er eine Art Cluedo-Spiel aufgemalt: Messer, Stricke und Eisenrohre entstanden unter seinem Bleistift und vervielfältigten sich, während seine Gedanken abschweiften.

Der Anruf von Mrs. Lilburn hatte ihn überrascht, umso mehr, als er gar nichts mit dem Quire-Close-Mord zu tun zu haben schien.

Sie hatte nach Charmian Clunch gefragt. Nach der Tochter von Leslie Clunch, dem pensionierten Ersten Kirchendiener der Westmead-Kathedrale. Das Mädchen war vor einigen Jahren ums Leben gekommen. Sie war damals noch ein Teenager. Mrs. Lilburn hatte ihn gefragt, ob er möglicherweise herausfinden könne, wie sie gestorben war?

Die Frage, die er sich nun selbst stellte, war viel einfacher: Warum wollte Sophie Lilburn das wissen? Als er sie sehr ruhig danach gefragt hatte, war sie ihm plötzlich ausgewichen. Sehr verdächtig.

Um reine Neugier konnte es sich nicht handeln. Niemand rief einfach so die Polizei an, um aus reiner Neugier eine solche Frage zu stellen. Nein, dafür musste es einen anderen Grund geben, und es war seine Aufgabe, ihn herauszufinden.

Er hatte Sophie Lilburn vergangene Woche nur kurz kennen gelernt, doch sie schien ihm eine vernünftige und intelligente Frau zu sein, weder hysterisch noch voreilig in ihren Schlüssen. Wollte sie ihm durch diese Frage vielleicht einen versteckten Hinweis geben, weil sie einfach nicht deutlicher werden konnte?

Wenn er etwas über ihre Beweggründe herausfinden wollte, musste er als Erstes die Antwort auf ihre Frage finden. Das führte ihn vielleicht auf die richtige Spur.

Davon abgesehen fand er selbst die Frage höchst interessant. Was *war* mit Charmian Clunch geschehen? Hatte sie Drogen genommen? Eine furchtbare Krankheit gehabt? Einen Unfall?

Er zeichnete noch immer, als er beim Standesamt anrief. Hier wollte er zunächst einmal anfangen und, wenn es nötig war, später den Leichenbeschauer anrufen oder die Polizeiakten durchsehen. »Ich habe leider kein Datum«, entschuldigte er sich. »Vielleicht vor vierzehn oder fünfzehn Jahren? Ungefähr. Was ich wissen möchte, ist die Todesursache.«

Sophie hatte sich vorgenommen, wach zu bleiben, aber dann schlief sie doch auf dem Sofa ein. Sie erwachte, als sie den Schlüssel im Schloss hörte, und nur einen Moment später stand Chris neben ihr.

»Wie viel Uhr ist es denn?«, fragte sie erschöpft und orientierungslos.

»Die Schule ist schon aus.« Chris lächelte, wie sie ihn seit Wochen nicht hatte lächeln sehen. Fast schien er der liebevolle, alte Chris zu sein. »Und ich musste einfach nach Hause kommen, um mit dir zu sprechen, bevor die Chorprobe beginnt.«

Sophie lächelte zurück. »Was ist passiert?«

»Madeline«, sagte er. »Sie hat mich in der Schule angerufen.«

»Sie hat *dich* angerufen?« Sofort verlor sie ihre gute Laune. »Warum denn?«

»Sie wollte, dass ich erfahre, was bei ihnen gerade los ist. Wegen Tori und der Schwangerschaft. Du hast mir davon ja nichts erzählt. Aber das ist jetzt auch egal.« Chris ging neben ihr in die Hocke und schaute sie an. »Oh Soph. Das ändert alles. Das musst du doch sehen.«

»Ich weiß nicht, was du meinst«, sagte sie kalt. »Meine Nichte hat dumm und unverantwortlich gehandelt. Aber was hat das mit mir zu tun?«

Er schien ihr gar nicht zugehört zu haben. »Wir könnten Toris Baby adoptieren«, erklärte Chris. »Das ist die perfekte Lösung. Perfekt für sie und perfekt für uns. Madeline ist derselben Meinung. Sie war ganz begeistert, als ich es ihr vorgeschlagen habe.«

»Ich habe es dir doch schon gesagt.« Sophies Stimme klang ruhig und gemessen. »Und du *weißt*, was ich dir gesagt habe. Ich will kein Kind von jemand anderem.«

»Du sagtest, du wolltest kein Kind von einer *Fremden*«, rief Chris. »Tori ist keine Fremde. Sie ist deine Nichte. Deine Familie. Dein eigenes Fleisch und Blut. Das ist etwas anderes, etwas ganz anderes.«

Sophie schüttelte den Kopf. »Das ist überhaupt nichts anderes.«

Sein Gesicht erstarrte, seine Augen füllten sich mit Tränen. Sophie sah weg. »Denk darüber nach«, flehte er. »Versprich mir, dass du darüber nachdenken wirst.«

»Da gibt es nichts nachzudenken.«

»Dann ... gehe ich jetzt besser.« Chris richtete sich wieder auf. »Ich möchte nicht zu spät zur Probe kommen.« Seine Stimme klang verzweifelt.

Sophie zuckte die Achseln. »Bis später.«

Tim sah auf seine Uhr. Es war höchste Zeit, Frannie von der Schule abzuholen.

Er würde sie zunächst wieder mit ins Büro nehmen müssen. Er sah keine andere Möglichkeit. Sie war zu jung, um alleine zu Hause zu bleiben, und sie war nicht an Babysitter gewöhnt.

Ihm war klar, dass diese Lösung nicht die beste war. Es gab hier nicht viel, womit sie sich beschäftigen konnte, davon abgesehen, dass es auch nicht gerade professionell war, eine Zehnjährige mit ins Büro zu schleppen. Was, wenn er plötzlich an einen Tatort gerufen würde?

Und wenn der Superintendent davon erfahren würde, gäbe es ein riesiges Donnerwetter. Aber zum Glück wusste er nichts davon. Noch nicht. Wahrscheinlich war es nur eine Frage der Zeit.

Heute war schließlich erst der zweite Tag, und Frannie würde noch bis zum Ende der nächsten Woche bei ihm bleiben.

Er musste sich etwas Besseres einfallen lassen.

Er grübelte immer noch über das Problem nach, als er vor Liz' Schreibtisch kurz anhielt, um ihr zu sagen, dass er in ein paar Minuten zurückkommen würde.

»Frannie?«, fragte sie mit einem verständnisvollen Lächeln.

»Ja«, gab er zu und fuhr, ermutigt von ihrem Lächeln, fort: »Es ist ehrlich gesagt ein wenig schwierig. Mir ist klar, dass ich sie eigentlich nicht mit hierher bringen sollte. Haben Sie vielleicht eine Idee, was ich mit ihr anfangen könnte, wenn sie aus der Schule kommt?«

Liz nickte bedächtig. »Meine kleine Schwester ...«, sagte sie. »Sie ist seit dem Frühjahr mit der Schule fertig und sucht seither einen Job. Im Moment macht sie alles Mögliche – auch auf Kinder aufpassen.«

»Und Sie glauben, sie könnte sich ein wenig um Frannie kümmern?«

»Ganz bestimmt. Ich kann sie fragen. Soll ich?«

Tim grinste sie an. »Das wäre fantastisch. Ich zahle natürlich den üblichen Preis.«

»Kein Problem. Ich freue mich, dass ich Ihnen helfen kann.«

Er beeilte sich, das Revier zu verlassen, und rief noch schnell über seine Schulter: »Liz, Sie sind ein Engel, ich könnte Sie küssen.«

»Das wirst du auch«, flüsterte Liz. »Glaub mir, das wirst du auch.«

Dominic war in Sophies Küche und kochte Tee, als das Telefon klingelte. Sie nahm ab.

»Mrs. Lilburn?«, fragte jemand am anderen Ende der Leitung. »Hier spricht Sergeant Merriday.«

»Ja, Sergeant?«

»Es geht um Charmian Clunch.«

Er machte eine Pause, und Sophie fragte ungeduldig: »Sie haben etwas herausgefunden?«

»Ja, ich habe gerade mit dem Standesamt telefoniert – wegen des Totenscheins.«

»Und?«

»Ich glaube, dass Sie und ich uns einmal unterhalten sollten, Mrs. Lilburn. Morgen. Sobald ich mir die Unterlagen des Leichenbeschauers ansehen konnte. Und die Verhöre.«

Sophie schluckte. »Verhöre?«

»Charmian Clunch ist keines natürlichen Todes gestorben, Mrs. Lilburn.« Er zögerte. »Sie hat sich umgebracht.«

Kapitel 22

Jacquie hatte sich von Miranda Swan dazu überreden lassen, noch eine weitere Nacht in Westmead zu bleiben. Zwar musste sie Mr. Mockler den Totenschein bringen und hatte noch genug mit dem Haus zu tun, aber ein weiterer Tag schadete jetzt auch nicht mehr.

Das hatte zumindest Miranda gesagt, und Jacquie hatte zugestimmt. So konnte sie noch einmal zur Abendmesse in die Kathedrale gehen und einen letzten Abend mit den Swans verbringen, die ihr inzwischen wie alte Freunde vorkamen.

Außerdem hatte sie so noch Gelegenheit, Tim Merriday auf Wiedersehen zu sagen und ihm zu erklären, warum sie ging. Das zumindest schuldete sie ihm. Vielleicht würde er jetzt ja sogar ihre Entschuldigung annehmen, denn dank Frannie schien er seine Feindseligkeit aufgegeben zu haben.

Sie dachte nicht lange darüber nach, sondern ging einfach zum Polizeirevier, um sich persönlich von ihm zu verabschieden. Als sie Liz hinter dem Empfangstisch sitzen sah, hätte sie beinahe wieder umgedreht, doch dann bemerkte sie, dass Liz mit einem Polizisten plauderte und sie nicht einmal bemerkte.

Jacquie kannte sich inzwischen im Revier ganz gut aus. Als sie an Tims Tür klopfte, hatte sie eine Art *Déjà vu*.

»Herein«, rief Frannie, die wie beim letzten Mal mit baumelnden Beinen hinter Tims Schreibtisch saß.

Dieses Mal jedoch erhellte ein erfreutes Lächeln ihr schmales Gesicht. »Sie sind es! Kommen Sie rein!«

Jacquie blickte über ihre Schulter, um sicherzustellen, dass sie tatsächlich der Grund für Frannies Freude war und nicht womöglich jemand, der hinter ihr stand.

»Dad ist nicht hier«, verkündete Frannie. »Wie beim letzten Mal. Aber ich schätze, er ist bald zurück. Wir können uns miteinander unterhalten, während Sie auf ihn warten.«

Jacquie setzte sich auf die Kante des zweiten Stuhls. »Das muss ziemlich langweilig für dich sein, in seinem Büro rumzusitzen.«

»Stimmt.« Das Mädchen zuckte mit den Schultern. »Aber ich muss sowieso ein Buch für die Schule lesen. Über China.« Sie hob das Buch in die Höhe, um es Jacquie zu zeigen, klappte es dann zu und konzentrierte sich auf die Unterhaltung. »Das ist auch ziemlich langweilig«, gestand sie.

»Ich will dich nicht von deinen Hausaufgaben abhalten«, sagte Jacquie. »Das würde deinem Vater bestimmt nicht gefallen.«

Frannie beugte sich nach vorne, stützte sich mit den Ellbogen auf und sagte ernsthaft: »Er war ziemlich böse auf Sie, oder? Aber darüber sollten Sie sich keine Gedanken machen. Er mag Sie nämlich sehr.«

»Wirklich?«, fragte Jacquie, überrascht von der Offenheit des Mädchens.

»Allerdings. Er hat es mir erzählt.«

Tim hatte mit seiner Tochter über sie gesprochen. Obwohl sie es nicht wollte, spürte sie, wie ihr warm ums Herz wurde.

»Mögen Sie Katzen?«, fragte Frannie plötzlich. »Sie sind doch nicht etwa allergisch gegen Katzen?«

Jacquie schien über den abrupten Themenwechsel nicht überrascht. »Katzen? Nein, dagegen bin ich nicht allergisch.« Sie lächelte. »Ich liebe Katzen. Meine Schwester und ich haben uns als Kinder immer ein Kätzchen gewünscht, aber unsere Mutter *war* allergisch. Zumindest behauptete sie das. Ich denke, sie wollte einfach kein Haustier.«

»Meine Mutter ist allergisch«, erklärte Frannie. »Sie bekommt sofort rote Flecken und beginnt zu niesen.«

»Wie unangenehm.«

»Aber Dad hat einen Kater. Er heißt Watson. Sie wissen schon, wie bei Sherlock Holmes.«

Genau so einen Namen hatte sie von Tim erwartet. Jacquie lächelte. »Ja, das habe ich schon verstanden. Das ist ganz schön clever.«

»Sie haben eine Schwester?«, wollte Frannie wissen. Wieder ein abrupter Themenwechsel. »Ich wünschte, ich hätte eine.«

Jacquies Lächeln verschwand. »Ich ... hatte eine. Aber ... sie ist tot.«

»Oh, wie schrecklich«, rief Frannie mitfühlend. »Das tut mir wirklich Leid.«

»Mir auch.«

»Ich fand es immer schade, dass ich keine Schwester habe. Aber ist stelle es mir viel schlimmer vor, eine zu haben, die dann stirbt.«

»Ich bin trotzdem froh, dass es Ally gab«, sagte Jacquie nachdenklich und sprach zum ersten Mal diesen Gedanken laut aus. »Sie war großartig. Viel besser als ich. Allein sie gekannt zu haben, hat aus mir einen besseren Menschen gemacht.«

»Ja«, nickte Frannie. »Das kann ich verstehen.«

»Fran ...«, rief Tim, als er mit einigen Akten auf dem Arm zur Tür hereinkam. Als er sah, dass seine Tochter nicht alleine war, unterbrach er sich. »Oh, Mrs. Darke. Sie sind hier.«

»Tut mir Leid.« Jacquie stand auf und fühlte sich mit einem Mal unbeholfen. »Ich hätte vorher anrufen und einen Termin vereinbaren sollen.«

»Das ist schon in Ordnung.«

»Ich wollte Ihnen nur sagen, dass ich morgen zurückfahre. Zurück nach Sutton Fen.«

»Sie reisen ab?«, fragte Frannie bestürzt.

Tim ignorierte sie. »Aber ich dachte, Sie wollten hier bleiben und den Job der Polizei erledigen?«

»Ich habe meine Meinung geändert.« Jacquie sah ihn mit würdevoll erhobenem Kopf an. »Es war falsch, so zu denken, und arrogant zu glauben, dass ich etwas erreichen könnte. Ich wollte mich bei Ihnen entschuldigen, bevor ich gehe.«

Er wusste nicht, was er darauf antworten sollte. Ihre Worte waren so bittersüß, ihre Entschuldigung freute ihn, aber der Gedanke, dass sie ihn verlassen wollte, tat plötzlich weh.

»Sie kommen doch zurück, oder?«, fragte Frannie. »Sie gehen doch nicht *für immer*?«

Jacquie wandte sich an das Mädchen. Mit ihm war es leichter, zu sprechen. »Ich weiß es nicht«, gestand sie. »Ich weiß noch nicht, was ich tun werde.«

»Aber wir sind doch gerade dabei, Freunde zu werden! Und Sie haben Watson noch nicht kennen gelernt.« Frannies Lippen zitterten.

Tim hatte noch immer nichts gesagt. Jacquie sah ihn von der Seite her an. »Können Sie mir denn verzeihen?«

»Ja.«

Sie lächelte und hatte plötzlich eine Idee: »Kann ich Ihnen dann Ihre Tochter eine Zeit lang entführen, Sergeant Merriday? Ich gehe mit ihr einen Tee trinken. Frannie und ich müssen uns noch über ein paar Dinge unterhalten, und Ihnen ist es doch bestimmt ganz recht, mal wieder das Büro für sich alleine zu haben.«

»Oh ja«, schrie Frannie und rutschte vom Stuhl. »Lassen Sie uns einen Tee trinken. Dad, du kommst doch mit, oder?«

»Das kann ich nicht, Süße. Du weißt doch, dass ich arbeiten muss.«

»Aber ich darf mitgehen, ja?«

Tim sah von einer zur anderen, und wieder überkam ihn das beunruhigende Gefühl, etwas verpasst zu haben. Aber er konnte schlecht ablehnen. »Na gut«, sagte er achselzuckend.

Kurz darauf waren die beiden verschwunden. Langsam ging Tim zu seinem Stuhl und ließ sich hinter dem Schreibtisch nieder. Er schob Frannies Schulbücher zur Seite und legte die Akten ab, die er die ganze Zeit im Arm gehabt hatte.

Es waren die Akten über Charmian Clunchs Tod, die er im Keller des Polizeireviers gefunden hatte.

Er öffnete den ersten Ordner und starrte auf das Foto des toten Mädchens. Sie war noch ein Teenager, einige Jahre jünger als Alison Barnett. Aber trotzdem sah sie ihr erstaunlich ähnlich. Sie war blond, ziemlich hübsch und ein wenig pummelig.

Gab es einen Zusammenhang zwischen den beiden Todesfällen?

Er konnte sich eigentlich keinen vorstellen. Alison Barnett war ermordet worden, Charmian Clunch hatte sich selbst umgebracht.

Aber trotzdem war da diese Ähnlichkeit. Und die Tatsache, dass beide innerhalb weniger Jahre in Westmead ums Leben gekommen waren. Und vor allem gab es diesen rätselhaften Anruf von Mrs. Lilburn, der darauf hindeutete, dass sie irgendetwas wusste.

Tim war zwar nicht mehr mit dem Mordfall Alison Barnett betraut, aber der Superintendent hatte ihn auch noch nicht aufgefordert, die Akten an einen Kollegen zu übergeben. Das zeigte, wie unwichtig ihm dieser Fall war. Nun nahm er aus einer der Akten ein Foto heraus und legte es neben das andere.

Die Ähnlichkeit war wirklich erstaunlich. Sie hätten Schwestern sein können, so ähnlich sahen sie sich. Und nach einer Weile fiel ihm auf, dass die beiden auch ein wenig wie Mrs. Lilburn aussahen, auch wenn Sophie Lilburn einige Jahre älter und mehrere Pfunde leichter war als diese Mädchen.

Schwestern. Er nahm Alison Barnetts Foto wieder in die Hand und suchte diesmal nach etwas anderem. Selbst wenn man die elf Jahre in Betracht zog, die vergangen waren, so sah sie doch der Frau mit dem kurzen dunklen Haar nicht im Geringsten ähnlich. Der Frau, die soeben mit seiner Tochter weggegangen war, und die am nächsten Tag um diese Zeit schon aus seinem Leben verschwunden sein würde.

Tim schloss die Augen.

Als Frannie am Mittwochmorgen mit Watson im Arm aufwachte, war sie sofort gut gelaunt.

Es war ein toller Nachmittag gewesen, ein toller Abend. Sie lächelte in sich hinein und begann, Watson zu streicheln.

»Genau, wie ich es geplant hatte«, flüsterte sie dem Kater ins Ohr. »Ehrlich gesagt war es sogar noch besser.«

Sie und Jacquie Darke hatten im Refektorium der Kathedrale Tee getrunken. Jacquie, wie sie sie jetzt nennen durfte, hatte ihr erlaubt zu essen, worauf immer sie Lust hatte. Sie wählte Pfannkuchen, Schokoladenkekse und ein Sahnestückchen und aß alles bis zum letzten Biss auf.

Sie hatten sich unterhalten. Zwar hatte überwiegend Frannie gesprochen, aber auf jeden Fall waren sie schnell Freunde geworden.

Dann erwähnte Jacquie, dass sie vorhabe, die Abendandacht in der Kathedrale zu besuchen. Sie konnte gar nicht glauben, dass Frannie noch nie dort gewesen war, und sie beschlossen, gemeinsam hinzugehen.

Zuerst hatte sie natürlich ihren Dad im Polizeirevier um Erlaubnis bitten müssen. Und – o Wunder – er kam tatsächlich mit.

Es war umwerfend gewesen – all die Chorknaben in ihren Umhängen und ihr Gesang. Echte Musik. Wunderschöne Musik. Musik, bei der man am liebsten auf die Knie gesunken wäre und angefangen hätte zu beten, ob man nun an Gott glaubte oder nicht.

Zuvor war sich Frannie in dieser Frage nicht sicher gewesen. Ihre Mutter glaubte nicht an Gott, und mit ihrem Vater hatte sie nie wirklich darüber gesprochen. Jetzt allerdings schien ihr Seine Existenz ziemlich sicher.

Angefangen hatte es mit der Musik. Und dann war ein weiteres Wunder geschehen.

Sie hatten mit Jacquies Freundin Mrs. Swan bei der Messe zusammengesessen, die sie hinterher noch in ihr Haus einlud.

Dad hatte zuerst gezögert. »Frannie ist etwas eigen, was das Essen angeht«, hatte er gesagt.

Sie hatte protestiert und versprochen, ohne Beschwerden zu essen, alles ohne Murren zu essen, egal was.

Und das war schließlich chinesisches Essen gewesen. Denn als Mrs. Swan gehört hatte, dass in der Schule gerade China auf dem Lehrplan stand, kam ihr die brillante Idee, chinesisches Essen zu bestellen.

Frannie hatte noch nie zuvor chinesisch gegessen. Normalerweise hätte sie sofort behauptet, dass es einfach eklig sei. Aber da sie nun mal versprochen hatte, kein Theater zu machen, begann sie zu essen und musste feststellen, dass es großartig schmeckte.

Alle möglichen komischen Dinge waren klein geschnitten und zusammengemischt worden. Fleisch und Gemüse. Nudeln und Reis und Gewürze. Als sie sagte, es schmecke herrlich, registrierte sie vergnügt den verblüfften Gesichtsausdruck ihres Vaters. Obwohl sie sich schon zum Kaffee voll gestopft hatte, aß sie ihre riesige Portion ganz auf.

Die Swans waren wirklich nette Leute, obwohl sie alt waren und keine Kinder hatten, nicht einmal erwachsene. Kantor Swan hatte ihr in seiner eigenen, trockenen Art jede Menge witzige Geschichten über die Chorknaben erzählt und was sie alles anstellten. Wie sie schnell herausfand, liebte Mrs. Swan Katzen und plante, sich bald ein Kätzchen zuzulegen. Sie versprach, Frannies Rat in Anspruch zu nehmen, sobald es so weit wäre.

Und Jacquie war einfach toll.

Zu ihrer tiefsten Befriedigung hatten im Laufe des Abends Jacquie und ihr Vater aufgehört, »Mrs. Darke« und »Sergeant Merriday« zu sein, und nannten sich ab da nur noch »Jacquie« und »Tim«. Vielleicht war das sonst niemandem aufgefallen, Frannie aber schon.

Sie mochten einander, das war mehr als offensichtlich. Alles, was sie benötigten, war etwas gemeinsame Zeit und vielleicht noch ein wenig Hilfe vonseiten Frannies.

Leider schien es, als hätten sie keine Zeit mehr.

Frannie runzelte die Stirn, als ihr wieder einfiel, dass es einen Haken gab. Jacquie wollte heute abreisen und nicht mehr zurückkommen. Und sie wusste nicht, was sie dagegen unternehmen sollte.

Von einer Ausnahme abgesehen. Sie kletterte aus ihrem warmen Bett und begann zu zittern, als sie sich auf den Boden kniete. Sie faltete die Hände, setzte ein möglichst frommes Gesicht auf und blickte zur Decke. »Lieber Gott und Jesus«, wisperte sie, »bitte, lasst sie nicht wegfahren. Und wenn, dann sorgt dafür, dass sie zurückkommt.«

Und in dieser ungewöhnlichen Pose fand sie ihr Vater, als er ein paar Minuten später ins Zimmer kam, um sie zu wecken. »Frannie, ist alles in Ordnung?«, fragte er besorgt.

»Klar, Dad. Mir geht's gut.« Sie kletterte zurück ins Bett und weigerte sich zu erklären, was sie soeben getan hatte.

»Es ist Zeit aufzustehen.«

»Ja, in Ordnung.« Sie streichelte Watson, dann stieg sie bereitwilliger und fröhlicher aus dem Bett als je zuvor.

Ihre Schuluniform lag auf dem Boden, dort, wo sie sie am Abend zuvor hatte fallen lassen. Ihr Vater warf ihr einen tadelnden Blick zu, aber bevor er noch etwas über ihre Schlampigkeit sagen konnte, klingelte das Telefon, und er verschwand, um abzunehmen.

Jacquie, dachte Frannie und lächelte in sich hinein. Sie fährt also doch nicht ab. Danke, Gott.

Doch als sie sich ein paar Minuten später vor ihre Schüssel mit Frosties setzte und fragte, wer angerufen habe, gab es eine Enttäuschung.

»Es ist schon alles geklärt«, sagte er. »Ich habe etwas für dich arrangiert, wenn du aus der Schule kommst. Ab heute.«

Umso besser. »Wird Jacquie sich also um mich kümmern?«, fragte sie.

Ihr Vater blickte sie verblüfft an. »Wie kommst du denn auf die Idee? Sie fährt heute weg – das weißt du doch.«

»Wer ist es dann?«

»Erinnerst du dich an Liz?«

»Natürlich«, sagte Frannie und ahnte bereits, dass es ihr ganz und gar nicht gefallen würde, was er zu sagen hatte.

»Liz hat eine jüngere Schwester. Sie heißt Leoni, und sie wird hierher kommen und ein Auge auf dich haben, bis ich von der Arbeit nach Hause komme.«

Frannie riss bestürzt die Augen auf. »Liz' Schwester? Die,

die so komische Essgewohnheiten hat? Die ein Jahr lang nur Pizza und Pommes frites gegessen hat?«

»Ich glaube schon.«

Frannie fielen auf einen Schlag mindestens tausend Gründe ein, warum dieses Arrangement keine gute Idee war. Aber sie sagte nur: »Ich brauche keinen Babysitter. Ich bin kein Baby mehr.«

»Du kannst hier nicht alleine bleiben.« Ihr Vater klang endgültig. »Und es handelt sich ja nur um ein paar Tage. Außerdem ist schon alles abgesprochen. Liz war so nett, sich darum zu kümmern.«

Diesmal sprach Frannie das Gebet nicht laut, aber ihr war klar, dass Er sie trotzdem hören konnte. Sie richtete ihren Blick gegen die Decke und sagte still und vorwurfsvoll in sich hinein: »Wie *konntest* du nur?«

Sie hatten nichts Konkretes verabredet, aber trotzdem hoffte Tim, dass er Jacquie Darke noch einmal sehen würde, bevor sie Westmead verließ. Schließlich musste er sowieso bei Mrs. Lilburn vorbeigehen, um mit ihr zu sprechen, und dann war er ja bereits in Quire Close.

Das hatte er sich schon am Abend zuvor überlegt und Jacquie gegenüber erwähnt. »Ich werde Ihnen nicht jetzt auf Wiedersehen sagen. Ich bin morgen früh sowieso in Quire Close. Wenn es Ihnen nichts ausmacht, komme ich noch mal kurz bei Ihnen vorbei, bevor Sie abfahren.«

Ihr Lächeln zeigte, dass sie einverstanden war. Von diesem Lächeln ermutigt, hatte er ihre Hand genommen und gedrückt, und sie hatte sie nicht zurückgezogen.

Aber es sollte nicht sein. Nachdem er Frannie zur Schule gebracht hatte, fuhr er im Büro vorbei, um ein paar Akten zu holen, und dann wurde er aufgehalten. Ein Auto war als gestohlen gemeldet worden, und keiner seiner Kollegen konnte sich um den Fall kümmern.

Als er also endlich nach Quire Close kam, war es schon nach zehn Uhr. Er hatte sich mit Mrs. Lilburn für halb zehn verabredet.

Trotzdem ging er als Erstes direkt zum Haus des Kantors.

Miranda Swan öffnete ihm die Tür. »Tut mir Leid«, sagte sie, und es klang, als ob sie es auch so meinte. »Sie haben sie gerade verpasst. Sie ist vor ungefähr einer Viertelstunde abgefahren.«

Das scheint langsam zur Gewohnheit zu werden, dachte Tim, überrascht, wie tief seine Enttäuschung war. Trotzdem brachte er es fertig, Miranda für den vorangegangenen Abend zu danken. »Es war so nett von Ihnen, Frannie mit einzuladen«, sagte er.

»Aber überhaupt kein Problem. Sie haben eine wunderbare Tochter.« Sie lächelte. »Und ich hoffe, dass wir Sie beide von nun an öfter zu sehen bekommen.«

Er entschuldigte sich damit, dass er sowieso schon zu spät zu seiner Verabredung käme, und lief die Straße hinunter. Am Haus Nummer zweiundzwanzig klingelte er, wartete, wie es ihm erschien, eine sehr lange Zeit, bevor er es erneut versuchte. Noch immer kam niemand an die Tür.

Er wusste, dass er zu spät war, aber sie würde ihn doch sicher trotzdem erwarten. Tim trat einen Schritt zurück, zog sein Handy aus der Tasche, suchte ihre Nummer im Speicher und rief an.

»Ja«, hörte er nach langem Klingeln eine zögernde Stimme sagen.

»Mrs. Lilburn? Hier ist Sergeant Merriday. Tut mir Leid, dass ich mich verspätet habe, aber ich warte vor Ihrem Haus.«

»Einen Moment.« Kurz darauf öffnete sie ihm die Tür gerade weit genug, dass er sich durch den Spalt quetschen konnte, schloss sie hastig wieder und schob den Riegel vor.

Sie war so angespannt wie eine Feder am Anschlag und sogar noch nervöser als bei seinem ersten Besuch.

»Entschuldigen Sie«, sagte sie. »Ich muss vorsichtig sein.«

Tim verstand nicht, was sie damit meinte. Er wusste, dass sie vor kurzem operiert worden und noch immer nicht ganz auf dem Damm war, also meinte sie vielleicht ihre körperliche Verfassung. Oder vielleicht wollte sie auch etwas völlig anderes sagen.

Sie dirigierte ihn ins Wohnzimmer und bot ihm einen Stuhl an, dann ließ sie sich aufs Sofa fallen. Von dort aus konnte sie Clunchs Fenster, das auf die Siedlung schaute, im Auge behalten. »Nun sagen Sie schon«, rief Sophie Lilburn. »Was ist mit Charmian Clunch?«

»In Ordnung. Aber danach müssen Sie *mir* ein paar Fragen beantworten, Mrs. Lilburn.«

Sie versprach nichts, nickte aber.

»Wie ich Ihnen bereits am Telefon erzählt habe, hat Charmian Clunch Selbstmord begangen. Sie schluckte eine ganze Flasche Tabletten, und als ihre Eltern sie fanden, war es zu spät. Sie war sechzehn Jahre alt.«

Sophie schluckte. »Ihre Eltern haben sie gefunden?«

»Ihr Vater, um genau zu sein. In ihrem Zimmer.«

Ihr Blick wanderte zum Fenster und dann wieder zurück zu seinem Gesicht. »Und Sie sind *sicher*, dass es Selbstmord war? Nicht vielleicht Mord? Ein Mord, der als Selbstmord getarnt wurde?«

Das, dachte Tim, ist nun wirklich eine sehr interessante Frage. Sie enthüllte mehr, als Sophie wahrscheinlich bewusst war. »Nein. Es sei denn, jemand war auch noch ein großartiger Fälscher. Denn bei der Leiche wurde ein Brief gefunden.«

»Ein Brief?«

»Ein Abschiedsbrief. Er war an ihren Vater adressiert, und es stand das Übliche drin: ›Daddy, es tut mir so Leid. Aber ich konnte es einfach nicht länger ertragen.‹ Und so weiter in diesem Stil. Ihr Vater hat bezeugt, dass es sich um ihre Handschrift handelte.«

»Aber wenn er gelogen hat?«, stieß sie hervor.

Tim zog die Augenbrauen in die Höhe und warf ihr einen scharfen Blick zu. »Warum hätte er das tun sollen?«

»Ich ... ich weiß nicht.«

»Es würde Sie überraschen, wie viele sechzehnjährige Mädchen sich umbringen oder es zumindest versuchen – aus allen möglichen Gründen. Aber meistens handelt es sich um Teenagerprobleme. Ärger mit dem Freund, Versagensängste, zu viel

Druck in der Schule, Druck von den Eltern. Manchmal geht es sogar um Schwierigkeiten mit dem eigenen Körper und darum, abnehmen zu wollen. Charmian Clunch war ... ein ziemlich kräftiges Mädchen«, erläuterte er. »Vielleicht hat sie versucht abzunehmen und war frustriert und entmutigt, als es schwieriger war als gedacht.«

Sophie starrte auf ihre Hände und sagte leise: »Ich weiß.«

Das war eine rätselhafte Antwort, aber er ging nicht darauf ein.

»Ich glaube also nicht, dass sich hinter ihrem Tod noch etwas anderes vermuten lässt. Es sei denn«, fuhr er in schärferem Tonfall fort, »Sie haben einen bestimmten Grund, so etwas anzunehmen. Wissen Sie vielleicht etwas, das Sie mir nicht verraten wollen, Mrs. Lilburn?«

»Wie kommen Sie darauf?«

»Weil es nicht gerade üblich ist, die Polizei anzurufen und eine solche Frage zu stellen, nur um die eigene Neugier zu befriedigen. Da gibt es andere Wege, so etwas herauszufinden – Sie bräuchten nur die Leute hier zu fragen oder in die Bibliothek zu gehen und im Zeitungsarchiv nachzusehen. Aber die Polizei anzurufen ...«

»Ich ... kann nicht aus dem Haus«, behauptete sie, aber es klang nicht sehr überzeugend. »Ich bin gerade erst operiert worden. Ich war neugierig. Ich wollte wissen, was mit ihr geschehen ist, und Sie waren der Erste, der mir eingefallen ist.«

Tim glaubte ihr nicht. »Mrs. Lilburn«, versuchte er es erneut. »Ich habe den Eindruck, Sie wollen mich um Hilfe bitten. Aber ich kann Ihnen nicht helfen, wenn Sie mir nicht verraten, was hier wirklich los ist.«

Sie schien in sich zusammenzufallen, und schon wieder warf sie einen gehetzten Blick aus dem Fenster. Sophie Lilburn focht innerlich offenbar einen heftigen Kampf aus. Tim sagte nichts, gab ihr die Zeit, nachzudenken und ihre Möglichkeiten abzuwägen.

»Nein«, sagte sie schließlich. »Nein. Da gibt es nichts zu erzählen.«

Wieder war Jacquie zurück in ihrem kalten Haus in Sutton Fen. Und wieder stellte sie die Heizung und den unechten Kamin im vorderen Salon an. Dieses Mal hatte sie am Supermarkt angehalten und etwas frische Milch gekauft. Und eine Flasche billigen Rotwein.

Alkohol zu trinken, war schon schlimm genug, ihn alleine zu trinken, war noch schlimmer. Aber das war Jacquie jetzt völlig egal. Ihre Eltern waren nicht mehr da, um sie zu tadeln. Und schon längst war ihre Angst vor Reverend Prew, der Respekt vor allem, was er predigte, verschwunden. Schon längst hatte sie geahnt, was nun alle Welt wusste: dass er ein Heuchler war und ein Betrüger.

Sie öffnete die Flasche und schenkte sich ein Wasserglas voll ein, dann trug sie das Glas mitsamt der Flasche in den Salon und setzte sich vor den elektrischen Kamin.

Er war nicht gekommen. Tim Merriday war nicht gekommen, um ihr auf Wiedersehen zu sagen.

Jacquie versuchte, das Ganze philosophisch zu betrachten. Er hatte es schließlich nicht versprochen. Wahrscheinlich hatte er niemals die Absicht gehabt zu kommen und es nur so dahingesagt, um den Abschied leichter zu machen.

Der Abend war so wunderschön gewesen. In Gesellschaft von den Swans und Frannie war es ihnen gelungen, entspannt miteinander umzugehen und die Gesellschaft des anderen zu genießen. Deshalb hatte sie ihm auch fast geglaubt, als er sagte, er würde am nächsten Morgen noch einmal vorbeikommen.

Aber das hatte er nicht getan, und das war's dann wohl.

Sie hatte zu viel in seine Freundlichkeit hineingedeutet, weil sie es sich so sehr wünschte. Alles in allem war es wohl so, dass er eben ein netter Mann war, dem sie einfach nur Leid tat.

Gedankenverloren schlürfte sie ihren Wein und überlegte, wie sie den Rest des Tages hinter sich bringen sollte. Den Abend. Und den ganzen Rest ihres Lebens.

Auf ihrem Weg nach Sutton Fen hatte sie bei Mr. Mockler angehalten und ihm das wertvolle Dokument persönlich übergeben. Das war also erledigt, ihre Mission war erfüllt.

»Sie ist schrecklich«, erklärte Frannie. »Sie hat Pickel. Und hervorstehende Augen.«

»Du solltest Menschen nicht nach ihrem Aussehen beurteilen«, wies ihr Vater sie zurecht. Dabei dachte er, wie selbstgerecht er doch klang, schließlich hatte Frannie Recht: Leoni Hollis war nicht gerade das attraktivste junge Mädchen der Welt, aber das konnte er schlecht zugeben.

»Kein Wunder, dass sie so viele Pickel hat, bei all den Pommes frites«, fügte Frannie böswillig hinzu.

Tim unterdrückte ein Lächeln.

»Und überhaupt«, fuhr sie fort, » ich beurteile sie nicht nach ihrem Aussehen. Sie benimmt sich auch einfach schrecklich, sie behandelt mich von oben herab, sie spricht mit mir wie mit einem kleinen Kind. Wie mit einem Baby! Um Himmels willen, sie hat mich nach meinem Lieblings-Teletubby gefragt!«

»Frannie!« Er fand es zunehmend schwierig, nicht laut loszulachen, was er hinter gespielter Missbilligung versteckte.

»Entschuldigung.« Frustriert ließ sie ihre Beine baumeln und sich von Watson trösten, der sich an ihr rieb und schließlich auf ihren Schoß sprang. Sie streichelte ihn und legte ihre Wange auf sein warmes Fell, ohne ihrem Vater in die Augen zu sehen.

Tim wollte sie nur zu gerne ablenken. Er hätte sie auffordern können, all ihren Kram, den sie auf dem Tisch verteilt hatte, wegzuräumen, aber daraus würde sich nur ein neuer Kampf ergeben. Also wählte er ein neutrales Thema. »Was würdest du heute gerne zu Abend essen, Süße?«

»Ich weiß nicht.«

»Wie wär's mit Pizza? Die mit Peperoni, die wir im Supermarkt gekauft haben?«

»Nein.« Frannie schmollte. »Ich mag keine Pizza. Ich mag keine Peperoni.«

»Aber du hast sie doch selbst ausgesucht!«

»Ich habe meine Meinung eben geändert, okay?«, rief sie streitlustig mit vorgeschobener Unterlippe und zusammengekniffenen Augen.

Tim seufzte. Der Rest der zwei Wochen, der vor ihm lag, erschien ihm wie eine Ewigkeit.

Als das Telefon klingelte, hoffte Jacquie einen Augenblick lang, dass es Tim wäre, der sich entschuldigen wollte, weil er sie verpasst hatte, und fragen würde, ob sie gut angekommen sei.

Aber es war nicht Tims Stimme. »Du bist also zu Hause«, sagte Darren und hielt es nicht für nötig, seinen Namen zu nennen.

Jacquie ignorierte die Feindseligkeit in seiner Stimme. »Ja. Ich war ein paar Tage verreist.«

»Ich weiß. Ich habe versucht, dich zu erreichen.«

Sie würde sich nicht entschuldigen oder es ihm erklären. Sie schuldete ihm keine Erklärung. »Wegen Reverend Prew, vermute ich. Ich habe gestern über ihn in der Zeitung gelesen. In der *Times*.«

»Nein, das hat nichts mit Reverend Prew zu tun«, sagte Darren. »Kann ich bei dir vorbeikommen? Jetzt?«

»Wenn du meinst.« Sie wollte ihn eigentlich nicht sehen, vor allem, wo er so schlechter Laune zu sein schien, aber ihr fiel kein triftiger Grund ein, um ihn abzuweisen.

Innerhalb von zehn Minuten war er da und hielt sich gar nicht erst mit irgendwelchen Höflichkeitsfloskeln auf. »Ich verlange eine Erklärung«, sagte er, als er ihr in den vorderen Salon folgte.

Jacquie setzte sich und nahm ihr Weinglas in die Hand. Er fuhr zurück. »Wein!«, rief er und zeigte auf die Flasche. »Du trinkst Wein!«

»Dir entgeht aber auch gar nichts!«, entgegnete sie ironisch.

»Reverend Prew hat immer schon gesagt, dass es für dich keine Rettung mehr gibt. Ich frage mich, ob er auch nur ahnte, wie gottlos du wirklich bist.« Seine Stimme klang giftig.

»Ich dachte, es geht nicht um Reverend Prew«, sagte sie.

»Geht es auch nicht. Ich bin *deinetwegen* hier.«

Sie nahm einen Schluck Wein. »Ich glaube nicht, dass ich hören will, was du zu sagen hast, Darren.«

»Du wirst mir aber zuhören.« Er langte in die Tasche seines Anoraks und holte eine kleine Kamera heraus. »Kannst du mir verraten, was das ist?«

Jacquie behielt ihren ironischen Ton bei. »Das ist eine Kamera. Nächste Frage?«

»Oh, sehr witzig.« Darren kam einen Schritt näher und hielt ihr die Kamera hin. »Hast du sie jemals zuvor gesehen? Und lüg mich nicht an.«

Sie betrachtete die Kamera genauer. Und als sie sie plötzlich erkannte, stellten sich ihr die Nackenhaare auf.

Darren wartete ihre Antwort nicht ab. »Meine Frau hat sie gefunden«, erklärte er. »Ganz hinten im obersten Fach des Kleiderschranks. Als sie aufräumen wollte.«

Der Schrank. Jacquie schluckte und schwieg.

»Es war ein Film in der Kamera, ein paar Bilder waren noch übrig. Sie hat Fotos von unseren Kindern gemacht. Und dann den Film zum Entwickeln gegeben.«

»Oh«, murmelte Jacquie leise. Jetzt erinnerte sie sich ganz genau.

Darren griff mit der anderen Hand erneut in die Anoraktasche und zog einen Stapel Fotos hervor. »Stell dir ihre Überraschung vor«, sagte er. »Und vor allem *meine*.« Er warf die Fotos auf den Couchtisch. Sie flogen in alle Richtungen, ein paar davon landeten vor Jacquie auf dem Boden. Sie rührte sich nicht, sie schaute die Fotos nicht einmal an.

»Dein Urlaub, vermute ich«, rief er höhnisch. »Dein toller Urlaub mit deiner tollen Schwester. Und ich habe dir noch *gut zugeredet* zu fahren, wenn ich mich richtig erinnere. Du musst mich ja für einen ganz schönen Idioten gehalten haben. Was musst du die ganze Zeit hinter meinem Rücken gelacht haben.«

»Nein, Darren«, sagte sie und wollte ehrlich sein. »So war es nicht.«

»Wie war es denn dann? Ein kleiner vorehelicher Urlaub, sagtest du. Eine voreheliche *Orgie* stimmt wohl eher. Wie konntest du es nur wagen, zu mir zurückzukommen und mir ein paar Wochen später in der Kirche das Eheversprechen zu geben?

Wie hast du es fertig gebracht, mir dabei in die Augen zu sehen?« Seine Stimme überschlug sich vor Wut und verletztem Stolz.

»Ich hatte nur ein wenig Spaß«, sagte sie mit mehr Sicherheit, als sie verspürte. »Das hatte nichts mit dir zu tun.«

»Das hatte nichts mit mir zu tun? Aber du wolltest mich heiraten. Du *hast* mich geheiratet!«

»Und du hast mich verlassen, Darren. Vergiss das nicht.« Erregt stand sie auf, lief zur Tür und schob ihn vor sich her. «Danke, dass du mir die Fotos vorbeigebracht hast. Das ist sehr nett von dir. Und richte deiner Frau ebenfalls meinen Dank aus.«

»Du bildest dir wohl ein, dass du über allem stehst«, schnappte er. Er hatte noch nie gut mit Worten umgehen können, aber jetzt suchte er verzweifelt nach einem passenden Ausdruck. »Dabei bist du nur ein ... gewöhnliches Weib.«

»Und du«, rief sie, als sie an der Haustür angekommen waren, »bist ein Judas. Von der schlimmsten Sorte. Ich weiß, dass du hinter den Enthüllungen über Reverend Prew steckst.«

»Und das ausgerechnet von dir! Ich dachte, du hasst ihn und alles, was er verkörpert.«

Jacquie stemmte die Hände in die Hüften. »Ich verteidige Reverend Prew nicht. Das fällt mir im Traum nicht ein. Aber wenn du nachts noch ruhig schlafen kannst, nach allem, was du ihm angetan hast, dann bist du ein schlimmerer Bastard, als ich je gedacht habe.«

Er starrte sie an, aber sie warf ihm die Tür vor der Nase zu. Erst als sie wieder im Salon war, bemerkte sie, dass sie am ganzen Leib zitterte.

Nach einem Moment nahm sie einen großen Schluck Wein, sammelte die Fotos zusammen und schaute sie an. Sie waren alle sehr dunkel. Wahrscheinlich hatte der Film nach elf Jahren in der Kamera gelitten. Ihr erster Gedanke war, dass es ganz normale Urlaubsfotos waren. Nach Darrens zur Schau getragenem Ekel hatte sie andere Bilder erwartet, Bilder, die nackte Tatsachen zeigten. Doch in Wirklichkeit sah man nur ein paar junge Leute, die sich miteinander amüsierten. Auf einem Bild war sie zu sehen – dieses sorglose Wesen, das sie einmal war. Sie küsste einen jungen Mann und trug ein ziemlich enges Kleid, eines, das bei den Freien Baptisten blankes Entsetzen hervorgerufen hätte. Trotzdem gab es auf den Fotos nichts zu sehen, was darauf hindeutete, dass es mehr gewesen war als ein harmloser Flirt.

Es *war* natürlich mehr gewesen. Aber das enthüllten die Fotos nicht.

Wer war nur dieser junge Mann? Wie war sein Name? Es hatte so viele gegeben. Und es war alles so lange her.

Als sie die Bilder betrachtete, wurde die Vergangenheit wieder lebendig, und einen Augenblick lang schwelgte sie in Erinnerungen. Plötzlich fiel ihr alles wieder ein, als sei es gestern gewesen. Ihre leichtsinnige Hingabe, das fehlende Zeitgefühl, die Angst vor der bevorstehenden Hochzeit.

Verständlich, wenn man bedachte, wie ihre Ehe sich entwickelt hatte.

Was für eine dumme, junge Närrin sie gewesen war.

Zu glauben – und sie *hatte* es geglaubt –, dass man einen Teil seines Lebens einfach abtrennen könne, das war verrückt. Sie hatte geglaubt, dass alles, was im Urlaub geschah, was ihre Eltern und Reverend Prew nicht sehen konnten, irgendwie nicht zählte, dass sie es hinter sich lassen und vergessen könnte. Eine Vergangenheit, die nichts mit ihrem wahren Leben zu tun hatte.

Aber sie hatte es nicht hinter sich lassen können. Daraus war eine ungeahnte Last geworden, die sie mit sich herumgeschleppt hatte – während ihrer Ehe und noch darüber hinaus. Es hatte sie geformt und unbewusst auch ihre Beziehung zu Darren beeinflusst.

Jedes Mal, wenn Reverend Prew sie beschuldigt hatte, ein ungehorsames Weib zu sein, das dem Herrn gegenüber nicht ehrlich war, hatte sie ihre Erinnerungen noch weiter zurück gedrängt. Trotzdem lebte sie oft in unbestimmter, nagender Angst, da er der Wahrheit näher gekommen war, als er ahnte.

Wie viel Schuld trug sie am Scheitern ihrer Ehe? Wäre alles anders gekommen, wenn sie diesen Urlaub niemals gemacht hätte?

Wenn *sie beide* diesen Urlaub niemals gemacht hätten. Alison war auch ein Teil davon gewesen. Die pflichtbewusste Schwester, die sich zunächst geweigert hatte, diese Fotos zu schießen, und dann schließlich doch der älteren Schwester gehorcht hatte. Wie immer.

Alison.

Jacquie sah jetzt rasch die Fotos durch, eins nach dem anderen. Sie war immer noch aufgeregt und nahm nur wenig wahr. Aber ganz am Ende des Stapels hielt sie plötzlich inne. Der Tag am Strand mit den beiden englischen Jungs. Steve hieß der eine. Er und eine fremde Jacquie im Bikini spritzten sich gegenseitig mit Wasser nass.

Für das nächste Bild hatten sie die Rollen getauscht, diesmal hielt Jacquie die Kamera auf Alison. Hier sah man ihre Schwester in ihrem braven Badeanzug, die lächelnd in die Sonne blinzelte. Und neben ihr saß ein anderer junger Mann, der eher sie ansah, als in die Kamera zu schauen. Er hatte ein ernstes Gesicht und trug eine Brille.

Mike.

»Oh Gott«, flüsterte Jacquie.

Kapitel 23

Frannie war nicht die Einzige, die Pläne schmiedete. Liz erschien am Donnerstagmorgen früh genug bei der Arbeit, um Tim Merridays Ankunft auf keinen Fall zu verpassen, und sie positionierte sich so hinter ihrem Tisch, dass sie ihn abfangen konnte, sobald er durch die Tür kam.

Alles lief nach Plan. Tim näherte sich ihr lächelnd. »Ich möchte mich bei Ihnen dafür bedanken, dass Sie das mit Ihrer Schwester organisiert haben«, sagte er.

»Ich hoffe, alles ist gut gelaufen.«

»Oh, es war großartig. Frannie scheint ganz gut mit Leoni zurechtzukommen«, log er.

Liz reagierte ihrerseits mit einer Lüge. »Das hat Leoni auch gesagt, als ich gestern Abend mit ihr gesprochen habe.« Leonis exakte Worte lauteten, Frannie sei ein verzogenes kleines Gör, dem einmal richtig der Hintern versohlt gehöre. Aber Liz hielt es nicht für förderlich, Tim davon zu erzählen. »Ich bin so froh, dass es funktioniert«, fügte sie hinzu.

»Also, danke nochmal«, schloss er und wollte weitergehen.

Liz hob ihre Hand, um ihn aufzuhalten. »Tim. Da gibt es noch etwas, das ich Sie gerne fragen würde.«

»Ja?«

Sie legte ihr strahlendstes Lächeln auf. »Am Samstag haben wir beide keinen Dienst, ich habe nachgesehen.«

»Das stimmt. Ich habe es extra so eingerichtet, wegen Frannie. Also, wenn Leoni gedacht haben sollte ...«

»Nein, darum geht es nicht.« Liz holte tief Luft und sprach eilig aus, was sie sich vorgenommen hatte: »Ich würde gerne mit Ihnen den Tag verbringen. Mit Ihnen *und* Frannie. Ich habe schon alles geplant. Es soll eine Überraschung werden.«

»Oh.« Tim war etwas irritiert. »Ich will Ihnen Frannie nicht einen ganzen Tag lang zumuten«, sagte er.

»Aber ich bitte Sie.« Sie lächelte scheinheilig. »Frannie und ich kommen bestens miteinander aus. Sie ist einfach anbetungswürdig.«

Es gibt eine Menge Worte, mit denen man meine Tochter beschreiben kann, dachte Tim, aber »anbetungswürdig« gehört bestimmt nicht dazu.

Sein erster Impuls war, Liz' Angebot einfach auszuschlagen. Trotzdem zögerte er. Frannie hätte sicher überhaupt keine Lust. Sie war eine absolute Plage im Augenblick, destruktiv und schwierig. Er musste sowieso *irgendetwas* unternehmen, damit sie am Samstag beschäftigt war, und warum sollte er diese Last nicht teilen?

Im Hinterkopf hatte er Jacquie, wie immer in den letzten Tagen.

Wenn alles anders gekommen wäre ... dann hätten sie den Tag vielleicht zusammen mit Jacquie verbracht. Diese Aussicht hätte ihn wohl kaum so kalt gelassen wie Liz' Vorschlag.

Doch streng rief er sich ins Gedächtnis, dass Jacquie nicht mehr da war. Sie war gegangen und würde nicht zurückkommen. Wenn ihr der letzte Abend nur halb so viel bedeutet hätte wie ihm, dann hätte sie dieses verdammte Stück Papier per Einschreiben zu dem Anwalt geschickt und wäre noch länger in Westmead geblieben. Sie wäre nicht einfach abgereist, bevor er auch nur die Chance gehabt hatte, ihr auf Wiedersehen zu sagen.

Sie war weg.

Er konnte das entweder den Rest seines Lebens bedauern und wünschen, dass alles anders gekommen wäre, oder er konnte einfach weitermachen.

Nicht zum ersten Mal überlegte er, dass Liz zumindest außerordentlich vorzeigbar war, es hätte weitaus schlimmer kommen können. Sie war nett und großzügig. Sie hatte ihm mit ihrer Schwester einen großen Gefallen getan, und er war ihr noch etwas schuldig.

Vielleicht, auf lange Sicht gesehen, war es so für alle Beteiligten am besten.

»Ja. Sehr gerne«, sagte er. »Das wäre sehr schön, Liz.«

Frannie wird es hassen, murmelte er vor sich hin, als er die Treppen zu seinem Büro hinaufstieg. Sie würde einen Anfall bekommen und sein Leben noch schwieriger machen, als es sowieso schon war.

Die beste Art, damit umzugehen, wäre, es ihr einfach nicht zu verraten. Bis es zu spät war.

Nach einer schlaflosen Nacht machte Jacquie zwei Anrufe. Der erste galt Miranda Swan in Westmead.

Sie habe etwas Bedeutsames entdeckt, vielleicht sogar etwas Entscheidendes, das den Mörder von Alison entlarven könnte, erzählte sie Miranda, und sie brauche ihren Rat. Ihr sei vollkommen klar, dass die Polizei nicht viel mehr als Lippenbekenntnisse abgebe, wenn es um den Fall ging, und dass sie versprochen habe, sich nicht mehr einzumischen. »Aber es ist wichtig«, sagte sie. »Es könnte die Meinung der Polizei ändern.«

»Dann musst du mit Tim sprechen«, entgegnete Miranda prompt. An ihrem letzten schönen Abend hatten sie sich das Du angeboten.

Jacquie hatte genau darauf gehofft. »Wenn du wirklich meinst ...«

»Ich *weiß* es.« Sie zögerte nicht. »Mir ist klar, dass du eben erst nach Hause gefahren bist, aber wenn es irgendwie geht – warum kommst du nicht zurück? Jetzt gleich, heute?«

»Gut«, stimmte Jacquie zu. Nachdem sie den Totenschein abgegeben hatte, war alles Wichtige erledigt. Sie hatte noch nicht einmal die Koffer ausgepackt. Die Vorstellung, wieder diese schreckliche Fahrt auf sich zu nehmen, zum zweiten Mal in zwei Tagen, reizte sie zwar nicht gerade, aber trotzdem klopfte ihr Herz allein beim Gedanken an Westmead. »Ich werde bald losfahren«, sagte sie, »und gegen Nachmittag bei dir sein.«

Danach rief sie Nicola an. Sie hatte zuletzt am vergangenen Wochenende mit ihr gesprochen, als sie zum ersten Mal nach Sutton Fen zurückgekommen war, und ihr von Alisons Schicksal erzählt. So viel war seitdem passiert, nicht zuletzt hatte sie Miranda Swan kennen gelernt – mehr als nur kennen gelernt. Sie war davon ausgegangen, dass sie genügend Zeit haben würde, Nicola alles genau zu berichten, aber jetzt hatte sie es mit einem Mal sehr eilig.

Nicola war noch nicht zur Arbeit gegangen, wollte aber gerade das Haus verlassen.

»Ich werde dich nicht lange aufhalten«, versicherte Jacquie. »Ich wollte dir nur erzählen, wie es läuft. Du wirst es nicht glauben, aber ich habe bei Miranda Swan in Westmead übernachtet.«

Nicola war entsprechend überrascht und erfreut: »Ich wusste doch, dass es Westmead war, wohin sie mit ihrem zweiten Mann gezogen ist. Aber ich hätte mir ja nicht träumen lassen, dass du sie wirklich findest.«

»Sie ist so wahnsinnig nett. Alle *beide* sind es. Sie haben mir das Gefühl gegeben, dass ich zur Familie gehöre. Ich wollte gar nicht mehr weg.« Jacquie erzählte, dass sie nun schon wieder nach Westmead fahren würde. »Ich habe etwas Wichtiges gefunden. Etwas, das den Mörder von Alison identifizieren könnte«, sagte sie.

»Dann mal los«, drängte Nicola. »Und halte mich auf dem Laufenden.«

Auch Sophie erhielt an diesem Morgen einen Anruf. Er kam völlig unerwartet und beunruhigte sie sehr.

»Hier ist Elspeth Verey«, sagte eine Frauenstimme. »Ich hoffe, dass es Ihnen besser geht.«

Sophie hatte sofort ein schlechtes Gewissen, weil sie sich bei Elspeth nicht für die Blumen bedankt hatte, die sie Dominic mitgegeben hatte. »Mir geht es jeden Tag ein wenig besser. Und ich wollte mich noch für die wunderschönen Blumen bedanken, die Sie mir haben schicken lassen, Mrs. Verey. Das war sehr nett von Ihnen.«

»Keine Ursache.« Eine Pause entstand, dann fuhr Elspeth fort: »Mrs. Lilburn, ich glaube, es ist an der Zeit ist, dass wir beide uns einmal treffen und unterhalten. Es gibt ein paar Dinge, die ich gerne mit Ihnen besprechen würde.«

»Ich kann noch nicht aus dem Haus«, warf Sophie ein.

»Das habe ich auch nicht erwartet. Wenn es Ihnen passt, würde ich gerne bei Ihnen vorbeikommen. Wie wäre es mit morgen Nachmittag?«

»Nun, ich werde hier sein«, versicherte Sophie.

»Um wie viel Uhr sollen wir sagen?«

Dominic würde wahrscheinlich zur Teezeit erscheinen. Also davor. »Drei Uhr?«

»Dann bis morgen, Mrs. Lilburn.«

Als Sophie den Hörer einhängte, erinnerte sie sich an Jeremys Warnung. Es ging bestimmt um Dominic. Die Gerüchte in der Siedlung mussten ihr zu Ohren gekomen sein. Sie freute sich nicht gerade auf das, was Elspeth ihr zu sagen hatte.

Die Mathematikstunde hatte zwar nichts mit China zu tun, aber für Frannie machte das keinen Unterschied: Wieder hatte sie ganz andere Sorgen.

Dad und Gott, dachte sie verbittert. Sie hatte ihnen beiden vertraut. Sie war so sicher gewesen, dass beide ihr helfen würden. Und beide hatten sie hängen lassen.

Sie war sich nicht sicher, was schlimmer war: Gott, der Jacquie erlaubt hatte zu gehen oder Dad, der ihr diese schreckliche Leoni aufgehalst hatte und sich wie ein Trottel benahm. Und sie durfte keinesfalls vergessen, dass Dad außerdem auch Jacquies Abreise zugelassen hatte. Wenn er sich nur genug gewünscht hätte, dass sie bliebe, dann hätte er sie bestimmt davon abhalten können.

Eines wusste sie. Sie selbst würde nicht aufgeben. Wenn Gott und Dad nicht in der Lage waren zu helfen, dann musste sie die Angelegenheit eben selbst in die Hand nehmen.

Nun, da sie genügend Zeit hatte, die Details auszuarbeiten, wurde ihre Fantasie immer lebhafter. Dad und Jacquie verheiratet. Sie würde die Wochenenden mit ihnen verbringen, es würde ihr nicht mal was ausmachen, auf dem Sofa zu schlafen und ihnen das Schlafzimmer zu überlassen. Vielleicht wollten sie ja sogar ein Haus kaufen, eines, in dem es mehrere Schlafzimmer gab. Dann könnte sie sogar bei ihnen einziehen. Mum würde das zwar nicht sonderlich gefallen, aber sie würde es schnell verkraften. Dad und Jacquie jedenfalls würden es toll finden, dass Frannie bei ihnen lebte, vor allem, nachdem sie ein gemeinsames Kind hatten.

Eine kleine Schwester. Die würde Jacquie ihr schenken. Sie würden eine richtige Familie sein.

Nein, das war nicht unmöglich, das war nichts, was sie nicht erreichen konnte.

Dad und Jacquie mochten einander, sie hatten es beide zugegeben. Aber es war mehr, sie waren ineinander verliebt. Das war nicht zu übersehen gewesen, so wie die beiden sich am Dienstagabend in die Augen geschaut und miteinander gesprochen hatten, so als ob sie alleine in dem Raum seien. Genauso war es auch immer bei Mum und Brad. Und bei den Swans, obwohl die schon so alt waren.

Alles, was sie also tun musste, war, Jacquie zurück nach Westmead zu holen. Danach wäre alles nur noch ein Kinderspiel.

Miranda umarmte Jacquie mit so viel Begeisterung und Wärme, als sei sie nicht einen Tag, sondern mehrere Monate weg gewesen. »Ich bin so froh, dass du zurückgekommen bist«, sagte sie, und Jacquie stellte zufrieden fest, dass sie es wirklich so meinte. »Ich habe schon Wasser aufgesetzt, dann kannst du mir gleich erzählen, was du entdeckt hast.«

»Das klingt herrlich.« Jacquie zog ihren Mantel aus, hängte ihn an die Garderobe und folgte Miranda in die Küche, wo sie von angenehmer Wärme empfangen wurde. »Ich bin durchgefahren, nicht einmal eine Kaffeepause habe ich gemacht. Geschweige denn etwas gegessen.«

»Kein Mittagessen? Dann mache ich dir ein Sandwich.« Miranda richtete ihr schnell etwas zu essen, und Jacquie schlang es dankbar hinunter.

»Ich hatte gar nicht bemerkt, wie hungrig ich war«, sagte sie. »Ich hatte es so eilig, wieder hierher zu kommen.«

»Also dann. Erzähl mir, was geschehen ist.« Miranda schenkte eine Tasse Tee ein und stellte sie vor Jacquie auf den Tisch.

»Darren ist gestern Abend bei mir vorbeigekommen.« Sie schnitt eine Grimasse.

»Sag jetzt nicht, dass *er* den Mord an deiner Schwester gestanden hat«, rief Miranda ein wenig albern. »Nach dem, was du mir über diesen schrecklichen Darren erzählt hast, würde ich ihm alles zutrauen.«

Jacquie lachte humorlos auf. »Nein, das nicht. Aber wart ab, bis ich dir zeige, was er mir gegeben hat.« Sie zog das Foto aus ihrer Handtasche. »Das ist meine Schwester. Alison«, erklärte sie und reichte das Foto Miranda. »Ich fürchte, es ist ein wenig dunkel, aber du kannst dir eine ungefähre Vorstellung von ihr machen.«

Miranda studierte das Bild sorgfältig. »Sie war ein hübsches Mädchen. Das scheint der Typ, der neben ihr sitzt, auch zu denken.«

»Genau.« Nun, da sie kurz davor stand, ihre Entdeckung mit Miranda zu teilen, merkte sie, wie angespannt sie war.

Miranda schaute das Bild weiterhin erwartungsvoll an. »Und?«

»Das ist Mike«, sagte Jacquie. »Der Vater ihres Babys. Der Mann, nach dem sie in Westmead gesucht hat.«

Miranda schaute auf. Sie schien die Bedeutung der Worte sofort erfasst zu haben. »Und du glaubst, er hat sie umgebracht?«

»Zumindest ist die Wahrscheinlichkeit sehr groß. Meinst du nicht? Tim hat mir erzählt, dass die meisten Mörder ihre Opfer kennen. Und Mike war der Einzige, den sie in Westmead kannte.«

»Stimmt.« Miranda nickte nachdenklich. »Das musst du Tim zeigen.«

Bei der Aussicht, ihn wiederzusehen, bekam sie Angst. Wahrscheinlich wüde das Foto wieder für Konfliktstoff sorgen und ihren hart erarbeiteten Waffenstillstand aufs Spiel setzten. Nervös erklärte sie: »Aber das Foto ist doch viel zu dunkel; darauf kann man doch niemanden richtig erkennen, oder? Und er schaut auch nicht direkt in die Kamera.« Sie nahm einen Schluck Tee. »*Du* erkennst ihn auch nicht, oder?«

»Ich bin doch erst seit ein paar Monaten in Westmead«, rief Miranda ihr ins Gedächtnis. Sie kippte das Foto, um es in besserem Licht zu sehen, und starrte es eine Weile an. »Aber irgendwie kommt er mir bekannt vor«, sagte sie schließlich. »Vielleicht habe ich ihn schon einmal gesehen. Oder vielleicht sieht er jemandem, den ich kenne, ähnlich.«

Doch Jacquie hatte es bereits aufgegeben. »Tim würde sagen, dass ich damit nur seine Zeit verschwende.«

»Er würde nichts dergleichen sagen.« Erneut beugte Miranda sich über den Schnappschuss. »Wenn es nur ein wenig heller wäre. Oder etwas größer.« Dann stieß sie einen triumphierenden Schrei aus. »Ich hab's!«

»Du weißt, wer er ist?«

»Nein. Aber ich habe eine großartige Idee.« Miranda grinste Jacquie an. »Es gibt hier in Quire Close eine Frau, die Fotografin ist. Eine ziemlich bekannte sogar, wie ich gehört habe, aber das tut nichts zur Sache. Der Punkt ist, dass sie eine eigene Dunkelkammer hat, direkt in ihrem Haus.«

»Und?« Jacquie verstand nicht, was das sollte.

»Wir könnten ihr das Foto geben. Sie könnte daran arbeiten, es vielleicht ein bisschen heller machen. Wenn wir das Bild anständig vergrößern lassen, dann haben wir gute Chancen, diesen Mike zu identifizieren.«

Ihre Begeisterung war ansteckend. »Das kann sein.« Jacquie wollte ihr so gerne glauben. »Meinst du, wir können sie fragen?«

»Ganz bestimmt. Sie ist eine nette Frau. Und sie müsste auch zu Hause sein. Peter hat mir erzählt, dass sie vor kurzem operiert worden ist. Ich wollte sie sowieso besuchen, und das hier wäre ein guter Grund dafür.«

»Dann sollten wir das tun«, sagte Jacquie. »Jetzt gleich.«

Die schreckliche Leoni benahm sich sogar noch schlimmer als am ersten Tag. Da hatte sie sich zumindest etwas Mühe gegeben, Frannie nett zu behandeln, vielleicht, weil sie einen guten Eindruck hinterlassen wollte. Jetzt allerdings hatte sie offensichtlich beschlossen, sich nicht länger anzustrengen. Sie und Frannie betrachteten einander mit offener Feindseligkeit.

»Willst du fernsehen?«, fragte sie Frannie. »Den Kinderkanal?«

»Nein.«

»Na gut. Dann werde *ich* eben fernsehen. Und du kannst machen, was du willst.« Das Mädchen stellte den Fernseher an und zappte mit der Fernbedienung eilig durch die Kanäle. Ricki Lake interviewte in ihrer Talkshow eine Frau, die den Sohn der Frau ihres Exmannes liebte. Im Publikum war, angespornt durch Ricki, eine heiße Diskussion darüber entbrannt, ob so eine Beziehung inzestuös sei.

Frannie holte ihre Oboe heraus, steckte sie zusammen, stellte den Notenständer auf und setzte sich auf einen Stuhl. Dann begann sie, Tonleitern zu spielen.

»Kannst du das nicht lassen?«, fragte Leoni genervt.

»Nein. Ich muss üben.«

Leoni drückte mit dem Daumen auf den Lautstärkeregler. Die Studiogäste schrien sich an.

Frannie spielte lauter.

»Oh, vergiss es«, murmelte Leoni und stellte den Apparat ab. »Ich rufe lieber meinen Freund an.«

»Aber nicht von unserem Telefon aus«, bestimmte Frannie. »Sonst sag ich's meinem Dad.«

»Ich habe ein Handy.« Leoni zog es aus ihrer Handtasche.

Einen Freund. Frannie konnte nicht fassen. Leoni, mit ihren Pickeln und hervorquellenden Augen, hatte einen Freund. Wenn das stimmte, gab es auch für sie Hoffnung.

Nach einer Weile war sie ganz von ihrer Musik gefesselt und hatte die grässliche Leoni fast vergessen. Aber als sie ihr Lieblingsstück beendet hatte und die Noten zuklappte, fiel ihr auf, dass Leoni nicht mehr im Zimmer war. Offenbar war sie mit ihrem Handy ins Schlafzimmer gegangen und hatte die Tür hinter sich geschlossen, um in Ruhe zu telefonieren.

Frannie lächelte. Das war ihre Chance. »Danke, Gott«, flüsterte sie.

Nur um sicherzugehen, dass Leoni nicht sofort aus dem Zimmer gestürzt käme, sobald sie bemerkte, dass Frannie nicht mehr spielte, setzte sie sich kurz hin und schüttelte die Spucke aus ihrer Oboe in Leonis offene Handtasche. Dann legte sie das Instrument auf den Tisch, öffnete die Wohnungstür und schlüpfte leise hinaus.

Es dauerte fast eine Viertelstunde, bis Leoni entdeckte, dass Frannie nicht mehr da war. Sie war völlig in das Gespräch mit ihrem Freund vertieft gewesen. Ihr fiel nicht einmal auf, dass Frannie plötzlich nicht mehr Oboe spielte. Und als sie es schließlich bemerkte, war sie nicht beunruhigt.

Leoni beschloss, eine Zigarette zu rauchen. Mr. Merriday hatte deutlich gemacht, dass in seiner Wohnung nicht geraucht werden durfte, aber es wäre sicherlich in Ordnung, wenn sie sich dabei aus dem Schlafzimmerfenster lehnte. Das Problem war nur, dass ihre Zigaretten in ihrer Tasche waren, und die lag im anderen Zimmer.

Möglichst unauffällig schlenderte sie aus dem Schlafzimmer, ging zu ihrer Tasche und griff nach der Zigarettenschachtel.

Die Zigaretten waren feucht, und Frannie war nirgends zu sehen.

Das war also ihr neuestes Spielchen: sich vor ihr zu verstecken, um ihr Angst einzujagen. Wahrscheinlich hatte sie vor, plötzlich hinter dem Sofa hervorzuspringen und sie zu erschrecken. »Wo versteckst du dich, du kleines ... und so weiter?«, fragte sie. »Das ist nicht lustig.«

Keine Antwort.

»Na gut. Mir doch egal.« Leoni nahm die Packung mit ins Schlafzimmer. Sie hatte sich nun wirklich eine Zigarette verdient. Hauptsache, der kleine Teufel schlich sich nicht hinein, um sie beim Rauchen zu erwischen.

Die meisten der Zigaretten waren ziemlich feucht – wie das wohl passiert war? Aber eine schien trocken genug. Sie drückte das Dachfenster auf und lehnte sich hinaus, zog an ihrer Zigarette und inhalierte den Rauch ganz tief. Es war dunkel, und es regnete.

Das kleine Monster würde ihrer Spielchen schon müde werden, und zwar ziemlich schnell, dessen war Leoni sich sicher. Nachdenklich betrachtete sie die Glut ihrer Zigarette.

Miranda rief Sophie an und erklärte eilig, dass sie Alison Barnetts Schwester bei sich habe und dringend ein Foto vergrößern lassen müsse. Es könnte in dem Mordfall einen entscheidenden Hinweis liefern.

»Alison Barnetts Schwester?«, wiederholte Sophie. »Natürlich helfe ich gerne. Kommen Sie vorbei.«

Sie war schon seit Wochen nicht mehr in ihrer Dunkelkammer gewesen, nicht mehr, seit Dominic ihr geholfen hatte, sie einzurichten. Aber was Miranda Swan gesagt hatte, weckte ihre Neugier.

Die beiden kamen schon ein paar Minuten später. Sie stellten sich gegenseitig vor, wobei Sophie verschwieg, dass sie Jacquie Darke bereits einmal gesehen hatte: durchs Fenster, vor einer Woche, als sie mit dem Polizisten, Sergeant Merriday, in Quire Close gewesen war. Es handelte sich definitiv um dieselbe Frau.

»Es tut mir wirklich Leid, dass wir Sie stören müssen, Mrs. Lilburn«, sagte Jacquie. »Wie Miranda mir erzählte, sind Sie vor kurzem erst operiert worden.«

»Bitte, nennen Sie mich Sophie.« Sie wollte nicht über die Operation sprechen, nicht erzählen, dass sie niemals ein Baby bekommen konnte. Schnell fuhr sie fort: »Sagen Sie mir, wie ich Ihnen helfen kann.«

Jacquie zeigte das Foto. »Ich glaube, wenn es etwas größer wäre und etwas heller, dann könnten wir diesen Mann identifizieren. Er könnte derjenige sein, der meine Schwester ermordet hat.«

Michael Thornley, dachte Sophie und starrte auf das undeutliche Foto. Ganz bestimmt konnte jemand aus dem Kirchenchor ihn identifizieren, wenn er es wirklich war. »Haben Sie das Negativ?«, fragte sie.

Jacquie stöhnte. »Nein. Ist das nötig?« Darren hatte bestimmt die Negative aufgehoben, um etwas gegen sie in der Hand zu haben – falls er sie irgendwann einmal erpressen wollte.

»Nicht unbedingt. Es wäre nur einfacher gewesen, das ist alles.« Sophie führte sie nach oben in die Dunkelkammer.

Es war kalt, ein eisiger Regen fiel, und es war dunkel. Frannie war so glücklich über ihre Flucht, so voller Triumph, dass ihr der Regen und die Kälte nicht einmal auffielen. Die Dunkelheit hingegen war ein wenig beunruhigend; sie war noch nie zuvor alleine im Dunkeln draußen gewesen.

Aber schließlich wusste sie ja, wo sie hinwollte. Sie war zwar den Weg nie alleine gegangen, aber die Kathedrale war ein guter Wegweiser. Riesig, von Scheinwerfern angestrahlt, war sie von überall in der Stadt zu sehen. Frannie wusste, dass sie, solange sie auf die Kathedrale zusteuerte, in die richtige Richtung ging.

Leute, die es eilig hatten, drückten sich vorbei. Keiner bemerkte das Mädchen. Umso besser, denn was hätte sie sagen sollen, wenn jemand sie anhielte?

Als sie die Kathedrale erreicht hatte, stellte sie sich einen Augenblick unter dem Vordach des großen Westtors unter. Hier war sie auch mit Jacquie gewesen. Und welchen Weg hatten sie nach der Abendandacht eingeschlagen? Wo genau lag Quire Close?

Nach ein paar Minuten gelang es ihr, den Torbogen, der nach Quire Close führte, ausfindig zu machen. Schon lag ihr Ziel, das Haus des Kantors ganz am anderen Ende, in Sichtweite. Mrs. Swan würde sie hereinbitten, sie vor den Kamin setzen, damit sie sich aufwärmen konnte. Und sie würde ihr sagen können, wo Jacquie zu finden war.

Frannie rannte die letzten paar Meter durch Quire Close. Sie konnte die hohe, altmodische Klingel nicht erreichen, aber der Türklopfer war leichter zugänglich. Sie klopfte ein paarmal und wartete. Einen Moment später versuchte sie es erneut, aber noch immer wurde ihr nicht geöffnet.

»Sie ist *was*?« Tim Merriday wurde eiskalt. Er hatte schon öfter darüber gelesen, hatte gehört, wie Menschen in einem Verhör dieses Gefühl beschrieben – mir liefen eiskalte Schauer den Rücken runter, sagten sie –, aber bis jetzt hatte er es noch nie selbst erlebt.

»Tut mir Leid«, stammelte dieses verflixte Mädchen. »Sie ist verschwunden. Ich kann sie einfach nicht finden. Ich dachte, dass sie sich vielleicht irgendwo in der Wohnung versteckt. Hinter dem Sofa oder in einem Schrank. Aber ich habe überall nachgesehen. Sie ist nicht hier.«

»Aber wie ist sie denn rausgekommen? Und warum hat sie das getan?«, fragte er, nicht fähig zu glauben, dass Leoni Hollis Recht haben könnte und Frannie wirklich verschwunden war.

»Ich war nur mal schnell ... auf der Toilette.« Leoni klang nicht sehr überzeugend. »Nur eine Minute lang. Und als ich wieder rauskam, war sie weg. Sie hatte vorher noch auf diesem quietschenden alten Ding gespielt, und dann spielte sie plötzlich nicht mehr und war auch nicht mehr da. Ich schwöre Ihnen, Mr. Merriday, sie ist weg.«

»Guter Gott«, rief Tim. Was tat man, wenn sein Kind verschwunden war? Man rief die Polizei an. Aber er *war* die Polizei.

Sophie erklärte die komplizierten Apparate. Ohne Negativ, sagte sie, müsse sie den Schnappschuss selbst abfotografieren und dann das neue Foto entwickeln. Dieses neue Negativ könne sie dann vergrößern und vielleicht auch ein wenig aufhellen.

Allerdings würde das etwas Zeit in Anspruch nehmen. Aber sie wollten warten – um zuzusehen, insofern sie in der Dunkelheit etwas sehen konnten –, während sie sich an die Arbeit machte.

Jacquie rümpfte wegen des unerwarteten Geruchs in der Dunkelkammer die Nase. »Riecht ein wenig ... streng, oder?«

Sophie lachte. »Ja, wahrscheinlich. Ich bin schon so daran gewöhnt, dass ich es gar nicht mehr bemerke. Ich arbeite mit ziemlich starken Chemikalien.«

»Können Sie das nicht alles mit einem Computer machen?«, fragte Miranda. »Ich glaube, ich habe so was mal im Fernsehen gesehen.«

»Ja, so wird das heute gemacht«, bestätigte Sophie. »Digitale Verbesserung und all so was. Aber ich schätze, ich bin Purist, altmodisch genug, um die traditionelle Art zu bevorzugen. Handgemacht. Und es steckt immer noch ein gewisser Zauber darin, Fotopapier in eine Entwicklerflüssigkeit zu legen und zu beobachten, wie das Bild aus dem Nichts entsteht.«

Jacquie war überzeugt, dass sie sich niemals an diesen Geruch gewöhnen könnte, egal, wie sehr sie es versuchte. Aber von der Prozedur war sie fasziniert. Ihr kam alles sehr kompliziert vor. Sophie erklärte ihnen Schritt für Schritt, was sie tat.

»Nun«, sagte sie, als sie das fertige Bild aus dem Fixierbad nahm und an einer Leine befestigte, »es ist noch etwas feucht. Ich schlage vor, dass wir nach unten gehen und eine Tasse Tee trinken. Danach ist auch das Bild fertig, und ich kann es mir einmal richtig anschauen.«

Frannie drückte sich zitternd in eine geschützte Ecke der Steinveranda. Sie wusste nicht, wo sie hingehen oder was sie tun sollte. Vielleicht würde sie ja Kantor Swan in der Kathedrale finden, aber es hatte so heftig angefangen zu regnen, dass sie es nicht wagte, ihren Zufluchtsort zu verlassen.

Bestimmt würde bald jemand kommen.

Sie wusste nicht, wie lange sie schon hier wartete. Die Glocken der Kathedrale schlugen jede Viertelstunde.

Und als sie schon ihre Finger nicht mehr spürte, sah sie plötzlich jemanden auf sich zukommen. »Frannie?«, fragte Kantor Swan ungläubig. »Was um Himmels willen tust du hier, mein Liebes?«

»Mir ... mir ist kalt«, antwortete sie zähneklappernd.

»Das kann ich mir vorstellen. Komm rein. Komm rein, und wir sorgen dafür, dass dir gleich wieder warm wird.«

Er brachte sie in die Küche, setzte sie neben den Ofen und holte eine Decke, um sie darin einzuwickeln. »Wie wäre es mit einem Tee?«, fragte er. »Um dich auch von innen zu wärmen.«

»Ich mag Tee nicht«, gelang es ihr zu antworten, obwohl ihre Zähne immer noch heftig klapperten.

»Das ist hier nicht die Frage, mein Liebes.« Schnell machte er ihr eine Tasse Tee und schüttete viel Zucker und Milch hinein. »Trink das«, befahl er. Sie gehorchte und wärmte sich die Hände an der heißen Tasse.

»Nun«, sagte Kantor Swan, als er zufrieden feststellte, dass sie langsam auftaute. »Erzähl mir, was das alles soll. Was denkt sich dein Vater nur dabei, dich ganz alleine in der Dunkelheit durch die Gegend laufen zu lassen?«

»Er weiß es nicht«, gestand sie kleinlaut. »Ich bin weggerannt. Sozusagen. Nicht vor *ihm*. Vor dieser schrecklichen Leoni, meinem Babysitter.« Sie betonte das letzte Wort mit entsprechender Verachtung.

»Warte mal. Dein Vater weiß nicht, dass du hier bist?«
»Nein.«

Er schüttelte stirnrunzelnd den Kopf und schnalzte missbilligend mit der Zunge. »Er ist bestimmt krank vor Angst. Meinst du nicht?«

Darüber hatte sie sich noch gar keine Gedanken gemacht. Sie hatte nur gehofft, dass er stocksauer auf Leoni sein und sie sofort rausschmeißen würde. »Ich schätze schon«, sagte sie leise.

»Dann sollte ich ihn wohl besser anrufen, oder?«
Frannie nickte.

Kantor Swan rief im Polizeirevier an, und als man ihm sagte, dass Sergeant Merriday nicht mehr da sei, wählte er die Handynummer, die Frannie ihm gab.

Tim nahm beim ersten Klingeln ab. »Ja?«

»Sergeant, hier ist Peter Swan. Ich habe Ihre Tochter hier bei mir. In meinem Haus in Quire Close.«

»Ich bin sofort da«, sagte Tim. »In fünf Minuten, vielleicht zehn, je nach Verkehr.«

»Er kommt in ein paar Minuten«, klärte der Kantor Frannie auf. »Da hast du gerade noch genug Zeit, mir zu sagen, was hier los ist.«

Sie ließ den Kopf hängen. »Ich erzähle es Ihnen, wenn Sie mir versprechen, meinem Dad nichts zu verraten.«

»Versprochen.«

»Ich wollte Mrs. Swan sprechen. Ich wollte sie nach Jacquie Darkes Telefonnummer fragen. Und«, fügte sie ehrlich hinzu, »ich wollte, dass Leoni Ärger bekommt.«

»Aber Frannie.« Er lächelte sie an, sein strenges, hässliches Gesicht verwandelte sich wieder in das des freundlichen Mannes, den sie am vergangenen Abend kennen gelernt hatte. »Wenn hier jemand Ärger bekommt, dann ist es wahrscheinlich nicht Leoni.«

»Ich glaube, Sie haben Recht«, stimmte Frannie mit Bedauern in der Stimme zu.

»Ich habe Michael Thornley nie getroffen«, sagte Sophie, als sie das Foto betrachtete. »Zumindest nicht, dass ich wüsste. Aber irgendwie kommt er mir bekannt vor, auf merkwürdige Art und Weise.«

»So geht es mir auch«, versicherte Miranda. »Ist Mike hier gut getroffen, Jacquie? So, wie du dich an ihn erinnerst?«

»Ich wünschte, ich könnte mich besser erinnern«, sagte Jacquie reumütig. »Aber um die Wahrheit zu sagen, ich habe damals nicht sonderlich auf ihn geachtet. Und es ist schon so viele Jahre her. Aber ich *glaube* zumindest, dass er gut getroffen ist.« Es klingelte an der Tür. Sophie erstarrte, doch dann fiel ihr ein, dass Clunch normalerweise nicht um diese Uhrzeit kam.

Und selbst wenn, sie war ja nicht alleine, sie war in Sicherheit.

Dominic stand vor der Tür und entschuldigte sich für seine Verspätung. »Ich bin in der Schule aufgehalten worden«, sagte er grinsend. »Ist denn noch Tee übrig?«

»Komm rein. Für dich ist immer Tee übrig.«

Er blieb direkt hinter der Tür stehen und schnüffelte. »Sie waren in der Dunkelkammer.« Er lächelte. »Das kann ich an Ihren Kleidern riechen. Was haben Sie denn gemacht?«

Sie wollte es ihm nicht sagen, wollte ihn nicht mit etwas so Unschönem belasten. »Das ist eine lange Geschichte«, sagte sie ausweichend und dirigierte ihn ins Wohnzimmer.

»Oh, tut mir Leid. Ich wusste nicht, dass Sie Besuch haben.«

Sophie stellte vor: »Jacquie, Miranda, mein Freund Dominic Verey. Dominic, ich glaube, du hast Mrs. Swan schon kennen gelernt. Und das ist Mrs. Darke.«

Dominic begrüßte Miranda und Jacquie höflich.

Sophie bemerkte, dass Jacquie ihn merkwürdig ansah und die Augen zusammenkniff. »Ich bin mir sicher, dass wir uns kennen«, sagte sie.

»Vielleicht«, entgegnete Dominic höflich. Seine Mutter hatte ihm beigebracht, einer Dame niemals zu widersprechen.

Jacquie blickte auf das Foto in ihrer Hand und dann wieder zu Dominic. Wortlos hielt sie ihm das Bild hin. »Das«, sagte sie, »sieht dir sehr ähnlich.«

Dominic nahm das Foto und studierte es verwirrt. »Wo haben Sie das denn her?«, fragte er.

Natürlich, dachte Sophie wie betäubt. Deswegen war ihr der Junge auf dem Bild so bekannt vorgekommen. »Aber das kann nicht Dominic sein«, hörte sie sich selbst sagen.

»Nein, das bin nicht ich. Aber die Leute haben immer behauptet, dass wir uns sehr ähnlich sehen.« Er schaute verwirrt von Jacquie zu Sophie und dann wieder auf das Bild. »Wo haben Sie das her?«, fragte er erneut.

»Ich verstehe das nicht«, sagte Miranda.

»Das ist mein Bruder«, erklärte Dominic. »Worthington. Was wollen Sie mit einem Foto von meinem Bruder?«

Kapitel 24

Frannie bekam eine Standpauke wie noch nie zuvor in ihrem Leben. Ihr Vater war außer sich vor Wut – Wut, die seiner Liebe und Angst um sie entsprang.

Es tat ihr Leid, dass er sich solche Sorgen um sie gemacht hatte, was sie ihm niedergeschlagen sagte.

»Ich weiß einfach nicht, was du dir dabei gedacht hast, Frannie«, sagte er in furchtbar ruhigem, sachlichem Ton, der mehr schmerzte als alles Schreien oder Schimpfen. »Dir hätte so viel passieren können, so ganz alleine in der Dunkelheit. Ein Bus hätte dich überfahren, jemand hätte dich überfallen können. Oder du hättest dir ohne Mantel den Tod holen können. Ich dachte, du hättest wenigstens etwas Verstand, Frannie. Ich kann dir gar nicht sagen, wie enttäuscht ich von dir bin.«

»Ich werde es nie mehr tun«, versprach sie.

»Da hast du verdammt Recht. Und du wirst dich entschuldigen. Bei Leoni und bei Kantor Swan.«

Wenn er sie wirklich zwingen würde, sich bei Leoni zu entschuldigen, dann würde sie einfach ihre Finger hinter dem Rücken überkreuzen, beschloss sie. Sie hatte ihren Vater nicht so aufregen wollen, aber es interessierte sie überhaupt nicht, ob sie Leoni Ärger gemacht hatte oder nicht. Das geschah ihr nur recht, dieser blöden Kuh. Und sie, Frannie, würde genau dasselbe wieder tun. Später, als ihr Vater sie alleine gelassen hatte, damit sie über das, was sie angestellt hatte, nachdenken konnte, beschloss sie, mit Gott ein Geschäft zu machen.

»Wie wäre es, Gott?«, flüsterte sie. »Ich verspreche, dass ich nett zu Leoni bin. Ich will ihr keinen Ärger mehr machen und mich auch nicht mehr über sie beklagen. Aber nur, wenn du Jacquie zurückbringst. Mehr brauchst du gar nicht zu tun. Du musst ihnen nicht einmal helfen, damit sie zusammenkommen – Jacquie und Dad. Das kannst du ruhig mir überlassen. Wenn du das tust, Gott, werde ich ganz brav sein. Für den Rest meines Lebens. Versprochen.«

Nun gab es für Jacquie keinen Zweifel mehr daran: Sie musste zur Polizei gehen. Miranda bestärkte sie darin.

»Es ist wirklich wichtig«, sagte Miranda. »Das ist der Durchbruch. Du musst es ihnen sagen, du musst es *Tim* sagen. Er wird wissen, was zu tun ist.«

»Aber es ist nicht mehr sein Fall«, wandte Jacquie ein.

Miranda lächelte. »Mach dir darüber keine Gedanken. Er kann uns auf jeden Fall sagen, was wir tun sollen.«

Schließlich schlug Miranda vor, Tim zu sich nach Hause zu bitten, damit Jacquie nicht aufs Polizeirevier müsse. So konnte sie dabei sein, diskret im Hintergrund, falls Jacquie ihre Unterstützung brauchte.

Miranda rief Tim am Freitagmorgen an. Sie erklärte nicht, worum es ging, betonte nur, dass es wichtig sei.

Tim kam sofort und war erstaunt, Jacquie in Mirandas Wohnzimmer vorzufinden. Er blinzelte, um sicherzugehen, dass er sich das nicht nur einbildete.

»Ich dachte, Sie wären abgereist«, sagte er und hätte Miranda am liebsten einen vorwurfsvollen Blick zugeworfen. Doch er konnte seine Augen nicht von Jacquie abwenden. »Sie sagte mir, Sie seien nicht mehr hier.«

Jacquie lächelte unvermittelt, als ihre Blicke sich trafen. »Ich war ja auch abgereist. Aber jetzt bin ich zurück. Ich muss Ihnen etwas zeigen. Etwas Wichtiges.«

Es dauerte eine Weile, bis sie ihm alles auseinander gesetzt hatte, ohne ihm allerdings genauer zu erklären, wie sie nach so vielen Jahren an das Foto gekommen war. »Der Film war all die Jahre noch in der Kamera«, schloss sie ihren Bericht. »Mein Ex-Mann hat ihn mir schließlich gegeben.«

»Und Sie wollen mir erzählen«, sagte er verwirrt, »dass dieser Mike, der Mann auf dem Foto, nicht Michael Thornley ist, sondern Worthington Verey.«

»Ganz genau.«

Tim studierte die Vergrößerung. »Sind Sie sicher?«

»Es scheint kaum einen Zweifel zu geben. Ich habe vor elf Jahren dieses Bild von einem Mann gemacht, den ich als Mike kannte. Und Dominic Verey sagt, dass es sich definitiv um seinen Bruder handelt. Worthington Verey.«

»Aber warum ›Mike‹?« Tim schüttelte den Kopf.

Miranda gab die Antwort. »Michael ist sein zweiter Name, wie sein Bruder uns erklärte. Er wurde nach seinem Patenonkel benannt, dem Erzbischof von Canterbury: Worthington Michael Ramsey Verey.«

»Der Erzbischof von Canterbury.« Tim schloss die Augen und stöhnte. Das war endgültig das Aus für seine Karriere. »Haben Sie irgendeine Vorstellung davon, in was für einen Albtraum Sie mich da hineinziehen?«

»Michael Ramsey ist tot«, gab Miranda zu bedenken und musste lächeln. »Er kann nichts mehr unternehmen, was Ihnen schaden könnte.«

»Aber Worthington Verey ist noch ziemlich lebendig und seine Mutter ebenso. Und der Dekan. Und der Bischof. Und die ganze verdammte Anglikanische Kirche.«

»Tut mir Leid«, sagte Jacquie. »Aber ich musste es Ihnen erzählen.«

Tim beugte sich nach vorne und legte seine gefalteten Hände zwischen seine Knie. »Selbstverständlich. Aber Sie sehen das Problem?«, fragte er.

»Ich kann verstehen, dass es nicht leicht ist.«

»Nicht leicht? Es ist … unmöglich.« Jetzt wandte er sich an Miranda. »Ihr Mann ist Kantor. Ihnen muss doch klar sein, gegen wen wir da kämpfen.«

»Gegen die Kirche in all ihrer Größe und Macht.«

»Exakt.« Er schüttelte den Kopf. »Worthington Verey ist ein wichtiger Mann. Ein Abgesandter in heiligem Auftrag – sagt man das nicht so? Ich weiß nicht, was für einen Titel er genau hat oder was für eine Position, aber er wird sehr wahrscheinlich der nächste Dekan von Westmead, wenn man seiner Mutter glauben darf.«

»Ich habe in Peters *Crockford* nachgeschlagen«, sagte Miranda. »Er ist Rektor von St. Mary's in Tidmouth und Landesdekan des Dekanats Tidmouth.«

In diesem Moment kam Tim ein weiterer beunruhigender Gedanke. »Sie haben das noch nicht mit Ihrem Mann besprochen, oder?«

»Nein«, versicherte sie ihm. »Obwohl es mir nicht leicht gefallen ist – normalerweise habe ich keine Geheimnisse vor Peter. Aber ich wollte ihm noch nichts sagen, bevor Jacquie mit Ihnen gesprochen hat. Es gibt nur noch eine Person, die davon weiß«, fügte Miranda hinzu. »Sophie Lilburn.«

»Und was ist mit Dominic Verey?«

Miranda schüttelte den Kopf. »Wir haben ihm nichts davon erzählt.«

»Wir sagten nur, dass wir ein Foto seines Bruders hätten, weil er früher meine Schwester kannte«, erläuterte Jacquie. »Und ich glaube, dass er keine Ahnung hat, wer ich bin oder wer Alison war.«

Es handelte sich um eine sehr bedeutsame Entdeckung, davon war er überzeugt. Die erste richtig heiße Spur. Ein Foto von dem Mann, der Alisons Verbindung zu Westmead war.

Doch eigentlich fingen damit die Probleme erst an.

Was sollte er also mit dieser neuen Information anfangen?

Wenn er wieder auf eigene Faust ermitteln würde – vor allem jetzt, wo es gar nicht mehr sein Fall war –, riskierte er seinen Job.

Aber wenn er zum Superintendent ginge, bekäme er ebenfalls Ärger. Denn der Superintendent war ein Freund des Dekans, und der Dekan war Elspeth Verey wegen seiner Ernennung verpflichtet. Und soweit er wusste, war der Superintendent ebenfalls ein Freund von Elspeth Verey. Wenn Tim nicht vorsichtig war, würde er sich in der Uniform eines Streifenpolizisten wiederfinden und Strafzettel verteilen.

Tim wollte Alison Barnetts Mörder finden. Das hatte er sich an dem Tag geschworen, als er die Leiche sah. Dieser Mord war immer etwas gewesen, was ihn persönlich betroffen hatte, nie nur irgendein Fall.

Und jetzt war es auf ganz andere Art noch persönlicher geworden.

Wenn er den Fall lösen würde, hätte er sich endlich vor Jacquie bewiesen. Sie hielte ihn nicht länger für einen nutzlosen Stümper. Wenn er den Mörder ihrer Schwester fand, sähe sie ihn in einem neuen Licht. Sie könnten noch einmal von vorne anfangen und vergessen, wie ihre Beziehung begonnen hatte und wie schnell alles schief gelaufen war. All das würde dann hinter ihnen liegen.

Wenn.

Als er sprach, wandte er sich an Jacquie, als ob Miranda gar nicht existieren würde. »Ich weiß, dass ich das schon mal gesagt habe«, begann er schnell. »Und ich weiß, dass ich mein Versprechen noch nicht eingelöst habe. Aber ich werde Alisons Mörder finden. Wenn Worthington Verey sie umgebracht hat, dann verspreche ich, dass ich alles tun werde, um ihn vor Gericht zu bringen. Er steht nicht über dem Gesetz, nur weil er ein Geistlicher ist und seine Mutter so viel Einfluss besitzt.«

Jacquie betrachtete ihn ruhig, ihre Stimme klang ebenso ernsthaft wie seine. »Ich glaube Ihnen«, sagte sie. »Und ich glaube, wenn es irgendjemand kann, Tim, dann Sie.«

Sophie war völlig aufgelöst, nicht in der Lage, sich auf irgendetwas zu konzentrieren. Morgens hatte sie sich schlichtweg geweigert, Chris zu erzählen, was geschehen war. Tief verletzt ging er in die Schule, und sie brütete weiter vor sich hin.

Die Ereignisse des vorausgegangenen Tages hatten sie tief verstört. Ihr Weltbild und das Vertrauen in ihre Menschenkenntnis waren erschüttert.

Dominics Bruder war ein Mörder, das schien ihr jetzt, nachdem sie das Foto gesehen hatte, ziemlich sicher. Aber was war dann mit Leslie Clunch? Das entwendete und lang versteckte Tagebuch, die verdächtigen Umstände von Charmians Tod – hatte das denn gar nichts zu bedeuten? War er einfach nur ein kranker, Mitleid erregender Mann, aus dem ihre überbordende Fantasie ein Monster und einen Mörder gemacht hatte?

Wenn Worthington Verey Alison Barnett umgebracht hatte, dann musste sich Sophie nicht länger vor Leslie Clunch fürchten.

Das war allerdings ein geringer Trost. Auch wenn sie Clunch Unrecht getan haben sollte, so hatte sie doch kein Mitleid für ihn übrig. Und es änderte nichts an ihrer instinktiven Abwehr und Verachtung für ihn.

Als es dann morgens an der Tür klingelte, war sie entschlossen, nicht aufzumachen.

»Mrs. Lilburn«, hörte sie eine Stimme sagen. »Hier ist Sergeant Merriday.«

»Oh! Eine Sekunde.« Konnte sein Besuch etwas mit Worthington Verey zu tun haben?

Sie ließ ihn hinein und bot ihm eine Tasse Tee an, aber er lehnte ab.

»Entschuldigen Sie, dass ich Sie nicht vorher angerufen habe«, sagte er. »Aber ich war schon in der Siedlung und dachte, dass es an der Zeit wäre, dass wir uns noch mal unterhalten.«

Noch mal unterhalten. Sophie führte ihn ins Wohnzimmer und setzte sich ihm mit besorgter Miene gegenüber. »Was kann ich für Sie tun, Sergeant?«

»Es geht um Leslie Clunch«, erklärte Tim unverhohlen. »Als wir das letzte Mal gesprochen haben, wollten Sie mir nicht verraten, warum Sie Angst vor ihm haben oder ihm misstrauen. Vielleicht haben Sie ja jetzt Ihre Meinung geändert?«

Sophie faltete die Hände im Schoß und starrte sie an. Sie wollte ihm nicht in die Augen blicken.

Alles hatte sich geändert. Warum sollte sie es ihm also nicht endlich verraten? Gut, sie hatte es Olive Clunch versprochen.

Aber jetzt schien es so, als bestünde wenig Gefahr, dass Clunch wegen Mordes an Alison Barnett ins Gefängnis kam ...

Kurz entschlossen schaute Sophie auf. »Ja«, sagte sie, »ich habe meine Meinung geändert.«

Tim lief kopfschüttelnd auf den Torbogen am Eingang von Quire Close zu, die Hände tief in den Taschen vergraben. Er hatte Sophie Lilburn ganz spontan aufgesucht, wahrscheinlich, weil er noch ein wenig Zeit brauchte, um sich darüber klar zu werden, was er mit den brisanten Informationen über Worthington Verey anfangen sollte. Und Sophie Lilburn hatte ihm schließlich mehr erzählt, als er erwartet hatte.

Nachdem sie einmal angefangen hatte, schien sie nicht mehr aufhören zu können. Leslie Clunch: ein Voyeur, ein schmutziger alter Mann im besten Falle. Und im schlimmsten? Vielleicht kein Mörder, auch wenn Charmians Tod noch einmal genauer untersucht werden musste. Auf jeden Fall aber hatte er sich der Irreführung der Justiz schuldig gemacht. Wäre Alison Barnetts Mörder schon vor elf Jahren gefasst worden, wenn er ihr Tagebuch nicht hätte verschwinden lassen und die Polizei ihren Namen erfahren hätte? Wahrscheinlich. Das ließ Clunchs Vergehen in einem anderen Licht erscheinen. Was er getan hatte, war unverzeihlich.

Clunch wohnte direkt am Eingang von Quire Close. Am besten, er schaute gleich einmal bei ihm vorbei.

Er hatte Glück. Clunch war zu Hause.

Tim stellte sich vor. »Ich hoffe, Sie haben ein paar Minuten Zeit, sich mit mir zu unterhalten.«

Clunch blickte über seine Schulter ins Innere des Hauses und sagte mit leiser Stimme: »Meine Frau schläft, Sergeant. Sie ist sehr krank.«

»Wenn es Ihnen lieber ist«, sagte Tim ruhig, »können wir auch aufs Polizeirevier gehen, da würden wir sie nicht stören. Für den Fall, dass wir uns hier nirgends in Ruhe unterhalten können. Ich würde Sie nicht stören, wenn es nicht dringend wäre.«

Der Mann zögerte einen Moment und schien seine Möglichkeiten abzuwägen. Neugier und Selbstüberschätzung siegten schließlich. »Na gut, dann«, sagte Clunch und trat zur Seite. »Ich denke, wir können nach oben gehen.«

Das Haus stank nach jahrelanger Krankheit. Tim versuchte, den muffigen Geruch zu ignorieren, und folgte dem alten Mann die steilen Stufen hinauf in ein winziges Zimmer, mit Blick auf die ganze Siedlung. Er stellte sich ans Fenster und schaute nach draußen, während Clunch sich in einen schäbigen Sessel fallen ließ. »Hübsche Aussicht«, sagte Tim.

»Ja.«

»Sie können die ganze Siedlung sehen. Bis zu der Stelle, wo Alison Barnetts Leiche gefunden wurde«, sagte er nachdenklich.

»Damals haben wir hier noch nicht gewohnt«, erklärte Clunch.

Tim wusste das, aber sein Gesicht blieb ausdruckslos. »Ach nein?«

»Nein. Wir wohnen hier erst, seit ich pensioniert bin.«

Ein langes Schweigen entstand, das Tim nicht unterbrach. Da er sich nicht auf das Bett setzen wollte, lehnte er sich ans Fenster, die Hände in den Taschen, entspannt, abwartend.

»Also geht es darum?«, fragte Clunch schließlich. »Um Alison Barnett?«

»Wie kommen Sie darauf, Mr. Clunch?«

»Weil sie identifiziert wurde. Es stand in der Zeitung, und die Leute reden darüber.« Er legte seine Arme auf die Lehne.

»Und was sagen die Leute?«

»Dass sie von jemandem aus Quire Close ermordet wurde. Von Michael Thornley, wie ich gehört habe – einem der Chorsänger. Ich erinnere mich an ihn.« Clunch schien während er sprach immer mehr Vertrauen zu fassen. »Ich hatte schon immer den Eindruck, dass dieser Typ ein wenig sonderbar war. So eng stehende Augen, wenn Sie verstehen, was ich meine. Das hätte ich eigentlich schon damals sagen können. Ich bin mir sogar ziemlich sicher, dass ich es gesagt habe. Dem Inspektor, der den

Fall bearbeitet hat. ›Behalten Sie Michael Thornley im Auge‹, sagte ich. Aber mir hat ja keiner zugehört.«

Das war ein so offensichtlicher Blödsinn, dass Tim sich sehr zusammennehmen musste, um es ihm nicht zu sagen. »Sie erinnern sich also an die damaligen Ermittlungen, Mr. Clunch?«

»Mich daran erinnern?« Clunch warf sich in die Brust, als er sich im vergangenen Glanz sonnte. »Ich habe viel zu den Ermittlungen beigetragen, Sergeant. Sie sind wahrscheinlich zu jung, um sich daran zu erinnern, aber ich war wahrscheinlich der letzte Mensch, der sie gesehen hat – vom Mörder natürlich abgesehen. Ich gab der Polizei eine genaue Beschreibung von ihr, und ich hatte den Koffer. Sie hatte ihn mir gegeben, um ihn einzuschließen, wissen Sie.«

Tim verschränkte die Arme vor der Brust. »Sie hatten ihren Koffer.«

»Ja, das stimmt. Sobald mir klar wurde, dass er mit dem Mord in Zusammenhang stand, habe ich ihn der Polizei ausgehändigt.«

»Ohne ihn geöffnet zu haben?«

Clunch zuckte ein wenig zusammen, als habe man ihn in seiner Ehre verletzt. »Aber natürlich.«

»Und was ist mit dem Tagebuch?«, fragte Tim mit derselben ruhigen Stimme.

»Tagebuch?« Das Wort endete mit einem Quieken, und Clunchs Blick wanderte hastig von Tim zur Kommode.

»Warum, Mr. Clunch, haben Sie das Tagebuch von Alison Barnett nicht zusammen mit ihrem Koffer der Polizei übergeben?«

»Ich weiß nicht, wovon Sie sprechen. Es gab kein Tagebuch.« Seine Stimme klang überzeugend, fast ein wenig streitlustig.

»Aber wenn Sie den Koffer nicht geöffnet haben, Mr. Clunch, woher wissen Sie dann, dass es kein Tagebuch gab?« Tim steckte die Hände wieder in die Taschen und klimperte mit seinem Kleingeld.

Nach einer kurzen Pause sagte Clunch, diesmal mit weniger Überzeugung: »In der Zeitung stand nichts von einem Tagebuch. Daran würde ich mich erinnern.«

»Aber wie sollte es auch in der Zeitung stehen, wo Sie doch der Einzige waren, der davon wusste? Sie haben es an sich genommen, Mr. Clunch, und die Polizei hatte keine Ahnung, dass es existiert.«

Clunch schluckte und zupfte an den herausstehenden Fäden seines Sessels. »Ich vermute, ihre Schwester hat was von einem Tagebuch erzählt«, sagte er. »Nun, ich jedenfalls weiß nichts davon. Wie ich schon sagte, ich habe den Koffer nicht geöffnet.«

Tim spielte noch immer mit den Münzen, um Clunch noch ein wenig in seinem eigenen Saft schmoren zu lassen. »Hätten Sie etwas gegen eine Hausdurchsuchung einzuwenden, Mr. Clunch?«, fragte er schließlich.

Erschrocken sah Clunch zu ihm auf. »Eine Hausdurchsuchung? Aber meine Frau ist schwer krank, das habe ich Ihnen doch gesagt. Sie würde das nicht ertragen. Und Sie würden auch gar nichts finden. Alison Barnetts Tagebuch? Warum sollte ich Alison Barnetts Tagebuch haben?«

Tim verzog den Mund zu einem freudlosen Lächeln. »Das müssen schon Sie mir verraten.«

»Sie dürfen mein Haus nicht durchsuchen«, sagte Clunch, den Kiefer trotzig vorgeschoben. »Das werde ich nicht zulassen. Und ich werde mich beim Superintendent beschweren. Das ist Belästigung. Ich bin ein unbescholtener Bürger. Ich habe von Anfang an mit der Polizei zusammengearbeitet. Was Sie hier andeuten, ist unglaublich.«

»Oh, ich glaube, dass der Superintendent das womöglich etwas anders sieht«, gab Tim zurück. »Wenn ich ihm sage, dass ich eine Zeugin habe, die das Tagebuch gesehen hat und die bezeugen kann, dass es in Ihrem Besitz ist. Dann glaube ich kaum, dass es Schwierigkeiten geben wird, einen Durchsuchungsbefehl zu bekommen. Und wenn Sie versuchen sollten, das Tagebuch zu verstecken oder loszuwerden, bevor die Durchsuchung stattfindet ...« Er ließ den Satz unvollendet und beobachtete, wie Clunch vor seinen Augen in sich zusammenfiel.

Mit einem Mal war er nicht mehr mutig und streitlustig, sondern nur noch ein zitternder alter Mann. Tränen liefen aus seinen Augen. Er fragte nicht einmal, wer die Zeugin war. »Ich wollte doch nichts Böses«, wisperte er mit hauchdünner Stimme. »Ich habe sie nicht getötet. Ich ... wollte es nur behalten. Um es ... zu lesen.«

»Wenn Sie es mir jetzt bitte geben würden, Mr. Clunch, dann brauchen wir Ihre Frau nicht zu stören.«

»Ja. Natürlich.« Clunch klang jetzt eifrig. Er musste nicht einmal aus seinem Sessel aufstehen, sondern konnte von seinem Platz aus die unterste Schublade der Kommode aufziehen und das kleine, rosafarbene Büchlein hervorholen. »Hier ist es. Besser spät als nie, wie, Sergeant?« Er reichte es Tim und zwinkerte ihm unbeholfen zu. »Hier ist es, und wir brauchen kein Wort mehr darüber zu verlieren.«

»Vielen Dank.« Tim widerstand der Versuchung, das Tagebuch zu öffnen. Er steckte es in seine Tasche, und Clunch erhob sich.

»Wenn das alles ist, Sergeant – ich muss das Mittagessen vorbereiten. Olive – Mrs. Clunch – erwartet ...«

»Nun, ich glaube nicht, dass das alles ist.«

Clunch ließ sich zurück in seinen Sessel fallen. »Sonst habe ich nichts an mich genommen, Sergeant. Das kann ich Ihnen versichern. Nur das Tagebuch. Sonst nichts.«

»Das kann ja sein.« Tim sah ihn ruhig an. »Aber da gibt es noch die geringfügige Tatsache, dass Sie die Justiz in die Irre geführt haben. Sie haben Beweismaterial zurückgehalten, und das hatte einen großen Einfluss auf die Ermittlungen, Mr. Clunch. Wenn wir das Tagebuch gehabt hätten, wenn wir ihren Namen gewusst hätten, wäre der Fall vermutlich schon vor elf Jahren gelöst worden.«

»Ich wollte nichts Böses«, wiederholte Clunch. »Und jetzt habe ich es Ihnen doch gegeben ...«

»Ich glaube nicht, dass das so einfach ist.«

Clunch schluckte schwer, sein Adamsapfel hüpfte in seinem dünnen Hals auf und ab. »Sie werden mich doch nicht verhaften, oder?«

»Die Möglichkeit besteht durchaus.«

»Aber meine Frau«, flehte Clunch. »Sie braucht mich. Sie können doch nicht ...«

Wie um seine Worte zu bekräftigen, erklang in diesem Augenblick eine nörgelnde Stimme. »Leslie! Meine Tabletten!«

»Meine Frau. Kann ich zu ihr gehen?«

Tim nickte. »Ich warte.«

Nachdem Clunch gegangen war, ließ sich Tim in den schmuddeligen Sessel sinken und dachte darüber nach, was er als Nächstes tun sollte. Es war geradezu lächerlich einfach gewesen, das Tagebuch zu bekommen. Clunch war ohne große Mühe einfach zusammengeklappt. Beinahe tat ihm der alte Mann Leid. Und Mrs. Clunch – was würde aus ihr werden, wenn ihr Mann nicht mehr da war?

Dann dachte er daran, dass Alison Barnett elf Jahre lang eine namenlose Leiche gewesen war, nur weil Clunch sich eingemischt hatte, dachte an die unzähligen Stunden verschwendeter Polizeiarbeit. Und an Jacquie Darke, der Gerechtigkeit für den Tod ihrer Schwester verwehrt worden war.

Und an Charmian. Was war mit Charmian Clunch?

Als er hörte, wie Clunch ein paar Minuten später wieder die Treppe hinaufkam, nahm Tim erneut seinen Platz am Fenster ein.

»Sehen Sie?« Clunch war ein wenig außer Atem. »Sie braucht mich. Die ganze Zeit. Sonst kann sich niemand um sie kümmern.«

»Erzählen Sie mir von Charmian«, sagte Tim. »Erzählen Sie mir vom Tod Ihrer Tochter.«

Clunch keuchte, als sei er geschlagen worden, und fiel zurück in seinen Sessel. »Charmian?«, fragte er mit zittriger Stimme.

»Wie ist sie gestorben?«, fragte Tim geradeheraus. »Haben Sie sie getötet?«

Aus dem Gesicht des alten Mannes entwich alle Farbe. »Sie getötet? Wie können Sie so etwas auch nur vermuten? Ich habe meine Tochter geliebt. Es vergeht nicht ein einziger Tag, wo ich nicht an sie denke, sie nicht vermisse ...«

»Wie ist sie also gestorben?«

Clunch drehte den Kopf weg, als schäme er sich seiner Tränen. »Sie hat sich umgebracht«, flüsterte er.

Tim steckte die Hände in die Taschen und tastete nach dem Tagebuch. »Sie haben sie dazu getrieben«, sagte er. »Sie haben sie missbraucht, nicht wahr? Ihre eigene Tochter.«

Jetzt wandte sich Clunch um und starrte ihn mit wütendem Entsetzen an. »Niemals«, keuchte er. »Ich habe nie Hand an das Mädchen gelegt. Ich habe sie niemals berührt.«

Nein, dachte Tim und begriff plötzlich, berühren passt nicht zu Clunch. Er war ein Voyeur, bei ihm spielte sich alles im Kopf ab. »Aber Sie haben sie angesehen, nicht wahr?«, fragte er sanft. »Sie haben sie beobachtet.« Er konnte sich alles genau vorstellen: Clunch, wie er durch Schlüssellöcher schaute, ihr in Ecken auflauerte, immer und überall war. Keuchend, geifernd. Das war genug, um ein sensibles junges Mädchen dazu zu bringen, sich das Leben zu nehmen. »Daddy, es tut mir so Leid. Aber ich konnte es einfach nicht länger ertragen.«

»Sie war ... so schön«, sagte Clunch erstickt. »Ich konnte nichts dagegen tun. Ich wusste, dass es falsch war, aber ich konnte nichts dagegen tun.« Er blickte mit tränenüberströmtem Gesicht zu dem Polizisten auf. »Und jetzt vermisse ich sie jeden Tag. Meine herrliche Charmian. Sie ist tot. Bin ich noch nicht genug bestraft?«

Angeekelt wandte Tim sich ab. Er wollte nur noch raus hier, dieser bedrückenden Atmosphäre, diesem durchdringenden Geruch nach Krankheit entfliehen, und vor allem diesem sich in Selbstmitleid badenden alten Mann, der seine eigene Tochter in den Tod getrieben hatte. Er brauchte frische Luft, und er wollte seine Hände waschen.

»Ich gehe jetzt«, sagte er abrupt und ging zur Tür.

Erleichterung stand in Clunchs Gesicht. »Sie nehmen mich nicht fest?«

»Oh, ich werde zurückkommen«, antwortete Tim. »Darauf können Sie wetten, Mr. Clunch. Ich werde zurückkommen.«

Sophie freute sich nicht gerade auf Elspeth Vereys Besuch. Sie versuchte, nicht darüber nachzudenken, was wohl dahinter steckte und warum Elspeth gerade jetzt um ein Gespräch gebeten hatte.

Für ihre Verabredung hatten sie eine seltsame Zeit vereinbart – nach dem Mittagessen und vor der Teestunde. Sollte sie Erfrischungen anbieten? Würde Elspeth das erwarten?

Elspeth wusste ja, dass Sophie krank war, bestimmt erwartete sie deshalb nicht viel. Aber eine Tasse Tee war nur höflich, und Sophie wusste aus Erfahrung, dass Tee einem Gespräch oft auf die Sprünge half und ungemütliche Situationen auflockerte. Also richtete sie ein Tablett und erwartete Elspeths Ankunft. Als ihre Uhr drei zeigte, sah sie sich im Zimmer um und versuchte sich vorzustellen, wie es auf Elspeth wirken musste. Seit Madeline abgereist war, hatte niemand mehr richtig aufgeräumt. Doch jetzt war es zu spät, um daran noch etwas zu ändern. Sophie zuckte mit den Schultern. Die Freesien, die Elspeth ihr hatte schicken lassen, begannen zu verblühen. Ihr herrlicher Duft war dem Geruch abgestandenen Wassers gewichen. Und dann sah Sophie in der letzten Sekunde, dass das Foto von Alison Barnett und dem Mann namens Mike noch auf dem Abstelltisch stand. Jacquie hatte nur die Vergrößerung mitgenommen und das Original vergessen. Schnell warf sie es in eine Schublade.

Punkt drei klingelte es an der Tür, nur Sekunden, nachdem die Glocken der Kathedrale geläutet hatten. Sophie öffnete, so schnell sie konnte. »Kommen Sie herein«, sagte sie. »Möchten Sie mir Ihren Mantel geben?«

Elspeth Vereys Mantel war in Wirklichkeit ein Cape, das sie jetzt aufknöpfte und mit einer schnellen Bewegung auszog. Darunter offenbarte sie eine Garderobe in ihrem ganz eigenen Stil: Über weiten, schwarzen Hosen trug sie eine silberfarbene Samttunika, die hervorragend zu ihrem Haar passte. Sie weiß definitiv, welche Farben ihr stehen, dachte Sophie, und wie sie sich am wirkungsvollsten kleidet. Der Stil war sowohl zeitlos als auch elegant und unangepasst; sie setzte

Trends mehr, als dass sie ihnen folgte. Sophie war froh, dass sie selbst eines ihrer Lieblingskleider angezogen und sich einen Seidenschal umgeworfen hatte. Sie hatte sogar etwas Make-up aufgelegt.

Sie gingen in das vordere Wohnzimmer. Obwohl Elspeth zum ersten Mal hier war, verschwendete sie keine Zeit damit, das Zimmer zu mustern, sondern ging sofort auf einen Stuhl mit hoher Rückenlehne, der vor dem Kamin stand, zu.

»Möchten Sie eine Tasse Tee?«, fragte Sophie.

»Nein, danke, Mrs. Lilburn. Das hier ist kein Höflichkeitsbesuch.«

Sophie, erschrocken über die Schroffheit ihrer Worte, nickte und nahm auf dem Sofa Platz.

Und sofort wünschte sie, sie hätte das nicht getan. Elspeth Stuhl war höher, sodass sie auf Sophie herabsah. Das gab ihr einen Vorteil, den Sophie geradezu als bedrohlich empfand, wenn man Elspeths Eröffnungsworte bedachte. Ihre einzige Verteidigung war zu schweigen. Sie wartete, bis ihr Gast den nächsten Schritt machte.

»Ich schätze, Sie wundern sich, warum ich hier bin.«

Sophie senkte bejahend den Kopf, sagte aber noch immer nichts.

»Es geht um meinen Sohn.«

Also genau, was sie befürchtet hatte.

»Dominic«, fügte Elspeth hinzu.

»Ja. Dominic.« Sophie lächelte, als sie seinen Namen aussprach.

Elspeth erwiderte das Lächeln nicht. »Ich weiß nicht, Mrs. Lilburn, ob Sie sich im Klaren darüber sind, dass die Leute in Westmead über Sie und meinen Sohn sprechen.«

Sophie errötete. »Die Leute in Westmead reden über eine Menge dummes Zeug«, entgegnete sie scharf. »Das zeigt nur, dass sie nichts Besseres zu tun haben.«

»Das kann schon sein. Aber ich mag es nicht, wenn mein Sohn der Inhalt solcher Gerüchte ist.«

»Das ist ganz bestimmt nicht mein Problem«, sagte Sophie.

»Und ich kann den Leuten nicht vorschreiben, was sie reden sollen.«

Elspeth senkte die Lider. »Die Frage, die ich mir stelle, Mrs. Lilburn, ist: Was genau *ist* denn Ihr Problem? Warum haben Sie es nötig, so viel Zeit mit meinem Sohn zu verbringen?«

Das geht Sie nichts an! hätte Sophie am liebsten geantwortet. Aber sie riss sich zusammen. »Wir sind Freunde«, sagte sie. »Ich weiß nicht, warum das für die Leute so schwer zu verstehen ist.«

»Dann lassen Sie mich ganz offen sein.« Elspeth sah Sophie nicht an. »Mein Sohn ist sechzehn Jahre alt. Sechzehn«, wiederholte sie mit Nachdruck. »Es ist nicht normal für einen Jungen von sechzehn Jahren, sich als Freundin, wie sie es bezeichnet, eine Frau von – ich schätze, Sie sind dreißig?«

»Einunddreißig.«

»Eine Frau von einunddreißig Jahren auszusuchen«, fuhr Elspeth fort. »Genauso wenig ist es normal, dass eine einunddreißigjährige Frau auf einen Sechzehnjährigen als Freund angewiesen ist.«

Sophies ruhige Stimme zeigte nichts von ihren Gefühlen, die eine Mischung aus Erstaunen, Irritation, Verlegenheit und Wut waren. »Was wollen Sie damit andeuten?«

Elspeth ließ sich mit der Antwort Zeit, wählte ihre Worte sorgfältig. »Es mag Menschen geben, die sagen würden – nun, tatsächlich gibt es Leute, die es bereits gesagt haben –, dass diese Beziehung keine ... normale Beziehung ist. Es ist nicht so ungewöhnlich, dass Frauen in einem gewissen Alter sich sexuell zu jungen Männern hingezogen fühlen. Und Dominic ist, wie ich sehr wohl weiß, ein attraktiver junger Mann.«

Noch heftiger errötend unterbrach Sophie die Frau. »Das ist doch lächerlich! Da gibt es nichts in dieser Art zwischen Dominic und mir.«

Elspeth hob eine Hand. »Bitte, Mrs. Lilburn. Lassen Sie mich ausreden.« Sie beugte sich nach vorne und sah Sophie an. »Ich glaube Ihnen. Ich glaube nicht eine Sekunde lang, dass Sie meinen Sohn verführt haben oder ihn als sexuelles Spielzeug benutzen. Ich erzähle Ihnen nur, was die Leute so reden.«

»Nun, wenn sie so was sagen, dann täuschen sie sich. Und sie tun mir Leid, wenn sie nicht mehr haben, worüber sie reden können.«

Elspeth fuhr fort, als habe Sophie nichts gesagt: »Also habe ich mich gefragt, wenn das nicht das Motiv für diese ungewöhnliche ... Beziehung ist, was dann?«

»Wie ich bereits sagte. Wir sind Freunde.«

Wieder ignorierte Elspeth ihren Einwurf. »Soll ich Ihnen sagen, was ich glaube?«

»Bitte.«

»Ich weiß«, sagte Elspeth, »dass Sie keine Kinder bekommen können. Dass Sie vor kurzem erst eine Operation hatten, die Ihnen das jetzt für immer unmöglich macht.«

Sophie zuckte bei diesen unerwarteten Worten zusammen und nickte. Sie konnte sich nicht vorstellen, wohin das Gespräch führen sollte.

»Und ich vermute, dass Sie sich in Ihrer Enttäuschung, niemals Mutter werden zu können, meinem Sohn zugewandt haben. Sie sehen ihn wahrscheinlich als eine Art Ersatz für die Kinder, die Sie nicht bekommen können.«

Die Worte trafen Sophie wie ein Schlag in den Magen. Ihre Narbe zog sich schmerzhaft zusammen. Unwillkürlich legte sie die Hände darauf. Einen Moment lang konnte sie nicht sprechen, bis ihr klar wurde, dass Elspeth auf eine Antwort wartete. »Das stimmt nicht«, keuchte sie.

»Ich habe natürlich erwartet, dass Sie es abstreiten. Aber mir scheint es sehr offensichtlich.«

»Nein.«

Elspeth fuhr mit erbarmungslos ruhiger Stimme fort: »Und was viel schlimmer ist, Mrs. Lilburn, Sie versuchen, meinen Sohn gegen mich aufzubringen. Nicht nur, dass Sie all seine Zeit in Anspruch nehmen, Sie versuchen auch noch, meine Rolle als Mutter zu untergraben.«

Diese Anschuldigung überraschte sie. »Inwiefern?«

»Sie ermutigen ihn«, sagte Elspeth, »mir nicht mehr zu gehorchen. All dieser lächerliche Unsinn über eine Karriere als Fotograf. Er ist *mein* Sohn«, fügte sie mit plötzlicher Wärme hinzu, »und ich kenne ihn. Ich weiß, was für ihn das Beste ist. Er ist zu jung und unerfahren, um selbst zu entscheiden, welchen Weg er einschlagen soll. Und ich will nicht, dass Sie sich einmischen.«

»Es ist *sein* Leben«, rief Sophie herausfordernd. »*Seine* Zukunft, nicht die Ihre. Und wenn die Tatsache, dass ich ihn darin unterstütze, für Sie eine Einmischung bedeutet, dann bekenne ich mich schuldig.«

»Genau das habe ich mir gedacht.« Elspeth faltete ihre Hände im Schoß und blickte auf sie hinunter. »Ich lasse das nicht zu, Mrs. Lilburn«, sagte sie.

»Was meinen Sie damit?«

»Ich möchte«, erklärte Elspeth mit ruhiger, aber fester Stimme, »dass Sie sich von meinem Sohn fern halten.«

Sophie schnappte nach Luft, riss sich aber so weit zusammen, dass sie antworten konnte: »Ich zwinge Ihren Sohn zu nichts, Mrs. Verey. Er kommt zu mir. Warum sagen Sie das nicht ihm?«

Elspeth entfaltete ihre Hände und machte eine ungeduldige Handbewegung, als wolle sie ein nervendes Insekt verscheuchen. »Das ist doch Haarspalterei, Mrs. Lilburn. Sie wissen doch ganz genau, was ich meine.«

Es war unglaublich, unfassbar. Sophie war außer sich, aber sie versuchte, es nicht zu zeigen. »Und wenn ich ... Ihrem Befehl nicht gehorche?«

Elspeth kniff die Lippen zusammen und sah an Sophie vorbei durchs Fenster. »Ich könnte die Karriere Ihres Mannes ruinieren. Sehr leicht sogar.«

Und das konnte sie wirklich, wie Sophie wusste. Elspeth Vereys Macht und Einfluss waren gewaltig. Ein Wort von ihr zum Dekan, und Chris wäre am Ende.

Das war Erpressung, schlicht und einfach.

Machtlosigkeit, Schmerz und Wut wallten in ihr auf. Sie war unfähig zu sprechen.

»Sie werden ganz bestimmt einen Weg finden, Dominic beizubringen, dass seine Besuche nicht länger erwünscht sind«, sagte Elspeth leise. »Das überlasse ich ganz Ihnen.« Ihr Verhalten zeigte deutlich, dass sie nicht eine Sekunde daran zweifelte, dass Sophie ihr gehorchen werde. »Vielleicht können Sie ihm ja klar machen, dass er kein Talent als Fotograf besitzt und nur Ihre Zeit vergeudet.«

Wütend widersprach sie: »Er hat sogar sehr viel Talent. Und das habe ich ihm auch gesagt.«

»Darum geht es nicht. Und es spielt auch gar keine Rolle. Dominic wird Priester werden, Mrs. Lilburn. Ob es Ihnen nun gefällt oder nicht.« Damit erhob sich Elspeth aus dem Stuhl und machte sich bereit zu gehen. Ihre Mission war erfüllt.

Ihr Sohn ist schwul. Diese Worte hämmerten in Sophies Kopf, wollten ausgesprochen werden. Sie wollte sie herausschreien und Elspeths Gesicht sehen, ihr Entsetzen, ihre Ungläubigkeit, wenn sie langsam begriff, dass es die Wahrheit war.

Ihr Sohn ist schwul.

Sie biss die Zähne zusammen. Das konnte sie Dominic nicht antun. So sehr sie es auch herausschreien und Elspeth Verey verletzen wollte, sie konnte die mächtigste Waffe, die ihr zur Verfügung stand, nicht einsetzen. Es *würde* Elspeth verletzen, aber auch Dominic. Und was würde aus ihrer Freundschaft werden?

Ist das wirklich meine mächtigste Waffe?, fragte sie sich.

»Ein Priester«, hörte sie sich selbst tonlos sagen. »Ganz so wie Ihr anderer Sohn.«

»Wie Worthington, genau.« Elspeths Gesichts wurde weich, als sie seinen Namen aussprach.

Sophie holte tief Luft. »Und was würden Sie sagen, wenn ich Ihnen erzähle, dass Ihr kostbarer Sohn Worthington ein Mörder ist?«

»Ein Mörder? Machen Sie sich doch nicht lächerlich.« Sie schien in keinster Weise alarmiert, nur abweisend.

»Ich glaube, er hat das Mädchen in der Siedlung umgebracht.«

Elspeth blieb stehen. »Das Mädchen?«

»Alison Barnett. Vor elf Jahren.« Sie sagte das so sachlich, dass sie über sich selbst erstaunt war.

»Was in aller Welt bringt Sie dazu, eine so völlig absurde Behauptung aufzustellen?« Elspeths Stimme war höhnisch, aber sie ließ sich wieder auf den Stuhl sinken. »Er hat Alison Barnett nicht gekannt. Er hat dieses Mädchen nie getroffen. Warum sollte er sie also umbringen?«

»Er hat sie gekannt«, fuhr Sophie unerbittlich fort. »Hat er Ihnen das nicht erzählt?« Während sie Elspeths Gesicht betrachtete, fragte sie sich, wie viel Worthingtons Mutter wirklich wusste. Damals und heute. Wusste sie von der Affäre? Ahnte sie, dass er etwas mit dem Tod des Mädchens zu tun hatte? Hatte er ihr alles gestanden? Hatte sie es vermutet?

»Wovon sprechen Sie überhaupt?« Elspeths Stimme klang hölzern.

Unwillkürlich sprach Sophie weiter, den Blick immer auf das Gesicht der anderen Frau geheftet. »Er kannte sie. Sie haben sich im Urlaub kennen gelernt. Sie hatten eine Affäre, oder zumindest haben sie miteinander geschlafen. Als sie umgebracht wurde, war sie von ihm schwanger.«

Elspeth wurde kalkweiß, und ihre Pupillen vergrößerten sich, bis sie fast das Blau der Iris verdrängt hatten. Sie öffnete den Mund, schloss ihn dann aber wieder und benetzte ihre Lippen mit der Zunge. »Das ist absurd«, sagte sie schließlich. »Eine bösartige Lüge.«

»Tatsächlich?«

Sie schien sich wieder zu fassen, ihre Pupillen schrumpften. »Worthington ist Priester. Er ist ein verheirateter Mann. Sie müssen ihn mit einem anderen verwechseln.«

»Verheiratete Männer können Affären haben. Sogar ein Priester kann eine Affäre haben. Und Worthington Verey ist der Mann, der Alison Barnett geschwängert hat.«

»Woher wollen Sie das wissen? Sie sagen das nur, um mich zu treffen. Wegen Dominic.« Elspeth krampfte wieder ihre Hände ineinander.

Mit einem Mal war Sophie klar, dass Elspeth es wusste. Und dass ihre Überraschung nur daher rührte, dass es jemand herausgefunden hatte. »Ich würde so etwas wohl kaum erfinden«, sagte Sophie. »Ich weiß, dass es wahr ist. Ich kann nicht beweisen, dass er sie ermordet hat, aber ich kann beweisen, dass er sie kannte.«

»Unmöglich.«

Sophie langte hinter sich und zog das belastende Foto aus der Schublade, in die sie es gestopft hatte. »Hier«, sagte sie und reichte es Elspeth. »Das Mädchen auf dem Bild ist Alison Barnett. Können Sie abstreiten, dass der Mann Ihr Sohn ist?«

Elspeths Blick flog über das Foto. »Das ist Worthington«, gab sie zu. »Und vielleicht beweist das, dass er sie gekannt hat. Aber alles Weitere sind nur wilde Spekulationen.«

»Ihre Schwester war dabei. Sie weiß, was in diesem Griechenlandurlaub passiert ist.«

Einen Moment lang schien Elspeth in sich zusammenzusinken. Dann gewann sie ihre Fassung zurück, nahm das Foto, und bevor Sophie sie daran hindern konnte, hatte sie es in kleine Schnipsel zerrissen.

»Warum haben Sie das getan?«

»Er hat sie nicht getötet«, erklärte Elspeth. »Ich kenne meinen Sohn. Ich weiß, wozu er fähig ist und wozu nicht. Worthington ist nicht in der Lage, jemanden umzubringen. Ich kann nicht zulassen, dass Sie so bösartige Verleumdungen über ihn verbreiten, nur wegen Ihres angeblichen ›Beweisstücks‹. Ich beschütze nur meinen Sohn. Ich würde alles tun, um ihn zu beschützen.«

Das Wunschdenken einer Mutter, dachte Sophie. Ich würde wahrscheinlich genauso reagieren. Wenn ich einen Sohn hätte. »Ich bin sicher, Sie würden auch nicht vor einer Lüge zurückschrecken, um ihn zu beschützen. Aber wenn Worthington sie nicht umgebracht hat, wer dann?«

Elspeths Augen waren schmal geworden. Ein gefährliches Glitzern lag darin. »Wenn Sie doch so klug sind, Mrs. Lilburn, warum fragen Sie *mich* dann?«

Es war, als ob die Welt zusammenbräche. Sophie sah sie an, und plötzlich wusste sie die Wahrheit: Elspeth Verey hatte sie im Grunde bereits gestanden. Sie würde, hatte sie gesagt, alles tun, um ihren Sohn zu beschützen. »Worthington hat sie nicht umgebracht«, sagte sie sanft. »*Sie* waren es.«

Ihr feines Gesicht sah aus wie in Marmor gemeißelt, doch als sie sprach, klang ihre Stimme nicht weniger gefasst als vorher. »Ich würde wirklich alles tun, um ihn zu beschützen«, wiederholte sie.

»Deshalb haben Sie sie umgebracht. Um ihn zu beschützen.«

Elspeth nickte und zeigte dabei nicht mehr Gefühlsregung, als wenn sie die Einladung zu einer Tasse Tee angenommen hätte. »Er war immer viel zu gutherzig. Als er aus dem Urlaub kam, erzählte er mir von dem Mädchen. Er behauptete, er habe sich verliebt, und sagte, er wolle sie heiraten.« Sie machte eine abwehrende Handbewegung. »Das war natürlich lächerlich, und das habe ich ihm auch gesagt. Es kam gar nicht infrage.«

Sophie konnte nicht glauben, was sie da hörte. Sie wollte sie nicht unterbrechen, konnte aber nicht umhin zu sagen. »Aber wenn er sie geliebt hat ...«

»Liebe!« Elspeth lächelte höhnisch. »Was weiß schon so ein junger Mann von Liebe? Worthington brauchte keine Liebe, sondern eine anständige Frau. Die *richtige* Frau. Eine, die ihn unterstützen würde. So wie es meine Mutter bei meinem Vater getan hat. Und ich bei Richard.«

»Und Alison Barnett war nicht gut genug für ihn.«

»Das war sie ganz bestimmt nicht. Ich kannte das Mädchen natürlich nicht, aber ihr liebestolles Getue reichte mir, um es gleich zu wissen: Sie war ein Niemand. Sie kam von nirgendwoher. Sie gehörte nicht einmal der Anglikanischen Kirche an.« Elspeth zog die Mundwinkel nach oben, was fast wie ein Lächeln gewirkt hätte, wäre es nicht so entsetzlich freudlos gewesen. »Außerdem war er so gut wie verlobt, mit Heather. Ich kannte ihre Eltern seit Jahren. Ihr Vater ist der Erzdiakon, wissen Sie.«

»Und Sie haben Heather für Ihren Sohn ausgewählt«, stellte Sophie fest.

»Selbstverständlich. Aber er wollte einfach nicht kapieren, dass sie die Richtige für ihn ist. Und sie *war* die Richtige. Sie hat ihm drei wundervolle Kinder geschenkt, sie hat seine Karriere unterstützt und ihm beigestanden. Genauso, wie ich es bei Richard getan habe.« Elspeth schloss die Augen halb. »Richard war gerade erst gestorben. Worthington war natürlich sehr traurig. Durcheinander. Er wollte Heather wegen des Mädchens verlassen. ›Das Leben ist zu kurz‹, sagte er. Aber ich konnte ihn davon überzeugen, wie dumm das war. Schließlich sah er ein, dass ich Recht hatte. Kurz vor seiner Ordination fragte er Heather, ob sie ihn heiraten würde, und sie nahm seinen Antrag an.«

Und dann, dachte Sophie, erschien Alison Barnett in Westmead, schwanger. Welcher schreckliche Zufall hatte Elspeth auf sie aufmerksam werden lassen? »Wie haben Sie Alison kennen gelernt?«, fragte sie direkt. »Woher wussten Sie, dass sie es war?«

Elspeth schaute wieder zum Fenster hinaus. »Purer Zufall«, sagte sie. »Wir sind uns praktisch direkt vor diesem Haus über den Weg gelaufen. Es war der Abend vor Worthingtons Ordination. Das Priorhaus wurde renoviert, wir waren aber noch nicht eingezogen. Ich hatte so viel im Kopf wegen Richards Tod und dem neuen Haus und der Ordination und der Verlobung, dass ich ganz vergessen hatte, etwas zu überprüfen. Ich musste den Bauarbeitern für den nächsten Tag entsprechende Anweisungen geben. Also ging ich zu unserem neuen Haus. Ich sah sie in der Siedlung. Sie wirkte so verloren, dass ich sie fragte, ob ich ihr helfen könne. Und dann sah ich, was sie um den Hals trug. Es war das Kreuz meines Sohnes.«

Sie sprach weiter, noch immer völlig emotionslos. »Ich hatte Worthington dieses Kreuz gegeben, und er hat es immer getragen. Doch als er aus dem Urlaub zurückkam, war es verschwunden. Er druckste herum, behauptete, es irgendwo verloren haben. Also wusste ich natürlich sofort, wer sie war. Und ich wusste, warum sie nach Westmead gekommen war – um Worthington zu finden. Ich lud sie ins Priorhaus ein. Ich musste sie nicht erst lange ermutigen zu erzählen, ich brauchte ihr nur zuzuhören. Jedes einzelne Wort, das sie sagte, bestärkte mich in meiner Überzeugung: Sie war die absolut unpassende Frau für meinen Sohn.« Elspeth machte eine Pause.

»Und dann hat sie mir von dem Baby erzählt.« Ihr Gesicht, bisher sorgsam kontrolliert, verkrampfte sich. »Sie wollte natürlich, dass er sie heiratet. Und das hätte er auch getan, der sentimentale Narr, er hätte es getan. Sie hätte ihn gefunden, und er hätte sie geheiratet. Hätte alles weggeworfen, seine Karriere, seine Zukunft, Heather – im Namen der *Liebe*. Verstehen Sie nicht? Ich konnte einfach nicht zulassen, dass er das tat. Ich musste sie aufhalten, bevor sie sein Leben verpfuschen konnte.«

Sein Leben verpfuschen, dachte Sophie. Ihr wurde eiskalt. So, wie sie Dominic half, sein Leben zu verpfuschen?

»Es war so leicht«, erklärte Elspeth nachdenklich. »Ich musste nur nach dem Kreuz greifen und die Kette verdrehen. Es ging ganz schnell, sie merkte kaum, was geschah. Ich glaube nicht, dass sie sehr gelitten hat.«

Nein. Nur ihre Lungen, die nach Luft schrien, die Dunkelheit, die auf sie herabfiel ...

»Dann ging ich zurück ins Dekanat, wo wir eine kleine Familienfeier wegen der Ordination und der Verlobung hatten. Nichts Großartiges natürlich. Schließlich waren wir alle in Trauer.«

In Trauer, ja, aber nicht wegen des armen Mädchens, dessen Leiche während dieses Festes im Priorhaus lag. Nicht wegen des Enkelkindes, das niemals geboren werden würde ...

»Und später, viel später, als alle schon schliefen, bin ich zurück nach Quire Close gegangen. Ich ließ ihre Handtasche verschwinden und nahm das Kreuz meines Vaters wieder an mich. Dann trug ich sie auf die Straße und ließ sie vor dem Haus des Kantors liegen.«

Alles war nur geschehen, um ihren Sohn zu beschützen. Ob Worthington jemals erfahren, oder zumindest vermutet hatte, was Elspeth für ihn getan hatte? Welches Verbrechen sie begangen hatte? Trug auch er einen Teil der Schuld, weil er davon wusste?

Elspeth blickte Sophie an, als könne sie ihre Gedanken lesen. »Mein Sohn hat es nie erfahren«, sagte sie. »Ich hätte ihn nie damit belastet. Es gab keinen Grund, das nicht identifizierte Mädchen, von dem die Zeitungen schrieben, mit dem Mädchen, das er in Griechenland kennen gelernt hatte, in Zusammenhang zu bringen. Wir haben nie darüber gesprochen. Und sofort nach seiner Ordination zog er in seine neue Kirchengemeinde.«

»Und Sie kamen davon«, sagte Sophie. »Denn niemand tauchte auf, um sie zu identifizieren und ihr einen Namen zu geben. Es gab nichts, was sie mit Ihrem Sohn in Zusammenhang brachte. Und eines Tages gab die Polizei auf.«

Elspeth nickte. Ein kleines zufriedenes Lächeln umspielte ihre Lippen.

Angeekelt rief Sophie: »Sie haben jemanden umgebracht. Ein Mädchen, das noch sein ganzes Leben vor sich hatte. Und das Baby. Sie haben ein unschuldiges Baby getötet, bevor es noch geboren wurde. Ihr Enkelkind. Und es tut Ihnen überhaupt nicht Leid?«

»Ich tat, was nötig war, um die Zukunft meines Sohnes zu sichern. Und ich würde es wieder tun.«

Nun bekam Sophie es mit der Angst zu tun. Sie fürchtete plötzlich um ihr eigenes Leben. Bis jetzt war ihr der Gedanke, dass sie in Gefahr sein könnte, noch gar nicht gekommen. Sie waren zwei zivilisierte Frauen und keine ungehobelten Schläger, die sich auf den Straßen der Slums bis aufs Blut bekämpften. Aber Elspeth war verrückt – ganz offensichtlich –, und Sophie war in doppelter Hinsicht eine Bedrohung für sie. Zum einen wegen ihrer Freundschaft zu Dominic, und zum anderen, weil sie nun von ihrem Verbrechen wusste. Elspeth hatte schon einmal gemordet, um ihren Sohn zu beschützen, wahrscheinlich würde sie es auch ein zweites Mal tun.

Aber Sophie war noch nicht bereit zu sterben, das wurde ihr schlagartig klar. Denn dann würde sie niemals die Chance bekommen, sich mit Chris auszusöhnen und alles wieder in Ordnung zu bringen. Er würde nie erfahren, wie sehr sie ihn liebte und wie Leid es ihr tat, dass sie ihn so verletzt hatte.

Elspeth machte einen Schritt auf sie zu. Ihr Gesicht war entschlossen und zugleich fast ausdruckslos. Sophie hatte noch nie eine solche Angst empfunden.

»Es würde Ihnen nichts nützen, mich zu töten«, sagte Sophie und versuchte, so ruhig wie möglich zu klingen. »Man würde Sie sofort fassen.«

»Das glaube ich nicht, Mrs. Lilburn. Wer sollte mich wohl verdächtigen, Sie umgebracht zu haben? Ich würde behaupten, dass ich Sie besuchen wollte und Ihre Leiche gefunden habe. Ich weiß, dass dieser langweilige kleine Mann, Clunch, Sie regelmäßig besucht. Ich würde die Polizei auf die Idee bringen, dass er es vielleicht war. Sie haben seine Annäherungsversuche zurückgewiesen, und er hat Sie mit Ihrem eigenen Schal erwürgt.«

Sophies Hände fuhren an ihren Hals, sie versuchte, den Schal aufzuknoten. Aber ihre Finger waren wie betäubt, die Seide glitt durch sie hindurch, der Knoten ließ sich nicht öffnen. »Nein«, flüsterte sie. »Es würde Ihnen nichts nützen. Ich bin nicht die Einzige, die das Foto kennt.«

Elspeth hielt inne. »Wer weiß noch davon?«

»Jacquie Darke. Die Schwester. Sie hat noch einen Abzug, eine Vergrößerung. Und Miranda Swan weiß es auch. Sie sind damit zur Polizei gegangen.«

Elspeth kam noch einen Schritt näher. »Und was meinen Sie, wem die Polizei eher glauben wird?«, fragte sie höhnisch. »Diesen Frauen oder mir? Ich werde das sagen, was ich auch Ihnen gesagt habe: Mein Sohn kannte das Mädchen, und das war's. Er hatte nichts mit ihrem Tod zu tun.«

»Sie werden Ihnen nicht glauben«, rief Sophie verzweifelt. Elspeth war nur noch ein paar Schritte entfernt. Sie hob ihre Hände.

»Ich denke schon. Mein Mann kannte den Konstabler sehr gut. Er ist ein enger Freund des Superintendent. Wir treffen uns heute noch gelegentlich. Sie hätten keinen Grund, mir nicht zu glauben.«

Sophie drückte sich ins Sofa, als die perfekt manikürten Hände die Enden ihres Schals ergriffen. »Nicht«, keuchte sie. »Nicht.«

»Sie haben sich in mein Leben eingemischt, Mrs. Lilburn. In das Leben meiner Söhne.« Elspeths Hände waren stark, sie drehte den Schal mit aller Kraft zusammen.

Sie spürte den Schmerz, schwarze Wellen schlugen über ihr zusammen. War das also das Ende? War Elspeths Gesicht das Letzte, was sie sehen würde, so wie Alison Barnett? Sophie kämpfte, krallte sich in dem Schal fest und dann an Elspeths Händen. Aber es half nichts. Sie war viel zu schwach, um sich zu wehren, und Elspeth war entschlossen, sie zu töten.

Mit letzter Kraft begann Sophie zu schreien. Es war kein sonderlich lauter Schrei, aber mehr brachte sie nicht heraus. Ihre Lippen formten den Namen ihres Mannes.

Und dann, wie durch ein Wunder, ließ der Druck nach. Sie schnappte krampfhaft nach Luft, verschluckte sich. Als die Dunkelheit sich lichtete, sah sie, dass Elspeth den Schal losgelassen hatte. Sie stand aufrecht, die Arme fest an den Körper gepresst.

Hinter ihr stand Chris.

Sophie sah ihn an und brach in Tränen aus.

Kapitel 25

Samstagmorgen. Tim vergrub sein Gesicht im Kopfkissen, noch nicht bereit, seinen Schlafplatz auf dem Sofa zu verlassen. Er war müde, völlig erschöpft. Der vorangegangene Tag war einer der denkwürdigsten in seiner beruflichen Laufbahn gewesen, und jetzt wollte er nur noch schlafen.

Gott sei Dank hatte Chris Lilburn die Geistesgegenwart besessen, ihn direkt anzurufen und nicht den Notruf. Das hatte wertvolle Zeit gespart.

Trotzdem mochte er es noch immer nicht glauben. Elspeth Verey, die ungekrönte Königin von Quire Close, war eine Mörderin. Niemand hatte je auch nur im Traum daran gedacht, sie zu verdächtigen. Außerdem hatte jeder geglaubt, Alison Barnett sei von einem Mann umgebracht worden.

Schließlich hatte der Mörder viel Kraft gebraucht, um die Leiche zu ihrem Fundort zu schleppen. Doch Menschen in Ausnahmesituationen entwickelten häufig diese Art von Kraft – Frauen genauso wie Männer.

Elspeth Verey war keine zarte Frau, und sie hatte es getan.

Als Sophie Lilburn ihm die Geschichte erzählte, dachte Tim zuerst, Elspeth habe gelogen, um ihren Sohn zu schützen. Sie hatte doch gesagt, dass sie alles für ihn tun würde. Vielleicht also auch eine Schuld auf sich nehmen, die in Wirklichkeit die seine war? Das wäre im Grunde das größte Opfer, und Tim hielt sie dessen eher für fähig, als einen Mord zu begehen. Zwar wusste Elspeth von der Kette, mit der Alison ermordet worden war – ein Beweisstück, das nur der Mörder kannte –, aber es war auch möglich, dass Worthington ihr davon erzählt hatte.

Doch schließlich hatte Elspeth ihn davon überzeugt, dass Worthington nichts von dem Mord wusste, dass er zum Zeitpunkt der Tat mit seinem jüngeren Bruder Dominic und seiner Verlobten Heather gemütlich im Dekanat gesessen hatte.

Außerdem hatte Elspeth versucht, Sophie Lilburn zu töten. Das hatte ihn mehr als alles andere von ihrer Schuld überzeugt.

An diesem Morgen würde Elspeth in der nicht sonderlich komfortablen Gefängniszelle des Polizeireviers von Westmead aufwachen. Und bald würde jeder in Westmead es wissen. Barry Sills, mit seinem unheimlichen Radar und seinen Kontakten nach Quire Close, hatte fast augenblicklich von der Geschichte erfahren. Sie würde heute auf der Titelseite des *Westmead Herald* erscheinen, und morgen würden dann alle anderen Zeitungen darüber berichten.

»Dad, schläfst du noch?« Frannie schlurfte mit Watson auf dem Arm und im Nachthemd aus dem Schlafzimmer.

»Mhm.« Er rührte sich nicht. Vielleicht würde sie ja zurück ins Bett gehen, wenn er sich schlafend stellte.

»Ich möchte nämlich wissen, was wir heute unternehmen. Es ist Samstag«, erinnerte sie ihn. »Und es sieht so aus, als ob es ein schöner Tag wird.«

Samstag. Wie ihm zu seinem Schrecken einfiel, hatte er versprochen, diesen Tag mit Liz zu verbringen. Und er hatte sich noch nicht getraut, Frannie davon zu erzählen.

Eigentlich wollte er am Freitag Liz absagen – jetzt, da Jacquie wieder da war. Aber dann hatten sich die Ereignisse überstürzt, und er hatte es vergessen. Jetzt war es zu spät. Er versuchte sich selbst einzureden, dass er noch oft Gelegenheit haben würde, Jacquie zu treffen. Dieser eine Tag würde daran nichts ändern.

Er drehte sich zur Seite und schaute auf die Uhr. Liz wollte in einer Stunde vorbeikommen, um sie abzuholen. Aber Frannie jetzt schon Bescheid sagen? Unmöglich.

Als Sophie an diesem Morgen erwachte, fühlte sie sich außergewöhnlich gut – so traumatisch der Tag zuvor auch gewesen war. Um ein Haar wäre sie ermordet worden.

Aber sie war *nicht* ermordet worden. Sie lebte und war glücklich darüber. Damit lösten sich auf einmal so viele Probleme ...

Der wichtigste Grund, warum sie sich so gut fühlte, lag neben ihr: Chris. Zum ersten Mal seit Wochen hatte er in ihrem Bett geschlafen, und sie hatten sich bis tief in die Nacht unterhalten. Er hatte sie tröstend in den Armen gehalten, sie fest an sich gedrückt und auch im Schlaf nicht losgelassen.

Sie liebte ihn, das wusste sie jetzt. Sie hatte ihn immer geliebt, niemals damit aufgehört. Aber das Kinderproblem hatte alles andere überschattet. Sie hatte ein Baby gewollt und geglaubt, es sei ihr Fehler, dass sie ihm keines schenken konnte. Ihre Schuld war enorm: Sie hatte das Kinderkriegen wegen ihrer Karriere immer wieder hinausgezögert, bis es zu spät gewesen war. Und aus diesem Gefühl heraus, an allem schuld zu sein, hatte sie ihn in den letzten Wochen so brüsk zurückgewiesen. Statt es gemeinsam durchzustehen, hatten sie sich auseinander gelebt.

Er hatte ihr im wahrsten Sinne des Wortes das Leben gerettet. Irgendeine Ahnung hatte ihn dazu bewogen, an diesem Nachmittag nach Hause zu fahren, um den Streit vom Morgen beizulegen, um alles zwischen ihnen wieder in Ordnung zu bringen. Und dann hatte er ihr das Leben gerettet. Er war da gewesen, als sie ihn am meisten brauchte.

»Aber wieso?«, hatte sie ihn später gefragt. »Warum bist du ausgerechnet jetzt nach Hause gekommen?« Es war fast wie ein Wunder.

»Ich weiß nicht genau«, gestand er. »Ich hatte einfach plötzlich das Gefühl, dass alles schon viel zu lange falsch lief. Ich wollte mit dir sprechen, ich wollte dir klar machen, dass letztendlich die Sache mit den Kindern keine Rolle spielt. Dass nur unsere Ehe wichtig ist. Ich habe dich geheiratet, weil ich dich liebe, nicht weil ich unbedingt Kinder wollte. Ich wollte dir das sagen, versuchen, es dir verständlich zu machen.«

Und tief in der Nacht, als sie aneinander gekuschelt im Bett lagen, hatte Chris ihr ein erstaunliches Geständnis gemacht: Er war auf Dominic Verey eifersüchtig gewesen. Dominic hatte jeden Nachmittag bei ihr verbracht. Das, sagte Chris, sei auch der Grund gewesen, warum er nach der Schule und vor der Probe nicht mehr nach Hause gekommen sei. Er habe sich wie ein Eindringling in seinem eigenen Haus gefühlt, der ihre gemütliche Zweisamkeit störe.

»Aber das ist doch Unsinn«, protestierte Sophie, die nicht wusste, ob sie beleidigt sein oder lieber lachen sollte. »Es gibt keinen Grund, eifersüchtig zu sein. Ich war hier so einsam, und Dominic war mir ein guter Freund.«

Er sei schuld an ihrer Einsamkeit, sagte Chris. Sie seien aus London hierher gezogen, weil *er* es so gewollt habe, und dann habe er alles nur noch schlimmer gemacht, indem er in eine Welt eingetaucht sei, die nicht die ihre war, in das von Männern dominierte Universum von Westmead. Der Kathedralenchor. Er habe ihre Isolation geahnt, aber da er nicht wusste, wie er damit und mit seinen Schuldgefühlen umgehen sollte, habe er diese Ahnung ignoriert.

Er versprach, dass nun alles anders werden würde.

»Ich bin so froh«, sagte er, »dass Dominic sich um dich gekümmert hat.«

Sie sprachen leise, weil sie nicht alleine waren. Dominic schlief oben im Gästezimmer. Er war zu ihnen gekommen, als seine Mutter abgeführt wurde.

Noch war es zu früh, um etwas über Dominics Zukunft zu sagen. Sein Bruder Worthington hatte da auch noch ein Wörtchen mitzureden. Vielleicht würde er wollen, dass Dominic mit ihm in Tidmouth lebte. »Er kann hier bleiben, so lange er will«, hatte Chris gesagt und sie im Dunkeln angelächelt. »Wir brauchen das Zimmer nicht mehr.«

Aber Sophie hatte mit dem Zimmer etwas anderes vor. In den frühen Morgenstunden war ihr eine Idee gekommen, war in ihren Schlaf eingedrungen, und jetzt konnte sie es nicht mehr erwarten, Chris davon zu erzählen.

»Chris?«, flüsterte sie und drehte sich, um ihn anzublicken.
»Hm?«

Er sieht immer wie ein kleiner Junge aus, wenn er schläft, dachte sie zärtlich. Sein schwarzes Haar war zerwühlt und sein Gesicht so glatt und friedlich. »Chris«, sagte sie. »Ich habe nachgedacht. Über Toris Kind.«

Er riss die Augen auf. »Wie bitte?«

»Du hattest Recht«, murmelte sie. »Mit dem, was du gesagt hast. Toris Kind zu adoptieren, wäre die perfekte Lösung. Perfekt für sie, perfekt für uns. Es mag vielleicht ein paar Probleme geben, aber ich glaube, die bekommen wir in den Griff.«

Chris brauchte gar nicht zu antworten, sein verschlafenes Lächeln sagte alles.

Jacquie hatte nicht besonders gut geschlafen. Sie hatte nun so viele Tage mit Alisons rastlosem Geist verbracht, mit dem Wissen, dass ihre Schwester tot war. Mit dem Wunsch, dass ihr Gerechtigkeit widerfahren solle. Nun wusste sie alles über die letzten Momente im Leben ihrer Schwester. Nun musste sie damit abschließen, das alles hinter sich lassen und anfangen, ihr eigenes Leben zu leben.

Aber das schien gar nicht so einfach zu sein.

Wo war denn die Gerechtigkeit? Eine verrückte Frau hatte Allys junges Leben ausgelöscht und das Leben ihres Kindes und war elf Jahre lang unbehelligt geblieben. Nun war sie gefasst worden.

Aber Ally war noch immer tot. Nichts würde sie wieder zum Leben erwecken und zu dem machen, was sie eigentlich hätte sein sollen: eine glückliche junge Mutter. Und Jacquie würde immer damit leben müssen, jeden einzelnen Tag für den Rest ihres Lebens.

Wie sollte sie das nur anstellen?

Darüber grübelte sie nach, als es an ihre Tür klopfte. »Tee?«, fragte Miranda.

»Ja, bitte.«

Miranda drückte die Tür auf und stellte eine dampfende Tasse auf den Nachttisch. »Jemand hat für dich angerufen.«

Tim, dachte Jacquie und lächelte in sich hinein.

»Ich habe ihr gesagt, dass du noch im Bett bist und sie später nochmal anrufen soll.«

Sie. Jacquie versuchte, ihre Enttäuschung zu verbergen, und fragte: »Wer war es denn?«

»Nicola Jeffries aus Sutton Fen. Wir haben uns bestens unterhalten – ich habe seit Ewigkeiten nicht mehr mit ihr gesprochen.«

»Hat sie gesagt, was sie will?«

Miranda schüttelte den Kopf. »Aber sie sagte, es sei wichtig. Sie müsse so schnell wie möglich mit dir sprechen.« Dann entschuldigte Miranda sich, weil sie das Frühstück für Peter richten wollte, und ließ Jacquie mit ihren Gedanken allein.

Warum, fragte sie sich, sollte Tim überhaupt anrufen? Der Fall war abgeschlossen, der Mord aufgeklärt. Es gab keinen Grund mehr, weiterhin in Kontakt zu bleiben.

Trotzdem hoffte sie es. Vielleicht war ja jetzt alles anders.

Sie setzte sich im Bett auf und schlürfte ihren Tee. Sie stellte sich vor, wie es wäre, noch ein paar Tage länger in Westmead zu bleiben. Wie es wäre, ihn wiederzusehen. Vielleicht konnten sie noch einmal ganz von vorne anfangen. Sie hatten sich an dem Abend bei den Swans so gut verstanden. Vielleicht konnte sie Miranda überreden, ihn und Frannie noch einmal einzuladen.

Frannie. Jacquie musste lächeln, als sie an das Mädchen dachte. Willensstark, nicht zu zähmen und unglaublich liebenswert. Ein Kind wie Frannie hatte sie sich immer gewünscht.

Tim hegte im Augenblick keine so liebevollen Gedanken für Frannie. Erst trödelte sie mit dem Frühstück herum, dann verkündete sie, dass sie duschen und sich die Haar waschen wolle.

»Ich finde, wir sollten heute was Lustiges unternehmen«, erklärte sie. »Vielleicht könnten wir ins Kino gehen.«

Eigentlich konnte er es ihr nicht mehr länger verheimlichen, aber die Dusche gewährte ihm noch einen kurzen Aufschub. »Lass uns darüber sprechen, wenn du geduscht hast«, schlug er vor und hasste sich selbst für seine Feigheit.

Während Frannie ausführlich duschte, kam Liz. Sie war zwanglos, aber sorgfältig gekleidet, und sie lächelte anerkennend, als sie ihn sah. »Das ist genau das Richtige«, urteilte sie über seine Jeans und das Polohemd. »Was hat Frannie an?«

»Frannie ist noch unter der Dusche«, gestand er. »Ich fürchte, es wird noch etwas dauern, bis wir loskönnen.«

Liz hörte nicht auf zu lächeln. »Oh, das ist schon in Ordnung«, sagte sie strahlend.

»Möchten Sie einen Kaffee, solange wir warten?«

»Ja, gerne.«

Sie folgte ihm in die Küche, und als er den Kaffee eingeschenkt hatte, gingen sie ins Wohnzimmer. Liz setzte sich aufs Sofa und ließ Tim ausreichend Platz, sich neben sie zu setzen, aber er nahm stattdessen einen Stuhl und ließ sich unbehaglich nieder.

»Mir gefällt Ihre Wohnung«, sagte Liz und blickte sich um.

»Ach, die haben Sie ja noch gar nicht gesehen.«

»Nein.« Ihr Blick wurde etwas nachdenklicher. »Sie könnten eine Menge aus dieser Wohnung machen, Tim. Ein bisschen Farbe, ein paar interessante Lichteffekte.«

Er erinnerte sich mit Schaudern an ihre Einrichtung und ihre Dekorationsversuche und schwor sich, ihr niemals zu erlauben, hier irgendetwas zu verändern. »Mir gefällt es so, wie es ist«, sagte er streng.

»Klar, dass Sie das sagen.« Liz lachte geziert. »Sie sind schließlich ein Mann.«

»Das ist Ihnen aufgefallen.« Seine Stimme klang müde.

Liz senkte den Kopf, legte ihn leicht auf eine Seite und sah ihn unter ihren Wimpern hindurch kokett an. »Oh, das ist mir wirklich aufgefallen.«

Es war eine solch einstudierte Pose, dass Tim sich fragte, ob ihr vielleicht mal jemand gesagt habe, sie sehe wie Prinzessin Diana aus, wenn sie so schaute. Ihn jedenfalls berührte es nicht.

Er wusste auch nicht genau, was er jetzt noch sagen sollte, und so war es fast eine Erleichterung, als Frannie ins Zimmer stürzte. Ihr Gesicht schimmerte nach der Dusche, um den Kopf hatte sie ein Handtuch geschlungen. »Ich habe das ganze heiße Wasser verbraucht«, verkündete sie. Dann entdeckte sie Liz.

»Hallo, Frannie«, zwitscherte Liz.

Frannie reagierte nicht, sondern wandte sich ihrem Vater zu: »Was tut *sie* denn hier?«, wollte sie wissen.

Tim runzelte die Stirn. »Frannie, sei nicht unhöflich. Sag Liz guten Tag.«

»Hallo, Miss Hollis«, sagte sie und sah an ihr vorbei.

»Hat dir dein Vater denn nichts erzählt? Wir werden heute etwas zusammen unternehmen.«

Frannie kniff die Augen zusammen. »Das hat er nicht erwähnt.«

»Es sollte eine Überraschung werden«, erklärte Tim wenig überzeugend.

»Nun«, sagte Frannie. »Ich hoffe, ihr werdet viel Spaß haben. Ich gehe jedenfalls nicht mit.« Mit hoch erhobenem Kopf marschierte sie ins Schlafzimmer und schloss die Tür hinter sich.

»Ich werde mit ihr sprechen.« Zugleich verlegen und wütend lief er hinter Frannie her.

Zum Glück steckte kein Schlüssel in der Tür, denn sonst hätte sie sich bestimmt eingeschlossen.

Frannie saß mit verschränkten Armen auf dem Bett. »Ich gehe nicht mit«, wiederholte sie.

»Frannie ...«

»Du kannst mich nicht zwingen.«

Sie hatte natürlich Recht. Er konnte sie nicht zwingen. Aber er war fest entschlossen, sie zu überreden, obwohl er selbst eigentlich auch gar keine Lust auf den Ausflug hatte. »Aber ich bitte dich darum«, sagte er in sachlichem Ton.

Sie starrte ihn unheilvoll an. »Du hast mir nichts davon gesagt. Du hast es gewusst und mir nichts davon gesagt.«

»Weil mir klar war, dass es dir nicht gefallen würde.«

»Und das stimmt auch.« Sie schob trotzig den Kiefer vor.

Wenn gutes Zureden nicht hilft, dachte er seufzend, dann vielleicht Drohungen. »Dann werde ich dein Taschengeld kürzen. Für die nächsten sechs Monate.«

»Ist mir egal. Mum wird mir welches geben. Oder ich könnte auch Brad fragen«, erklärte sie mit wohlkalkulierter Bösartigkeit.

Tim zuckte zusammen.

Er beschloss, schwerere Geschütze aufzufahren. »Ich werde dieses Zimmer nicht verlassen, bevor du tust, worum ich dich bitte, und dich wie ein zivilisiertes menschliches Wesen benimmst, junge Dame.«

»Und *ich* werde dieses Zimmer nicht verlassen, bis du dieser fürchterlichen Person gesagt hast, dass sie gehen soll.« Frannie ließ sich aufs Bett zurückfallen. »Also vermute ich, dass wir eine Weile hier bleiben werden.«

Jacquie legte verwirrt den Telefonhörer auf. Nicola wollte, dass sie nach Sutton Fen zurückkam. Heute noch.

Ein Notfall, hatte Nicola erklärt. Der Chef ihres Mannes sei in der Stadt. Er wolle sie am Abend zu einem Essen mit allem Drum und Dran in ein piekfeines Restaurant einladen und habe bereits einen Tisch für vier reserviert. Und habe sie ausdrücklich gebeten, dass sie eine Begleiterin für ihn mitbringen solle.

Keiths Chef sei Witwer, fügte sie hinzu. Sehr reich und extrem gut aussehend. Und einsam. Ein großartiger Fang, um genau zu sein. »Ich würde ihn mir ja selbst angeln, wenn ich Keith nicht hätte«, lachte Nicola. »Das ist deine Chance!«

»Nein, ich glaube nicht«, wehrte Jacquie ab.

Aber Nicola wollte ein Nein als Antwort nicht gelten lassen. Sie sei verzweifelt, gestand sie, und Jacquie eine Närrin, wenn sie diese Chance nicht ergreifen würde.

Nach einer Weile gab sie nach, zögernd und voller Bedenken. Nicola würde sowieso nicht lockerlassen.

Zuvor aber, entschied sie plötzlich, wollte sie Tim anrufen und auf Wiedersehen sagen. Eine leise Stimme sagte ihr, sie müsse ihm zumindest die Möglichkeit geben, ihr die Abreise auszureden. Falls er es versuchte, würde er nicht viel Überzeugungskraft brauchen.

Er wird heute wahrscheinlich mit Frannie zu Hause sein, überlegte sie. Schon ganz am Anfang, als sie sich kennen gelernt hatten, hatte er ihr seine Visitenkarte mit seiner Privatnummer gegeben. Sie wählte die Nummer.

»Hallo?«, antwortete eine weibliche Stimme. Eine weibliche Stimme, die allerdings nicht Frannie gehörte.

Überrascht und erschrocken entschuldigte Jacquie sich. »Oh, vielleicht habe ich die falsche Nummer gewählt. Ich möchte eigentlich Sergeant Merriday sprechen.«

»Tut mir Leid, er kann gerade nicht ans Telefon kommen«, sagte die weibliche Stimme freundlich. »Kann ich ihm etwas ausrichten?«

Jetzt erkannte Jacquie die Stimme. Sie gehörte Liz, der überheblichen jungen Frau vom Polizeirevier. Sie zögerte. »Nun ... vielleicht könnten Sie ihm sagen, dass Jacquie angerufen hat.«

»Jacquie. Er weiß, wer Sie sind? Hat er Ihre Nummer?«

»Ja.« Jacquie schluckte, dann fasste sie schnell einen Entschluss. »Aber sagen Sie ihm, dass er mich nicht zurückzurufen braucht, ich wollte mich nur verabschieden. Wenn Sie das bitte ausrichten könnten ...«

»Ja, kein Problem. Ich sag's ihm.«

Jacquie legte auf. Tränen brannten in ihren Augen. Wie dumm ich gewesen bin, dachte sie bitter. Wie blind.

Mit einem Mal ergab alles einen Sinn. Tim ... und dieses Mädchen. Liz. Das erklärte so vieles: Dass das Mädchen sich so besitzergreifend benommen hatte, dass Tim ihre Annäherungsversuche abgewiesen hatte, dass Frannie Liz so hasste. Frannie hatte es doch angedeutet, wieso hatte sie es nicht kapiert? Er war mit ihr zusammen. Sie war samstagmorgens in seiner Wohnung, und das hieß doch wohl, dass sie die ganze Nacht bei ihm verbracht hatte?

Und sie hatte sich eingebildet, dass er sich für *sie* interessieren könnte. Jetzt erkannte sie, wie lächerlich das gewesen war. Er war einfach nur nett gewesen, und es hatte ihm gefallen, wie gut sie mit Frannie auskam. Aber mehr war zwischen ihnen nie gewesen.

Er hätte es aber sagen können, dachte sie plötzlich, er hätte mir erklären müssen, dass Liz und er zusammengehörten.

Andererseits, warum sollte er? Es war ein Fehler gewesen, einfach anzunehmen, er sei noch zu haben, nur weil er nett zu ihr war und sie ihn mochte.

Jetzt, wo es zu spät war, wo es keine Hoffnung mehr gab, gestand sich Jacquie endlich ein, dass sie ihn sehr gerne mochte. Vielleicht sogar mehr als das.

Womöglich war Keiths Chef ja so, wie Nicola versprochen hatte. Vielleicht waren seine Augen blauer als die von Tim Merriday, sein Lächeln netter. Jacquie bezweifelte es zwar, beschloss aber, es herauszufinden.

Wo Wut, gutes Zureden, Drohungen und Ernsthaftigkeit versagt hatten, siegte schließlich ein Bestechungsversuch. Tim versprach Frannie, dass er sie in den Weihnachtsferien mit nach London nehmen und ihr alles kaufen würde – innerhalb eines vernünftigen Rahmens natürlich –, was sie sich zu Weihnachten wünschte. Als Gegenleistung stimmte sie zu, einen Tag mit Liz zu verbringen. Sie würde nicht rummeckern und höflich sein.

Er und Liz warteten, bis Frannie die Haare geföhnt und sich angezogen hatte. »Das mit Frannie tut mir Leid«, entschuldigte er sich. »Aber jetzt ist alles in Ordnung. Sie werden sehen.«

»Oh, Frannie und ich werden uns hervorragend verstehen«, prophezeite Liz mit süßlicher Stimme. »Sie muss sich nur ein wenig an mich gewöhnen.«

Ein paar Minuten später kam Frannie aus dem Schlafzimmer. »Ich bin fertig«, verkündete sie mit Grabesstimme. »Und wo gehen wir hin?«

»Das ist eine Überraschung.«

»Müssen wir irgendetwas mitnehmen?«, fragte Tim, als er seinen Mantel schnappte.

Liz lächelte und klimperte mit ihren Autoschlüsseln. »Nein. Ich habe für alles gesorgt.«

»Lasst mich noch schnell den Anrufbeantworter anstellen«, sagte Tim.
»Oh, da fällt mir ein. Als Sie ... in dem anderen Zimmer waren, hat jemand angerufen. Eine Frau namens Jacquie.«
»Jacquie!« Frannies schlechte Laune war auf einmal wie weggeblasen; sie wirkte wie ein völlig anderes Mädchen, wach und interessiert. »Was hat sie gesagt?«
Liz wandte sich an Tim. »Sie sagte, dass Sie nicht zurückzurufen brauchten. Sie wollte sich nur verabschieden.«
»Verabschieden?«, wiederholte er bestürzt.
»Verabschieden?«, fragte Frannie. »Aber wie kann sie sich von uns verabschieden, sie ist doch nicht einmal hier!«
»Doch«, erklärte ihr Tim. »Sie ist vor ein oder zwei Tagen nach Westmead zurückgekommen.«
»Jacquie ist hier, und du hast es mir nicht gesagt?« Frannie starrte ihn vorwurfsvoll an. »Dad! Ich kann nicht fassen, dass du mir das nicht erzählt hast!«
Liz blickte ungeduldig von einem zum anderen. »Nun, jetzt spielt das ja wohl keine Rolle mehr«, erklärte sie. »Sie ist weg.«
»Wann hat sie angerufen?«, fragte Tim und sah auf seine Uhr.
»Vor einer halben Stunde, schätze ich. Vielleicht ist es auch ein wenig länger her.«
»Dad«, sagte Frannie und zerrte an seinem Ärmel. »Ich muss mir dir unter vier Augen sprechen.«
Er entschuldigte sich kurz bei Liz und lief Frannie folgsam ins Schlafzimmer hinterher.
Sie kam direkt auf den Punkt. »Wir müssen sie aufhalten, Dad.«
»Aber sie ist weg. Wenn sie sich für uns interessieren würde ...«
Frannie stemmte die Hände in die Hüften, genauso, wie Gilly es früher getan hatte, wenn sie ihm den Kopf waschen wollte. »Dad«, sagte sie feierlich, »manchmal bist du furchtbar schwer von Begriff. Jacquie ist verrückt nach dir und du nach ihr. *Ich* zumindest weiß das, wenn du es schon nicht kapierst. Und es ist

noch *nicht* zu spät. Wir können sie noch erwischen, bevor sie geht.«

»Liz sah nicht gerade sehr glücklich aus, Dad.« Frannie konnte die Befriedigung in ihrer Stimme nicht unterdrücken, als sie durch den Samstagmorgenverkehr Richtung Quire Close krochen. »Ausgerechnet ins Abenteuerland nach *Longleat!* Als ob ich da noch nicht gewesen wäre! Als ob ich schon wieder diese räudigen, alten Löwen anschauen wollte!«

»Nein, ich glaube nicht, dass sie sonderlich glücklich war.« Tim stellte fest, dass es ihn nicht interessierte. Das Einzige, was ihn im Moment interessierte, war, rechtzeitig vor Jacquies Abfahrt beim Haus des Kantors anzukommen. Bestimmt würde er nicht zum dritten Mal Pech haben. Beim dritten Mal musste es klappen.

Aber es herrschte ein entsetzlicher Verkehr. Sie schlichen geradezu durch die Einkaufsstraßen rund um die Kathedrale. Und in Quire Close blockierte eine ganze Wagenladung Touristen die Straße. Tim hupte, scheuchte die erschrockenen Gaffer zur Seite und fuhr bis ans Ende der Siedlung.

Er hielt vor dem Haus des Kantors und hatte den Motor noch nicht abgestellt, als Frannie bereits ihren Gurt löste und auf den Türklopfer zurannte. Er war direkt hinter ihr.

Miranda öffnete die Tür. Ihr Blick wanderte zwischen Tim und Frannie hin und her. Sie schüttelte den Kopf. »Tut mir wirklich Leid«, sagte sie. »Ehrlich. Aber Sie haben sie verpasst. Ich konnte es ihr nicht ausreden. Sie war entschlossen abzufahren.«

»Sutton Fen?«, fragte Tim.

Miranda nickte.

»Das war's dann wohl.« Geschlagen lief er zu seinem Wagen zurück.

Frannie schlüpfte auf den Beifahrersitz und schnallte sich wieder an. »Du kannst jetzt nicht aufgeben, Dad«, sagte sie mit fester Stimme.

»Du hast doch gehört, was Mrs. Swan gesagt hat, Frannie. Jacquie ist gegangen.«

»Aber du weißt, wohin, Dad. Du hast ihre Adresse, oder nicht?«

Er wandte sich um und schaute in die entschlossenen Augen seiner Tochter. »Stimmt«, sagte er langsam, zog seine Brieftasche heraus und betrachtete das Stück Papier, auf das Jacquie ihre Adresse und Telefonnummer geschrieben hatte.

»Worauf warten wir dann noch?«

Tim zögerte nur einen Moment, dann nickte er. »Du hast Recht«, sagte er. »Dann los.«

Stunden später, ohne kaum einmal angehalten zu haben, erreichten sie Sutton Fen. Tim fuhr zur ersten Tankstelle, die er sah, und fragte nach der Adresse.

Inzwischen war es dunkel geworden. Der Mann hatte aber den Weg sehr präzise beschrieben, sodass Tim keine Mühe hatte, ihr Ziel zu finden. Ein unscheinbares Haus, eine unscheinbare Straße, nichts war sonderlich einladend – von der Tatsache abgesehen, dass Jacquie hier lebte. Tim parkte das Auto, dann betrachtete er seine Tochter. »So, ich schätze, wir sind da.«

»Geh rein, Dad«, sagte Frannie.

»Willst du nicht mitkommen?«

Sie schüttelte den Kopf. »Ich warte erst mal hier. Lass dir Zeit«, fügte sie hinzu. »Ich bin okay.«

»Wenn du sicher bist.«

»Geh einfach, Dad. Und vermassel es nicht.«

Jacquie hatte sich gerade eine Tasse Tee gekocht, als es an der Tür klingelte. Darren, dachte sie müde und überlegte, welchen Unfug er dieses Mal im Kopf hatte. Sie war nicht in der Stimmung, sie würde ihn bitten, zu verschwinden und sich jemand anderen zu suchen, den er nerven konnte.

Sie öffnete die Tür und schnappte ungläubig nach Luft. »Was in aller Welt …?«

»Kann ich reinkommen?«

Jacquie blickte über seine Schulter und sah, dass er nicht alleine gekommen war. Frannie grinste und winkte. »Was ist mit Frannie?«

»Frannie kann einen Moment warten. Sie hat gesagt, ich soll mir Zeit lassen.« Tim lächelte. »Es scheint so, als ob ich eine ziemlich kluge Tochter hätte. Sie weiß, dass wir uns noch über einiges unterhalten müssen. Und sie weiß, dass sie dabei nur stören würde.« Er streckte ihr die Hand entgegen.

Ohne ein weiteres Wort nahm Jacquie seine Hand und führte ihn ins Haus.

Danksagung

Wie immer stehe ich in der Schuld vieler verschiedener Menschen, die mir geholfen und mich ermutigt haben. Dieses Buch hätte ich nicht ohne die warme Unterstützung und großzügige Hilfe der Mitarbeiter der St. Albans Abbey schreiben können, allen voran Kantor Bill Ritson. Ganz besonders möchte ich dem Dekan und Kapitular danken; Andrew Lucas, dem Musikdirektor, und Paul Underhill, dem Ersten Kirchendiener. Unter denen, die mich in der Winchester-Kathedrale willkommen geheißen haben, möchte ich vor allem Reverend Dr. Brian Rees, Susan Rees und David Hill, den Organisten, nennen. Reverend Peter Moger von der Kathedrale in Ely war ebenfalls überaus hilfsbereit.

Auf vielerlei Weise haben mir auch Commander Philip Gormley und Claire Stevens von der Thames Valley Polizei geholfen, Dr. Andrew Gray, Coroner Dr. William Dolman, Adrian Hutton, Robert und Nicola Marson, Reverend Nicholas Biddle, Reverend John Pedlar und Kantor John Tibbs.

Dank auch an Marcia Talley, Deborah Crombie, Cynthia Harrod-Eagles, Ann Hinrichs, Suzanne Clackson und Lucy Walker für die redaktionellen Ratschläge und natürlich an meine exzellente Agentin Carol Heaton und meine hervorragende Lektorin Hilary Hale.

Speziellen Dank schulde ich Reverend Jacquie Birdseye für ihre Gastlichkeit, ihre Freundschaft und ihre Weisheit.

Nicholas Sparks

*Liebesgeschichten – zart,
   leidenschaftlich und voller Tragik.*

Wie ein einziger Tag
01/10470

Weit wie das Meer
01/10840

Zeit im Wind
01/13221

Das Schweigen des Glücks
01/13473

*Wie ein einziger Tag
Weit wie das Meer*
01/13635

Weg der Träume
01/13664

Filmausgabe
Message in a Bottle
01/20040

Filmausgabe
Nur mit dir
01/20089

Alle Titel auch
im Ullstein Hörverlag
als MC oder CD lieferbar

01/13664

Barbara Erskine

In fesselnden und bewegenden Geschichten verbindet die Erfolgsautorin Spannung, Liebe und Romantik.

»*Barbara Erskine ist ein außergewöhnliches Erzähltalent.*« **The Times**

»*Stark, phantastisch und herrlich schaurig.*« **Living**

01/13551

Die Herrin von Hay
01/7854

Die Tochter des Phoenix
01/9720

*Der Fluch
von Belheddon Hall*
01/10589

*Am Rande
der Dunkelheit*
01/13236

Das Lied der alten Steine
01/13551

HEYNE

Das anspruchsvolle Programm

Julia Wallis Martin

»Meisterhaft seziert die Autorin die Gemütslage ihrer Figuren und verwebt sie in eine spannende Inszenierung mit verblüffenden Wendungen.«
Hamburger Abendblatt

»Für Krimi-Fans ist sie zweifellos eine Entdeckung.«
Frankfurter Rundschau

»Julia Wallis Martin schreibt schlicht und einfach die besten Spannungsromane in England.«
Elizabeth George

Das steinerne Bildnis
62/60

Der Vogelgarten
62/110

Auf Gedeih und Verderb
62/235

Tanz mit dem ungebetenen Gast
62/353

DIANA-TASCHENBÜCHER